士・黙示録

(さむらい)

―政宗が南蛮の天際へ放った、中世の〈はやぶさ〉―

山田 道幸
YAMADA Michiyuki

文芸社

峻厳なミッションに挑みつづけた、
勇者たちの御霊（みたま）へ、謹んでこの書を捧ぐ。

Illustrated by
Eisaku Ogura

はしがき

今から四百年前、江戸期の初頭の事である。伊達政宗は、一隻の黒船を南蛮に向けて放った。当時の南蛮といえば、唐（中国）、天竺（インド）よりはるかに遠い奥南蛮（ヨーロッパ）へと通じる、ある意味〝道しるべ〟でもあった。

「西国の大名たちに、後れをとるな！」

そんな政宗らしい覇気が、和産第一号となる巨大黒船を産み出したのだ。

「伊達の黒船」は、後に名を「サン・ファン・バウチスタ号」と改めて、日本人の乗客ら百四十人を、メキシコの玄関口、アカプルコ港まで無事に送り届けるという偉業を成し遂げている。航海中、激しい嵐に幾度も遭遇しながらも、この黒船は都合二回半も、太平洋を往復している。その堅牢振りは、本場スペインの為政者や船主たちを驚嘆せしめるものであったという。

「伊達の黒船」には、日本独自の建築法「宮造り」の手法、つまり、釘や鎹等を使わない「継手法」が応用されている。継手法とは、簡単に言うと、二つの木材を独特の方法で繋ぎ合わせること。

「受け口」と「突部」とを別々に刻み、これを嵌め込んで一体の木材にするのである。その仕組みは極めて複雑で、刻み入れのパターンは何十種類にも及ぶ。この方法で繋がれた接合部には、

「子猫の産毛一本すら入る余地がない」と言われるほどである。

　支倉常長を大使とする、伊達の遣欧使節の目的は、余り明確なものではないが、端的に述べると、次のようなものである。
（一）南蛮国（メキシコ）との交易の推進
（二）外洋帆船の操作法の取得
（三）メキシコの製銀法（パティオ法）の盗窃。
（四）陸奥（むつ）地方への切支丹宣教の拡大（ソテロの案）
　この四つの目標を達成するために、七年もの歳月を掛け、時には絶望の淵をかすめる辛酸を舐めながら奥南蛮まで行き、そして帰って来たのである。

　その態様は正に、あのＪＡＸＡの〝はやぶさ〟を彷彿とさせるものだ。二〇一〇年から七年もの間、宇宙を彷徨（さまよ）った上、小惑星に降り立ち、微少ながらもその資料を持ち帰ったあの〝はやぶさ〟。その頼りなさ、健気さをも合わせて、両者は似ている。

　私が本書名に〈はやぶさ〉を用いさせて頂くのに、いささかの躊躇もなかった訳が其処にある。

「事実だけ根拠とする、小説を書いて見ませんか？」

　こう私に語りかけて来たのは、徳間書店の名編集者、栃窪宏男氏であった。

　当時私は、作家中薗英助氏の主宰する同人〈停車場の会〉に、作家の飛鳥次郎氏（東京都庁勤務）や林青梧氏らに誘われて入っており、その発行誌「記録者」に、数編の短編小説を書いていた。

「事実だけの小説？　と言うことはドキュメンタリー、つまり実録小説ということですかね？」

そう問い直す私を制して、栃窪氏は言った。

「いや、実録モノではなく、歴史小説でも何でも良いのですが、兎に角〝真実だけ〟にこだわった小説を書いて欲しいのですよ」

「うーむ」

突然、突き付けられた難題に、私はたゞ考え込むだけであった。

「小説とは人間を描くこと。主人公に纏わる脚色や仕掛けは、作家夫々が持つ特色であり、〝力量〟そのものでもある」

そう説いたのは、私が文学上の師と仰ぐ、故新田次郎先生であった。

栃窪氏が発した難題の矢は、私の脳裡に突き刺さったまま、何時しか本業の多忙にかまけて三十年が過ぎた。

しかし、本業から解放された三年前、私は再び矢の痛みを覚え、その解決点、帰着点として生み出したのが、この竹帛（ちくはく）『士（さむらい）・黙示録』なのである。

七年という長い年月を、只管（ひたすら）歩き続けた遣欧使節団の旅路である。その想像を絶する艱難と、苦行の日々を追い続けた結果、産み出された文字数は、優に八十万字を超えた。

諸般の事情や出版社の意向もあって、原稿は縮小と削除を余儀なくされたが、大部ながらも、すっきりと一冊に仕上がったと、烏滸がましくも自賛している次第。

「えっ⁉　僕が入社した時には、もう栃窪さんは退社されてますよ。さあ、その所在と申されましても、三十年も昔のことですから……」

この作品を書き上げた時、私が真っ先に電話した徳間書店の社員は、困惑頻りであった。

私は時の流れの無常を恨み、そして己の迂闊さを愧じた。

伊達遣欧使節一行の辿った足跡を、この場で詳述するのは至難のことである。その大要を知るために、諸賢の目を、目次欄、もしくは、巻末の年表に向けられる様、冀（こいねが）うのみである。

二〇二二年　　**茂原にて**

目次 『士（さむらい）・黙示録』

第四章　荒ぶる海、大西洋

第五章　イスパニア（スペイン）という世界――309

第七章　さらばローマよ　457

第八章　帰帆　505

終章 565

第一章　放たれた政宗の〈はやぶさ〉

一、雄飛前の静寂

南蛮へ向けての出帆を、明日に控えた〝伊達の黒船〟は、その巨体を決して広大とは言えない月の浦に寂然と浮かべている。噂を聞きつけた浦々の人々が、あるいは洋上から小舟に乗って、あるいは山道を連れ立って続々と集って来ていた。

黒船には、すでに乗員乗客の全てが乗船を終えて、出航を待つばかりだ。幕府船奉行の向井将監の配下の、水夫達十人を含めて、日本人は総勢百四十人である。これに、ソテロ達宣教師数人と航海士や水夫その他を合わせて、イスパニア人は四十人が乗船したと言われる。

つまり乗船者総勢百八十人であった。

それに各各の梱包、千個程が積み込まれて、流石の伊達の黒船の船体も、その重みに堪えかねるように、どっぷりと浦の海水にその身を沈め込ませる。

通常四、五〇〇トン程のガレオン船の吃水線は、約四から五メートル程度である。その出航間近の黒船は、船底から舷側の海水に漬かっている部分までの距離がすでに五メートル程に達していた。

当時の月の浦の深さは七メートル程。平底の和船には充分な深度ではあっても、〝伊達の黒船〟にとっては、ぎりぎりの線なのだ。下手をすると船底を海底に擦り付けて、竜骨を損壊しかねないのである。

潮の干満差と船の発達との関係性の解明は、人間が海洋を克服するためには、先ず最初に要求される知識とされる。日本列島の平均的な潮の干満差は、僅かに一・五メートル程だ。無論、月の浦を含む三陸沿岸も、その範疇(はんちゅう)でしかない。

しかし、同じ日本国内でも、九州・瀬戸内など西国では三から六メートルも干満差がある。更に目をヨーロッパに向けると、イングランドやフランス北海岸の地方では、実に十メートルの潮の満ち引きがあると言われる。西国地方で千石以上の巨船の建造技術が発展したのも、ヨーロッパで千トン級のガレオン船が容易に造れたのも、こう考えれば宜(むべ)なるかななのだ。

さて、わが伊達の黒船が、この決して大きくもなく、深くもない月の浦を無事に出帆するために踰越(ゆえつ)せねばならない条件とは何か。

ビスカイノの航海士たちと、向井将監配下の水夫頭(かこがしら)たちは、課せられたこの難問をいかにして解決していったのか。

先ず考えられることは、やはり潮の満ち干の問題であろう。「大潮(おおしお)」の日時の特定である。つまり此処(ここ)月の浦での満潮は一体いつなのか。衆議の上出された結論は、次の通りである。

「慶長一八年（一六一三年）九月十五日、午前二時が、月の浦の満潮時であること。しかも翌十六日が「満月」になるため、夜半過ぎの海辺は、相当の明るさが望めること。又、この時期の風は、夜が陸風であること。つまり夜になると陸地から海面に向かって風が吹くため、帆船にとっては追い風となり、出航し易い。」

以上の諸条件から、伊達の黒船の月の浦出帆の日時は、次の通りと決定した。

――慶長一八年九月十五日、午前三時半過ぎ――

二、月の浦の前祝い唄

晩秋の仙台湾の落日は早い。申(さる)の刻(午後四時頃)ともなると、餌を取りに散っていた烏(からす)をはじめとして、かもめ、うみねこなどの水鳥たちが、何処からともなく群がり帰って来ると、互いに嚶鳴(おうめい)を交わしながら、黒船の上を飛び廻り始める、その囂(かまびす)しい鳴き声に誘われるように、月の浦の浜辺から突如太鼓の音が響き渡った。

その音に和して、浦人の威勢の良い唄声が起こる。新造船の船おろしや船出には、なくてはならない唄「えんころ節」だ。

〽正月二日の初夢に
　何より目出度い夢を見た
　お斗蔵(とくら)様の樫(かし)の木を
　申し下ろして船にはぎ、
　前なるお池に浮かばせて
　金銀延べたる帆柱に

綾と錦の帆を巻いて
俵に宝を積み重ね
これの館に　ドッコイ走り込む
ションガイナァ　エンコロ　エンコロ

〔筆者註＝歌中の「お斗蔵様の樫の木」とあるは、宮城県角田市の西方に在る斗蔵山（二三八メートル）の南斜面には、東北には珍しいウラジロガシ林があり、藩政時代には貴重な舟材として伐り出された。又「はぎ」は「貼り」である〕

月の浦の浜辺は、豊島（牡鹿半島の別称）の浦々から集まって来た浦人たちで満ち溢れ、中には膝まで海水に漬かって、驚異の眼で黒船に見惚れている者もいる。晴れの船出である。黒船の甲板の各処に藩の名酒〝勝山〟の大樽が幾樽も並べられた。政宗からの心尽くしの酒なのだろう。えんころ節の唄声が、浜風と共に流れる中、樽の蓋が打ち割られた。やがて手に手に枡を取った乗客、乗員たちが、一斉に枡酒を挙上して〝乾杯〟をしているのが、見て取れた。酒は、浜辺の人たちにも、ふんだんに振る舞われた。浦々の庄屋や、裕福な商人からの差し入れの酒樽が、豪勢に並べられたのだ。

浜の見物人たちの、賑しい雰囲気や唄声に気圧されたか、何時の間にか黒船の帆柱の周りを舞っていた烏や水鳥たちもその姿を消していた。時は、すでに酉の刻（午後六時前後）となり、月の浦は俄に宵の帷につつまれ始める。

陸奥の浜育ちの人は唄好きが多い。水晶の様に澄んだ、そして虚空に鋭く突き刺さる美声が、あちらこちらから次々と紡がれて行く。「御舟歌」が終わると、待ちかねた様に「銭吹き歌」が威勢良く飛び出す。

〔筆者註＝「銭吹き歌」は、あの有名な「さいたら節・斎太郎節」の前身といわれる歌。四百年前の、この時点では未だ斎太郎節は存在していない〕

　黒船に無数のカンテラの明かりが焚かれると、その明かりで月の浦の海面には、あわと火影が渾然となって絡み合い、正に夢まぼろしの紋様を描く。陸風に乗って、仙台湾上に漂い出す幽かな笛と太鼓の音。やがてその音色に誘われる様に誰かが唄い出した。「さんさ時雨」だ。確かに、それは誘い出されたのだ。

〽さんさ時雨か　萱野の雨か
音もせできて　濡れかかる
ショウガイナ

〽この家座敷は　目出度い座敷
鶴と亀とが　舞い遊ぶ
ショウガイナ

〽雉のめん鳥　小松の下で
夫を呼ぶ声　千代千代と
ショウガイナ
（ハア　目出度い　目出度い）

仙台藩では、栄えある目出度い席では欠かせぬ祝い歌なのだ。月の浦の水面を這い漂って、唄声はやがて黒船まで届く。同時に船上の仙台藩士たちの間からも、唄声が起こった。

〽鶴と亀とが舞い遊ぶ！　ハア目出度い　目出度い

陸からの風が強まるにつれ、月の浦は暮陰に包まれて行く。先刻まで遥か西の山の背に在った落日の微かな光芒も、今は無い。やがて太鼓の音も絶えて人々の唄声も消えた。

いよいよ伊達の黒船の出帆の時が迫って来ていた。今、夜半過ぎ〝丑の刻〟(午前二時頃)が、その刻限である。月が東に上って来たのであろう。金華山と覚しき辺りの空に、仄明かりが見えて来た。明日、九月十六日は満月なのだ。

「お屋形様は、わすらの船出をば、見て下さっしゃるべがのう？」

舟人たちが去った甲板で暫し佇んでいた常長が、傍らの小寺外記に訊ねた。

「手前の考えでは、必ず必ず、お屋形様は何処かで見送って下さる筈です」

小寺は自信あり気だ。小寺外記はこの遣欧の旅に、常長の右筆として特に政宗の配慮があった侍だ。三十代半ばという歳の割には、自若とした趣きのある人物である。

「この辺りで見晴すの良い所といったら？　どうだ鮎川の港の背後の山さ在ったな。ホレ、異国の黒船ば監視する場所……」

「ああ、黒船御番所のことでございましょう」

「そうそう、儂（わす）の考えでは、お屋形様は御番所から密かに、儂らを見送られるんでねべが（ではないか）。あっごがらなら（彼処（あそこ）からだと）、仙台湾はよっぐ見渡せるんでねが？」

元服以来政宗に従って、兵馬の世界を生きて来た武骨一偏の常長の言葉に、粉飾（ふんしょく）は無い。小寺外記は、常長の無遠慮な仙台訛（なまり）に苦笑しながらも律儀に答える。

「いや支倉（はせくら）様、鮎川の御番所からでは、我れらが黒船をその姿が消えるまで見送ることは、恐らく無理でございましょう」

「うーむ。ほいづはほんだなァ（それもそうだなあ）。金華山（きんかさん）が邪魔すっがナ」

「はい。お屋形様がこの伊達の黒船の姿を、最後の最後まで見届けなさる場所と言えば、あの金華山の頂上の他には御座居ますまい」

小寺外記の自信に満ちた言葉に、常長も黙って頷（うなず）く。

小寺の推量は、確かに的を射ていた。政宗達の姿は、この時すでに金華山の頂上〝無双峯（またなしのみね）〟に在って、朝方明るくなってから現れるであろう「伊達の黒船」の雄姿を、今や遅しと待ち望んでいたのだ。

三、誤り知られた金華山の苦難

金華山（きんかさん）は島の名前である。古来この島は陸奥山（みちのくのやま）と呼ばれていた。宮城県地図で見ると、牡鹿（おしか）

半島の先端に、まるで陸地から欠け落ちた様にぽつんと海上に在る。半島の先端の山鳥渡から、直線距離で僅かに七〇〇メートルの位置だ。島は小さいが高さは海抜四四五メートルもあり、半島の最高峯「光山」と全く同じ高さを擁する。したがって金華山は島でもあり、海に突き出た〝山〟でもある。強いて例えれば、鹿児島県の屋久島みたいなものだ。

この島が在るために、先刻常長が挙げた鮎川の〝黒船御番所〟からは、伊達の黒船が太平洋の水平線の彼方へ消失し尽くすまでを見届けることは出来ない。御番所は、江戸時代末期になって日本の各所に出没し始めた、ロシヤをはじめ列強の黒船などが無断で仙台湾に侵入するのを、見張るために設けられた見張台なのだ。つまりここからは、仙台湾の入口しか眺望出来ない。

金華山という名称は、美濃国（岐阜）にもある。どちらが先に命名されたのか定かではないが、陸奥山が金華山と名を改めたのは、奈良時代、天平年間（今から一二七〇年前）のことであるから、こちらの方が早いのであろう。

天平二一年（七四九年）二月のこと、陸奥国小田郡（現宮城県遠田郡涌谷町黄金迫）から相当量の「金」が掘り出された。最初の発見者は当時の陸奥の国司で、朝鮮半島由来の人、百済王敬福であったという。敬福は掘り出した金一一・六五キログラム（現代価にしておよそ五、六千万円相当）を、時の聖武天皇に献上したのである。この時の天皇の驚喜振りは尋常ではなく、思わず時の年号を改める程であった。

事実、同年四月十四日に、年号は「天平感宝」と改められた。年号に「感宝」と銘を打った程、聖武天皇を歓喜させたのは、単に多額の献金で富裕感に酔い痴れたからではない。この時聖武天皇は、奈良の東大寺建立という一大事業に取り組んでおり、奈良の大仏に塗る金が不足を来たし、工事が中断していた最中（さなか）であった。

当時わが国では専ら銀だけが産出されていて、金は存在しないという認識があった。つまり金は他国からの輸入によって入手するしかないと考えられていたのである。正に千辛（しん）万苦の最中での「果報（かほう）」は、当時の日本国全体のものでもあった。奈良時代の歌人で、その歌が『万葉集』に最も多く採択され、自身その編纂にも携った大伴家持（おおとものやかもち）は、この国家的慶事を、感動を籠めて和歌に託している。

すめろぎの 御代栄えんと 東（あずま）なる
みちのくの山に 黄金（くがね）花咲く

この歌は、総歌数四千五百首とされる『万葉集』の中で、最も北の国に言及している唯一のものとされる。陸奥山（みちのくのやま）が金花山（きんか）と呼ばれ、更に金華山大金寺（たいきんじ）と称されるようになったのは、正にこの頃であった。しかし、大伴家持の歌で「黄金花咲く みちのくの山」として、世に喧伝（けんでん）されたことにより、金華山は思わぬ苦難の道を辿る命運へと引き込まれて行く。

室町時代から安土桃山時代にかけての日本は、正に戦国時代の真っ盛りである。世は乱れに乱れて、浮浪人や無頼（ぶらい）の輩は、東北の地にも満ちた。落魄（らくはく）の身と堕（だ）した者共の考える事はただひとつ、他人の財宝を掠（かす）め取る事だ。彼らの〝金銀〟への執着心は、まるで渇した牛のように強大でかつ強引なのである。

——金華山には、黄金（くがね）が唸る程有るらしい——

ただただ欲に目が眩んだ盗人たちは、有名無実、つまり金華山の表看板だけの〝金〟に誘引されて、それこそ怒濤の如く島を襲った。盗みに入って何も手にする物もなく空しく引き上げる時、盗人のすることは腹いせの「破壊行為」である。この現象は昔も今も変わらない。

こうして栄華の島金華山の、絢爛を極めた堂塔・僧坊は、悉く灰燼に帰した。無論被害は堂宇に限らず、山を彩る草木の果てまで焼き尽くされた。

藤原氏・葛西氏の後、金華山を管掌したのは伊達政宗である。秀吉の命で「葛西・大崎の一揆」を鎮圧して、伊達氏が宮城の岩出山に城を構えたのは、天正一九年（一五九一年）九月二十三日である。

それから十年後、政宗は仙台城を築き、此処を終の拠点とする。幼名を梵天丸とし、仏教への帰依心の強かった政宗は、自領となった陸前の国の仏閣や神社の再興には、特に厚いものがあった。

慶長九年（一六〇四年）の松島五大堂の建立を手始めに、「鹽竈神社」「大崎八幡神社」をして、慶長一四年（一六〇九年）には、「松島瑞巌寺」の上棟にまで漕ぎつく。その間政宗は、尊崇して止まない「不動尊」の腐朽しかけた各地の堂宇の修築をも、多く手掛けている。

政宗が、荒廃していた、金華山大金寺の堂塔・僧坊を修復したのは、恐らく此の頃であろう。すでに陸奥の梟雄となった政宗の「威光」には凄まじいものがあった。以後、悪人共の金華山への狼藉は皆無となる。

慶長一八年九月十五日（一六一三年十月二十八日）早朝、伊達の黒船は、無窮の波路への波濤を、その鋭い舳で切った。

月の浦の湾口に在る小鯛島（「こだい」が訛って「こでい」となり、現在の地図には「小出島」と記載）と、牡鹿半島との距離は僅かに七、八〇メートル程。この隘路を巨大な黒船が、微かな月明かりと陸風を頼りに擦り抜けて行く。その操船の巧みさに、甲板に並んだ日本人乗客たちの間から、期せずして賞歎の声が次々と上がった。

「流石にイスパニアの水夫たちよのう」

「見たか、あの見事な帆綱の捌きを」

伊達の黒船は、巧みに小島や岬を回避しながら進む。

月の浦を出て直ぐに、前途に立ち塞がる大室崎を回ると、やがて右手に田代島、続いて網地島が見えて来る。因みに両島共、伊達藩の軽犯罪人たちへの「流刑の地」である。

網地島を過ぎると、やがて左手に金華山が見えてくる。

ここまでの距離は、直線距離でおよそ二〇キロである。これを実際の航路距離で考えれば、直線の三割増しと考えて二六キロである。

この時期の黒船、つまりガレオン船の外洋での時速は、約五キロであることを考えると、この状況での伊達の黒船の速度は、四キロ弱と見て良い。したがって午前三時出帆のソテロや常長たちを乗せた伊達の黒船が金華山の西方に姿を現すのは、「朝の八時過ぎ」と算定出来る。この時、伊達政宗は確かに、金華山のあの〝無双峯〟に居た。前日から密かに金華山に入り、大金寺の貴賓室にて狩衣を脱いだのだ。政宗の行動には常に、「隠密」の文字がつきまとう。この度もあくまで〝鷹狩り〟〝鹿狩り〟の名目で牡鹿半島を下って来たのだ。

伊達の黒船が、雄勝湾の雄勝浜で竣工後、月の浦へ回航して最終的な艤装を終え、後は乗客やその荷物を積み込むだけという段階で、ソテロと江戸幕府の船手奉行向井将監は、政宗に手翰を出している。

『出帆の準備が整いました。どうか御来駕の上、御詳覧之あり度――』

自信に満ちた二人の誘いの手紙にも、政宗は多事多端を理由に断っている。「観たい」という己れの欲気よりも、幕府つまり徳川への気兼ねが勝ったのだ。

徳川幕府が、西国の大名たちに「五百石以上の大船建造の禁止令」を出したのは、四年前の慶長一四年（一六〇九年）の九月のことだ。千石船でさえ、洋トンに換算すると〝百トン〟に過ぎない。それがこの度政宗が建造した黒船は、ソテロの主張では優に〝五百トン〟はあるという。

この通称「伊達の黒船」は、元々は二代将軍秀忠が、イギリス三浦按針ことウィリアム・アダムズに、伊豆伊東の松川船渠で建造させ、三浦岬の浦賀港外で誤って座礁させた、あのサン・セバスチャン号（四百トン）を政宗が貰い受けたものである。

浦賀から雄勝湾まで回航したサン・セバスチャン号を、政宗はただ修繕したのではない。事のついでに船を拡大・拡張してしまったのである。無論、徳川幕府の許可無しである。事が露見したらただでは済まない話なのだ。

政宗が自ら手掛けた、むしろ誇るべき快挙ともいうべき五百トンの巨船――正真正銘のガレオン船を、まるで〝腫れ物にでも触る〟様に扱った裏には、「徳川の目」を極端に恐れる当時の大名たちの例様があったのだ。

「お屋形様、間もなく黒船が見えて参りましょう！」

島の西側を見張らせていた配下の者の弾んだ声があった。今朝、日の出前から無双峯に着き、仮屋で茶を啜っていた政宗も、流石に戦き掉く己が心を鎮め切れないで叫んだ。

「ど、どこさ見える?!」

仮屋を飛び出して西側の松島の方を見るが、右手の樹木が視界を遮っている。

「今暫しお待ちになれば、やがて見えて参りましょう」

それまで政宗の雑談の相手をしていた長江家景が声を掛ける。家景は、政宗の戦役の記録には殆ど登場していない。しかしその祖先を含めて、伊達家との因縁には浅からぬものがあるのだ。

そもそも長江一族の発祥の地は、相模国（神奈川県）三浦郡長江である。それが長江義景の時、文治五年（一一八九年）の奥州合戦の折の功により、桃生郡深谷保（宮城県矢本町・鳴瀬町）を与えられ、以来「小野城」に拠って、代を繋いで来ている。盛景の代で伊達家との連関が生まれ、十四代種宗、十五代晴宗らと大崎一族の平定にも当たった。

後、長江盛景の死後、領地深谷は三分割されて三人の子息に分与された。長子勝景に小野城（桃生郡小野）を、次子景重に矢本城、そして三子家景が野蒜の浅井城をと、それぞれ支配することになる。この時家景がその家名を「三分一所氏」とされる。もともとの領地を三分割したため生まれた家名なのだが、政宗の遊び心が多分に垣間見えて面白い。

一見悠長にも見える長江一族の有様であるが、そうも言っておれない事態が一族を襲うことになる。天正一六年（一五八八年）、政宗が大崎氏に介入した折、長子長江勝景も一武将として従軍したのだが、この時勝景は、敵対する大崎氏との内応の疑いありとされ政宗に秋保の地で自害を強いられたのである。

この事件で、勝景の小野城と次男景重の矢本城もその連累として召し上げとなった。三男家景の三分一所家は、何故かお構いなしとして伊達家中に残ることが許されている。そんな因縁を背負っての此度の家景の出仕であったのだ。

我が国には古来、仇討を美徳とする風潮があった。たとえ相手が主君であれ、その中で断罪された者の身内には、私怨が残る。その無念の刃が、何時自分に向けられるかも知れぬ。その惧れを封じるために、支配者たちは罪の連座制を敷いて、罪人の肉親や親族までをも処分せざるを得なかったのだ。

秀吉は自分に子が出来た時、関白だった甥の秀次を、高野山で切腹に追い込むだけでは飽き足らず、その身内のおよそ三十人を、いたいけない幼児までも根絶やしにしている。

一方政宗は、慶長四年（一五九九年）に罪を問うて支倉常成を成敗した後、通常ならその嫡男である常長にも当然同じ罰が及ぶところを「所払い」として、その知行を取り上げるに留めている。後に政宗は、常長を自身も住む江戸上屋敷内の長屋に住まわせた上、浅草に在ったルイス・ソテロの神学校（セミナリオ）に通わせ、洋学を学ばせている。その常長が遣欧使節大使として、その師ルイス・ソテロと共に今、主君政宗の建造した巨大な黒船で、金華山の前にその雄姿を現そうとしている。

一方、無双峯の見晴らし台で政宗に随伴して今や遅しと伊達の黒船の到来を待つのは、長兄勝景を政宗によって仕置された末弟の家景である。よくよく考えると、実に不思議な構図ではないか。

政宗には本来、〝仁恕の心〟の強い武将という印象が付き纏う。つまり、その身内に限らず、家臣への想いには熱いものがあった。それは政宗の、裏切り行為や規律違反に対する、厳酷なまでの「処断」の姿勢とは、全く対極に在るものなのだ。とは言え政宗自身は、些事に拘泥しない豪放磊落な性分とは言い難い。それどころか幼少期の政宗は「怯懦」に近い性格で、その父母に余計な杞憂を抱かせている。

「毛を吹いて、小疵を求めず」

という韓非子の言葉がある。これは政宗、梵天丸時代の師である虎哉宗乙から、将たる者の弁識として教え込まれたもの。その大意は「小さな過失をも許さず詮議を厳しくし過ぎると、かえって己が身にも存外な禍難を招くことになる」というものである。つまり「君子たる者は、天地が万物を覆っているように全てを覆い、その心は大海の如く広く、そして高きこと嶮山の如く、深きこと狭谷の如くあるべし」と名僧虎哉は説いたのだ。

虎哉宗乙は、こうも言った。

「是非善悪は、〝賞罰〟に託して、決して咎人やその関係者の心情までをも傷つけるべからず」

この師虎哉の教えを、爾来政宗は強く服膺して生きて来たのである。

「殿！　来ましたぞ、黒船が」

先刻来仮屋を出て、崖の縁まで身を伸ばしていた家景の弾んだ声であった。

「おう！」

すかさず政宗は、近くの岩の上に立った。手には尺五寸の千里鏡を忘れていない。少しでも高い処から、そして少しでも長い時間見送っていたいという思いが、政宗をそうさせたのだ。

食い入るように凝らす政宗の隻眼の視野の中にも、やがて黒い巨船が入って来た。

朝日で鏡の様に「白く」光る仙台湾。そこに無数に点在するのは漁船か。その点影の間を縫うようにして進む巨体は、正に〝伊達の黒船〟であった。三本の帆柱、その真ん中の一番高い主檣の先端に翻るのは、正しくわが伊達の家紋、〝九曜の紋旗〟である。船首側にある前檣には、〝逆さ卍に違い矢〟。これは支倉家の紋章。

「それにしても、黒いのォ、でかいのォ！」

政宗は千里鏡を覗きながら呟き続けた。気にしていたのだ。素知らぬふりをして来たのは、ただただ徳川の目を憚っての事。誰よりも強い執着を以て、この黒船の誕生を待ち望んでいたのは、この政宗自身である。

四、「政宗の黒船」とは

五百トンとも称される伊達の黒船の船型は、それまで政宗が見て来た、どの船よりも〝丸い〟のだ。そして〝黒い〟。当時の洋船は、陸地も何も見えない溟海の中を、仮令嵐の巨濤をも物ともせず航行出来る——という概念のもとに造られている。その結果たどり着いたのが、だるま型に舷側が丸く膨らんだ船形なのだ。

つまり平面的な和船に対して、洋船は本質的に立体的、曲面的なのである。そして船体には、防腐材として石炭や木材を乾留して作る〝タール〟が塗られる。だからガレオン船などの洋船はみな黒い。そしてそれが〝黒船〟と呼ばれる所以なのである。

しかし、この「伊達の黒船」建造時のわが国は、未だタールを製造する技術は無い。そこで藩の船大工たちが編み出したのが、「鯨の油」と「松脂（やに）」との組み合わせだ。松脂を多量に含有する松の根を燃やして煤（すす）を採取し、この煤と鯨油を混ぜると、立派な防腐材が出来た。この他、この伊達の黒船には、地元船大工たち独自の技術が各所に活かされたという。

その最たるものが、釘（くぎ）や鎹（かすがい）を全く使わないで木材を繋（つな）ぐ、日本独得の〝嵌入（かんにゅう）〟法だ。この伊達の黒船はすでに述べたように、四百トンのサン・セバスチャン号を五百トンに拡大修理したものである。つまりサン・セバスチャン号を、その破損部で一旦切り離し、その間に木材を継ぎ足して船全体の増大を図ったのだ。この過程には、あのビスカイノとその配下の船大工も関わっている。主に、シモン・デ・カルモナとエステバン・ロドリゲスという二人の優れた船大工たちが指導に当たったのだが、日本人船大工たちとは、時にその工法について大いに揉（も）めたという。

ビスカイノはこの事について、その報告書の中で書き記している。

『日本人の船大工たちは、普通は当方の指示に素直に従ってくれるが、自分たちの得意分野となると頑として譲らず、ほとほと手を焼いた——云々』

しかし、日本古来の建築方式の基本、つまり「嵌入法」による建材を継ぎ足すやり方が「船舶」にも応用出来ることを、この時の地元船大工たちは、依怙（えこじ）地とも言える態度で押し通したのだ。

「この船は航海中に、真っ二つに折れるやも……」

ビスカイノとその配下の者たちの危惧とは裏腹に、後に正式に〈サン・ファン・バウチスタ号〉と命名されるこの伊達の黒船は、何と、二度も太平洋を往復したばかりか、その間遭遇した凄絶な暴風や台風にも、見事に堪え抜いて見せたのである。

その伊達の黒船が今、取舵を一杯に切って、その船首を南から東へとゆっくりと変えた。船の左舷を金華山に向けたことで、政宗の目には船の側面全体が見えて来た。

「居だぞぅ、居だ、居だ!」

船の船首楼甲板や船尾楼甲板にかけては、乗客たちが鈴生りの状態で立ち並んでいる。この金華山を最後に、彼ら乗員乗客たちの視野から故郷、あるいは故国の〝山容水態〟が消え去るのだ。

その食い入る様に見つめている衆目の中に、常長の双眸もあった。

「お屋形様は、どの辺りで観でおられっぺがなぁ」

「さあ、恐らくあの頂上辺りでございましょう」

傍らの小寺外記が答える。外記の視線も山頂に向けられたままだ。

「あっご(あそこ)は、確か、無双峯どが言っだな」

常長はそう言うと、俄に居住まいを正すと深々と頭を下げた。「返り忠」の者の倅に過ぎない自分の様な者に、遣欧使節の大使という重任を与えてくれた政宗の深い恩寵が、今常長の胸奥を熱く貫いたのだ。期せずしてあの和歌が常長の脳裡に蘇る。

往く海の 果ては知らねど 一筋の 思う心は 只君の為

黒船建造の折、監察のソテロと訪れたあの雄勝浜の肝煎(きもいり)の家で夜を過ごした折に、ふと浮かんだ歌だ。あの夜の、そして今この刹那(せつな)の常長の心情——つまり〝不安〟と〝観念(かんねん)〟とを吐露し尽くしている。常長にとって〝奥南蛮(ヨーロッパ)〟とは一体何処に在るのか見当も付かない、まるで虚空・宇宙へ向かう心地であったろう。それでも「お屋形様」の命とあらば往かねばならぬ。常長にはその覚悟しかない。

「士は、己れを知る者のために死す」(『史記』司馬遷編)

この言葉が、その心底にあるからだ。

「ソテロの居所(いどころ)は何処(どご)だャ?」

政宗は千里鏡を覗きながら呟く。

「はあ」

傍らの家景には、見当もつかない事だ。通常、船団司令や船長の居室は、船尾楼甲板の最上段と決まっている。伊達の黒船の長官はルイス・ソテロである。これは政宗自身が決めたこと。この船には百四十人の邦人と、四十人余りのイスパニア人が乗っている。その双方の言語を自由に駆使出来る者にしか長官は務まらない。こう考えた政宗が、敢えて宣教師のソテロを指名したのである。

そうこうしている内に、船は折からの陸軟風(りくなんぷう)を帆に受けて、どんどん速度を増し、金華山から遠ざかって行く。

――六右衛は何処だ？　太郎左は？――

必死の思いで探る政宗。しかし単眼型の、当時の望遠鏡の解像能には限界がある。うっすらと人間の存在は認識出来ても、ソテロや常長や小寺外記の顔を、実像として捉えることは困難なのだ。

〔筆者註＝「小寺外記」は本名を〝小平太郎左衛門元成〟と称して、政宗、京伏見時代の側小姓である〕

遥か赤道方面から流れ込み、日本列島の太平洋岸に沿って北上して来る〝黒潮〟は、千葉銚子の犬吠埼を過ぎ、鹿島灘を越えると、やがて福島・宮城の県境辺りから、大きくその向きを東へと変える。

〔筆者註＝黒潮の流れは、外気温や地球の気象状況によって、その流れは大きく変化する。時には福島の〝小名浜〟辺りから、あるいは宮城沖から東流することもある〕

伊達の黒船は、この黒潮の強い流れに沿う様に誘き出される副流に乗って、陸奥の海岸から去って行く。やがて渺渺たる大海へと押し出された伊達の黒船は、加速度的にその姿を縮めて行った。

「速い！　三分の！　まごどに速いもんだど！」

今の政宗は、まるで自分で作った玩具の出来栄えに歓喜する童そのものである。無論〝三分の〟と呼ばれた三分一所氏家景には、その意が通じる筈もない。

そうこうする内に、船影は更に小さくなり、やがて〝滄海の一粟〟と化した。やがてそれは烟る水煙で濛濛とした天際で、忽然と失せた。

「三分の！　見だが！　飛んだど！　俺の船が今、空さ舞い上がった！　ほだほだ（そうだそうだ）、確かに十方空の世界さ向がったのを見だ！」

政宗の興奮は、今や留る処を知らない有様。

十方空とは、八方無窮の空間のことを言う。当時の日本人には〝遠い所〟〝地の果て〟あるいは〝空の彼方〟を表現する場合、「唐・天竺ほど遠い」を用いた。政宗にとっても、南蛮や更に奥南蛮ともなると、想像もつかない無疆——つまり大宇宙の果てにも匹敵する遠さを意味する。

「速い！　正ぬ隼と変わんねな」

猟好きの政宗である。今涯際の果てに消えた己が黒船は、獲物に向かって低く一直線に飛翔する〝はやぶさ〟にも見えたのだ。

五、赤い月の不吉

金華山、そしてそれに連なる牡鹿半島の黒い影が完全に波間に消えた時、人々もそれぞれの居住区に戻った。船尾楼甲板に残ったのは、常長とソテロ、そして小寺外記の三人だけとなった。

「このまま、真っ直ぐ東へ、東へと進めば、北アメリカのカリフォルニアにぶつかります。それまで約六十日かかるそうです。ハシクラ殿も、みんなもガンバリましょう」

ソテロの表情は明るい。そう、伊達の黒船の船出は、正に「順潮」そのものと言えた。しかしこの遣欧使節団の旅路は、単なる物見遊山のそれとは違う。

――重過ぎる程の使命と、果てしなく遠い路程――

その思いが、時に大使常長の心胆に、寒い程の戦きを突きつけて来る。

――これは怯えに非ず。武者ぶるいというものだ――

即座に常長はこう断じることにしている。過去に経験した数々の合戦の時の心情とは全く異質なものと、今の常長は感じ取っている。

そんな常長の心情の錯綜を弥増す様な事象が起きた。

船腹に当たる波濤の響きにも、ここ数日来の積もりに積もった疲労の方が勝って、何時しか常長は睡りに落ちた。しかし、何刻も寝ないうちに常長は目醒める。船内が妙に騒がしい。それはむしろ不穏とも言える喧騒なのだ。薄い板壁で仕切っただけの隣室のビスカイノにも動きの気配が感じられる。常長も急いで船室を出た。

甲板には、すでに多くの乗員や乗客たちが集って、一斉に空を見上げて何やら喚いている。中には念仏を唱えている者もいる。

常長の目に映じたのは〝赤い月〟だった。

「今何時だ?」

何時の間にか側に侍していた小寺外記に気が付き、常長が訊ねた。

「さあ、正子(午前零時)を少し過ぎた頃でしょうか。それにしても無気味ですね。常長様」

「うむ……」

常長は月を凝視したまま、無言で頷く。

「月に血が滲んでいるぞぉ！」

下の方から怯えた声が聞こえた。確かに今の月は、その半分程が血塗られた様に赤銅色を呈している。

「確か、今夜は満月のはずだなャ」

そう呟きながら、常長は下の遮浪甲板へと続く階段を降りて、ソテロの居るグレートキャビンに向かった。小寺も無言で後に続いた。

ソテロは自室の前の甲板に出て、しきりに祈っていた。黒い宣教師のガウンで全身は闇に溶け込んでいるが、その白い顔と手だけで存在が分かる。

「ソデロ様！　何としたもんだべャ。今夜の月は？」

「満月の夜に、月が橙色になって欠けて行く——という事は、昔何かの本で読んだことがあります。しかし、この様に赤く染まった月を、私も初めて見ました。恐ろしいですね……」

こう言うとソテロは再び跪き、熱心に祈り始めた。四百年の昔の事である。流石に物識りのソテロも、「月食」の仕組までを解き明かす知識は無かった。

曰く、地球が太陽と月を結ぶ直線上に入り込んだため、その地球の陰に月が隠れる現象である。曰く、地球の大気の影響で、月は〝赤黒く〟見える。これは、日光が地球の大気を通る際に屈折されて、波長の長い「橙色」や「赤色」のみが残るため。この理屈は、今日では小学生でも知っていることだが、中世末期の当時である。「地球は、太陽の周りを回っている」と、ポーランドの天文学者コペルニクスがいわゆる「地動説」を唱えたのは、一五三〇〜四〇年頃である。つまり、この月食騒ぎの以前、百年足らずの頃は、未だ「宇宙は、地球を中心に動いている」としか、理解されていなかったのだ。

「支倉様、月の東側が……」

　小平の声に、常長は頷く。

「おう、ほだほだ！　確かに明るぐなっだ、確かぬ！」

「赤い月は、おおよそ二、三時間ほどで元に戻ると聞いています。そう、日本の時間で言えば、一時半位ですか」

　ソテロが口を挟んだ。

「ソテロ様、この赤い月の出現は〝吉〟ですか、それとも〝凶〟と考える可きでしょうか？」

　小寺が真顔で訊ねた。

「さあ、私には何とも……〝凶〟でないことを皆で神に祈りましょう」

　そう言って、ソテロは甲板に跪いた。

「明日のために、もうひと寝しておきましょう」

　やがて、そう呟きながらソテロは自室に入った。

「凶であっては、なんねど。何としてもだ！　ほだべ（そうだろう？）外記や」

　そうは言っても、常長にとってこの〝赤黒く血塗られた月〟の出現は、己れのこれからの、果ての読めない旅への出立早々の出来事としては、どうしても〝不吉なもの〟としか捉え得ないのだ。以後、旅の間に遭遇する〝難儀〟の度に、この〝赤い月〟が常長の脳裡に付き纏うことになる。

　無論、今の常長には知る由もないことではあるが。

六、宣教師ソテロ

際限なく押し寄せる太平洋の巨大な波濤を、苦もなく切って進む伊達の黒船の快走振りに、人々の記憶の中にはもうあの忌まわしい赤い月の影は無い。それぞれの持場で、あるいはその居住区での通常の生活に明け、そして暮れる。そう、船の旅はどうしても単調なものなのだ。二、三日も経つと、好奇心の強い日本人の若者たちは、イスパニアの水夫たちと、身振り手振りで交流を図っている。若者たちの興味の中心は、専らメインマストとフォアマストに取り付けられた〝物見台〟だ。船端（ばた）から、およそ十数メートルの高さからの景色に憧れるのだ。中には上手くやったとみえて、物見台から歓喜の大声を上げている邦人もいる。晴天で海が凪（な）いでいる時の帆走ほど爽快なものはないのだ。

そんな、或る日の午後、ソテロからの伝言があった。

「皆さん、私の船室（キャビン）に集まって下さい」

ソテロの居室、グレートキャビンに集まったのは、常長ほか邦人ばかり十人程である。無論、小寺外記をはじめ、今泉、松木、西、田中、内藤らの仙台藩士たちと、既に受洗して霊名（れいめい）（洗礼名）を持つという滝野嘉兵衛（たきのかひょうえ）（山城出身）、野間半兵衛（尾張出身）、伊丹宗味（摂津出身）ら三名である。もっともこの三人は、すでに切支丹（キリスト教信徒）であり、カトリックについての知識もほぼ備(そなわ)っている。自ずとソテロの説教の対象は、常長ら仙台藩士となった。

　ソテロの居室グレートキャビンは、その名が示す通り、ガレオン船の船室(キャビン)の中では最も広い居住区とされる。位置は船の最後尾に在り、船尾楼甲板、つまり常長とビスカイノの居る部屋の真下になる。

　ガレオン船の構造上、この〝船尾遮浪(しゃろう)甲板〟は、船幅の最も大きい場所に在るため、船室も大きく取れる。しかも床も水平で、居心地も良い。常長の自室は狭い上に、床は船首に向かって幾分傾いてさえいるのだ。隣のビスカイノの部屋とは、低い板壁で仕切られただけのものなのである。

『ドン・ロドリゴ日本見聞録』に掲載されたソテロの肖像。

　本来ヌエバ・イスパニア（メキシコ）から、「答礼大使」として来日したビスカイノである。その社会的位置からしても、当然己の居室は「グレートキャビン」でなければ……そんな快々(おうおう)として楽しまないビスカイノの仏頂面(づら)を見るのは、常長にとっても〝みずめ（苦痛）〟この上ないことなのだ。

　自然、日中のビスカイノは、船首甲板のスペイン人航海士たちの許へ、一方常長はソテロの大きな船室(キャビン)に入り浸ることになる。当然配下の仙台藩士たちも、ソテロのキャビンに行き易くなる。そんな傾向を一番悦んでいたのは、当のソテロである。アカプルコまで三ヶ月近くに及ぶ、この航海期間は、ソテロにとっては願ってもない布教の機会となるのだから。

日本でのソテロの布教の仕方には定評があった。その峻厳(しゅんげん)ともいえる姿勢の中にも、底深い優しさ、思いやりがあるからだ。そこには威圧もなければ強制もない。無明(むみょう)の闇に迷う人々にとって、ソテロの説教は音楽にも似た、心地好い響きに感じられたのだ。それは、ソテロの高度で巧みな日本語の能力に依るものでもあったろう。

しかし、それだけの事として片付けたくはない。

ソテロの体内に流れる〝血〟——ユダヤ人としての拭浄(しょくじょう)することの出来ない〝血〟の存在は、今まで算え切れないほどの、試練と艱難とをソテロの身に呼び込んで来た。それは単に「イエズス会派」とか「フランシスコ会派」などという、会派・意識からのみの確執によるものではない。

ソテロの父方の家系は、紛れもないユダヤ人なのだ。中世の頃のスペインは、ユダヤへの激しい迫害運動の最中(さなか)にあった。そんな苦況から逃れるために、裕福なユダヤ人たちは一般のキリスト教徒と縁を結んで、新しい社会的地位を構築した。これがコンベルソ(Converso／ユダヤ教からキリスト教への改宗者)である。ソテロは、このコンベルソをその出自(しゅつじ)としている。更に、ユダヤ系である父方の姓「カバジェロ」をも捨て去り、母方のソテロ姓を名乗って来たのには、やはりユダヤの影を完全に取り除きたいという願望もあったのだ。

青年期のソテロは、せっかく入った名門サラマンカ大学を中退している。そして事もあろうに、当時スペインでは最も厳しいと言われた「フランシスコ会跣足派」に入る。宗祖は、あの「裸のキリストに裸でしたがう」ことを求め、清貧で知られた聖人、〝アッシジのフランチェスコ〟なのだ。「跣足」とは〝はだし〟の事。つまり素足のまま乞食布教をせよという教えなのである。

ソテロは、本来若者たちの楽園である可き筈の大学を捨ててまで、己が身を敢えて「苦の世界」へ置いた。そこには「神への奉仕」という崇高な精神に導かれただけではない何かがあったのだ。そう、ソテロ自身が〝迷いに迷っている小羊〟に過ぎなかったのである。

そんな時、大学の図書館で出会ったのが、アレッサンドロ・ヴァリニャーノの布教報告書『東インド巡察記』であった。これは、一五七五年から一五八〇年頃までに発表された、インドを基点として中国、日本、エチオピアなどに関するもので、中でも日本に関しては三章にも及ぶ記録があり、ヴァリニャーノ自身が可成り日本への関心が深く、その報告を重視していたことを示す。ソテロがこの報告によって俄然、日本に強く惹きつけられたのは、一五九三年頃と推定される。

そのヴァリニャーノの日本報告書の中から、ソテロならずとも日本人にとっても興浅からぬ記述を、幾つか拾って見る。

『日本は寒く雪の多い地である。その理由は、日本が北緯三〇度から三七、八度にかけて位置しているからである。人々は皆色白く洗練されており、しかも極めて礼儀正しい。そのため他のあらゆる人種に優っている。日本人は、生まれつき非常に優れた能力の持ち主ではあるが、いかなる種類の学問（ここでの学問とは「スコラ哲学」や「倫理神学」を指す）も持っていない。世界

中のあらゆる人種の中で、日本人は最も好戦的で戦争に没頭している。（中略）

日本人は人を殺すことを、動物を殺すことよりも重大に考えていない。そのため取るに足りない理由からだけではなく、自分の刀の切れ味を試すためであれば人を殺してしまうのである。（中略）

日本人は次のような非常に残酷な行為に及ぶ。即ち、母親自らが子供を産むや否や「この子は養えない」とだけ言って、ごく当り前のように首を踏みつけて殺してしまうのである。それに自らの脇差を使って切腹し、自害する者も大勢いる。その一方で日本人は、私が目にした限りの人種の中でとても愛想良く、親愛の情を表わす。（中略）

他方、この国民は世界中のあらゆる人種の中で、最も偽善（ぎぜん）的で上辺を取り繕う国民である。なぜなら、日本人は幼い頃から本心を露わにしないことを学び、それを分別あることとし、それとは反対のことを愚行と考えているからである。（中略）

日本人もやはり非常に貧しい。そのため驚くべきことに、王や領主ですらごく僅かの物で糊口を凌いでいるほどである。王や領主は、自分の領地を家臣の間で分割してきたため、たとえ出費を伴うことなく、またあらゆる面で家臣たちから奉仕を受けていても、手許にはごく僅かの収入しか残らないのである。

一方、人々は誰しも、とりわけ貴人たちは互いに極めて丁重かつ高潔に供応してもてなし合うので、あのように非常に貧しいというのに、これほどまでの丁重さと立派な礼儀の遵守が可能となっていることも驚くべきことなのである。衣、職、儀式その他様々な事情において、日本人の行動はどれも、ヨーロッパ人や他の人種の行動とは著るしく異なっている。そのため日本人は、

あらゆる事柄を他の人種とは反対に行うことを、故意に学んでいたかのようである。（中略）
日本人は、ヨーロッパでは極めて重大な罪を徳として考えており、坊主も神官も、罪は徳なりと人々に説いて教え込んでいる。親でさえも子供にこのように説き教えているのである。とりわけ男色の罪においては、口に出すことも目にすることも憚られることが罷り通っている。日本人には数々の邪悪な習慣があり、法律はあまりにも不当で自然の理に反している。そのため、日本人を説き伏せて我々の法に則った生活を行わせるのは、極めて困難である。
にもかかわらず日本人は、キリスト教徒となってから陶冶されると、この種の様々な悪習を棄ててキリスト教と神への崇拝に強く心を傾け、教会と秘跡の授与に足を運ぶ。そして他のあらゆる人々たちよりも、素晴らしい畏敬の念と外面の謙譲さをもって、神に関わる事柄を色々と論じる。とりわけ中層階級の人々と農民たちがそうなのである。（中略）
結局のところ日本人は、シナ人を別々にすると、かの東洋全域の中で最良のキリスト教徒となるには最適な国民なのである。』

このヴァリニャーノの著した『東インド巡察記』（高橋裕史訳）は、今から四百四十年も昔の記録である。にもかかわらず、日本人の正体を論じて、実に見事にその正鵠を射ているではないか。当時サラマンカ大学の神学部で己の前途を苦悩し模索していた若き日のルイス・ソテロにとって、ヴァリニャーノの日本報告記は、刮目に値する指針であった。そして彼の日本及び日本人に対して抱いた強い興味は、やがてソテロ自身を抜き差しならぬ耽溺の陥穽へと落とし込んだ。

それからのソテロの行動は敏速であった。大学を辞めると、並みいるキリスト教会派の中でも最も厳しい修行を求められるフランシスコ会厳修派（オブセルバンシア）に入会する。一五九四年五月十一日、ルイス十九歳八ヶ月のことであった。その後セビリアの修道院で修行の日を送っていたソテロに、転機が訪れる。ある神父が募集していたフィリピン行きの宣教団に、団員として参加することになったのだ。当時のフィリピンはスペインの植民地であり、首都マニラには「日本人街」もあって、多くの日本人が出入りしていることをソテロはすでに知っていた。日本人・日本文化を知るためには、先ずはマニラへという風潮は、むしろ国際的なものだった。

ソテロが、その憧れのマニラへ渡ったのは、一六〇〇年（慶長五年）のことであった。ここで彼はどっぷりと、日本人社会・日本文化に浸ることになる。ソテロの、ある意味流暢（りゅうちょう）過ぎる程の日本語力は、この日本人街で習得したものと考えて良い。

出帆してから一週間、相変わらず晴朗な天候の中、伊達の黒船は快走を続けている。雲と波浪以外視野に入る物は、何ひとつない。ただ渺茫（びょうぼう）と果てしなく広がる空と海。その中を国産第一号のガレオン船は、健気にもひた走る。

ソテロの船室（キャビン）に集まるのは、その説教、つまりキリスト教の本質を聴き取ろうとする者たちだ。他にイスパニア語（スペイン語）だけの習得を、目指す者たちもいる。彼らは他の宣教師、イグナシオ・デ・ヘススやディエーゴ・イバニェスたちのキャビンを訪れることになる。

ソテロの説教は、「神」そして「三位一体（さんみいったい）」の解説から始まる。

本来神は「唯一無二」の存在としてユダヤ教、つまり旧約聖書では考えられて来た。この世の全てはただ一人の神デウスの働きによって創造されたものであると、旧約聖書の冒頭に記されている。それが、何時の間にか「三位一体」、つまり「神・子・聖霊」の三つの霊位から、神は成り立つとされている。これでは、キリスト教信者たちにとっては、その初手から行き詰りなのだ。

「旧約聖書では、神は人の目には見えない存在なので、一神論で通せたのです。しかし、イエス・キリストがメシア、つまり救世主として、人間の姿で新約聖書に現れたことで、問題がややこしくなって来ました。この解決策として、イエスは神の子であり、当然その父である神、そしてその救いの霊としての〝聖霊〟――この三つを『三位一体』の神としたのです」

ソテロの説明は明快で、常長たちにも理解し易い。

来日した頃のソテロは、布教の先駆者イエズス会の神父たちが常用していた『どちりな・きりしたん』にも頼った。

『どちりな・きりしたん』は〈Doctrina Christa〉という歴としたポルトガル語のキリスト教入門書である。これをイエズス会の神父たちが、ローマ字綴りの日本語版に仕立てて使ったのだ。平易な問答形式になっているが、多分にその地域のお国訛りが混ざり込んでいることもあって、ソテロは早々にその使用を諦めている。

山城の国（京都府）で布教を始めたソテロは、キリスト教の教理解説書を独自で作り上げ、瞬く間に多数の信者獲得の実績を上げたのだ。この時ソテロは、日本人の信者は理解度が高い反面、余りにも平易な表現には興味を示さないばかりか、嘲弄の眼で見て来ることに気が付く。その対処法としてソテロが講じたのが、説教の中に意識的に仏教用語を取り入れることであった。正にこの戦術は適中する。あの伊達政宗の熱狂的な支持を得られたのも、ソテロの高度で正確な漢字力、仏教用語への理解力に依るものと考えて良い。

グレートキャビンでのソテロの説教は続く。

「旧約と新約はどう違うのか？」

先ず〝約〟とは何か？　それは神（ヤハウエ／ＹＨＷＨ）と人間が結んだ〝契約＝約束〟のこと。そして、古い約束が〝旧約〟であり、新しい約束を〝新約〟とした。

「宇宙創造の神（ヤハウエ）が、モーセに命じて、二枚の石板に十の戒めを刻ませました。これが〝モーセの十戒〟であり、旧い約束（旧約）の成立なのです。しかし、イスラエル人（ユダヤ人）たちは、中々これを守ろうとしません。そこで神は預言者や士師を送って、これを正そうとしたのです。それでもイスラエル人たちはこのことを喜ばずに、むしろ預言者たちを迫害までしてしまった。ここに到って〝旧約〟は破棄されたのです。

それから四百年後、神は〝息子イエス〟を地上に送られる。しかし、そのイエスをユダヤ人たちは、十字架にかけて殺してしまった。イエスは死後三日目にメシアとして蘇るという奇跡を見せました。この奇跡によって、新しい約束（新約）が成立したのです。神は、その新しい約束を、石板に刻ませるのではなく、今度は〝人の心の中〟に刻ませることとしたのです」

一息つくとソテロは、熱心に聞き入っている仙台藩士たちを見回した。

常長は、何時の間にか懐紙を取り出して、しきりに矢立の筆を走らせている。あくまでも律儀なのである。

「そう、心に刻むこと——そのことが神を信じること、つまりキリスト教を信仰することに通じるのです」

「イエスを、救い主（メシア）と信じる人には、神から救いの手、聖霊が遣わされます。〝洗礼〟は、これを目に見える形で表したものです。洗礼は文字通り〝水で洗い流す儀式〟です。イエス自身、「洗礼者ヨハネ」の手によって、ヨルダン川の水に浸されて洗礼を受けたのです。つまり、洗礼とは〝それまでの汚れた自分を洗い流して、新しい清浄な自分に生まれ変わる〟ことなのです」

ここでソテロが、急に居住まいを正し、改まった口調で言った。

「今、皆さんが乗っているこの船、このガレオン船の名前について、この私から提案がございます」

この言葉に、仙台藩士たち間にも一瞬緊張が走った。

「今までこの船は〝伊達の黒船〟とか、単に〝黒船〟と呼ばれて来ました」

「そう〝陸奥丸（むつまる）〟とも言われ申した」

今泉が合わせる。

「そうですね。しかしどの呼び名も正式なものではありません。つまり伊達の殿様から頂いた名前ではないのです」

ソテロには、いまひとつ政宗の思惑に、解（げ）しかねるものがあったのだ。船の建造（実際は拡幅修理）の現場名の隠蔽。進水式や晴れの月の浦出帆にも、一切姿を見せなかった事。更にこれは後刻知った事だが、「乗船者の氏名」すら秘匿したのである。

（筆者註＝サン・ファン・バウチスタ号の乗船者名が明らかになったのは、仙台藩四代藩主伊達綱村が作った『貞山公治家記録（ていざんこうちけきろく）』が世に出てから）

政宗に限らず、中世から近世にかけての各大名たちは、自己防衛の意識が異常に強かった。極く些細な事で、時の将軍や幕府により、簡単にその命脈を絶たれる例を見聞してきたからだ。

「如何なる細がい隙も、見しぇるべがらずだなャ、藤五」

これが政宗の口癖だった。政宗は〝身うちの者〟と称している従弟の伊達藤五郎や片倉小十郎たちとの会話は、専らお国言葉を使ったという。無論支倉六右衛門（常長）も、その範疇だ。

流石にソテロの慧眼を以てしても、大名政宗の、そんな自己保全のための微妙な心理までも、読み取ることは無理というもの。政宗は、表向きこそ豪気に構えていても、その本質は異常なほど警戒心が強く、繊細な感覚の持主だったという。


帆船の航行は、満帆に受ける順風と強い潮流次第である。今、伊達の黒船は、およそ時速にして六キロ前後の速度で直走っている。

「ハシクラどの、私にその矢立と懐紙を貸して下さい」

そう言うとソテロは、何やらものを書き始めた。

「これをこの船の新しい、そして正式な名称としたいのです」

〝さん・ふあん・ばぷちすた〟――つまりサン・ファン・バウチスタ号である。

「拙者、その意味を知りとうござる。それに我等には煩雑過ぎて、いささか憶え難いのでは？

……」

小寺外記が遠慮がちに口を挟んだ。

――うむ、もっどもな指摘ではあるな――

常長も同感であった。

「では、ご説明しましょう」

ソテロは皆の前に、書付を示した。

「先程、私は言いましたね。イエスが洗礼を受けたのは〝洗礼者ヨハネ〟からであると。この〝さん〟は聖、つまり清らかな人を意味します。それから〝ふあん〟は、ヨハネのことをギリシャ語ではこう呼ぶのです。そして〝ばぶちすた〟は、洗礼する人の意味です」

ソテロは更に続けた。

「つまり、この意味をまとめますと、〝聖〟〝ヨハネ〟〝洗礼する人〟です。いいですか。この語句からこの船の名前を決めます。〝洗礼者・聖ヨハネ号〟――いかがですか皆さん」

一同、未だ釈然としない様子で、互いに顔を見合わせている。しかしソテロには、この名称にこだわる訳があった。いや、どうしてもこの名でなければならなかったのだ。その理由とは、こうである。

フランシスコ会を、最初に日本にもたらした宣教師はペドロ・バウチスタである。彼はフィリピン総督の使節として来日して、当時征明の野望を持して、肥前（佐賀県）名護屋城に布陣していた太閤豊臣秀吉に謁見して、日本布教の認可を取り付けている。慶長二年（一五九七年）のことである。ソテロは、洗礼者を意味するバウチスタという名に、強く惹かれるものを感じ、そして尊敬する先達に肖りたくもあったのだ。

〝理由〟はもうひとつある。

「洗礼者・聖ヨハネ」を意味するサン・ファン・バウチスタという名称は、中世のイスパニア

（スペイン）社会では、何故か非常にもて囃されたのである。

一五八八年に、イングランド（イギリス）海軍との大海戦に臨んだあのスペイン無敵（アルマダ）艦隊百八十隻の中にも、この名を冠したガレオン船（七百五十トン）が二隻も含まれていたという記録もある位なのだ。

「されどわれら日本人には、いささか馴染み難くはございませぬか？」

今泉が遠慮がちに呟く。

この時、小寺外記が立ち上がって言った。

「いや、南蛮ではその港に入る船は、その船名を名乗って登録する義務があると聞き申したことが……」

「良くご存知で。その通りなのです。ですから、船の名前は出来るだけ先方に分かり易い方が、入港の手続きも簡単に済んで好都合なのですね。ホラ、お国の諺にもありますね。〝郷に入らば郷に従え〟と」

ソテロの余りにも巧みな日本語に、一同唖然とした面持ちで納得せざるを得ない。こうして仮の呼び名「伊達の黒船」は、〈サン・ファン・バウチスタ号〉と正式に名称を改めたのである。

この時である。ソテロが小寺外記という侍に強い好奇心を抱いたのは。これまでソテロは、小寺を単に常長の秘書係、つまり配下の者としか認識していなかった。無論、政宗からも何も聞いてはいないのだ。

しかし常長は、小寺の正体については詳らかにされている。そう、政宗から小寺に関しての来歴については事こまかく聞かされており、その扱いには〝格別の配慮〟を、との仰せも賜っているのだ。この事は常長以外、知る者はいない。

更にソテロが、小寺の外記に興味を抱いたのには、ほかにも理由があった。

外記の、他の侍たちには無い落ち着き振りである。当時の日本人にとって、南蛮と言えば〝唐・天竺より遠い地〟の認識である。事と次第に依っては、再び生きて国へは帰れないやも知れぬ心境なのだ。侍だからと言って、落ち着き払ってはおれないのが人情であろう。

それともうひとつ、ソテロが着目した点がある。それは小寺外記の、端正とも言える挙措にあった。つまり万事が〝垢抜け〟して見えるのだ。この謎の武士小寺外記の正体を明らかにするためには、今ひとつお膳立てと時間が必要だ。待つとしよう。

七、和製黒船「サン・ファン・バウチスタ号」の誕生

先年、マニラからメキシコのアカプルコに向けて、北太平洋航路を航行中のスペインのガレオン船サン・フランシスコ号が、上総国（千葉県）御宿近くの岩和田海岸で座礁した。太平洋特有の台風に吹き寄せられたのである。この船に乗っていたのが、前マニラ総督だったドン・ロドリゴであった。

実は家康とロドリゴとは、書翰を通じて相識の仲である。何かにつけて騒ぎを起こすマニラの日本人街の住人たちは、フィリピンを植民地とするスペインの、歴代の総督たちとって頭痛の種

であった。苛烈な弾圧でこれを鎮圧してきた歴代の総督たちとは違い、代理総督だったとはいえドン・ロドリゴは、日本人たちの言い分をもしっかり受け止めてくれたのだ。

家康は在任中のロドリゴに手紙を書いている。

『お国の法に従わぬ者は、たとえ我が邦の者共であっても、どうぞ御辺の思い通りの処置を取られたい。その事に関して、当方には何の異存も御座らぬ——云々』

しかし、この時ロドリゴは、厳罰つまり死刑を主張する周囲の声を制すると、日本人全員を解き放ったのである。それからである、家康はドン・ロドリゴに対して、唇歯の関係に近い感情を抱いていたのだ。

そのドン・ロドリゴが、事もあろうに幕府のお膝元の上総に流れ着いたのだ。此処御宿界隈は、大多喜藩の領内である。時の藩主本多出雲守忠朝は、あの徳川四天王の一人本多忠勝の二男で、十万石だった父が伊勢桑名に転封となった後、「五万石」の大多喜藩を受領していた。

本多忠朝からの報告で、事の次第を知った家康の動きは敏速を極めた。一行の帰国に必要な金子四千両を利息・担保無しで貸し付けると、ガレオン船サン・ブエナ・ベントゥーラ号（百二十トン）を仕立てて帰国させたのである。

このサン・ブエナ・ベントゥーラ号は、伊豆の伊東で三浦按針ことウィリアム・アダムズが建造したイギリス型の帆船である。無論ドン・ロドリゴのためにわざわざ零から造ったものではない。先にオランダ船リーフデ号（三百トン）が豊後（大分）に漂着した時、同船の水先案内人ウィリアム・アダムズが、非常に優れた技術者であることを家康は見抜く。当時の日本の造船技術は、未だ未だ稚拙で、とても外洋の荒波を乗り切る能力などなかったのだ。

ここに、その事を揶揄とも取れる辛辣さで指摘した記録がある。

『日本船は、みじめなほど小さく、そして直ぐに沈む。船の水漏れを防ぐ詰め物は〝田んぼ草〟と呼ばれる草を使っている位だ。これだと、人手も要るし材料費もかかる』

これは『戦争への準備』という本の中の記述である。著者はマオ・ユアンという中国人であった。これを読んだ時の、家康のやる方無い憤懣が想像出来よう。

家康は、アダムズが若い頃イギリスの有名な造船所で働いていたことを知ると、洋船、それも外洋型のものを建造することを命じる。幸いなことに、難破船リーフデ号にはペーター・ヤンスゾーンという有能なオランダ人船大工もいたし、必要な道具も揃っていた。

こうして、伊東で建造されたのが八十トンの洋船である。これを雛型として、家康は更にひと回り大きな百二十トンの本格外洋型の洋船、サン・ブエナ・ベントゥーラ号へと駒を進めていた。丁度そんな時である。ドン・ロドリゴが難破漂着して来たのは。

家康は書翰を通しての誼ではあったが、このドン・ロドリゴに対する宿念には、浅からぬものがあった。

――何とかしてやりたい――

〝渋ちんの狸親爺〟と陰口を叩かれていた御仁にしては、実に敏速で的確な対応であった。

こうして編成されたのが、京の商人田中勝介を団長とする、ヌエバ・イスパニア（メキシコ／訪墨）使節団である。当初家康の名代として、日本語に堪能なルイス・ソテロの名が挙げられたが、何故か取り止めとなり、代りにフランシスコ会のアロンソ・ムニョス神父が選任される。当の客人ドン・ロドリゴがソテロを嫌ったという説が濃厚だ。もしそうだとしたら、当時のスペイン人特有の〝ユダヤ嫌い〟にその因があると考えるのが妥当であろう。そうでなければ恩ある家康が敢えて推したソテロを、頑に拒絶してまでアロンソ・ムニョスを同行させた所以が成り立たないのである。

結果、家康が希望し執着した日本とヌエバ・イスパニアの交易に関する諸条件案も、敢え無く反故となり果てる。家康の危惧が適中してしまったのだ。

宣教師ムニョスには、煩瑣に亘る条約の〝候文〟の解釈とイスパニア語への翻訳など、その能力からして論外のことなのだ。斯くして、家康が夢みた「日墨交易」は泡沫と消えたばかりか、案の定と言う可きか、当の宣教師ムニョスは、病気と称してメキシコで逐電する始末……。

この使節団が浦賀を出発したのが、慶長一五年（一六一〇年）八月一日。そして日本に帰国出来たのは、慶長一六年（一六一一年）六月である。ほぼ一年に亘る旅であった。この帰りの船は、サン・ブエナ・ベントゥーラ号ではない。

僅か百二十トンの船で、北太平洋の荒波を二度も乗り切るのは、物理的に無理とメキシコ側が読んだのかは定かではないが、メキシコ側が仕立てた船は、サン・フランシスコⅡ世号という、中古のガレオン船であった。この船に司令として乗ってやって来たのが、イスパニアの軍人で探検家のセバスチャン・ビスカイノである。

〔筆者註＝この船がⅡ世号となったことについて、先のドン・ロドリゴが乗って遭難したのがサン・フランシスコ号と同名であったのでこれと区別するためと、ある意味敬意を表するためにⅡ世号としたといわれる〕

いささか前置きが長くなった。話をサン・ファン・バウチスタ号の船上に戻す。

伊達政宗は此度の使節団について、船の建造過程や乗員についてまで、その多くを秘匿しようと謀った。この出船については、すでに家康はじめ幕府の大方の認可は得てある筈なのだ。いやむしろ、将軍秀忠からのたっての依頼で受けた大仕事でもあった。

サン・ファン・バウチスタ号の正体は、あの秀忠の船サン・セバスチャン号、そうビスカイノのサン・フランシスコⅡ世号と共に、ヌエバ・イスパニア（メキシコ）に行こうとして、浦賀港を出た直後に座礁した船である。江戸湾の入口に無残な姿を曝していた秀忠の黒船。〝徳川いや幕府の恥〟と陰口を叩かれて困惑し切っていた秀忠に、助け船を出したのが政宗である。

その申し出を受けた時の秀忠の安堵と喜悦振りは、その時秀忠自ら伊達の上屋敷を訪れ、損料として四万両を下賜したという事実からも窺い知れるのである。それなのに、政宗は何を怖れて事の隠蔽を謀ったのか？

船の建造に関しては、サン・セバスチャン号が約四百トンであったのを、百トン程拡張して修理したこと。当然お咎めの対象となろう。

乗員については、この使節団の表向きの役割は、あくまでも幕府にとっての厄介者たち、ビスカイノの一行をメキシコに送り届けることである。

ところが政宗はこの機に乗じて、自藩と南蛮との交易を目論んだのだ。その為の偵察要員として、藩の技術者たちや知識人、さらに先方の軍事関係を探る諜報員たちも乗船させたと見る。この事が幕府に露見したら、無論ただでは済むまい。下手をすると仙台藩の存在そのものにも関わる、大問題なのだ。

こうして、この伊達の黒船改めサン・ファン・バウチスタ号には、不審者というべきか、正体不明の者というべきか、当の使節団の大使である常長でさえ解しかねる人物が大勢居たのだ。それが今泉令史であり、小寺外記でもあった。

因みにこの〝今泉令史〟なる人物。姓はともかく名の方は、本人の名「令史（れいし）」ではない。令史とは役名、つまり官名なのだ。令史は〝さかん〟と呼称する。つまり〝主典（さかん）〟とも書いて、歴とした〝四等官〟を意味する官職名である。仕事は主に、公文書の授受や作成に携わるとされる。

この今泉が、後刻つまりこの物語の終盤に到って、常長やソテロ、更には小寺外記らに対して、正に喫驚（きっきょう）仰天の事態をもたらすことになるのを、無論今泉自身もまだ知らない。

八、ユダヤ人とキリスト教（サルトル説）

「血液の純粋さ」の追及——カトリック教会のユダヤ人排斥運動は、遂に此処まで猛進した。「純血規範」が制定され、ソテロの故郷セビリアでは、聖フランシスコ会までが、その入会条件として一五二六年から「純血証明書の提出」を求めたという。ソテロが、故郷を離れヌエバ・イスパニア（メキシコ）に渡ったのは、一五九九年のことであった。

このスペインなど西ヨーロッパにおける〝ユダヤ人擯斥（ひんせき）騒動〟は、やがて十六世紀末から十七世紀の初頭にかけて、その頂点に達する。ソテロが温めてきた〝日本行き〟を決意したのが丁度この時期であった事実は、ある意味で興味深いものがある。

ユダヤ人とは一体何物なのか？　何故ユダヤ人はこうも嫌われるのか？　キリスト教徒ならずとも、こうした疑問が生まれても不自然ではない。

ここに一冊の本がある。タイトルは『ユダヤ人』。著者はジャン・ポール・サルトル。

「但し、フランスのユダヤ人に限る……」

フランスの哲学者・小説家であり劇作家でもあったサルトルは、こう断った上で見事にユダヤ人の正体を喝破している。サルトルは、第二次大戦後「実存主義」を提唱して、一躍その名を斯界に馳せた人物である。

彼は、「人間というものには、初めは何の意味も与えられていない。したがって、その存在の意味を、獲得するための自由の中から、何かを選択する必要がある。ただし、ここで人間に求められるのは、〃他者の自由選択への保証〃と〃社会的責任〃という観念である。」として、〃実存とは、本質に先行すること〃と結論づけている。

サルトルは、一九四七年「ユダヤ人問題」という評論を発表した。次にサルトルは、ユダヤ人たちが辿って来た歴史に言及する。

『たしかに、遠い昔にはイスラエルと呼ばれた、宗教的・国家的共同体が存在した。しかしこの共同体の歴史は、とりもなおさず二十五世紀に亘る、その〃崩壊〃の歴史であった。』

そして彼は、その崩壊の要因として、「共同体が位置した、地理的条件」「ユダヤ人の政治的無能力」の二点を挙げている。

『呪われていたとすれば、それは地理的条件であろう。即ち、パレスチナの位置が、〃古代商業の通路の四辻〃であり、強力な諸帝国に挟まれていた、ということで十分説明出来る。』

　この共同体は、先ずバビロニア、次いでペルシャ、最後にローマの侵略、そして征服という外傷を被った挙げ句、崩壊への道を辿った。世界制覇を夢みて、絶え間なく直往と驀進を繰り返す列強の、正に戦馬車の轍の真ん中に、悄然と立ち竦む共同体、それがパレスチナの姿であった。

　国家の崩壊の後に来るものは〃民族の分散（ディアスポラ）〃である。あの「バビロンの捕囚」の史実が物語っている様に、征服者バビロニアに、ユダヤ人たちは奴隷として連れ去られる。紀元前六世紀のことである。こうして、国を離れた者と、幸いにして国に居残れた人たちとの間には、初めの内は強い宗教的な絆があった。それは、止むを得ない事情に伴う、政治的絆に替わるものだった。しかし、長い時間は、両者の宗教的絆すらも、次第に弱体化させる。

『具体的な共同体とは、第一に〃国家的〃であり〃宗教的〃でなければならない。しかしユダヤ共同体は、少しずつそれらの具体的性格を失った。つまり二千年にも及ぶ〃分散〃と〃政治的無能力〃が、このユダヤ共同体に、歴史的過去を持つことを禁じてしまったのである。』

　サルトルは続ける。

『それでは、ユダヤ人共同体に、統一的なものを与え続けているものは、一体何なのか。それは〃過去〃でも、その〃宗教〃でも、ましてや〃土地〃でもない。もし彼らを結びつける絆があるとすれば、それは彼らをユダヤ人として取扱う、どこかの〃共同体の中で生きることによって生まれる絆〃であろう。

　ひと口に言えば、〃ユダヤ人とは、近代国家のうちに、完全に同化され得るにもかかわらず、各国家の方が、同化することを望まない人種〃と定義出来る。』

可成りの極論である。

その理由としてサルトルが続けた言葉は、正にユダヤ人たちの肺腑（はいふ）をも抉る（えぐる）ものであろう。

『その理由は、〝彼らユダヤ人はキリストを殺害した〟からである。』

確かに、一般的なキリスト教徒は、この言葉を信じ切っている。しかしサルトルは、この言葉の裏に潜む〝真実〟を知っている。

『〝キリストは、ユダヤ人に殺された〟――この定義は、ユダヤ人の流浪性を利用して作り上げたキリスト教会の宣伝文句に過ぎない。何故なら、〝磔刑（たっけい）〟つまり十字架に掛ける死刑手段は、本来ローマ王国の刑罰方法であってユダヤのものではない。そして、キリストを政治的煽動者として、その存在を怖れたのは、ローマ人つまりローマの国王ヘロデであった。

ヘロデはその手先として、イスラエルに派遣している総督ピラトを、巧みに使って、あたかもイスラエルの長老や祭司長の仕業に見せかけ、キリストを殺した。』

サルトルはこの経緯が正解だとしている。

サルトルの〝フランスのユダヤ人に限って言えば〟の前提のもとに、我々はおぼろげながらも、キリスト教徒のユダヤ人に対する、宗教的な嫌悪感の正体を垣間みることが出来た。

しかし、何かまだ釈然としない〝何か〟が残っている。つまりかすかな余贏（よえい）を、我々は引き摺（ず）るのだ。

その辺のところを、サルトルに聞こう。

『反ユダヤ主義者が、特にユダヤ人を嫌悪するのは、ユダヤ人自身が、常に惹き起こして来た宗教的嫌悪のために他ならない。そして、その嫌悪の情は、〝奇妙な経済的現象〟を生み出した。

中世の教会が、強制的に同化するか、あるいは皆殺しに出来た筈のユダヤ人を、〝大目〟に見ていたというのも、ユダヤ人が、〝絶対的必要な経済的機能〟を果たしていたからである。』

本来ならば、宗教的な呪いから、ユダヤ人はキリスト教会によって、抹殺されていても不思議ではない。それが今日なお、彼らは悠然と存在している。その理由をサルトルは、彼らの持つ、特殊な経済的機能のお蔭だと言う。

『ユダヤ人は呪われた。しかし彼らは欠くことの出来ない職業についていたのである。〝土地を持つこと〟も、〝軍隊に加わること〟も出来なかった彼らは、〝金銭の取り引き〟を行うしかなかった。しかしそれはキリスト教徒には、〝身を汚さずには近寄り得ない職業〟だったのだ。こうして、ユダヤ人には、伝統的な呪いに加えて、経済的な呪いが加わった。』

そしてサルトルは、次の様な帰結を導き出す。

『今日、人はユダヤ人が、非生産的職業についていることを非難しているが、かつては自分たちがユダヤ人を、それらの職業に閉じ込めて、他の職業を〝禁じた〟ことを忘れている。〝ユダヤ人を創造したのは、キリスト教徒である〟と結論づけることが出来よう。〝ユダヤ人とは何物か〟を知りたければ、キリスト教徒の〝良心〟に向かって訊ねる可きである。」(岩波新書／安堂信也訳参照)

一六〇三年四月三日は、ソテロにとって、その人生上極めて大きな転機となった日であった。ソテロの、日本渡航への雄志の〝重石〟が、取り除かれたのだ。そうフィリピンの前総督ドン・フランシスコ・テーリョが急逝したのである。

彼は、前年の一六〇二年五月、総督の任期を終え、新任のドン・ペドロ・デ・アクーニャをマニラに迎えている。当時のイスパニアの習慣として、退任の総督はその職務上の過誤の有無について、審問・監査を受けねばならない。前総督ドン・テーリョは、その期間中に亡くなったのだ。ソテロにとっては親族の死である。悲しくない筈はない。しかし一方で、なぜか愁眉を開く思いがあったのも否めない。

「よし、これで日本に行ける！」

この頃ソテロには、天恵(けい)の、ともいうべき〝ツキ〟があった。

丁度、「日本への宣教団派遣」の話が持ち上がったのだ。無論、唐突な企画ではあるまい。以前から検討されていた事が、丁度その実施の時期に至っただけのことであろう。

一六〇三年六月二十日、ディエゴ・デ・ベルメーオ神父を団長とする「日本派遣宣教団」は、二隻の船に分乗してマニラを出帆する。ソテロは、団長のベルメーオ神父と、「小サンティアゴ(ペケニャ)号」に乗り組んだ。船には、マニラ総督ドン・ペデロ・デ・アクーニャからの家康・秀忠宛の書翰と、豪華な贈物が大量に積んであったのは言うまでもない。

家康父子に、フィリピン提督からの書状や進物を献上した後、ソテロは、ベルメーオ神父の指示もあって京(みやこ)に向かった。

ソテロは、サラマンカ大学神学部の学生時代に、すでに〝日本行き〟を決意していた。そのために日本関連の文献、特にヴァリニャーノの『東インド巡察記』はそれこそ熟読して玩味を繰り返したのだ。このユダヤ人の優れた頭脳の中には、この報告書を通して〝日本国の地形や人種像〟が鮮明に焼き付けられていた。そしてマニラの日本人街では、日本語の日常会話を徹底的に磨き上げて来た。

京の都では四ヶ月程ではあるが、より高度な言語や〝仏教用語〟を学んでいる。ソテロは、すでに日本人の本質を見抜いている。この民族は〝高尚で優雅な語彙を用いないと、どんな説法をも、それこそ歯牙にもかけてくれない〟と。

ソテロの日本布教は、確かに花開いた感がある。しかし、ソテロの志す処はもっと壮大であり、卓偉なものなのだ。それは寧ろ〝覬覦〟に近い、ほとんど身の程知らずの〝望み〟であったのかも知れない。その〝望み〟とは、北国陸奥の大名、伊達政宗との親交を結ぶことによって、その広大な領国に自派、つまりフランシスコ会派の一大拠点を築くことであった。

当時、近畿から以西は、すでにライバルであるイエズス会派に席捲されており、他派の入り込む余地はなかった。

――あとは、奥州の王伊達政宗の広大で切支丹的に無垢な領地に、フランシスコ会派の布教の態勢を整える。そのためには、最低五人の伝道士は必要。そしてその総括者として〝奥州管区司教〟一名を措く――

ルイス・ソテロの究極的な目標は、正にこの奥州管区司教に在ったと考えて良い。そのためにソテロは、政宗と昵懇となることを考え、その覬覦ともいえる野望を叶えるために、支倉常長とローマまで行ったのである。

ソテロが奥州王政宗の存在を知ったのは、一六〇三年に来日して間もないことであったろう。京都で「日本学」を学んでいたほんの数ヶ月の間に、その明敏な頭脳は、家康と政宗の間の複雑にして怪奇な関係を見抜いていた。しかし、実際にソテロが政宗との邂逅を果したのは、実に七年後の一六一〇年（慶長一五年）になってからだ。

その頃ソテロは、好調な布教活動の中、江戸修道院長兼関東在住宣教師の、遣外管区長（コミサーリオ）の要職にあった。そんなある日、たまたま江戸上屋敷の伊達家から、フランシスコ会が運営する病院に患者の診察申込みがあったのだ。この事は直ぐにソテロに上申された。ソテロはこの病院の支配人でもあったので、当時すでに〝名医〟として江戸市中にその名を恣にしていた修道士兼医師のペドゥロ・デ・ブルギーリョスに、伊達氏からの病人の診察に当たらせた。この病人というのは、政宗の江戸妻、つまり愛妾だった。この事を知った時、ソテロは心から神の愛を感じ、その僥倖に雀躍したにちがいない。

正に「求めよ、さらば与えられん」（マタイによる福音第七章）だったのである。

しかもこの病人は、異国の女性（朝鮮人とも、白人とも……）であり、多くの日本人医師にも診て貰ったがその病ははかばかしからず、病名すら判然としない有様だったのだ。しかしブルギーリョスはやはり名医であった。その原因を突きとめるや、直ちに投薬と適切な施療に依って、彼女を無事に本復へと導いたのである。

勿論政宗の喜び様は、尋常なものではなかったようだ。「手の舞い、足の踏む処を知らず」と揶揄う世人すら出る始末。後日、政宗は使いの者に、金・銀の延べ棒・絹地などを感謝の印として、ソテロとブルギーリョスに届けさせた。しかしソテロは、この贈り物を丁重に断った。

「我々フランシスコ会の宣教師は〝利益〟のためだけに施療するのではなく、ただ〝神の愛・隣人愛〟のために動いています。金・銀その他の現世の物質を受け取ることは、天命に反することなのです」

この言葉は、政宗の心府肝胆をも打ち砕くほど衝撃的であった。

戦乱に明け暮れてきた己の生活、それは正に〝現世の物〟のみの奪い合いなのだから。つまり金銀財宝、領土、それに名誉や名声——欲しいのはこれらの物だけだったからだ。

「いや、これはしたり。この政宗、汗顔の至りで御座る」

政宗は己れを恥じた。いや恥じる余地が、未だ残っていたのだ。遠い幼少の頃のあの記憶。恩師虎哉宗乙和尚からの、厳しい教えが、政宗の脳裡の片隅に、今でも焼き付いていたから……。

「貪欲の戒め」である。それは、自分の気に入った物をただ欲しいと執着する、つまり貪りの心だ。「物欲」「名誉欲」その他諸々の欲望も包含される。

虎哉和尚は言った。世の中には三つの毒がある。「貪」「瞋」「痴」のことで、これを仏教の三毒と言う。「瞋」は怒る心。「痴」は無明のこと。つまり、真理を理解出来ず、常に迷ってばかりいる、愚かな心をいう。

「貪るでないぞ、梵天丸よ！」

師・虎哉和尚のこの諫制の言葉は、政宗幼少期からその肺腑を衝き続けているのだ。

後日、政宗は改めてソテロと医師ペドゥロ・デ・ブルギーリョスを江戸上屋敷に招き、酒肴を凝らして持てなしたという。この時、ソテロがここ数年来、鶴首して待ち望んで来た〝伊達政宗殿との御交誼〟の夢が実現したと言える。

以後ソテロは、奥州への布教の実現と拡大のため、形振りも構わず突き進んで行く。

「何時でも自由に御来駕下され」

政宗の快諾を得たソテロが奥州仙台の地を踏んだのは、慶長一七年（一六一二年）の事で、十一月八日とされる。無論、仙台藩主政宗の招きによるものだが、この時、ソテロはあくまでスペイン大使ビスカイノの通訳としての立場であった。

九、厳に秘匿された造船地の謎

新らし物好きの政宗は、初めからビスカイノとソテロに強い興味を抱くと共に、先行き必ず彼等が有用になると踏んだのだ。

政宗は常々、外国との通商を通じて藩の経済的、学問的な発展を夢見ていた節がある。西国の大名たちの、あの活発な外国との交渉や商取引の形が、何とも羨しく、絶対に不利な仙台藩の地理的条件の克服の機会を、絶えず狙候し続けていたのだ。そんな政宗の鋭敏なアンテナに激しく反応したのがビスカイノであり、ソテロなのだろう。

ビスカイノは、その余りの傲慢で不遜な態度に、早くも家康・秀忠父子に見放された感があった。しかし政宗は違った見方をしていた。生粋の軍人でもあったビスカイノは、勇敢で沈着でありしかも有能である、ということを政宗は瞬時に見抜いたのだ。

「此奴は使える――」

それは、武人として兵馬倥偬の世を、潜り抜けて来た人政宗にして初めて得られる、言わば〝直感〟でもあったのだろう。この政宗の眼識に狂いはなかった。

やがてビスカイノは、仙台藩の海岸に散在する多くの〝良港〟を見付け出す。それが、「月の浦」であり「雄勝湾の呉壷」そして「気仙沼湾」なのだ。後に月の浦港と雄勝湾は、政宗の黒船つまり〈サン・ファン・バウチスタ号〉の建造及び、出帆に大きな関わりを持つことになる。

ビスカイノは、手始めに牡鹿半島の石巻寄りの「月の浦」を良港と見抜き、これに時のスペイン国王フェリペ三世の名を冠して、〈サン・フェリペ港〉と命名している。又、牡鹿半島の東岸に在る、「雄勝湾」の発見に際しては、政宗は、恐らく雀躍したにちがいない。

この港は、遣欧船サン・ファン・バウチスタ号の建造に関連して極めて重要な意味を持つことになるので、もう少し詳しく述べることにする。

ビスカイノは、その記録『ビスカイノ金銀島探検報告』（村上直次郎訳）を残している。その中の「雄勝港発見」の行を抜粋してみた。

『翌二十三日水曜日午後二時頃雄勝（ongachi）に着し、同所にて就寝せり（中略）

雄勝は湾の端に在り、其内に一港あり、世界中最も善く又一切の風より保護せられたるものにして、此の如きは未だ他に発見せられたることなし。何となれば出入口甚だ深きのみならず、海岸に着きても海底まで十尋以上あり。

此処に多数の村落及び金鉱あり、住民の数多く糧食は豊富にして價も亦廉なり。

水を以て圍まれたる宝庫にして、薪其他の必需品の供給を自然に仰ぎ得べき物を産出し、我等の希望する事に付、最も適したり。又その緯度も、三十八度三分一にして、位置甚だ好し。之をレムス（Lemus）と名づけたり。此所にて國王が約二レグワ（一レグアは約五、六キロメートル）の地に猪鹿狩をなせる由を聞き、飛脚を出して此事其他既に発見し製図せる港湾に付報告せり。

王（政宗）は報告を謝し、領内に多数の良港発見せられたるを喜ぶと伝へ、鹿其他山の獲物を贈り、若し野営にあらずば司令官を引見すべけれども、其城に帰りたる時に譲り、又日光も寒気も害を及ばさゞらん為司令官を駕籠又は手の掌にて運ぶべし。

又領内に於て港湾を発見する為、司令官の舐めたる苦労を多とし、其製図の仕方を見ること喜ぶべしと伝えたり。通訳及び奉行に託して之を送りしに大に喜び、其領内に於ては供給をなし、彼は常に好意を有すべしと言えり。』

ビスカイノのこの記録には、極めて重要な示唆が隠されている。文中〝傍点〟を付したのは筆者であるが、この部分には政宗とビスカイノ司令官との間に、予めこの航海に関する、ある〝密命〟が交わされたこと示している。つまり、政宗はこの時期すでに、対イスパニア（スペイン）及びヌエバ・イスパニア（メキシコ）交易のための〝外洋船建造〟を企図していたのである。それには、成る可くというより、絶対に幕府の目の届かない〝隠蔽された港〟であることが必須条件なのだ。

幕府は、この二年前の慶長一四年（一六〇九年）九月に、〝五百石以上の大船の没収〟の命令書を発布したばかりであった。外洋船となると、当然予想される激しい波浪への対策、それに加えて考えられるのは、〝海賊船〟への防備つまり武装が求められる。十六、七世紀のこの時期は、世界中の海には獰悪な海賊船が跋扈していたからだ。したがってその対策としては、勢い大型船であることや、一般商船であっても二十門前後の砲の整備が求められる。

権謀術数に長けた政宗の生涯は、将軍家徳川の強権への暗黙の裏切り、駆け引き、謀叛によって、その分限を守り続けたと言っても過言ではあるまい。ビスカイノの陸奥海岸探索により見付け出された「月の浦」と「雄勝湾」は、後々不思議な運命との巡り合わせによって、政宗に思い掛けない僥倖をもたらすことになる。

ビスカイノは雄勝湾に〝世界一の良港〟の折り紙を付けたが、その探検記録を読むと、彼の言う「良港」の要件が、おぼろげながら浮かび上がって来る。

（一）強風が無いこと。つまり、周囲が山や丘陵、樹木で囲まれていること。
（二）岸辺近くまで水深が十尋（約一五メートル）以上あること。
（三）湾の周囲に造船作業に必要かつ充分な人手が得られること。
（四）水及び食糧が得られること。
（五）造船に必要な木材やバラスト材（安定のため船底に置く石材等）が調達出来ること。
（六）緯度が北緯三八度前後に位置する港。

〔筆者註＝「北緯三八度前後」であることが良港であるとされたのは、この緯度から船を東方向に真っ直ぐ向けて走らせれば、海流に乗って北アメリカの西海岸に達することが出来るからだ。そして其処には、目標となる「メンドシノ岬」がある。この岬は、一六〇三年にメキシコの副王ドン・スニガの命に依り、当のビスカイノがカリフォルニア探検航海で発見し、自ら命名したもので、特に「北太平洋航路」にとっては、必要不可欠な目標となった。その位置は、北緯四〇度二六分であり、伊達領の牡鹿半島の付け根附近、つまり北緯三八度前後の位置から、僅かに二度の違いがあるだけである〕

又報告書末尾に記述された「又日光も寒気も害を及ばさゞらん為司令官を駕籠又は手の掌にて

運ぶべし」の行には、如何にも政宗らしい追従と便佞すら感じられるではないか。自分より上位

の者、優れた手柄を立てた者への、異常とも思える賛辞と、阿りの表現。これは戦乱の世を生き

抜くための「智慧」でもあり、目に見えない一種の「武装」でもあったのかも知れない。そうで

なければ一国の主が、とても「手のひらに乗せて、お運び申せ――」などの言葉は吐けない。も

しかすると、嬉しさの余り出た政宗一世代の〝ジョーク〟だったのか。

ともあれ、この度の雄勝湾の発見とその作図により、ビスカイノは〝国王〟政宗の更なる信頼

と尊敬の念とを、勝ち得たことは確かだ。政宗はこの時、雄勝湾からおよそ一〇キロ附近の山で

猟をしていたという。ビスカイノからの早飛脚でその快挙を知ると、獲物の猪や鹿、キジ、ウサ

ギ等を、大量にビスカイノの船に届けさせたのだった。

陸奥の国の東海岸の〝良港雄勝湾〟を発見したビスカイノの船サン・フランシスコⅡ世号は、
更なる成果を求めて北上を続ける。途中〝超世界一の良好〟とビスカイノに言わしめた「気仙沼
湾」を発見しながら、一行はひたすら北へ向かった。
そんな或る日のことである。正に驚天動地の事態に遭遇する。
「慶長の大津波」が突発、襲来したのだ。
ビスカイノの〝探検記〟に戻ってみよう。
『金曜日、一六一一年十二月二日、即ち我が慶長一六年十月二十八日。我等は越喜来（岩手県大
船渡湾の直ぐ北東の湾）の村に着きたり。又一の入江を有すれども用をなさず。
此処に着く前、住民は男も又女も村を捨てて山に逃げ行くを見たり。是まで他の村々に於ては

住民我等を見んため海岸に出でしが故に、我等は之を異とし、我等より遁れんとするものと考へ待つべしと呼びしが、忽ち其原因は此地に於て一時間継続せし大地震の為め海水は一ピカ（およそ三・八九メートル）餘りの高さをなして其堺を越え、異常なる力を以て流出し、村を浸し、家及び藁の山は水上を流れ、甚しき混乱を生じたり。海水は此間に三回進退し、土人（地元民）は其財産を掬ふ能わず、又多数の人命を失ひたり。此海岸の水難に依り多数の人溺死し、財産を失ひたることは後に之を述ぶべし。

此事は午後五時に起りしが、我等は其時海上に在りて激動を感じ、又波濤会流して我等は海岸に呑まるべしと考へたり。我等に追随せし舟二艘は沖にて海嘯に襲はれ、沈没せり。神と陛下は我等を此難より救い給ひしが、事終りて我等は村に着き、免かれたる家に於て厚遇を受けたり。』

〔筆者註＝慶長一六年十月二十八日、陸奥に海嘯を伴う大地震があったことは、インディアス文書館所蔵の『大日本史料』第十二編の八にその記述がある〕

この生々しい津波の光景の描写は、我々の記憶に新しい。あの「二〇一一年三月十一日」の東日本大震災をも彷彿とさせる。会流して、山のように迫り上がった波濤に翻弄されながらも、ビスカイノは冷静沈着であった。

異国の黒船を見ると、本来好奇心の強い日本人はむしろ近づいて来るのに、この時の村人たちは、山の方へと逃げたという。彼らは、黒船の背後に迫る巨大な津波に脅えたのだ。それに気付かず、首を傾げているビスカイノ司令官やその麾下の者たちの表情を思い浮かべると、直後に展開する阿鼻地獄の絵図との対比に、後世の我々は、微かな温もりと焦思とを感じるのだ。

司令官ビスカイノは、津波発生の時刻を午後五時とし、海側から見た津波の状況をつぶさに記録している。恐らく世界中数多く発生する津波を〝海側〟から観測した史料は、他に類を見ない貴重なものと考える。しかも、その後が面白い。「津波が静まって村に着いた我々は、被害を免れた民家で、大御馳走になった。」とある。こんな悲惨で過酷な状況の中にありながらも、遠来の客や困絶者への「お持て成し」を捨てようとしない、日本人の健気な本性が見て取れるのだ。

この「慶長の津波」による死者を、後に政宗は「千七百人余り」と幕府に報告している。しかし実質マグニチュード「九」前後の地震がもたらした津波である。如何に四百年前の人口状況とはいえ、いささか寡少に過ぎる人数である。後世の学者たちは「五千人」と評価しているが、恐らくこの方が正しいのであろう。

もっとも、当時の領主にとって、自国の人口イコール軍事力であったから、成る可く寡めに申告したがる気持は理解出来ないでもない。

この後も、ビスカイノのサン・フランシスコII世号は北上を続けた。

ビスカイノの〝探検記〟はこう続く。

『土曜日（一六一一年十二月三日）、我等は約八レグア（およそ四五キロメートル）進み行きて他の入江に着きしが、海の方面打開きたるが故に用をなさず。夜は根白（筆者註＝北緯三九度附近。つまり先の起喜来湾の北隣りの〝古浜湾〟奥に位置する根白村のこと）にて過せしが、同村は高地に在り海水之に達せざりき。我等は十分の給与を受け——（後略）』

ビスカイノは、起喜来湾で一夜を過ごした後、早くも翌十二月三日には出港して、吉浜湾を調査している。ただしこの湾は、まともに外海に開いているため、船の避難港としては不適格として、切り捨てている。この位置の緯度まで来ると、流石に真冬の寒気が辛くなる。またこれ以上の北の港から「北太平洋航路」に乗ることはむしろ困難である。そう判断した司令官ビスカイノは、仙台に戻ることにした。

仙台に戻ったビスカイノを待っていたのは、それこそ〝寝耳に水〟の政宗の〝要求〟であった。この時政宗自身は、すでに江戸に発っていたのであるが、その側近の家老たちやソテロたちが、政宗の〝本音〟をビスカイノに伝えた。

ビスカイノの『金銀島探検報告』の記述に戻ってみよう。

『国王（政宗）は、司令官到着の上、彼と會し、船を造り、之に依りて陛下竝（ならび）に新イスパニア（メキシコ）総督に進物を送り、又自領内に於て聖福音を説くべき教師を求めんと欲する旨を告ぐることを命じ置きたれば、我等は望む所にあらざれども王の顧問官等を喜ばしむる為め之と會談し、事甚だ重大なるが故に熟慮する必要あり、司令官は江戸に於て彼等の主君なる政宗（Mazamunei）に回答をなすことを定めたり。』

報告書のこの件（くだり）で、初めて政宗が、メキシコとの交易船の建造を企図していた事実を我々は知ることが出来る。〝陛下ならびに新イスパニア総督〟とは、スペイン本国のフェリペ国王と、時のメキシコ副王のドン・ルイス・デ・ベラスコ等のことである。

当時外洋船となると、少なくとも四〜五百トン以上の船である。政宗にとって〝五百石以上の船は御法度（はっと）〟であり、少なくとも直接自分の口から命ずることは、流石に憚（はばか）られたのだ。又、ビスカイノにしても、本国イスパニア国王からの「少なくとも外洋航行に供せられる巨大ガレオン船を他国に造らせることを厳禁する」旨の通達を無視することは出来なかったのである。

つまりビスカイノ司令官は、完全に窮地に陥った感があるが、彼自身すでに、政宗にとっての

〝極秘の港、雄勝湾〟の発見という行為によって、すでに政宗の野望の墨壺の中に、どっぷりと手を染めたのだ。

やがてビスカイノは、「政宗の黒船」ことサン・ファン・バウチスタ号の建造に、否応なしに関与して行くことになる。外見は常に身を反らして傲慢な態度に徹していても、所詮は〝直情径行型〟つまり極めて単純な軍人気質のビスカイノである。老獪かつ権謀術数に長けた戦国の梟雄伊達政宗にとっては、正に〝赤子の手を捻じる〟ほどの扱いであったろう。

慶長一六年（一六一一年）十二月三十日、ビスカイノは海路江戸に戻った。一方ソテロは、ビスカイノの乗ったサン・フランシスコⅡ世号が仙台湾を離れたほぼ同じ時期に、陸路から江戸に向かっている。

江戸に着いた、ビスカイノとソテロは、慶長一七年（一六一二年）の正月二日に江戸の伊達屋敷に招かれて、大御馳走になっている。終始上機嫌の政宗は、例のビスカイノへの宿題〝黒船建造〟については何ら触れることとなかった。

〝正月早早〟という言葉が日本にはある。政宗としては〝目出度い正月に、生臭い話は……〟と斟酌せざるを得なかったのだろう。一方幕府側では、秀忠の命で新たな黒船が建造されていた。

先の慶長一五年（一六一〇年）八月一日に、ドン・ロドリゴをメキシコに帰国させるため出帆した〈サン・ブエ・ベントゥーラ号〉の成功に気を良くした駿府の家康は、「もっと大い船を造るが良い」と秀忠にけしかけたのだろう。伊豆の伊東の松川（現伊東大川）の造船所では、すでにイギリス人ウィリアム・アダムス（三浦按針）の手によって、新黒船の建造にかかっていたのだ。

ビスカイノは、ヌエバ・イスパニア（メキシコ）の副王から、日本への出発に際しある密命を下されている。それは〝もう一隻の和製黒船を手に入れること〟なのだ。

以前百二十トンの小型船ながら、見事に太平洋の荒波を乗り切ってアカプルコに到り、前マニラ総督ドン・ロドリゴを無事帰還させた、あのサン・ブエナ・ベントゥーラ号の記憶があったからだ。

彼らはこの小型黒船を、「帰りの航海は無理だ」と言って、僅かな代金（千ペソとも）で手に入れている。そしてその優れた性能を精査分析して、技術を剽窃せんと努めると共に、副王専門船として利したともいわれる。

彼らは、サン・ブエナ・ベントゥーラ号が、和製とはいえその実務に当たったのが、まさか元はイギリスの造船工だったウィリアム・アダムスであった事実までは、当時は未だ捉えていなかった筈。ビスカイノの伊東の松川造船所視察には、そんな〝裏〟があった。

しかし、ビスカイノが現場で目にしたのは、百トンどころか、その数倍とも思える巨船であった。ビスカイノは激しい怒りと共に、大きく沈み込んで行く己れの気持を抑えることが出来なかった。

——こんな大船を副王様に見せることなど、とても俺には出来ない——

先述したように、当時スペインは、他国に二百トンを超す巨船を造らせることを強く警戒すると共に、禁じていたのである。因みに、この時伊東で建造中の船は、後に〈サン・セバスチャン号〉と命名され、大きさはおよそ四百トンであった。

もっと皮肉なことに、この〝セバスチャン〟は、ビスカイノの名から採ったものなのだ。そう

〃セバスチャン・ビスカイノ〃が彼のフルネームなのである。造船主である秀忠、決して皮肉を込めた訳ではあるまい。むしろ、司令官ビスカイノへの儀礼の意味の方が強かった筈だ。結局ビスカイノは、この〃サン・セバスチャン号〃を、同伴船として帰国することを峻拒(しゅんきょ)する。

ビスカイノは前述の理由の他に、もうひとつ気に食わないこととして、〃熟達した航海士と水夫の数が少な過ぎる〃ことを挙げている。つまりサン・セバスチャン号に乗船予定のスペイン人が、たったの十人であったことへの司令官としての、強い危惧と不安があったのであろう。

やがて竣工したサン・セバスチャン号には、その後悲惨な試練と輝かしい栄誉との狭間で翻弄される運命が仕掛けられていることを、まだ知る者はいない。

伊達の黒船は、新造船ではなく、伊豆の伊東で造られ、東京湾口の三浦半島の浦賀港外で座礁した〃サン・セバスチャン号〃である。政宗は、将軍秀忠のたっての希望を受け入れて、これを自領陸奥の雄勝湾に曳航して、その最奥部の雄勝浜で拡大修理竣工したものだ。さて、この結論を裏付けるための論拠を提示するとしよう。

(二) 船の工期について

一般的に「伊達の黒船（後にサン・ファン・バウチスタ号と命名）の製作にかかった期間は、五ヶ月説あるいは六ヶ月説がある。

しかしここに、ほぼ同時期の十六世紀末から十七世紀にかけて建造された、スペインの黒船つまりガレオン船（六百トン前後）の工期についてのある証言がある。

『スペイン無敵艦隊』の著者アンガス・コンスタムは、同著（大森洋子訳）の中で、「ガレオン戦艦は、用材としてオーク（樫の木）を使い、竣工から完成まで、通常二年を要した」と記している（「造船」の項）。更にもうひとつの論拠として挙げられるのは、石巻市の宮城県慶長使節船ミュージアム（サン・ファン館）にある復元船〈サン・ファン・バウチスタ号〉が完工したのは平成五年（一九九三年）であるが、工期、つまり、船が完成するまでに要した期日は〝一年半〟といわれる。現在の電気工具や造船技術をもってしても、これだけの期間を要する。

先のスペインのガレオン船についても同様であるが、船の建材として必要な、オーク材や松材の切り出しは、冬の間に行われる。充分に木材を乾燥させるためだ。生の木材で造ると、時間の経過と共に、板材が収縮してくるので〝隙間〟が生じ、やがて〝水洩れ〟が起こる。航海中の水洩れは、正に死活問題なのだ。

三〜四百トンの巨大洋船を造る能力は、政宗には無い。たとえ幕府の認可を得て、ウィリアム・アダムス（三浦按針）やオランダ船の優れた船大工ペーター・ヤンツ等、それに伊東の松川でアダムスの指導の下で過去三隻の洋船の建造に従事した、幕府船手奉行・向井将監らの協力があったとしても、六ヶ月以内に四百トンもの洋船の建造は全く問題外なのだ。

（二）「伊達の黒船」の造船地について

一般的に言われているのが「月の浦」である。これは全く問題外であろう。何故なら牡鹿半島のほぼ〝付け根〟に在って仙台湾に面している月の浦には、先ず造船場となる一定の面積を持つ平地（砂地）がないということ。そして洋船建造のための「船渠＝ドック」に欠くことの出来ない相当の水量の河川が、此処には無い。更に船の建材となる、多種の巨木の調達が困難であるということ。

こんな資料がある。

『去年作ラシメ給フ浅草川ノ唐船ハ、伊豆ノ国伊東トイフ浜辺ノ在所ニ川アリ、是コソ唐船造ルベク地形ナリトテ、其浜ノ砂ノ上ニ柱ヲ敷キ台トシ、其上ニ船ノ敷台ヲ置。半作ノ頃ヨリ砂ヲ掘上、敷台ノ柱ヲ少シヅツ下ゲ、堀ノ中ニ船ヲ置キ、此船海中へ浮心時ニ至テ河尻ヲセキ止メ、其川水ヲ船ノアル堀へ流入シ、此ノ力ヲモッテ海中へ押シ出ス。』

これは、家康がウィリアム・アダムズに初めて作らせた小型洋船（八十トン）を、浅草川（現墨田川）に伊東から回航展示した際の「見聞録」にある記述である。つまり、この資料に記述されている工法が、ウィリアム・アダムズやオランダ船の船大工ペーター・ヤンツ等の基本なのである。

以前政宗が、ビスカイノの陸奥の湾港探索による雄勝湾の雄勝浜発見の報に、歓喜の余り「ビスカイノノ司令官を、掌（たなごころ）（手の平）に乗せてでも大切に仙台城にお連れ申せ」と命じたという記録があることはすでに書いた。それは取りも直さず、雄勝湾が家康の「見聞録」にある洋船建造の条件と一致したことへの満足度の高いことを意味しよう。因みに、ビスカイノの『金銀島探検報告』中の該当部分には以下の様に記されている。

『（雄勝湾の）海岸に着きても海底まで十尋（とひろ）以上あり。此処に多数の村落及び金鉱あり、住民の数多く糧食は豊富にして價（あたい）も亦廉なり。水を以て囲まれたる宝庫にして、薪（まき）其他の必需品の供給を自然界に仰ぎ得べき物を産出し、我等の希望する事に付、最も適したり。其緯度も三十八度三分一にして、位置甚だ好し。』

この中で特に注目するのは、「海岸に着きても海底まで〝十尋〟(一五メートル乃至一八メートル程)以上あり」の行である。ほぼ完成したガレオン船を、ドックから一気に海上に押し出すためには、少なくとも十尋前後の深さが必須なのである。

(三) バラスト (ballast)

バラストとは、船の安定を保つため船の底に置かれる〝重し〟のこと。通常船の積荷を、意識的に船底に積んだり、人力で持てる重さの石材を置いたりする。

その材料の入手が容易であることも、造船場所の重要な事案である。雄勝地区は、玄昌石の産地である。玄昌石とは硯石の原料となる資源であり、伊達一門にとっても昔から雄勝硯石として愛用されている。適度の硬度を有し加工が容易な上、比重が重いので、特に巨船のバラストとして最適とされる。

雄勝浜の南東部にある「呉壺」地区は、この玄昌石の採掘地〝御留山〟の山麓に位置し、雄勝浜(船戸明神地区)から海上距離にして、二キロ程で無論雄勝湾内に在る。此処は昔から、硯石材や家屋の屋根用のスレート材の船積み場となって来た。恐らく、伊達の黒船も進水後この呉壺で、バラスト用の玄昌石を積み込んで、船の安定を調整したと考えて良い。

これらの見解の依拠となった資料がある。〝技術屋が解く歴史の謎〟を副題として書かれた『検証・伊達の黒船』である。著者は、日本技術士会会員の須藤光興氏である。その内容は流石に論理的であり、無駄がない。問題のバラストに関する記述部分を抜粋してみる。

『最初の半作が二回目半作で、船の水密性（水漏れ）確認のための水張り試験を行い、バラストを設置することになる。船体完成後のバラスト設置は（中略）作業条件から考えて早い段階で施工すると思われる。』

つまりここでは、船体がある程度出来上がった時点即ち、甲板等の上部構造物を設置する前の段階で、ある程度のバラスト材を船底に積んで置く。その方が作業し易いということである。

『この後、船の完成した時点でドックの上流地点の既存の河川（或は人工的に造られた湛水池）からドックと連続して開削された水路（河川工学上は捷水路）を経て流下する「水力」を利用して、船を海に押し出し進水していく方法ということが理解出来る。』

この須藤氏の記述や、ウィリアム・アダムズが三隻の洋船を造った伊豆・伊東の松川造船所等から勘案して、そのキーポイントとなるのが「河」や「川」の存在なのである。簡単に言うと、〝河川〟が無ければ洋船は造れないということである。この雄勝湾の船戸神明地区には、二つの川が存在する。すなわち「旧大原川」と「現大原川」である。このうち、「現大原川」は明らかに人工的に掘削されたものだ。はっきり言うと、サン・セバスチャン号を内密裡に拡大修復して完成したものが、伊達の黒船＝サン・ファン・バウチスタ号なのである。

この〝伊達の黒船〟は、幕府公認の筈。ならば何故政宗は頑に、造船地や建造作業の秘匿にこだわったのだろう。それは一言で断じるとすれば「ダテ気質」——つまり格好付け以外の何ものでもない。

政宗にとって〝他人（秀忠）の造った、しかも一度廃船となったものを譲り受けた〟などという世間の取沙汰が、何よりも怖かったのだ。

「五百トンもの洋船（黒船）を建造した者は、この伊達政宗なり」
この〝文言〟欲しさに政宗は、金に糸目をつけず、それこそ形振り（なりふ）りかまわず「伊達の黒船」を造り上げたのだ。無論、政宗には南蛮との交易によって、藩勢の増大を謀る野望もあったし、その為の洋船を、幕府には内密に造りたいという心情も強かったのは確かであったろう。ならばこの慶長一八年（一六一三年）の〝修復造船〟に関しては、絶好の「試金石」と捉えて、白日のもと正々堂々と造り上げて欲しかったのである。
ここに「伊達の黒船」が、雄勝浜で建造されたという仮説の裏付けとなる重要な資料がある。
『雄勝町史』「伊達黒船造船地考」（杉山源之助）の項から引用する。
『支倉様外一名異国人あり、ソテンと言ふ人同伴御出張、雄勝江川屋敷肝入利兵衛方を本陣とす、奥座敷御殿の間に滞在せり、滞在中徒然の折の支倉様の歌と浜甚句
（和歌）
行く海の果ては知らねど一筋の　思ふ心は只君のため
（浜甚句）
けさも鴎（かもめ）に夢さまされた
何時が船出に成るじゃやら』
支倉六右衛門（常長）の作と見て差支えあるまい。丹款（たんかん）にして洒脱な彼の性格が、見事に表現されている。「文は人なり」という古諺そのものではないか。次いで、雄勝浜での〝造船〟に関する記述を、探ってみよう。
『雄勝風土記』の中に、「金剛院浄月坊代々書記」の項がある。察するに、金剛院というお寺の

僧坊「浄月坊」に代々書き残された日記と解される。つまり寺の近辺で俄に始まった、前代未聞の大工事に、驚きつつも、僧侶らしい冷静な筆致で記き残したものだ。

『一、造船材料伐出（きりだし）年月の事
慶長一七年春四月より始め、今年内に悉（ことごとく）皆出揃ひ越年すて造船の様子なり
二、造船指揮役出張の事
支倉様外一名ソテンと言う人
三、造船着手の事
慶長一八年二月朔日（ついたち）　斧（おの）初めの祝詞を奏す
支倉様其外、大工、鍛冶総勢百余人
賑（に）ぎ賑ぎ敷ぞ　斧初めたり
四、落成の事
同年七月下旬一切の造船落成、種々の船具飾り付けを終わり八月上旬いとも賑やかに発船牡鹿の浦浜に出向せり』

「伊達の黒船」が新造船では〝有り得ない証拠〟として挙げられるのが、〝艦砲〟と〝巨大な帆布〟の問題だ。

当時のガレオン船には、海賊対策として砲は不可欠のものであった。ガレオン船には、片舷十二門、つまり全体で二十四門が常備される。この砲は一体何処から調達したのか。まさか大坂の堺（さかい）辺りで、新規に鋳造製作したとは考え難い。設計・製作・仕上げをして試射の工程を経ての完成である。しかも二十四門である。時間的にも費用的にも、可成りの数量を要する。無論砲に

は弾薬が必要。この事も考えなければならない。若しこれが、座礁船サン・セバスチャン号の物であれば、何等の問題も残らない筈だ。

帆船の動力源は風を孕んだ帆布と潮流である。特に〝帆〟は必須のものだ。時に外洋船のものは、暴風を想定した極めて強靭なものが求められる。和船の帆掛船用の布では、またたく間に、まるで〝紙〟の様に破れてしまう。当時のガレオン船用の帆布は、主にインド産の麻または綿が使われており、それも太撚りの糸で織られた、つまり特製の材料なのである。こんな厚手の織物でも、一航海（数ヶ月）の間には、ボロ切れ同然となるので、必ず予備の帆布が必要だ。この事も五、六ヶ月の期間中での調達は不可能なのである。

ビスカイノが残した『金銀島探検報告』には、同船の建造には彼の部下たちが携わったことが記されている。

『司令官及び船員は其約を果さん為め奥州に向ひて出発し、十月二十七日（陰暦九月十四日）に至るまで造船及艤装に従事せり。日本人は前に述べしが如く世界中最も悪しき者なれば、此の間彼等を遇するに大なる困難を感じたり。（中略）

此等の事は皆前記教師の関知する所にして、彼は其の欲する所の日本人は悉く船に乗らしめ、自らその長官兼船長を以て任じたり。司令官は少しく努力したれども到底之を改むること能はざるを見、終に船客として乗込みたり。若し然せずば日本人は前に言へる如き者なれば棒を以て彼を打殺したるならん。』

ビスカイノの、この報告書から読み取れることがいくつかある。

その一つが、彼等つまりサン・フランシスコⅡ世号の前乗組員たちも、伊達の黒船の造船と艤装に関与したという事実。しかも同船の出港前日までそれは続いている。

二つ目は、ビスカイノとソテロの確執が、可成り根深いものであるということである。〝前記教師〟とはソテロのことだ。ビスカイノが僚船として幕府から依頼されたサン・セバスチャン号を見捨て、さっさと自船サン・フランシスコⅡ世号で帰国の途につき、途中の三陸沖で金銀島探索中に嵐に遭い、殆ど難破直前にようやく浦賀に辿り着いた事実については前に述べた。

この手前勝手な司令官を、家康や将軍秀忠は激しく忌諱したのは、当然の成り行きであったろう。このことはビスカイノの報告書、第十二章の次の一文からも我々は察知することが出来る。

『しかし、皇帝とは一度も話すことができず、嘆願書もその手許に届くことはなかった。（中略）ある修道士のせいであった。その修道会の権威のためにその名は言わないが、彼は皇帝に一通の要望書を提出した。彼がそのなかで言うには、司令官は六千ペソを借り受け、これをヌエバ・イスパニアで返済することを望んでいると自分は理解しているが、その件については注意を払うように。なぜなら彼はそのために副王閣下や国王陛下からの命令書を携行せず、また彼には返済するための財産はなく、その返済は疑わしいこと（中略）

また日本人たちが融資から手を引くには、これ以上のことは必要ではなかった。そのために、彼らは彼らに対し可否を告げることなく、上述した期間、回答を引き延ばしていたのであった。彼らは人を追い払うようなことは決してしないが、決着をつけることもしない。なぜなら、その振る舞いは偽りであって、すべてが逆であり、異教徒で神を持たない人々であるからである。』

このビスカイノという人物は、全く軍人らしくない性格の持ち主で、その報告書や書翰からも分かるように、事の不首尾は全て他人になすりつけてしまう。常に陰口、中傷に明け暮れており、時には、呪詛まがいの言辞すら吐く始末である。

この報告書の中にある〝ある修道士〟というのは、フランシスコ会のソテロのことである。そのソテロが幕府に提出した意見書のせいで、自分は将軍秀忠や家康から、帰国のための準備金六千ペソを借り損なったと、恨んでいるのである。遂には、己れの要求に返答すらしてこない〝皇帝〟つまり、将軍秀忠らを、神をも信じない低レベルの〝異教徒〟として見下げている。

政宗がビスカイノに提示したのは、次の八項目からなる契約書であった。ロレンソ・ペレス著すところの『ベアト・ルイス・ソテーロ伝』（野間一正訳）から引く。
一、船の艤装及び本年新イスパニアに渡船するために必要な糧食その他あらゆる準備は、政宗が負担し、イスパニア国王はいかなる支出もしないこと。
一、航海士、高級船員計二十六名に対しては、今よりアカプルコ到着まで、従来イスパニア国王から支払われていたと同じ俸給及び食糧が支払われるべきこと。司令官、執達吏、水管理者、外科医その他三、四名はイスパニア国王の官吏であるので、俸給は国王より支給されること。
一、右船員中、航海長ピロート・マヨール及び船大工五十ターエス、補佐役四十ターエス、他の高級船員三十ターエス、水夫二十五ターエス、見習水夫十五ターエスを俸給の内金として即刻支給さるべきこと。
一、船を建造する地仙台（Genday）までの二百四十レグア余りの費用を政宗が負担し、食糧代を現金にて前渡しし、また馬匹を提供すること。

一、イスパニア人の衣類を船建造地まで運送するため、船舶を無賃・無利子にて提供すること。
一、イスパニア人も日本人も皆前記司令官に服従すべきこと。
一、俸給を受けない人々に対しても、乗船の日からアカプルコ港到着の日までの食糧を与えること。
一、日本人の渡航については新イスパニア副王の指令がないため、船の荷物係少数及び船員が不足しているため、見習水夫数名に限り日本人を同船させること。

この契約書を瞥見する限りでは、政宗提供とは称していても、可成りの程度で、ビスカイノの要求が取り入れられていることが分かる。金銭的な面への拘泥が、しっかりし過ぎていること。又、「前記司令官」など、司令官はビスカイノ以外には考えられない、といった圧力をすら感じる。しかし現実には〝司令官兼船長〟は宣教師ソテロであることが、有ろう事か乗船直前になって初めて政宗から宣せられたのである。つまりビスカイノは司令官どころか、ただの〝一乗客〟としての扱いであったという。

又契約書の最後の項目にも、ビスカイノの無理押し的な要求が加えられている。それは日本人の乗組員や乗客数に対する、極端な制限である。この件に関しても、ビスカイノの当ては外れた。実際にサン・ファン・バウチスタ号に乗った日本人の乗組員・乗客の総数は、支倉常長を含めて百四十名にも及んだのだ。

この事つまり契約違反に対するビスカイノの反応は、正に〝憤懣遣る方無い〟ものであったろう。

十、遣欧使節大使・支倉常長の来歴

「伊達の黒船」は、慶長一八年九月十五日（一六一三年十月二十八日）に、牡鹿半島の〝月の浦〟港から、ヌエバ・イスパニア（メキシコ）に向けて出帆するのであるが、この和製ガレオン船に乗り組んだ「伊達政宗遣欧使節団」のリーダー、つまり〝使節大使支倉常長〟とは一体どの様な人物であるのか。すでに〝支倉常長〟の名前を、我々は半ば気随に使って来たが、その正体、人となりを未だ知らない。

ここに、常長に言及した、イエズス会のアンジェリスという神父のいささかショッキングな書翰がある。まずは其処から入ってみよう。

『（政宗が）大使に任命したのはあまり重要でない家臣でした。彼の父親はある窃盗の罪で数ヶ月前に斬首（切腹）に処せられていましたが、彼（政宗）が今大使に命じたこの者の息子もまた、日本の習慣に従って斬首（追放）に処される予定でした。

そこで政宗は、彼（長経）の死をスペインとローマまでの道中に遭遇する苦難に替える方が良かろうと判断しました。』

〔筆者註＝支倉常長は、一時期自分のことを「長経」と名乗っている〕

『(政宗は) 彼 (長経) が航海の途中で、死ぬ事になるだろうと考えて、彼を大使に選び、少し前に召し上げたわずかな俸禄をも一応返しました。

それゆえ、ルイス・ソテロ師が同伴した大使はあまり高名な人物ではなく、ソテロ師がローマ入りするまでのスペインとイタリア、および教皇の御前で宣伝したような政宗の親戚でもありません。』(A.R.S.I.Jap.Sin34.Documento.No1-5.F.31)

このアンジェリス神父の書翰は、国際関係論の学者である大泉光一氏が、スペインの文書院で見出したものであり、同氏の著書から引用させて頂いたもの。

一体この書翰を書いたアンジェリス神父は、何処からその情報を仕入れたのだろう。アンジェリスは、政宗の許しを得て、主に奥州を舞台に宣教活動をしたイエズス会派の神父である。そして彼の布教を手助けしたのが、仙台藩士で切支丹侍であった後藤寿庵である。洗礼名はその名に用いられている通り〝ジョアン〟。後藤はキリシタンにもかかわらず、陸奥の胆沢郡見分に、千二百石の家禄を食む歴とした伊達家中核の藩士なのである。

支倉常長の肖像。1615年にローマで制作されたとされ、ロザリオを持つ支倉常長が十字架上のキリストに祈りを捧げる姿が描かれている。

はじめ政宗の脳裡には、遣欧大使としてこの後藤寿庵の顔が浮かんだことは否めまい。あらゆる角度から検討しても、寿庵は大使としての資質、資性に瑕疵（かし）が見当たらないからだ。しかし肝心のソテロがこれを嫌ったのだ。何故なら寿庵は、アンジェリスと昵懇（じっこん）の間柄であり、そのことによりソテロは、寿庵を対立するイエズス会系と見做（みな）したからである。そのことは、このアンジェリスの書翰に色濃く出ている。

その点について改めて考えてみる。

先ず、最も重要な誤りとして挙げられるのが、常長（長経）の父親の刑死の時期である。父支倉飛騨（ひだ）常成が政宗から切腹を命じられたのは、関ヶ原の合戦（慶長五年九月十五日）の始まる、約一ヶ月前の八月十二日のこと。アンジェリスの文面では「数ヶ月前」となっていて、使節団が出発する年（慶長一八年）の五月か六月に刑が執行されたことになる。

ここに政宗が、飛騨常成の刑を命じた文書が残っている。

『茂庭石見守綱元宛　伊達政宗書状

支倉飛騨事、去年以来召籠分ニ而指置候、然者、比内弥以不届義候条、唯今申付候テ、腹ヲ切ラセ可申候、奉行ニ四竈新介、中村備前可申付候、早々無油断可申付候、子ニ候六右衛門尉事モ、親子之義ニ候間、命ハタスケ、追失可申候、謹言

八月十二日　　政宗花押

茂庭石見殿

（神書）子細之儀者、直ニ可申聞候、子ニ候者モ闕所ニ何仕候、但女子ハ無子細追イハナシ可申候、以上』（『仙台市史』伊達政宗文書）

この政宗の、刑執行命令文から読み取れることは、「去年以来拘留している常成を、早々に、

油断することなく切腹させせよ」――つまり刑の執行を急がせていることである。この常成という男は、政宗の父輝宗の時代から何かと罪を重ねており、それも同僚の領地窃取という可成り悪質な罪さえ犯している。

　この時期（慶長五年八月）の政宗は、間もなく訪れる〝関ヶ原の合戦〟の気配をひしひしと感じ取っていて、「遍く身戦き、動きつつ安穏にあらぬ……」状況にあったのだ。

　常長の父常成は、政宗にとってはいわば譜代の臣である。にもかかわらずこれを処断せざるを得ない。それほど常成は悪党だったのだ。〝後顧の憂いを断つ〟そんな気持が、この時の政宗にはあった。それが、「早々に、油断なく申し付ける可くそうろう」という文言になったのであろう。

　父の切腹によって、常長が追放されたのは事実である。アンジェリス神父の文言が誤りである証左は、ここでも露呈されている。これから遺欧使節の大使になろうとしている重要人物を、その出発前数ヶ月の時期に〝追放〟するという愚を犯す人間がいるだろうか。実際に、常長がその知行地召し上げの後、追放されたのは使節団が出発する十三年も前の慶長五年（一六〇〇年）のことである。

　政宗は六右衛門、つまり常長を実の〝身内〟の様に大事に思っていたし、又常長自身も「おら、お屋形さまのみうず（身内）みでェなもんだがらっしゃ（みたいなものだからさ）……」と常々傍輩たちに公言して憚らなかったのだ。

　アンジェリスはその書翰で、「教皇の御前で宣伝したような、政宗の親戚でもありません」と断言している。しかしアンジェリスは、政宗と六右衛門常長が築き上げて来た、それこそ命懸けの〝信頼関係〟を知らない。いや知る由もないのだ。そんな政宗である。一応仕来りに従って追放した常長を、そのまま浪々の身として放置したわけではない。

政宗は、常長を密かに江戸桜田門近くの上家敷に住まわせた上、ソテロらフランシスコ会派経営のコレジオ（神学校）に通わせていたのだ。浅草にあったこのコレジオには、驚くことにあの「本多正純」も通っていたのだ。この時期正純は下野の国小山（栃木県小山市）三万二千石の大名であり、駿府の大御所家康付の謀臣でもあった。

つまり、常長は奇しくも、大名本多正純の御学友として、ソテロのコレジオでスペイン語やキリスト教の本質を学んでいたのである。家康がスペインやヌエバ・イスパニア（メキシコ）との交流を密かに目論んでいたのは事実だ。そしてその先鋒として選んだのが、本多正純なのである。この形は、政宗と常長の間柄にもそっくり当て嵌まると見て良い。

この時、正純と常長との間に生まれた〝友情〟が如何に固いものであったか。それは、この物語りの終幕の辺りで、我々は看取出来よう。

支倉常長がこの世に生を享けたのは、元亀二年（一五七一年）五月十六日。磐城国（福島県東部）信夫郡山口村の山口館で、父常成の第二子として生まれ、五郎と命名されている。しかし二歳にして、本家に養子に出される。本家を継いだ常成の兄支倉時正の正妻に、子が出来なかったからだ。この時の時正の知行は千二百石であった。

しかし、五郎（常長）七歳の時、伯父で養父の側女に男子が誕生したのを機に離縁された時正の正妻、つまり養母と共に五郎は本家を出て、陸奥の国（宮城県）柴田郡砂金村に移る。砂金村は養母の実家の在所だった。

この時、伊達家の領主輝宗の裁量で、時正の知行千二百石を二分し、六百石を五郎（常長）に与えて、その養育と生活の糧に支障なき様取り計られた。

養母と五郎が身を寄せた砂金家の当主は当時、何故か未だ九歳の〝鍋丸〟であった。鍋丸とは又、変わった幼名である。当時の社会的な通念として、「丸」が付くのは領主つまり殿様の若君だけだ。因みに政宗の幼名は「梵天丸」であり、弟は「竺丸」である。

こんなことから後世、鍋丸は政宗が砂金家の娘に産ませた〝御落胤〟つまり〝落とし子〟であるとの噂が立ったのだ。しかしこの噂は、全く〝噴飯もの〟という可きである。何故なら政宗は、常長よりも僅かに四歳年長でしかなく、この時は未だ十一歳の少年だったからだ。若しかすると、「鍋丸」は政宗の父輝宗、もしくはその兄弟の落とし子の可能性が大きい。

政宗は幼少期から、この砂金村には度々遊びに来ており、その山野の風物に可成りの愛着を抱いていたことは確かだ。

奥羽山脈の裾野に連なるこの地域は、緑濃い山里である。春には山菜採り、夏から秋にかけては川遊び、そして魚獲りと遊技には事欠かないのである。屋形内での師、虎哉宗乙の厳酷な教導の重圧から解放された時、少年政宗は貪るようにして、砂金村の自然を跋渉したのであろう。政宗のこの村への愛着振りには並々ならぬものがあり、それは晩年になっても変わりなく続くのである。

やがて五郎は元服して、支倉五郎左衛門与市と名を改める。五郎左衛門与市の初陣は、天正一六年（一五八八）六月のことだ。「宇津志城防衛戦」に、伊達家の猛将茂庭石見守綱元配下の鉄砲隊分隊長として、初めて戦場にその名を残している。

宇津志城というのは、磐城国田村にあった、田村氏系の城で、当時の城主は田村宮内少輔顕康であった。当時この地域はすでに戦乱の最中にあって、頼みとする味方の伊達軍は、その戦力を四方に分散することを余儀なくされていた。手薄となっている宇津志城に目をつけて襲撃して来たのが、相馬義胤の軍勢である。

相馬氏の領地は磐城の南部に在って、伊達氏の領する伊達や信夫の地に近い。そのため伊達家と相馬家の間には、以前から争いが絶えない。天正九年（一五八一年）五月、伊達政宗が十五歳で初陣し、父輝宗と共に戦った相手も相馬氏であった。

常長が五郎左衛門与市と名乗り、宇津志城救援として干戈を交えた相手も相馬の軍勢だ。現在の地図で見ると、福島県田村郡船引町大字移となっている。

県別地図帳と照らしてみる。福島の磐城東線は、常磐線の「いわき」から「こおりやま」までのいわば支線で、その先は磐越西線を経て、越後（新潟県）へと通じている。この磐城東線の郡山市の近辺の駅に「ふなひき（船引）」がある。この近くの「移」が、宇津志城の在った所だ。船引の二つ郡山寄りの「みはる」には、政宗の正妻愛姫の実家三春城がある。

先の宇津志城攻防戦の戦記の中では、「相馬殿働カレシヲ——」と上品な表現をしているが、要するに「相馬の軍勢が、宇津志城を攻撃し始めた」ということである。

同戦記にある「百目木ヨリ鬼庭石見守綱元助合セ、相馬ノ兵ヲ追崩ス——」の行について考えてみる。この中の〝百目木〟とは、船引の在る田村郡の南部で境を接する石川郡に在った「百目鬼」のこと。つまり与市を配下に鬼庭（後に茂庭と改めた）軍は、当時駐留していた百目鬼から進軍して相馬の軍を追い崩した。それこそ完膚無きまでに叩き潰したと自賛しているのである。

　与市こと常長の初陣は、鉄砲隊分隊長としての立場であったが、その後の与市の役目は、「お手明衆」であった。このお手明衆の解釈として、「先遣隊として、文字通り本隊若しくは武将の足許を照らす役目」とする諸家も少なくないが、これは「お手明衆」と読み誤ったことによるものだ。

　本来の意味、「お手明き」は「お手空き」のことで、特に定まった役割は無く、時に応じて任務につく、現代で言えば遊兵・遊軍的な存在なのだ。したがってその資質は、何でも熟すことの出来る有能で器用な者でなければならない。

　お手明衆になってからの与市（常長）の活躍は真に目覚しく、お屋形さまである政宗の覚えが目出度くなるのもこの頃からである。


　昔の若侍は、初陣、つまり初めて血腥い殺し合いの場を体験することによって、心身共に一人前の武士となった。言い換えると、若者の身体の中から〝甘さ〟が抜け出るのだ。〝甘さ〟とは〝臆病虫〟のことである。この〝臆病虫〟が逃げ去った後に残るのは、強靭な肉体と精神を擁する真の武士の姿である。

　常長こと与市が、次の合戦に加わるのは、あの奥州戦史上名立たる戦い「摺上原（会津）の合戦」であった。常長にとってこの合戦は、〝お屋形さま〟政宗との距離を殊の外縮めることになる忘れ難いものとなる。つまり常長が、政宗の〝覚え目出度くなった〟のは、この合戦の時からである。

「摺上原の合戦」とは、当時会津の黒川城の城主蘆名盛隆が、会津の磐梯山の裾野〝摺上原〟で、政宗と雌雄を決した戦だ。とは言うものの、この合戦に、当の蘆名盛隆は参加していない。信じられないことに、合戦の直前、盛隆は家臣に殺されたのである。蘆名家内のこの内訌が、俄然伊達側を勢いづけたのは言うまでもない。

当時蘆名氏といえば、奥州を縦断する〝仙道街道〟一帯の覇者だった。一方伊達氏は、羽前（山形県）の山中の領地〝米沢〟から、その逼塞感を打ち払う様にして、板谷の峠を越えた存在だった。そして板谷峠の麓近くの、信夫や伊達を領することになったのは、あの源頼朝が、文治五年（一一八九年）に奥州藤原氏を征伐した頃に遡る。

以来、仙道界隈には、紛争が絶え間なく続いて来た。

「この仙道を治めるのは、この政宗を措いて他に居ない」

二十三歳になっていた政宗の隻眼が、異様に光った。

蘆名家の内訌は、当主盛隆の暗殺によって錯綜を極めた。盛隆には嫡男亀王丸（二歳）が居たが、間もなく病死してしまったのだ。次の当主として候補に挙がったのが、常陸の佐竹家の義広と、伊達家の小次郎であった。

政宗の弟・竺丸こと小次郎が、何故この時名指されたのだろう。当時の蘆名家は二つの党輩に分かれ、互いにその主張を枉げようとしなかった。徹底抗戦派と穏健派であり、この穏健派が擁立しようとしたのが、伊達小次郎だったのだ。

歴史に〝たら・れば〟は禁句だが、若しもこの時小次郎が蘆名家を継いでいたら、政宗の〝弟殺し〟も無かったであろうし、蘆名家の滅亡も避けられたのであった。結局〝喧々囂々〟の内訌を制したのは、佐竹義広を立てた抗戦派であった。この時、義広は未だ若干十二歳の少年だったという。

この報を得た政宗は、「勝利は我に！」の確然としたものを掴んだのだ。天正一七年（一五八九年）四月、政宗は板谷の峠を越えた。峠の山路に懸かる木々は、未だほんの若芽を孕んだばかりである。

「いじらしいと言うか、何とも危う気な縁じゃのお」

政宗は傍らの片倉小十郎に話かける。合戦の合間には、こんな長閑なひと時もあるのだ。白城である大森城に入った政宗は、既に各方面から寄せられた敵情の検討に入る。

「目当ての大木を伐り倒すには、先ず周りの雑木を払わねばな」

その言葉通りの作戦が行われた。安積郡にある蘆名の支城・安子ヶ島城に続いて高玉城を蹴散らすと、伊達軍はその勢いのまま街道を東に越えて今度は相馬領内まで駒を進めた。この時相馬藩主相馬義胤は、三春の岩城常隆の助勢のため城を留守にしていたのだ。さらに同年五月には、相馬の支城駒ヶ嶺城を落とすと、伊達軍は破竹の勢いで驀進を続けた。

斯くして、新地・谷津・丸森・畠塚を立て続けに落とすと、遂には、畠塚を守っていた義胤の弟、相馬隆胤を斬り倒したのであった。狼狽した義胤は、三春の田村攻めを断念。急ぎ相馬の本城中村城に帰ったのだ。

ここに於て、ようやく矛を納めた政宗は、隣接する自領の亘理に入った。五月二十三日のことである。亘理の海岸は、南へ向かって白砂が延々と果てしなく続く、いわば名勝の浜だ。若冠二十三歳の政宗、初めて見る太平洋の波しぶきであった。しばし亘理の海で遊び〝戦塵〟を洗い流した政宗は、五月二十六日本陣を置く大森城へ帰った。

いよいよ本番の、蘆名攻めにかかる時が来た。そのための〝雑木払い〟として、「安子ヶ島城」「高玉城」を落とし、黒川城への道筋を整えたのだ。そして何かと小五月蝿い相馬をもすでに黙らせてある。

そんな政宗の周密な動きとは裏腹に、蘆名の動きは雑であった。常陸の佐竹と組んで、もっぱら三春の田村攻めにかかっていた。この時彼ら、蘆名・佐竹の連合軍は、伊達の動きや、その存在にすら、気を配ることを怠ったのだ。三春の田村家は、政宗の嫁愛姫の実家だ。その田村を婿の政宗が見殺しにすることは万が一にもあり得ない。

こんな先の見えない緊迫情況の中、伊達側にとっては願ってもない果報が転がり込む。蘆名側の世臣、猪苗代盛国からの〝内応〟であった。盛国から密かに伊達軍を黒川へ導く「道案内役を承る所存」との約定を得たのである。これは明白な、盛国の主君蘆名義広への〝裏切り〟である。敵対する伊達軍が、この冥加を天佑としながらも鵜呑みにする筈はない。大方の政宗の家臣たちの疑念は強かった。

「殿、油断はなりませぬぞ！　若しやこれは、蘆名の仕掛け、陥穽やも……」

「いや小十郎、心配には及ばぬ、すでに手は打ってある」

政宗は片倉小十郎を、皆まで言わせずに遮った。猪苗代盛国の内応は、今に始まったことではない。もう数年も前から事ある毎に政宗は、盛国の伊達家への臣従の意志をそれとなく感じ取って来たのだ。更に政宗は、盛国の示して来た案内経路を、「お手明衆」の組の者に、つぶさに調べ上げさせてある。その組員の中には、常長こと〝与市〟の名もあった。政宗は、この偵察組の報告の中にある、何枚にもわたって書かれた図面にふと目を留めた。それは克明に描かれた摺上原の図面だった。今までの報告には無かったものである。

「これは誰が描いたものじゃ？」

政宗は組長に尋ねた。

「はっ、それは某の配下にこの度加わりました、支倉与市なる者の手によります物で……」

「ほう、見事な出来栄えじゃ！　よし、これで摺上は我がものも同然！」

政宗は盛国が寄越した〝摺上原〟に関する密書の正当性が確認されたのが嬉しかった。

「よし！　先陣は猪苗代盛国に申し付けよう」

――それにしても、与市が飛騨常成の子息じゃったとはのお――

常成は、父輝宗以来のいわば譜代、つまり世臣なのだ。家臣の位置としては中級ではあったが、何かと目立つ存在。それも醜名に近い行状の持主として、政宗の耳には届いていたのであった。

「されども、戦場での働らじ振りぬは、目ば見張らされだもんだ」

今は亡き父輝宗の呟きを、政宗は忘れていない。

この時からである、政宗が意識して与市こと常長を見るようになったのは。特に彼の持つ優れた〝作図の才能〟は、政宗の脳裡に長く留まることに……。

天正十七年（一五八九年）六月五日、戦端は開かれた。予定通り先陣には猪苗代盛国を配し、第二陣は片倉小十郎、以下伊達成実、白石宗実、片平親綱、そして殿に浜田景隆と万全の陣容を整えた。総勢二万の兵力であった。政宗は与市の作図から、本陣を摺上原の中で更に敵の黒川城に近い、より好箇な位置に決めた。一方蘆名方は、富田将監を先陣とする一万六千の軍勢である。

　この日の与市は、鉄砲隊の分隊長として片倉景綱の配下に入った。分隊員はおよそ百五十名である。伊達軍の強さは当時すでに日本中に認識されていたが、その主な理由は〝豊富な銃の持つ火力〟に在った。

　政宗は尊崇して止まない織田信長の戦法を、自軍の鉄砲組の戦法に取り入れることに躊躇がなかった。そう、信長があの長篠の合戦で用いた〝三人一組の鉄砲操作法〟である。この戦法で信長・家康同盟軍は、武田勝頼の誇る強力な騎馬勢を打ち破ることが出来たのだ。

　時に天正三年（一五七五年）のことで、この時からすでに、戦の勝敗の趨勢は〝鉄砲の数量とその操作の巧拙〟に左右されていたことが理解出来る。

「摺上原の合戦」の決着は、あっけないものであった。蘆名勢は騎馬武者三百、徒侍二千を失うという大敗を喫し、黒川城主蘆名義広は、常陸の実家へと逃げ帰ったという。斯くして伊達勢は、六月十一日黒川城への入城を果たしたのであった。

　黒川城というのは、後の会津若松城のことである。この黒川城を制するということは、岩代・磐城の両国、つまり福島全体を制覇することを意味する。

　摺上原における勝利は、弱冠二十三歳の政宗が成し遂げた正に偉業であった。政宗は、この時の高揚した心境を、次の一句に託している。

　　七種を　一葉によせて　つむ根芹

天正一八年（一五九〇年）の正月を、黒川城で迎えた折の連歌会で詠まれた一句である。七種とは、春の七草のことだが、ここでは〝七つの郡〟を意味する。

白河・石川・岩瀬・安積・安達・信夫・田村——

つまり政宗は、この仙道七郡を一束に掴み取ったその心境を、まるで正月用の芹を芹田から根こそぎ掴み取る感覚に例えて表現したのであろう。その下に続くのは「いとも容易く」の〝意〟なのだ。

しかし若い政宗には、この自矜・自慢の境地から、やがて文字通り〝谷底〟にまで引き落とされる破目となる命運までをも読み取る力量はさすがに無かった。ともあれ、今や政宗の一族郎党を擁した黒川城は、その全体が〝旨し酒〟に酔い痴れて、揺れに揺れていた。

やがて此度の戦についての、戦功の審議が行われた。何せ政宗がこの戦で手にした領地と旧領を総合すると「二百五十万石」である。この大きさは、当時の徳川家康の所領にも匹敵するものであった。当然、家来たちへの褒賜も、その高さに於て世人の目を見張らせるに充分であったろう。

特に大幅な知行にあずかったのは、片倉小十郎景綱を筆頭に、伊達成実・小成田重長・鈴木元信ら政宗の寵臣たちだ。無論、戦勝時の論功行賞の際に、領主側が最も気を配らねばならない事は、〝褒美漏れ〟である。たとえ相手が〝小者〟であっても、そのことは遺恨となって行くからだ。

若輩組の中で政宗の目を引いたのは、支倉与市の活躍であった。この時政宗が与市に用意した賞与は、「四百石」の知行だったといわれる。しかし与市は、これを固辞する。

「某は、未だ若輩者なれば、そのような高禄は無用にござりまする。それよりもわが支倉の家は、御先代さま以来お屋形さまの御愛顧を頂戴致す身なれば、ただそのことだけを過分として、心に銘じおります」

この時、与市は十九歳である。この言葉に、政宗の心中には驚駭と同時に、「此奴与市は、わが身内も同然」といった只ならぬ〝親近感〟が萌したと言える。

後々政宗は、与市こと常長の遺欧大使としての起用もさることながら、南蛮各国の君主への書翰の中で屡々、「我が身内の者」という表現で常長を紹介しているのだ。

第二章　太平洋

一、ソテロの教示（洗礼者ヨハネとイエスの出会い）

波濤に揉まれての航海も、旬日（十日）ともなると乗客たちにも落ち着きが戻って来る。嘔吐につぐ嘔吐で摂食も儘ならなかった者でも、この頃になるとまるで嘘のように平静な気分になれるのだ。つまり船酔いを克服出来たのである。

自ずとソテロの説教にも熱が入る。

「以前に述べた通り、このサン・ファン・バウチスタ号の名前の由来は〝洗礼者・聖ヨハネ〟に因むものでしたね。今日は、その洗礼者ヨハネについてお話をしましょう。そうですよ、私たちが今その命を託しているこの大事な船の名前の本当の由来を知ることは、とても重要なことなのです。」

ソテロは徐に語り始めた。

「洗礼者ヨハネは、例えて言えば、仏教界の〝荒行〟に挑む修験者のような人でした。冬の寒空の中で滝に打たれたり、ろくに飲まず食わずで眠りもとらず、百日もの間山野を走りまわる――それが荒行ですね。

ヨハネは、裕福な司祭の家に生まれたのです。それなのに成長すると何を思ったか、彼は荒野、つまり砂漠に出て行って住み始めました。衣服として身に着けたのは、駱駝の毛皮。それを腰の辺りに皮紐で縛って着ていました。食べ物といえば、砂漠に生えた野花の蜜や蝗だけです。

そして、時折人里に現れてはこう叫び続けました。

『世の終末は近い。神の国は近づいた。来たるべき審判から、わが身だけを救おうとするユダヤ人に災いあれ！』

人々はこれを、不吉で恐ろしい叫び、預言として受け止めたのです
ソテロは、身じろぎもせずに聴き入っている侍たちを見回した。時折、激しく船腹を揺るがす波の音や、船体が軋む無気味な響き以外、船室グレートキャビンの中は静まり返っている。

「こうして洗礼者ヨハネの不吉な言葉は、ヨルダン川の周辺に細波(さざなみ)の様に広まって行ったのです。ヨルダン川の向う岸から泳ぎ渡って来る者も大勢いました。ヨハネは泳ぎ着いた人々に自ら手を差し伸べて引き寄せると、祈りの声と共に一人一人をやさしく川の水に浸して、その身を浄めてやりました。これが〝洗礼〟なのです。

ヨハネから洗礼を受けた人々は、それまでの行いを〝悔い改め〟救われて、やがて訪れる〝神の国〟に入る準備を整えるのです。

『終末は近い！　神の国は近づいた！』

まるで〝荒野の叫び〟とも思えるヨハネの声に引き寄せられたのは、無明(むみょう)、つまり迷妄(めいもう)・煩悩(ぼんのう)の世界を彷徨(さまよ)っている人達だけではなかったのです。実はイエスも、ヨハネのこの不気味な声を捉えた一人だったのです。

ある時ヨハネは、不思議な予感に囚われます。そしてヨハネは人々に言いました。

『わたしはあなたたちに、ヨルダン川の水で洗礼を授けていますが、わたしの後から来る方は、〝聖霊と火〟であなた達に洗礼をお授けになる。わたしは屈んで、その方の履物のひもを解く値

打もないのです』

　この時イエスは、すでに齢三十歳。故郷ガリラヤのナザレで、貧しい大工として、時に日雇いの労働者として生計を立てていました。マルコの福音書は伝えています。

『イエスはナザレからやって来て、ヨルダン川でヨハネから洗礼を受けられた。』

　そうなのです、イエス様はその他大勢の一人として、ヨハネの洗礼を受けたのです。その時です奇蹟が起こったのは……。

　その瞬間天が裂けて、神の〝霊〟が鳩の様にイエスに降って来たそうです。そして、天から神の声が聞こえました。

『あなたは私の愛する子、そして私の心に適う者』

以来神の子イエスに洗礼を施したヨハネを、人々はこう呼んだのです――〈洗礼者聖ヨハネ〉。つまりこれが、今皆さんがその身を委ねているガレオン船の名前の由来なのです」

「この後、エシ（イエス）様が磔になるのは知ってるんでガス。んだげんど（そうだけれども）、そのヨハネ様はどうなっだんだべや？」

　珍しく常長が口を開いた。

「殺されました……」

　ソテロは暫くの間、無言で大使の目を見つめ続ける。

「ヨルダン川のほとりに集まって来た人々は、初めこのヨハネのことを、遂に救世主が現われたと錯覚した程でした。それ程ヨハネの叫びには真摯な響きがあり、人々の心の中深く突き刺さったのです。そんな圧倒的な人気を得たヨハネに、強い危惧を抱いた人物が現れました。ペレア地方、つまりヨルダン川東岸一帯を統べる領主ヘロデ・アンティパスです。アンティパス（狐の意）は、当時〝ユダヤの王〟と呼ばれたギリシャ系のユダヤ人ヘロデ王の子息だったのです。

アンティパスはヨハネを捕えると、〝民衆煽動罪〟の罪を着せて、マカイロス要塞の地下牢に閉じ込めてしまいます。こうして洗礼者ヨハネは、密かにその命を絶たれたのです。紀元二八年から三〇年にかけての話です。

洗礼者ヨハネの死に関しては、もうひとつの話があります。それはヨハネが、アンティパスの姦淫不実な行動を強く詰ったことで、その強い憤りを買ったことによるものとされます。

アンティパスが、その異母弟の妻ヘロディアスと密通してこれを妻とし、しかも当のヘロディアスも嬉々としてこれを受け入れて恥じない有様に、ヨハネは屡々公の場所で非難し続けたのです。これに怒ったアンティパスは、直ちにヨハネを捕えて牢に入れます。新妻ヘロディアスは、ヨハネの殺害を求め続けたのですが、流石のアンティパスにも、民衆の目を気にして中々応じ切れません。

すると、アンティパスの誕生日に当たって彼女は一計を案じます。それは自分の連れ子、つまり前夫の娘サロメをアンティパスの前で踊らせることでした。

サロメは年の割には艶めかしい少女で、その踊りや仕種に、アンティパスはすっかり魅了されます。そしてこう叫んだのです。

『よし！　願いものを申してみよ。何ならこの王国の半分を分けてやってもよいぞ！』

未だ少女だったサロメは、どうしたら良いか分からずに母ヘロディアスに相談しました。母の答えは『洗礼者ヨハネの首が欲しい。そう言いなさい』でした。

こうしてヨハネは、アンティパスの宮殿広場に引き出されて斬首されたのです。このサロメに関わる話は、ある福音書の記述によるものですが、私ソテロは、その信憑性には否定的です。ただこの物語は、聖書の世界では極めて異例な存在として絵や劇作の題材になり易く、多くの芸術家たちが挙って取り上げています。例を挙げますと、ドイツの画家デューラーや、イタリアの画家ティツィアーノなど、十五、六世紀そう今から百年程前の芸術家たちですね」

〔筆者註＝十九世紀になるとイギリスの劇作家オスカー・ワイルドが「サロメ（Salome 1893）」を書き上げ注目を浴びた〕

「ヨハネの名声は、彼の死後も長く続きました。むしろヨハネこそが〝メシア（救世主）〟ではないのかと、人々は噂し合ったといいます。つまりヨハネは、イエスの陰に隠された、いわば悲劇の人だったのです。

その聖人ヨハネが、非常に大切な言葉を、我々キリスト教徒に対して残しました。

『洗礼というものは、何度も繰り返して行われるものではない。それは一生に一度だけの、神の御前での禊なのだから』

皆さんは、その洗礼者ヨハネの名を冠した船で、今南蛮に向かっています。そして、やがて皆さんも洗礼を受けて、霊名を頂きます。それは〝生涯たった一度だけの神との約束〟を意味するのです。

おお、大分船の揺れが出て来ました。それでは、皆で〝主の祈り〟を唱えましょう。私の言葉に続いて下さい。

〈天にましますわれらの父よ、願わくは御名の尊まれんことを。御国の来たらんことを。御旨の天にある如く、地にも行われんことを。われらの日用の糧（かて）を今日（こんにち）われらに与え給え。われらが人に許す如く、われらの罪を許し給え。われらを試みに遭わせず、われらを悪より救い給え。

国と力と栄えとは、限りなく汝のものなればなり。アーメン〉――」

「この、〈アーメン〉とはどういう意味で御座るか？　拙者、国にいる時も何度か聞き申したが……」

今泉が手を挙げた。

「ああ、とても大事な質問ですね。〈アーメン〉とは、そのまま訳しますと、〝その如くなるように〟とか〝まことに〟という意味です。新約聖書では、神父など指導者の説教などの言葉に対して、聴衆の〝同意〟のしるしとして唱えられたのです。

しかし、イエス様は御自分の話を弟子たちにする時、最初に〈アーメン〉と言われました。それは弟子たちの注意を惹（ひ）くために、そうなさったと聞いています。この〈アーメン〉という言葉に相当するお国の言葉もあるんですよ。

それは仏教の〈南無（なむ）〉です。これも訳すると〝まことに〟だそうですね。ほかに、これと同じ言葉がありますかね？」

「真言宗（しんごんしゅう）の〈納莫（のうまく）〉も〈南無〉と同じく〝本当に〟〝心から〟という意味と伺い申した。外には〈真個（しんこ）〉も〝まこと〟〝全く〟を意味しますし、〈款（かん）〉も、相手への信頼を籠めた言葉として良く使われています。そう、〝真心〟〝誠〟の意味ですね。心を込めて持て成すことを〝款待〟と申します。そうそう、〈宜々（うべなうべな）〉の方が、もっと〈アーメン〉に近う御座るかな。〝もっともな事であることよ〃となり申す」

小寺外記の理路整然とした説明に、ソテロは驚きと感動の余りか、ただ黙って大きく頷くだけであった。

――やはり、この侍はただ者ではない――

ソテロの小寺に対する興趣の感情は高まるばかりだ。

その時、急ぎ足で一人の若者が船室に入って来た。

「おお、これはドン・ファン様、どうなさいました？」

ソテロはが思わず日本語でそう言った後、二人はイスパニア語で何か語り合っている。

「皆さん、気を付けましょう。嵐がやって来るかも知れませんよ」

ドン・ファンと呼ばれた青年が去った後、ソテロがやや緊張した面持ちで言った。

「ドン・ファンとはどなたで御座るかな？〃ドン〃といえば貴族を意味するので御座りましょう？」

小寺外記が不審顔で呟いた。

「あれは、ほれ、あのビスカイノ殿の倅殿（せがれどの）だべや」

常長が応じた。

「そう、ドン・ファン・ビスカイノ殿の父御は、あのセバスチャン・ビスカイノ様です。今、船首で航行の指揮を取っているロレンソ・バスケス航海士の急ぎの伝言を持って来ました」

ソテロが補足した。

〔筆者註＝セバスチャン・ビスカイノの一行の中に、子息ドン・ファン・ビスカイノが含まれていた事は、彼の報告書『金銀島探検報告』の中や、その後の在日中の記録にも一切触れられていない。ドン・ファン・ビスカイノの名が明らかにされたのは、平成二年（一九九〇年）になってからだ。スペインのセビリア大学教授の著書『イダルゴとサムライ』（平山篤子訳）に記載されたサン・ファン・バウチスタ号の南蛮人乗船者の氏名の中に、初めて見出された」

この頃、時候はすでに十一月半ば——北太平洋はすでに冬である。船腹を撃つ波の音や、帆柱や索条を掠める悲鳴にも似た風の音が、日毎に鋭さを増していた。

「今日はいよいよ、イエス様についてのお話です。聖ヨハネからヨルダン川の水で洗礼を受けられたイエス様は、その後どの様な生活に入られたのか。どうやってキリスト（ギリシャ語で救世主の意）となられたのか。これはとても大切な事です。

大部分の人は、初めて聞くお話だと思います。若しすでに知っている人が居たら、復習、つまり〝おさらい〟ですね。そのつもりで聞いて下さい。少し長くなりますが……」

ソテロは、そう前置きをして語り始めた。

ヨハネに洗礼を施されたイエスは〝ユダヤの荒野〟に出て行き、四十日間もの間ひたすら神に祈り続けた。尊敬するヨハネの行った苦行を自ら体現しながら、その教えを確固たるものにする——その覚悟がそうさせたのだ。

過酷な修行で疲弊し切ったイエスに、悪魔の誘惑が襲いかかる。

《サタン》あんたが神の子なら、その辺の石ころをパンに変えて食べることが出来るだろう？

《イエス》人はパンのみにて生きるに非ず。神の言葉によって生きるのだ。

《サタン》あんたが神の子なら、あの大きな岩から飛び降りることが出来るね？　どうせ神の使いの天使が現われて、受け取めてくれるのだから。

《イエス》聖書には「あなたの神を試してはならない」と書かれている。

　サタンはそれでも執拗に食い下がる。イエスを高い丘の上に連れて行き、更に露骨な誘惑を挑んで来た。

《サタン》若しこの私に屈服して懇願さえしてくれれば、この世の全ての財産と権力をあげよう。ただひれ伏して頼めば良いのだから簡単なことさ。

《イエス》私は聖書を読んだ。「あなたの神である主を拝み、主にだけ従い、仕えよ」と書かれている。もう引きさがれ！　サタンよ！

　こうして、荒野での四十日間にも亘ったイエスの修行は終わりを告げる。

「日本の弘法（こうぼう）様は、崖から身を投げられて、お釈迦さまと天女たちに空中で抱き止められたと申す。それも三度も」

　小寺外記が口を挟んだ。

「その話、拙者も何かで聞き申したぞ。確か空海（くうかい）つまり弘法大師御幼少の頃とか」

　今泉が口を添えた。

「ほう、それは興味深い話ですね」

とソテロ。

「はい弘法様は、わが国仏教界の真言宗を高野山に開いたお人です。その方が七歳の幼少時に、家の近くの山に登って、次のように唱えながらいきなり崖から飛んだのだそうです。

『私は大きくなったら仏門に入り、多くの人を救いたいと考えています。それが叶うなら、この命を救って下さい。若し叶わぬ願いと思し召すならば、そのままこの身をお見捨て下さっても構いませぬ』

すると何処からともなく釈迦如来が多くの天女と共に現れて、崖下に落ちて行く空海様の身を受けとめて下さったというお話です」

「イエス様は、実際に飛び降りてはいません。若しあの時サタンが命じた通りにしていたら、当然同じように天使たちに救われていたでしょうね。して、そのお方はその後どうなりましたか？」

「はあ、弘法様はやがて長じて京の大学に入りましたが、ある時何故か学問の道を捨てて、山林修行に入り、更に唐に渡って〝密教〟を日本に最初にもたらしたと聞いております。そうそう、弘法様が飛び降りた山は、後に自ら『我拝師山』と名付けられて、今では四国八十八箇所霊場の〝第七十三番札所〟となっているとのことです」

外記の弘法大師空海にまつわる話を聞いて、常長がぽつりと呟いた。

常長の言葉「お屋形さまがらも、聞じ申すたが、流石ぬ外記どのは、仏教さ通ずでござるな」

「小寺さま、貴重なお話をありがとうございます。考えてみますと南蛮でも東洋でも、偉い人に関わる伝説には、似た形が生まれることを改めて私たちは知りましたね」

二、イエス・キリストの成り立ち

「さて、それでは話をイエス様に戻しましょうか。はて何処まで進んでいましたか。そうそうイエス様は、悪魔(サタン)の誘惑を悉く(ことごと)退けられて、四十日間に及ぶ荒野での修行を無事に終えられたのです。そして、ガリラヤに戻ると、師ヨハネの許に寄宿しながら、初めて公的生活、つまり伝道活動に入ったのです。そして、思い切った行動に出ました。それはイエス様の伝道を、生涯を通じて支え続けるための堅固な〝体制〟創りでした」

船の内外の騒音、風の音や船員たちの叫び声が高まり、船の動揺も次第に激しさを増して来ていたが、侍・郎党たちは、誰一人として動こうとする者はいない。

「公的生活に入ったイエス様は、大都市エルサレムには行かず、ガリラヤ湖の北部の町カハルナウム(カペナウムとも)周辺で伝道を始めました。イエス様の主な説法は、ユダヤ教の厳しい律法・形式にこだわり過ぎた教義を排して、新しい〈福音〉を説いて歩くことでした。それは同時に、貧者への思いやりや病める者への施薬・施療の徹底でもあったのです――」

イエスの〈福音〉とは、一体何か?

〈福音〉の元々の意味は〝良い知らせ〟で、ギリシャ語の「ユーアンゲリオン」の事である。それは取りも直さず〝ユダヤ人のバビロン捕囚からの解放の知らせ〟、つまり〝吉報〟を意味するものだ。それが次第に、宗教的な色彩を帯びて、新約聖書の中での〈福音〉、イエスの言う新しい〈福音〉とは、〝イエスをキリスト（救世主）と信じることで、罪人さえも、その罪を許されやがて救われる、良い知らせ〟という意味を帯びてくる。同時にイエスは、数々の奇蹟を起こしてみせながら、数多くの弟子を獲得して行ったのである。

中でも後に「十二使徒」として、歴史に名を残す十二人は、その生涯を通じて師イエスの教えを守り、これを支え続けた。イエスはこの中で特に、ペテロ、ヨハネ（後にヨハネの黙示録を書いたとされる人物で、洗礼者ヨハネとは別人）、ヤコブ（漁師ゼベダイの子）の三人を側近として、他の使徒の指導にも当たらせた。

ソテロが注目したのは他に二人いる。マタイとユダだ。マタイは当時、売春婦と同格と見做され蔑まれた取税人であった。市民から税を取り立てる役目だ。ローマの王から依嘱されての役割なのだが、正規の税額の他に、勝手に余分の金子を上乗せして要求し、これを役得として懐に入れる者が多かったため、市民が嫌悪するのも無理はない。そう、取税人は蛇蝎以上に忌み嫌われたのだ。そんな罪悪感と孤独感に苛まれていたマタイに、イエスは救いの手、つまり〈福音〉を与えたのだ。新約聖書の冒頭に在る「マタイの福音書」は、後に更生したマタイの業績なのである。

ソテロが、いや切支丹衆の全てが関心を持った人物が、この十二使徒の中にいた。「ユダ」である。ただし十二使徒の中には、もう一人「ヤコブの子のユダ」なる人物がいたので、これを峻別する意味で問題のユダを「イスカリオテのユダ」と呼んだ。イスカリオテのユダも、当然イエスに選ばれた人間である。しかも、数理に明るいこともあって、彼は会派の会計係を与ったのだ。

しかしこのことが後に彼自身を追い詰めることになるとは、本人はもとより使徒たちの誰一人として知る由もなかった。ただしイエスは見抜いていた。〝イスカリオテのユダは、やがてイエス自身を裏切ることになる〟と。

ガリラヤ湖北部の町カハルナウムでの伝道で多大の支持者を得たイエスは、ある日、主だった弟子たちを集めて尋ねた。

「人々は私のことを、そもそも何者だと考えているのだろう？」

弟子たちは口々に答えた。

「洗礼者ヨハネの生まれ変わりではないのかと……」

「エリヤの再来と言う者もおります」

「いや私はエレミヤの生まれ変わりだと聞きました」

エリヤはイスラエル初期、エレミヤは後期の預言者である。特にエリヤは、預言者モーセと共に、奴隷だったイスラエルの人々をエジプトから脱出させた功労者なのだ。

「いや、イエス様、あなたは〝メシア（ユダヤ語で救世主の意）〟です」

それまで黙り込んでいたシモンが、突然口を開いた。

シモンはイエスの一番弟子である。これを聞いたイエスは、喜悦に満ちた面持ちで叫んだという。

「シモンよ、これからはお前の名を〝ペトロ（ヘブル語で岩石の意）〟と呼ぶことにしよう。私は将来ペトロの上に教会を立てようと思う。そう、岩の様に堅固な土台の上にだ！」

イエスの説教は、洗礼者ヨハネのそれより、遥かに強烈で、むしろ革命的だったと言われる。

「世の終末は近い。時は満ちて神の国が近づいた。悔い改めよ！　福音を信じるのだ。聖なるものを犬に与えてはならない。ましてや豚に真珠を与えるなど論外である。神への冒瀆となるからだ！　そして私の教えを、自らの生き方に活かせる者は賢い人である。それは〝岩〟の上に家を建てることを知っているからだ。しかし私の言うことに耳を貸さない愚かな者は、その家を〝砂〟の上に建てようとする。そして地震や嵐で、呆気なくその家を失っている」

こうしてイエスの弟子シモンは、以後〝ペトロ〟とニック・ネームで呼ばれることになる。

大分先の話になるが、師イエスの見立て通り、ペトロはイエスの教えを着実に実行して行き、やがてローマにまで布教する。そしてローマで、時の皇帝ネロの不興を買い、紀元六、七年頃十字架に架けられる。この時ペトロは、「師イエスと同じ形での磔刑は、自分には相応しくない。〝逆さ十字架〟を望みます」と言い、その様にして果てた。

ペトロは初代ローマ教皇としてその名を残し、ローマの「サン・ピエトロ大聖堂」は、ペトロの墓地の上に建てられた寺院といわれる。因みに〝ピエトロ〟はペトロのローマ語読みである。

旧約聖書の「ゼカリヤ書」には、「やがて本当のユダヤ王が、ロバに乗ってエルサレムに入城するであろう」と預言されている。イエスはこの預言通りに、未だ誰も乗っていない若いロバに乗って、エルサレムに入って行った。

この日は日曜日とあって、エルサレムの城壁内は、行楽気分の市民でごった返していた。そしてロバに乗ったイエスを見た群衆は、聖書の預言通りの光景に熱狂する。洗礼者ヨハネの弟子として、あるいはヨハネ以上に革命的な預言者として、イエスの名は此処イスラエルの都でも夙に高まっていたのである。

人々は自分の上着を脱いで、地面に敷きつないで、その上をイエスのロバを歩かせたという。そして手に手に棕梠の枝を持って、叫び続けた。

「ホサナ！　祝福あれ！　神の名によって来た方に。祝福あれ！　今来た、われらの父ダビデの国に。ホサナ！　いと高き処に！」

〝ホサナ〟とは〝今直ぐ救い給え〟という意味である。以後キリスト教会では、この日曜日を「棕梠の主日」と呼んで尊ぶ。

「やがてユダヤの王が、ロバに乗ってやって来る」との預言通りのイエスを見て、人々は、四百年間待ち望んだ〝メシア〟が遂に現われたと熱狂したのである。

メシア＝キリスト＝救世主として、エルサレムに入ったイエスが先ず手をつけたのは、「穢された神殿」の修祓、浄化であった。旧約聖書には、「メシアが到来する時、神殿は清められ、商人共は退散する」と預言されているからだ。

「あなた方は、神殿を強盗共の巣窟にしてしまった」

イエスの怒りは凄まじく、商売人・両替商・食用の鳩売人たちを追い立て廻し、その商品の全てを、神殿の外に放擲し尽くした。イエスは、これら商人たちの背後にはもっと大きな宗教的な権威、祭司長や律法学者らが居て、その得分を恣にしていることを疾うに見抜いていたのだ。

以後、毎日のように神殿にやって来て説教をするイエス。そして、それを熱心に聞こうとする群衆で、都は時ならぬ叢雲に覆われた様相を呈した。祭司長・律法学者それにファリサイ派のユダヤ人たちにとって、この光景は、何かが己れたちに迫ってくる様な不吉なものを感じずにはおれなかった。

ファリサイ派とは、ユダヤの学者階級から起こった、厳格なモーセ律法の信奉者であり、実践者たちのことだ。彼らは自尊心が高く、一般庶民を〝地の民〟つまり律法を理解出来ない輩と蔑んだ。イエスは彼らを、律法を笠に着た〝偽善者である〟と断じたため、逆に、ファリサイ派から猛烈な反発を買ってしまう。彼らはイエスを「律法を穢す者、罪人たちと交わる奇怪な人物」として、遂には十字架にまで追いやることとなる。

祭司長・律法学者それにファリサイ派の者たちは、イエスの人気が余りにも爆発的で、急激であったため、己れたちの体制の存続が危ぶまれたため、遂にイエスの殺害を決断する。しかし、民衆のイエスへの信奉が余りにも強く、迂闊には実行出来ないでいた。そんな時である、イスカリオテのユダが願ってもない申し出をして来たのは。

ユダは、銀三十枚を呉れるなら、師イエスを裏切っても良いと、申し出たのだ。銀三十枚といえば、当時奴隷一人の値段であった。この申し出に、律法主義者たちが、物怪の幸いとばかりに、欣喜乱舞に及んだことは想像に難くない。

結局イエスは、十字架に架けられることになるのだが、師イエスを律法者たちに銀三十枚で売った十二弟子の一人であるイスカリオテのユダは、一体、何故こんな割に合わない事をやってのけたのだろう。しかもユダは、その理由、謎を永遠に封じ込める様に、自らを処断するのだ。そう、首を吊って死んだのである。

イスカリオテのユダの、裏切りにも似た行為については、後世様々な解釈がなされた。

（一）荒野でイエスに論破された悪魔（サタン）が、その報復のためにユダの身体の中に入った。
（二）イエスの私的会計係だったユダが、その金を使い込んだことで、師イエスの厳しい譴責（けんせき）を受けたため、逆（さか）恨みをした。
（三）イエスがキリスト（救世主）としての立場を確立するためには、〝父なる神の許に帰る〟即ち、イエスが自らの死を以て人類の罪を贖（あがな）う必要があった。その手段として、金を使い込んだユダを説得して、その応諾を得るしかない。ユダも、イエスが十二使徒の一人として選んだほどの人物である。この師イエスの計画に、己れもその心身を捧げる処決をしたのだ。

ソテロの講義がユダに及んだ時、小寺外記が手を挙げた。

「拙者としては、その三つ目の考えに賛同致す」

「ほう、それではユダは裏切ったのではないということですね」ソテロが応じた。

「左様、ユダはイエスの命に、それこそ捨て身で応じたと拙者は断じ申す」

「これは又、いかにも〝侍〟的な見方ですね。もっとも、カトリック教界でも同様の解釈が無くもありませんが……。そうなると、ユダの立場は今までとは全く逆の形になりますね」

「拙者、ユダは聖者として列せられる可き存在と考え申す」

外記の言葉に船室（キャビン）全体が騒然となった。

イエスが十字架刑になる前後の状況や、イエス自身の言動を注視すると、この小寺外記の解釈にもその妥当性が見られる気がしてくるのだ。

従来為されて来た（二）の見方では、初めからユダ即ち極悪人の考え方だ。これでは、ユダを使徒の一人に選んだ、イエスの眼識そのものを貶（おとし）めることになりはしないか。

イエスの昇天・復活といった一連の奇蹟を、より劇的なものにするためには、〝極悪人〟ユダを演出する必要があったとの見方も必要なのであろう。ソテロはこの〝ユダの謎〟に対する異教徒、いや日本人の分別の仕方に、大きな驚きと共にある種の畏怖の念すら覚えたのであった。

「天に御座(おわ)す父の御許(みもと)に行く」という予感を抱きながら、イエスは、十二人の使徒たちを〝最後の晩餐会〟へと誘う。場所は、エルサレム旧市街に位置するシオンの丘に建つ〝コエナクルム〟と呼ばれるいわゆるレストランである。

時あたかも〝過越祭(すぎこしのまつり)〟の晩で、しかもイエスが処刑される前日であった。そして何故かイエスは、弟子全員の足を洗ってやったのである。当時、この役割は奴隷のものであった。

やがて食事をすることになって、各自がその席に着いた。ここに一枚の油絵がある。一六四七年に描かれたもので、作者は十七世紀を代表するフランスの画家ニコラ・プッサンで、題名は「聖体の秘蹟」であるが、要するに〝最後の晩餐〟の絵なのだ。

最後の晩餐と言えば、誰もが思い浮かべるのはあのイタリア・ルネサンスの巨匠レオナルド・ダ・ヴィンチの名である。長机の向こう側に、イエスを中心に十一人の弟子たちが並んで座っており、机の手前に一人居るのが、ユダである。しかし、このプッサンの絵では、弟子たちは皆寝そべった形で、食事をとっているではないか。そしてユダはというと、赤いガウンを羽織って、今まさに部屋を出ようとしているのか、絵の左端に微かにその横向きの姿が描かれている。さて、この二つ絵の構図のうち、正しいのはどちらであろうか。

レオナルド・ダ・ヴィンチが晩餐の絵を描いたのは、一四九五年から九八年頃であるから、プッサンの絵の方が二百年以上も新しいのだ。

ここに、この聖餐の状況を記した資料がある。

『弟子の足を洗い終えたイエスは、夕食の席に戻って食事を始めた。イエスを真ん中にして、三人一組で皆が長椅子に横になった。そして左腕の肘(ひじ)で頭を支え、右手で食事を口に運んで食べていた。』

そうこれが、古代ローマの食事スタイルなのである。

プッサンはその生涯の大半をローマで過ごして、古代ローマに関しての研究に打ち込んだとされる人物である。画家としての名声についてはレオナルドには及ぶ可くもないが、その一途(いちず)で真摯(し)な人柄は、この絵からも充分に伝わってくる。

「過越祭(すぎこしのまつり)の時には〝ハレルヤ〟が唱えられます。このイエスの晩餐会でも、当然行われたはずです」

「何だべね、その〝晴(は)れる〟どが〝曇(くも)る〟どが語(かだ)ってんのは」

ソテロの聞き慣れない言葉に、先ず支倉が反応する。

グレートキャビンが、時ならぬ哄笑に包まれた。

ソテロも笑いを噛みしめながら答える。

「ああ、良い所に気付かれましたね。ハレルヤとは旧約聖書には良く出て来る言葉で、ひと言でいえば〝主(しゅ)(神)を讃えよ〟ということです」

ソテロの説明は、なおも続く。

ハレルヤは、ヘブライ語（ユダヤ語）の〝ハレル・ヤーハ〟の慣用語である。もともと奴隷として苦境に喘ぐユダヤ人たちを、モーセを使ってエジプトから無事脱出せしめた神の御業を心から讃えた言葉、つまり詩なのだ。マタイとマルコの福音書には、「過越祭に行われた、イエスと弟子たちが歌ったのも、このハレルヤの詩編である」と明記されている。

ハレルヤを吟じた後、一同は晩餐にかかる。この時イエスが何故か、突拍子もないことを言ってのけた。

「この中の一人が、やがて私を裏切ろうとしている」

そう言った後イエスは、手に持ったパンを千切っては、弟子たち一人一人に与えながら言った。

「これは、私の身体の一部と考えなさい」

また、イエスは手に葡萄酒入りの器を持って、一人一人のグラスに注ぎながら言った。

「これは私の血だと思いなさい。これから、多くの人々を救うために流される血です」

そうした後、ここでイエスは、またまた不可解な言葉を発する。

「さあユダよ、今お前がやろうと考えていることを直ぐに行って実行しなさい」

弟子一同は何のことか分からず、ただ互いに顔を見合わせている。その中を立ち上がったユダは、何も言わずに部屋の外へと姿を消した。

晩餐の後、イエスは他の弟子たち十一人を連れて〝ゲッセマネの園〟へ向かった。外は未だ、暮れなずむ空に薄明が漂っている。ゲッセマネとは、エルサレム、東部のギドロンの谷を隔てたオリーブ山（標高八〇〇メートル）の山麓に在る、それこそ多くのオリーブの古木に囲まれた清閑な庭園で、イエスが祈りの場として好んで用いて来た処だ。

夜も更けて、寥寥たる闇に沈む庭園で、か細い灯明の中、イエスは懸命に祈りを捧げる。イエスが祈っている間、ペトロをはじめ十一人の弟子たちは熟睡に及んで、前後を知らない有様だ。そんな彼ら弟子たちを、イエスが三度目に起こしにかかった時であった。何やら騒がしい叫び声や、物音が聞こえて来た。その噪音は次第に高まり、やがて怒濤となってイエスたちの前になだれ込んで来た。手に手に、剣や棍棒を持った群衆が、何やら大声で叫びながら駆け寄って来たのだ。その先頭に立っていたのが、正にイスカリオテのユダだった。

やがてユダは、イエスの処に真直に歩み寄ると、イエスに抱きついてその頬にキスをする。その瞬間正に間髪を容れぬ素早さで、ローマの兵たちがイエスを取り押さえたのであった。

ローマの兵とは、いささか唐突に過ぎる話ではある。

当時のエルサレムは、ローマの支配下に在って、大まかな司法権は、当時のローマ総督ピラトの手に在ったのだ。この騒ぎの中、ペトロたちイエスの弟子たちは一目散に逃げ去ってしまう。そんな中弟子として、イエスの前に居たのは、イスカリオテのユダただ一人であった。捕われて連れ去られるイエスの姿に、何故かユダは滂沱と流れ落ちる涙を拭おうともせず、暫くの間その場に蹲ったまま動こうとしなかった。

群衆が去った後、ユダはゆっくりと立ち上がり歩き始めた。しばらく項垂れたまま、とぼとぼと歩を運んでいたが、やがて意を決した様に早足でその場から姿を消した。

その頃イエスは、エルサレムの「切り石の間」と呼ばれる裁判所に居た。ここは最高法院（サンヒドリン）、つまりユダヤ人の裁判所で、当時の議長はカヤパ大祭司であった。

カヤパ議長の元七十人の議員が居た。その内訳は祭司（二十四名）、長老（二十四名）、そして律法学者が（二十二名）という構成であった。しかしその大半は、ファリサイ人だったといわれる。

一見して立派な体裁を備えた裁判所であるが、当時イスラエルはローマの支配下に在って、このサンヒドリンでは、「笞打ち刑」や「罰金刑」などの軽微な刑罰しか裁けない。しかしカヤパ議長以下の祭司・長老・律法学者たちの意向はすでに「イエス死刑」の線で固まっており、あとはローマ総督ピラトの決定を待つだけだ。

しかし軍人ピラトにとってイエスは、どう見ても狂暴な極悪人でもなければ、第一武器も持たない丸腰の民間人なのだ。これを何故か知らないが、ユダヤの律法学者たちはどうしても「死刑」でなければならないと強硬に訴えて来る。その理由を問うと「イエスは神殿を汚した」「モーセの律法を冒瀆した」つまり「神への冒瀆という大罪を犯した」極悪人だから、一刻も早くイエスに死刑の御裁断を下されたいと言い張るばかり。

悩んだ挙げ句・総督ピラトはイエスの始末をガリラヤ地区のユダヤ王を自称する、あのヘロデ・アンディパスの許に依頼したのだ。ヘロデ王といえば、あのイエスの師、洗礼者ヨハネを死に追いやった男である。

イエスに会ったヘロデは、例の悪意に満ちた方法で、イエスを試し、愚弄した挙げ句、イエスに屈辱的な着物をきせてピラトへ送り返した。

「この男は、自らを〝ユダヤの王〟〝神の子〟と称する、言わばユダヤ民族への反逆者である。御存分に処断されたし」

添えられた書翰にはそう書かれていた。

最後の手段として、総督ピラトはイエスの始末を〝民衆〟に決めさせることを考えた。過越祭の折、ローマ総督は〝民衆の賛意〟によって、囚人一人を釈放するという一種の懐柔策を施していたのである。どうしてもイエスを死刑にしたくないピラトの〝最後の切り札〟であった。

そして、この時ピラトが民衆の前に引き出して来たのが、「バラバ」という男であった。バラバは根っからの悪人で、暴動の首謀・煽動の罪と、何人もの人を殺した罪で拘留されていたのである。誰の目から見ても、イエスとバラバとでは、釈放されるのはイエスの方であろう、というピラト総督の意向は、ものの見事に覆される。

ユダヤの民衆が釈放を求めたのは、極悪人のバラバの方だった。万策尽き果てたピラトは、群衆の見ている前で遂に〝手を水で洗い〟身を清めると、大声で叫んだ。

「この正しい人イエスの血について、私には責任がない。自分たちで始末するがよい」

こうして、イエスの〝笞打ちの刑〟と〝十字架刑〟が決定してしまったのである。

「その男の血に対する責任は、我々が受け持つ！」

口々に叫びながら歓喜する民衆。そんな喧騒の中、身じろぎもせず立ち尽くす一人の男が居た。例のイスカリオテのユダだ。ユダは師の十字架刑の決定を見届けると、そそくさとその場から離れて行った。その後のユダの行動を、マタイの福音書はこの様に伝える。

ユダは、三十枚の銀貨でイエスを裏切ることを命じた祭司長カヤパや律法学者、それにファリサイ派の長老たちの許に行き、その三十枚の銀貨を突き返そうとした。それが許されないとみたユダは神殿に行き、その銀貨を投げ込んだという。やがてユダの姿は、首吊り自殺の形で発見される。

　ソテロの話が此処まで及んだ時、又もや小寺外記が手を挙げた。

「イスカリオテのユダには、師イエスの磔刑の決定、つまりイエス自身の血によって、人間の有して来た数々の宿罪を贖おうとした試みがほぼ達成されたと見て、そこに到った算段や秘密を完璧に韜晦してしまう必要があった。そのための完全な方法として、自らの命を断つこと——」

「ちまりだな」支倉が話を繋いだ。

「スダっつう男は、裏切りもんではねえってこどだべや。むすろだな、スダはエス様の計画ば、忠実に守ったいわば、つうすん（忠臣）なんでねべが（なのではないか）」

「今の支倉様や小寺様の見方、決して見当ちがいのものとは、言い切れません。カトリック教会の中にも、その説を唱える者がいたと聞いたことがあります。ユダは自殺ではなく事故死——いや事故に見せかけた他殺との見方もある位です。もっとも自殺となると神の教えに叛くことになります。わたくしソテロは、日本のサムライの〝切腹〟を、どうしても理解出来ませんし、大嫌いですね」

「ソテロ様には分からないことでも、日本の士にとって、〝切腹〟は、自分の廉潔の証しを示す、ある意味、崇高な儀式なのです。〝士は、己れを知る者の為にのみ死す〟という言葉もあります。ソテロ様たち切支丹の信者、まして宣教師たちは、神の為に命を捨てることを、少しも厭わないというではありませんか」

　外記の言葉には、不思議な説得力がある。

ソテロは黙って頷いている。

民衆にイエスを引き渡した総督ポンテアス・ピラトは、用意された器の〝水〟で手を洗って姿を消した。〝水で手を清める〟という行為は、当時のユダヤではある意味重要な儀式であった。それは「無実の者を死に追いやった〝罪〟。つまり汚れた手を水で洗い流すことでその〝罪〟から解放される」という願望が込められているのだ。

実際に刑罰を実行するのは総督の兵士たちである。「十字架の刑」には、その前段階として「笞打ちの刑」を経ることになる。柱に縛りつけて、徹底的に笞で打擲するのだ。こうしてある程度罪人を弱らせておいてから十字架に架けるのが、当時のローマ式刑罰の方式であった。およそ非道とも言える苛烈な〝身体刑〟なのである。

衣服を剥ぎ取られたイエスの頭に、兵士たちは茨で編んだ冠を被せた。期せずして起こる民衆の歓呼の声が、広場に響き渡った。過酷な笞刑で息絶え絶えのイエスは、やがて柱から解き放たれるとその背に重い横木を担わされた。左右に伸ばした両腕は、背負った横木に縄で縛りつけられている。

このままイエスは、最終的な刑罰「磔刑」の行われる「ゴルゴダの丘」へと登って行くのだ。後に〝悲しみの道〟と呼ばれることになる細い坂道を、イエスはよろける足を踏みしめ、引き摺りながら登って行く。

ゴルゴダとはアラム語、つまりユダヤ語で骸骨を意味する。「ゴルゴダの丘」は、いうならば「髑髏の丘」なのだ。この如何にもおどろおどろしい呼び名は、この丘には〝エレミヤの洞穴〟と呼ばれるほら穴が二つ在って、遠くから見ると巨大な眼窩を有する〝しゃれこうべ〟の様相を呈することから生まれたとされる。

標高二〇メートルの丘、ゴルゴダの正式の呼び名は「ゴルドンのゴルゴダ」であり、福音書にも明記されている。僅か二〇メートルの小丘とはいえ、事前の笞刑で衰弱し切った今のイエスにとっては、千里、万里の道とも思える辛酸・鏤骨の行程であったろう。

果たしてイエスは、遂に坂の途中で倒れ込んでしまう。兵士たちの烈しい叱咤の声にも、もはやイエスには、応える力が残っていないのだ。

丁度その時、リーダー格の兵士にある方策が浮かんだ。一人の若い男に関してだ。彼は先刻からイエスに寄り添う様に、即かず離れずしているのが兵士たちの視野には入っていた。

――よし、この際だ。この男に代って貰おう。無論、否とは言わせぬが――

男は、兵士たちの思惑に反して、むしろ快く引き受けてくれたのだ。後刻、判ったことだが、この若い男は名を〝シモン〟というクレネ人（現在のリビア人）で、たまたまイスラエルへの旅の途中だったという。

シモンの憐情に支えられて、イエスはどうにか丘の上に立つことが出来た。やがて兵士達は、予め地中深くに埋め込まれた太い木の柱に、運んできた横木を取り付けた。十字架の完成である。

休む間もなく兵士たちは、イエスの身体を十字架に架ける行動に移る。憔悴し切って成すがままのイエスは、やがて太くて長い釘で十字架に打ちつけられた。そして、このまま数日間、晒されることになる。

これが磔刑といわれる、当時のローマ政府がその支配する国々の、主に政治犯や重罪人に科したむごい仕置の仕方なのだ。

この様に数日晒してもなお息絶えない者は、止めとして槍で心の臓を突かれる。イエスの胸には、この〝止めの創〟がはっきりと残ったといわれる。

磔刑、即ち十字架刑は、最も残忍な刑の部類に属する。事前の笞刑で弱らせた罪人を十字型に組んだ木材に、両手の平と重ね合わせた両足の甲の上から太い長い釘で打ち付ける。この大きな十字架を地面に立てて、数日間放置するのである。

この間の囚人の受ける苦痛は、正に想像を絶するものであろう。この苦しみを表現出来る語彙を見出すことは不可能に近い。此処では〝死苦〟という言葉を使うことにする。辞書「言林」には〝死ぬほどの苦痛〟とある。

イエスは、寒風に晒された十字架の上で、長時間この〝死苦〟を体現なされたのだ。

「人類の犯して来た罪を、己の血を以て贖わんとする為には、この〝死苦〟に堪えてこれに打ち克つこと——それしかない」

しかし、絶え間なく襲い続ける痛みと苦しみに、イエスの口からは時折呻き声が洩れるようになった。この時イエスの口から出た苦悶の叫びを、「福音書（Gospels）」に明らかにされている。

「福音」とは、ギリシャ語で（ユーアンゲリオン）つまり、〝良い知らせ〟の意である。もともとは〝戦に勝った報告〟や、ユダヤ人たちの〝バビロン捕囚からの解放の知らせ〟など、狭い意味で使われた言葉である。それがやがて宗教色を帯びて、「救世主イエスの来臨による〝喜ばしい知らせ〟の意となり、新約聖書の冒頭には、マタイ・マルコ・ルカ・ヨハネら世人の伝道者たちによるイエス・キリストの遺した言葉や行動の記録として、記されたのが〝福音書〟である。

この福音書の中に、十字架上でイエスが発したとされる最後の言葉が、四人の伝道者たちの証言として残されている。

『マタイとマルコ曰く「わが神、わが神よ、なんぞ我を見捨て給いし」――』

『ルカ曰く「父よ、わが霊を御手に委ね」――』

『ヨハネ曰く「事、ことごとく成りぬ」――』

イエスが発したと言われるこれら三つの言葉のうち、果たして最も信憑性が高いのは一体どの言葉であろうか。この時イエスは、〝死の苦しみ〟いやむしろ、「一刻も早く死に到りたい。そして安寧静謐の境地に身を置きたい」そんな窮極の願望から出た言葉が、このアラム語の叫びなのだろう。

「エリ・エリ・レマ・サバクタニ（わが神、わが神、どうして私をお見捨てになったのですか）！」

なかなか死という安楽が与えられないことへの、未だ人間として在ったイエスの本音が洩れ出たのか。いや、この三つの言葉全てが、正しいのであろう。

イエスが息を引き取ったのは、金曜日の午後三時といわれる。この時、イエスの十二人の弟子たちは、皆一目散に逃げ去っており、その臨終を見極めたのはわずかに三人の女性たちに過ぎなかった。

即ち、イエスの母マリヤ、弟子ヤコブとヨハネ兄弟の母マリヤ、そしてマグダラのマリヤと、いずれもマリヤと名の付く女たちである。彼女たちは泣きながらイエスを十字架から降ろし、懇ろに遺骸を亜麻布に包んだという。

その後、イエスの遺体は墓地に埋葬されるのだが、その墓地を用意したのも、イエスの弟子たちではないのだ。意外な事にその人物は、アリマタヤのヨセフと呼ばれる富裕なサンヒドリンの議員をしていた人だ。サンヒドリンといえば最高宗教議会のことでファリサイ派に属する。つまりイエスを敵視する側である。

その議員が何故、イエスを引き取ったのだろう。しかも彼のヨセフは、その立場を利用して、事前に総督ピラトにイエス埋葬の承諾を得ていたのだ。

アリマタヤのヨセフは、刑場ゴルゴダの丘から程近い所に、新設したばかりの自分の立派な墓所を持っていたのである。イエスの遺体を埋葬した、ヨセフの墓所の入口は、やがて巨大な石の戸によって閉ざされた。更に墓所の前には、総督ピラトの命で二人の武装兵が付けられたという。遺体の盗取を防ぐためである。

それにしても、アリマタヤのヨセフは、己の立場も顧みず何故このような危い橋を渡ろうと試みたのだろう。実はヨセフは、密かにイエスの説く福音の信奉者だったのである。端的に言えば〝アリマタヤのヨセフ〟は、〝イエスの隠れ弟子〟ということになる。

因みに、ヨセフがイエスを葬った基地の上には、現在「聖墳墓教会」が建ち、世界のキリスト教徒の聖地となっている。

峻厳を極めた監視にもかかわらず、イエスはこの基地からその姿を消して、「三日後に復活」を果たす。「メシア・イエス」「イエス・キリスト」つまり〝救世主イエス〟の誕生である。

全世界のカトリック教徒たちが、四百年間待ち続けたメシアが遂に生まれたのだ。十字架に架けられたイエス、そしてイエスが生前に大切な弟子として愛おしんだ十一人の弟子たち（イスカリオテのユダはすでに死亡）は、イエスの刑への巻き添えを恐れて、全員逃遁（とうとん）してしまっていた。

しかし、三日目に復活したイエスを見て、弟子たちは再びイエスの前に集合する。そして、ここに奇蹟が起こる。今の彼等は以前の、自己保身にのみ拘泥（こうでい）する似非（えせ）信者ではなくなっていた。むしろ〝死〟をも恐れぬ福音伝道者へと、大変貌を遂げていたのである。イエスは三日目の復活から四十日間現世に在って、更に弟子たちを鍛え上げる。

イエスは、イスカリオテのユダ亡き後の欠員を、他の五百人ともいわれる当時のイエス信者の中から、「マッテヤ」という有望な若者を選び、十二人の弟子の形を整えた。ユダヤ人にとって「12」という数字は〝完全〟を意味するからだ。

イエス昇天後、これらの十二人の使徒たちは、師イエス・キリストの教えを広めるため、小アジアからギリシャ・ローマにまで命懸けの伝道をする。正に血と命を懸けた活躍であった。

十二人の使徒のうち最初に殉教をして果てたのは、ゼベダイの子の「ヤコブ」であった。その後も使徒たちは信仰に身を捧げて行き、生を全うしたのは同じゼベダイの子「ヨハネ」だけ、つまり彼は最初の殉教者ヤコブの兄に当たる。

ヨハネはその伝道地のトルコやローマで幾度も迫害に遭ったが、その都度奇跡的に危機を脱して伝道の旅を続けた。そして、異説はあるものの、あの「ヨハネの黙示録（もくしろく）」を世に残したのも、彼、ゼベダイの子ヨハネである。ヨハネはイエスの課した使命を、その長寿故に、ほぼ完遂出来た唯一の弟子と言えよう。最期は故郷で、弟子たちに見守られながら安らかに息を引き取ったという。享年九十五であった。

ソテロの話が此処まで及んだ時、船室(キャビン)の外が急に騒がしくなった。

「時化(しけ)が近づいたぞう！」

日本人の水夫(かこ)が叫んでいる。そう言えば、船全体の揺れも大分激しさを増している。ソテロの話に熱中するあまり、武士たちの身体には船の動揺も波の当たる轟音もまるで感得出来なかったのだ。

「大分海が荒れて来たようですね。気分の悪くなった人は、どうぞ部屋に戻って下さい」

そうソテロが促しても、誰一人立とうとする者はいない。

「パーデレ殿！　拙者、以前にエス様の弟子としてパウロなる人物の名を聞き申したが、パウロとは一体……」

又しても小寺外記の問い掛けであった。他の武士たちには、何の事やら見当もつかない内容だ。

——外記殿は何でこんなに、切支丹話に詳しいのか？——

こう訝(いぶか)る思いは、ソテロにとっても同じであった。

「ゲキどのの御質問は、大変重要な所なのです。使徒パウロは、イエス・キリストの教えを世界に広めた最大の功労者なのです。いずれ私ソテロも、パウロについては話す積り、いや絶対に話さなければならない人物と思っていました。ただ、ひとつだけ言っておきたい事実があります。パウロはペテロとちがって、イエスの十二人の弟子には入っていないのですよ。それどころかパウロはファリサイ派、つまりイエスたちを迫害弾圧する側に居た人間でした」

「ほう……」

それまで胡座（あぐら）をかいていた外記は、思わず正座に座り直す。時折、小さな横浪がぶつかってくる。船はその都度ローリング、即ち横揺れをするため、武士たちは頓狂な声を上げながら床の上を転がる。

その態様が滑稽だといって互いに笑い合って、キャビンは時ならぬ哄笑の渦となるのだった。しかしまだ反吐（へど）を吐くほど酔っている者はいない。

「パウロは、若い頃は〝サウロ〟と呼ばれていました。三十歳の頃のサウロは、イエスをメシア（救世主）と信じるユダヤ人を憎悪し、これに激しい迫害を加えてさえいたのです。ユダヤ教では、未だメシアは現れていないというのがその信条になっています。しかしユダヤ人の中には、イエスこそが彼らが求め続けて来た、メシアと信ずる者が増え始めていました。

当時この人たちのことを〝ヘレニスト〟と呼び、ユダヤ教徒の論難の対象となっていたのです。

ヘレニストとしてイエスを信仰したために、ユダヤ教徒の群衆によって〝石打ちの刑〟で殺された人がいました。名を〝ステパノ〟といいます。

ステパノはヘレニストの代表として、神がこの世に送った〝メシア・イエス〟をユダヤ人たちが十字架に架けて殺害したことを、強く非難したのです。怒り狂ったユダヤ教徒たちは、一斉にステパノに向かって石を投げつけました。こうしてステパノは、イエスの信奉者として殺された最初の殉教者だと言われます。パウロことサウロも、ステパノに石を投げつけた群衆の中の一人でした」

――あの伝道者パウロが、キリスト信者の敵だったとは！　信じられぬ――

小寺外記の脳裏に、ある種の混乱が渦巻いた。

パウロはヘブル語（ユダヤ語）で、「小さき者」という意味である。サウロがイエスの信奉者となった時に、生まれ変わった己を強調するために、敢えて「パウロ」と改名したのだ。しかも〝小者パウロ〟と謙遜までしている。

キリスト信者の弾圧者としてその名を馳せたサウロが、一変して今度はイエスの十二人の弟子たちをも凌駕するほどの、キリスト教の伝道者パウロとなり得たのは何故なのだろう。外記ならずとも、大方の訝るところではある。

ひと言で表現すれば、パウロのイエス信仰の基本は「十字架のキリスト」に存在するといえる。要するにパウロは、「イエスがその身を十字架に架けられることで、人類万人の罪を贖った」その行為に、霜烈な感動を覚えたのだ。

やがてパウロは、人の救いが〝人間の行為によってのみ左右される〟というユダヤの律法主義と訣別する。そして「信仰」によってのみ、人は救いの道に到達出来るという彼独自の信条、「信仰義認」の境地を得た。神の前での正しさ〝義〟は、〝信仰〟する者にのみ当てはめられて、やがて〝救われる〟という考え方である。

パウロは「キリストにあって」という言葉を多用したという。これはキリスト信仰者が、信仰によってキリストと〝霊的に交わる〟ことを意味している。要するにイエス・キリストの信仰者は、常にキリストと共に在らねばならないのである。

当時のキリスト教伝道者の中で、ここまで幽遠なまでに、イエスの懐の中深く入り込んだ人物がいたであろうか。

「極悪人サウロ、つまりパウロが、無類のイエス・キリストの信者に転じてひたすら『キリストにあって』と称え、やがて世界一のキリスト教伝道者になった。ということで御座るか？」

外記が、ソテロに念を押す。

「わが日本にも似た様な〝言葉〟がございます。浄土真宗という大きな仏教の宗派の祖に〝親鸞〟という聖人様がいました」

「そのことは、以前に京都で聞いたことがあります。〝善人より悪人の方がホトケになり易い〟ということですね」

ソテロは一六〇三年六月に、四年間マニラで待ち続けた後、ようやく〈小・サンティアゴ号〉に乗って来日すると、間をおかず京都に行って仏教語を中心に日本語の研鑽を積んでいるのだ。

「流石ソテロ様でござる。親鸞上人は言いました。

『善人なおもって往生を遂ぐ。いわんや悪人おや』

分かり易く申しますと、善人でさえ浄土に往生出来るのだから、ましてや悪人が往生出来ない筈はないということです。ここで言う〝往生〟とは、この世を去った後、極楽浄土に往って生き続けることです。因みにこの言葉は師親鸞亡き後、その弟子唯円が師の教えや考えが世に誤って解釈されていることを歎いて書いた『歎異抄』という書物に残されています。

親鸞が、仏教の真理を詩の形で表した言葉があります。つまり〝偈〟のことです。聖人は〝正信念仏偈〟の中で次の様に唱えておられます。

『極重の悪人は、ただ仏を称すべし』

その意味は、〝きわめて罪の深い悪人は、ただ仏の名を唱えよ〟ということです。何か、以前極悪人だったパウロが、ひたすら〝イエス・キリストにあって〟と唱えながら、比類なきキリスト伝道者へと変貌(ぼう)を遂げて行く姿と、基本的に似ている気が致しませぬか」

「その通りだと思います。キリスト教も仏教も、もっとくだいて言いますと、イエス様のお考えも、お釈迦様の教えも、その根本理念では大差は無いのですね。偉い方(かた)の考える事は、世界中いずこの国も一緒なのです。オウ、可成り船が揺れて来ました。皆さん足許に注意して、船室(キャビン)に帰って下さいね」

ソテロに促されて一同立ち上がる。隣同士で床に座っていた今泉が、外記の肩に掴まって立とうとした瞬間、大きな横揺れが来て、二人共転がり倒れた。その無残な姿に、ソテロの船室グレートキャビンに笑いが満ちた。

三、嵐の襲来

伊達の遣欧使節船サン・ファン・バウチスタ号が、月の浦を出帆して、すでに二週間が過ぎた。初めの一週間ほどは、船酔いに苦しんだ乗客たちも大分落ち着きを取り戻して、それぞれの形で船旅を楽しむ気分になっている。しかし季節はすでに初冬である。

冬の北太平洋東部は、前線が生じ易い。いわゆる低気圧が多発して、しかも北東進するのだ。

今のサン・ファン・バウチスタ号は、ひたすら針路を東へ東へと向けながら、アメリカ大陸を目指している。ややもすると強風で、北へ持って行かれそうになるが、帆船にとっては帆と舵の操作によってむしろ順風となり得るのだ。

この時点で使節船は、その照準をカリフォルニア半島の「メンドシノ岬」に当てて、ひた走っている。メンドシノ岬は、今このサン・ファン・バウチスタ号に客人として乗る、軍人にして冒険家のセバスチャン・ビスカイノが、一六〇三年一月に発見した、北太平洋航路の船舶にとって極めて重要なポイント（地点）なのだ。

サン・フランシスコの北北西三〇〇キロに位置していて、月の浦から真東に太平洋を横切って進むと、緯度にして僅かに「二度」の差、距離にしても約二〇〇〇キロ違いで到達出来るのである。

人間的には厄介なビスカイノであるが、彼の過去の業績には正に赫々たるものがあったのだ。そのビスカイノは、サン・ファン・バウチスタ号の司令兼船長の座をソテロに奪われて、日中は専ら部下の航海士たちが屯する船首楼に入り浸っている。船尾楼に在る自室には、専ら寝に帰るだけである。

「今朝、航海士から連絡が入りました。本船は一両日中に〝嵐〟の多発する嶮所に入るそうです。ある意味「修羅場」も覚悟しなければならないとのことです。お互い気をしっかり持ちましょうね。ということで、私のお話は今日で、一区切りとなります。」

ソテロはそう言いながら、今日の聴衆たちを見回す。

そして船室の一隅に視線を止めると、一瞬驚いたように目を見張った。其処に、伊丹宗味ら日本人切支丹たちの一団を認めたからだ。

伊丹に滝野嘉兵衛（霊名ドン・トマス）、それに野間半兵衛（霊名ドン・フランシスコ）ら三人は、既に日本で洗礼を受けた歴とした切支丹なのである。無論、伊丹宗味もドン・ペトロという洗礼名を有する、摂州（兵庫）の豪商として名を知られた人物。

すでに切支丹の資格を持つこの三人は、通常はイグナシオ・デ・ヘスス神父やディエーゴ・イバニェス神父らの船室に往き来しており、ソテロの居室グレートキャビンに顔を揃えたのは、今日が初めてだ。

「本日の私のキャビンには、珍しい客人が見えています。このご三方は既に洗礼を受けられた人達ですから、少しこのソテロも緊張しますね。したがって今日の私のお話は、チョッピリ難しくなるかも知れません。どうか仙台藩の皆さんや他の人たちも、今日はゆっくり聞き流していて下さい。間もなくこの船は、嵐の中に入って行くと、航海士から報告がありました。したがって、この北太平洋上での私の話は今日でおしまい」

そう前置きをすると、ソテロは説教に入った。

本来キリスト教では、「言葉」には特別の力があると考えてこれを重要視して来た。これをロゴス（Logos）と言い、「神の子」と同格と見做したのである。本来ロゴスとは、ギリシャ語で「ことば」「論理」「概念」を意味するのであるが、キリスト教の聖書では「神の言」のこと。

ヨハネの福音書の冒頭に記された、「ロゴス・キリスト論」に注目してみる。

そこには「初めに言があった」とあり、言の先在性を強調し、「言」をイエス・キリストと全く

〝同一視〟しているのだ。

『言は神と共にあった。言は神であった』(ヨハネの福音書一・一)

つまりヨハネの福音書においては、イエス・キリストの人格・位格(ペルソナ)そのものを「ロゴス」の概念としてキリスト論を展開して行ったといえる。

そもそも旧約聖書では、天地創造にまつわる話や預言者たちの活動の歴史を通して働く暗黙の「神の言」を、我々は認識出来る。しかし新約聖書においては、原初のキリスト世界に在ったような劇的な物事の変動、つまり悩み惑う人々の心に直接伝わる衝撃的な材料に欠けるために、他の〝主題〟を講じるしかない。即ち、神の〝御心〟を啓示して、更に救済の業をなすためには、全く別のキリスト論を展開する必要が生じたのだ。

こうして新約の世界の「天柱」とも言うべき〝受肉〟という言葉・形態が肇造されたのである。

「そうそう、その『受肉』という言葉、わたし聞いた覚えがあります」

突然手を挙げたのは、尾張の商人ドン・フランシスコこと野間半兵衛であった。

「大坂で聞いた〝どちりな〟の中で、何度か出て来たので、パードレ(神父)に尋ね申したのだが、未だに何のことかさっぱり……」

「『どちりな・きりしたん』は、イエズス会つまりポルトガルの神父(パードレ)たちが、日本の信者に分かり易く解説した、いわばキリスト教入門書のことですね。このソテロも昔読みました。でも余りにも簡便過ぎて、今は全く参考にはしていません。では、ご説明しましょう……」

受肉とは、ひと言でいうと「神の顕現」のことである。即ち、神がそのお姿をこの世にはっきりと現すこと。

旧約聖書の神（ヤハウエ／ＹＨＷＨ）は、一切人の目に映らない。したがって、その御心・御意志を人間に伝える為には、人間との間を繋ぐいわゆる介在人が必要となる。その役目を担ったのが、「士師」や「預言者」といわれる人たちだった。つまり旧約では、神ヤハウエは、唯一神として崇められた。

しかし新約では、神は三位一体として存在した。つまり「父なる神、その神の子、そして聖霊」の三つの位格が、即かず離れずほぼ同体として、人間界に神慮を及ぼすとの考え方である。

しかもである、三位一体の第二位格である「神の子」を「受肉」（著者註＝英語では「受肉」を〈the Incarnation〉と訳す）、つまり人類の救いのために、神の子イエス・キリストに対して敢えて〃血肉〃を有した身体と人間性、即ち人の心を具備させて、悦びと邪悪に満ちた人の世に使わされたのである。

「あ、その考え方、わが国日本にもありますよ！」

突然、小寺外記が声を上げた。

「どういうことでしょう、それは？」

ソテロは、大きな眼を更に見開いて外記を見た。明らかに興味津津の面持ちだ。

外記は、おもむろに話し始めた。

「わが国の仏教界には、〃本地垂迹〃という考え方があります」

「ほんじすいじゃく？　私初めて聞きます。ぜひ、教えて下さい」

ソテロが身を乗り出した。

「〝本地〟とは本体、つまり大もとのことです。そして〝垂迹〟とは化身、即ち仮の姿を意味します。わが仏教界では、〝神〟は〝菩薩〟が垂迹、つまり化身した存在と見做す考え方です。

要するに、仏・菩薩が衆生、多くの人々を救済するために、それぞれの風土や社会に適応した〝神〟の形となって姿を現すこと。砕いて言うと、仏が、仮の姿例えば明神様となってこの世に姿を現して、迷い悩む人々に救いの手を差し伸べる。

何か、今ソテロ様が話された〝神の子〟が〝受肉〟されてこの世に現れ、衆生をお救いになる形と似ていませんか？」

「成る程。似ているというか、むしろそっくりと言えますね。ところでその〝ほんじすいじゃく〟という考え方は、何時頃から始まったのでしょう」

「奈良時代に生まれて、鎌倉期に入って一層盛んになったと聞き申した」

「奈良時代というと、大体西暦七百年代でしたね。八世紀頃か、大分古い話ですね。でも今の小寺さんのお話ですと、日本では仏道の方が、神道より上位に在ると結論づけられますが、どうなのでしょう？」

ソテロには京都で徹底して〝仏教〟を学んだという自負がある。しかし、「本地垂迹説」のことまでは及ばなかった、そんな焦りにも似た感情が、今外記への矢継ぎ早やの問いかけとなっているのであろう。

「わが国では、その原始期から世の中の自然、例えば山や海、木や岩などあらゆる物に、神が宿ると考えて崇敬の対象として来たのです。それが一般的に言う〝八百万の神〟なのです。したがって、人びとにとっては、仏よりも神の方が身近な存在でした。ですから後進の仏教にとって

〝仏〟の本体を分かり易く説明するために、むそろ先進の神の名を例えに用いたと考えられます。

要するに仏教の教えを出来るだけ分かり易くして、より多くの人に広めようとの意図から編み出された形で、〝神仏習合思想〟とも集約されるのです。この考え方を美術化して提示したのが、〝曼荼羅〟なのです。そうあの空海さまが、中国から持ち帰られたものです。

空海、即ち弘法大師が、延暦二五年（八〇六年）に唐の青龍寺から密教経典と共にもたらされた〝曼荼羅〟が、その嚆矢とされるのですが、やがて時代の推移と共に、初めは礼拝の対象として神仏彫刻などと共に、多くの垂迹画が造られて行きましたが、やがて美術の一分野として具現化されて行ったのです。美術曼荼羅は垂迹美術に組み込まれた、顕著な一例ともいえます。

そんな訳でソテロ様が言われた、神道より仏教が上位に在るという見方は、必ずしも正しいとは言えません。

さらに神道には、〝神本仏迹説〟の考えのもと、本体は神であり、それの説明のために仮に〝仏〟の姿を借りるとする一派があります。〝伊勢神道〟がそれです」

――小寺外記は伊達藩の一藩士、つまり武士であることは間違いない。それなのに、何故こんなに仏教に詳しいのか？――

ソテロの外記に対する疑問と興趣の感情は、弥増すばかりだ。外記の話は続く。

「この〝神本仏迹説〟が更に強調されたのは、鎌倉時代の〝元寇〟の襲来があってからです。この二度の国難に際して、二度も台風が吹いて、元の軍船は壊滅的な打撃を蒙りました。この事もあって「日本は神国」であるとの気運が高まったのです。

そして〝垂迹説〟に関しても、日本の神々こそ〝本〟であり、インド由来の仏は、むしろ〝末〟

つまり迹である、という考えが強まったといえるのです。更に……」

小寺外記が話を敷衍しようとしたその時であった。突然船に巨大な衝撃が伝わって、大きな横揺れが来た。正に天地が引っ繰り返りそうな感覚だ。

グレートキャビンに居た、十数名全員が床に転がり、壁にぶつかって悲鳴を挙げた。ソテロも支倉も衣服を乱して転倒している。ほとんど横倒しのまま船は転覆、そして沈没すると誰しもが思った次の瞬間、船は奇跡的にその体勢を取り戻した。

反対側からの横波の影響によってなのか、わがサン・ファン・バウチスタ号の強力な復元力によるものなのかは誰にも分からない事ではあった。ソテロの船室グレートキャビンの面々もやっと落ち着きを取り戻していた。

その時、上下の甲板で何やら慌しい足音や人の叫び声が高まった。

「人が落ちたぞぉ!!」

そんな日本語も入り混じっている。

「何かが起こっている様ですね。今日はこれで終わりにします。皆さん、くれぐれも気を付けて!」

ソテロは床に散らばった聖書などの書物を拾いながら叫んでいる。一旦は立ち直った船の異常な動きも、時の経過と共に次第にその激しさの度合いを増して来ている。

サン・ファン・バウチスタ号は、いよいよ北太平洋の危険な領域、〝怪物低気圧〟の直中に、その身を奮進させたのだ。

「イスパニアの水夫が一人、海に落ちました。行方不明です!!」

船尾楼の居室に落ち着いた常長の所に、向井将監配下の水夫が報告に来た。

「何でも帆柱に登って帆を畳む作業中に、突然の横揺れで海中に投げ飛ばされたそうで……」

――あの時の大揺れだ――

常長は頷く。

「すて、助けらんねがっだのが？（それで、助けられなかったのか）」

「はい、あっという間に波に呑み込まれて、消えてしまったと申しております」

「うむ。ほんでは、なじょするごどもなんねべなあ（それじゃ、どうすることも出来ないだろうなあ）」

常長は思わず天井を仰ぐ。後に分かった事だが、事故に遭った水夫はクリストバル・サンチェスという、ビスカイノの部下の水夫の一人だったという。

夜になると風雨波濤は、更にその激しさを増して行った。

海に馴れた、水夫や航海士たちが、平然と夕餉を摂っている姿を後目に、大方の乗客たちは、目の前の食物に手を伸ばすことも出来ない。いや、むしろ見ただけで胸の奥底から込み上げて来る不快感、得体の知れない悪心が襲って来るのだ。

次第に高まって来る船の動揺と共に、巨大な波頭の塊がぶつかってくる轟音が人々の不安を一層掻き立てる。この船はこのまま〝異界〟の中に入って、永久に出て来られないのでは……そんな途方もない想念すら湧き起こってくるのだ。

嵐が強まるにつれて、水夫たち乗組員たちの動きも激しさを増す。サン・ファン・バウチスタ号には、四本の帆柱があった。船首の先端に斜めにあるのが、一枚の帆を備えた〝バウスプリット〟。次いで、フォアマスト（二枚帆）。最も高い主檣であるメインマスト（二枚帆）。そして船尾のミズンマスト（一枚帆）。合計六枚の帆である。

フォアマストとメインマストには、〝檣楼〟と呼ばれる物見櫓が取り付けてある。位置はそのマストの三分の二程の高さに在って、数人の船員が立って見張りが出来る大きさ。十数メートルほどの高さだ。帆柱の操船で最も厄介な作業は、帆の畳み・拡げと、その揚げ降ろしである。

万事、風と潮流まかせの航行である。風の具合、つまり強弱によってその都度船員たちはおよそ一〇メートルのマストへの登り降りを余儀なくされる。船が予期しない嵐に突入した時の、船員たちの負担の大きさは、正に想像を絶するものに違いない。

檣楼や帆柱から作業中の水夫が振り落とされて、瞬時に波間に消える事故が多発するのも、こんな状況の時だ。水夫が帰ったあと、常長は自分のベッドの端に座り日記をつけ始めた。ベッドと言っても船体に固定された、畳敷きの粗末なものだ。長さは五尺にも満たず、幅も一尺五寸程しかない。当時の日本人の体型に合わせたものと言っても、見るからに窮屈そうだ。

もっとも、基本的に船は揺れるのが前提であるから、身体が納まるぎりぎりの面積の方がむしろ安定感が高まるという理屈も通るのかも知れぬ。日中常長はこの寝床の端に、船尾に向かって胡座をかいて、書き物をしたり、瞑想にふけっていたという。

夜が更けるにつれて、風雨は一層その強さを増して行った。怒濤が船腹に当たる轟音と共に、船内に入り込む浪の音が、絶え間なく続く。同時に起こる人の悲痛な叫び声。甲板に流れ込んだ海水が、閉じられた昇降口の隙間から、大勢の乗客が寝起きする甲板に流れ込んだのだ。こうした繰り返しの中で、ハッチが開いて、今度は更に大量の海水が流れ込む。
同時に乗客たちは全身びしょ濡れとなって手荷物と一緒に床を転げ、流されるのだ。そんな最中に、強烈な閃光が走り、辺りの惨状を一瞬照らしたと思う間もなく、雷鳴が轟き乗客たちの叫び声を掻き消した。落雷である。低気圧の嵐の中を航行する船の帆柱には雷が落ち易いのだ。

三日三晩続いた嵐も、四日目となると流石にその勢力が落ちて来る。陽こそ差さないが、海原全体を薄明かりが覆う。風も幾分おさまって、今まで溝鼠のように床の上を転がり這いずり回っていた乗客たちにも、幾分生気が甦って来る。

辺りの床一面に散り広がった手荷物や吐瀉物の整理や清掃に取り掛かる者もあれば、相変わらず正体もなく、床にへばりついている者、中にはこの船に乗り合わせた自身を、口汚く罵りながら後悔の弁を喚いている男たち。

順風で好天であれば、牡鹿半島から北米カリフォルニアまでは、およそ一ヶ月半程の行程である。しかし東からの強風に向かっての帆走は自ずとジグザグの航行を強いられ、時には主な帆を畳み降ろして、船首バウスプリットの小さな帆ひとつでの航行を余儀なくされる。

更に強い暴風の時には、全ての帆を降ろし、ひたすら船首を風浪の方向に向けて舵取りをしながら、危険な横風横波を避け続けるのだ。その為の方策として、船の両舷から、先端に大きな木材を括り付けた太綱を投げ込み、これを曳くようにしながら船の安定を保つのである。

強大な低気圧団に躍り込んだサン・ファン・バウチスタ号も、無論同じ航法を採ったのは言うまでもない。低気圧団の谷間で得た束の間の安寧も、次に訪れる更に洪大な嵐の前に、跡形も無く消え去った。急激に強まった風と共に、浪はまるで暗緑色の背を擡げうねる、超巨大な〝水鬼(き)″と化すのだ。水鬼は昔から舟乗りたちに恐れられた、荒海(あらうみ)を好むという巨大な怪物のこと。その″悪しき事、あたかも天魔波旬(はじゅん)の如し″と、日本の船乗りたちは認識して来たのである。サン・ファン・バウチスタ号は洋船(ガレオン)である。その操船は、やはり扱い馴れたビスカイノ配下の航海士や水夫たちが主役となる。そして日本の船手奉行配下の者たちは、その補助役・下働きを余儀なくされた。

船尾楼甲板の舵役を除いて、航海士、つまり船の位置測定など事実上船の安全航行を担う練達の航海士ロレンソ・バスケス等は、船首楼に屯(たむろ)する。自称司令官ビスカイノも、寝る時以外は船首楼から動こうとしない。傍らには息子のドン・ファン・ビスカイノが、常に寄り添っている。父ビスカイノはこの時すでに六十歳を三つ四つ程超えた、当時としては可成りの高齢者なのである。しかしその自尊心と士気だけは、依然衰えることを知らない。

サン・ファン・バウチスタ号は、小山の様に迫上(せり)がって来る水鬼の無気味な暗色の背に向かって、果敢にその船首(バウ)を突き刺して、船全体を叩き込む。同時に上がる轟音と水しぶきが辺りを覆う。船のいたる処から起こる悲鳴にも似た軋み鳴り。

「船が折れる!」

誰かが叫んだ。一瞬船首キャビン中に凍りつくような緊張が走る。

「そうだ! 奴ら、日本の船大工たちは釘一本、いやボルト一本使おうとしなかった。いくら言ってもだ!」

シモン・デ・カルモナが吐き捨てる様に大声で応える。カルモナは、サン・ファン・バウチスタ号の前身、サン・セバスチャン号の修復作業に立ち会ったビスカイノ配下の船大工なのだ。

――そうだ、奴等日本の船大工たちは、己の得意とする、いやそう信じ込んでいるだけだが……その事になると、全く当方の指示には従わなかったのだ。

もう梃子でも動かなかった。今この船が真っ二つに折れるとすれば、あの継ぎ目の部分しかない。今となっては、全てが後の祭りだが……。ああ、あの時、伊達殿に懇願してでも、いや、日本の大工共を叩きのめしてでも、われらの遣り方を押し通す可きだったのだ――

ビスカイノは声にこそ出さないが、シモン・デ・カルモナの怒声に呼応するように頷く。


その船名サン・セバスチャンは、この自称司令官、セバスチャン・ビスカイノに敬意を表す意味で、秀忠が付けさせたのだ。にもかかわらず、ビスカイノはセバスチャン号を見捨てて、自船サン・フランシスコ号単独で出港してしまった。その経緯については、すでに述べた。

そのサン・セバスチャン号改めサン・ファン・バウチスタ号が、この猛烈な嵐の中で、まるで一枚の葉の体で揉みしだかれている。

本来船を拡大修復するためには、先ず古船体を二つに切断する。そのために切り離された船体の各所を今度は全く別の木材を用いて、継ぎ足すことになる。その船体の部分というのが、先ずは〝船の大黒柱〟ともいうべき、船底の〝龍骨材〟である。更に龍骨に付随する〝副内龍骨材〟〝龍骨継ぎ弯曲部縦通材〟〝舷側外板材〟〝舷側上部腰板材〟などの他、〝追加肋骨材の龍骨材への取付け〟と複雑かつ精緻な作業が強いられる。

ビスカイノやその船大工たちは、木材を継ぐ作業として、釘やボルト・ナットを多用するのが普通なのだ。しかし、日本の船大工たちが用いたのは「継手」という方式である。日本の木工細工は、神社仏閣の建造法にその濫觴を発する。つまり釘などの金属を用いない木工法が「継手」と呼ばれるものだ。日本の伝統的な継手法は、永い歴史年月を経て、数多く編み出されて来た。簡単なものとしては、「腰掛あり継ぎ法」や「かま継ぎ法」などが挙げられる。更に複雑なものになると「宮島継ぎ法」「金輪継ぎ法」「目違い継ぎ法」などの手法が有り、一見して素人には、およそ訳の分からぬ判じ物だ。

　また辺りの暗さが増して来た。生温い潮風が容赦無く、船の到る処の隙間から吹き込んで来る。その風の後を追う様に、大量の海水が奔入して来る。その水が、上下甲板の上を、洪水の濁流の勢いで流れ回るのだ。乗客たちはその都度、それぞれの荷物を抱いたまま、床を流され船壁にぶつかりそして嘔吐を繰り返す。

　乗組員たちは、附属品が流出しないように、必死にその固縛につとめている。特に、甲板に備えられた、二十四門の大砲の繋縛は、頑丈でなければならない。この大砲が浪に浮動し始めると、その被害は計り知れない。人に当たれば致命的であろう。又船壁は容易に突き破られることになる。

　ガレオン船は、和船とちがって舷側が樽状に丸く突出していて、容易には転覆しない形態と構造を具備している。その代り揺れが激しい。船乗りたちの常識として、「揺れる船は転覆しにくい」と認識するのが一般的だ。しかし帆船には帆柱がある。しかも三、四本もだ。

　つまり帆船には、重心が高いという難点が付き纏う。したがって船の横転を防ぐため、余りにも苛烈な嵐の中では帆柱、それも最も丈の高いメインマストを根元から斬り倒すという緊急処置にいたることすらあるのだ。メインマストの根元の直径は、優に一メートルを超す物が多いという。

四、奴隷少年コネオの涙

サン・ファン・バウチスタ号が、冬期の獰悪な北太平洋低気圧団に文字通り鷲掴みとされ、その動きを封じられてから、すでに一ヶ月を経ようとしていた。数日毎に襲い続ける嵐に、大方の乗客たちはその生気を失い無表情となった顔で居住区の床に寝転がっている。絶え間なく襲ってくる嘔吐、そして辺りに漂う饐えた臭いの中、どう藻掻いても、食事が喉を通らないのだ。

日本人の食事は、無論和食に限られる。それも、ひと月も海の上に居ると、大方の生鮮食物は腐ってしまう。干飯に水をぶっかけた物が主食、それに味噌汁や干し魚・漬け物などが付く。これが朝昼晩の食事どきに出される。

しかし日毎にその成分が変質、悪化してくるのが〝水〟である。水は生命の源。これの欠乏や腐敗は、航海者にとっては極めて深刻な事態なのだ。このことは、イスパニアの乗組員にとっても例外ではない。日毎に、日本人との間で〝水〟に関わる争いが増えて行った。

そうこうする内に、船は次の嵐に襲われた。今までのとは明らかに異なる凄まじい規模だ。サン・ファン・バウチスタ号は、次々と押し寄せる巨浪の狭間に在って、一枚の枯れ葉の様に翻弄され揉みしだかれた。辺りは灰色の空気に充たされて、何も見えない。

船首を上に向けたまま、どんどん山を登ったと思う間もなく、今度は谷底に真っ逆さまに落ちて行く。同時に船全体に伝わる恐ろしい衝撃と濤声。人々は一瞬宙に浮いた後、甲板に全身を強く叩き付けられる感覚だ。

船客たちにはもはや、悲鳴を上げる力も残っていない。青黒い顔に深く落ち窪んだ眼窩。正に生ける骸となって床を転がるだけだ。

「危ない！　この船、折れるぞ！」

船首楼に居たセバスチャン・ビスカイノと船大工のエンリケ・ディアスがほぼ同時に叫んだ。

――折れる！　あの個所から真っ二つにこの船は解体する。ああ、神よ助け給え、救い給え――

彼等は必死にケレド（祈祷文）を唱え続けた。

無数の帆綱や、括られた帆布に当たって切り裂かれた風の悲鳴。もはや、これらのあらゆる天籟も、浪が船にぶち当たって発する轟音に掻き消されて誰の耳にも届かない。

――あの時奴ら、日本の船大工たちは、別々に刻んだ訳けの分からぬ細工ものを、いとも簡単にしかもきっちりと組み合わせていたのだ。そのまるで魔法の様な手口の見事さに、俺らはついつい見惚れてしまった。ああ、あの時俺はもっと厳然と阻止す可きだった。奴らを殴りつけてでも、彼処は我らのボルト・ナットで留めさせる可きだったのだ。ああ、もう終わりだ。全て海の藻屑となってしまう。神さま、ああ――

又もや船嘴ピークヘッドを巨浪の壁に叩き込んだサン・ファン・バウチスタ号は、その長い帆柱の先端を浪の青黒く光る壁面すれすれまで大きく傾けながら、次の瞬間、強力な復元力を発揮して船体を立て直して行く。もし、帆柱の先端が浪に少しでも触れたら、その時点で万事は終わる。転覆、そして沈没である。

「どうした坊や?!」

その時、航海士のバスケスが叫んだ。見ると入口のドアに懸命に掴まりながら、黒人の少年が泣いていた。全身濡れ鼠で、声も立てずに嗚咽（おえつ）を繰り返している。

水夫のロドリゲスが、駆け寄って事情を聞くと、次の瞬間大声で叫んだ。

「ゴンサレスが海に流されたそうだ！　そう、この子の主人（あるじ）マヌエル・ゴンサレスが海に落ちたと言っている！」

詳しく事情を聞くと、こうだ。

先刻、船首遮浪甲板（フォアキャッスル）の台所ギャレーで働いていたゴンサレスは、「一寸様子を見て来る。コネオ、お前はここにいろよ」そういい残して上甲板アッパーデッキの方へ向かったという。上甲板は遮浪甲板より下に位置する。

コネオという愛称で呼ばれた少年は、雑役夫ゴンサレスの奴隷（どれい）なのだ。当時のイスパニアやヨーロッパの男たちは、小金で黒人の少年少女たちを手に入れて、見せびらかす習慣があった。無論一般論として褒められた風潮ではない。当然顰蹙（ひんしゅく）の対象でもあったのだろう。

しかし己の金で買ったものだ。それをどう扱おうと俺の勝手というものだ――そう嘯（うそぶ）くやからも多かったのも事実であろう。今様に解釈すると、好きなペットを飼う感覚に近いのかも知れぬ。

コネオと名付けられて、ゴンサレスに影の様に寄り添って生きて来た少年にとって、「危ないから、動かないでいろ」と言われても、不安は募る一方。直ぐに主人の後を追って行った。揺れに揺れる船体の中、コネオは物につかまりながら必死に梯子（はしご）を降りた。——居た！——コネオがゴンサレスの姿を上甲板に認めほっとしたのも束の間、次に轟音と共になだれ込んで来た急流に足を掬われたゴンサレスは、壊れて開いていた砲口から、あっという間に船外へ吸い込まれる様に消えて行ったという。

普段何かにつけてゴンサレスに殴りつけられているコネオの姿は、他の多くの眼に映じている。それなのに今この少年は、声も立てずに泣き続けている。声を立てて泣くと、又殴られるからだ。

まさに船自体が瀕している、破断分解の危機の最中の悲報に、船首キャビンの空気は陰陰滅滅として、司令官を自称するビスカイノももはや成す術を知らない有様。

主任航海士ロレンソ・バスケスは、万一に備えて、船底に船大工や雑役夫、それに日本人の水夫たちを待機させたという。もっとも船底が割れたら、瞬時に事は決する。とても人事の及ぶ処ではないのだが……。

しかし、わがサン・ファン・バウチスタ号は此度（こたび）もこの最大の難局を乗り切ったのであった。無論船底からは、露ほどの水濡れも無かったという。

最大の嵐を凌ぎ切ったサン・ファン・バウチスタ号は、未だに暴風の残滓（し）の様に大きくうねる波を躱（かわ）しながら確実に進んでいる。風も幾分北から吹く様になって、船脚も嵩（かさ）にかかり出した。更に訪れた幾つかの低気圧をも、何なくやり過ごしたある朝のことである。

「おい見ろよ！　メインマストに大きな鳥が！」

日本人の水夫が大声で叫んでいる。

船室で朝食を終えて寛いでいた常長も急いで外へ出た。思わず身を竦める寒風が吹きつけて来た。

「カツオドリでっせ！　ほら彼処に！」

声は、船尾楼の最上甲板から聞こえて来た。振り向いて見上げる常長。日本人の水夫が叫びながらメインマストの方を指差している。

——おお、でっけえ鳥だ！——

思わず常長も呟いた。

「カツオドリが来たって言うことは、陸地が近いって事でさあ！」

古来船乗りたちは、永い航海の中帆柱に羽を休める鳥の姿に、未だ見えぬながらも確かな陸の存在を認識して来たのだ。

各甲板に人々の姿が、その数を増した。直ぐ下の遮浪甲板クォーターデッキに、ソテロの笑顔もあった。辺りの空気が一気に明かるさを増した。今の常長には確かにそう感じられたのだ。カツオドリが去って、数日を経ると今度はカモメやウミネコ、アジサシなど比較的小型の鳥が訪れて来た。いよいよ陸地・アメリカの陸地が近づいている証である。

それから更に数日が過ぎたある日、常長は己れの日誌に目を通して、船が「月の浦」を出て、間もなく二ヶ月になることを知る。

——わが船も、間もなく太平洋ば乗り切るこどぬなる。まごど、やっとこさだなや——

常長はそう呟きながら、何時の間にか伸びた顎髭を毟っていた。

五、北太平洋航路の希望点「メンドシノ岬」

そんなある午後のことであった。息急き切って小寺外記が、常長の船室に飛び込んで来た。

「見えました！　黒い陸地の様な物が見えて来ましたぞ！　メインマストの見張台でも、水夫たちが何やら大声で騒いでいる様です！」

「おう、やっと着いたか」

そう言いながら、常長も急いで甲板に出る。

千里鏡で見るまでもなく、直ぐに常長の視野の中に〝黒い影〟それも途轍も無く、長く長く横に連なった青黒い影が映じた。

「北米大陸でございますよ、支倉様！」

外記の何時にない弾んだ声に、思わず常長の顔も綻ぶ。

「おどげでねぇ、でっけえもんだなや（信じられないほど、でかいものだなあ）外記や！」

姿は見えていても、中々其処に到らないのが帆船の船脚なのだ。陸地が視認出来てから数日を経て、漸くサン・ファン・バウチスタ号は、錨を投げ下ろした。

見上げる様な崖の下に、船は静かに佇んでいる。

二ヶ月間の苛酷の航海にもかかわらず、サン・ファン・バウチスタ号の外観には目立った損傷もなく、変わらぬ気品を際立たせて其処に在った。

此処は「北緯四〇度二六分」に位置する「メンドシノ岬」の真下の海岸である。既述の通りメンドシノ岬は、一六〇三年にメキシコ副王の命で、北太平洋航路上最も重要な目標となるポイントとして、スペイン海軍の探検隊によって発見されたもの。

この探検隊の司令官が、今回サン・ファン・バウチスタ号に〝客人〟として乗ってきた、セバスチャン・ビスカイノなのだ。

もっと幸いな事は、この岬の直ぐ傍には地元民の小さな村落が在り、〝マンタチェル〟という港も待っていた。このマンタチェル港には、つい三年前にも日本の船が立ち寄っている。その船の名はサン・ブエナ・ベントゥーラ号（百二十トン）である。そう、家康が三浦按針ことウィリアム・アダムスに伊東で造らせた、国産第一号の外洋型帆船なのである。更なる奇遇は、この船には今サン・ファン・バウチスタ号に乗って到着したばかりの小寺外記も乗り合わせていたという。

家康は、伊達政宗のたっての希望で、外記を警護役として田中勝介の使節団に加えたのだ。しかしこの時、何故か匿名つまり、その名を公にはしなかった。後刻その理由が判明するのだが……。

さて、ブエナ・ベントゥーラ号は以前この港にボートを出して、必要な水や生鮮食糧品を補給したという記録も残る。わがサン・ファン・バウチスタ号にとっても、この地は二ヶ月に及ぶ苛酷な航海の後にやっと辿り着いた、言わば天佑のパラダイスなのだ。ビスカイノ配下の水夫たちが欣然として、マンタチェルの村に向かったのは想像に難くない。

一方船上では、航海中死亡した二人のイスパニア人水夫たちの追悼の儀式が行われた。遺体こそ無いが、二人の殉職は明白である。ルイス・ソテロは、随伴してきた同じフランシスコ会派の宣教師イグナシオ・デ・ヘススとディエーゴ・イバニェス宣教師等と共に、心から二人の冥福を祈った。それは「嘆き」で始まり「痛悔（つうかい）」そして「感謝」の祈りだ。

「ああ主よ、あなたの御名はわたしの喜び。さまざまな試練に遭っても、あなたが守って下さることを信じています。あなたは既に、この世に勝っておられるからです。アーメン」

これは新約聖書の〝ヨハネによる福音書十六・三十三〟に関わる祈りだ。

「あなた方には世で苦難がある。しかし、勇気を出しなさい。わたしは既に世に勝っている」

ヨハネの福音書には、こう書かれている。

ソテロたちは更に祈る。

「ああ全能の神よ。わたしは全ての心配と重荷を、御前（みまえ）に置きます。わたしは、あなたがわたしを慰め、休ませてくださることを知っています。あなたに感謝します。アーメン」

この祈りの背景となるのは、〝マタイによる福音書十一・二十八〟だ。そこには「疲れた者、重荷を負う者は、誰でもわたしの許に来なさい。休ませてあげよう。」とある。

祈りの間、死者の一人マヌエル・ゴンサレスの遺した少年奴隷コネオは、人々の最前列で泣き続けた。相変わらず声も立てずに……。

それでも、ソテロが参列者全員に求めた祈りのうた「テ・デウム」を唱和する時は、コネオも泣きながらこれに応えた。

すべてのものの主、神よ
御身をたたえて歌う
永遠の父よ
世界は御身をあがめ尊ぶ

ともに声をあわせ
御身をほめ歌う
救いを告げた預言者の群れ
気高い使徒と殉教者

二人の殉職者の葬儀を終え、新たな水と食糧を潤沢に整えたサン・ファン・バウチスタ号は、今度は針路を南南東に変え、カリフォルニア海流に乗りながら南下するのだ。

無論、視認は出来ないが、左手にはサン・フランシスコ市、ロサンゼルス市、そして、サンティアゴ市と北アメリカを代表する大都市を次々と遣り過ごしている筈だ。サンティアゴ市を過ぎると、もう船はヌエバ・イスパニア（メキシコ）の領海の中である。

船が南下するに従って、甲板（デッキ）に立つ人々の頬を掠める海風が、次第にその温かさを増すのがはっきり認識出来た。

メンドシノ岬から、目的地アカプルコ湾まではおよそ一ヶ月の行程である。日毎に暖気が高まるにつれ、船の空気つまり船客たちの雰囲気も、心做しか穏やかなものになっている。

その中でも一番元気を取り戻したのは、コネオだ。コネオは何故か日本人たちの間で人気があった。〝コネオ〟という名前が、日本人の男の子を連想するからだろうか。あるいは主人を失った子供への、同情心も働いたのかも知れない。

元々、コネオという名は、主人マヌエル・ゴンサレスが勝手に付けた、いわゆる愛称であろう。〝コネオ〟とはイスパニア語でコネホ（Conejo）、即ち〝兎〟のことである。

コネオ！　コネオ！　と日本人たちから可愛がられて、コネオ少年は日本人居住区に住み付いて、離れようとしない。

南北アメリカ大陸の、太平洋岸に沿って南下するカリフォルニア海流は、比較的穏やかな潮流である。サン・ファン・バウチスタ号のイスパニア人乗組員たちの表情も、本来の陽気さを取り戻している。その俊敏で的確な動きは、日本人の水夫たちにも伝播して、船全体に精気が汪溢（おういつ）した感すらあるのだ。

六、政宗とソテロの宗教観

ルイス・ソテロの「切支丹教室」も再開された。

しかし、ソテロの船室グレートキャビンに集められたのは、何故か仙台藩士、つまり武士たちだけである。これには、ソテロ自身の心の奥底に、未だ焼き付くある重い、そして痛い蟠りの念慮があるからだ。

――ソテロよ、お前は肝心のダテサマの〝回心〟を仕損じた。あれだけの、渾身の〝説教〟にもかかわらずだ――

ある時期、ソテロが政宗に施したキリストの教義は、文字通り微に入り細を穿ったものであったと言える。

ソテロの「公教要理の説明」は、次の八つの項目に添ったものだ。

（一）この世の初めは、神によって「創造」されたものであること

（二）（三）霊魂の不滅の天使の創造と悪魔の滅亡

（四）人間の創造とその罪について無限の価値ある勲により、人類が神に与えた大いなる侮辱を贖うために、真の人間として来臨されることを約束された」即ち〝御托身〟を説いた

（五）預言者達によって、「救世主の到来」が明かされ、キリストの生活、為された数々の奇跡と説教について

（六）キリストの受難と死、十字架の神秘とキリストの復活、そして聖霊の降臨について

（七）世界の終末、最後の審判、死者の復活と聖人の栄光について

（八）カトリック教会の仕組、権威、機能をして使徒の布教の使命、そしてモーセの十戒の遵守について

以上の項目について、ソテロは政宗に説いたと伝えられる。これらの公教要理を聞き終えた政宗の謝辞が残されている。

『キリスト教の道理についての、ソテーロ師の教えに納得し、神の恩寵に触れ申した。この政宗は満足至極である。

今まで悪魔の行っていた虚偽を、信仰の光で明らかにしてくれた事に対して、神とソテーロ師に感謝し、日本の色々な迷信とは反対に、自然の光に従ったこの素晴らしい教義の卓越したことを知らない者は、人生航路の初めも終わりも知らないのであるから、理性的な人と称ぶわけにはいかない。予の過去の精神の葛藤を省みて、痛感する次第で御座る』

この政宗の言辞の中、次のくだりに注目したい。

「今まで悪魔の行っていた虚偽」とは、取りも直さず仏教徒、つまり僧侶の教えが全く出鱈目であったということである。これは、ソテロ側の記録であるから、全面的に信用する訳にもいかないが……。

しかし、これら八項目に亘る長いキリスト教義を、政宗は終始真摯な面持ちで聞いたことは事実だ。しかし、ソテロのたっての期待も空しい結果となった。政宗の仏教からキリスト教への〝回心〟は成らなかったのだ。これは、政宗の切支丹への改宗を夢みたソテロ側に大きな誤算があったと見る可きであろう。甘い、見通しが甘いのだ。

合戦に次ぐ合戦の戦国時代を、それこそ兵馬倥偬の体で切り抜けて来た政宗である。其処では〝万事休す〟つまり死の極限に到った事も、枚挙にいとまが無い程有った。

生きるためには、〝二枚舌〟も〝三枚舌〟も使わざるを得ないのだ。その剽悍さと、仙台弁でいう〝ひずらっこさ〟(諂っこさ)は、比類の無いものであったろう。ひと言でいえば老獪なのだ。

政宗は幼名を〝梵天丸(ぼんてんまる)〟と言った。梵天とは、帝釈天(たいしゃくてん)と並び仏教の守護神として「須弥山(しゅみせん)」を守る最高位の天神なのだ。須弥山とは、仏教の世界の中心に聳えるという海抜八万由旬(ゆじゅん)の高山のこと。一由旬はおよそ四十里というから、メートル法で行くと約一二八〇万キロメートルというとてつも無い高山なのである。

梵天はその頂上に住んで、帝釈天と共に仏教の世界を守っているといわれる。言うなれば政宗は、仏教の守護神を幼児から自覚させられて育ったのだ。その政宗が、如何に巧みなソテロの説教とはいえ、そう簡単に回心(えしん)する筈はない。

政宗はこうも言っている。

『於世界広大ナル貴御親五番目之はつはぼうろ様御足ヲ、於日本、奥州之屋形伊達政宗謹而奉吸申上候、於我等国、さんふらんしすこノ伴天連布羅以雑子曹天呂ヨリ、貴キ天有主之御法承候而、一段ト大切ニ聞入候得共、難去指合申子細御座候而、未無其儀候云々（以下略）』

（ローマ教皇パウロ五世宛伊達政宗書状案 慶長一八年九月四日〈一六一三年十月六日〉付）

その意味は次のようになる。

「この世で最も偉大な御父であらせられる、教皇(パッパ)パウロ五世様のお御足を、日本の奥州の王であるこの伊達政宗つつしんでお吸い申し上げます。われらの領国に於ては、すでにサン・フランシスコ会派の神父フライ・ルイス・ソテロ殿より、貴い天有主(デウス)の御教義を御教授頂いております。しかしながらこの政宗、難去指合(よんどころないさしさわり)という訳がありまして、未だに洗礼を受けて切支丹にはなっておりません。その代り……」

この政宗書状は、ソテロの指導のもと政宗の右筆が認(したた)めたもので、無論政宗も目を通したものだ。いかに当時の南蛮の仕来りとはいえ〝戦国の梟雄〟として、その雷名をとどろかせた政宗が、よくもヌケヌケと「パッパの御足をお吸い申し上げます」などと書いたものである。若しも、政宗一門の宿老たち、片倉景綱・亘理重宗・鬼庭綱元らがこの書状を読んだら、恐らく憤怒の余り髪を逆立てて、ソテロに迫ったにちがいない。

――この度の仙台では、ダテサマの入信は叶わなかった。しかしダテサマはこうして船を造って、わたしたちを送り出して下さった。有り難いことです。その恩義に報いるためにも、この使節の役目は全うせねばならない。そのためには先ずこの人たちに、しっかりとキリスト教の何たるかを、知ってもらわなければ……。それからこの小寺外記というサムライ。この不可解な人物の正体が知りたい――

こんな感懐を心に巡らせながら、ソテロの説教は開始された。

神父が神の代理つまり、神になり代ってキリストの教典を民衆に説くことを、「公教要理の解説」という専門要語に委ねることがある。ソテロの公教要理の型は一定しており、〝ダテサマ〟こと政宗に施したものと基本的に変わりはない。

中でも武士たちが特に興味を示したのは、神の「光あれ」の叫びによる〝この世の創造〟と〝滅亡〟の件（くだり）であった。人間の神への背信によって、神はこの世人間世界に絶望なされた結果、一旦この世に〝終末〟をもたらす。

「この世は、やがて滅びると申されるか？　ソテロ殿」

西九助が手を挙げた。西は一行の中では、常長に次いでの年長者だ。

「その通りです。神の御心に反する行為が続く人間界に神が絶望され、そしてお怒りを爆発されるのです」

「つまり人類が、絶えてしまうと言うことで……」

「悪魔（サタン）に唆（そそのか）された人間たちの〝子の親殺し、兄弟同士の殺戮、親の子殺しなどの殺し合い〟〝掠奪行為〟〝誘拐〟〝近親相姦〟等々、多くの罪悪がこの世には蔓延（はびこ）っています。これに怒られた神が、一旦この人間界を破滅に追い込まれるのです」

「すて（ところで）、その事（ごと）は何時（いづ）起ごるんでござるか？」

常長が尋ねる。その顔は至って神妙だ。

「何時起こると、はっきりとは言えません。明日のことかも知れませんし五百年後、いやもしかしたら千年後になるか……」

「わが国の仏教界にも、それに似た思想がござる。この事を仏教では、「四劫（しこう）」と申して、この世の成立から破滅に至る四つの期間のことでござる」

小寺外記が応じた。

「ほう、その四つの期間とは？」

「第一に〝成劫（じょうこう）〟これは、世界が出来上がって初めて生物（いきもの）が生まれた時期のことでござる」

外記は続けた。
（二）住劫（じゅうこう）＝人類がこの世に安住する時期
（三）壊劫（えこう）＝世界が壊滅する時期
（四）空劫（くうこう）＝世界が空虚となる時期
「要するに仏教では、やがてこの世は滅びて〝何も無くなる〟という考え方なのですね」

暫時沈黙の後、ソテロが口を開いた。

「確かに拙者はそう学び申した。仏教では〝空〟を尊ぶのです。我々武士の死後も〝空〟でござる。つまり〝無〟と同じこと。人間にとって、無上の安寧とは〝死〟であり、そしてその後には〝空〟が伴う。つまり全てが無で何も残らないこと……」

「何という厳しい考え方なのでしょう。いや恐ろし過ぎます。死んだ後は〝暗闇〟の世界、いやその暗闇すら無い状態なのですね小寺様」

「左様でござる。釈尊はそのことを涅槃と説かれました」

「人間は他の生物同様、いずれは確実に死を迎えねばなりません。しかし、その死後にも〝何か〟が無ければ、人々は恐ろしくて恐ろしくて、とても〝死〟に向かい合うことが出来ません。人々は常に死の影に怯えながら生きることになるからです。これでは、人間はまともに生きられません。

キリスト教の神は、この世の滅亡の後の〝復活〟を約束されました。同じように、人間にもその死後つまり〝来世の生命〟を保証されたのです。〝死は、新らしい命の始めである〟ということです。イエス・キリストが霊肉共に復活したように、人も〝復活する〟という信仰・考え方なのです。

実は私ソテロの属する会派、〝フランシスコ修道会〟の創始者であるアッシジのフランチェスコ様も、死を肯定、つまり正しく受け入れられて、この様に詠われました。

『死について詠う時、そこには絶望や忌諱の欠片も見当たらない。死は忌むべきものではなく、見える命の終焉の同伴者、そして〈生〉を完成させるものであり〈新たな命への門出〉そのものなのだから』

わがフランチェスコ様は、〝死〟を受け入れられているのです。つまり地上の生活は、人間の生涯の中でのほんの一部分に過ぎないのです。ここ地上での生活を終えた人間は、次は憧れの世界、神の御許へと行くことが出来る。この事をキリスト教では〝帰天〟と言います。現世での人間は、この〝帰天の時〟を、その順番を静かに待っているのです。これがキリスト教の考え方なのです」

「確かにわが国の仏法では、人間の死後には何も残らない、要するに〝空〟であると説き申す」

ソテロの話が終わるやいなや、外記が話を継いだ。

「しかし、お釈迦様は情け深いお方。師は我等〝無明〟の徒、つまり〝真理〟の何たるかも弁えない迷える者たちに、永遠に滅びない七つの方法を御教示なされたのでござる。しかも三通りの型までてござるぞ」

「ほう、三つの型も。要するに全部で二十一の方法ということですね。是非お聞きしたいです」

「いや、今ここで二十一全部をと申されても拙者不調法ながら、そこまでは覚えてござりませぬ。しからば、三つの型のうち、最後の〝不衰法〟について、うろ覚えながら……。

釈尊はこう申されたのです。

『さらに七つの衰亡を来たさざる法を、わたしは説くであろう。良く心に留めるが良い』
（一）汝らの未来の世にあるものは無常である
（二）あらゆるモノは我（アートマン／atman）ならざるものと考えよ。つまり無我であるということ。自分自身を顧みない、自分の事は意識するな、忘れてしまえということ

（三）あらゆるモノは〝不浄〟であると心得よ
（四）あらゆるモノは〝厭わしいもの〟と心得よ
（五）あらゆるモノを〝捨て去る想い〟を持ちなさい
（六）あらゆる〝欲情〟から離れなさい
（七）〝止滅〟の想いを身につけなさい」
〔筆者註＝ここで言う止滅とは〝滅罪〟のことであろう。犯した罪を滅すること。そのためには、功徳や善行〈懺悔、念仏など〉を積んで、来世にそなえよということ〕
「最後に釈尊は、こうしめくくられ申した。
『信徒たちよ、この七つの「衰亡を来たさざる法」を守ることが、見られる間は、お前たちに繁栄がもたらされて、滅亡には到らないであろう』と。
要するに我が仏法では、出来るだけ賢く〝死〟を遠ざけて生き続け、それでもこの生身が失われた時は、せめて〝永遠にその芳名を残す〟この世に〝名〟が残る限り、それは滅亡と同義ではないからでござる」

七、コネオを巡る争い

小寺外記が話を終えた時、急に船室グレートキャビンの外が騒がしくなった。

「ソテロさま！　聞いて下さい！」

日本語で叫ぶ声と、何やらイスパニア語で怒鳴る声も聞こえる。

「どうしましたか？」

急いでキャビンから出たソテロの目に映じたものは、数人の日本人たちと一人のスペイン人の大男。そしてその間で泣いているコネオの姿であった。

兎ことコネオは、相変わらず声を立てずに泣いている。

日本人たちは、普段日本人乗客向けの賄いを担当している者たちだ。

「こやつ、このコネオを自分の奴隷にするって言い張るんでさあ」

ソテロの表情がみるみる険しくなるのが見て取れる。そして何やらスペイン語で大男と話し合っていたが、最後はソテロが一喝すると、男は顔を顰めると、日本人たちに何やら罵声を浴びせながら足早に去って行った。

「全く恥知らずな奴め！　どうやら彼は、主人を亡くしたコネオを巡って、仲間たちとその所有権で争いが起こり、結局籤引きで奴が勝った。だからコネオは俺の物だと言い張るのです。わたしは奴にはっきり言ってやりました。

〝そんな事をしていると、お前は神の審判で地獄に墜ちることになる〟とね。ところで坊や、しっかり生きるんだぞ」

ソテロはコネオの頭に手を当てた後、十字を切った。

コネオの本名は誰も知らない。太平洋航海中死亡した雑役夫マヌエル・ゴンサレスの小奴隷であったことは事実である。

〔筆者註＝この事はスペインのセビリア大学、ファン・ヒル教授の著作『イダルゴとサムライ』に明らかである。日本語訳は二〇〇〇年に平山篤子氏の翻訳で出版。大航海時代の日本とスペインとの交流が詳細に描かれた貴重な作品である。特にサン・ファン・バウチスタ号に乗り組んだスペイン側のメンバー名とそれぞれの役向きについては、詳しく記録されている〕

　コネオは黒人（ネグロイド）である。しかし同じアフリカでもエチオピア系のセム語族の出で、色こそ黒いが骨格的にはアリアン系つまりイラン・ギリシャ・印度系で、バランスの取れたある意味非常に美しい姿態を備えていた。したがって、当時の奴隷市場では、男女とも人気が高かったのは事実だ。

　今、主人を失った美少年コネオを、何とか自分のモノにしようと、イスパニアの水夫達の目は文字通り虎視眈眈とコネオに注がれているという訳である。しかし当のコネオは、相変わらず日本人たちから可愛がられてなかなか近寄れない。何より水夫たちが怖れているのは、やはりソテロの清厳な〝神の国〟なのだ。

　ソテロがコネオを庇護する理由は、単に宗教的や道徳上の問題だけではない。コネオはソテロと同じユダヤ系の人間でもあるからだ。

　元々エチオピア王国は、紀元前にユダヤ系セム語族の諸族がイエメンから侵入し、先住のアラブ系ハム語族を駆逐して建てた国である。セムと言えば、あの〝ノアの洪水〟の主人公ノアの長男の名前である。つまり歴としたユダヤ民族なのだ。

　更にエチオピアについては、こんな説もある。

　紀元前千年頃、「シバの女王」がイスラエルを訪れ、時のイスラエル王ソロモンとの間にもうけた王子がエチオピアを建国したといわれる。

〔筆者註＝シバという国は現存しないが、アラビア半島南部現イエメンに在って、香料などの交易で六世紀頃までに栄えた国であるらしい。そのシバの女王がソロモン王に興味を持って、その品格を試そうとエルサレムを訪ねたという史実は〝旧約聖書〟にも記されている〕

八、洋上の宗教問答（空・自殺・鏖殺）

北米の太平洋岸に沿って南下しているサン・ファン・バウチスタ号の航海は、いたって平穏なものであった。陸地に近いこともあって、帆柱の上には水鳥の姿が絶えない。船が南下するにつれて、その種類や色彩も豊かになって行き、船全体が常に様々な鳥の啼き声を伴う有様は、限りなく旅人の心を癒やしてくれる。

思わぬ闖入者で中断を余儀なくされた、ソテロの講話も再開された。

「ところで、先刻小寺ドノは〝ネハン〟と言いましたね。その事についてもう少し詳しく教えて下さいますか」

仏教でいう死後の世界の究極は、涅槃であると言った外記の言葉が、ソテロの脳裏に引っ掛かっていたのだ。

「ああその事で御座るか」

外記は立ち上がり、居住まいを正すと徐に口を開いた。

「涅槃とは梵語、つまり古代インドの仏教語でニルヴァーナと申しまして、燃えさかる煩悩の火を吹き消して悟りの智慧を獲得した、いわゆる解脱の境地のことと物の本に書いて御座る」

「ちょっと、このソテロには、良く理解出来ませんが……」

「これは御無礼申した。つまり噛み砕いて申すとこうなります。〝迷いから自由となる悟りの世界のことであり、そこには苦も欲もなく、身も心も静寂の状態にあると申します〟この状態の世界を、仏教では〈涅槃寂静〉と申します。そうあの、お釈迦様ことゴータマ・ブッダの〈永遠に眠り御座す処〉で御座る」

「要するに、仏教では人の死後は「無」の世界、真っ暗な闇の世界に行くしかないと言うことですね。想像しただけで、恐ろしい気がします」

ソテロは大仰な仕草で身を竦めた。

「人間というものは〝色〟即ち形や色のあるものに接すると、ある種の煩わしさ、つまり心の動揺を感じるものです。現世で様々な苦しみを味わった後は、ほんの髪一本、いや空気が僅かに揺れることすら厭わしく思うもので御座ろう。この有様を仏教では〈色即是空〉と称して、非常に重要な言葉、根本要締と考え申す。いやこれは御無礼申した」

外記は一礼をして、席に身を下ろした。

サン・ファン・バウチスタ号は、その六つの帆に溢れんばかりの風を孕ませて、快走を続けている。相変わらず付きまとっている水鳥の啼き声、それに周期的に訪れる巨浪が船腹を揺るがす轟音以外、これといった雑音はない。

「今は、どの辺(あだ)りば走(はす)ってんだべなや？」

常長が呟く。

「あ、そうそう先程、左手にグアダルーペの島影を認めたと、航海士のディアスが言っていました。ですから今この船は、メキシコ領のバハカリフォルニア半島の沖合い辺りを走っている筈です」

すかさずソテロが応じる。

「さて、お蔭さまでこのソテロにも、何となく仏教というものが見えて来た気が致します。でもどうしても理解出来ない事が、もう一つあるのです。それは、日本のサムライの〝切腹〟の習慣です。

昔、このソテロが日本に着いて暫くして、この悪い習慣のことで、ある日本の大名と論争になりました。その時は、私が彼を遣(や)り込めたのですが、後で聞いたところでは、その大名は怒ってこのソテロを斬り殺してやると言ったそうです。恐ろしいことですね。

国民として、いやひとつの民族として〝道理に従う〟ということは、つまり日本人一人一人がその根底で常に〝同じ方向を向いている〟ということ。これはわがユダヤの民、いやソテロの知る限り、他のどの国にもない日本人の〝特性〟と見ます」

――高度の理解力即ち〝頭の良さ〟では、わがユダヤ民族も決して、他に引けを取るものではないが、果して〝道理に従っているか〟は、甚だ心許(もと)無いことだ――

ソテロは自問自答しながら、次第に〝日本のサムライの儀式・切腹〟についての理解を深めようとしている〝己(おのれ)〟がいることに、むしろ驚きを禁じ得ないのだ。

「ほんだ！（そうだ）腸つうもんは（というものは）その、場所サよって、色が違うど言うど！」

突然、ソテロの寸刻の沈黙を破ったのは、意外にも常長であった。

「ほう、腹の場所によって人間の腸は色がちがうと？」

「ほんでがす（そうでございます）」

「それは、このソテロも知りませんでした」

「何でも、聞ぐどころでは、腹の上の方ば切れば〝灰褐色〟、臍っ子（へそ）の下ば切れば、〝朱ぇ腸〟が出ると、拙者聞じ申すたぞ」

普段は〝寡黙の人〟で通っている常長が、周りの忍び笑いも構わず、今日は勢い込んでいる。

「わが国では、臍の下ば〝丹田〟と称するんだ。丹は赤、田は無論田圃のこどでがす」

「ほう、おへその下に田圃とは……」

「んだんだ（そうだそうだ）、ソデロ様良っく聞いでけせ（聞いて下さい）。〝たんぼ〟つうもの（と言うもの）は、田舎つまり故郷ば意味するんでがす。ふるさどは、人間にとって命の源泉、この伝で行ぐっつど、いがすか（いいですか）ソテロ様、臍の下はその人間の生命の〝本源〟なんでがすと（なのでございますよ）。

要するぬ、朱い腸の御座る命の源のある処それが〝丹田〟なんでがす。因に朱い腸を出すぬは、腹ばこう、そう縦に切んねばなんねんだ。要するぬ〝赤心〟どは（とは）、この事がら生まれだ言葉なのっしゃ（なのです）」

「常長様の今の説明で、このソテロすっかり目を開かされた気がします。切腹というものは、単なる自殺と違って、もっともっと深い、それこそサムライの魂の奥底にも通じる、道理の問題であることも……」

「ソテロ様！」

立ち上がったのは、小寺外記であった。

「はい何でございましょう、ゲキサマ」

「拙者以前、切支丹の世界では〝自殺は御法度〟と聞き申したが……」

「勿論でございます。何故ならば神ヤハウエは、何ひとつ無駄なものを、この世にお創りにならなかったからです」

「拙者も、そう学び申した。しかしあのユダ、イエス様の十二人の弟子の一人〝イスカリオテのユダ〟は、師を裏切った後、首を吊って自殺したと言うではありませんか」

「………」

――この小寺というサムライは、何時も痛い所を衝いて来る。何時もだ――

ソテロの窮境を、見透かすかの様に小寺は畳み掛けた。

「十二人の使徒といえば、つまりイエスの数多の弟子たちの中から厳選された人たちで御座りましょう？　その中の一人ユダが、何故師イエスに〝返り忠〟の上自殺までしたのか。拙者にはどうしても解しかねるので御座る」

「そうですね……。確かにイスカリオテ出身のユダは、イエスのお気に入りの弟子でした。イエスはユダに、自分の会派の会計係を申し付けた程ですから。

確かにマタイの福音書には〝ユダは首を吊って自殺した〟とあります。しかし、別の見方もあるのです。〝ユダは皮肉にも事故で死んだ〟。これは〈使徒言行録第一章〉に記されています。ここではっきりと、ユダの自殺説は否定されます。この使徒言行録は、あの使徒ルカによって著されたと言われます。そう、〝ルカの福音書〟を伝えた人です。

まだ他の説もあります。それは〝神の子イエス〟を裏切ったユダをどうしても許せなかったイエスの信奉者たちによって〝殴り殺された〟というものです。しかし、この事自体が、モーセの十戒に触れるものですよね。そう、第六項には〈あなたは、人を殺してはならない〉とあります。

私ソテロの結論を申します。ユダは〝何らかの事故で死んだ〟という使徒言行録にあるルカの言葉を、私は信じます」

こう言い切ったソテロの双眸に、凜乎とした光輝が走ったのを、サムライたちは、確かに見た。

この時、間髪を容れずに立ち上がって問い質したのは、小寺外記であった。

「しからば、何故切支丹の教えでは〝自殺〟を罪悪と見做され申すのか？」

「とても重い質問です。確かに貴国日本では、いとも簡単に自殺を実行しますね。しかも、自殺を美化する風潮すらあるではありませんか。考えただけでも、このソテロにとっては悍ましいことです。此処に、その事に関しての回答があります。この記述を御紹介することで、この難問の回答と致しましょう。

『神は死を創造しなかった。何のために神は万物を創造したのか。〝生かす〟ためである。万物を永遠に生かすためにこそ、神は創造の手を伸ばしたのだ。

だから、〔滅びてはならない〕〔死んではならない〕〔死を追いかけてはならない〕。嘘によって、人と自分を騙すことで、あるいは怒りで自分の霊魂に〝死〟を齎してはならない』

これは〈知恵の書〉の第一章に、はっきりと記載された文書です。この知恵の書は、別に〝ソロモンの知恵〟とも呼ばれているものですが、特にソロモン自身が書いたものではありません。

これは、マタイの福音書第十二章に、はっきりと〈ソロモンの知恵〉と記されていますが、それはあくまでもイスラエル王国第三代目のソロモン王としての〝政治的な英邁さ〟を暗喩的に言い表したものなのです。

〈知恵の書〉つまり〈ソロモンの知恵〉を実際に書いたのは、エジプトの地中海に面した大都市アレキサンドリアのユダヤ人某といわれています。彼は詩人でもあり、ギリシャ語の翻訳者でもあった人で、歪めて伝えられたソロモン王の思想に義憤を感じ、これをユダヤ教的に正すことを考えたのです。

その為の手段として、彼が用いたのが〝知恵（ソフィア）〟なのです。つまり、人間の生き方は衝動的、あるいは動物的であってはならない。先ず頭で良く考えて、先の先を見通しなさい。それが〝理性的な生き方〟というものです。

その方法として、このユダヤ詩人が編み出したのが、ギリシャの知恵（ソフィア）とユダヤ教の知恵（ホクマ）、二つの思想の融合だったのです。〈知恵の書〉はこうして生まれました」

ここまで一気に説いて、ソテロはサムライたちの顔を見回した。

「少し難し過ぎましたか？　でも今のソテロには、〝自殺〟という概念を肯定することは勿論のこと、否定することすら出来ないのです。この〈知恵の書〉第一章を引用することで、私の答えとさせて頂きましょう」

「ソテロ様！」

しばし閉ざされた空気を、引き裂く様に声を上げたのは今泉であった。

「わが国の戦いの歴史の中では〝鏖殺（おうさつ）〟つまり皆殺しのことでござるが、それが何度も行われて居り申す。例えば信長様の一向宗徒による一揆の鏖殺、比叡山の僧兵誅伐にからむ、全山皆殺し等々、枚挙に遑（いとま）がござらぬ程で御座る。

以前、何かの折にでしたか、外記殿と話した際、聖書の中にも、この様な鏖殺の事実があったやに聞き申した。のう、小寺殿！」

「はあ、名は忘れ申したが、ある神父様から聞いたことがございます。ユダヤ教の聖書にも、そう記されているとのことで……」

「はいあります、あります。旧約の中には、やはり幾つも書き残されています。キリスト教世界では、皆殺しのことを〝聖絶（せいぜつ）〟と表現します。其処には次の様な真意が据えられているのです。

〈選民であるユダヤの敵は、神の敵である。そのユダヤに刃向かう者は神の敵と見做し、敵兵は勿論のこと老若男女の人間、更に家畜をも含めて悉（ことごと）くを滅ぼし去らねばならないということ。そして勝利で得られた財物は、全て神のものとして〝聖別〟された〝奉納物〟として処理される〉

ところでこれは、このソテロがダテサマから直接聞いたことですが、ダテサマも何処かの城を攻めた時に、やはり〝ミナゴロシ〟をなされたということですね。何処の城でございましたかね、ハセクラサマ？」

「うっど、ありはナ二本松（ぬほんまづ）の小手森城（おでもり）ば落（おど）すた時（とじ）の事でござるな」

「そうそう、小手森城でした。この城は何処に在るのでございましょう？」

「磐城の国（福島県の太平洋側部分）でがす。此処で我が殿は、敵方の男女・子供も含めて八百人余りば、こどごどく殺す申すたのでござる。あれは確か、天正一四年（一五八六年）の真夏のことでござった。伊達様は、未だ二十歳の事と聞き申すた」

「さて鏖殺、ヘブライ語でいう〝聖絶〟について、その実例を、いくつかお話しします。

旧約聖書に記されている一番古い凄絶は、紀元前一四〇五年に遡ります。エジプトからモーセに率いられて脱出したユダヤ人たちは、およそ四十年間もシナイの砂漠をさ迷った挙げ句、モーセ亡き後の指導者である猛将ヨシュアの指揮のもと、遂に神与の地〝カナン〟に入りました。その入り口を固めていたのが、パレスチナ人たちの要塞都市〝エリコ〟です。このエリコを陥落させない限り、カナンは手に入りません。当然、激戦が展開され、エリコの砦は〝酸鼻を極める〟状況となります。

カナンの国土は、昔から選民であるユダヤの民が、神から頂いた言わば〝約束の地〟。それを占拠しているパレスチナ人たちは当然〝聖絶〟されなければならない。ユダヤ人たちは、そんな意識のもと猛り狂ったのです。町にある生きものの全て、男も女も若者も年寄りも、牛や羊・ロバなど家畜の果てまでも、ことごとくユダヤ人たちの剣で刺し殺されました。これが最も古い記録に残る、ユダヤの〝聖絶〟です。

そうそう、日本の歴史の中には、良く集団自殺の話がありますよね。城を敵に攻められた時、いざ突入してみると、城内は自殺した老若男女の屍の山だったなどという。それと似た有様が、旧約聖書にも描かれているのです。

例えば、紀元六六年に第一次ユダヤ戦争が起こりました。事の発端は、ユダヤ人たちが辛苦の果てに造り上げたエルサレムの神殿を、当時のカナンの地を支配していたローマの総督フロルスたちが汚し、荒らしたことによるものでした。怒ったユダヤ人達を、当時のローマ皇帝ネロは、実に六万のローマの大軍を派遣してこの鎮圧に当たったのです。この時ゴラン高原の町〝ガムラ〟の守備兵や住民の全てが、断崖から身を投げて、自ら命を絶ったということです。

こんな集団自殺の話もあります。ユダヤ王国、即ちイスラエルには〝死海〟という湖があります。この湖は丁度、イスラエルとヨルダンとの国境沿いのいわば内陸にある湖で、何故か非常に塩分の濃い、つまり塩湖なのです。ユダヤ人たちは、この死海の西岸に〈マサダ要塞〉を築いて、ローマ軍に備えたのです。

紀元七十年に首都エルサレムを制覇（せいは）したローマ軍は、ユダヤ最後の拠点であるマサダ要塞の攻略にかかりました。それこそ満を持して突入したローマの兵士たちが其処で見たものは、幼気（いたいけ）な子供や老人を含めた、およそ千人にも及ぶ死体の山であったといいます。そう集団自決だったのです。」

「あいや！　ソテロ殿、そうしますとやはりユダヤ人も此処一番の窮地に陥った時には、やはり自らを尽き終らせようとする感情が生まれるのでござるな。これは、取りも直さず〝自殺〟と同じことではござらぬか？」

「コデラサマは、何時も鋭い処を衝いて来なさる。それでは、こう考えたら如何でしょう。

無論自殺はいけません。神の基本的な御意志に反するものですから。しかしながら、人間は決して強いものではありません。どう仕様もなくなった時、ふと世の中に対して、〝不条理〟つまり、人生に生きる意義を見つけ出せない気持になることは否めません」

「仏教で言う〝無常感〟ですな。つまり人生は儚(はかな)いということ」

「そうそう、その〝はかなさ〟、即ち無常感ですか、コデラサマの言われたことと同じ事がヘブライつまりユダヤの旧約聖書にも書かれているのです。それは〈集会で語る者〉を意味するヘブライ語の〝コヘレト〟という書物です。その第一章に、驚くべきことが書かれています。

〈太陽の下に起こることを、全て見極めたが、どれもみな空しく、風を追うようなことであった。〉

〈大事業をなし、家と庭園を建て多くの富を得たが、皆空しかった。同第三章〉

〈現世における人間の功労は、時とともに空しく忘却の淵に沈み、誰も覚えている者はいない。同第九章〉

どれも人生を儚む言葉ですよね。ところが、もっと恐ろしい事も書かれているのですよ。それはコヘレトの第七章・第八章そして第十四章にも繰り返し記されている驚くべき言葉です。

〈神の正義による世界支配が、今や崩壊の危機に瀕している〉

この〝コヘレト〟は、先に述べた〝知恵の書〟に関連した書物ですから、著者はあの叡聖(えいせい)ソロモンとの説もありますが、定かではありません。それでもこの〝コヘレト〟が正典に加えられたのは、その内容が余りにも虚無的であり、懐疑性が強く、作風的にもソロモン王を彷彿(ほうふつ)とさせるからでしょう。

いや今日はお互い、随分と長い間学びましたね。このソテロもお蔭さまで沢山の知恵を身に付けました。まるでダイコクサマの袋の様に、ソテロの知恵袋もパンパンでございます」

ソテロの大仰な仕種(しぐさ)に、主船室グレートキャビンに時ならぬサムライたちの哄笑が満ちた。

第三章　ヌエバ・イスパニア

一、メキシコの裏玄関、アカプルコ入港

船は穏やかなカリフォルニア海流に乗って、着着と目的地アカプルコ港に近づいている。

そんな或る日、ソテロの部屋グレートキャビンでは多くの日本人たちが集まって、ソテロの話を聞いている。もう今までの堅い哲学じみた話ではない。

間もなく上陸するヌエバ・イスパニア（メキシコ）についての、案内書的なものだ。日本人たちは、未だ見ぬ異国南蛮の話を目を輝かせて聞き入っている。それは、常長や今泉たちとて同じ境地であったろう。

そんな静穏で、和気藹々（あい）としたグレートキャビンの空気の殻を突き破ったのは、ビスカイノの舌剣（ぜっけん）にも似た鋭い声であった。

「ソテロ殿！　わしらは次の港で船を降りるぞ！」

「船を降りると言われるか？　アカプルコは未だ先でございますが」

「いや、アカプルコの手前に在る〝サカトラ〟の港にだ！」

「はて、そんな港の名は初めて聞きますが？」

訝るソテロに、ビスカイノはしたり顔で答えた。

「無論地図にも載っていない港、いやただの河口と言うべきかな……」

この太平洋に面したカリフォルニア沿岸一帯は、メキシコ副王の命に依って、〝海の探検家〟

ビスカイノが四隻の船団の司令官として一六〇三年一月にアカプルコを出発した後、つぶさに調べ尽くした経緯がある。そして、この探検で発見したのが、北太平洋航路の最重要目標地点〝メンドシノ岬〟なのだ。無論この伊達の黒船も、この度の航海でつい半月程前に、その余得にあずかって来ている。

そんな過去の輝かしい経歴の持ち主ビスカイノが、この航海では司令はおろか船長でもない只の一般客として遇された事への憤懣の大きさ、それは無論当人にしか分からないことではあるが……その忿怒が、今まさに壊裂しようとしている。

――もう一刻も、この船には乗っていたくない！　確かにサカトラからアカプルコまではたったの三昼夜の行程だが、もう俺は嫌だ！　一日でも早くこの忌々しいソテロから離れたい！　そして今までの事、特にこの宣教師の今までの無礼な所業の数々をば、あのインディアス顧問会議のサリナス議長に訴えてやるのだ！――

「サカトラでは、これらの者共もこのビスカイノと一緒に降りることになる。宜しいな？」

今までビスカイノの余りにも気色立った様子に気を取られていたが、改めてソテロの眼に映じたのは、ビスカイノの後に立つ数人の男達と、その足許で、相変わらず声を立てずに泣いている小奴隷コネオの姿だった。

「この子も連れて行くのか！」

ソテロの表情が見る間に険しさを増すのが、キャビンに詰めている日本人たちの目にもはっきりと映じた。

「そうだ、此奴は俺のものなのだ。前にも言ったろう。俺は間違いなく〝賭〟で勝って此奴を手に入れたのさ。それはこのビスカイノ様にも話して、ちゃんと許しを頂戴してあるのよ」

　以前にコネオを無理矢理自分のものにしようとして、ソテロに一喝されたあの碌でなしの水夫が、今また性懲りもなくコネオの〝所有権〟を主張している。

「許さない！」

　驚くほどのソテロの大声であった。

「良いではないか、たかが小奴隷一人のことだ。ましてや此奴の元の主人は、この航海で死んでもう居ないのだ。その孤児同様の者を、この水夫が面倒を見てくれると言うのだから……」

　ビスカイノのこの無責任な言辞が、ソテロの心奥の炎に油を注ぐ結果となった。

「許さない！　第一、神が許さないのだ！　どうしてもと言うのなら、こちらにも覚悟がある。この船の司令権は、このソテロに在る。この船上で私に叛く者には刑罰、つまり〈吊し首の刑〉を施すことが出来るのだ。そう、あの主檣の帆桁に吊す！」

　中世の西洋の外洋船上で、司令や船長の命に叛いて〝吊し首〟となった事例は、枚挙に遑が無い程残って居り、無頼の水夫たちにとって、最も忌むべき仕置なのだ。

「よし分かった。それではこうしたらどうだ。本人の気持を聞いて見ようじゃないか。コネオとか言ったなお前。本当に声を出さずに泣いてばかりおる奴だ。もっとも兎は、声を立てない動物だものな。キャプテン・ソテロよ、これが当方の最後の提案ですぞ！」

　ビスカイノは、軍人らしく端的に物事を処理しようとする。

「宜しいでしょう。では、コネオ此処まで来なさい。さて、それではコネオに尋ねる。お前は何の人と一緒に行きたい？　イスパニア人か、それとも日本人か？　これで、お前のこれからの生き方が定まるのだよ」

ソテロの傍で、コネオはその円らな瞳を一瞬更に大きく見開いて言った。

「ハポネと！」

コネオの指は、しっかりと日本人たちに向けられている。どっと沸き立つ日本人たち。そしてがっくりと肩を落とすイスパニアの水夫――明暗は分かれた。


翌日船は、サカトラ港に到着した。「港」と称しても、ガレオン船を係留出来る埠頭すら無いただの河口近くの漁港に過ぎない。

そのサカトラに、ビスカイノと子息ドン・ファン・ビスカイノ、それに件（くだん）の水夫を含む数名の供の者たちが備え付けのボートに乗って上陸して行った。一六一四年一月二十二日のことである。

三日待てばアカプルコに入港出来るのだ。なのにビスカイノがサカトラで船を降りたのは、一日でも早く己の憤懣をば、副王らに早馬で讒口（ざんこう）したかったからだ。

「フディオ（ユダヤ人）め！」

下船の折ビスカイノの口許から洩れた言葉を、ソテロは聞き逃さなかった。この時のビスカイノの私憤に満ちた書状は、以後のソテロの行動はおろか、遣欧使節団自体の動きの、きつい〝枷（かせ）〟となって行く。

此処にこの時ビスカイノが副王グアダルカサル侯に早馬便で送った書翰とほぼ同じ内容の、フェリペ三世宛の手紙が在る。日付から考えて、後日五月二十日に〝駄目押し〟的に出したものであろう。

『陛下。一六一一年、陛下から受けた命令に従って私は、金銀島を発見し、前年にドン・ロドリゴ・デ・ビベロが日本から伴ってきた日本人数十名（筆者註＝一六一〇年十月十六日にメキシコ入りした田中勝介使節一行を指す）をかの国に連れ戻って、同国の皇帝と太子（家康と秀忠）に対して贈物をもって使節として赴くことを命じられました。

私はアカプルコ港を同年三月二十二日に出港し、六月十日にかの国に到着しました。直ちに皇帝と太子に私の到着を知らせ、前記の使命を果たすために、彼の政庁に上る許可を求めました。

彼の許に着きますと、彼らは私に礼を尽くし、陛下の大使たちに対する慣例の敬意と作法に則って大使に対するように私を歓迎しました。（中略）

帯びてきた使命を日本国で達成した後に、帰国のために準備して前述の島々を発見するために、一六一二年九月十日に浦川港（Urangaua／浦賀港のこと）を出航しました。

神の御加護で天候にも恵まれ、私が携えてきた命令が示していた島々の海域に達し、三六度、三七度、三八度の位置で探索しましたが発見出来ず、十月十八日までの間に三五度、三四度まで下ってみましたが、やはり発見できませんでした。そこで、アカプルコに向けて航海を続けることを既に決意していました時、大変な嵐に遭遇して帆柱が折れて船が破損するのに至って、帆柱を切らざるを得ず、応急マストで非常な困窮と難儀をして、六、七日かかって再び日本国に到着しました。

前記皇帝に私の帰還を報告して、船の修繕と翌年帰航するための諸経費との援助を求めましたところ、彼は援助するとの返答をしましたが、最後には異教徒ゆえにこれを実行しませんでした。
　その他にもかの国を出発するために色々と講じたのですが、そのための解決策を見出だせず、経費を省いて異教徒の間から脱出するために、政宗殿の船に私の一行を乗船させました。
　彼は有力な日本人でして、一修道士の依頼で船を造り、私たちの至聖なる教皇と国王陛下の御許へあたかも真実であるかのように使節を派遣するとの口実を設けて、同船で多数の日本人を当地まで渡来させましたが、その実は彼らがもたらした商品の利益のためです。（中略）
　日本との事柄に関し陛下が日々いかに御尽力なさろうとも、私が思いますに、新しい教えと慣習の採用は、皇帝と太子（家康と秀忠）の最も忌み嫌うところですので、私たちの信仰とキリスト教界は少しも根づいていないと言えます。（中略）
　ですから修道士を求めようとすることは、前記修道士（ソテロ）の謀で、黄金色に色づけされたものでありまして、すべては虚偽にすぎないことは時の経過とともに明らかとなりましょう。
　かの日本に滞在するイエズス会の宣教師たちが、陛下に書き送るところによっても明白であり、陛下は国庫に対して贈答その他の消費の出費を省くなど御用心なさることが必要と思われます。（中略）
　以上を伝える日本からの通信を、良く良く御検案の上、サリナス侯に対し、陛下より御命令下さいますように。サリナス侯には、私より既に書翰を送りました。（中略）
　かの皇帝（家康）は甚だ戦いを好み、陛下がその国を手に入れるために多数のキリスト教徒を造る目的をもって贈答品を届けるのだとオランダ人などから告げられて、宣教師やキリスト教徒を悪しざまに扱っております。――（後略）

永遠に神の御加護と陛下の御栄えがありますように。

一六一四年五月二十日　於メキシコ　セバスチャン・ビスカイノ』（『大日本史料』12／12）

サカトラ港で、ビスカイノ一行を下船させた後、「伊達の黒船」は至極平穏な航行を続ける。

一六一四年（慶長一九年）一月二十四日、いよいよ明日は待ちに待った目的地アカプルコに着く。月の浦を発って実に三ヶ月に及ぶ長旅であった。

ソテロはこの旅の安全を畏しとして、最後のミサを催した。グレートキャビンは、役務の者を除いた日本人とイスパニア人たちで満ちた。グレートと名は付くものの、ソテロの部屋とて所詮は船の一部である。決して大講堂ではないのだ。

ソテロはその最前列の日本人グループの処にあのコネオの姿を見付けた。

「おや、今日は泣いていないねコネオ」

頭を撫でるソテロを見上げるコネオの、大きな黒い瞳が潤んでいる。それは誰の目にも、コネオの心の愁いが解けた瞬間と読めた。グレートキャビンに時ならぬ拍手と歓声が起こった。

「さあ、それではこれよりミサを執り行います。何時も申します様に、ミサは司祭であるこのソテロ一人で行うものではありません。皆さん全員が、祈りを唱えて賛歌を唱ってこそ、初めて価値のあるミサが生まれるのですよ」

ソテロは冒頭から、参列者全員にこう念を押す。参列者は只の観客・傍観者であってはならないというのが、ソテロの信念であった。これはヴァチカン公会議で定められた「典礼憲章」に則ったものでもあったろう。同憲章には、次の様な文言が在る。

『キリスト信者は、ただの傍観者であってはならない。聖なる行為に、意識的に、敬虔に、そして自発的に参加することが望まれる』

そもそも〝ミサ〟とは一体どういうものか。やはり、この小さな言葉にも、本来の大切な意味がある。

普通ミサは「聖体祭儀」と翻訳されて用いられるが、原語である〝ミサ（Missa）〟は本来ラテン語の〝典礼文〟に由来するものだ。

その典礼文には、ある古の祭儀が終了した時、神はこう言われたと記されている。

『Ite, Missa est／行きなさい、あなたは遣わされたのです』

この言葉の中の（Missa）が、聖体祭儀そのものを意味するようになったとされる。

ミッサはやがて〝ミサ〟と簡約化され、普遍化して行く。イエス・キリストは全人類の救済のため、自身を犠牲として、全ての者の罪を贖うことを願いながら十字架上で死を迎えたのである。

この崇高な行為を、我々は永遠に忘れないために、祭壇を設えて祈るのだ。〈聖体と聖血とを拝受出来ることを、我々一般の者にも御宥恕下された事に、心から神に感謝申し上げます〉と。この事は大昔に、あの使徒パウロが受けた衝撃〝十字架のイエス〟が、いま尚そのままの強さでミサの壇上から降り注がれるのであろう。この様な歴史的な背景のもと、ミサには一定の〝様式〟がある。各司祭によって、余りにも原型から逸脱した形となることを防ぐためである。

ソテロのミサが終わりに近づいた頃、急に船内が騒がしくなった。水夫達の叫び声、それに船内各所に響く力強い足音、それは、ひとつの航海の終焉を告げる、何時もの前触れでもあるのだ。

「どうやら、目的地アカプルコが見えて来たようです。私の講はこれで終わりとしましょう」

そう言いながらソテロは、部屋の奥に掲げた十字架に向かって静かに十字を結んだ。

ミサを結えた日本人たちが、先ず向かったのは船の上甲板である。三ヶ月に及ぶ、長航海が今やっと終わろうとしている。上甲板に出た乗客たちは、一斉に己が眼を手で蓋(おお)った。余りの陽光の強さ眩しさに、思わず動顚(てん)したのだ。

帆柱に纏り付く海鳥たちの数の多さと、その啼き声のかしましさに、人びとはただ呆れ驚く。

「見ろ！　イルカだ！」

誰かが叫ぶ。その図体の大きさと数の多さは、日本近海で見馴れたイルカとは桁が違う事実に、人々は強い異界の趣きを嗅ぎ取っていた。

まだ沖合いだというのに、海の底まで透けて見えそうだ。透明度が高い証拠であろう。その波の辺りを揺蕩(たゆた)っている、黒っぽい影は海亀だ。二つ三つ、これも沢山いる。

「松とか杉の木(ち)みでな木(ち)は、生えでねんだな、これ」

常長が不可思議気に呟く。出発地月の浦の山々と比較しているのだ。船がアカプルコ湾に近づくにつれて、その形容が月の浦にそっくりなのに気付いたのは、常長だけではない。

「はあ、そう言えば何やら羊歯(しだ)の化物みたいな木が目立ち申すなに。それにしても、この港はあの月の浦に良く似ていませんか、六右衛門様」

「ほだほだ、あの湾の入口の小島、ほれ何つったたっけ？」

「小鯛(こだい)島で、ございますか」

「ほんだ（そうだ）、まるで、そっくんだなや、あの小鯛島(こでえずま)さ！」

仙台藩の武士たちが驚き、興奮するのも無理はない。このアカプルコ湾は、当時南北米大陸の太平洋岸においては屈指の名港であり、ヌエバ・イスパニア（メキシコ）はおろか、宗国スペインにとっても、東洋、特にフィリピンとの交易の最重要拠点でもあったのだ。

先日、サカトラで下船したビスカイノは、探検家としてこのアカプルコから北米カリフォルニア一帯の港湾を知悉（ちしつ）している存在である。そのビスカイノが初めて月の浦に到った所、やはりその地勢が余りにもアカプルコ湾に似ているのに先ずは驚かされたという。

「あのアカプルコの湾口にある島は、ロケタ島と呼ばれています」

藩士たちの遣り取りを、頬笑みながら聞いていたソテロが口を挟む。

「成る程、そう言われれば確かにお国の月の浦に似ていますね」

ソテロにとってアカプルコの地を踏むのは、これで二度目なのだ。最初はアカプルコ港から、マニラに向けて旅立った時、あれは今からおよそ十四年前の一六〇〇年のことだった。

当時の日本は、豊臣秀吉治世の頃だった。そしてその三年前には、あの忌わしい、秀吉による二十六人のキリシタン磔刑（たっけい）執行の事態（長崎二十六聖人殉教）があったばかりで、世界中のキリスト教徒の心胆を寒からしめたのである。そんな野蛮な日本への布教を熱望する我が子ソテロを両親は必死で止めた。そして、当時のメキシコ副王モンテッレイ伯爵に直接手紙を書き、息子がメキシコから先へ進むことを阻止するよう懇願さえしているのだ。

そんな両親の想いを振り切っての、正に暗澹とした船出だった。その同じ港アカプルコ港に、自分は日本の国王・君主たちの大きな期待と重過ぎる使命を背負って、今帰って来た――仙台藩士たちや、他の日本人たちとは、全く異質の感慨に浸っているソテロである。

程なくして、一隻のボートが近づいて来た。そして数人の役人と思しき者たちが上船して来た。すかさず応待に出た航海士ロレンソ・バスケスに何やら口頭で指示を与えている様だ。

船長であり、司令でもあるソテロにも、バスケスから内容が伝わる。暫くして、ボートは去って行った。

「皆さん、今アカプルコの港湾事務所から連絡があり、わたしたちの船は、今夜は直接アカプルコ本港には入らず、この右手に在る別の小湾に入って停泊することになりました。〈マルケス港〉と言う小さな港ですが、アカプルコ港の一部であることは間違いありません。したがってこの船が本湊（ほんみなと）に入るのは、明日以降ということになります。喜んで下さい皆さん、わたしたちは神の御加護のもと、無事に新天地ヌエバ・イスパニアに着いたのです！」

上甲板上は、時ならぬ歓声に包まれる。

「それからもう一つ大切な事を言い忘れました」

ソテロの声も、心なしか上擦っていて甲高い。

「皆さんが乗って来た船は、今までは伊達の黒船とか、陸奥（むつ）丸と呼ばれて来ました。でも今この瞬間から正式に〈サン・ファン・バウチスタ号〉と命名されました。今、その様に港湾事務所に届けたばかりです。前にも少しこの事には触れましたが、日本語に訳します。〈サン〉は聖、〈ファン〉はヨハネのこと、更に〈バウチスタ〉は洗者を意味します。そう、あのイエス様にヨルダン川の水で洗礼の儀を施したヨハネのことです。この様な史実を踏まえて、私が名付けました。〈洗礼者・聖ヨハネ号〉——これが、この伊達の黒船の正式名です」

ソテロの言葉に、一瞬の沈黙が上甲板を包んだ。

「分かり申した。われらも心してこの船名を諳じて行き申そう。ところで今ひとつ質問がござる。せっかく苦心して辿り着いたというのに、わしらは何故本湊（ほんみなと）の方へ入れて貰えぬのでござるか？」

　珍しく松木忠作が質（ただ）した。

「もっともな疑問です。実は、このアカプルコは、今までに数回、海賊に襲われているのです。そうイギリスやオランダの海賊たちです。商船とはいえ、この船にも二十四門もの砲が備えてあるのです。そんな物騒な船を、いきなり本湊に入れる国は何処にもないでしょう。それと三ヶ月もの長い航海を続けた船には、時として恐ろしい伝染病、例えばコレラやペストといった疫病が蔓延（はびこ）っている場合が少なくないのです。その用心のために、外国船は暫らく港外に止め置かれるのです」

　理路整然としたソテロの受け答えに、武士たちに否やの余地は見当らない。確かにある史料には、常長たちはこの副港マルケス湾から上陸したという記述もある。若しそうだとしても、それは単に港湾事務所との連絡事務のためと考える可きであろう。

　ソテロが言った「明日には本湊へ……」という言葉は見事に裏切られ、サン・ファン・バウチスタ号は翌日一月二十七日になっても動く気配すらない。もっともその間には、頻りに事務所からのボートが往き来して、航海士バスケス等と船内を動き回る港の役人たちの姿が見受けられた。

　この時期サン・ファン・バウチスタ号の入港と、その船名が正式にメキシコ市のヌエバ・イスパニア政府に届けられた文書（アカプルコの要塞司令官ペデロ・デ・モンロイからグアダルカサル侯〈当時の副王〉に宛てた通知〉が残されている。

『本日一月二十九日、本港にサン・ファン・バウチスタ号という名の日本からの（大型の）船が到着しました。船を訪れましたところ、ロレンソ・バスケスという水先案内人が私に封緘された文書を渡してくれました。この文書以外に、閣下に報告することは、見当たりません。』

〔筆者註＝この文書中一月二十九日とあるのは、一月二十八日の誤りであろう。日本から遥々、多くの貢物を持ってやって来た国使船とも言える船の入港報告にしては、余りにも素っ気無さ過ぎる報告書である。大切な日付の誤記といい、全くやる気の無さが窺える。支倉遣欧使節団は早くも、「明日(あした)またね〈アスタ・マニャーナ〉」――つまり「今日出来る事も、明日やろうね」というこの国の特殊な気質性の洗礼を浴びていると言っても良い〕

サン・ファン・バウチスタ号が、正式にアカプルコ港本湊に入港したのは、一六一四年一月二十八日であった。港の要塞の砲からは、歓迎の祝砲が数発、それに応えてサン・ファン・バウチスタの舷側からも砲声が轟いた。

「やっとだなや、太郎左(たろうざ)！（何とか到着出来たなあ、外記よ）」

平生は、滅多に感情を表に出さない常長である。しかし今の彼の顔は喜色に満ち溢れている。常長は、小平外記を〝太郎左(たろうざ)〟と呼ぶ。それは外記の正式の名、「小平太郎左衛門元成」を知っているからだ。

船上から見晴らせるアカプルコの全景は思ったより地味といった印象だ。海岸には質素な苫屋(とま)が建ち並んでおり、その中にひと際目立っているのは、白い壁の教会と覚しき建物だけだ。

町の中央附近の小高い丘から湾口を窺う砲台にも、余り兵威は感じられない。もっとも完全な要塞が完成したのは一六一七年のこと。要するに四百年前のアカプルコは、当時のヌエバ・イスパニアの裏玄関口。つまり太平洋側に面した天然の良港以上のものではなかったのだ。

今日それが、見事な椰子並木や、色鮮やかなハイビスカス、ブーゲンビリアの花々が咲き乱れる街路。その背後に立ち並ぶ高層のホテル群の白や黄の賑わい。メキシコ内外から年間八十万人の観光客が訪れるという一大保養地と化した姿を、常長はおろか、ソテロにさえ想像出来る因(よすが)はあり得なかったろう。サン・ファン・バウチスタ号の乗客乗員全員がアカプルコの大地に降り立ったのは、一月二十八日の午後遅くなってからだ。更に夥しい数の積荷を搬出するのに、港の人足を使っても数日は掛かる。

二、荷揚げの中での刃傷沙汰

そんな或る日のこと、難事が出来(しゅったい)する。

ソテロや常長が、アカプルコの要塞司令官モンロイ等、町の首脳らと、使節団の以後の所為について下相談の最中であった。

「支倉様！　断臂(だんぴ)でございますぞ！」

「なぬ事(ごど)だ？　半十(はんじゅう)！　ほだぬ（そんなに）血相ば変えで」

半十とは、仙台藩士の内藤半十郎のことである。

「……腕をば切り落としたのでござる」

内藤が、周囲の南蛮人たちを気にしてか、小声で事の成りゆきを説明する。

「それは大変なことです！　ハセクラ様、これは大変困った事になりましたね！」

傍で聞いていたソテロも、顔色を変えて立ち上がった。

程なくして、地元の役人と覚しい連中も駆けつけて来て、大声で司令官らに何かを注進している様子だ。後刻分かった事の真相を知る前に、当時のアカプルコの住人たちの人種、つまりその人間模様の複雑さを整理しておく必要があろう。単一民族と言い切っても良い当時の日本の人種構成の観点からは、容易には理解出来ないものが、ヌエバ・イスパニア（メキシコ）にはあるからだ。

単的に並べるとこうなる。

インディオ（黄色人種(モンゴロイド)の原住民）＝奴隷(どれい)

メスティーソ（スペイン系白人とインディオとの混血）

クリオーリョ（ヌエバ・イスパニア生まれのスペイン系白人）＝スペイン人。

これだけでも大変なのに、当時のアカプルコにはもうひとつ厄介な住人がいた。それは、マニラから出稼ぎに来てそのまま港に住みついたフィリピン系の人間である。

黒人の奴隷（インディオ）それにメスティーソたちが黙々と荷運びをしている中、これ等のマニラ商人たちは、野次馬的な存在として、あるいは多分に悪意を持って、ひと熘(いきれ)の中に潜んでいたにちがいない。

その〝悪意〟とは一体、何に起因するものなのか。それは彼らフィリピン商人にとって、日本の商人は最も忌諱（きい）すべき存在だからだ。彼らの祖国の首都マニラには、昔から多数の日本人が住みついている。しかもその多くは、祖国日本には住み難い、いわゆる〝ならず者〟たちなのだ。無論中には普通の商人や、切支丹など信教的な理由で国を追われた人たちも居た。

　問題は日本人街を造成してまで、永住している日本人たちだ。当時フィリピンは、既にスペインの植民地となっており、その管理を司っていたのはインディアス顧問会議であり、直接現地で差配したのはメキシコ副王なのである。その副王配下のマニラ総督たちを悩まして来たのが、件の〝マニラ日本人街〟だ。

〔著者註＝インディアスとはインドの複数形で、インディアスつまりスペイン人たちが征服した西インド諸島・中南米・フィリピン諸島を総称するもので、これ等全てを統括の上、スペイン国王を諮問する組織を「インディアス顧問会議」又は「インディアス枢密会議」と呼称する〕

　その時アカプルコの港は、遠い東洋の国、日本からの使節船の入港に、時ならぬ賑いと喧騒の中にあった。特に千個に近いと言われた、夥しい数の柳行李（ごうり）の船からの運び出し作業は、難渋を極めた。乗客乗員の梱包は兎も角として、使節員たちが最も気を遣ったのは、貢献の品々であった。ヌエバ・イスパニアの副王から始まって、イスパニア（スペイン）国王、そしてローマ教皇への、家康と政宗配慮の貢ぎ物の行李が数多（あまた）あったからだ。それだけに、警備に当たった武士たちは、極度の緊張を強いられたと言って良い。

　そんな中マニラ商人と思しき一人の男が、警備の武士の腰の物つまり刀に興味を持ったのか、多分に揶揄（やゆ）的な仕草で、後から刀の鞘（さや）を掴みこれを引こうとしたその瞬間、武太刀（ぶだち）が一閃するや、男の臂（ひじ）から先は鮮血を残して飛び去ったという。

事の顚末(てんまつ)を聞いた常長の態度が面白い。

「あだりめだべさ（当然のことだ）。刀(かだな)は武士(ぶす)の魂(たますい)なんだがらなや」

悠揚迫らぬ常長の落ち着き振りとは裏腹に、周章狼狽(しゅうしょうろうばい)の極を行ったのがソテロだ。彼はこの度の使節団の実質的な使節長の責めを、家康と政宗から負わされているからだ。

ソテロは直ちに、副王グアダルカサル侯に事の子細を報告すべく、早馬を立てた。その結果、副王から次の様な下知が発せられる。

「日本人の主立った者数名を除いて、刀等一切の武器の携行を禁ずる。当方で預かった刀等は当方で保管するが、所有者帰国の折には、全て返却するものなり」

主立った者として、ソテロは以下の者たちの名を提示した。

「支倉常長、今泉令史、松木忠作、西九助、田中太郎右衛門、内藤半十郎、小寺外記」

これら仙台藩士の他、ソテロは随伴した山城（京都）の武士で、既に洗礼名ドン・トマスを持つ滝野嘉兵衛(たきのかひょうえ)を加えている。

実はドン・トマスこと滝野に刀を持たせる件に関しては、常長とソテロの間に多少の齟齬(そご)が生じたのである。何故ならば、滝野はマニラ商人の臂を断ち斬った張本人なのだからだ。その事に拘泥するソテロに対して、支倉は全く異なる見解を持つ。

「ちぐどごろぬよっど（聞くところに依ると）、腕ば斬(ち)られだ男は、ただ刀(かだな)さ触っただげでは無ぇつうんでねが。何でも、隙(すじ)さえあれば、行李(こうり)ば掻っ払うべどすてだっつうんだな、これ……」

〔筆者註＝「これ」は、仙台弁における強意の接尾語である〕

主君政宗と、あまたの戦塵を浴びながら生き抜いて来た常長にとって、大切な品々を納めた行李を守るのに用いた武力行使は、むしろ是とす可きものなのだ。

以後、滝野嘉兵衛を常長は、一行の「警護隊長」に任命している。この事に関しては「仙台藩士ではない滝野を隊長に据えたのは、ある意味、常長の責任逃れでは?」と穿った見方をする向きもある様だが、常長はそんな老獪な、(敢えて仙台弁で言うと)〝ひずらっこい〞人間ではない。

武人常長は、単に純粋な眼で、滝野の練達した剣の腕前を高く評価したのだ。もっともこの断臂事件は、後々滝野嘉兵衛自身のきつい枷となって、その身を或るイスパニア人の奴隷の境遇にまで追いつめて行く。

「悪人ば成敗すんのぬ、刀ば使おうど、斧ば使おうど勝手だべっちゃ。ほんだべソテロ様」

「…………」

「臂ば切られだ人は些が、もごっこいこどだが(可愛想なことだが)、以後は、行いば改めで〝エガどなるべす〞だ。儂ぬはそれすか言えねど、ソテロ様」

「エガ? 何でございますか、ハシクラ殿」

「慧可つうのは……」

常長は、中国隋代の僧である〈慧可〉に纏る逸話を知っていたのだ。

慧可は別名を僧可とも言い、中国禅宗の第二祖とも称された名僧である。出身は洛陽の虎牢で、同地洛陽の名刹香山寺で得度した後、諸国を遊行して歩いた。

慧可四十歳の時、突然嵩山にある少林寺を訪れて、時の法主・達磨大師に入門を乞うも、即座に断わられる。

紀元五二〇年の頃である、四十路といえばすでに老境。当然の結末とは言える。それでも慧可は諦めずに、少林寺の山門を叩き続けた。頑といえば達磨も、人後に落ちるものではない。何せ達磨は修行のため、九年間も壁に向かって禅定を続けたという、言わば強者なのである。

意を決した慧可は或る雪の降る日、少林寺の門前で自らの左臂を切り落としたという。朱に染まった雪を見た寺僧たちが仰天したのも無理はない。流石の菩提達磨も、慧可の求道の篤さを認めざるを得なかった。遂に達磨は慧可の入門を許すのである。しかも慧可の禅僧としての資質の高さを見抜くや、これを高く遇して、やがて一番弟子に居えたのである。

断臂事件で、アカプルコの当局に取り上げられた刀のうち、武士やその従僕たちのものは出発に際して返却された。アカプルコからメキシコ市に到る道筋は嶮岨な山道が多く、山賊などの懸念があったからだ。何せ使節一行の行李の中には、山賊たちにとって正に垂涎もの、つまり〝お宝〟が、ぎっしり詰まっていた。

港からメキシコ市までは、約四三〇キロの行程である。これを徒歩や馬車で行くと、優に十数日はかかる。あの旅馴れた探検家ビスカイノでさえも、答礼で日本に行く折に、メキシコ市からアカプルコまで十二日の旅程を要したと記録している。

メキシコ市に向けての使節団側の準備は着々と進められた。旅費を捻出するため贈答品以外の商品を売り捌いて、足代りの馬と荷駄用のロバを徴達したのだ。

この間メキシコ副王は、三月の初めになって漸く日本使節保護の御触れを出す。『日本人に対して危害を加え（中略）彼らを怒らしめ、紛争を惹起するが如き挙動をなす可からず。（中略）商品を奪ったり、彼らが商品を賣却する自由を損った者は、之を厳罰に処するものなり』（『大日本史料』12／12）

万事が〈アスタ・マニャーナ〉のお国柄なのだ。「明日、またね」という意味なのだが、決して日本語の「明日で、間に合うわな」と語呂合わせで造ったものではなく、正真正銘のメキシコ語なのである。

アカプルコの港湾役人の仕事振りも、〈アスタ・マニャーナ〉で中々進捗しない。明日は本当の翌日ではない。此処では漠然とした未来のことなのだ。

荷物の目録合わせのための検査、更にその報告と更には許可申請で、わざわざメキシコ市在住の副王との連絡等々で、一行は一ヶ月以上も待たされたのであった。

日本人の特性である「性急さ」「早仕事」とは正反対の〝のんびリズム〟には、メキシコはおろかやがて訪れるスペインに於ても、一行は悩まされ続ける。

三、歴史の証言「チマルパインの日記」

そうこうしているうちに、常長は先ずは使節の先遣隊を出発させた。先遣隊は、いわば偵察部隊である。本隊つまり使節一行が、無事にメキシコ市に到着出来るか、道中の状況を予め調査する重要な任務を担う。当然武士とその従者の仕事だ。

その先遣隊が、何時メキシコ市に到着したのか、メキシコ側はおろか、使節側にも記録は残されていない。しかし、あったのである。その記録が残されていたのは「チマルパインの日記」である。

その日記の冒頭には、以下の文言が記されてある。

『本日、一六一四年三月四日、火曜日、日本の貴人たちが当地メキシコに入市するために初めて訪れて来て（市に）近づいてきた』

三月四日に先遣の武士たちがメキシコ市に着いたということは、道中十三日を要したとしても、彼らがアカプルコを出発したのは二月の二十日前後と推定出来る。

話を先に進めるために、此処でチマルパインという人物について、少しく説明する必要があろう。

チマルパインは、イスパニア（スペイン）に征服される前、メキシコに栄えたアステカ王国はチャルコ地区の首長の子、つまり王子さまとして一五七九年に生まれた人である。十五歳の時、メキシコの聖フランシスコ会所属の、サン・アントニオ・アバー修道院でキリスト教徒となった。以来スペイン語を学ぶと、本来の部族語ナウア語と、スペイン語による著作を数多く残した、言わば優れた著述家なのである。

チマルパインが記した日記には、支倉遣欧使節のメキシコ市逗留の仔細はおろか、徳川家康の命を受けて一六一〇年十月十六日に日本人として初めてメキシコ市入りした京の貿易商人、田中勝介使節の事も詳細に記録されているのだ。

　そのチマルパインが書き残した「チマルパインの日記」に基づいて、先遣隊のメキシコ市到着時の様子を鳥瞰して見る。

『本日、一六一四年三月四日（火曜）、日本の貴人たち（腰に刀を帯びた武士のこと）が当地メキシコに入市するために初めて訪れてきて（市に）近づいてきた。

　太陽は中央にあって十二の鐘が鳴り響くなかを、彼らは騎乗して至り、以下のようにして町に入った。

　彼らは従者を先に立ててやってきた。従者たちは細長く黒い板切れのようなものを、高くかざしながら徒歩でやってきた。見たところそれはたぶん槍のようであったが、日本には、実際に主君を先導する仕来りがあるのであろうか。』

〔筆者註＝先遣隊も、後の本隊つまり使節団一行同様に、いわゆる大名行列のように「下に！下に！」の形で行進したのである。日記の著者チマルパインやメキシコ人たちは、この歩き方をまるでアヒルかガチョウのようだと面白がっている〕

『このように彼らは、自分たちが自分の家で歩いているようにまた、衣装を身に着けていたように、長袍を羽織って、その上に帯を締めて着飾ってやって来た。彼らは髪をうなじのところで結わえていた。

　現在メキシコ市に到着しているのは二十名だけであった。日本の皇帝である大君（gran Sehor）が、かの国から派遣した特派大使殿（常長）は途中に留まっている。』

　この「チマルパインの日記」には、同じ三月四日の記述の部分で、あのセバスチャン・ビスカイノについて大変興味深い記録を残している。

『前記セバスチャン・ビスカイノ氏は、アカプルコで病気になったためゆっくりやってきた。』

自称司令官ことビスカイノは、己が受けたサン・ファン・バウチスタ号での冷遇やソテロとの確執に耐え切れず、アカプルコ港に着く直前の一月二十二日に、河口の町サカトラで憤然として下船したのだ。

サカトラから、直接メキシコ市へ通じる道はないから、ビスカイノとその手下たちは、馬か馬車で海岸沿いにアカプルコに向かった。高齢の上、馴れぬ乗馬での旅がたたったのにちがいない。

それでも名立たる保養の地アカプルコの空気に癒されたのか、ビスカイノは使節の先遣隊から遅れること二週間ほどで、無事メキシコ市に到着している。

何せビスカイノには、先にサカトラから副王宛に送った急使だけでは飽き足らず、どうしても使節一行より先にメキシコ市に入って直接副王に会い、使節一行の誹謗中傷に及びたかったのだ。

『本日、一六一四年三月一七日、四旬節の月曜日は、当地メキシコ市に（日本人たちが）到着した時、当地メキシコに初めて到着した日本人諸氏（一六一〇年一〇月一六日にメキシコ入りした田中勝介使節一行を指す）を送って行って、日本に渡ったメキシコの住人セバスチャン・ビスカイノ氏が入市したことである。セバスチャン・ビスカイノ氏は三年ぶりに帰ってきた。彼は初めてこれらの日本人諸氏を導き、（日本の）偉大な人物が当国に遣わした前記大使閣下を案内してきたのである』

〔筆者註＝「前記大使閣下」とは、支倉常長のこと。それを「案内してきた」とはチマルパインの誤解であり、彼は三年振りに帰国したビスカイノが、往時のまま堂々と凱旋したと信じていたか、ビスカイノがその様に振舞っていたのかも知れない〕

使節本隊の出発も、先遣隊の後、さほど間をおかずに行われた。六右衛門常長は、大将政宗のもとお手明衆の一員として常に本隊に先立ち、敵情の偵察や地形地理調査の任務をこなした若き日を、今沁み沁みと思い返している。

――お屋形様と同じ立場に在る――

瞬間、常長は己が背にとてつもない〃重い物〃を感じて戦いたのだ。この往く先には、巨大な南蛮という暗黒の世界が広がっているだけである。

「けっぱれ（気張るんだ）！　六エ！」

――ああこんな時、直々にお屋形様の鼓舞・督励の声が聞けたら……。いやいや、お屋形様どは、二度ど会えねがも知んねんだ――

今の六右衛門常長の心の内は、弱気と責任感との葛藤で、激しく揺れ動いていた。

そんな暗澹とした常長の心情とは裏腹に、ソテロの生気に満ちた声が響いた。

「さあ皆さん！　これからメキシコ市に向けて出発しましょう」

史実的には、アカプルコ当局の応待には厳しいものがあったという。中でも、使節が持ち込んだ梱包全てに課税する旨の通達には、流石の常長も強く反発したらしい。

ソテロと共に当局にその撤回を要求した常長は、埒が明かないと見るや、メキシコ市に早馬を立てて副王に直接訴え、事無きを得ている。そんな経緯を経て、今漸く一行はアカプルコを出発する時が来たのだ。

砲台から合図の砲声が轟くと、アカプルコの町人たちは、鼓笛を吹き鳴らして盛大に使節一行を送り出してくれたという。

四、いざ、メキシコ市へ

使節一行がアカプルコを後にしたのは、一六一四年（慶長一九年）二月二十日過ぎだ。港近辺の平地を抜けると、道は直ぐに登りに掛かる。其処には標高数百メートルの連山、即ち南シエラマドレ山脈(さんみゃく)が海岸線と平行に連なっているからだ。山脈といっても我が国のそれとは異なり、高木樹林は無い。人の背丈程の低木や羊歯(しだ)類の草に覆われた、むしろ岩肌の目立つ地形で、時折目に付く巨大なハシラサボテンが、その人工的な異形(ぎょう)で日本人たちの目を奪った。

馬上やロバの荷駄を追い、時には徒歩を交えての山道でも、ふた時（約四時間）ほどで峠に到った。其処から振り返ると、アカプルコ全体が俯瞰出来た。

「おい、あの船は我らの黒船では？」

松木忠作が傍らの今泉の肩をつついた。

「そうでございますよ。あれはサン・ファン・バウチスタ号でございますよ、ああ何とも麗わしい姿ですね」

ソテロが今泉に代って答えた。

「まことに、いい港でございますな。こうして上から見ると良く分かります」

今泉が呟く。

峠を下ると間もなく、一行はチルパンシンゴの村に着いた。極く鄙びた盆地の村である。今でこそ、アカプルコを含むゲレロ州の州都として栄えているが、当時は未だ山中の村に過ぎない。チルパンシンゴ村で、暫時の休息をとった後、一行は先を急いだ。山脈の峠を下り、平地に到ると河である。

「この河は、ヌエバ・イスパニアでは最も大きな河で、その長さはおよそ八〇〇キロメートルもあるのですよ」

ソテロが説明する。

「わが国で最長の河は信濃川でござるが、それは三七〇キロと聞き申すから、これは倍以上の大河ですな」

今泉が感に堪えた面持ちで呟く。

「五月頃になると、雨季で水嵩が増してとても渡れませんが、今は乾季です。丁度良い時に皆さんは神に導かれたのです。神様に感謝しましょう」

そう言って、ソテロは素早く〃ひと結び〃十字を切った。

乾季になると極端に干上ってしまうのが、この河の特徴だ。一行はそれでも浅瀬を選んで、難なく渡り切った。

バルサス河の河口はサカトラで、そこから太平洋に注ぎ出る。そう、ビスカイノ一行がサン・

ファン・バウチスタ号からの下船を強行したあの港町なのである。

ソテロが言ったように、運悪く時宜を失することがあると絶対に渡れない大河バルサスを凌いだ一行は、起伏に富んだ荒野をただ黙々と先を急いだ。

途中、小さな村でのほとんど露営に近い宿泊を重ねて旅を続ける。旅人の目に入るのは、石ころだらけの荒れた赤土に、細やかな緑の色彩を添える地元では〝アガヴェ〟と呼ばれる竜舌蘭や扁平な形の団扇（うちわ）サボテン類だ。

目指すメキシコ市は、国の中部高原に在って、その標高はおよそ二三〇〇メートルもある。従って多少の上り下りはあっても、一行の進む先は常に上向きなのだ。自然に息づかいも荒くなって行った。

先行き第一の目的地はタスコ（標高一七五〇メートル）である。タスコの町は、メキシコ市とアカプルコのほぼ中間地点に位置する。アカプルコから距離にして約二百数十キロメートル。一行はここまでにおよそ一週間を要し、漸くそのタスコに到着した。

五、峻拒されたタスコの錬銀「パティオ法」

タスコは〈銀の町〉である。一五二二年あの征服王エルナン・コルテスが苦心惨憺の上、嗅ぎ当てた正に僥倖の地なのだ。この銀の町タスコのことは、伊達はおろか徳川の間でも夙（つと）に知られた憧憬の地である。

此度の使節、特に大使である支倉常長に負わされた実質的、つまり実利に繋がる目的地、それがタスコの町と言ってもよい。

単的に言うと、家康も政宗も「タスコの町から、銀の最新の精錬技術である〈パティオ法〉を盗み取って参れ」と常長に命じているのだ。

パティオ（patio）とは〝中庭〟を意味するスペイン語である。パティオ法の基本は、銀を産出する精錬の段階で、〈水銀〉を触媒（しょくばい）として用いる。実は此の方法は、我が国でも大久保長安らによってすでに使われてはいたのであるが、極めて規模が小さく、効率上問題があった。

従来の〈鉛〉を用いた古式の〝灰吹法〟で、長い間ちまちまと銀を製錬して来た我が国に、〈水銀〉を用いる方法を示唆したのはオランダ人たちだ。しかし実践して見せたわけではない。当時の銀山奉行であった大久保長安らが、試行錯誤の末に編み出した、言わば自己流なのだ。

大久保長安は、金鉱や銀鉱の発見、精錬の術に長けた人物で、家康の意に叶ったいわば優れた〝山師〟であった。石見銀山奉行から佐渡金山奉行を経て、慶長一一年（一六〇六年）には伊豆銀山奉行まで上り詰めるも、使節一行が出帆する年、慶長一八年（一六一三年）の四月末に病死してしまう。

死後、七十万両という巨額の蓄財を不正と見做した家康により、その全てを召し上げられた上、連座刑として一族郎党悉く死罪となっている。

話をパティオ（中庭）法に戻そう。単的に言ってパティオ法とは、大久保長安らが用いた〈水銀〉を触媒とする銀の精錬法を、拡大化・効率化させた方法である。

『まず、円形の竪穴を掘り、石板で鋪装する。竪穴の直径は大きいもので十数メートル。中央に回転軸となる柱を立て、横木に数頭の馬をつなぐ。細かく砕いた銀鉱石を三十センチほどの厚さに敷き、塩と硫化銅の紛末を混ぜ入れる。水銀を散布し、適量の水を加えて馬か人に踏ませると、三～四週間で銀アマルガムが出来上がる。流水の中で銀アマルガムをかき混ぜて不純物を流し去り、炉に懸けて水銀を蒸発させれば、高純度の銀が残る』（河北新報社編『潮路はるかに』より引用）

　スペインやメキシコの比較的大きな規模の施設や建物には、必ずパティオつまり中庭が備わっている。中庭であるから自ずと規模が限られる。それが直径十数メートルの竪穴なのだ。如何にもヌエバ・イスパニア風の綽々（しゃくしゃく）とした命名の仕方ではないか。

　ところで銀山開発に腐心していたのは、家康だけではない。領内の北部から東北部にかけて、豊富な金銀の鉱脈を有した伊達政宗にとっても、パティオ法の剽掠（ひょうりゃく）は、喫緊の要事だったのだ。

　しかしその願いも空しいものになった。これらの、使節内々の目的は、ビスカイノからヌエバエスパニア副王への通報に依って呆気なく露呈してしまう。というより当時のスペインは、こうした日本側の動きを、夙に見抜いていたと見てよい。

　政宗らが送り込んだ山師、つまり銀精錬の技術者たちは、パティオ精錬の現場見学どころか、完全な門前払いを喰らったのである。常長からの達ての願いに、ソテロも懸命に仲介の労をとっては見たものの、メキシコ側の防御の壁は、極めて堅固であった。

　一行は村の古ぼけた教会や、村長（むらおさ）の家等に分宿して、翌朝次の目的地クエルナバカへと旅立った。

常長の足取りは重かった。己れに課された最重要課題とも言える〈パティオ法〉を覗き観ることすら出来なかったからだ。それでももうひとつの課題、ガレオン船の操船術は、これまでの三ヶ月に亘る航海の中で幕府船手奉行・向井将監配下の水夫たちや、伊達藩からの水手の者たちは、嵐や凪の中で自然にその術を身に付けて来た筈。

――先ずは、五十点の出来が！　ま、こだもんだべ儂の実力は――

実直な性格の反面、恬淡として物事に執着しないのが常長。今後、良きにつけ悪しきにつけて、「ま、こだもんだべ（ま、こんなもんだろう）」の場面に遭遇することになる。

六、秀吉の蛮行「二十六聖人の殉教」

タスコからクエルナバカの町までは、距離にしておよそ八五キロ。可成りの登りの行程である。一行は二泊三日を要して漸く辿り着いた。

クエルナバカは海抜一五一〇メートルの高地に在り、タスコとメキシコ市とのほぼ中間に位置する。気候温暖な土地柄で、アステカ王国時代からの保養地であったという。

首都に近い絶好の別荘地、例えれば今の日本の軽井沢と考えれば分かり易い。もっとも軽井沢の標高は千メートルにも満たないが。

一五二一年にアステカ王国を滅ぼし、新大陸ヌエバ・イスパニアの副王となったスペインのエルナン・コルテス。コルテスも、このクエルナバカに別荘としての宮殿を建てた。使節一行は別荘とはいえ、余りにもその規模の大きさに驚き、その豪華な佇まいに呆れるのであった。

その、コルテス邸近くに建つカテドラル（聖堂）に到った一行は、それまでの飄逸な気分を瞬時に吹き飛ばされる様な現実と遭遇することになる。

「ソテロ様、これは⁉」

伊丹宗味が声高に問いかけた。伊丹は、既にドン・ペトロの洗礼名を持つ摂州（兵庫）の商人である。他の尾張商人でドン・フランシスコの洗礼名の野間半兵衛らと共に、特に家康の允可を得て、使節団に加わった者たちである。

聖堂内に一歩足を踏み入れた途端、一行が息を呑んだのも無理はない。其処で一行が見たものは、巨大なフレスコ画に描かれた正に流血淋漓の凄惨な集団磔刑図であった。

フレスコ画というのは、壁面に漆喰（石灰）に絵の具を染み込ませる様に描かれた、いわば壁画のこと。

「はい、これは一五九七年二月五日に、日本の長崎西坂で執行された、二十六人のキリスト教徒に対する〝はりつけの刑〟を描いたものです。この事件については、伊丹様もすでに御存知でございましょう？」

「はい、そのことは、当時は京でも専らの噂で……」

伊丹の動揺は、未だ収まり切っていない。

「此処を御覧下さい。一寸、堂内が薄暗くてはっきりしないのですが……長くなるのでここまでにしますが、要するにこの壁画は、日本の太閤豊臣秀吉様が命じたキリシタン大処刑を描いたものなのです」

そう言ってソテロは、使節一行の顔を見回した。一同は声もなく、ただ凝然と立ち尽くすのみであった。

この事件の概要はこうだ。

一五九六年（慶長元年）十月、土佐（高知県）の海岸に一隻のスペインのガレオン船が漂着した。

「御領内に侵入したものは、如何なる理由にせよ。人員は捕縛、その財産は悉く没収するものとする」

これが当時の考え、不文律であった。

この定めに則って秀吉は、漂着船フェリペ号を処理したのである。この手荒い処置に、フェリペ号の一航海士が取調べの役人に対して、悔しさの余り発したのが次の言葉である。

「我がスペイン帝国は強大である。先ず宣教師を送り込んで、その地の民衆を宣撫懐柔しておき、その後強力な軍隊を派遣、征圧して植民化するのだ。今に此の地にも、我が大軍が来ることになっている。さ、どうする？」

この報告を聞いた太閤は〝切支丹取締り〟を強化することを決意する。

秀吉は一五八五年（天正一三年）の九州攻めの折に、すでに「バテレン追放令」を発布している。しかし、この御触れは多分に建前上のものであり、実質的な取締りには及んでいない。

秀吉は、フェリペ号の船員航海士の恫喝とも言える発言に、怯えるどころか逆に震怒することになる。一五九七年（慶長二年）二月五日、長崎西坂での「二十六人聖人殉教」の大本には、こんな些細な因縁が横たわっていたのだ。

以後、秀吉の切支丹追放の処置は熾烈を極める。

「兵は神速を尊ぶものぞ、サル」

秀吉はお屋形様（信長）のこの叱咤の声を忘れていない。

手始めに京・大坂で密かに宣教を行っていた、神父六人を捕縛する。次いで日本人イエズス会士三人と、信者十五人の身柄を拘束するや、直ちに全員の耳を削ぎ落としたのだ。

何故耳を切り取る必要があったのかは、不明である。ただただ秀吉の癖、残念な嗜好としか言いようがない。朝鮮出兵の折にも彼は派遣した兵士たちに、戦地での手柄の証として敵兵の耳朶を塩漬けにしたものを送らせている。

さて、耳を削がれた上裸足のままで、切支丹たちは徒歩での長旅を強いられた。途次、二名の日本人切支丹を加えた一行は、ひたすら運命の地、長崎へと、その萎え切った脚で地を擦って行く。

一行が辿った道程については確たる記録はないが、高橋由貴彦氏の著書『ローマへの遠い旅』の明察を拝することにする。

『博多から名護屋を経て、彼杵にいたり、次いで大村湾を船行して時津に上陸し、二月五日の朝、長崎浦上に到着した。同じ日の朝、長崎市街を見下ろす西坂の丘が、カルワリオ（ゴルゴダ）の丘に似るとの理由から、ここで刑が執行されたのである。』

この記述から、捕囚の一行は、博多（福岡）から専ら海岸線に沿った唐津街道を進み、肥前

（佐賀）の名護屋を過ぎてから南下、途中焼き物の里、〝伊万里〟や〝有田〟を経て、東に大きく迂回、武雄（たけお）から更に針路を南に変えて長崎領に入ると、間もなく大村湾岸の村〝彼杵（をのぎ）〟に到ることになる。そして此処から船で大村湾を渡ったのであろう。

京を発したのが一五九六年（慶長元年）十二月八日、長崎の浦上に到着したのが、年の改まった一五九七（慶長二年）年二月五日である。およそ二ヶ月に及ぶ死苦の旅路の果てに、処刑はその日の内に執行されたのだ。

「少し早過ぎませんか？　ソテロ様」

今泉が問う。

「何がで、ございますか？」

「普通わが国では、この様な事件が表面化するのは、例えば文書（もんじょ）として世上に出回るだけでも、早くとも数十年はかかり申す。それがこの絵はどうです。これだけの大掛かりな壁画がすでに此処に、しかも何千里も離れたこの山中の一村落にですぞ」

今泉の口唇は、興奮のためかわなないで見える。

「そう、長崎でこの大処刑が行われてから今日まで、未だ十七年しか経っていません。今泉様の御指摘のように、此処ヌエバ・イスパニアでは、事の動きが至って緩慢で、ましてや遠く離れた日本での出来事をこの様な大聖堂のフレスコ壁画として具現化するには、恐らく数百年を要したでしょう。それが、たったの十七年で……」

一旦言葉を止めたソテロの視線は、大壁画に注がれた。

高さ八メートル、横幅は実に六〇メートルの大規模な画である。其処に捕縛された切支丹たちの、悲惨な姿が写実的に描かれている。絵そのものは極めて稚拙ではあるが、訴えて来るものは重い。

絵の各処に描かれた日本人の役人と思しき人物たちに至っては、その着衣の奇抜さは正に論外で、それは南蛮の貴婦人たちの盛装をさえ連想させるものだ。役人の腰の物も、刑吏が手にする槍にも現実味が無い。

唯一、日本の武士として認識出来るのは、剃り上げた頭頂だけで、しかし其処には髷はなく、全て落武者か罪人の様に、髪は後方に垂らしたままである。異国の人が想像で描いた、日本人の風俗風習を、当の日本人がその難点を瑣末に亘って穿ってみても、詮方無い事。

三大伽藍の荘重な空気の中、旅人たちの双眸はひたすら仮借無い原色で描かれた壁画に注がれている。そんな日本人たちの、畏懼高まる空気の中、ソテロの話は続く。

「私は考えました。何故この様に事が早く進んだのかを……。そして分かりました。この絵の中で磔になっている二十六人の中には、六人の我がイスパニアの神父が居ます。

しかも其の内の五人までが、このメキシコの出身者か、此処に住んだことのある、いわゆるメキシコ由来の宣教師たちだったのです。だからなのです。今泉様が驚かれた程早く事が進んだのは……。

メキシコ人は万事について〝では又明日〟の国民性ですが、ひと度彼等の身近に事が迫った時には、決して明日＝マニャーナ（manana）ではないのです。それどころか、世界のどの国の人たちよりも激しく、しかも敏速に事に当たる。それがメキシコ人の本性なのです」

豊臣秀吉が病没したのは、一五九八年（慶長三年）八月である。それから僅か十六年の今日この時に、遣欧使節一行は、その太閤様の無慙とも言える行跡を突き付けられている。しかも此処は、メキシコ国の直中に近いクエルナバカなのだ。

この時、大使常長をはじめとする全ての日本人たちは、いきなり脳天を打擲された様な衝撃を受けたに違いない。メキシコ人たちの激しい怒りの棍棒の……。

メキシコ人とは、一体どんな国民性を有しているか？　吾人は此処で、一旦整理しておく必要があろう。

ここは深作光貞・京都精華短大助教授（昭和四十四年当時）の論文、「メキシコ人気質」に拠らせて頂く。

《その人生観》

基本的には暗い人生観であり、ペシミスト（悲観論者）である。

《その幸福観》

激しい、瞬間的、刹那的なものに幸せを求める。精神が緊張し、高揚した時の充実感がイコール幸福なのだ。

《その名誉観》

メキシコ人は、自尊心が強く、名誉を重んじる。その重んじ方は、少々事大主義で独善的で傲慢である。

《その人間性》

気が向くことには、日本人顔負けなほどの熱中ぶりと勤勉さを見せるが、嫌なことには決してやせ我慢をしたり、諦めて耐え忍ぶということがない。我慢をすれば、可成りの利益があると分かっていても我慢しないし、我慢出来ない。気に入った仕事は、徹夜をしてもやるし、打算をこえて励む。

メキシコは原色の国であるが、この原色の鮮やかさの様に、貧しくてもその貧しさに萎縮(いしゅく)していない。日常の生活が、貧しさの連続のために暗いペシミズム(pessimism)悲観論でおおわれているにせよ、彼等は、祭りやその他の、華やかな日を創り上げる術(すべ)を知っている。それがメキシコ人の素晴らしさである。

文無しのくせに、黒いフェルトの帽子をかぶり、葉巻きをくわえたいわゆる伊達姿で、闘牛場の一等席に陣どり、「オーレ、オーレ」と叫び続ける。そうやって次第に昂揚して行った精神は、闘牛士による牛への止めの一刺しの瞬間に爆裂する。

この瞬刻の中にこそ、メキシコの幸福が存在する。

そしてメキシコ人たちは大声で叫ぶ。

「ビーバ(vivas)メヒコ!(万歳メキシコ!)」と。

こうした資料を読むと、このフランシスコ会の大聖堂に設(しつら)えられた「二十六聖人殉教画」が、メキシコ人たちの怒りの肺腑(はいふ)の中から吐き出されたモノであることが、改めて理解出来るのである。

七、メキシコ市

クエルナバカの町は、タスコとメキシコ市のほぼ中間に位置する。従って、一行は三、四日の日数を掛けて、メキシコ市に到着している。クエルナバカまでは、一行と歩みを共にしていたビスカイノたちは、此処で一行とは別れて、一足先にメキシコ市入りをしている。先発隊から遅れること約一週間の三月十七日のことである。常長というよりもソテロ一行は、メキシコ第一の保養地と称されるクエルナバカで十日間ほどの休息を取ったのだ。

ここで〝ソテロ一行〟としたのには訳がある。このソテロという御仁(ごじん)は、意外と名勝地好きというか、普段の修行の合間で見聞(き)きした名所旧蹟には、機会があれば立ち寄り、長居に及ぶ一種の癖(へき)がある。後々訪れるイタリアの花の都フィレンツェでも、この名所好きの癖が原(もと)となって、重大な局面を招くことになるのだ。

さて使節一行が、メキシコ市に近づくに従って、辺りの景観にも変化が現れ始めた。位置的には赤道に近いおよそ北緯二〇度であるが、標高は二二八〇メートルもある。

これは奥羽の蔵王山よりも四四〇メートルも高く、山形・秋田の県境に位置する、あの鳥海山(ちょうかいさん)二二三六メートルとほぼ同じ高さなのだ。従って温暖な気候に恵まれ、人口の集中度も高い。

首都メキシコが迫るにつれて緑が豊富になる。これは常緑の針葉樹林が増えたことを意味する。ここでは植物さえもが心地好く繁茂する。

「やっぱす緑は良いもんだなゃ。なんつたって（何と言っても）休まっぺ？（休まるだろう？）こごろ（心）、つまり魂（たますい）がよォ！（〈よォ！〉は強意の接尾語）」

満足気に呟く、常長。

いくつかの峠を過ぎて、急に視界が開けた。見渡す限り緑の世界が展開する。今までの岩石だらけの世界との差異に驚かされる。辺りを飛び回る原色の羽根を纏った鳥たちの数の多さにも、常長たちは一様に心の安らぎを覚えるのだ。

「おお！　高い山だ！　右手に高い山が見えまする」

誰かが叫んだ。

「あの山は、ポポカテペトルといいまして、高さはおよそ五五〇〇メートルもあります。日本の富士山よりも、ずっと高いですね。あのポポカテペトルと並んで聳えるのは、イスタシワトル山です。これは五二〇〇メートルの高さですから、ポポカテペトルより一寸低いですね。

ところで皆さん、メキシコで最も高い山は、何という山か知っていますか？……あのポポカテペトルから真東、およそ一八〇キロ太平洋寄りにある山オリサバ山。これは五六〇〇メートル以上もある高い山です。

それは兎も角、あのポポカテペトル山が見えると、太平洋側からの旅人は、旅程の終りを認識できると言われます。そう、もうひと息です。頑張りましょう皆さん！」

メキシコ国のほぼ中央部、北緯二三度二七分を〈北回帰線（かいき）〉が通る。従って北緯一八度五〇分に位置するメキシコ市は当然熱帯圏に入る。しかし標高約二三〇〇メートルの高地に在るメキシコ市は、年間の平均気温は約摂氏十五度で、一年を通して春と秋の気候、つまり常春（とこはる）なのだ。当然、時の為政者、支配者たちにとっては正に垂涎の盆地——それがメキシコ市である。

以前この地は、テノチティトランと呼ばれるアズテク王国の首都であった。アズテク族というのは、アメリカ・インディアンの有力な部族である。その部族を、一五二一年にスペイン人コルテスが滅ぼして、廃虚と化したテノチティトランの上に、新たな都市を建設したのがメキシコ市なのだ。

因みに、この新スペイン副王領の首都の名は、幾多の戦いで軍功を上げて戦没し、軍神と崇められたメヒクトリの名から、メヒコ（Mexico）と命名された。メキシコはその英語読みである。

このメキシコ市に一行が到着したのは、一六一四年（慶長一九年）三月二十四日である。その時の状況を凝視して、これを克明に記録していたのが「チマルパインの日記」である。

『本日、一六一四年三月二十四日、聖月曜日は、日本のかの地から派遣された前記大使閣下（常長）が、当地メキシコ市に到着した日である。彼はサン・フランシスコ修道院に落ち着いた。（中略）

この地からローマに赴き、教皇パウルス五世に謁見するであろう。彼は聖なる教会に関して、いかに多くの日本人がキリスト教徒になることを欲し、聖なる物や秘跡によって、彼らが私たちの聖なる母、ローマ教会の愛児となるように、洗礼を受けることを願っているかを、報告するために行くのです。（中略）

当地メキシコへ来られた前記大使はこの地を通過するだけで、当地では総督である副王に面会することができるように数日滞在するのみである。

そして彼はスペインも通過するが、これは偉大な統治者である国王ドン・フェリペ三世に会っ

て和平を提案するためである。(中略)

当地メキシコにおいては、商人を維持できるように、日本の人々が商品を買い求めることができるように、スペインの国王に友誼と善意を示し、常にその面前に出ることを望んでいるからである。

そして大使は国王に謁見したのちには、教皇の御前に進み出て拝顔するために、ローマに趣くことになりましょう。(中略)

そして大使が欲し、かつその心に期しているように、あらゆる善意をもって愛しみ合うことができますように。それを私たちの神である主が、助け自由にしてくださる様、そして私たちが永遠に神の御前にあって、共に生き続けられますように。アーメン――』

八、チマルパインの日記「日本人の集団受洗」

この日記を読んで驚かされることは、チマルパインという御仁は何故か遣欧使節のみならず、日本人そのものに特別の感情を持ってこれを見守っている様に受け取れるのである。それは一六一〇年にメキシコ市入りした、田中勝介使節の行動に対する〃興味津津〃の描写振りからも分かるのである。

遥か東方からの、異形の風体の集団を見れば、誰でも多少は惹きつけられる。しかし、この事を詳細に記録している「チマルパインの日記」には、そこはかと無い親愛の情が見て取れるのだ。

当初、メキシコ入りした日本の使節に対して、時の副王グアダルカサル侯は、面会することを躊躇した節が見受けられる。

一行が到着した事実を百も承知の上で、何の沙汰も無いのである。その間、専ら無聊を強いられていた百四十の日本人たちの複雑な心情を、逸速く見抜いたのがソテロである。

――不満が高ずると……うん、此処は彼らの気をそらすためにも〝洗礼〟を受けてもらうのが一番。郷に入らば何とやら。受洗してキリスト信者となれば、此処ヌエバ・イスパニアではその扱いがちがって来る――

こんなソテロの思惑は、正に適中する。正確な人数は定かではないが、日本人たちは競って洗礼の儀に臨んだという。その数は、七十人とも八十人とも、様々記録される。

その辺りの模様を、チマルパインは次の様に書き残している。

『本日、一六一四年四月九日、火曜日は、当地サン・フランシスコ教会において、二十名の日本人が洗礼を受けた日である。管区長の神父が彼らに洗礼を授けた。（中略）

特派大使（常長）は当地で洗礼を受けることを欲しなかった。伝えられるところによると、彼はスペインにおいて洗礼を受けるであろう。』

「チマルパインの日記」は続く。

『一六一四年四月二十日、日曜日午後、サン・フランシスコ教会において、さらに二十二名の日本人が洗礼を受けた。洗礼を授けたのはメキシコの大司教ドン・ファン・ペレス・デ・ラ・セルナであった』
『一六一四年四月二十五日、金曜日、福音史家聖マルコの祝日午後、ドン・ファン・ペレス・デ・ラ・セルナ大司教が、大教会において新たにキリスト教徒となった日本人たちに堅信礼を施した。堅信を授けられた六十三名の日本人のなかには貴人が一人いた。』
〔筆者註＝「堅信礼」とは、カトリックでの受洗後、〝聖霊〟により信仰を一層強固なものとするための七つの秘跡の内の一つの儀式のこと〕

九、副王の難題

常長は政宗から、メキシコの副王宛の書翰を託されていた。此の書翰には、後日、極めて重要な事態に絡む鍵ともなる文言が在る。

現代文への意訳を試みて見よう。

「思いがけず、この宣教師パードレフライ・ルイス・ソテロに会うことになり、僅かながらその説法を理解出来ました。本当に天帝様の立派な御協議であると信じました次第で、心うたれると共に、有難い気持で一杯でございます。

とは申し乍ら、たとえ心から御門徒になりたいと願ってはおりましても、止むを得ない事情があるため、私にはどうしてもそれがかなわないのです。しかしながら、我が領民たちは是非とも門徒にと望む者が少なくありません。こう言った事情を、奥南蛮スペインの国王や、教皇様に伝えるため、このフライ・ルイス・ソテロ神父を使いとして頼み、同じく三人の侍を同行させました次第でございます。

但し、この中の二人（松木と今泉）は、お国ノビス・イパニア（メキシコ）より帰国する様、申し付けておりますが、もう一人（常長）は、更に奥南蛮（ヨーロッパ）まで行かせますので、副王閣下の証書をお持たせ頂き度く、又道中の路銀（旅費）をはじめ、万事お心遣いを頂き度く伏してお願い申す次第です。——（後略）

慶長一八年九月四日

ノビス・イパニア国の副王様」

此の政宗の書翰に添えて、常長は大切に運んで来た「鎧」一式と漆塗りの「屏風」を副王グアダルカサルに献上している。この副王への贈物に関しても、ソテロとビスカイノとの間に激しい遣り取りがあった。

ビスカイノの言い分はこうだ。

「一六一〇年に前マニラ臨時総督ドン・ロドリゴを、初の和国産外洋船サン・ブエナ・ベントゥーラ号（百二十トン）でメキシコに送還させてくれた家康への答礼大使として、自分を任命したのは当地の副王サリナス侯こと、ドン・ルイス・デ・ベラスコ閣下であった。今、自分がその重任を果たして帰って来たのである。当然その聘物はサリナス侯のものである」

〔筆者註＝この時、当のサリナス侯はメキシコ副王の任を終えて、本国スペインに栄転となっている〕

このビスカイノの自分本意の主張に対して、ソテロは猛反発をする。国際儀礼上、官職名宛の書翰や進物は、当該官職名の者が受取るものとしてソテロは押し切ったのだ。遠い東洋の奇物に、一時は喜悦満面であった時の副王グアダルカサル侯も、支倉大使らが提示する日本側の要求には極めて不実な対応を取った。

「自分は単なる国王の代理であって、その様な重要な案件にはお答えしかねる。本国に問い合わせるしかない。自分にはその権限がない」

その一点張りである。

政宗の要求のひとつは、仙台藩への宣教師を派遣して貰いたいということ。もうひとつは、メキシコとの通商を熱望するもので、その裏には外洋帆船の航法習得という下心が見え隠れしている。

宣教師派遣はあくまでソテロの希望であり、通商に関しては、本国スペインから疾うに厳禁の沙汰が出ているのだ。こうしたメキシコ市での副王との交渉は、時間的にも内容的にも、不毛のまま推移するのであった。

この間、更に使節一行を憂苦に陥れる事態が生じる。それは、武士たちの腰の物、つまり刀を、メキシコ当局で預り置くという通達があったのだ。丸腰は武士にとっては、屈辱以外の何物でもない。当然武士たちは、抑え難い憤懣をあからさまにしたのである。

しかし、アカプルコでのフィリピン商人への断臂事件を楯に、メキシコ側の決意は固い。止むなく常長は、自分の他九名の者を除いて、他の全ての武士たちの刀を集め、帰国時の返還の約束を取り付けた上で、市当局に預けたのである。無論、帯刀を許された武士十人は、全て奥南蛮

（ヨーロッパ）を目指す者たちだ。

副王グアダルカサルにとって、政宗による遣欧使節の来航は、正に青天の霹靂、迷惑千万以外の何物でもなかったのだ。

大使常長の希望は、サン・ファン・バウチスタ号の日本への早期の帰航であった。それに対して副王側は、船の修繕費用や水夫たちの給与問題を楯に、無期限の係留を主張。剰え費用「五万ペソ」を要求して来たのである。

——万事休すだなやこれ。まるで聞ぐ耳持だねんだもんや。帰って、お屋形様さ、お許す願うすか無がんべや（無いだろう）——

常長の、この無言の反発と決断は、やがてソテロを通して副王にも伝わって行く。

南蛮人にとって重要な事は、「体面」や「面目」、そして「名誉」なのである。要するに表面的なものに拘りがちだ。その意味では、日本人の「忖度」「思いやり」「人情」といった内面的なものとは、対極に在ると見て良い。

——まずい！　今このまま支倉に帰られたら、わがヌエバ・イスパニアのみならず、本国イスパニアの国王の御体面に拘ることは必定。ましてや、イギリスやオランダの輩の嘲笑を買うなど、国王の名誉に掛けても絶対にあってはならない——

副王グアダルカサル侯は、支倉遣欧使節一行のイスパニア（スペイン）など奥南蛮（ヨーロッパ）行きを認めると共に、その費用の一部を負担する決断をする。

しかし、サン・ファン・バウチスタ号の早期の帰航は遂に認められず、松木ら帰国組が、アカプルコ港を後にしたのは、翌年の一六一五年（慶長二〇年）四月になってからだ。実に一年と三ヶ月の長きにわたって、アカプルコに留め置かれたことになる。

その間、百人を超える日本人たちは、当然ながら、過酷な生活を強いられたことは想像に難くない。彼等は当面の費用にと、常長から頂戴した金子でメキシコ市内に空き家を借り、これを「支倉館」と名付けて宿泊所とし、持参した日本の物資を密かに売りながら、飢えを凌いだという。

副王の下賜した奥南蛮への路銀には限りがあり、多くの渡航希望者たちの思いは断たれた。許されたのは、大使支倉ら日本人二十余名と、ソテロら宣教師達数名の総勢僅か三十名ということになったのだ。

「副王から嫌な話をもちかけられました。このソテロ、気に入りません」

そんな或る日、副王の庁舎から帰って来たソテロは、吐き捨てるように言った。

嫌な話とはこうだ。

登庁したソテロに対し、ここに日本語に堪能な若者がいるから、大使の通訳兼秘書として連れて行くようにと、半ば強制的に指示してきたというのだ。

「通訳も秘書も今のところ充分に足りていますと、再三断ったのですが、何故か副王は、頑として聞き入れてくれません。そんな訳で、ハセクラ様、マルチネス・モンターニョという人物を、使節一行の一員として連れて行くことに……」

「いやソテロ様、拙者は一向に気ぬはすませんぞ。副王殿からの御下命とあらば、仕方ねんでねべが。うん、けぇって賑やがで、良がんべや。ほれ、日本の諺ぬも〈旅は道連れ、世は情げ〉ど、あるんでがすと」

「若しかするとその男、副王の間諜では？　一体どんな経歴の持主なのでしょうか？」

それまで黙って常長とソテロの遣り取りを聞いていた小寺外記が、口を挟んだ。

「そうです。このソテロも咄嗟にその事を考えました。なにしろ、この処の副王様は、まるで私の話を信用しようとなさらないのです。それだけではありません。私の属するフランシスコ会の中にも、私に対して疑いの目を向けたり、ありもしないことを中傷したりする、神父たちもいるのでございます。

ところで、マルチネス・モンターニョのことですが、『自分の身体には、日本人の血が流れている。だから人は、この俺のことを〈ハポン（japon）／日本〉と呼んでいる。しかも自分は兵役で日本に派遣もされていて、そのために日本語を話せるのだ』と、こう主張しているのでございます。

彼の話を聞いて、直ぐに私は分かりました。彼は嘘をついていると……。第一、彼の日本語は、私が言うのも何ですが、ほんの日常会話程度のものでございました。もっと酷いのは〝兵役で日本に行った〟という件です。

ヌエバ・イエスパニア兵が、何ゆえ日本に派遣されるのですか？　私が思うには、モンターニョはマニラを日本本国と錯覚しているのでございますよ。恐らくマニラの日本人街をうろついているうちに、自然に覚えた日本語でございましょう」

〝副王の間諜〟という外記の言葉には、妙な重みが伴った。やがてその言葉が、現実のものとなることを、今は誰も知らない。

そんな或る日、常長が声高に皆に告げた。

「明日いよいよ奥南蛮さ向げで、出発どなっつぉ」

先刻、ソテロと共に、副王の庁舎から帰って来たばかりだ。

常長一行が、奥南蛮へ出立の様子を凝視していた男がいた。あのドミンゴ・チマルパインである。

「チマルパインの日記」は、今までにも、再三に亘って瞥見に及んでいる。メキシコの先住一部族の王子という出自を持つ彼は、フランシスコ会派のクリスチャンでもあり、その誠実で鋭い観察力に満ちた文章に関しては、吾人の信頼度には極めて高いものがある。

『本日、一六一四年五月二九日木曜日は、至聖なる秘跡の祝日が祝われる日である。また、日本人の前記特派大使（常長）が、スペインへ向けて出発する日でもある。

こうして大使は出発するが、彼はその従者たちを分けて、ある者たちを同伴し、他の者たちを私たちが彼らと暮すように、当地に残した。商人たちは彼らと商いをするであろう。そして前記大使はスペインに向けて出発した。

彼は当地メキシコで、その名を思い出すことは出来ないが、マルチネス博士の兄弟であるスペイン人一人を連れて行った。彼は副王の裁量により、使節の秘書をすることになったのである。というのは、彼が兵士であった時、かの地（日本）に住んだことがあったので、日本語を知っていたからである。』

〔筆者註＝「マルチネス博士の兄弟」というのは、アルフィロ・フランシスコ・マルチネス・モンターニョ（通称ハポン）のこと〕

出発の朝、多くの見送り人が市庁舎前の広場に集まった。

五月の末は、メキシコではすでに雨季だが、日中一、二度驟雨が通り過ぎる位で、日本の梅雨期の様に一日中じめじめしたものではない。この朝も庁舎前広場の空には、人々の歓声と鼓笛隊の打ち鳴らす軽快な音楽が賑やかに響き渡った。

奥南蛮に向けて使節がメキシコ市を出発する際、チマルパインがその日記に記した、次の行に注目したい。

『こうして大使は出発するが、彼はその従者たちを分けて、ある者たちを同伴し、他の者たちを私たちが彼らと暮すように、当地に残した。』

つまり、奥南蛮行きの顔ぶれを指名したのは、支倉大使自身ということになる。

ここで問題となるのが、慶長一八年（一六一三年）九月四日付の、伊達政宗からメキシコ副王に宛てた書翰の一部である。

『こう言った事情を、奥南蛮（スペイン）の国王や、教皇様に伝えるため、このフライ・ルイス・ソテロ神父を使いとして頼み、同じく三人の侍を同行させました次第でございます。但し、この中の二人は、お国ヌエバ・イスパニアより帰国する様、申し付けておりますが、もう一人は更に奥南蛮まで行かせますので――』（文中傍点筆者）

この文中の傍点の部分の、「二人」とは、松木と今泉の事であり、「もう一人」とは、常長を指す。つまり松木と今泉は、直接政宗から、「お主たちが行くのは、ヌエバ・イスパニア（メキシコ）までだぞ。必ずヌエバ・イスパニアから帰れ」そう命じられていたのだ。

にも拘わらず、今泉はイスパニア（スペイン）はおろか、教皇のいるローマにまで行ってしまったのである。

君侯間の約束事には〝絶対〟が伴う。書翰にまで記した〝絶対〟を、信頼する家来にこうも安々と毀(こわ)された政宗の心情――察するに余りあるというべきであろう。

しかし、政宗の書翰にも、説明不足という概念は否めないのだ。使節に随伴した侍は、三人だけではない。数十人も居たのだから。

十、いざ幽天の世界、奥南蛮へ

何かにつけてお祭り騒ぎをしたがるのが、メキシコ人気質というもの。

「万歳、日本(Vivas Hapon(ビバハポン))！　万歳メヒコ(Vivas Mexico)！」

支倉ら三十人の面々も、晴れがましい気持の故か、何れも眉宇を決した面持ちとなる。

残留組の日本人の前を通る時、ふと今泉の目に一人の子供の姿が映じた。

――コネオだ！――

相変わらずコネオは泣いている。傍に並んで立つのは、コネオの新しい後見人、日本人たちだ。その手を握ってコネオは手を振るでもなく、声も出さずに泣き続ける。

――しっかり生きるんだぞ！　コネオよ！――

――さらばだコネオ！(Adios Conejo!(アディオスコネオ))――

今、奥南蛮（ヨーロッパ）に向かおうとしている使節員たちと、居残り組の日本人たちとは、この時が正に今生の別れなのだ。そう、この瞬間彼等は再び相まみえることは叶わない命運の狭間に、足を踏み入れたのである。

無限に続く暗黒の空間、その中に頼り無げに幽かに光る点、それがマドリードかローマの灯なのだ。戦(おのの)きにも似た心情に捉われたのは、一人今泉だけではあるまい。

一方メキシコ残留組が、再び祖国日本へ向けてアカプルコ港を出航したのは、一六一五年（慶長二〇年）四月二十八日である。一年以上にわたって彼らは、異国の地での苦難の生活を強いられたのである。これらメキシコ残留組に対して、常長は政宗から預かって来た旅費としての金子の殆どを残し与えている。

一方奥南蛮行きの一行が、メキシコ市を後にしたのは、チマルパインの日記によると一六一四年（慶長一九年）五月二十九日である。さし当たっての目的地は、メキシコの表玄関、メキシコ湾に面したベラクルスである。総勢三十人の一行は、東へ向って下って行った。その先にあるのは大西洋である。

メキシコ市からベラクルス町までは、およそ七五レグア（四二〇キロメートル）の距離である。五月の雨季とあって、辺りの風景は緑一色だ。西側の行路とちがって、樹木の高さも繁り具合も豊かだ。

その樹林の間を蛇行する山道を、使節一行はゆっくりと下って行く。途中名もない部落で二泊を乞うたのち、チョルーラの町に着いた。

ここはピラミッドの在る町としてメキシコでも古くからの観光名所なのだ。ピラミッドといっても、高さは八〇メートル程で、形も石段状で登り易く、頂上は平地となっている。その点、先の尖った三角錐を成し、高さも一三七メートルもあるエジプトはギザのクフ王のピラミッドの威容とは比す可くもない。

この違いは、ピラミッドを建設した用途にある。

エジプトのピラミッドが、亡くなった王の権威を誇張するための墳墓であるのに対して、メキシコのピラミッドの基本となるのは、あくまでも太陽の神への信仰心なのだ。少しでも太陽の神に近づけて、「生け贄（にえ）」という供物を捧げようとする、古代人たちの心情の表れとしての「聖なる石の階段」それが、チョルーラのピラミッドなのである。

メキシコの古代帝国・テノチティトランのピラミッドも同じ趣旨からのものである。ピラミッド神殿の前庭で、生け贄の男の奴隷を台の上に仰向けに寝かせ、恐怖で暴れる奴隷を、屈強な男たちが数人がかりで抑えつける。手に石のナイフを持った神官が、奴隷の胸を切り裂いて心臓を剔（てき）出する。切り取られた心臓は、神官の掌の中で激しく動く。つまり自律神経の作用で鼓動を続けるのだ。この動きが激しい程、太陽の神は喜ばれる。こうして人身（にんじん）から離された心臓は、ピラミッドの頂上の祭場で太陽に捧げられる。生け贄の血は、メキシコの古代人アステカ人たちの至誠そのものなのだ。

チョルーラの町は、「鏖殺（おうさつ）の地」としても、青史にその名を留めている。

一五一九年ベラクルスに上陸した征服者コルテスの部隊は、途中トラスカラなどの村々を殲滅（せんめつ）しながら、やがて当時としては、人口の多い町チョルーラに到る。此処でコルテス軍は、予期せぬ反撃を受け苦戦を強いられたのだ。そのため、何人かの腹心の部下を失った司令官の怒りは極限に達する。蕃刀と弓矢しか持たない村人たちに対して、小銃はおろか大砲などのあらゆる砲火を浴びせたのだ。戦火の熄んだ跡には、インディオたちの好物、イグアナの一匹も生き残るものは居なかったという。

「鬼武者のやっごどは、何処の国でも同ずもんだなや」

ソテロの説明の後、重苦しい空気の中、常長が呟いた。

――あれはお屋形様が、十九歳の時でござったなぁ――

天正一三年（一五八五年）政宗が、小手森城を攻めた時、敵方の男女八百人を皆殺しにしているのだ。戦いの跡には犬一匹とて、生き残るものは居なかったという。「伊達の若輩者めが」と嘲弄に及んだ大内定綱への、政宗の瞋恚が炸裂した結果の大殺戮であった。

当時、常長は未だ十五歳である。城勤めの者からその話を聞いた時、何故か震えが止まらなかったのを、常長はつい昨日の出来事の様に思い出していた。

チョルーラの町にも、フランシスコ会派の立派な聖堂が在る。使節一行はその夜、聖堂に止宿を求めている。

「明日は、いよいよプエブラの町でございますよ。プエブラは今までの村々とはちがって、此の街道では最も賑やかな処です。無論闘牛場もございます」

夕食時のソテロの話に、会場は一瞬、明るく響動んだ。

メキシコ市からプエブラまでは、距離にしておよそ一三〇キロある。海抜二一〇〇メートル程の高原の町だ。首都メキシコ近くの静かな土地柄とあって、プエブラは昔から、富裕層の絶好の保養地なのだ。

東の旧街道は、メキシコ湾に向かって常に下っている。おのずから旅人の足取りも軽い。お蔭で日没前に、一行はプエブラの町に入ることが出来た。町の入口には、市長ドン・トリスタン・デ・アレサノの配下の者たちが、大勢で出迎えてくれた。

副王グアダルカサル侯は、一行がメキシコ市を出立するのに先立って、使節一行の旅の安泰に資する旨の、通達を出してくれていたのだ。それは行政面に限らず宗教の会派、特にソテロの所属する聖フランシスコ会派の各管区長にいたるまで、手広く展布されていたという。

謁見するまでは、取り付く島もないほど素っ気無さが目立った副王である。しかし、ひと度大使支倉と対面したグアダルカサル侯は、常長の款(まこと)を貫き通した態度に、強く打たれるものがあったという。

プエブラの町は陶器の産地でもあって、町のいたる処に、美しく彩色された陶板を当てた建物が並び、使節一行の心を和ませる。サン・フランシスコ聖堂に旅装を解いた一行は、町長心尽しの饗膳に讃歎しきり、旅の疲れを癒したのは言うまでもない。更に土地の興行物(もの)として名高い、闘牛見物をも堪能した後、先を急いだ。

旅なかでの思いがけない歓待は、旅人の心身の生気を甦(よみがえ)らせる。一行は足取りも軽く、ベラクルスに向って旧街道を下って行った。

やがて、アカツィンゴ、ペロテを経てハラパの町に着いた。ハラパも高原の町で、標高は一四〇〇メートル程。ここはメキシコの最高峰オリサバ山の北稜に栄えた町である。やはり高地とあって昔から人口が集中し、文化の度合いも高い町だ。

「涼しくて快適な旅が出来るのは、このハラパの町までで、此処から下るにつれてどんどん暑くなりますよ、皆さん！」

夕食の時、ソテロが告げる。

北緯二三度二七分を走る北回帰線より低緯、つまりその内側にすっぽりはまるメキシコは、本来熱帯圏の国である。高地に在る首都メキシコ市などは兎も角、海岸附近は正に暑熱炎熱の地。中でもベラクルスの町は、メキシコ人にとっても嫌忌著しい処らしく、彼らは一様に吐き捨てる。

「ベラクルス？　あそこは駄目だ！　死ぬ、暑くて！」

その暑熱の町ベラクルスへ、一行は標高一四〇〇メートル以上の町ハラパから一気に下って行く。それも雨期の最中の六月にである。

使節団がベラクルスの町に着いた日付は、定かではない。ソテロが予告した様に、兎に角暑い。ベラクルスの町は、石で固められた要塞である。しかもその全体が焼けた石で構成されているのだから堪らない。それでもこの町は、メキシコにとっては大西洋に面した表玄関として、重要な役割を果たしている。一五一八年にスペインの探検家による発見後、征服者コルテスは、このベラクルスから一気呵成にメキシコを蹂躙・制覇して行ったのだ。コルテスはこの町をベラ（Verdad＝真の）・クルス（Cruz＝十字架）と名付けた。その真意は定かではない。

ベラクルスの町の外れ、メキシコ湾の海水が打ちつける岩壁からおよそ一〇〇〇メートル程の沖合いに在る小島は、サン・ファン・デ・ウルワ島だ。ここには、コルテスが築いたとされる砲台がある。

夕方、使節の面々は宿舎のサン・フランシスコ聖堂を抜け出して、この船着場にたむろし、沖のサン・ファン・デ・ウルワの島の仄かな明かりを眺めながら、潮風に涼を求めている。やがて数日後には、この岩壁から迎えの軍船に乗って奥南蛮に向かう。大西洋には、それまで日本人が渡った記録はない。

そんな話をソテロから聞きながら、使節員たちは一様に黙りこくって、海を眺めている。

海の彼方に、昏(くら)く、大きく立ちはだかる奥南蛮という未知の世界に、自分は今まさにこの身を投擲(とうてき)しようとしているのだ。おのずと、身の引き締まる思いにかられる。それは、戦場(いくさば)での、飛(ひ)箭(せん)の雨の中に突入する直前の戦(おのの)きとは異なる、もっと遥かにきつい〝縛り〟なのだ。

さて、大方の資料によると、支倉使節団が迎えの軍装ガレオン船に乗ってベラクルスの岩壁を離れたのは一六一四年（慶長一九）六月十日のこととされる。そして、キューバのハバナに着いたのも、資料的には一様に七月二十三日となっている。従って使節一行は、この間四十三日も海の上に居たことになる。

――一寸長過ぎはしないか――

この辺りの地図を見ても、ベラクルスとハバナは、いくら当時の風まかせの帆船とはいえ、一ヶ月半もかかる程離れてはいない。航海中猛烈なハリケーンにでも遭遇して難破同然にでもならない限り、考え難い日数なのだ。誰が抱いても不思議ではない疑問の筈である。

この問題に対して明解な答えを出したのが、高橋由貴彦氏である。その著『ローマへの遠い旅』の中の一部分をお借りする。

『ヴェラクルス・ハバナ間のわずか一四四〇キロメートルを、なぜ四十三日間も航海に要したの

だろうということである。（中略）
これもまた推定であるが、私はこの問題を次のように考えてみた。ヴェラクルスのウルワ港を出港したのは、六月ではなくて実際は七月ではなかったのか。イタリア語で六月はGiugno、七月はLuglioに対し、スペイン語ではJunio(フニオ)とJulio(フリオ)であるように、外国人にとってひじょうにまちがいやすい発音である。イタリア人書記官のシピオーネ・アマティは、この点を聞き違えたのではないだろうかと思うのである。
いま、かりに七月十日を出航日とすると、すべての疑問は氷解する。即ち、メキシコ市、ヴェラクルス間は四十三日となり、正しいと考えられるし、海上でのヴェラクルス、ハバナ間は十三日を要したことになり、一日平均一一一キロメートルの航海――（後略）』
正に、肯綮(こうけい)に中(あた)っている御指摘であろう。
筆者も、支倉遣欧使節一行が、七月十日にベラクルスを出立したとする高橋氏の説を擬(ぎ)するに吝(やぶさ)かではない。
一行を迎えたのは、アントニオ・オケンド司令官率いる武装ガレオン船だ。何故軍船なのか。それは何も使節一行を護衛する目的ではない。ベラクルス港はメキシコにとっては表玄関で、此処は本国イスパニア（スペイン）に送るため、メキシコ全土から銀を始め数多(あまた)の〝お宝〟の集積地なのだ。加えて、メキシコ湾の内外は、イギリスをはじめとする各国由来の海賊が、跳梁跋扈(ちょうりょうばっこ)を極める場所柄だ。これは、そのための軍船なのである。
厳戒態勢の中、一行は七月二十三日、無事にキューバのハバナ港に到着する。当時のキューバはスペイン領である。此処でも一行は、サン・フランシスコ会の教会に宿ることになる。

ハバナを出ると、後は二ヶ月に及ぶ長い航海が控えている。メキシコとは違って、いたって伸びやかな情感あふれるハバナの人々や、色彩豊かな自然と風俗の中で、使節員たちは祖国の楽曲にはないリズミカルなサンバの音色に、酔い痴れたであろう。

十五世紀の末に、スペインの女王イサベルの手厚い支援のもと、コロンブスがキューバのハイチに到達した時、初めて発したのがこの言葉だ。

「キューバは、地上でこれまで人の目にふれた中で、最も美しい土地である。」

以来キューバは〝カリブ海の真珠〟としてもて囃されて来た。およそ七年に及ぶ長い無聊（ぶりょう）の旅の中、唯一心底から寛げた土地、それがキューバのハバナであったろう。

ハバナにはメキシコ全土から、更にはカリブ海全域から、様々な高価な物産を満載した船が集結する。やがてそれは大きな船団を組んで、本国イスパニアへと舳（みよし）を向けるのだが、船団は完全に武装した多くの軍船ガレオンで警固される。当時のカリブ海や大西洋は、イギリスのフランシス・ドレイクを筆頭に、名だたる海賊たちが、これらエスパニアの輸送船を好餌（こうじ）として付け狙っていたのである。

ドレイクが強奪して、時のイギリスの女王エリザベスに献じた財宝は、金額にすると時のイギリスの国家予算に匹敵する程の厖大なものだったという。そのためエリザベス女王はドレイクに、スペイン船に限り掠奪を許すという〈允許状（いんきょじょう）〉まで与えている。剰え（あまつさえ）、女王はドレイクを正式の英艦隊の司令官に任じ、やがては貴族の称号まで与える始末。つまりイギリスにとって、スペインの新大陸（メキシコ等）からの財宝船を襲って掠奪する行為は、一つの〈国家事業〉とも位置付けられるものであったのだ。

当時のスペイン人は、エリザベス女王を「悪魔娘」と呼び、ドレイクにいたってはこれを「ドラゴン」と綽名として蛇蝎の如く忌み嫌ったという。

そんな曰く付きの海大西洋へ向け、スペイン財宝船団がハバナの港を解纜したのは、八月七日のことである。支倉使節一行は、ドン・ロペス・デ・メンダリス将軍麾下の護衛艦隊に守られた、財宝船団の中のガレオン商船〈サン・ヨセフ号〉に便乗している。ハバナから奥南蛮スペインへの航路は、北米フロリダ半島とキューバとの間のフロリダ海峡を経て、アンドロス島の北端をかわし、バハマ諸島の島嶼間を擦り抜ける様にして、大西洋へと出て行く。

太平洋は読んで字の如く、比較的穏やかな海とされる。これに対して大西洋は、ひと言でいうと気性（気象）の荒い海だ。その原因として挙げられるのは、南北両大西洋に居座っているアゾレス高気圧と呼ばれる亜熱帯高気圧の存在だ。この高気圧から吹き出される激烈な貿易風が暴れまくる。更に、高緯度の北大西洋には寒冷前線が陣取っていて、その上部には厄介な低気圧が群をなして出没を繰り返して荒れ狂っている。つまり大西洋はカリブ海、メキシコ湾を含めて、年がら年中強風と高浪の支配下にあると言えるのだ。

そんな悪条件の多い大西洋ではあるが、帆船の走行に当たって重要視される潮流に関しては好ましい材料がある。それは「フロリダ海流」と「カナリア海流」の存在だ。メキシコ湾からの流れがフロリダ海峡という狭いノズルから噴出され、海流となって北部大西洋を北東に走ってヨーロッパへと向かっている。これがフロリダ海流で、カリブ海の島々や北米東海岸周辺からヨーロッパ往きの帆船には、有難い存在だ。逆にヨーロッパからの帰りは、北緯二〇度の低緯度にある西インド諸島に向かって逆走するカナリア海流に乗ることになる。

無論支倉一行も、こうした往復のルートを利用して、日本人初となる大西洋横断の快挙をなし遂げたのだ。

ハバナを出てフロリダ海峡を抜けると、海上は諸島群島の島々で埋め尽くされて、まるで碁盤上に並べられた碁石の迷路を、縫うようにして船団は進む。如何に通い馴れた航路とはいえ、航海士たちにとって一刻も気を許せない、極度の緊張を強いられるルートである。

島だけではない。暗礁や突風への対応で、船内は水夫たちの掛け声や時には悲鳴にも似た大声で、俄然火事場の様相を呈し、乗客たちの心胆を寒からしめる。

そんな喧噪（けんそう）が収まったのは、一週間ほどしてからだ。船団は漸くバハマの難所を凌いで、広大な大西洋へと漕ぎ出すことが出来た。

第四章　荒ぶる海、大西洋

一、ソテロの教示（カトリックとは）

そんな或る日、ソテロから、船尾楼甲板に在る居室に来るようにと、使節一行に使いが来た。サン・ヨセフ号ではソテロも一乗客に過ぎない。それでも遣欧使節という一国の代表者としての格式を重んじてか、船団側はソテロと支倉に船尾楼の船室（キャビン）を宛がったのだろう。

「ハバナから目的地エスパニアのサン・ルーカル・デ・バラメダ港までは、約六十日間の航海です。先刻、この船の航海士に聞いて来ました。太平洋とちがい、大西洋の気象は言うなれば、手のつけられない暴れ馬の様だと、申しておりました。

でも大丈夫です、皆さんはすでに洗礼を済ました人ばかりです。つまりイエス・キリストの御子となられており、その御加護が約束されたからです。ただし、ハセクラ殿だけは、イスパニアの都マドリードに着いてからの受洗となります。その様にこのソテロめが取り計らいました。

それでは、これからの航海の安全を願って、祈りを捧げましょう。皆様も御一緒に私に続いて下さい。

〈主よ。あなた御自身が言われた通り、あなたは私たちを耐えられないような試練に遭わせることはなさいません。

あなたに感謝します。あなたは試練に遭って御前で祈るわたしたちを救い出してくださるからです。アーメン――〉

さあ、それでは皆さん航海中何か困った事や不足するものがあったら、遠慮なくこのソテロに申し出て下さい。ただし、船酔いについてだけは駄目です。恐らく私自身も〝オネンネ〟そう寝た切りでしょうからね。

二ヶ月という長い長い航海です。又皆さんと一緒に勉強することを、このソテロは、とても楽しみにしています」

太平洋を越えて来た時のサン・ファン・バウチスタ号のソテロの居室、グレートキャビンと異なって、サン・ヨセフ号での船室は一回りも二回りも狭い。そして船尾楼の高所に在るので床の傾斜もきつい。そんな中で、支倉大使と板壁一枚で隣り合わせの生活である。

しかし、今のソテロの心には、何故か安らぎが感じられる。それは、司令や船長としての責務からの、解放感に依るものなのか、あるいは故郷セビリアに帰れる悦びに由来するものなのか、ソテロ自身にも良く分からない感慨（がい）なのだ。

「ソテロ様、メキシコ市でのことでござるが、拙者良く〝カトリック〟なる言葉を耳にし申しました。カトリック教とは一体如何なる教義でございますか？」

ある日、ソテロのキリスト教理の説明が終ったのを見計らって、小寺外記が尋ねた。

「カトリック?!」

ソテロの丸くて大きな目玉（め）が、更に瞠（みは）られる。

「ゲキ様は、時々このソテロ奴の肝を潰す様な質問をなさる。えーとですね外記様……世の中は人間が増えれば増えるほど、多様性も伴います。つまり人間そのものの能力や性向が複雑化します。そうなると、ある理念に関しても、その解釈・理解の程度に差違が生じますよね。

思い出して下さい。ユダヤ教の深くて、重苦しい教義と戒律に、背を向けた大衆を。そしてもっと軽快で親しみ易いキリスト教、つまり〈新約〉の世界へと導いたのはイエス・キリスト様です。

ところが、今世紀つまり十六世紀になると、更にキリスト教の体系そのものの単純化を求める動きが出て来たのです。それは〝プロテスタンティズム〟抗議主義あるいは抵抗教理と呼ばれるもので、ドイツのマルチン・ルターを中心に提唱されました。彼等の言い分はこうです。

『現行のキリスト教は、複雑にして怪奇な教会を基底に置いて、その宣教を展開している。其処にはただ、時間的・物質的な無駄が滞留しており、一般的な民衆の理解とは遥かに懸け離れた処に在るものだ。』

こうしてルターは、新教＝プロテスタントを掲げて、次の三つの理念を提示したのです。

（一）信仰主義　（二）万人祭司主義　（三）聖書主義

この三つです。それぞれの意味については、後で御説明します。

ルターの思わぬ抵抗運動の出現は、ローマを中心とするキリスト教会側を震駭させたのは、言うまでもありません。

おう、大分船が揺れて来ましたね。もっとも、このヨセフ号も結構古い船のようですから」

そう言って、ソテロは周囲を見回した。

帆船に纏わる〝音〟は様々だ。船体にぶち当たる怒濤の轟音、帆布や帆綱それに帆桁そのものをも揺るがす、悲鳴にも似た風の音、船自体の発する軋み音と、船の傾斜に伴う物品の転がる音、そして乗員たちの叫び声だ。

そしてこれらの〝音〟は、風波の大きさと連関して、その大小が決まる。
乗客たちは、ひたすらその〝音〟だけに五感を集中して、怯え、時には安堵しながら船に身を委ねるしかない。

「一五二一年ルターは遂に、時の皇帝カール五世の審問を受けました。その舞台は、神聖ローマ帝国の議会の影響下にある〈ヴォルムス国会〉でした。

この時ルターは、自己の掲げる〈教義〉の撤回を拒絶したために、議会は勅令を発して、ルターを〈異端者〉として処罰することを決定したのです。この時ルターが言い放った言葉が、とても印象的だったといわれます。

『私の良心は、神の言のみに縛られている』

この〝神の言〟とは、正に聖書を意味します。ここでルターが言いたかったことは、キリスト教が基づく可き唯一の典拠は、〝聖書に在る神の言のみ〟ということでした。これが先に、ソテロが申しました新教の「聖書主義」の意味なのです。

更に、新教プロテスタントが最も強く主張する〈信仰主義〉とは、一体どういうことなのでしょう。

ルターは言いました。

『罪深い人間を救済することは〝義〟つまり良い事である。そのためには先ず神を信じること、信仰することこそが〝義〟なのである。

信仰を第一とする個人の内面つまり心的態度は、この時点で神の御心と直接つながることが出来る。其処にはもはや、他のいかなる存在も介入出来ない緊密な形が生まれる。この事は、以前のキリスト教が用いて来た〈秘跡〉の如き、煩雑極まりない作法など、無用であることを意味する。

信仰は個人的な、自由なものでなければならない』

このルターの言葉の中の〝秘跡〟とは、何か知っていますか？　外記ドノ。前にも何度か、ソテロは説明しましたが……」

「はい。〝秘跡〟とはサクラメントと申しまして、キリスト教信仰にかかわる様々な儀式・作法のことでございましょう」

「例えばどんな儀式がございますか？」

「えーと、例えば入信の時の洗礼、そして堅信の儀とか……」

「そうです。更に聖餐の儀もありますね」

「あ、それから赦しの儀や病める者への塗油もありました」

外記の顔は、緊張のあまりか紅潮して汗が滲んでいる。

「外記ドノは素晴らしいです。これまで思い出したのは、洗礼・堅信・聖餐・赦し、そして塗油の五つですね。あと二つあります。それは叙階と結婚です。

こうして並べてみると、確かに煩雑ですね。しかもこれらの諸作法を、正確に取り行うためには、これを司る僧職の存在が求められます。

ルターは、この僧職の存在が、神と個人との自由で密接な内的つながりの妨げとなると主張するのです。要するに神とこれを信仰する個人の間に、職業人としての祭司は不要である。何故ならば、信仰者自身が祭司として神と向き合えば、それで充分であるという考えがあるからです。

ここに〈万人祭司主義〉の主張が生まれたのです」

「然れば、こういった新しい解釈が突然出現したために、エス様の教義は〝古いもの〟つまり旧教として押し遣られたのでござるか？」

「ゲキドノ、〝押し遣られた〟というのは、正しい表現ではありません。イエスの教義としてのキリスト教は、厳然として在ります。

しかし、ルターらのプロテスタンティズムの出現は、否応無しに、我々の携ってきた従来のキリスト教の体系の見直しや、是正の必要性を強いられたことは事実です。

こうして生まれた観念こそが〝カトリシズム（Catholicism）〟なのです。

さぁ、ゲキドノ。貴方がメキシコ市で聞いたという〝カトリック〟に、今、漸く辿り着くことが出来ました。本当に、長い長い前置きとなりましたね。このソテロも少し疲れました。皆さんと御一緒にイエス様に祈りましょう。

〈主である神よ。あなたに感謝します。

あなたは地上の旅路で日々、誘惑をお受けになったがゆえに、わたしたちの苦難を完全に理解してくださるからです。

あなたを導きの星として仰ぎ見ます。アーメン〉――」

キューバのハバナ港は、ほぼ北回帰線上に在る。ハバナを出た大船団は、ゆっくりとバハマ諸島の島々の間を抜けた後、針路を東北東の北緯三〇度に向けて進む。

聞こえるのは、絶え間なく続く風の悲鳴と、打ちつける波の音だけである。

この先の航海中の懸念事項として考えられることは、二つだけだ。

一つは猛烈な嵐、ハリケーンの秒速四〇メートルを超える暴風の脅威である。有史以来どれ程の帆船がその餌食となったことか。

二つ目は海賊の襲撃による、殺戮と掠奪行為である。

あの〝カリブ海のドラゴン〟こと、イギリスのフランシス・ドレイクの配下の海賊たちは、大西洋上北緯三二度附近の英領バミューダ諸島を主な根城として、跳梁跋扈を欲しいままにしているのである。

「カトリック（catholic）は、元々ギリシャ語の〈katholike〉に由来します。その本来の意味は〈普遍的〉〈普遍性〉――つまり〝全てのものに通じる性質〟なのです。おやおや、ここでいきなり難しい言葉が出て来ましたね。〈普遍〉とは一体、何者なのでしょう？」

ソテロの説明は続く。要約するとこういう事だ。


十七世紀に入ると、それまで〝公用語〟として多用されて来たラテン語そのものに、衰退の兆しが見えて来た。人々は複雑で、黴にまみれたラテン語に代るもっと新鮮で明解な〝公的用語〟を求めたのである。識者の間では、盛んに論争が巻き起こる。いわゆる〈普遍論争〉だ。こうして新しく誕生したのが、〈普遍言語（universal language）〉と呼ばれる、言わば〝人工言語〟。この人造語は、やがて〈国際汎用言語〉として主にヨーロッパに定着したのである。

こうした論争の中で、常に論旨の〝核〟に在ったのが〈普遍〉という言葉。これは〝あらゆる事柄〟〝あまねく行きわたる〟を意味する。

新教プロテスタントの基本は、〝個人〟であり〝単独〟である。ならば、われらはカトリシズム（catholicism）、普遍性を土台とする〈天主教〉・〈カトリック教〉で行きましょうとなった。〈普遍〉を標榜する限り、カトリック教は、教会といううす暗い狭い空間から、広い世の中に飛び出して行かねばならない。

例えば、政治・経済・文化・社会的活動などの、あらゆる分野、もっと強く言えば挙世そのものを、神による救霊の対象とする必要がある。この事が成されて初めて最高の、しかも完全なヒューマニズム（integral humanism）に到達出来るのだ。

「たとえ〝旧教〟と軽んじられようとも、私たちの信じるキリスト教義の視野は広大で無辺なのです。これこそがカトリック教の、真の姿なのです。

これからは、もっとカトリックという言葉を、わたしたちは臆することなく使って行きましょう。貴重な問題を提唱して下さいました、ゲキドノに感謝します」

こう言って、ソテロは話を締め括った。

「風が出て来た様だ！」

誰かが独り言つ。

「大分揺れて来ましたね。今夜は相当海も荒れそうです。これがカリブ海の、大西洋の本性なのです。皆さんも呉々も気を付けましょう。

それでは祈ります。ヨハネの福音書によると、神はこう申されました。

〈はっきり言っておく。

あなたがたが私の名によって何かを父に願うならば、父はお与えになる〉

では御一緒に！

〈父である神よ。

わたしのあなたへの祈りが福音を広めるために役立ちますように。

祈る時、わたしを導いてください。

あなたの御名がたたえられますように。アーメン〉――」

二、狂瀾

ソテロの危惧通り、その夜おそく船団は猛烈な時化に掴まった。

ハバナで船団編成をした際、先ず艦隊司令が各船に連絡したことがある。

「はっきり言って、大西洋に海賊と嵐は付きもの。必ず遭遇するものと覚悟していただきたい。

ついては、次の三点を心得ておくこと。
(一) 嵐の中でも、出来る限り船団を離れないこと。
(二) 若し、止むを得ない事態が起き、船団から離脱し、運悪く海賊に襲撃された時は、無理して闘ってはならない。積荷より人命が第一だからである。
(三) 強い時化で、船団を維持出来なくなった場合は、各自の判断と努力で、北緯二七～八度の〈カナリア諸島〉を目指せ。

知っての通り、カナリア諸島は我がスペイン領である。以上——」

ハバナで司令官ドン・ロペス・デ・メンダリス将軍からのこの通達を聞いた時、支倉遣欧使節一行の間には、いささかの憂懼(ゆうく)の動きも無ければ動揺すら見られなかったのだが、それが現実となると、その凄まじい大自然のエネルギーにただただ畏伏(いふく)するしかなかった。航海中の暴風に関しては、一行はすでに太平洋上で何度も体験している。しかし、ここ大西洋の颶風(ぐふう)の凄まじさは、まるで桁違いなのだ。

「トルメンタ(嵐だぞ)!)」

水夫が甲板上で叫ぶ間もなく、周囲の空間は急激に暗さを増す。途端に船は大きく揺れ、物が音を立てて転がる。

「甲板には出るな、流されるぞ!」

誰かが、よろけながら客室を出ようとしているのだ。狭い空間にいるのが、不安を余計煽ることになるからだ。船首の航海室や、船尾の船長室のグレートキャビン前に在る操舵機周辺は、まるで火事場の様相だ。

ぐんぐん降下を続ける気圧計が、無気味さを増長させる。つい先刻まで明るいブルーだった海水が、今やどす黒い鉛色と化して、大きなうねりを伴って船腹にぶち当たって来る。

何回目かの巨浪に、サン・ヨセフ号は先ずその船首斜檣(バウスプリット)を圧し折られ、波間に持ち去られた。船の揺れは更に熾烈さをきわめ、船客たちは立っての歩行はおろか、物や壁につかまって歩くこともままならない。ただ、ひたすら船室(キャビン)の床に這い歩きをするか、反吐を吐き続けながら寝転がっているだけだ。

時折、船艙に近い大部屋のキャビンにも波が飛び込んで来る。その都度上がる悲鳴。全身ずぶ濡れになった乗客が、部屋のあちこちで跳梁している。かと思うと、一方では濡れ鼠のまま、微動すらしないで寝転んでいる者たちもいる。いずれも顔色は土気色を帯びて、無表情となってい る。床は吐瀉物に塗れて、そこからの悪臭がキャビン中に満ちている。

「これは！　阿鼻の巷、正に無間地獄そのものだ！」

様子を見に来た小寺外記も、思わず呟く。

小寺には、船酔いには強いという自負がある。しかし物につかまりながら、激しい揺れに抗っている彼の顔も、土気色からは免れてはいない。

次の瞬間、物凄い鳴動がしたと思うと、サン・ヨセフ号は大きく傾き、同時に小寺外記の姿も消えた。どっと客室に流れ込む海水。客室には、またまた悲鳴と怒号が渦巻いた。

やがて船態が復した時、大部屋の思いがけない隅端から、小寺が立ち上がるのが見えた。今の波で其処まで持って行かれたのだ。

この潮津波にも似た大波で、老船ヨセフ号は、又々前檣帆を破壊されるという痛手を被っている。

この時大使常長は、自室で日記を書いていた。低い板壁一枚を境界とする隣室では、ソテロが壁の十字架に向かって必死に祈りを捧げている。ヨセフ号の揺れと傾きが大きい程、ソテロの祈りの声も高まる。

流石の大波も、船尾楼甲板の二人のキャビンまでは襲って来ない。船尾楼甲板は、文字通りガレオン船の最後尾に在って、位置的にも最も高い位置に在るからだ。それだけに揺れは甚大だ。

サン・ヨセフ号は老船に近い。巨濤（きょとう）が船体にぶち当たる都度、苦悶の軋（きし）みの音を発する。

「何だべこら（何ということだ）。大丈夫（でえじょんぶ）なんだべが、この船っ子（こ）は？　おら何だが、むづまる（陸奥丸（むつまる）＝サン・ファン・バウチスタ号）の方が大船（おおぶね）さ乗った気がすたなあ。おうっとう！」

独り言（ご）ちていた常長が、次の瞬間大きく仰（の）け反った。船が、山の様な巨濤（きょとう）に舳先（へさき）を向けたのだ。一瞬平衡を保ったか、と思う間もなく、今度は濤（なみ）の急斜面を真っ逆さまに谷間に舳（へ）先を突き刺す様に落ちて行く。

これを鯨波・巨浪などと表現するのは、まだまだ生易（なまやさ）しい。正に、狂浪・怒浪・本濤（ほんとう）の類（たぐい）の大波が五百重波（いおえなみ）となって次々と襲って来る様は、まさしく海嘯（かいしょう）そのものであった。

こんな大暴風が、三日三晩も吹き荒れた後、漸く空が明るさを増したかと思うと、天候は急激に平穏を取り戻して行く。しかし船内の有様は、正に戦場の如き、混乱状態である。帆は風に千切れて、まるで襤褸（ぼろ）切れ、折れた帆桁も数知れない。

何よりも厄介なのは、船艙への浸水だ。二番艙はおろか、船底に近い三番艙までも水浸しなのだ。その汲み出しに、水夫たちや乗客までが必死で取り組んでいる。最も肝心なのは食糧庫で、その状況によっては、今後の航海そのものの動向に関わってくるからだ。

残念ながら、魚や肉、野菜などの生物（なまもの）の大半は、海水をかぶったため投棄の憂き目を見ることになった。パンやビスケット類も、黴が生え始めている。しかし、これを廃棄すると食料は皆無となるので、何がなんでも活かす工夫をせねばならない。賄い方の苦労も並大抵ではないのだ。

幸いな事は、こうした大きな船団には、非常用の食料や帆布その他の航海に必須の物質、資材を積んだ貨物輸送専門の船も伴走していることである。無論飲料水も補給して貰わなければならない。

記録によると、大西洋を渡った遣欧使節の船団は、この度の様な大嵐に三度も遭遇しているという。後々判明したことだが、この航海で失われた僚船は二隻とされ、それが浸水で沈没したのか、操船不能となり漂流しているところをイギリスの海賊船の餌食となったのかは全く不明であり、知る術すら無いのだ。

三、使節団の用船「サン・ヨセフ号」

大西洋の暴風圏を辛くも脱出した船団は、その衰憊（すいはい）しきった個々の船を抱き抱える様にして態勢を整えると、ゆっくりと目的地、北緯三六度八分地点のスペイン領サンルーカル・デ・バラメダへと針路を定めた。

サン・ヨセフ号は、未曾有の颶風（ぐふう）に辛くも堪えた。他の僚船の中には、帆柱を斬り倒して船体の沈没を免れた船も多数あった中、ヨセフ号はその前部（フレンテ）を破損しただけで済んだ。流入した海水も大方汲み出されて、船足も順調だ。

時折、マストから降って来る群から逸（はぐ）れたミズナキドリと覚しき海鳥の啼き声、風間や潮間を縫って響く、司令艦からの合図の砲声が、乗客たちの耳に届く。

「もう九月に入り申したのか？」

小寺外記が、ぼそっと独り言ちた。

「えーど、待でよっと。（えーと、一寸待てよ）」

常長が自分の日記帳を開く。

「えーどな、今は九月七日だべや、太郎左。」

「ああ、やっぱり。嵐続きで、まるで闇の中をさ迷っている様で御座いましたな」

今、船尾楼の支倉の船室には、他にソテロと今泉を加えた四人だけである。小寺は、大使支倉への扈従を命じられているから、食事と寝る時以外は何時も一緒だ。

つまり今日の客人は、ソテロと今泉である。

「支倉殿は、実に忠実に誌をつけていなさる」

今泉が初めて口を開いた。今泉は、伊達藩臣の中では位置的には支倉常長より上位の者だ。それが何故今、支倉に従って奥南蛮へ行こうとしているのか。この謎に対する解答は、やがて重大な結末を生むことに連なって行くことを、今は誰独りとして知る者は居ない。

「はでど？（えっ何でござるか？）……この書付の事だば？ はは、これば言うなれば、拙者の気紛れの業で御座いますな」

この時常長は、照れ気味に話を逸らしたが、旅の中彼が書き続けた日誌は、やがて十九冊もの厚みを重ねることになる。この〝十九冊の日誌〟を巡っては、常長の死後、仙台藩の藩医でもあり、日本でも高名な蘭学者でもあった大槻玄沢や、その孫大槻文彦らに、少なからぬ難題を与えることになる。

「ソテロ様、われらの乗る船は〈サン・ヨセフ号〉と申しましたな。ヨセフとは如何なる御仁であったのでござるか？」

今泉が問う。

「今泉様は、此の頃随分と耶蘇(やそ)づかれて、拙者にも航海中質問攻めでござった」

外記が笑った。

「今泉サマは、メキシコ市で受洗なさったですね。もっともっとキリスト教つまり、カトリック教の事を知りたいのでしょう」

ソテロは、外記を軽くたしなめると話を続けた。

「ヨセフという名はヨハネ、そう伊達の黒船の〝ファン〟はヨハネのことですが、そのヨハネと同様、大変人気のある名前なのです。

聖書の中で最も良く知られているのは、イエス様の父つまり大工のヨセフですね。マタイの福音書やルカ・マルコの福音に記述があります。

それから、皆さんも知っていると思いますが、イエスが磔刑(たっけい)で死なれた後、真先にその亡骸を引き取って、自分のために造っておいた真新しい墓に埋葬した人物、これもヨセフなのです。

このヨセフはイスラエルのアリマタヤの出身なので、通称はアリマタヤのヨセフと呼ばれています。彼は最高宗教議会(サンヘドリン)の議員の一人で、立場的にはイエスを糾弾(きゅうだん)する立場にあった。

しかしアリマタヤのヨセフは、イエスの叫びに耳を貸す、いわば「隠れ弟子」的な存在の人でした。このことは、マルコ・マタイ・ルカの各福音書に出ていますよ。

もっと古い歴史の中にも、ヨセフは居ます。少し話が長くなるのですが……宜しいですか？」

ソテロは一同を見回した。

「このソテロ的には、この〈ヨセフ〉が聖人として、この船名にまでなった人物と考えるのですが……それは、このヨセフの父がヤコブだったからです。母は美貌の人ラケルです。一寸複雑になりますが、話を続けます。

ヨセフの兄弟は、腹ちがいの兄達も含めて十二人いて、ヨセフはその十一番目の弟として生まれたのです。この時父ヤコブは九十歳の高齢でしたが、何人目かの愛妻ラケルの産んだヨセフを溺愛したのです。ほら、〝年老いてからの子は可愛い〟と日本でもいいますよね。

長じてなお、このことを快く思わなかった異母兄弟たちは、ある時兄弟だけでシュケムの町に羊を買いに行くことにします。そして事もあろうに、旅の途中出逢ったラクダの隊商に、弟ヨセフを奴隷(どれい)として売ってしまったのです。当時の子供の奴隷の相場は、銀二十枚でした。隊商の男はヨセフを通れてエジプトへ行くと、王(パロ)の高官に売ってしまったのです。紀元前一八九八年のこととされています。

普通ですとここで話は終わりますよね。ところがこのヤコブの子ヨセフは、只者ではなかったのです。利発なヨセフは、異国に於いてもめきめきとその頭角を現します。奴隷(どれい)の身でありながらヨセフは、遂にはエジプトの首相にまで登りつめたのです。そして高名なエジプトの祭司の娘アセナトを妻として、二人の子供が出来ました。マナセとエフライムです。

皆さん、この二人の名前以前聞いたことありませんか？　そうです、イスラエルの十二部族の中に、この二人の名前がありましたね」

マナセとエフライムの存在を指摘したのは、無論小寺外記である。

「モーセの後を継いだ猛将ヨシュアは、堅固な要塞(ようさい)エリコを攻略すると、瞬く間にカナン全土を占領しました。やがてカナンの地は、モーセについて遥々エジプトを脱出して来たユダヤの、十二の部属に〝くじ引き〟で与えられました。

マナセとエフライムの一族たちは、エルサレムの北部の町シケムを挟んで隣り合った土地、つまりイスラエルのほぼ中央部で地中海沿いの土地を引き当てました。更にマナセは、ガリラヤ湖の東部にも領地を得ています。要するにヨセフは、その二人の子達によってイスラエル全体の有力な地位を得たのです。

このことは、旧約聖書の最初の部分である創世記三十章や四十一、二章に詳しく書かれております。

今こうして、我々をイスパニア（スペイン）に向けて、黙々と運んでいる〈サン・ヨセフ号〉の名前の由来については、ここまでです。

次は皆さん、三番目のヨセフの父ヤコブについての面白いお話があります。これは皆さんのお国の〝スモウ〟にも関係するんですよ」

ソテロは悪戯っぽい目で笑う。何か良計（りょうけい）を得た時の彼の癖だ。

「ヤコブの本来の意味は〝踵（かかと）をつかむ人〟といいます。ヤコブは父イサクの双子の子として生まれたのですが、生まれた時兄エサウの踵をつかんで離さなかったので、ヤコブと名付けられたのです。

ヤコブの家系は、ユダヤ族やイスラム族にとっても、その元祖となる由緒正しいものなのです。何故ならヤコブの祖父アブラハムは、端的に言うとユダヤ教、それに続くキリスト教とイスラム教の父祖でもあるからです。この事は旧約聖書の創世記第二十五章から二十八章に明らかにされています。

ヤコブには、もうひとつ別の名前があります。それが〃イスラエル〃です。このイスラエルの原意は〃神への勝者〃です。一寸恐ろしい名前ですね。

この名前を分析すると、こうなります。

〈イシャラー〉＋〈エル〉。イシャラーは〃勝つ者〃を、エルは〃神〃を意味します。続けて発音すると〈イスラエル〉という複合名詞になるのです。

ならばどうして〃イスラエル〃の語が生まれたのでしょう。

ヤコブは、ユーフラテス川の上流の町ハランで、伯父を手伝って生活をしていましたが、二十年を経てから妻子を連れてカナンの地へ行く決心をします。その道中、ヨルダン川の東側の支流ヤボク川の渡場で、奇妙な夢を見ます。創世記三十二章の二十三節には、こう記されています。

『ヤボクの渡しで、ヤコブは夜、神と相撲（すもう）を取った。ヤコブは大腿骨の関節を外されながらも、ヤコブは神に組み付いて離れなかったので、根負けした神はこう言いなさった。

〈もうよい。お前は神に負けなかった。つまり〃イシャラーエル〃である。今後はイスラエルと名乗るが良い〉――』

こうして、ヤコブは別称イスラエルを名乗ったという訳です。

もうひとつ、お国の相撲に関する興味深い事実があります。それは〃スモウ〃という言葉は一体何処から来たのかということです。

〃ヤコブ〃という語は本来ヘブル語で〃ジュモフ〃と呼称されます。神（あるいは天使との説あり）と〃互いに倒し合い、勝ったのはシュモフ〃であったことから、この取っ組み合いのことを何時しか〝ジュモウ〟、そして〝すもう〟となったのでしょう」

〔筆者註＝ヤコブのヘブル語約は、「シャモフ」である。ヤコブ〈シュモフ〉は、神と組み合って勝利した男。以後〝取っ組み合い〟のことをヘブル語で〈シュモフ〉と称しそれが訛ってシュモウ→スモウと変化したと言われている〕

「〝すもう〟を漢字で書いたのを、ソテロは一度見たことがありますが、余り複雑なので忘れました。ゲキ様、教えて下さい」

「〝すもう〟という字は、えーと、ソテロ様何か書く物を……」

そう言いながら、外記は立ち上がった。

「［相撲］——漢字ではこう書きます」

「ああ、何か見た覚えがあります。ところで、それぞれの文字にはどの様な意味が？——」

ソテロの知識欲には凄まじいものがある。その好奇心は、むしろ貪婪といった方が相応しい。

来日当初、ソテロが京都で取り組んだ日本語、特に漢字や仏教語に対する知識欲の強さは、やがて切支丹説教に活かされたのだ。結果、ソテロの高度の日本語による説教は、日本人の信仰心を強く揺り動かし、先輩の宣教師たちも驚くほどの速さで、信者を増やして行ったという。

又その高度な日本語への識見は、政宗や常長の書翰をいとも容易に、しかも正確にスペイン語への変換を可能としている。

「［相］は、互いにとか共にという意味を表します。また［撲］は、打つ・ぶつかる・倒すといった趣旨でしょうか」

「ゲキ様の分かり易い説明、このソテロ大変感服致しました。つまり〈シュモフ〉とは〝互いにぶつかり・倒し合う事〟――神とヤコブことイスラエルがぶつかり合ってスモウを取ったという史実に連関するのですね。
　とても、とても不思議で、興味深い形ですね。ソテロまで感動しています」

四、小寺外記の正体

「ほんぬ（本当に）太郎左《たろざ》は物知《ものし》りだなや」

　常長が口を開いた。

「拙者もほとほと感じ入って御座るぞ」

　すかさず今泉が相槌を打つ。

「ところで、このソテロに疑問がございます。それはハセクラ様は、時々ゲキ様のことを〈タロザ〉と呼ばれますよね。それは何故ですか？　ゲキ様は別な名前をお持ちですか？」

「ハハハこれはすたり（したり）。遂に露見《ばれ》申すたが。ま、いがんべや（いいだろう）ここまで来たごったし（ことだし）なや！　太郎左。もはや、くさん（お前さん）の本性ば明がすても……」

「お屋形様が付けられた仮の名を、今取り払うことには拙者、随分の反噬《はんぜい》感と心痛を覚えまする……。されど、支倉様や今泉様が、強いてと申されるのであれば……」

「ほだほだ（そうだそうだ）。だがな太郎左、ここばもはや南蛮の地だべや。ソデロ様さ、くさんの本性ば明がすのに何の妨げがあっがや」

「分かりました。この小寺外記こと、小平太郎左衛門元成、得心の上は何もかも打ち明け申しましょう」

外記はそう本名を名乗った上で、重い口を開いた。

「あれは文禄四年（一五九五年）のことで御座居ます。私は、当時は未だ近習として、京は伏見の伊達屋敷に詰めておりました。そんな或る日の事……」

小平元成の身の上話は続く。


小平元成の祖先は、房総の千葉氏に繋がる。千葉氏中興の祖とされる千葉常胤が生を享けたのは、今から九百年前の元永元年（一一一八年）である。これは、あの平清盛や西行と同じ生年である。父は、源頼朝の宿将でもあった千葉常重である。千葉氏の祖先となる平常将が下総千葉郡に居を構えて以来、代々関東の名族として千葉氏を名乗って来た。

常胤は保延元年（一一三五年）二月、父常重より下総相馬御厨を受領した時、初めてその名を歴史上に現している。

〔筆者註＝十一世紀から十二世紀の間に、列島各地では、律令的な地方行政組織が解体して、中世的な郡・郷・荘園が成立して行く。「相馬御厨」も、大治五年（一一三〇年）千葉常重が、下総国相馬郡内の私領を、伊勢神宮に寄進したことによって成立した荘園である。その理由は、受領、つまり国守からの重い課役を逃れるためだった。この寄進によって、常重は下司（地主）という所職を得て、現地の実質的な支配者となり得たのである。」

常胤は、天養二年（一一四五年）、父常重より相馬の地を譲り受けて、「相馬郡司」となる。そして文治五年（一一八九年）、源頼朝による平泉藤原泰衡（やすひら）の征討、即ち奥州合戦に参戦した常胤は、「東海道大将軍」として指揮をとり、頼朝より勲功賞を拝受している。

その子息たちと共に得たこの時の所領は、以下の通りである。

（イ）陸奥国好島庄（福島県いわき市）
（ロ）行方郡（なめかたごおり）（福島県南相馬市周辺）
（ハ）亘理郡（わたりごおり）（宮城県亘理町）
（ニ）高木堡塁（ほるい）（宮城県松島町周辺）

常胤には、七人の男子がいた。順に並べてみる。

長男　千葉胤正（たねまさ）
次男　相馬師常（もろつね）
三男　武石胤盛（たけいしたねもり）
四男　大須賀胤信（おおすがたねのぶ）
五男　国分胤通（こくぶたねみち）
六男　東胤頼（とうたねより）
七男　日胤（にちいん）

〔筆者註＝日胤は僧の身でありながら、治承四年〈一一八〇年〉に平氏征討の令旨（りょうじ）により、小田原「石橋山の戦い」で戦死している〕

常胤の、この六人の子供たちのことを「千葉六党」と往時の世人は称えたという。その偉容振りを示す、エピソードが残っている。

寿永元年（一一八二年）、時の将軍源頼朝の嫡男、頼家誕生の時、その「お七夜の儀」を司った常胤は、自分の六人の息子たちにも声を掛けて、お祝いの席に出させた。

六人の息子たちが、一様に「白の水干袴」に身を整え、手に手に進物を持って一斉に現れると、主人の頼朝、政子夫人をはじめ、居並ぶ御家人たちも、思わず息を呑んだという。

六人兄弟そろって、その容姿容貌の美しさが、他を圧倒していたからだ。（『吾妻鏡』）

そう、この中の三男武石胤盛こそが、この作品の副主人公ともいう可き、小平太郎左衛門元成の直系の御先祖様なのだ。つまり小平元成の美男振りは、正に折紙付きのもの、なのであった。

ところで、治承四年（一一八八年）の時点では、下総（千葉）の一在地領主に過ぎなかった千葉常胤は、十年足らずの内に大領主へと変貌を遂げた。奥州合戦の折、父常胤に従って、軍功を挙げた三男武石胤盛は、父が頼朝から頂戴した領地のうち、陸奥の「宇多郡」「伊具郡」「亘理郡」の三領地を譲り受ける。（『吾妻鏡』）

やがて武石胤盛の子孫は、拠点を下総の「武石郡」から、陸奥の「亘理郡」に移して、「亘理郡司」としての地歩を固める。暦応二年（一三三九年）、鎌倉末期のことである。

時代は室町期に入り、武石一族は姓を「亘理」と変えて、北上する伊達氏の麾下に入る。しかし幸いなことに自治権は安堵されて、亘理氏は「亘理砦主」としてその所職を持ち続けた。

しかし、天正一九年（一五九一年）九月二十三日、政宗は秀吉の命で、領地を出羽国米沢から、陸奥国岩出山に移した折、亘理氏も約三百年間守り続けた「亘理要害（砦）」から、「遠田郡の涌谷（わくや）」へと移動を余儀なくされたのであった。ここに鎌倉以来の約束の地「亘理郡」を去ることになったのである。

小平元成の先祖の初代は、「小平宗隆（むねたか）」である。この宗隆は武石胤盛直系の十六代目であった。宗隆には男児が無かったため、娘を後に伊達家十四代の藩主となる種宗（たねむね）の側室とし、その嫡子元宗を亘理家十七代として残した後、宗隆は小平地区に隠居の身となった。そこは同じ亘理郡内の阿武隈山脈の麓に位置する陽当たりの良い丘陵地である。

名を「小平大閑齊（だいかんさい）」と改めた宗隆は、小平家の二代目として二女に婿殿重隆を当てて、弘治二年（一五五六年）七月二十一日、苦難に満ちた生涯を終えた。

享年六十四であった。

小平家の家禄は、宗隆が小平に居を構えた時、伊達氏から隠居料として、七百石を頂戴している。

その知行地は次の五地区である。

（一）大畑浜　（二）長瀞（ながとろ）浜　（三）吉田（よしだ）　（四）花釜（はながま）　（五）小平（こだいら）

このうち大畑浜・長瀞浜・花釜は、太平洋の海岸沿いに位置している。吉田地区は浜手と山手を含み、小平は山手、つまり阿武隈山脈の麓に在る。

総石高七百石を隠居料として頂戴した小平家の初代宗隆は、号を「大閑齊」として悠々自適の生活に入っている。つまり小寺外記こと小平太郎左衛門元成は、千葉常胤の三男武石三郎胤盛の血筋を引く、歴とした武士であった。

少年期の小平元成は、当時の日本人としては背が高く、目鼻立ちの整った、しかも色白の美少年であった。この美貌振りは、後年渡ることになる、ヌエバ・イスパニア（メキシコ）や、ローマ人、つまり異人たちの眼にも美丈夫と映じた記録が残っているので、恐らく本物だったと考えて良い。自己の領地にそんな美少年が居るのを、当時の大名が放っておく筈はない。やがて元成少年は、近習として、政宗の膝下に身を措くことになる。

事件は、政宗の京都の邸、つまり伏見城内の伊達屋敷で起こった。庭師として伊達邸に入り込んだ若者を、元成が秀吉方の間諜つまり「まわし者」と睨んで、一刀の下に斬り捨てたのだ。一般的に間諜は、その正体が見破られたら、自ら命を絶つか、厳しい詮議の末、罪状を突き止められた上で斬られるのである。それを、少年の勘だけで一気に斬り捨てたのだから、騒ぎは大きくなった。しかも件の伊達邸が、秀吉の持ち城「伏見城」内に在った事が、更に問題を複雑なものにした。

伏見城は、文禄元年（一五九二年）に、京都東伏見山の上に秀吉が築き上げた、それこそ秀吉自慢の居城なのだ。その城内の一部に、いわば厚意で伊達政宗にも邸を構えさせたのである。

秀吉としては、よしんばこの間諜が本物であったにせよ、自分の城の中を見回らせる警備員ぐらいの軽い気持で放った「くさの者」だったのだろう。それを、有無をも言わせず斬り捨てられたのだから、どうしても腹の虫が収まらない。

「斬った小童を、即刻引き渡せ！」

連日の矢の催促に、困り果てたのは政宗であった。

政宗は城の一部を借りている、いわば間借人である。それが、悪さをした自分の子に「お仕置」をするから、こちらへ寄越せと、性悪の大家から要求されているようなものなのだ。

　今、秀吉に引き渡したら、近習小平の命運は目に見えている。悩み抜いた末に政宗が出した結論が、「薙髪」つまり、小平の髻を切り落として、高野山に登らせるというものだった。その証拠として、小平元成の髻は、秀吉の許へ送られた。

　武士が薙髪するということは、当時としては相当重い仕置きである。秀吉としても、政宗の奇策ともいう可き処置に、一応納得させざるを得なかった。

　政宗にとって幸いだったのは、奇しくもこの年、文禄四年（一五九五年）は、秀吉が甥の秀次を見限って高野山に押し込めた年でもあった。

「取り敢えずは高野山に置いて、本当の仕置はその後の事じゃ」

　秀吉は、自分の甥秀次にも、全く同じ過程で遂には「切腹」へと追いやっているのだ。

　秀吉の聖山高野山への思い入れの深さは、信長譲りのものである。天正八年（一五八〇年）八月、信長は重臣の佐久間信盛を高野山に追放した。信盛は、充分な兵力と五年という時間を貫いながら、信長が忌み嫌った「一向宗徒の立て籠もる大坂石山本願寺」を攻め落とし切れなかったからだ。更には、「内応（裏切り）」の噂さえ聞こえてくるのだ。本来ならば、激情肌の信長のこと、「八つ裂きにしても足りない」ほどの信盛の罪状であった。

　しかし、何故か信長は、この時信盛を高野山送りに留めた。

「上様は、高野山を崇信なさっている」

　そんな思いが、羽柴藤吉郎こと秀吉の脳裡に留まったのだろうか。

　後に、豊臣秀吉の時代となり、室町末期「僧兵問題」に直面した秀吉は、一気に高野山をも攻め落とそうと心を逸らせるが、何故か思い留まった。そして秀吉は、高野山ではなく、「高野由来の僧」覚鑁が創建した根来寺を、天正一三年（一五八五年）に焼き討ちにしているのだ。

「元成を高野山に登らせる」

政宗にこう決断させた裏には、こうした過去の出来事を考慮しての、彼なりの緻密な計算があった。そして、それは見事に適中する。秀吉の追及は熄んだのだ。

「手前は、高野山の観音院の行人方、智円と申す者。小平殿をお迎えに、参りました」

ある日、伏見城の伊達屋敷に、僧形の若者が現れた。若者といっても、二十代半ばは過ぎていよう。如何にも鍛え抜かれた、誰の目にも一目でその安定した、身のこなしが感じられる人物であった。

高野山には、「高野三方」といって、三種類の僧形の者がいる。

そのひとつは「学侶方」といって、専ら真言教学に励む者で「学生」とも呼ばれる。

続いて、この度小平元成を迎えに来た智円が属する「行人方」は、高野山の運営にかかわる、いわゆる俗務に携わりながら密教を修行する者である。しかも彼らは、高野の聖地を取り囲むように屹立する山々を「御真言」を唱えながら跋渉、修行するのだ。大坂と紀州和歌山の境にある、標高八五八メートルの「葛城山」は、その修練の山として修験者たちに親しまれたという。

三番目は、「高野聖」である。中世から、昭和の初期頃まで、その姿は諸国で見かけられたが、白装束に頭陀袋を抱き、背には一様に木箱のような物を背負っている。これは、厨子と呼ばれる、いわば高野聖を証明する代物なのだ。観音開きの箱の中には、観世音菩薩像等の仏像や教典などが納められている。彼らは、大衆の中を歩き回って、高野山のお札や、時には深山に生える

「梛」の木の枝葉を、有難い御神木として売り捌いた。高野聖たちが、辛苦の末掻き集めた浄財は、決して豊かな額のものではなかったが、高野山の維持管理の費用として、欠かせない財源となったことは、疑いのない事実なのだ。

　政宗の密命によるものだろう。修行僧智円の準備に手抜かりはなく、小平はあっという間に、僧形となって行く。黒染の衣に、手甲脚絆、そして足には丈夫そうな草鞋。普通の藁のそれではない。山岳修行用の物なのか、藁の中には、蔓草の皮や、野生の動物の皮と覚しき材料まで織り込んである。頭は、口までも覆う「角頭巾」であった。

「まるで、弁慶みたいだな」

　同僚の侍が笑った。

「用意が整いましたら、一刻も早く山へ向かいましょう」

　秀吉の了解はある程度得られたものの、小平を付け狙う者は他にも居るのだ。同僚を殺された「すっぱ」の仲間たち、それに何より身内の者の恨みの大きさは計り知れない。そう侍の世界には、「仇討」の執念は終生付き纏うのだ。

「山への登り口は黒河口と決めました。一番歩き易いのは高野山町石道を辿って、大門口に入る道ですが、見張りの目も厳しいかと存じます。黒河道は、可成り峻険な道程ですが、かえって追手の目を逃れるには好都合かと。なに、手前が案内しますので……」

　この黒河道は、高野山の東寄りの山中を通って、「奥の院」の上から下って、黒河口に入るという、いささか困難な径路で、地元の人でさえ時には敬遠する。しかし、不思議なことに、この黒河道は、以前あの秀吉も通っているのだ。

文禄三年（一五九四年）三月三日、秀吉は亡母大政所の三回忌の法要を修するため、何故か、この黒河道を辿ったのだ。そして翌四日には、母の菩提のために建てておいた「青巌寺」に於て連歌と能の会を催して、これには伊達政宗も招かれている。

そんな因縁を孕んだ黒河道を、敢えて選んだ智円の才覚を、小平はむしろ「出来る奴」と信頼せざるを得ない。

——秀吉様ゆかりの道を、まさか小平が通る筈はなかろう——

そんな追手の心情の、裏の裏をかく智円の考えは、見事に適中した。道中出会ったのは、犬を連れた猟師だけである。

十二、三世紀頃になると、公家や大名たちがこぞって高野山に対して信仰や帰依を高めたため、一般大衆の高野詣でが盛んとなり、四方八方から、高野山への道が作られていった。こうして出来た道を、「高野七口」といって、七つのルートを辿って、参詣人たちはひたすらお大師さまの徳を募って登っていった。

因みに、その「七口」を列挙して見る。

（一）大門口（高野山町石道）
（二）不動坂口（高野街道京大坂道）
（三）黒河口（黒河道）
（四）大峰口（大峰道）
（五）大滝口（熊野古道小辺路）
（六）相ノ浦口（相ノ浦道）

（七）龍神口（有田・龍神道）

智円が予告した通り、黒河口に到る黒河道の険しさは想像以上であった。普段、剣術で鍛えた己にいささかの自信を持っていた小平元成も、行者智円の健脚振りには舌を巻くだけだった。急峻、天阻の山道をも物ともせず、いともたやすく登り下りを続ける行者智円には、正に「山林修行者」の姿があった。

この天空の高野山を開いた空海は、その青年期には、この「山林修行」を怠らなかったといわれる。高級官僚になることを期待されて入学した「大学」を一年足らずで辞めた空海は、ある沙門の教えを守り、「虚空蔵求聞持法」を唱えながら、四国の鳴門の大龍岳や土佐室戸岬の洞窟での厳しい修行、さらに紀州の山岳修行を重ねること数年に及ぶ。

陀羅尼、つまり真言密教の奥義を会得するためには、この「山林修行」を少なくとも三年以上は体験しなければならない。

後年、空海が兄事した伝教大師こと最澄と袂を分かった理由の最大のものは、実にここにあったといわれる。

五年程続いた、最澄との蜜月時代が終わる時が来た。次々と密教教典の貸し出しを依頼して来るだけで、修行の伴わない最澄の姑息なやり方に、ついに空海四十歳の時、溜まりに溜まった不満を爆発させる。

「密教は頭で理解するものではない。山林修行など、身体で体得されたものが尊い。その上以心伝心、師から弟子へと伝えられて行くものなのだ」

七歳年長の最澄をこう痛烈に批判した空海は、最澄との訣別をなしたのである。

「御覧なさい。あれが高野の町並みです！」

急坂を登り切った所で智円が叫んだ。

今まで鬱蒼とした樹木の隧道の中を、息急き切ってひたすら歩き続けて来た「苦行」の果てに見た、正に荘厳にして心豊かな風景が其処にはあった。青く澄み切った空を、悠然と流れ行く雲塊。その真下に広がる伽藍の屋並み――。

「天空の仏都だ」

元成は思わず呟いた。今の今まで、彼の胸裡を占めていた漠然とした不安が、この豁然と開けたほんの小さな景色によって、拭い払われたような気持ちへと変わる。

「この辺りは、高野山の奥の院の更に上に位置します。奥の院とは、即身成仏なされたお大師さまが、今なおお住まいになっている建物のことです。

ここから先は、まだ難所もありますが、なに全体に下りですから大したことはありません。この山道を辿って行けば、黙っていても黒河口、つまり高野の里の入口に到ります」

余り感情を面に出さない修験者、智円の顔にも微かな安堵感が漂う。

天下人秀吉の執拗な追及を躱しての逃避行である。しかもその客人は、あの伊達様の大切な御家来であった。考えてみれば、智円の背にはとても背負い切れない、大きな物が載っていたのだ。

山林修行者には野心も欲心も無い。彼らはひたすら陀羅尼を唱えながら「やま路」を歩くこと、そのことが仏に近づいて行くことなのだから。「無心」が智円に大きな仕事を為さしめたのだ。

『空海、少年の日、好んで山水を渉覧せしに、吉野より南に行くこと一日にして、更に西に向かって去ること両日程にして、平原の幽地有り。名付けて高野と曰う……』(『高野雑筆集』収録「空海が朝廷に宛てた手紙」より)

高野山は、いわば盆地である。開山当時の広さは、東西に四キロ、南北に二キロ程。この高地にある平地の標高は、およそ八〇〇メートルで、その周囲を千メートル級の八つの山が取り囲んでいる。丁度、仏が結跏趺坐の形に足を組んで鎮座される台、つまり「蓮華坐」の巨大な、八葉の蓮台を想起させるのである。

智円の後について、黒河口の門をくぐった小平元成は、目の前に開けた「天空の聖都」の趣に思わず「あっ」と叫んだ。下界の汚濁にまみれた己の身を恥じ、そして無意識のうちに身を抉った。この清浄な山の空気を汚してはならない。一瞬の間ではあったが、そんな気持が過ったのだ。

見上げた晩夏の空は、あくまでも高く澄み切っていた。

盆地を取り巻く連山、それは高野山で修行する智円ら修験者たちの格好の山林道場なのだ。

「あれが、我々修験者が日常的に登る葛城山です」

智円は北方やや左手、遥か彼方に聳える山を指差した。

「丁度、摂津と紀州の境に位置する山です。見かけはなだらかな山容をしていますが、なかなか峻嶮なおやまです。

小平殿にも、いずれ入ってもらいますが……。そう高さはおよそ千メートル程（正しくは八五八メートル）と言われております」

弘法大師空海が、この高野の山を、嵯峨天皇より下賜されて、開山したのが、弘仁七年（八一六年）のこと。元成が入山したのは、文禄四年（一五九五年）の晩夏である。

——七七九年もの間、このおやまは、全くその姿を変えることなくここに鎮座なさっているのだ。自然とは何と偉大で、重重しいものであるか——。

元成の脳裡を、ある和歌が過った。昔、ある書物で読んだ、藤原道長の作と記憶している。

ありがたや　高野の山の岩かげに
　大師はいまだ　おわしますなる

元成はそう心の中で呟いた。

——高野山に登ると、誰でも同じ感懐を持つものだ——

「正に霊山ですね、この山は」

元成の問いかけに、智円は顔を綻ばして黙って頷いた。何も言わずとも智円は、今の小平元成の感動を、全身で受け止めているのだった。それは、智円が初めて入山した時の心情そのものであったからだ。

「先ずは、お宿へ参りましょう」

智円に促されて、二人は仙台藩の宿坊「観音院」に向かった。その名の通り「観音院」は、観世音菩薩さまをまつる、歴とした寺院である。

江戸期に入ると、徳川家を嚆矢として、全国の大名たちが、次々と高野山に菩提所を設けたり、寺院を建設したのだ。寺院を持つと、自領からの参詣者が当然増えて来る。そうした檀那衆の宿泊所として、各寺院には自然発生的に宿坊が作られて行ったのであろう。最盛期には、その数は千二百にも及んだという。

仙台藩の資料にも「観音院」の宿泊客の記録が残されている。その中には「支倉某」の名もあるが、時代的にみて常長やその前後の者ではない。高野詣での主な目的は、無論「お伊勢参り」のような多分に観光色の強いものであるという本音の他に、立前上の理由として、「逆修のため」と届け出ている者が多い。

「逆修」とは予修とも称するが、いわば「生前葬」のことである。

当時は、壇上伽藍、つまり高野の町の中心と奥の院に向かう最初の橋「一の橋」の辺りにかけては、各藩の菩提寺や宿坊で埋めつくされていたという。殷賑を極めるとは、こんな状態をいうのであろう。

仙台藩の観音院と宿坊は、これらの中心から、やや「一の橋口」寄りに在った。

「よグ、ござりスた（ようこそ、いらっしゃまいした）」

宿坊の玄関口に立った元成の耳に、懐かしい仙台弁が飛び込んで来た。見ると数人の小坊主たちが、きちんと正座して迎えてくれている。

「やや、これはスたり。拙者ドデン申スた」

〔筆者註＝ドデンは動顚の訛った言葉。「いや、これには拙者も全く驚ろいた次第」という意味〕

超俗、つまり僧籍に入るということは、何か無機質で冷徹な状況しか思い浮かばなかった元成だったが、「よグ、ござりスた」という、たった一言のお国言葉に、正に「地獄に仏」にも匹敵するほどの安堵感に包まれる思いであった。

「先ずは風呂をとられて、旅の汗を流されよ。その後、阿闍梨様がお会いになるそうです」

智円が促した。

「あじゃり？」

「ああ御存知なかったですね。阿闍梨とは、ここ密教寺では、伝法灌頂、阿闍梨位灌頂とも申しますが、つまり諸々の修行を完了した者に対して密教の秘奥を授け、他人の〈師〉となるための灌頂を受けた方のことを言います。灌頂とは、〈頭に水を注ぐ〉ことです。これは、仏さまが修行者の成仏を証明したという儀式です。この辺は少し複雑ですが、なに、小平様も直きに覚えられる事です」

「して、その阿闍梨さまのお名前は何と申される？」

「はい、遼磐さまでございます」

そこへ阿闍梨当人が顔を出した。

「阿闍梨の遼磐です。小平殿、いや失礼、小寺殿と改名されたのですな。貴殿のことは、伊達さまからも、子細を承っております。よくぞこの高野の山を目指されましたな」

「はあ、全てはお屋形さまのご指示のままにございます」

「このお山は、すでに秀吉公の帰依を頂戴しております。つまり今や、高野山全体が、ある意味秀吉様の掌の上に在ると言ってても良いのでしょう。其処に、秀吉様のお尋ねの御本人が、入って来たのですから、常人には計りかねる、事態と申せましょう」

言葉そのものには緩(ゆる)みは感じられないが、遼磐和尚の顔は柔和そのものであった。歳の頃は、四十半ばといった処か。ふっくらした丸顔に、やや凹(くぼ)み気味の丸い眼(まなこ)、その間の赭味(あかみ)がかった鼻が特徴的だ。

元成は、遼磐阿闍梨の人柄に、ある種の安堵感を読み取っていた。

――厳しい修行を済ませた人の顔は、「仏」に近づく――

小平元成の郷里亘理(わたり)の郡(ごおり)で、幼少の頃、老人たちのこの呟きを何度聞いたことか。

遼磐和尚は続ける。

「窮(きゅう)鳥ふところに入らば、猟師もこれを殺さずと申しますが、あるいは伊達の殿様の真意は、その辺りにあったのでしょうな」

「はあ、全く面目が立たぬ次第で……」

若い元成は、自分のなした行為はあくまでもお家の為と信じていた。しかし現実には、毎日が逃避行であった。

「元成、良っく聴くんだぞ。そちのやった事は、侍としては忠義の行いだ。しかし、碌(ろく)に詮議もしないでいきなり斬ったのには、問題が残るのだ。太閤殿の忿怒(ふんど)の基は那辺(なへん)にあることを、しっかり自覚せねばな……。兎に角、逃げろ！　逃げて逃げて、それこそこの世の果てまでも逃げ果(おお)すんだぞ！」

――〝この世の果てまでも、逃げ切れ〟と、お屋形様は仰せられた。〈逃げる〉という言葉は、武士にとって、余り潔(いさぎよ)しとしない語感が残る。むしろあの時、自ら責任を取る可きだったのか？

直ぐに腹を切っていれば全ては安穏で、お屋形様にも御迷惑を掛けずに済んだものを……。

「一度高野の山に登れば、これまで生きて来た中で犯した〝罪障〟は消滅する、と言われます」

元成の心中に湧き起こっている煩悶を見透かすかのように、遼磐和尚が静かに口を開く。

「余り深く考えずに、落としなされ。心の内の迷妄を……。明日から、さっそく入りますぞ。波羅蜜行にな」

〝波羅蜜行〟とは、仏教上の理想、つまり悟りを開くために行う密教修行僧の実践修行のことだ。日常的には同じ意味で〝加行〟という言葉が使われる。

空海は、〈過ちを犯した人間に対してこれを寛恕する、つまり広い心を持て〉という意味で、次の言葉が『性霊集』に残されている。

〔筆者註＝『性霊集』は、空海作の詩や碑銘などを、弟子の真済が編集した書物〕

『こんな汚れた世の中に生きる凡夫が、どうして過ちを犯さずに生きることが出来ましょうか。過ちを許して新たな出発をさせることを〈心の広さ〉というのであり、罪を犯した者を恕すことを〈大いなる徳〉というのである」

阿闍梨は、いま迷いの渦中に在るこの若者を、空海の〈大いなる徳〉を以て導いて行こうと、心に決めたのだった。

高野山での加行は、先ず阿闍梨の手による剃髪から始まる。元成は追手の目を晦ますために、伏見の伊達屋敷の内ですでに頭を剃っている。しかし、高野山に入るまでの日数のうちに、可成り蓬髪となった。

頭を剃ることを、仏教界では〈得度〉と言う。この〈度〉は〝渡〟と同義であり、つまり〝迷いの世界を渡って、悟りの世界を手に入れる。悟りの世界に入る〟ことを意味する。〈得度〉は、仏教の修行僧としての、重要な最初の儀式なのだ。得度を済ませた元成は、湯殿に案内された。

そして、湯から発する強烈な芳香に驚かされた。

仙台でも京都でも嗅いだことのない匂いである。

「ちょ、い、ちょうずの湯でガス」

元成の表情をみて役僧が説明した。

「身バ清めるための、漢方薬でガス」

各藩の宿坊や寺院で働く者は、雑仕をはじめ役僧まで、国許から徴用するのが普通なのだ。当然のことながら、各寺院や宿坊にはそれぞれのお国訛が飛び交うことになる。その事が、今の元成の耳には心地好く聞こえて来るのだ。

〝ちょうず湯〟とは丁子湯のこと。丁子は、ニューギニア近くに点在するモルッカ諸島原産の植物に由来している。つまり、フトモモ科の熱帯高木の花の蕾を乾燥した黒褐色の物質だ。特徴的なのはその香りが良いことである。その他薬用成分に富んでいて、漢方では古くから健胃剤や鎮痛、食欲増進剤等々利用価値が高く、宗教界でも〝聖なる薬〟として身を清めるために多用されていた。

丁子の花を蒸留して油化したものは、刀の〝錆び止め〟として、江戸時代あるいはそれ以前より使われたが、高価な物だけに主に高位の武士の使用に限られた。若輩の元成が〝丁子湯〟で、その存在を初体験したのも無理からぬことなのであろう。

——解脱とは、こんな気分のことを、言うのであろうか——

入浴を終えて白衣に着換えた時、ふと元成には感じるものがあった。

――今、この元成は武士を捨ててしまった。その何よりの証拠に、もう俺の腰には〝刀〟が無い。幼少の頃から、常に左の腰に在ったあの〝重み〟が無い――

このことは、今の小平元成にとっては、身震いが出る程の寂寥感であった。

〝脱俗の儀式〟は、遼磐の手で淡々と進められて行く。元成の僧名は「道悦」に決まった。

「これからは、仏道を〝悦びの心を持って歩んで行け〟。そんな気持を籠めて拙僧が付け申した」

遼磐阿闍梨の顔が綻んだ。


阿闍梨が去った後、「道悦」こと元成は、小窓の外に目をやった。

七堂伽藍が立ち並ぶ、僧都が、そこには在った。〝七堂〟とは、寺院を構成する七つのお堂のことだ。金堂・講堂・鐘楼・経蔵などの建物群のことである。

空海が高野山に初めて足を踏み入れた時、その頭の中には、この高野盆地そのものの立体曼荼羅としての構図が画かれていたという。現在の壇上伽藍を形成する「金堂」は、空海が最初に手掛けた建物だ。弘仁一〇年（八一九年）のことであった。

しかし、伽藍建造には着手はしたものの、空海は直ぐに「資金難」という壁にぶつかり作業は停滞を余儀なくされた。金堂そのものが完成したのは、承和五年（八三八年）というから、空海が入定して三年も経ってからだ。つまり、高野山という「天空の聖都」は、空海が描いた〝青写真〟を基にして、その優れた弟子たちが完成させた〝作品〟なのだ。

「仏教の四度加行」の過酷さは、元成の予想を遥かに越えていた。昔から読んで来た『平家物語』などの歴史の書物の中では、多くの男女がいとも簡単に〝仏門〟に入った、と書かれている。仏門に入ることを世間では「出家」「剃髪」「遁世」などと様々な言葉で表す。女性の場合でも「夫の死を機に〝落飾〟せり」などと言われる。元成自身も、「それでは、これより〝薙髪〟申しまする」と言いながら、智円に髪を切り落とされたばかりである。つまり元成の中では「髪を剃って袈裟を身に付ければ、誰でも僧になれる」という固定観念に支配されていた。

――仏門に入るは易く、僧に成るは難しか――

元成は、膝の傷の手当をしながら呟く。

しかし、毎日の加行は、元成のそれ以上の考えを断ち切るように激しい勢いで進められて行った。

「山林修行の前に、先ず身体を解しましょうか」

ある日そう言いながら智円は、元成を街へ連れ出した。脚絆に草鞋履きのいでたちである。

先ずは壇上伽藍を起点として、智円は歩き始める。

「街道沿いに歩いて〝奥の院〟に向かいます。後に付いて来なされ」

元成も智円の背を追って続く。

――速い！　速過ぎる！――

智円の姿は、あっという間に一町（一〇八メートル）も先を行っている。つまり智円の言う歩くとは、元成にとっては走る事なのだ。

壇上伽藍の金堂前から金剛峯寺を経て、最初の橋〝一の橋〟を渡り〝汗かき地蔵〟に達したころ、元成は文字通り〝汗でぐっしょり〟の濡れ鼠の体であった。

――汗かき地蔵とは良く付けたものだ――

恐らく、昔から新人修験者たちは、この辺りで汗まみれになったにちがいない。

一の橋から先は、〝奥の院参道〟の領域になる。この参道周辺には、「武田信玄・勝頼供養塔」など、歴史上の著名人や武将の墓碑が多い。

無論、今の元成には、いちいち立ち止まって、拝観に及ぶ暇は無い。

途中〝中の橋〟を越えて、ようやく奥の院・御廟橋前に到る。およそ三十町（約三キロメートル）の距離を〝小走り〟したことになる。

「今日は、此処までにしましょう。どうです、疲れたでしょう」

そう言う智円は、汗ひとつかいていない。

「はあ、もう……」

そう言う元成は、足許も覚束無い。正に困憊の体だ。

「修行が進むと、帰りも同じ速さです。そう〝山林露宿〟の行と同じ速さです」

そう言いながらも智円は、元成をいたわるようにゆっくりと歩いて帰路についた。

ただ、歩くだけが加行ではない。

僧坊や観音院に居る時も、仏具の手入れや〝次第〟つまり教本の整理、更に〝樒〟（お供えの植物）の準備等々、心身の休まる暇は無い。そして最後は正座しての読経（真言念誦）が果てなく続く。

元成が密教僧となるための修行、〝四度加行〟は、その熾烈さの度合を日毎に増長させて行った。

中でも、葛城山での山林露宿は、実に過酷な修行だ。無論、山伏の格好（「角頭巾」「白装束」「脚絆」「草鞋」）そのままである。そして、谷の水で渇きを癒し、山菜や木の実で飢えを凌ぐのだ。

この姿で山野を猿のように跋渉するのであるから、中には足を踏み外してそれこそ〝千仞の谷底〟へと落ちて行った行者は数知れないという。当然元成も、何度も危機に出遭った。しかしその都度〝不思議な力〟によって救われて来たのだ。

――俺は〝運が強い〟――

などと嘯くのが何故か憚られる、全く神秘的な〝御力〟を感じるからだ。そしてこの不思議な〝ちから〟は、それから先の元成の生涯を通じて、幾度も作用することになる。そう、彼が神や仏の教えに背いて〝自ら死を選ぶ〟その時まで……。

山林修行はいわば「実地」であり、四度加行は「学科」である。双方が相俟って初めて、修法は完成をみる。

「道悦どのも、どうやら僧の貌になられた……」

ある日、遼磐がそう呟くのを元成は耳にした。

――僧の貌とな……――

元成自身にとっては余り嬉しい状況ではないが〝満足感〟はある。激しい修行に耐えて来たという自負心が、彼の心身に横溢しているからだ。

「貴僧がこの山に来てから、間もなく三年になりましょう」

――そうか、もう三年も経ったか――

元成の脳裡を、多くの〝過去〟が去来する。

「護摩の修法も見事に遣り熟しておられる。〝そろそろ〟ですかな……こちらの方も……」

阿闍梨は、多少戯け気味に自分の頭部を指差してみせた。〝頭〟、それは取りも直さず「灌頂」を意味するのだ。あの比叡山に天台宗を開宗した最澄さえもが、渇仰したという「伝法灌頂」のことである。伝法灌頂の儀式では修行僧が頭に霊水を注がれることで、晴れて「阿闍梨位」という仏教界の位が与えられる。

そんな時であった。突然高野山全山をも揺るがす〝大事件〟が出来した。あの〝天下人〟秀吉が死んだのだ。慶長三年（一五九八年）八月十八日のことである。「高野山は、太閤秀吉の掌の上に在る」と、元成に言ったのは、遼磐阿闍梨であった。その秀吉が今死んだ。

「道悦どの、これで完全に貴方の愁眉も開けましたな」

行人の智円がさっそく顔を見せた。

智円とは〝秀吉の幻影〟に怯えながら、三年前必死に高野の山を目指した間柄だ。

「うむ、確かにそれは、そうだが……」

元成の表情は何故か冴えない。

「実はでござるな、智円どの……」

元成は重い口を開く。このところ頻繁に、伊達のお屋形様がつなぎをつけて来ていること。それは、元成が成敗したあの怪しい庭師の身内の者が、元成をつけ狙っている情報が入ったというものであった。

「なんと、それは仇討ではござらぬか」

智円は、目を丸くして驚く。そして改めて、武士の世界に絡む錯雑の固さに、呆れ戦くのだった。

「一難去って、また一難ですな」

智円は眉を窄めて去って行った。事は、僧院に住む人間としては、もはやどう仕様もない事態に至っている。智円の背中に無力感が漂う。事態は次々と急激な展開を遂げて行った。どうやら、刺客はすでに高野の街に忍び入っているというのである。政宗からの忍びの者は、「警戒。そして逃げる準備」を促して来る。

道悦こと元成としては、間もなく〝伝法灌頂〟を受ける身である。今逃げることは、この三年間の辛苦、修行の全てを「無」に帰することを意味する。結局、政宗から届いた最終命令は、「死ぬ事」であった。

「ひぇ！　死ねとな……」

道悦から話を聞いた遼磐は、危うく手に持つ茶をこぼすところであった。

「いえ、阿闍梨さま。本当に死ぬのではなく、死んだ振りをしろとの仰せなのです」

「ほう、〝死んだ振り〟とね……」

「拙者、いや拙僧が、急病で死んだという設定で葬式を挙げるのです。無論、墓碑は殿が建てて下さる手筈で……」

「その後、貴僧はどうなさる？……」

流石に遼磐も、事の重大さに思わず声を潜める。

「〝夜陰に乗じて高野の山から逃げろ〟との仰せで……」

「あぁ、これはしたり。もう今日、明日にもそなたには付法灌頂、いや、つまり伝法灌頂をば施せたものを……」

遼磐阿闍梨は思わず顔を歪めた。

「つきましては、阿闍梨様にお願いがございます」

「はて、何なりと……」

元成は、考えていたこれからの計略を遼磐に伝えた。

要するに、仇討人たちの急追を誑かすためにも、少し目立つ様な葬式を挙げること。そして、仙台藩の寺領、観音院の境内に取り敢えず墓所を設えて貰いたいというものだ。

「道悦どの、良く考えてみなされ。この高野山では、寺院の墓地に墓を建てられるのはその寺の住職だけと定められておるのですぞ。いくら何でも、それは無理というもの……」

遼磐の顔に、何時にない厳しさが漲る。

「なぬが、あったがや？（どうかしましたか？）」

その時、住職の錫鬲が声を掛けながら現れた。元成も、住職とは何度か挨拶はしている。しかしこの住職、ひどいずうずう弁、つまり東北訛のせいか、いたって口が重い。その事が、「愛想の無さ」に連なって、相手の心証をも損うのだ。

その上錫鬲は普段から留守がちで、観音寺の運営の大概のことは、阿闍梨の遼磐に任せ切りである。確かに元成にも、この住職への苦手意識は付き纏う。

——まずい所に御座ったものだ——

心中、身構えざるを得ない元成であった。

「おう、これは……」

遼磐は住職に駆け寄る。そして、事の顚末を話した。

「あ、そのごどならば、存ずでおる。今すがた、伊達さまがら、書状ば頂戴したばかりなんでな」

錫鬲は遼磐に皆までを言わせず、言葉を継いだ。

「皆、良っく聞ぐんだど。この事は、絶対の秘密事項だ。決すて洩らすてなんねど。なんつたって、伊達の殿様の命令なんだがらっしゃ。ここは、道悦の、ずう（言う）通りに、すてやんなぎゃなんね」

吶吶と語る住職の顔を、重い情念が強張らせている。

「道悦にもすものこどがあったらば、殿様には申す訳がただねど！　事は、正ぬ、焦眉の急ど言ってもおがすぐね（おかしくない）！」

話し振りの木訥さとは裏腹に、住職の行動は素早かった。その夜のうちに元成は、高野山の本部のある寺院に匿われた。そして翌日には、高野山本部の金剛峯寺に、「一修行僧・道悦」の急死の届け出がなされた。

先にも遼磐が述べた通り、通常高野山では住職以外の僧を弔うことはしない。遺体はその親族に引き取られて、それぞれの故郷で弔いと埋葬がなされる。しかし観音院は、歴とした伊達藩の寺領である。その管理次第は、藩主の意のままである。

観音院では、型通りの簡素な葬儀が営まれた。そして、翌々日には、白板に「道悦の墓」と墨書された墓標が、境内の片隅に建った。

こうして、僧「道悦」は、この世から消えたのであった。

慶長三年（一五九八年）の晩秋のことである。


此処は、陸奥の国仙台に近い、岩沼の本郷地区である。この岩沼本郷には、伊達の別邸があった。

時は、慶長四年（一五九九年）の三月のこと。

「城からの使いとな。はて、ま兎に角、出居にお通し致せ」

下僕の清助の、甲高い声が冷えた玄関に響いた。

「武石様、仙台の城からの、お使者でガス」


「木村と申す……お、これは小平様！　あの小平元成様でございましょ？　拙者は、木村宇右衛門でござる。小平殿、お久しゅうございます」

〔筆者註＝木村宇右衛門は、晩年の政宗に小姓として仕えた〕

木村と名乗る使者の、余りの親昵ぶりに、初め身構えていた武石も思わず身を乗り出す。

「おう、木村どの、宇右衛門ではないか、いやいや、これはしたり」

武石とは、まことあの高野山の道悦こと小平元成の世を忍ぶ仮の姿であった。〝武石〟という字は小平家の初祖武石胤盛に由来するが、このことはすでに述べた。

「話せば、まことに長い次第となり申すが……」

そう前置きをして、元成は重い口を開いた。

思えば昨秋、高野山で詐りの葬式の後、道悦こと元成は、僧形のまま夜陰に乗じて山を抜けて、大坂の堺の港から仙台藩の商い船に乗り込んだのだ。無論、都合良くたまたま藩船が堺の港に居合わせた訳もなく、何れ藩主政宗の手配があっての事なのだ。

千石船という〝大船〟に乗った瞬間、元成は何故か滂沱と流れ落ちる涙を止め得なかった。それは、「助かった」という安堵感から来るものではない。かくまでして、軽輩の家臣に過ぎぬ己れ小平元成のために〝深憂〟を極め、尽くして下さるお屋形様の、ただただ広大にして無辺の〝情〟を感じたからだ。

――この、お屋形様のためにも、俺は地の果てまでも逃げて逃げて、そして生き存えて見せる。そして最後まで、そう死ぬまで、いや死んだ後までも、お仕え申すのだ――

鹿島灘の辺りであろうか、船の揺れが酷くなって来た。今の元成には揺れが大きい程、心地が好い。

――まるで、観世音菩薩の御胸に抱かれている安堵感に浸れる。そうだ、観音菩薩さまは三十三もの変化により、衆生を済度されるという。拙者も〝変化〟する――

そんな想いの中で、元成は深い眠りに落ちた。

大坂を出た船は、途中嵐などの妨げに遭うこともなく、順調な航海を続けた。その間、日の出を見ること数回、つまり好天に恵まれた数日であった。

「おっさま（和尚様）！」

朝食を済ませて、船首附近から遠くの陸影を眺めていた元成に、船頭の嗄れ声が届く。元成は、未だ僧形のままであった。

「あの山の辺りが、相馬でがす」

「おう、もう相馬まで来ましたか」

元成の顔がほんのりと赭らむ。そう喜色なのだ。

相馬は伊達領との国境である。境を越えると、そこはもう元成の故郷亘理郡だ。

「相馬には、割と高い山が三つ御座ってな。ほら、あの一番左の高いのが〝鹿狼山〟でがすと（ですよ）」

陸奥の国仙台藩の中で、最も高くて名の知れた山、それは蔵王山である。その蔵王の属する山脈〝奥羽山脈〟と、太平洋海岸との間を並行する低い山脈は、阿武隈山脈である。〝鹿狼山（四三〇メートル）〟は、この低い山脈のほぼ南はずれに位置している。

「昼過ぎにはいよいよ〝荒浜〟でがす」

「坊様には、そこで船ば降りで貰えます」

船頭は、一寸辺りを憚かる様に見廻して声を潜めた。船頭はこの和尚が何者かは知らぬまでも、〝重要な客〟としての示唆は船主筋から聞き及んでいた筈だ。

仙台藩の海岸沿いには、〝荒浜〟が二つ在る。

一つは、名取川の更に北寄り、つまり現在の「若林区」に位置する〝荒浜〟だ。ここは名の通り、遠浅の海岸に面するそれこそ大きな荒浪の打ち寄せるただの砂浜の村落である。

もう一方の〝荒浜〟は亘理藩に属し、阿武隈川の河口にある港町である。この荒浜には〝内海〟つまり小さな港の形をなす「鳥の海」がある。此処の海岸は、大河阿武隈川の豊富な水量が注ぎ出ているため、比較的海岸が深い。つまり大船がより岸に近寄れるのである。

ある資料によると、小平元成は〝仙台の荒浜〟に上陸したとの記述があるが、これは明らかに〝亘理の荒浜〟の誤りであろう。その理由の一つは、記述した通り〝仙台の荒浜〟は遠浅で、例え小舟に移乗しての上陸でも困難でかつ危険なのだ。もう一つ、恐らくこれが決定的であるのは、「目的地」つまり元成がこれから身を寄せる「岩沼本郷」への距離が近いと言うこと。亘理の荒浜村から阿武隈川を渡ると、そこはもう泉田重光の領する仙台支藩〝岩沼〟である。「本郷」は、現在の岩沼の「館腰（たてこし）」に在った。つまり、小平元成は、亘理の荒浜に上陸したと言って良い。

亘理郡は、元成にとって、ほとんど故郷とも言える土地だ。元成の祖父宗隆（むねたか）は、永く〝亘理支藩主〟を務めた後、伊達藩から「隠居料」として、件の荒浜村に連なる四ヶ村（大畑浜、長瀞（ながとろ）浜、吉田浜、花釜（はながま））それに加えて、終の栖（ついすみか）となる阿武隈山脈の麓の小平（こだいら）地区を頂戴するのだ。無論この〝小平〟が元成の生まれ故郷である。

この日の朝方、船頭から〝鹿狼山（かろうさん）〟という名を聞いただけで、元成は胸の高鳴りを覚えたのである。今は世を忍ぶ身。故郷を目の前にして、帰ることすら適わないという過酷な命運を、元成はどう受け止めたのか。

「やっと、此処まで辿り着いた次第でござる」

元成は、己れの過ぎ来し方を旧知の木村に語り終えて、ほっとした面持ちで茶を飲んだ。実に穏やかな仕草であった。木村宇右衛門は、明るい調子でお屋形様からの申し渡しを伝えた。

『髷（まげ）が整うまで、岩沼本郷で静かに暮らすこと。そのための手当として「三十三石」を与える。

仇討の追手に対しては、油断これなき様』
「有難き幸せに存じまする」
元成は、使者木村に対して万感の思いを籠めて辞儀をする。今の元成には、使者の木村がお屋形様と重なって見えるのであった。

元成は、岩沼本郷で二つ目の仮名「武石仁左衛門」を名乗った。岩沼本郷での生活は、元成の疲弊し切った心身を驚くほどの速さで癒した。奥羽山麓の外山（三一四メートル）登山と、赤井江での水遊びの生活は、故郷小平の再現でもあった。

そんな小平元成に、ある日突然、仙台城への召出しの使いが来た。

「七日後に登城せよ」

思いつくと、短兵急な行動に出る政宗の性格を元成は知悉し尽くしている。

「元成！　馬をもて！」「付いて参れ！　元成！」

こんな日を予測して、元成はかねてより話をつけておいた髪結いを岩沼の町から呼んだ。

「これで、良がすか？」

「おう、出来たな」

髪結床の差出す手鏡に映る己が顔を見て、元成は満足気に頷いた。思えば、京伏見の伊達屋敷で髻を切って以来四年近くにもなる。

――この顔付きは、昔の小姓、小平元成ではない――

三年に及ぶ高野山での「仏道修行」は、元成の甘い顔立ちを、凜然たる青年武士へと変貌せしめたのである。

元成は、登城の日の前日までに仙台入りして、親戚宅に厄介になった。

「元成、久し振りであっだな。どだ息災ぬすてだが（しておったか）？」

政宗は、元成の顔を繁々と見つめている。

「はっ！」

今の元成はただそれだけしか答えられない。思えばこの主君には、どれだけの心労や経済的な負担をお掛けしたことか。流れ落ちる涙を拭おうともせず、元成は殿の顔を見つめていた。

「いいが、元成！　短腹（短慮）は身ば滅ぼすもんだぞ」

政宗は、国元の者と話す時は、気取ることなく仙台弁を使った。その方が気楽でもあったし、家来とも話が弾んだ。

「これは論語の言葉だがな、良っぐ聞いでおげよ」

政宗の表情に、厳しいものが漲った。

「〝人に遠き慮り無くば、必ず近きに憂い有り〟つう言葉の通り、人間には先ば見通す力が無ければなんねど。つまり遠慮深謀だな。ほだべ（そうだろう）？

例えばだ。初めての草叢の所ば、ただ無闇に走って行ってみろ。若しも其処さ古井戸でも在ったらば？……落ずるに決まってるべ？」

諄々と諭す政宗の態様は、まるで我が子に向かっている親の貌であった。

政宗という人物は、己れに刃向かう者に対しては凄絶にして苛烈な、時には残忍とも思える誅伐を以てこれに対処するが、臣従する者や、身内の者に対しては、常に分け隔てなく寄り添う優しさがあった。

元成が政宗に近侍したのは、十四歳の時からだ。その容姿の見事さもさることながら、政宗は元成の頭抜けた怜悧さに強く惹かれたのだ。

——こ奴は、使える！——

政宗の慧眼に狂いはなかった筈だ。

しかし、時に若い駿馬も奔馳する。それが、京伏見の伊達屋敷でのあの「庭師斬殺事件」となって突発したのだ。しかも、事もあろうに天下人秀吉絡みの「事」だから、流石の政宗もがおり果てた（困惑し切った）のだ。

しかし、今その元成が、仙台城の自分の目の前に居る。

「元成よ。余は今、お主を改めて召し抱える。ただす、名前をば変えねばなんね。何時又、仇討が現れるやも知んねがらな。今日がらお主は〈小平小太郎左衛門〉だ」

こうして、元成は仙台藩士に復活したのである。

石高は三百石として、藩の仙台屋敷に住むことを許されたのであった。しかし、この時の小太郎左衛門こと元成は、それから十数年後に己がまさか南溟の果てを船旅することになろうとは（それも二度も……）知る由もなかった。

五、消える太陽の不吉

「やたら長い話で……失礼仕った。今こうして支倉様やソテロ様と、長旅が出来るのも、〝生きて、生きて生き永らえよ〟と励まして下さった、お屋形様の深い、御仁愛のお蔭と……」

そう言って、元成は目頭を拭った。

「ほだど（そうだぞ）、太郎左や。お屋形様はこれぞと思う御家来ぬは、なぬもかぬも（非常に）気配りばしなさるお方なんだ。それは、昔から、ほだったど（そうだったぞ）」

「そう、ダテ様のことを、このソテロは〝日本のお父さん〟と思っております。それ程の慈しみを頂戴したのですよ」

ソテロも感慨深げに呟く。

「支倉様！　大変です！　お天道様が欠けて、無くなっていきます」

血相を変えて飛び込んで来たのは、従者の茂兵衛である。

「お陽さまがどうしたって?!」

小平が立ち上がった。

「兎に角、直ぐ見て下され！　さっ！　甲板さ出で！」

――何だ、この暗さは――

急ぎ甲板に出た一同が感じたのは、外界の無気味な暗さであった。刻限はまだ巳の刻（午前十時頃）を過ぎたばかりだというのに、まるで黄昏（たそがれ）ているのだ。

「これはエクリプセソラル（eclipse solar）ですよ！」

ソテロが叫んだ。

「そう、御説明します。これはお月様が、太陽とこの地球の間に入って丁度重なった有様なのです。

要するに、今空が暗くなっているのは、月が太陽の光を遮っているからなのです。決して怖ろしいことではないのですよ！」

「これば（これは）、元（もど）さ戻るんだべが？」

常長が、ぼそりと呟く。

「はい大丈夫ですよ、ハセクラ様。そうですね、例えば日本人の皆さんがお中食（ちゅうじき）を取っている間ぐらいの時間と考えれば良いでしょう。皆さんの食べる時間は、結構短いでしょう？」

ソテロは、西洋人のそれと比べて日本の、特に武士たちの食事の速いのには何度も呆れさせられて来た。彼らの食事にかける時間は大体七、八分とソテロは見ている。食事時間を大いに楽しみながら小一時間も掛ける自分たち西欧人との文化の違いを、ソテロは興味深く捉えている。船に乗って大洋を渡っている時は、時間の観念が疎（おろそ）かになりがちだ。

一行がソテロの説教や小平太郎左の波乱に富んだ身の上話を聞くうちに、気が付けば時はすでに、一六一四年（慶長一九年）の十月に及ぶ。

この日、つまり日蝕（エクリプセソラル）が見られた十月三日午前十時は、一行が奥南蛮イスパニア（スペイン）南部のサンルーカル・デ・バラメダに到着する僅か二日前だったのだ。

六、讃美歌「テ・デウム・ラウダムス」と御詠歌

「考え(かんげ)で見っずど、われらは月の浦ば出て間もなく、月ば欠けんのば観(み)で、今まだお天道様ば欠けんのば観させらった。太郎左や、こいづは一体(いってえ)何の因縁なんだべや、ない？（何の因縁なのだろうかね。え？）」

「さあ……」

「不吉(ぎづ)だべや、不吉どすか言(ず)いようがねべや！　太郎左、決すて油断すっでねど。ここは一番(いずばん)、褌(ふんどす)ばすっかりど締(す)めで掛がって行ぐ可(べ)すだ」

「ハセクラ様、そういうのを日本語では〝杞憂(きゆう)〟というのでございましょう？　間もなく私たちは、西欧の地を踏むのです。そう奥南蛮にいよいよ上陸するのです。希望を持ちましょうよ。明るい展望を！　そうだ丁度良い機会ですから、皆で「テ・デウム・ラウダムス（神よ、我らは御身をほめたたえ）」を歌いましょうか。〝われら、御身を神と称えて歌う〟という意味のこの歌は、ここヨーロッパの地ではこれから何度も聞き、そして皆さん自身も歌うことになる、ある意味とても大切な歌なのです。なに、決して難しいものではありません。私の後に続いて下さい」

　ソテロはそう言うと、歌い始めた。

〽すべてのものの主、神よ
御身を称(たた)えてうたう
永遠の父よ、世界は御身を
あがめ尊ぶ

〽聖なる主、聖なる主
すべてを治める神
御身の栄光は、天地を蓋う

〽世界にひろがる教会も
御身を称える
偉大なる父、まことのひとり子
あかしの力、聖霊を

〽ともに声をあわせ、御身をほめ歌う
救いを告げた預言者の群れ
気高い使徒と殉教者

〽とうとい血を贖(あがな)われた主よ

われらを支えられたし
諸聖人と共に
永遠の命を喜びえんため

（讃美歌五六六番。ニケタス〈Nicetas〉作）

――はで（さて）、どっがで聴いだ様な歌だなや――

歌い終わって、常長は今まで聴いたことのある南蛮の歌とは、全く異質な音曲であることを訝る。今彼は、ソテロの先導に従って歌ったのだ。自然に牽引されて行ったと言って良い。

「ほだほだ（そうだそうだ）、これば御詠歌だべさ。ホレ（ほら）、今泉様も何度が聴いだごと無すか？　〝善光寺の御詠歌どが、四国八十八ヶ所の巡礼者達の御詠歌〟だどが、さ！」

「うんうん、あの誰かの朗詠に続いて唱和する、あのやり方ですな」

「似でるすぺ（似てるでしょう）！　まるで、そっくんだべや（そっくりでしょうが）！」

感心しきりの常長であったが、やがて彼自身、イスパニアの首都マドリードの大寺院での受洗式で、この「テ・デウム・ラウダムス」の大合唱を全身に浴びせられることになろうとは、知る由もない。

――お天道様が消えて行く！――

遺欧使節の一行は、暗い悲哀に満ちたテ・デウムを唱和しながら、初めて体験する、正に悚然たる趣の〝天変〟に、ただただ怖れ戦いたのは確かなことだ。

七、遂に宿望の地、奥南蛮に入る

使節一行を乗せたサン・ヨセフ号や、新天地（メキシコ）からの数々の財宝を満載したガレオン船を多数擁した大船団が、アフリカ北西端の国、モロッコ沖を通過したのは、十月四日である。

モロッコ沖合いの北緯二七度辺りに点在する〈カナリア諸島〉は、イスパニア（スペイン）のものだ。更に進むと、その先左手沖合いには、僚友国ポルトガル領の〈マデイラ諸島〉が迫る。今や大船団は、母国から伸ばされた両掌に包み込まれた様な、安堵の境地に到ったのであった。

航海中、船団の司令官ドン・ロペス・デ・メンダリスの、使節一行への気配りが一方ならぬものであったことが、シピオーネ・アマティの記録『伊

アマティの著した『伊達政宗遣欧使節記』（ドイツ版）に掲載された、支倉常長の肖像。

達政宗遣欧使節記』に残されている。

『この司令官は、使節を尊重していることをたびたび表明し、彼らに贈り物や、自分の食事に出たものを届けさせ、何よりも彼らの健康を気遣った。』

こうして一行が無事に、奥南蛮の玄関口、サンルーカル・デ・バラメダ港に入ったのは、一六一四年（慶長一九年）十月五日のことであった。

第五章　イスパニア（スペイン）という世界

一、メディナ・シドニア公

スペインのアンダルシア地方を流れる大河、グヮダルキビル河の河口に位置するバラメダ港は、新天地ヌエバ・イスパニア（メキシコ）やペルー方面からの金銀などの〝お宝〟を満載したガレオン船が帰着する貿易港である。

このバラメダ港を含むアンダルシア一帯を、十四世紀頃から代々統治していたのは、シドニア一族である。使節一行を迎えたこの時の領主、メディナ・シドニア公も無論この眷属の一人であるが、メディナ公をより名高い存在としたのは、その経歴の異色ぶりにある。

あの歴史に名高い〝アルマダの大海戦〟は、スペイン王国がイギリス王国に対して、フランス領カレー沖で展開した回天必勝の大海戦である。時は一五八八年、使節一行の到着から遡ること二十六年前のことである。この時のスペイン側の艦隊、いわゆる〝無敵艦隊〟の司令長官だったのが、このメディナ・シドニア公なのだ。この時の海戦で、スペイン海軍は潰滅的な打撃を被ることになり、以来シドニア公は〝悲劇の提督〟の汚名を甘受して来たのであった。

シドニア公が悲劇の提督となった由縁は、別の所に在る。この〈スペイン無敵艦隊〉の本来の司令長官は、サンタ・クルス提督であった。ところが出撃直前にこの提督は急死してしまった。つまり悲劇の根源はここから始まったのだ。

今、メディナ・シドニア公は、アンダルシア地方の領主として、静かな余生の中にあった。公は、遠来の珍客である使節一行を、正に鶏黍の款を尽くしてもてなしたという。

アマティは記している。

『ここにはメディナ・シドニア公が居住していたが、使節の到着を知ると、使節とその幕僚たちに敬意を表して、馬車に乗せて迎えるために、田園馬車を数台遣わし、彼らのために有名な宿泊先を用意しておいた。

そして自ら言明したように、彼らを気前よく歓待する責任を果たすと、有名なセビリア市の要請により、二隻のガレー船を艤装させた。その船は使節をコリアまで運んだ。』

このアマティの文中二個所に関しては、更なる説明が求められよう。

「有名な宿泊先」とあるのは、高台にある公の邸宅のことである。この屋敷には、以前アメリカ大陸を発見した時のコロンブスや、探検家マゼランが一五一九年に、五隻の船を率いて世界一周の旅に出航する直前に、それぞれ招かれて、滞在している。

「ガレー船」とは、小型の軍用船で、地中海や河川など、比較的波の穏やかな水域での警護に当たった。支倉使節団が、バルセロナから地中海に出てローマに向かった時にも、このガレー船が用いられている。

使節一行が、サン・ルカール・デ・バラメダの町に在る公の邸宅に何泊したのかには諸説があるが、『伊達政宗の使節団』を著したホセ・コントレラス・ロドリゲス・フラードは、その文中で「一行は同地に一週間逗留した」と記述している。本来、軍用船であるガレー船二隻に、一般人用の仕様を艤装するためには、当時としては一週間程度の日数は必須であったと考えて良い。

港町バラメダから次の目的地、コリア・デル・リオまでは約八〇キロメートル。汪々たる大河、グァダルキビル川の濁流を遡航するのである。余程の海風の後押しがなければ、帆船には苦難の行程だ。

傍目には、むしろ馬車の方が安全で速いのでは……と考えられるが、当時のイスパニアの世相は、極度のインフレを伴う不況のどん底。陸は詐欺、泥棒は当たり前、強盗や山賊で溢れ返っていたのだ。

コリア・デル・リオの町で旅装を解いた一行について、アマティはその使節記の中で、以下の様に描写している。

『二隻のガレー船を艤装させた。その船は使節らをコリアまで運んだが、ここで同市の命令により、一行は二十四人委員（セビリア市議員から選ばれた参事で、裁判の陪審員をも兼務する）の一人、ドン・ペドロ・ガリントから接待を受けた。

彼は一生懸命、あらゆる楽しみや可能な限りの品物を取り揃え、大使の心を満足させるよう気遣い、その間に大使（常長）自身は、セビリア入市の際に一層堂々と、また華やかに見えるように、従者一同に衣服を新調する配慮をした。このような準備がなされていた一方で、セビリア市はソテロ神父の兄ドン・ディエーゴ・デ・カブレラやカラトラーバ会に属する大勢の陪審員や騎士たちとともに派遣することを決定した。』

〔筆者註＝「ソテロの兄ドン・ディエーゴ・デ・カブレラ」は、新キリスト教徒コンヴェルソ(converso) つまりユダヤ系のスペイン人である、父方のディエーゴを名乗っている。これに対して、ソテロは父方のコンヴェルソを忌諱して、母方のソテロを名乗った。コンヴェルソ（スペイン語）は、本来ユダヤ人でありながら、イエスを救世主として認めるキリスト教徒の事で、ユダヤ語やアラム語では〈メシア・ニックジュウ〉とも呼ばれる。
「カラトラーバ会」とは、十二世紀にイベリア半島に侵入したイスラム勢力に対抗する為に組織されたキリスト教徒による騎士団のこと。その栄誉を称えて、四百年後の当時まで騎士（ナイト）の称号は引き継がれていた」

『彼らはセビリア市の名代として大使たちの手に接吻をして、彼らが無事に到着したことを歓迎し、必要なものをすべて彼の好みに合わせて気前良く提供した。この心遣いを非常に嬉しく思った大使たちは、市が特有の寛大な心でもって彼らに喜んで名誉を与え、一行を遇するのにかの騎士たちを起用して事に当たり、用意万端整えていることに対して、深い感謝の意を市に表明した』

この見聞録（『伊達政宗遣欧使節記』）を書いたアマティは、正式の名を、シピオーネ・アマティ・ロマーノと言う。彼はローマ法と教会法の両法博士と称される、いわゆる宗教学の泰斗（たいと）なのだ。そのアマティは、この使節団の主にソテロ側の通訳として帯同（たいどう）している。

つまり筆者の言いたいことは、彼の記録は多分にソテロの意向を重視あるいは、それに依遵（いじゅん）するものであるということである。端的に言うと、アマティ博士の記録は、使節団の実質的な引率者、ソテロの功を衒（てら）うものになっている傾向にある。その辺りの事情を斟酌（しんしゃく）して見ても、使節一行がこのコリアの町で、如何にセビリア市の枢軸（すうじく）から歓待されたが理解出来よう。

二、ソテロの故郷セビリア市

使節一行は、コリアの町に四日間滞在した後、いよいよソテロの故郷セビリア市に向けて出発することになった。

この時の出発からセビリア市到着の模様を『ベアト・ルイス・ソテーロ伝』（野間一正訳）の著者、ロレンソ・ペレスは次の様に詳らか（つまび）にしている。

『十月二十一日、使節一行が最高に華麗な行進をし入市出来るようにと、セビーリャ市当局はコリア・デル・リオに多数の飾り馬車と馬を遣わし、使節歓迎のために、また別の儀礼を表した。

使節がトゥリアーナに近づき橋を渡る手前では、飾り馬車、馬、あらゆる階級の人々の入り混った大群衆が押寄せたので、軍隊の出動をもってしてもこの大群衆を抑えるのには不充分であった。』

〔筆者註＝「トゥリアーナ」は、セビリア市を二分するように流れるグァダルキビル河に面した〝門〟のこと。又川に架かる橋の名もトゥリアーナである〕

『貴族や騎士を大勢随（したが）えて、サルバティエッラ伯爵（当時のセビリア市長）は、この場所まで使節一行を迎えに出た。ここで使節は飾り馬車より降り、馬に跨がり、日本式の豪華な衣服を纏った護衛頭（ドン・トマスこと滝野嘉兵衛）と別当を従えた。

市長が使節に歓迎の挨拶をしてのち、使節の両脇を市長と警務長官が固めて騎馬の列が行進を続けると、沿道をうずめた人々は盛んに拍手をした。
　行列はトゥリアーナ門を過ぎ、アルカーサルに赴いた。この王宮には既に使節と随員一行宿泊の手配がなされており、またこのような場合、型に従って披露がなされることになっており、市長主催の宴会が開かれるまで、一行は休養をとった。』

　メキシコ（ヌエバ・イスパニア）以来、一行の常宿（じょうやど）はサン・フランシスコ修道院であったが、ここセビリアではスペイン王室の離宮アルカーサルの提供を受けた。特に支倉大使とソテロ神父には、王のための貴賓室が当てられたという。

　可成り抑制を効かした筈のロレンソ・ペレスの筆致からも、使節一行への大歓迎振りが見えて来るのである。

　セビリアの市を象徴する建物として、離宮アルカーサル他に「黄金の塔」と「ヒラルダの塔」がある。黄金の塔は、グァダルキビル河沿いの城壁の一部であり、十三世紀初頭のものとされる。黄金色の陶磁器を装った、美しい建物だ。

　又セビリアを目指す旅人たちが、いち早くそれと認識して、彼らに旅の終焉（しゅうえん）を実感させてくれるのがヒラルダの塔の存在だ。高さ七〇メートルにも及ぶ塔の先端には女神の像が設（しつら）えられており、それが回転して風見（giralda）の役をなしていることから、ヒラルダの異名が付いたとされる。この塔は、本来〈大司教座聖堂カビルド・カテドラル〉に付属する鐘楼である。このヒラルダの塔の上部には展望所が設けられており、使節一行もここに登って市全体の眺望を楽しんだという。

　アマティの使節随伴記にも、そのことについての記述がある。

『セビリアから出発する日が近づくと、大使は教会堂で表明した義務を果たし、大司教の手に接吻したいと思った。

大司教は、その人々（使節団）が皆一様に神を敬っているのを見てすっかり優しい気持になり、心から満足しつつ、このかくも遠方からの到来は、東方三博士の来訪に似ていると言った。』

〔筆者註＝「東方三博士」は、イエス・キリストが誕生した時、羊飼いたちの「救世主が現れた」という噂を聞きつけた東方の三人の占星術博士たちのこと。彼らは輝く星に導かれて遂にベツレヘムに辿り着き、イエスを祝福したという。三人は思わずひれ伏して幼子を拝み、救世主の誕生を祝った。そして宝の箱を開けて黄金と乳香、それに当時万能の秘薬とされた没薬(もつやく)を贈ったという〕

三、前副王サリナス侯の妨害

『大使（常長）は、セビリアで最も貴重で神聖な品々を見に出向くことになり、そして二人の代表参事会員と聖職者全員から、見事に装飾された最大の聖堂（ヒラルダの塔を擁した大司教座聖堂カビルド・カテドラル）に招き入れられた。』

この様に使節一行は、セビリアで大歓迎を受けたのだが、それは何故だろう。単にセビリア市が、ソテロ神父の故郷であり、彼の帰国に〝錦〟を添えてくれただけではなかろう。何故ならこの時のセビリア市の財政は、文字通り〝火の車〟だったからだ。その辺りの事情を考察して見る。

先ず使節一行が、セルビア市や首都マドリードに向かっている事を知らせたのは、大西洋上を航行中のサン・ヨセフ号で、ソテロが書いた国王やセルビア市長に宛てた書翰である。この手紙は船がサンルーカル・デ・バラメダ港に入港と同時に、早飛脚（はやびきゃく）で届けられた。

一六一四年（慶長一九年）十月一日付のスペイン国王フェリペ三世宛のルイス・ソテロの書翰は、次の様な書き出しで始まる。

『イエスが陛下と共にあられ、その神の愛を与えられんことを。陛下に当書翰を書きしたためている者は、陛下の最も低い臣下であり、わが聖フランシスコ会跣足派の最小の修道士である卑しい司祭ですが、魂の幸福と異教徒の改宗を熱望して、一五九九年に日本に赴く意向をもってスペインを離れました。』

以後メキシコ、フィリッピンを経て日本に渡ったソテロは、いかにして日本語を修得出来、日本のキリスト教界に於て多数の信者を獲得して、彼らが教会とキリスト教義の理解者として定着していったかを縷々（るる）述べている。

更に、フィリッピンのマニラの臨時大使だったドン・ロドリゴ・デ・ビベロが、帰国途中に日本沿岸で難破した経緯や、救助されたドン・ロドリゴとソテロが如何に協力して皇帝家康に対して、キリスト教布教の便宜を取り付けたかを詳述している。

又ソテロが書翰中で特に強調したのは、日本へのイギリスとオランダの急接近に対しての要警戒の建言（けんげん）であった。

『オランダ人たちが一六一二年にマウリチウス伯の親書をもたらしました。（中略）彼らは陛下（スペイン国王）とその諸王国と臣下にとり、大変な損害となる条件を要求し、また提示したということでした。

それで私は当時、力の及ぶ限り精一杯に反対しました。その結果は、我らの主の働きによって皇帝（家康）は彼らの望んでいた条件に同意しませんでした。』

更にソテロは、イギリス人たちが密かに伸ばす、日本への触手の警告もしている。当時のスペインが最も恐れていたのは、イギリス勢力の日本での台頭であった。

『一六一三年に私（ソテロ）が出航するばかりであった時に、皇帝（家康）の子息（秀忠）の政庁（幕府）に、ついにイギリス人たちがその国王の新書を携え、大いなる権威と威厳を示して到着しました。私はその大使を訪ねて、その胸中を知ろうと努めましたが、彼は私にそれを隠しました。（中略）海の司令官（向井忠勝）が、私に書き知らせてきたところによると、イギリス人たちは彼らの望む通りに事が運ばなかったということであり、また皇帝とその息子は、他の何よりも陛下との友誼を尊重しているとのことです。』

この様に外圧の脅威を強調しておいて、ソテロは書き続ける。

『日本の最有力者の一人であり、その息子と娘が皇帝（家康）の他の二子と結婚している皇帝の親戚である奥州（voxu）の王（政宗）が、我らの聖なる信仰と神の教えの事柄について聞いて、これに非常に好感を抱いたので、日本の中で最大である彼の領国において、神の教えが宣べ伝えられ、彼の臣下のうちそうありたいと望む者全員が、自由にキリスト教徒になるよう布告令を出させました。』

つまりソテロは、日本の皇帝の姻戚者であり、広大な領地を有する伊達政宗自身と、その大勢の下臣たちのキリスト教への信奉の可能性について、可成り誇大に示唆して見せているのだ。

そして、ソテロは今、己が引率して来ている使節の大使常長について「かの地の由緒ある有能な人物」と紹介した上、その意図とこれまでの労苦に関して次の様に言上している。

『また奥州の王と彼の大使（常長）の善き意図と、陛下の内にその望みの成就を見出したいとの意向を以て、地の果てから御前に捜し求めてくる労苦を認めてくださいますよう。

そしてセビリアでもどこでも、使者が敬意をもって迎えられ、持て成されるよう命じていただけますよう。（中略）

このことを申し上げるのは、ヌエバ・イスパニア（メキシコ）では、大使に対して成すべき歓待がなされなかったからであり（中略）そこに行ったスペイン人には心底から敬意をもって歓待しようと努めるが、メキシコにおける陛下の大臣らは、しかるべき多大な好意と栄誉を、彼（常長）に与えることを怠ったので、スペインにおいて十分に彼を処遇しなければならないからです。――（後略）

一六一四年十月海上のナオ船サン・ヨセフ号より

フライ・ルイス・ソテロ（自著）』

こうしたソテロの巧妙な事前の根回しに対して、スペイン政府の対応は早かった。ソテロのスペイン国王への新書を同月十一日に受け取ったスペイン政府の枢密会議書記官アントニオは、直ちに次の様な指示書を関係方面に送っている。

『インディアス顧問会議議長に、この件について理解しているところを問い合わせ、もし反対の事由がなければ、書記官の書翰を、セビリアに送り、市長に件の大使（常長）に警吏一名を同行させ、道中の宿泊や待遇において礼を尽くして厚遇され、また何ら無礼や不自由を被らないよう手配させること。』

〔筆者註＝この時のインディアス顧問会議の議長は、サリナス侯である。サリナス侯は、マニラの臨時総督ドン・ロドリゴが上総（千葉県）沖で遭難した際、徳川幕府によってメキシコに送り届けられたことに対しての答礼の大使兼サン・フランシスコⅡ世号の司令官にあのビスカイノを任命した人物で、二人は昔からの昵懇の間柄であった〕

このアントニオ書記官は、さしずめ現今の（官房長官）といった役柄の人物で、スペイン国王の意向を代弁する書翰は少なくない。

この時点で、司令官ビスカイノのソテロや使節一行に対する誹謗中傷の文書は、国王やサリナス侯に届いていた筈である、にもかかわらず、このアントニオ書記官の書翰の様な厳正な発令の実現が見られたということは、如何にソテロの書翰が実効性の高いものであったかの証左でもあろう。

この枢密会議書記官アントニオ・デ・アロステギの指示に対して、さっそくセビリア市長は誠意に満ちた返信をしている。

『インディアス航路のガレオン船団がサン・ルーカルに到着して間もなく、当市は同船団で来た奥州の王の大使と、聖フランシスコ会の跣足派修道士にして当市の出身であり、また市参事会員ドン・ディエゴ・カバリェロ・デ・カブレラの兄弟であるフライ・ルイス・ソテロの書翰を受け取りました。

そこには彼らの旅行について、またそのために彼の王からの伝言と書翰をもたらしこれを使命としていること、そしてあの地方を我らの聖なる信仰に帰依させることや、陛下の諸国と彼の諸領国との間に、通商貿易を樹立する目的で来た由が、述べられていました。

陛下の御為になるかと思われたので、これに応え彼を歓迎し、こちらで費用を負担することにしました。』

セビリア市側が、使節一行に関わる費用を全額負担するに至った経緯については、国王フェリペ三世の強い要望であることが、別の書翰で明らかである。例えば、書記官アントニオが、レルマ公に宛てた書翰では、

『セビリア市が、この大使の歓待と贈物に十分意を尽くしたので、当市が当地（首都マドリード）までの経費を引き続き負担することを国王陛下が勤めとしてお認めになるであろうと、直ちにセビリア市長に返答するようにとのことでした。

そして大使（常長）の来訪から得ることのできる成果によって、これを為すことが適切であると見て、少しばかりの支出を惜しんで機を逃すことはないということであり、それについて国王陛下が理解されるように閣下（レルマ公）に御報告申し上げます』

これはつまり、国王の再側近に在る元老レルマ公爵に対して、自分が如何にセビリア市に費用の負担を強く求めたかを自賛している内容である。

この時期のスペイン王国は、不況のどん底。インフレによる物価騰貴は正に鰻（うなぎ）登りの有様だった。そこに遥か一万キロ以上の遠国から、〈友好〉という一方的な都合を持した三十人もの使節団が突如現れたのである。

しかも全くの素寒貧の状態で……。

当時のヨーロッパの常識ではおよそ思いも寄らぬ形なのだが、ソテロは事前にこの事について手紙で説明をしている。

曰く、日本に於ては儀礼を以て訪れた客人や外国の賓客に対しては、その滞在期間中の諸経費に関しては全てその国や領主が之を負担する。

日本で皇帝家康やその子息秀忠らが、如何にビスカイノやその配下の者たちを庇護したか。

又ソテロ自身や、幕府から見放されたビスカイノが、ほとんど無為無策に陥った時に、奥州の王伊達政宗が、如何に温情の誠を尽くしてこれを救ってくれたか……。

そういった日本のしきたりを、ソテロは夙に審らかにして、当事者たちを説得していたのだ。

それにしても、セビリア市の当惑、狼狽振りは想像以上だった。市議会は引きも切らず、その対応のために開会を余儀なくされた。一六一四年十一月十五日に開かれた、セビリア市臨時市会の議事録に、その一端を垣間見ることが出来る。

『議員ドン・セバスチャン・デ・カサウスの発言――既に市会で議決したことを守ること。そしてそれに従って、大使とその一行が当市に滞在する間は、市が決めた方式に則って彼らに食事の支給を続けることである。（中略）

当市滞在中の全経費と旅行経費は、当市の財源より支払うということになる。もしも市の金庫に金がない場合は、市は国王陛下への奉公という重要事であるので、資金不足で業務が滞ることのないように、市の他の部門の余剰資金より引き出すことを命じるよう、市長の伯爵閣下に請願すること。また、もし誰かが貸主より借り入れることが適当とされるなら、前記の金を借り入れ、同様に返済を市長の伯爵閣下を通じて行うこととする。』

正に使節一行のより良い饗応のためには、財布の底をはたいてでも、いや借金をしてまでも……という悲愴感さえ漂って来る文面である。

そんなセビリア市の苦衷を知ってか知らずか、支倉一行はいたって鷹揚に馳走に与っていた節が見える。その歓迎振りを、アマティはその使節記の中で次の様に記している。

『様々な御馳走や多数の給仕人、特別の余興などを用意し、その後も同じように料理の品を色々変えて、宴を続けたのである。その一方で市は、市の偉大さを知らせる機会を得た。』

〔筆者註＝スペインやイタリヤなど宗主国のみならず、その血を分けた植民地の人たちをも含めて、ラテン系の人たちは総じて楽天的で、見栄っ張りな所がある。しかし根底に在るものはむしろ、悲観主義(ペシミズム)なのだ。この辺りは我が大和民族と近似していると言えなくもない。砕いた言い方をすれば、「ええ格好しい」なのだ。

もはや破綻(はたん)寸前の財政でありながら、「市の偉大さを知らしめる機会を得た」と胸を張って見せている〕

『宴会の他に市長はしばしば大使に対し、個人的にも好意示し、喜劇や舞踊、懇親会などの楽しい催しで彼を喜ばせ、また大勢の騎士や貴族、修道士、その他の重要人物、特に裁判官や王室付きの役人も、それぞれが自分の家の贈り物を贈って大使を喜ばせた。』

〔筆者註＝「個人的にも好意示し」とあるように、大使支倉は、スペインの各地やローマに於ても、何故か個人的な評価が高かった。思うに常長は、ひと言でいえば「素朴な人柄」。つまり彼は自らの置かれた環境の中へ、「己自身を丸投げ出来る人」なのである。この泰然自若として、

相手に媚びることを潔しとしない姿は、例えば悪いが「秋田犬」そのものだ。こんな人柄が、お屋形政宗にも好かれたのだろう〕
〔筆者註＝「喜劇や舞踊」とは、タブラオと呼ばれる洞窟型の劇場で演じられる劇やフラメンコのことである。使節一行が旅装を解いた離宮近くには、御多分に洩れず歓楽街も少なくない。中でもサンタクルス通りは、当時最も殷賑を極めたいわゆる飲み屋街だった〕
しかし使節一行が、のどやかに享楽に浸れたのはここセビリア市だけである。
季節そのものも然る事ながら、その前途には実に寒々しい暗雲が立ち籠めているのを、未だ知る者は居ない。

四、王都マドリードへ

使節一行が、首都マドリードへ向けて、セビリア市を出発したのは、十一月二十五日である。

その直前の様子を、『ソテーロ伝』の著者ロレンソ・ペレスは次の様に記している。

『使節一行はマドリードへ旅を続ける準備をなした。

サルバティエッラ市長は、多大の愛情と親切をもって使節の為に盡力し、市の代表者として経費一切を負担し、使節一行が快適にして出来る限り速やかに旅行するのに充分な旅費、馬車・荷車・馬を用意した。』

要するに、セビリア市は最後の最後まで使節に対して、好意と誠意を以て之を遇したのである。

次の主要都市はコルドバである。一行は、セビリア市の盛大な見送りを受けながら出発した。ここから先は特に盗賊が出没する治安上不安定な地域とあって、市は相応の武装兵を途中まで随行させたという。

乗馬や荷車での一行の足取りは、極めて軽快だ。時折、頬に当たる小雪混じりの寒風の中、一日およそ四、五〇キロの道のりを踏破している。

最初の宿場町カルモナに着いたのは、夕方の六時頃である。この時期の日本では、とっくに日が暮れて暗闇の中だ。しかしスペインの日暮れは可成り遅い。この時間でもまだまだ明かるい。路上や広場では、子供たちでさえ遊んでいる位だ。

カルモナの丘の上に建つ古い宮殿が一行の宿所となる。カルモナに一泊した翌朝早く、一行は次の宿場町エシハに向け出発。エシハで仮眠の後、直ぐにコルドバに向かう。

十一月二十八日、使節一行は無事コルドバ入りした。その様子をアマティは次の様に描写している。

『中でも一番目立ったのは、コルドバ市に立ち寄った時のことである。この町ではドン・ファン・デ・グスマン市長が、一行を騎馬隊に出迎えさせて大使たちの入市を華々しいものにし、また、あらかじめ壁布を張り替えたドン・ディエーゴ・デ・コルドバの屋敷に彼らを宿泊させたいと思った。

そして間もなく市は、大使たちの手に接吻させるために、二十四人の陪審員と行列指揮者たちを送り、彼らを接待したいという願いがかなうように、数日間市に滞在してほしいと懇願した。』

アマティの記述は、先述したように多分にソテロの意向を忖度する傾向があり、如何にソテロや使節が歓迎されたかの描写に腐心している場面が多い。それに伴ってか訳文もいささか不自由で不安定になっている。一方『ソテーロ伝』のロレンソ・ペレスの記述は明快である。

『市長ドン・ファン・デ・グスマンは、使節を数日引き留めて歓待することを望んだ。然し、事情が許さなかったので一日だけ滞在し、司教座聖堂・王室厩（うまや）・監獄を訪れた。一行は市長の歓待の気持を謝し、トレドに向かい旅を続けた。』

つまり一行は、コルドバには一泊しただけで慌しく次に向けて出立したのである。別れを惜しんだ市の大勢の貴族たちが、三ミジャ（三マイル＝四・八キロ）以上にも亘って一行に付いて見送ってくれたとアマティは記している。

五、ラ・マンチャの男「ドン・キホーテ」

コルドバから次の目的地トレドまでは、数百キロを優に超える道程だ。

一行は途中険阻な山道や峠を越えて、いわゆる旧街道を黙々と辿りながら北上して行った。ヴィリャヌエヴァ・デ・コルドバ等の宿場を過ぎると、最後の難所シエラモレナ山脈の峠越えである。スペインの山容は樹木に乏しい。いわゆる岩山である。岩石の狭間に生える灌木の緑がむしろ、旅人の心を癒す唯一のよすがだ。

　辛苦の山行の末、一行は漸く峠の頂に立つ。此処からは下りの山道を一気に下りて行く。馬や荷駄を牽くロバの脚取りも軽快だ。

　漸く街道筋の宿、プエルトリャノに到着した。

「さあ明日からは、なだらかな丘陵と平原が続く、あの有名な高原〝ラ・マンチャ〟に入ります。皆さんセルバンテスという人を知っていますか？　ここイスパニアでは最も有名な小説家ですが……」

「…………」

　黙って首を傾げる一同に、ソテロは畳み掛ける。

「それでは『ドン・キホーテ』という小説、つまり物語のことは？」

「あ、そう言えば国許の仙台で、あるパードレ（神父）から聞いたことがある。そう何でもイスパニアの戦士の話だとか……」

　今泉が応じた。

「そうそう、それです。スペインでは戦士のことを、騎士といいますが」

「キシ？」

「そう、キシのキは騎馬の騎、シは、武士の士です。その書物の名は『才智あふるる郷士ドン・キホーテ・デ・ラ・マンチャ』、通常『ドン・キホーテ』で通ります。

　そのドン・キホーテの活躍の場となったが、明日皆さんが入る平原、そう、〈ラ・マンチャ〉の高原なんですよ。高原ですから寒暖の差が激しいので相当寒くなりますから、皆さん沢山着て下さいね」

「儂(わし)らは、寒さぬは驚がねんでがす。あの蔵王颪(ざおうおろす)の空っ風は、寒いっつうもんでねがすと（ないんですよ）。むすろ痛(いで)えんだがら。なや太郎左！」

　常長が応じた。

「そうでした。仙台の寒さも又一流です」

「いずりゅうどは、これは又えらぐ誉められだもんだなや！」

　常長の受け答えが可笑しいと、一同大笑いの一幕となる。

　身体は綿の様に疲れていても、皆、気分は壮快であった。

「夕食の後、物語『ドン・キホーテ』について少し御説明したいと思いますが、御希望の方はこの食堂に残って下さい。何しろ作者セルバンテスは、わがスペインの誇る大作家で、このソテロも大学時代にその作品に夢中になった一人なんです」

　ソテロはサラマンカ大学に在籍した事実がある。サラマンカ市は、マドリードの西北西に位置する古都である。そこに在るサラマンカ大学は、一二一二年創立の、イスパニアでも最も古い名門中の名門大学とされる。

　ソテロは、サマランカ大の医学部、若しくは神学部に学んでいたが、何を思ったか突然大学を去り、カトリック教の中でも最も戒律の厳しいフランシスコ会跣足派（オブセルバンシア）に入ってしまう。以来二十年余り。一五七四年九月生まれのソテロは、この時すでに四十歳を数ヶ月過ぎた年齢になっていた。

　そのルイス・ソテロが、この時点でセルバンテスの小説『才智あふるる郷士ドン・キホーテ・

デ・ラ・マンチャ〈EL ingenioso hidalgo Don Quijote de la Mancha〉』について話したいと言う。

ソテロはその性格上、駄弁を弄することはしない。

――何かがある――

常長はじめ使節一同の眼に、かすかな緊張の光が走った。

「先ず、この本の題名の〝才智あふるる人〟という点に注目しましょう。作者ミゲール・セルバンテスは、読者に対して端から戯弄・揶揄の言葉を投げつけて来ています。何故なら、この物語の主人公ドン・キホーテは、此の時すでに乱心というか、気狂いの状態の人だったからです」

そう言ってソテロは一同を見回した。はじめに用向きのある人や、興味のない人は部屋に帰ることを促したにもかかわらず、日本人全員が居残っていた。しかも一同、皆その目を輝かせてソテロを注視している。

「そう、主人公ドン・キホーテは、〈騎士の物語〉を読み過ぎて、頭が変になった人物なのです。それを〝才智あふるる人〟と言っているんですから……」

そう言いながら、自分の頭に指で円を描くソテロの仕種が可笑しいと、一同洪笑の渦に捲き込まれる。

――〈騎士〉という言葉は、この日本人たちを惹きつけている。日本の武士たち、中でもハシクラドノには、この際しっかりと〝騎士〟なるものの実体を理解して頂かねばなるまい――

ソテロの心の内にはこの時、仙台城の大広間で城主伊達様を交えて、三人で約した極秘の話がよみがえっていた。

此度の使節の、表向きの目的は二つだ。

一つは、メキシコ若しくはスペイン本国との交易、つまり貿易国交の隆昌問題について。

二つ目は、奥州の地つまり伊達の支配地に、フランシスコ会派の有力な司教・司祭を派遣し、日本の北東地域にキリスト王国を築くというものである。

一つ目の要望は兎に角、二つ目の〝キリスト教王国〟云々に関しては、明らかにソテロ自身の願望とみて良い。それに〝新らしもの好き〟の政宗が軽い気持で乗って来たのだ。

この奥州の地以北へのキリスト教宣布に関連して、ソテロが何気なく提起した言葉が「サンティアゴ騎士団入団」のことである。政宗がこの〝騎士団〟という言葉に余りにも強く反応したことに、むしろ驚いたのはソテロ自身であった。その説明に、政宗と常長はまるで少年の様に眼を輝かせて、聞き入っていた様子を、ソテロはつい最前のことの様に思い出していた。

「騎士団」という言葉の下敷きとなっている『騎士物語』について、ソテロは語り出した。

十二、三世紀のヨーロッパの若者たちにとって、歴史上に登場する数々の騎士たちは、正に英雄そのものだった。中でもイギリスに実在したといわれる〈アーサー王〉は、正に伝説の英雄である。五、六世紀の古い騎士としての存在であるが、その活躍ぶりは、多くの吟遊詩人と呼ばれる抒情詩人たちの語りによって、ヨーロッパ各地に弘められたのである。
吟遊詩人というのは、強いて例えれば日本の鎌倉時代を中心に、琵琶を弾じながら、平家滅亡の物語を語り謡い歩いたあの琵琶法師と比肩出来よう。

この吟遊詩人たちが吟誦して歩いた行迹として、若者たちの旺盛で好奇心に溢れた脳裡に焼き付けられたのが〈アーサー王〉であり〈円卓の騎士〉〈騎士ローラン〉にまつわる騎士物語の数々なのだ。

サラマンカ大学時代のソテロも、その一人であった。それどころか、ソテロが所属するフランシスコ会そのものの創始者といわれるイタリアはアッシジの人、フランチェスコですら、その少年期には、アッシジの町を吟遊する、流浪の詩人たちの語る騎士物語に夢中になり、将来は立派な騎士となり、国王に忠誠を誓い、神への信仰を厚くし、更には金殿玉楼の姫に篤い敬愛を捧げる決意をしたという。そしてゆくゆくは貴族に取り立てられて、諸侯の列に連がる……。後世、最も清貧にして高潔な聖人と称されたフランチェスコですら、少年期にはこんな俗世的な夢に心を躍らされたという。

やがて数々の騎士物語を読み耽った挙げ句、これを現実のものと踏み違えて実践に及ぶ輩も出て来る。

その一人こそが、ドン・キホーテの作者ミゲル・セルバンテスその人だったのだ。

セルバンテスは一五四七年、アルカラ・デ・エナーレスという田舎町の貧しい外科医の子として生まれている。外科医といっても、この頃は理髪師でさえ客の身体を切ったり、時には「血の気が多過ぎる」と、腕の血管から血を抜くことすら許された御時世だったのだ。

貧困のため碌な教育も受けさせて貰えなかったミゲルは、それでも繊細で読書好きな少年として成長していった。中でも騎士物語は、ミゲルを空想と夢の世界へと、否応無しに引きずり込んで行く。目に付いた騎士物語を片っ端から耽読(たん)するうちに、ミゲルは己自身が今や、人も羨む見事な騎士になった気分にすらなって来る。ミゲルは完全に、騎士物語という蠱惑(こわく)的な急流の渦の中に溺れ込んで行ったのだ。

やがてミゲルの脳裡には、例の面妖な定理が萌芽する。国王への忠誠心、神への信仰心、そして仮想の淑女（ドン・キホーテにおける〝思い姫〟）への篤い愛。そして行き着く処は〝貴族〟の席である。

そうこうする内に勃発したのが「レパントの海戦」だ。一五七一年、スペインは、ポルトガルやイタリアの侯国の海軍と連合して、当時勃興最中（さなか）のオスマン帝国の艦隊を、ギリシャ中部のレパント沖で迎え撃ったのである。

この戦いで、連合軍は難なく勝利を手にするが、驕りの余りか勢いのせいか、スペインは己の艦隊に〈無敵艦隊（アルマダ）〉の名を冠することになる。この事はやがて一五八八年の、イギリスとの乾坤（けんこん）一擲（いってき）の海戦で、〈無敵艦隊（アルマダ）〉の名は脆（もろ）くも潰え去ることへ連なって行くのだが……。

話を戻すと、件（くだん）のミゲル・セルバンテスは何を思ったか、若しくは矢っ張りと言う可きか、一歩兵としてこの海戦に身を投じたのである。海戦に〝歩兵〟とはと訝（いぶか）る向きもあろうが、当時の帆船ガレオンには、歩兵も多数同乗しており、船が敵船に接舷すると同時に、乗り移って攻撃を仕掛ける形を取っていたのだ。

セルバンテスはこの海戦で左手に深手（ふかで）を負って、その自由を失ってしまう。以来〈レパントの片手棒（かたてんぼう）〉の綽（あだ）名を付けられたとは、彼自身が半ば自慢気に、そして自棄糞（やけくそ）気味に書き記している。英雄気取りも、騎士気取りも未だ萎えていないミゲルではあったが、〝運命〟がそれを認めていない。

ローマの病院での療養を終え、地中海を船で帰国の途中の一五七五年、ミゲルは北アフリカの、アルジェリアの海賊に拉致（らち）されてしまう。そしてアルジェでの五年間の奴隷生活の後、どうにかスペインの故郷に帰ることが出来た。何時の世でも、奴隷が自由になるのは至難の事であるが、当時は、何がしかの金を払えば、身柄を受け取る事が可能だったのだ。

帰国後のミゲル・セルバンテスは、スペインの誇るあの〈無敵艦隊〉出撃のための食糧調達に献身した後、故郷の町の徴税係として落ち着く。漸く故郷の家での温もりの中、ミゲル青年は文字通り、堵に安んじる生活に身を置いた、筈なのだが……今度は、公金を着服した疑いで、投獄されるという憂き目に会う。それも三度もである。

――俺は狂っていた……。完全に〝騎士物語〟という書物の世界に迷い込んでしまったのだ。つまり俺は〈騎士物語〉と書淫に及んでいたのだ――

遂にセルバンテスに固着していた、〈騎士〉という憑物が取れる時が到来する。

――この巨人、そう巨大な化物〈騎士物語〉のことを書いてみよう。さんざんこの俺を悩ませ、苦しめて来た化物のことを――

こうして書き上げた作品が、『才智あふるる郷士ドン・キホーテ・デ・ラ・マンチャ』なのである。要するに、この主人公のドン・キホーテは、他でもないセルバンテスの若き日の姿そのものと考えて良い。

この作品の前編が擱筆されたのは、一六〇五年のことだ。この時点での作品への名聞は、充分にその紙価を高めるものであり、ソテロがサラマンカ大学で、ドン・キホーテを読み耽ったのも、この前編の部分である。

「猛獣の檻に挑んだドン・キホーテが〈ライオンの騎士〉になること」

この物語から始まる後編が、その大尾を得るのは、十年後の一六一五年のことである。その間、この作品の継続を望む声が巷に満ち溢れ続けた挙げ句、遂に〝アベリャネーダ〟なる贋作者まで現れる始末となった。

遣欧使節一行を率いたソテロが、マドリードに到着したのは、一六一四年の十二月二十日のことであるから、当時まだセルバンテスは、彼の畢生の作品『ドン・キホーテ』の仕上げのため、マドリードの自宅で、没我の境地に在った筈だ。

セルバンテスは自らのこの作品に、徹底して揶揄を加えて行く。それは愚弄とも解せるほど熾烈なものである。まるで己自身に、完膚無きまで鞭打ちを加えている感をさえ、読者に覚えさせる。

その一毫を、作品の中の主人公たちの名前に見ることが出来る。

先ずは〈ドン・キホーテ〉について。その〝キホーテ〟とは、当時の騎士が臨戦時に用いる全身防備の厳めしい金属の甲冑の中の、丁度股間に当たる所の、部品名のことである。〝ドン〟は尊称であるから、直訳すると〈股間当て閣下〉となる。

もっと日本風に砕いて翻訳すると、〈洋風金隠し殿〉なのである。(「金隠し」は、我が「広辞苑」の辞書にも詳述されているので、好事の向きは是非御参照あれ)

この〈ドン・キホーテ〉の名を蔑む要素は、それだけではない。語尾に〝オーテ(ote)〟と発音するスペイン語は、「でかくて不格好なもの」を意味するという。つまり〈でかくて不格好な股間当て閣下〉と纏めることが出来る。

次いで忠実で抜け目のない性格だが、少々頭が弱い従者〈サンチョ・パンサ〉の名前は、一体何を意味するのだろうか。ラ・マンチャ地方の言葉では、〝サンチョ(Sancho)〟は「豚」のことである。そして〃パンサ（Panza）〃は、「肥満の／腹の出た」という意味らしい。つまり〈サンチョ・パンサ〉は、「腹の突き出た太っちょ豚（でぶ）」となるのだ。

又ドン・キホーテの愛馬〈ロシナンテ〉の名前を分析するとこうなる。〃ロシン（Rocín）〃は、そのまま躊躇（ためら）うことなく「ぼんくら馬」、つまり「駄馬」である。ただ、作者セルバンテスにも、多少動物愛護の心があった。「ぼんくら馬」だけでは申し訳ないと思ったのだろう。〃ロシン〃に続く〃アンテ（ante）〃には、「以前の」という意味合いを持たせている。要するに「ロシン」＋「アンテ」で、「昔は只の駄馬だったが、将来は他の馬たちの模範となる立派な駿馬とならん」――そんな期待値を掛けているのだ。

〈ドン・キホーテ〉を〃正式の騎士たる者〃とする重要な要素である〃思い姫〃の存在と、その名前の由来にも言及せねばなるまい。騎士の資格の一つとして、作者セルバンテスは主人公ドン・キホーテにも〃思い姫〃であるドゥルシネーアを添えている。

ドゥルシネーアなる貴婦人は、無論実在しない。作者セルバンテスは、〈騎士ドン・キホーテ〉を成立させるために、ドン・キホーテが片想いしている農家の娘として、ドゥルシネーアを案出したのだ。彼女の住まいは、ドン・キホーテと同じラ・マンチャ地方のエル・トボーソ村にあるとされる。ドン・キホーテの故郷としたアルガマシーリャ・デ・アルバ村の北、五〇キロメートルに現存する村である。面白いことに、今でもこの村の住人たちは実際に、ドゥルシネーアの本当の出身地は、此処エル・トボーソ村と信じ込んでいるそうな。

ところで肝心の〈ドゥルシネーア〉の意味であるが、流石にセルバンテスも、婦人に対しては、得意の諧謔（かいぎゃく）を投じることはしていない。その意味は、「甘き香りのアンナ」――全く申し分のない趣とは言える。

因みに「アンナ」という女性が、聖書の世界に罷り出るのは、只の一人だけである。イエスが救世主（メシア）として誕生し、父ヨセフと母マリアに抱かれて、ベツレヘムから宮参りのためエルサレムの神殿に入った時、出会った女預言者の名が「アンナ」なのである。

彼女は救世主の出現を信じて、長い間断食を続け祈りを捧げて来た結果、漸くイエス・キリストに対面出来た時、すでに齢（よわい）は八十四歳の老女となっていたが、「この赤子こそが、エルサレムの民に安寧と救いを齎す御方なるぞ」と公告したと記されている。セルバンテスが、ドン・キホーテの思い姫の名に、果たしてそこまで深い拘泥を持ったかは、疑問となるところではあるが……。

さて自称勇者ドン・キホーテにも、「最後場（ば）」は設えられねばならない。長年に亘って遍歴の武者修行を続けていたドン・キホーテ主従は、その時カタルーニャ地方のバルセロナ近郊に居た。

六月のバルセロナは、有名な「サン・ファン祭り」で賑わう時である。〝サン・ファン〟と聞いて直ぐに思い付くのは、使節一行がメキシコのアカプルコ港に残して来た、あのサン・ファン・バウチスタ号のことだ。

つまりサン・ファン祭りとは、イエスに洗礼の儀を施したあの〈聖者ヨハネ〉を祭祀（し）する日なのである。ラテン語読みの「ヨハネ」は、スペイン語では「ファン」と発音する。

神への篤（とく）に信仰心を抱く主従は、わざわざこの月、六月を目指してバルセロナに居たのだ。そして、この地がドン・キホーテにとって、最後の〝果たし合い〟の場となる。無論という可きか、当然となる可きか、ドン・キホーテは此処でも呆気なく叩きのめされるのだが、今度の相手は敵ではなく、むしろ哀れな騎士ドン・キホーテを、その迷いの世界、つまり〝塵労（じんろう）〟の淵から救うために神が遣わした〈銀月の騎士〉であった。この騎士の正体は、ドン・キホーテ主従の故郷ラ・マンチャの村アルガマシーリャ・デ・アルバ在住の名士サンソン・カラスコだったのだ。

サンソンは、文武に秀でた人物である。

「さあ殺せ！　わしの思い姫ドゥルシネーアの名を穢された。このキホーテ、今や騎士として生き恥を晒（さら）すわけには参らぬ！」

そう喚き散らすドン・キホーテに、サンソンは静かに言った。

「もはや貴公の命までをも断とうとは思わぬ。それよりキホーテ殿、良く聞いて下され。貴殿の騎士としての修行遍歴の旅は、此処までとされよ。

これからは故郷ラ・マンチャに帰り、静かにその余生を過ごされるが良い。お分かり頂けますかな。ドン・キホーテいや、アロンソ・キハーノ殿」

アロンソ・キハーノと本名で呼ばれた時、ドン・キホーテは突然正気に戻った。

――そうだ、この俺は確かに村では善人アロンソ・キハーノと呼ばれていたのだ。そして、この決闘に破れて今惨めな姿で横たわっている――

「分かり申したぞ、サンソン殿。拙者も騎士として一敗地にまみれた男。この上は、潔く貴殿に従うことを誓い申す。

ああ、しかし思えば心狂いての長い昏迷の遍歴でござった。お蔭で拙者漸く、その転迷の旅から只今開悟した思いじゃ。そう、この身を観ずる思いとは、この事でござろう」

長い迷いの夢からドン・キホーテは、サンソンの助けを借りて、故郷の村ラ・マンチャへ帰って行く。

故郷の村に帰り、〝善人アロンソ・キハーノ〟として、再び静かな生活を送っていたドン・キホーテにも遂に、桑楡(そうゆ)の時が訪れる。

ドン・キホーテことアロンソ・キハーノは、主の教えに従い村の神父に懺悔(ざんげ)を済ませると、遺言書を認(したた)めて、その執行人として、神父と今や村の名士として自他共に認めるサンソン・カラスコを選んだ。

遺言書に第一に名を挙げられたのは、従者サンチョ・パンサであった。

『サンチョ・パンサ殿に、今手持ちの金子の全額を贈る——我が忠実にして、こよなき善人であるサンチョに対して、拙者は大きな罪を残した。それは彼をば、やがて島の太守(たいしゅ)にするという内約を、果たせなかったことだ——』

第二の遺産相続人は、ドン・キホーテの唯一の血族である姪(めい)のアントニアである。

『アントニアの縁談がまとまった折、自分の持つ全ての土地を与える。但し、その結婚の相手となる男への条件として、〝金輪際騎士物語などに現(うつつ)を抜かさぬ〟人間であること』

この遺言書を、執行人である神父様とドン・サンソン・カラスコが、この上ない森厳な面持ちで受け取ったのは言うまでもない。

そして涙のうちに、ドン・キホーテことアロンソ・キハーノの大往生を見届けたサンソンに、作者セルバンテスは〝ラ・マンチャの郷士〟こと、ドン・キホーテを讃える墓碑銘を作らせるのだ。

勇ましくも誇り高きラ・マンチャの男
故郷の野辺に安らけく眠れり
死神もドン・キホーテの名を、消すこと適わざりき
ああ、清うけきそが魂を、我らに托して身罷りし君よ
永遠に朽ちることなきその生涯が
のちの世までも伝えられんことを

筆者が、ドン・キホーテの最後の状況までをも執拗に描写したのには訳がある。それは、スペイン人セルバンテスがこの作品ドン・キホーテの中で主張したかった根源的なもの――〈滅びた肉体の中から生まれ出る、不滅・不朽の名声への本領〉が見えるからだ。

セルバンテスは、ドン・キホーテの墓碑銘の中に、それを置いた。

〈死神もドン・キホーテの名を消すこと、適わざりき〉

〈我らに托して身罷かりし君よ〉

――死に対して準備の出来た魂――これは古来スペイン人に対して評された寸言である。しかし、このことは取りも直さず〈名声欲〉にも繋がる言葉でもある。この己が命よりも〈名〉にこだわる信条は、わが武士道にも相通ずるものでもある。

〈死して後已む、亦遠からずや〉

〈末代まで名を残す〉

〈不惜身命〉等々、枚挙に遑が無いほどある。

しかしながら、唯一異なるものがある。スペイン騎士道と日本武士道に於ける〈死生観〉つまり生死に関わる哲学の違いは、武士道のそれがあくまでも〈公〉を中核としたのに対して、騎士道では〈私〉のものとして尊ばれる。これはスペイン人を、最もスペイン人たらしめている一種の〈神秘思想〉に絡む〈自己中心主義（エゴセントリスモ）〉から来るものと言われる。

たとえ死神であろうとも、ドン・キホーテの名を消すことは出来ない——と締め括った墓碑銘の中に、〈私的な名声欲〉にこだわったスペイン人セルバンテスの究極の信条が見えて来るのである。


宿場町プエルトリャノは、イベリア半島、つまりスペインの南部三分の一辺りを横断して、東の地中海に面するバレンシアと西の大西洋に在るポルトガルの首都リスボンを繋ぐ大動脈、アルバセテ街道のほぼ中央部に位置する小さな町だ。

どだい使節一行がコルドバを出立してから、古都トレドに到る行程は、どの資料でも曖昧なのである。

その理由のひとつとして挙げているのは、マドリードの国王筋からの首都到着の期日に関して、厳しい期限を提示されたことを挙げる筋もある。しかし使節一行が十二月二十日にマドリード入りして、実際に、国王と謁見出来たのは一月三十日である。

実に使節一行は、一ヶ月と十日余りも待たされたのである。このことは、国王フェリペ三世は別に使節一行の早期の王都到着を、督励どころか期待すらしていなかったことを意味する。

　アマティの『伊達政宗遣欧使節記』には次のように記されている。

『コルドバの大勢の貴族たちに見送られ、愛情の念をもちつつ別れた。その後、旅は非常に早いペースで進み、一行はトレドに到着した。』

　又『ソテーロ伝』のロレンソ・ペレスも急ぐ。

『（コルドバに）一日だけ滞在し（中略）市長の歓待の気持を謝し、トレドに向かい旅を続けた。』

　と鰾膠（にべ）も無い。

　しかしコルドバからトレド、あるいはヘタフェに到る道程は、ソテロや使節にとっては無視、省筆出来ない部分なのだ。それは、この区域こそが、あの〈ラ・マンチャ〉の平原そのものだからだ。名勝地好きのソテロ自身が、実はサラマンカの学生時代からの憧れの地が、このラ・マンチャだったのだ。

　そのソテロが、ラ・マンチャを素通りする筈がない。

　地図で見ると、コルドバからマドリードまでは、ほぼ真っ直ぐに北上する街道がある。確かにこの街道を行けば、何の迷いもなく目的地であるトレドや王都に辿り着くことが出来そうだ。しかしソテロは、使節一行に本当のラ・マンチャらしい風景を見せるために、寄り道をしたのだ。

　この事実、つまり使節一行が実際に歩いた道筋を、いみじくも指摘している資料がある。『支倉常長・遣欧使節もうひとつの遺産』を著した、太田尚樹氏自身の文章を、拝借させて頂く。

『一行は、コルドバからまっすぐ北上してラ・マンチャの大地へ入って行った。

青い空と大地を分ける一本の地平線だけが真っすぐに、果てしなく伸びているラ・マンチャは、物語ドン・キホーテの舞台である。オリーブの林の木陰を抜けると、見渡すかぎり葡萄畑と、その先には広大な小麦畑がつづき、なだらかな丘の上には白い風車が見下ろしている。

若き日の私は、週末になるとマドリッドを五〇ccのホンダのバイクで発ち、ラ・マンチャの風のなかを走るのが好きだった。（中略）

ラ・マンチャの大地を渡る風のなかを抜けていったのは、騎士ドン・キホーテと従者サンチョ・パンサ。

作者のセルバンテスが、まだマドリッドで健在だったころ、日本の侍たちはドン・キホーテの舞台ラ・マンチャの大地を、馬に跨って越えて行った。つるべ落としで日が短くなる晩秋のことである。

一行はコルドバを発ってから、トレドの手前一五〇キロにあるアルマグロという小さな町に立ち寄った。

町外れのシウダ・レアルと、トレド方面に分かれる交通の要所に、大きな聖フランシスコ派の修道院があるからだ（中略）

今ではだれでも泊れる、国営ホテルのパラドールになっているこの修道院は、パティオ（中庭）が一六もあり、青い蔦に囲まれた正面の鐘楼からは、昔のままの音色の鐘が聞こえてくる。

侍の一行は俗界から隔離された聖域で、旅の疲れを癒したのである。（中略）

一行はマドリデホスの村を左手に折れ、コンスエグラの村の風車の丘を越えて行った。丘の両側には今も、風車がいくつも残る、もっともラ・マンチャらしい風景だ。』（文中傍点筆者）

読む者の頬を、実際にラ・マンチャの涼風が撫で去って行く、そんな錯覚をすら覚えさせる氏の写実性豊かな文章である。文中、臆面もなく傍点をつけさせて頂いたのには、この部分こそが、使節の行程の重要な鍵となっているからだ。

つまりソテロは、アルバセテ街道筋のプエルトリャノを発った後、トレドへの街道を真っ直ぐ北上せず、次の宿場町シウダー・レアルから右折したのである。そして、アルマグロの町の聖フランシスコ教会に宿泊したのち、そのまま北上すると、カスティーリャ・ラ・マンチャ地区に入る。今はスペインの自治州となっているこの地区こそが、ラ・マンチャ平原の中枢なのだ。

荷馬車に揺られながら一行は、ラ・マンチャのなだらかな平原と、越えては現れる丘陵を次々と遣り過ごして行く。

前夜の宿場プエルトリャノで、ソテロが物語った『ドン・キホーテ』の世界そのものの中に居る不思議な錯覚が一行を包みこむ。

時折、丘の上に建つ巨大な風車を指して常長が叫ぶ。

「何だべや（何ということだ／「べや」は強意の接尾語）！　あだぬでっけえ物さ突っ掛がって行ったんだべが、ドン・キホーテ様は?!　ひとったまりもあんめやなあ！　ところでソデロ様、あの風車は一体何さ使うんだべが？」

「あれは、風の力を使って小麦を搗いて粉にしているのです」

「ほんでは（それでは）、おらほの（わが日本の）水車どおんなずもんでがすなや（同じ物でございますな）」

「そうそう、日本は急流の川が多いですから」

ソテロ自身にとっても、このラ・マンチャをゆっくり辿って行くのは、夢でもあったのだ。

この時期は、果てしなく続く小麦畑も、うす茶けた平原に時折現れるオリーブ畑の濃い緑の樹の下にも、全く人影は見当たらない。使節一行の荷駄隊の進行を邪魔したのは、羊の大群である。餌場を求めて大挙して移動する風景も、またラ・マンチャ平原の一つの風物詩なのだ。

「この羊の群れをば、敵の大軍と錯覚したんですなあ」

小平元成が呟く。

「ほだほだ（そうだそうだ）。ほして（そうして）挙げ句の果でさ、石ばぶっつげられてぶっ倒れるんだべさ！　まったぐなや！（本当にどうしようもないものだ！）」

そう言いながら常長は笑った。

冬のラ・マンチャ平原は乾燥の只中に在る。〈ラ・マンチャ〉とは〝乾いた土地〟を意味する。その大地を羊の大群が蹴散らすのだ。煙のように舞い上がった塵埃が巨大な塊となって平原の各所を動き回っている。狂人ドン・キホーテには、これが敵襲来の狼煙に見えたのだ。

この辺りの模様を、作者セルバンテスは次の様に描写している。

――ドン・キホーテの名調子に、サンチョは思わず聞き惚れたが、見えるのは砂煙ばかりだった。

さらにドン・キホーテは続けた。

「はたまた前方の大軍は、アジアの国々の軍勢だ。どんな誓いも踏みにじるヌミディア人、弓矢で名を挙げたペルシャ人、謀のうまいパルティア人とメディア人、残忍で知られたスキティア人、数限りなく居るわ。

そして後方から攻める大軍は、ヨーロッパ全土の軍勢だ。金色のタホ川のほとりから、牧草豊かなタルテーソの野から、凍て付くようなピレネー山脈の麓から、オリーブ繁るペティース川の村から、思い思いの鎧を纏って、押し寄せて来たのじゃ」

前後も左右も、軍勢など見えやしないのに、よくまあ、これだけの騎士や人種の名を並べたものだが、ドン・キホーテの脳みそは、読みまくった騎士物語の中身に、どっぷり染まっていたのである。

サンチョは、何とかして諸国の軍勢の姿を目に焼き付けようとしたが、何ひとつ見えないので、たまりかねてこう言った。

「おらには、騎士も巨人もさっぱり見えねえだ。旦那さまには済まねえが、こりゃあ、何かの魔法の仕業に決まってるでがす」

「愚か者め、お前にはあの軍馬の嘶きも、ラッパの勇ましい響きも、どどろく太鼓の音も聞こえぬというのか?」

サンチョはますます首を傾げて、申し訳なさそうに、ドン・キホーテの顔を見た。

「おらに見えるものは朦朦の砂塵、聞こえるのはヒツジ共の鳴き声だけだあね」

「ああ、何たることじゃ！」

と、ドン・キホーテはいきり立った。――

羊の大群を、ドン・キホーテが敵の軍勢と見誤った様子を、作者セルバンテスはこの様に書いて、更にその結末を見せてくれる。

——頭にかーっと血が上ったドン・キホーテは、自分を正義の騎士と信じて疑わず、眦(まなじり)を決して砂煙の中へ突っ込んだ。

驚いたのは羊飼い達で、「危ねえから止めろ、止めろ。」と怒鳴ったが、効き目がある筈がない。

とうとう羊飼い達は怒って、腰に付けていた拳(こぶし)ほどの石を、雨あられとドン・キホーテに投げつけた。——

この石を横っ腹と口に当てられ、歯を四本も折った我らがドン・キホーテは、口から血を吐きながら落馬、失神に及ぶのだが、作者セルバンテスは、自称〝遍歴の騎士〟ドン・キホーテをこのまま死なせはしない。

——やがて息を吹き返したドン・キホーテは、サンチョに自分の口の中を調べさせる。

「一体旦那(いってえ)さまは、歯が何本あっただね？」

ドン・キホーテは顔を顰(しか)めて答えた。

「数は覚えてはおらぬが、親知らずを抜いた他は、前も奥も丈夫な歯ばかりで、虫歯の痛みは知らなんだが……」

「えーっ、本当ですかい。こりゃ酷え、下の奥歯が二本残ってるだけで、上っかわは、つるんつるんでがすよ」

「情けない、この騎士としたことが！」

と、ドン・キホーテは我が身の不運を歎いた。──

六、古都トレド

『ソテーロ伝』の著者ロレンソ・ペレスは、一行が十一月二十五日にセビリアを出立した後の足跡を次の様に記述している。

『（コルドバに）一日だけ滞在し、司教座聖堂・王宮厩（うまや）・監獄を訪れ、市長の歓待の気持を謝し、トレードに向かい旅を続けた。トレードでは大司教に挨拶しただけで滞在することなく、ヘターフェまで旅し、この地から枢密会議に到着を報告した。』

極めて素っ気ない。ラ・マンチャもトレドも、イスパニア、つまりイベリア半島では昔から国際的な観光地、〝見せ場〟なのにである。

思えば、三十七年前の一九八五年（昭和六〇年）、筆者はマドリードから列車でイベリア半島最南端ジブラルタルまで下ったことがある。ジブラルタル海峡を船で渡って、北アフリカのモロッコに入り、最終目的地エジプトのアレキサンドリア市に向かったのである。

無論、急ぐ旅とはいえ、スペイン最高の景勝地〈トレド〉を素通りする筈はないのだ。この夕ホ河沿いに文字通り〝つくねん〟と佇む古都トレドの姿は極めて絵ハガキ的であるが、かつて十一世紀から五百年もの間、スペインの首都であった栄光と、一種犯し難い矜持をも感じさせるものだ。

日本の古都奈良にも言えることだが、多くの戦いの歴史を秘めた場所には、一見整然とした景色の中にも、精気の脱けた無機的な空気が漂っている。

トレドは八世紀からおよそ三百年の間、イスラム教国の支配下にあり、その間に塗擦された異文化の色調や形骸は、独特の猥雑さを以て観る者を惹きつけるのだ。こうした古都が放つ独特の魔性に取り憑かれて、遂に住み付いてしまったのがあの世界的な画家エル・グレコである。

グレコは本来、クレタ島生まれのギリシャ人であるが、当時のヨーロッパの若い画家たちに人気のイタリアのヴェネツィアに行き、当時の画壇の巨匠ティツィアーノ・ヴェチェッリオに師事して業を磨いた。

その後グレコが発表した大作が「オルガス伯の埋葬」で、グレコの出世作となる。一五八六年制作のこの絵は、トレドのサント・トメ寺院に秘蔵される。

グレコは以後、ミケランジェロやラフェエロなどの影響を受けつつ、トレド市内の寓居に籠もり、次々と作品を産み出した。「聖マウリティウスの殉教」「キリストの復活」「枢機卿タヴェラ」等々、枚挙に遑がない程精力的に描きまくったのだ。

その中で最もトレド的、つまり古都トレドそのものを俯瞰的な角度で描いたのが「トレドの展望」である。画家グレコがこの絵を描いたと思われる同じ場所に使節一行も立って、トレドの町の全貌をそれぞれの脳裡に焼き付けたのだ。

一行はその後アルカンタラの橋を渡って、町の中心部へと下りて行った。敷きつめられた石畳の上を裸足でロバを引く男たち、ひっきりなしに往き来する黒衣の修行僧の姿に目を奪われながらも、一行は古びていて極めて南蛮的な建物に、刹那（せつな）的な旅情を感じ取っている。

トレドの町のほぼ中心に在って、特に旅人の目を惹く「大寺院」がある。九世紀頃この町を支配した、イスラム教徒が建てた回教寺院を、その後、都を奪回したキリスト教徒が作り替えたものだ。その二つの異文化が混淆（こんこう）し合った、つまり化学的変化を醸（かも）し出した、一種独特の雰囲気・風情の建物だ。

この大寺院（カテドラル）の大司教は、使節一行を茶菓でもてなした上、この東方の地の果てからの珍客に、大いに興趣を惹かれたのか、今宵の泊を是非当院でと奨めるのを固辞して、一行はトレドの街をゆっくり眺めながら帰途に着いた。

「あ、皆さん一寸この建物をみて下さい」

突然ソテロが一行に呼び掛けた。

「これは病院ですが、ある事で皆さん即ち遣欧使節団と関わりのある建物なのです。分かりますか？」

ソテロは悪戯っぽい目を一行に投げ掛ける。

「実は、この病院の名が〈サン・ファン・バウチスタ〉と言うのです。ほら、皆さんが月の浦から乗って来て、アカプルコの港に置いて来たあの船と同じ名前でしょ？

このソテロ、学生時代に読んだ旅行案内の本で知っていたのですが、今、この病院の前を通ってそのことを思い出したのです。

そうそう、その案内書によると、この病院を有名にしているのは、ある世界的に有名な画家、先刻案内の人が一寸触れていましたが、あのグレコの絵がこの病院には置いてあるそうです。えーと何という絵でしたか……そうそう『枢機卿タヴェラ』という傑作なのです。以前にも言ったと思いますが、〈サン・ファン・バウチスタ〉——日本語では〈洗礼者・聖ヨハネ〉ですね、この名前は此処イスパニアではとても人気のある言葉で、ガレオンつまり船の名前にも縁起の良いものとして良く使われるのです。良く考えてみれば病院も、人の生き死にに直接関わる厳粛な場所として、聖らかな名前に拘泥ったのでしょう」

「実に興味深い話ですなあ。それにしても、ソテロ様の頭の中はどうなっているんですかね？」

今泉が感に堪えた様に言った。

「ほんだなや（本当だなあ）。全くソデロ様の記憶力は、一体全体なじょぬ、なってんだべがや（どんな風になっているんだろうか）？」

常長も応じる。

トレド街道に出た一行が、マドリードの郊外の町ヘタフェに着いたのは、小雪のぱらつく十二月十五日の夕方である。ソテロはさっそく、一行の到着を王宮の枢密会議に連絡する。その辺りの様子を『ソテーロ伝』でロレンソ・ペレスは次の様に記録している。

『枢密会議は国王フェリペ三世と諮って、聖フランシスコ修道院を宿舎とし、王宮の絨氈（ママ）で修道院の装飾を施し、出費は全て枢密会議並びにインド顧問会議で賄うよう指令を出した。』

要するに使節一行を迎えるため、マドリードの王宮は天手古舞いを余儀なくされたと言っている。あるいは、その風を装って見せたのだ。

はっきり言うと、この段階からマドリード側にとっての支倉遣欧使節は、〝招かれざる客〟そのものだったのだ。それはセビリア滞在時に、市当局の脆弱(ぜいじゃく)な財政事情の中、一行に支出した費用が予想を遥かに超えるものだったからだ。

『ソテーロ伝』の記述を続ける。

『すっかり準備を整えて使節一行は、十二月二十日、首都に入り、盛儀を行わず聖フランシスコ修道院に直行した。

貴族多数の来訪を受けたが、そのうちに侍従長、王宮聖堂主任司祭、並びにドン・ベルナベー・デ・ビバンコは、国王に代って訪れ、歓迎の辞を述べ、万事手配してあるが、使命奏上の日が決められるまでは長途の疲れを休めるように言った。』

一行は、セビリアでの熱狂的な歓迎を味わっているだけに、このマドリードでの極めて儀礼的な対応に、真冬の空気そのものの冷やかなものを感じたのだ。

そして現実的にも、一行は国王との謁見の日まで実に四十日間も待機を余儀なくされている。

七、国王フェリペ三世との謁見

一六一五年（慶長二〇年）一月下旬、使節団は、国王が三十日に謁見する旨の通知を受け取った。マドリード国立図書館に存する『謁見略記』によれば、次の通り謁見が行われた。

『使節に対して、一月三十日金曜日に参内するよう国王から通知があった。国王は馬車三台に、馭者一名を差し遣わされた。（中略）使節は衣服をあらため、貴族が国王の御前に出る時下げる勲章を受けた。

暫くそこで待っていると内に招じ入れられた。そこで国王は玉座の下に立ち机に凭れておられ、その傍に七名の大官とその他多くの有爵者、騎士が起立し、大官以外は皆脱帽していた。

支倉使節・総長直属管区長それにソテーロ神父の我々三名は、使節を中央に、三度敬礼し近づいて国王の手に接吻することを願い出た。

国王は帽子を脱ぎ、体を少し曲げて我々に起立を求められた。使節支倉は、起立して次に掲げる様な談話をなし、私が内容を国王に説明した。支倉は跪き、奥州王伊達政宗の書翰と協約書に接吻し頭上に捧げ持って、国王に手渡した。』

以上は『ソテーロ伝』に記された、一六一五年一月三十日に使節が国王フェリペ三世との謁見の模様である。この場で支倉常長が使節の大使として奏上した言詞が残されている。

『光を求めて来た人が、多くの艱難を経験したのち、光を見つけて喜ぶように、私は天の光のない国から、天の光に満ち溢れた国に参り、世界の大部分の土地を照らす太陽とも譬えられる、陛下の御前に出て、海陸のあらゆる労苦を忘れ、心より嬉しく光栄に存じます。

私の参りました土地は、（私の存じます限りでは）世界の中で、当地より最も離れた所にあります。日本奥州王国と称し、この国の王である私の主君は、伊達政宗（Ydate Masamune）と申します。私が派遣された理由が二つあります——』

これは、書状を読んだものではない。支倉が直接口上で国王に伝えたものだ。

ここで読者諸氏が、先ず気付かされることは、支倉は何時から詩人又は夢見る物書きになったのだろうか、という疑念であろう。要するにこの記録は、支倉がぼそぼそと、しかし渾身の力をふり絞って、しかも相当な東北訛を交えて放った言上を、通詞役のソテロが、持ち前の歯の浮く様なバタ臭い美文調に変換したものだ。

「光を求めて来た人」「天の光に満ち溢れた国」――などという表現は、支倉はおろか、当時の日本人には逆立ちしても出し得ないものなのだ。

アマティの『伊達政宗遣欧使節記』にしても、その内容に於て、またその表現に関して、ソテロの盛った誇大で巧みな修辞に満たされているという巷説（こうせつ）も、宜（むべ）なるかな、なのである。

常長はこの時の奏上で、政宗の願望二つを国王に伝えている。

その一つは、ソテロのキリスト教に関する教説により、政宗のみならずその家臣たちも神の恩恵に預かることを願っており、又この事を成就するために、是非とも奥州の地に、宣教師を派遣して頂きたい。又この事を確実なものにするため、世界のキリスト教徒の父として君臨されておられる、ローマの教皇聖下への、執（と）り成しの労を是非とも国王陛下にお願いしたい、ということである。

使節参上の二つ目の理由として常長が言上した内容は、実に驚く可きものであった。『ソテーロ伝』をそのまま牽（ひ）く。

『私の参上した第二の理由は、主君奥州王（政宗）が、陛下の強大なことと、庇護を求める者に対し寛大なことを聞き及び、代理として私を遣わし、わが身・領土・領国内にあるものことごとく、を、陛、下、の、庇、護、の、も、と、に、献、じ、親交と奉仕を申し出、今後いかなる時いかなる事柄に於いても、陛、下、の、お、役、に、立、つ、ことが必要な場合は、喜んで力を尽くしたいと望んだからであります。』（文中傍点筆者）

本当に政宗が、常長にこの台詞（せりふ）を言わせたのだろうか。

若し政宗の世臣たちはおろか、駿府の御大家康や時の将軍秀忠らが聞いたら恐らく、仰天驚倒の態様であったろう。この時期日本国内では、前年の慶長一九年（一六一四年）十月の「大坂冬の陣」の後始末に追われ、大困乱の最中（さなか）であった。そして慶長二十年（一六一五年）は、「大坂夏の陣」を控えて、幕府は国内の諸分野の引き締めに、躍起となっていたのである。

やがて夏の陣を終えて、大坂城の落城、そして豊臣秀頼と母淀君の自害へと連なって行く。

息つく間もなく、幕府の締め付け策は容赦なく続く。

「大名の一国一城令」「武家諸法度の施行」そして「諸宗諸本山法度」と、時の将軍秀忠はひたすら幕藩体制、つまり徳川幕府の再構築にかかった年なのだ。

そんな中での、正に緊張感の露ほども感じられない支倉の言上である。

「政宗の命、領土、その他あらゆる物をフェリペ三世陛下に差し上げます……」

どう砕いて見ても、中味は変わらないのだ。しかし、この盟約には大きな抜け道があった。それはこの約款（かん）が書状の形をなしていない、つまり確約の証がないということである。つまり〝口では何とでも言える〟なのだ。政宗の梟雄（きょうゆう）たる所以（ゆえん）なのだろう。

常長は、このスペイン国王への言上の最後に、己自身への国王手ずからの授洗の希望をも述べている。

その部分を『ソテーロ伝』から牽く。

『以上のような次第で、私は日本より陛下（フェリペ三世）御前に参上いたし、それと共に書翰及び進物を持参いたしております。今私は最も遠く離れた地に来て、陛下の御前にあり、海陸の長旅の疲れを休めております。その褒美として、陛下の御手によって、キリスト教徒になることができますならば、この上なく名誉のことと存じます。』

こうした常長の陳述に対して、国王フェリペ三世の答辞は、意外と誠意のこもったものだった様だ。

『閣下（常長）がもたらされました報知により、閣下がお求めになっていらっしゃるような正しい事を解決するのは、私の役目といたしましては当然なことで、必要なことは誠意を以て解決いたしましょう。（中略）

閣下がキリスト教徒になりたいとの希望をお持ちのことは大変よろこばしいことで、私（フェリペ三世）の出席のもとに儀が執り行なわれることは光栄の至りであります。

閣下の御希望に従い臨席いたしますが、後程適切な指示をいたしましょう。』

使節一行は、大官全員の盛大な見送りの中王宮を離れ、宿舎聖フランシスコ修道院に戻ったのである。

驚いたことに宿舎には、王宮御納戸係（レポステーロ）の職員が先着しており、帰って来た一行に次の様な王の意向を告げたのである。

「王室が一行滞在の費用を負担し、王室の食器を用いることを許可する」

国王フェリペ三世の大きな温情が、一行の心を包みこんだ出来事であった。

しかし、国王の使節への厚意に満ちたもてなしの反面、件のインディアス顧問会議の思惑は、依然冷やかなものであった。同年二月四日に、顧問会議が国王に送った意見書がある。

『奥州の王から遣わされてきて、当宮廷に滞在している日本人はすでに謁見済みですが、（中略）経費が多く掛かっていて苦しい勘定から支出しています。国庫が不足しているので、陛下の予算から捻出して、彼らを援助しなければならなくなっております。

また、サン・フランシスコ修道院において、彼らの宿泊施設が原因で非常に不便な思いをしているようです』（A.G.L.Fillipinas.1228／文中傍点筆者）

これは、大泉光一氏の研究資料からの引用であるが、国王の諮問機関であるインディアス顧問会議が吐露した、当時のスペイン国庫の偽らざる状況であったろう。

一五八八年のイギリスとの海戦で、悪天候という自然の負荷が加わったとはいえ、スペインが世界に誇った〈無敵艦隊〉百七十隻余りの潰滅以来、スペイン王国の国運は急坂を転げ落ちる勢いで、衰頽の一途を辿っていたのだ。

首都マドリードの街中には、平時では考えられない様な悪や事件が蔓延っており、住む家も食も無い乞食、つまりホームレスたちで溢れ返っていたという。

そんな困窮の最中、国王フェリペ三世が、使節一行を〝鶏黍の款〟を以て饗応した理由は、何処にあるのだろうか。

ひとつは、かつて世界の七つの海を制した大帝国、イスパニアとしての放下し難い矜持であったろう。下世話な表現を許して貰えば「腐っても鯛」なのである。

二つ目の理由として挙げられるのは、取りも直さず、フェリペ国王の、使節大使支倉常長への懇情そのものなのだ。フェリペ三世が、ローマ駐在イスパニア大使ドン・フランシスコ・カストロ伯爵に対し送った書翰に、王の支倉評がある。

『すでに聞き及んでいると思うが、日本における奥州王の大使が当地に参り、今その地へ渡航しようとしている。（中略）朕の名において彼を助け、彼が諸君に求めることは全て、朕が非常に良く奉仕した如く、貴下も同様に彼らのために、最も都合の良い方法で援助するよう命じる。支倉大使は誠実で尊敬できる人物であり、人柄も称賛を受けるに値いし、当地でうまく自己管理（自制）をしていた。

また、サン・フランシスコ会跣足派のフライ・ルイス・ソテロ神父も大使と当地に来ており、一緒にローマに行く。神父は大使を助け、特に熱心に世話をしていた。

朕は教皇聖下宛てにも彼の推薦状を書いておく。大使に起きた事柄に関しては、朕へ報告するようにしなさい。』（A.G.S.Estado Espanol.1001 136）

前記のインディアス顧問会議が国王に奏上した意見書の中に、筆者が傍点を付した、いわゆる使節一行の宿泊所となった聖フランシスコ修道院側の窮状に触れた部分がある。

八ヶ月に及ぶ使節のマドリード滞在は、その逗留場所聖フランシスコ修道院に真っ先に難儀を与えたのだ。

一行がマドリード入りして、この修道院で旅装を解いたのは一六一四年（慶長一九年）十二月二十日である。そしてローマに向け出立したのは、翌一六一五年八月二十二日であるから、正確に勘定すると九ヶ月にも及ぶ長い滞在だったのだ。その理由については後に触れるが、およそ半年後に修道院長の不満が爆発する。それを受け止めたのが、インディアス顧問会議である。

一六一五年（慶長二〇年）六月の書翰が残されている。

『六ヶ月前に陛下の御命により、日本の大使とその家臣併せて三十人以上の者を修道院に受け入れるよう命じられ、修道士たちの間に多数の俗人が、長期にわたり居住することは、大きな混乱を生じかねないのに、喜んでこれを引き受けました。これは当初から、この修道院にとって重い負担でしたが、今はたとえ数日間といえども過剰な困難さを引き受けることはできません。

というのも病人が多数出て、すでに短い間に腸チフスで五人が死亡し、他にも一人同じ病気で危篤であるために、終油の秘蹟を授かっているのです。

多くの死者が出たのは、日本人が占めている部屋は病室であり、下の部屋は病人達が暑い時期に入って治療を受ける部屋で、不便で劣悪であるからです。こんな状況のため、日本人たちを当修道院から、他のところに移すよう懇請いたします。』（『大日本史料』12／12）

この懇請を受けたインディアス顧問会議は、得たりやおうとばかりに使節一行を、六月に予定されているスペイン艦隊のメキシコ行きに随伴させて、帰してしまうことを国王に提言したのだ。この期を逃がすと新世界、つまりメキシコ等の植民地に向かうスペイン艦隊は翌年待ちとなるからである。

そうなると、使節一行に費やされる国費は、更に膨らんで実に〝二万ドゥカド（当時のスペインの一般的な結婚式費用に相当）を超えるものになる〟とインディアス顧問会議は試算したのである。

腸チフスで修道士五人が死に、一人が重態となると、正に徒ならぬ事態と見て良いが、使節側に一人の罹患者も出なかったことは、僥倖という可きか。

こうしたスペイン王国の裏事情を踏まえた上で、我々は表舞台つまり支倉常長の晴れの洗礼の儀への足取りを見て行く。

ロレンソ・ペレス著の『ソテーロ伝』に戻る。

『二月四日、使節一行はレルマ侯爵を訪れ、陸奥の大名の書翰を渡し、主君の名で挨拶をした。

これに対し公爵は、与えられた名誉に謝意を表した。使節が述べたことを聴き終ると、国王に執り成し、使節が希望していること全部が叶えられる様努める。特にローマに行くのに必要な、使節が希望している教皇宛て書翰を国王に請願する旨約束した。』

大使常長を、先ずレルマ公つまり国王に次ぐスペインの宰相、今の日本の政府の総理的存在に挨拶させたのは、やはりソテロの算段によるものだ。レルマ公は当時六十歳ほどで、フェリペ三世より二十五も年長。要するに親子ほどの年の差であった。フェリペ三世が国王に即位と同時に宰相に就任しており、国王の信任が特に厚い人物。

もともとフェリペ三世は国政に対する熱情の薄い人物で、父フェリペ二世をして「神は私に統治能力絶無の息子を与えた」と天を仰がせた位だ。もっとも父君フェリペ二世とて、決して名君の誉れの高い人ではない。

『ソテーロ伝』の訳者野間一正氏によると、「戦争のし過ぎ、金銀に飽かし、個人的にも贅沢三昧に暮らしており、反面、国政上では、言論思想の統制を異常な程強めた国王」と手厳しい。

剰え、子息フェリペ三世が代を継いだ時には、実に一億ドゥカド以上の負債をも残している。

（アントニー・シモン著『17世紀のスペイン』より）

そんな親子二代の、国王たちの後始末に直接携わる宰相は、当然辣腕の持主でなければ務まらない。レルマ公ことフランシスコ・ゴメス・デ・サンドバル・イ・ロハスは、確かに敏腕家であった。そして、その事を夙に見抜いていたソテロも、また〝具眼の士〟であったことも確かなことである。

インディアス顧問会議議長サリナス侯ことドン・ルイス・デ・ベラスコは、前メキシコ総督在任時、彼のビスカイノ司令官を日本への答礼大使として派遣した人物である。彼は、ソテロと反りが合わないビスカイノの讒言をまともに受けて、これまでも様々な形で使節一行の奥南蛮行きの進路に妨碍の地骨を並べて来たのだ。そんなサリナス侯の異見を退けることが出来るのは、この時点では、宰相の肩書を持つレルマ公以外には、国王しか居ない。

さて、それはそれとして、一行は二月七日を迎える。

『ソテーロ伝』に戻ろう。

『支倉は、主君陸奥の大名の贈物を、国王に呈上するよう通知を受けた。この引渡し役に、ソテーロ師と護衛頭ドン・トマス・タキノが委任された。

護衛頭は贈り物を差し出す際、「陛下、イスパニア国王の強大なことを考慮されれば、つまらない品でございますかも知れませんが、友情と尊敬の印として、奥州王からこのささやかな日本の品をお贈りいたします。陛下がこの贈り物を嘉納されんことを、主君の名に於いて請願いたします」と述べた。

イスパニア国王は、奥州王の厚意を謝し、贈物を嘉納する旨答え、辞去に際し、この贈物が珍しくて精巧であるとの称賛の言葉を賜った。』（文中傍点筆者）

時に、インディアス顧問会議々長サリナス侯周辺から、使節一行をまるで「物乞い使節団」呼ばわりをされ、「金ばかり掛かって仕方がないから、一日も早くイスパニア圏から追い返せ」等の罵声まで叩かれた事実を勘案すると、大使支倉の心中には、居た堪れないものがあったろう。常長自身には、ある〝覚悟〟の様なものがある。しかし殿である政宗の懇篤で偽らざる気持「至心」を慮ると、サリナス侯の心ない雑言には許し難いものがあった。

「吾ば、しょーどなすばっかすぬ（儂が、甲斐性無しであるばかりに）お屋形様のお顔さ泥ばっかす塗ってる」

常長はそう呟きながら、何度落涙に及んだことか。それがフェリペ三世国王に「この贈り物が珍しくて精巧である」と初めて称賛されたのである。常長の喜悦の心情が如何許りかが想像出来よう。

八、常長の受洗

フェリペ三世への直接懇願が受け入れられ、支倉常長はマドリードにおいて王族臨席のもと洗礼を受けている。その仔細を『ソテーロ伝』より引く。

『二月十七日、王室跣足派女子修道院附属教会に於いて、イスパニア国王、フランス王妃、両王女、イスパニア高官多数列席の下に、日本の使節（常長）に洗礼の秘跡が授けられる旨の王令が出された。』

〈筆者註＝「フランス王妃」とは、フェリペ国王の長女で、フランス国王ルイ十三世の王妃アンナ・デ・アウストリアのこと〉

『この儀式を挙行するために、使節は近衛兵に護衛され、聖フランシスコ修道院から上述教会まで馬車に乗り誘導された。

教会に到着すると、用意は万端調っていて、トレードの枢機卿の代りに、王宮聖堂主任司祭ドン・ディエゴ・デ・グスマンが洗礼を授け、ドン・フェリペ・フランシスコ支倉の霊名が与えられ、代父をレルマ公爵、代母をバラーハス伯爵夫人がつとめた。

儀式は、王室聖堂合唱隊がテ・デウム唱い終了した。』（文中傍点筆者）

〈筆者註＝常長の洗礼名「ドン・フェリペ・フランシスコ・支倉」の〈フェリペ〉は、国王フェリペ三世の霊名から頂き、〈フランシスコ〉は宰相レルマ公の霊名から授かっている〉

〈筆者註＝「洗礼」は受洗する者と神との一種の「契約」を意味する。従って、「代父・代母」は、その契約の儀式の立会人であり、厳格な証人でもある〉

『国王より支倉に対し、何時ローマを出立の予定かとの御下問があり、支倉が陛下の許可を待っているだけである旨答えると、許可命令は既に出してある旨の御言葉があった。』（文中傍点筆者）

常長は洗礼を受けた後、レルマ公と共にフェリペ三世の側に近寄り、その足許に平伏して、型通りその足許に接吻をしようとするが、国王は支倉の肩を支えて、その儀礼を押し留めたという。つまり大使としての常長の身分、格の高さを尊重したのだ。

その上で、支倉にマドリード出立の日付を問い、そして下した答えが、「許可は既に出してある」なのである。

ところが、一行に出立の許可と、四千ドゥカド（現在の日本円換算で約二億円との説有り）の旅費が下賜されたのは八月二十二日である。二月十七日から実に六ヶ月以上も経ている。この事は、如何にインディアス顧問会議の議長サリナス侯の妨害が、強固なものであったかの証左でもある。

イスパニア国王フェリペ三世列座の許、華やかなうちにも荘厳な洗礼の儀を終え、〈ドン・フェリペ・フランシスコ・支倉〉の霊名を得た支倉常長である。メキシコ市で、使節一行のほぼ全員に施された洗礼の儀を固辞して、敢えてマドリードで拝受した洗礼名であった。

こうした流れを企画・実行したのは、無論支倉自身ではない。遣欧使節の大使に位置する支倉には、更に高い祭壇での儀礼が相応しい。そうして付けられた〝箔（はく）〟こそが向後の、つまりローマ教皇との謁見、請願事を運ぶに絶対有用と考えたソテロの遠謀に他ならないのだ。

九、サンティアゴ騎士団と常長

支倉大使への授洗の儀を無事終えて一段落したイスパニア王朝に、ソテロはさらに驚天動地の難題・奇策を持ち掛ける。

「サンティアゴ騎士団に、この支倉入りとうござる。何卒よしなに」

それは正に唐突な申し出であった。イスパニア王朝が動顚するのも無理はない。〈サンティアゴ騎士団〉というのは、イスパニアつまりスペイン王朝にとって、最も神聖・不可侵の聖人〈サンティアゴ〉の名を冠した騎士団なのだ。

そもそもサンティアゴとは、イエスの十二人の使徒の中でも、特に信頼の厚かったペトロ、ヤコブ、ヨハネの三弟子の一人、ヤコブのスペイン読みが、「サンティアゴ」なのである。ゼベダイの子で、ヨハネの兄でもあったヤコブは、イエス十二人の弟子の中、最も早く殉教している。因みに弟ヨハネは、後に『ヨハネの黙示録』を著したとされる人物である。

ヤコブは、イスラエルから遠く離れたイスパニアの北西端、大西洋岸に近いガリシアで布教中、ヘロデ・アグリッパ王に殺害された。紀元四三年というから、一世紀の初め頃のことである。

ヤコブことサンティアゴの遺体の存在を示す〝星〟が現れたという噂で、ガリシア地区の町サンティアゴ・デ・コンポステーラは一躍有名な巡礼の地となる。

この地はピーコ・サグラート山地に囲まれ、サール川など二つの河の合流点となっていて、四季を通じて温暖な気候に恵まれており、この時すでに打って付けの観光地・聖地としての名を恣にしており、ヤコブの遺骨の上に建てられた、白亜の巨大聖堂カテドラル・デ・サンチャゴは、エルサレム、ローマに並ぶ三大巡礼地として、中世キリスト教徒たちの崇敬の的となっている。

サンティアゴ騎士団は、そんな至聖の人、ヤコブこと聖サンティアゴの名を冠して、十二世紀に主にイスラム勢力との抗争に参戦した輝かしい戦闘集団であったのだ。

その組織は、「戒律」「聖餐管理」「巡礼保護」の三つの部署で構成されており、ローマ教皇直轄の管理下に置かれる。イスパニアに於ては代々その国王が、ローマ教皇の代理執行人としてサンティアゴ騎士団の「終身管理人」の権限を担うことになっている。したがってこの時、フェリペ三世が直ちに許諾を与えれば済むことではあったが、如何に〃やる気のない王様〃〃呑気な王様〃と陰口を叩かれるフェリペ三世も、「何と?!」と目を剥いたのだ。

その訳は〈サンティアゴ騎士団〉に備わる、高尚な権威もさることながら、その入団資格が極めて厳格であったからである。先ず求められるのは、入団希望者が「カトリック教徒」であることである。この件に関しては、つい先刻当のフェリペ国王の前で、カトリック教徒としての洗礼を受けたばかりの支倉は、問題なく有資格者だ。

その他の欠格条項として、騎士団が挙げているのは以下の通りである。

(一) ユダヤ系の者
(二) イスラム系の者
(三) 反カトリック即ち異端者
(四) ユダヤ教やイスラム教からの改宗者
　(コンヴェルソ＝ユダヤ系、モリスコ＝イスラム系)
(五) いわゆる無法・極道者たち

これらの項目に該当しない若者でも、入団に際して課される、サンティアゴ騎士団の歴史的背景や細かい基礎知識、更に騎士として求められる、峻厳な誓願〈清貧・貞潔・従順〉の遵守の決意、などの試問を凌いだ者のみに、許される狭き門なのだ。

〈騎士〉という言葉は、若者のみならず男子たる者の心に、一種不可思議な幻惑を覚えさせる。いわば魔性の響を纏う。それは、聖人としての誉れの高い、アッシジのフランチェスコやドン・キホーテの作者セルバンテス、更にサラマンカ大学時代のソテロにしても、〈騎士〉の持つ眩瞑の世界へと誘引されていたのだ。

仙台城の大広間で、ソテロが政宗と常長の前で御愛想的に言ったのが、〈サンティアゴ騎士団〉入団の話なのである。ソテロ自身、当の二人の余りの〝喰い付き〟振りには、多分に驚きと当惑を禁じ得なかった筈だ。

旅の途中、ソテロが『ドン・キホーテ』の物語を語って聞かせたのも、又トレード街道を外してまで文豪セルバンテスの小説の舞台となったラ・マンチャ高原を歩かせたのも、あの仙台城での〝サンティアゴ騎士団入団談義〟の下地があったからである。

支倉常長が真剣な面持ちで提出した〈サンティアゴ騎士団〉への入団請願書の扱いに、苦慮を強いられた国王がとった行動は、件の請願書をインディアス顧問会議に回送することだった。責任逃れをしたのだ。

サリナス侯を議長とする、インディアス顧問会議の決裁に、迷いはなかった。「否」、つまり誓願の即時却下である。

拒否の理由としてインディアス顧問会議の回答は以下の通りである。

『顧問会議で審議しましたところ、以下の理由でこの請願を受け入れること拒絶します。

（一）前例がないこと。

（二）彼の国（日本）は異教徒の国であること。

（三）彼の王（伊達政宗）との連絡が取れないこと。
　その真意を確かめることが出来ず危険であること。
（四）彼の国（日本）ではサンティアゴ騎士団の「義務」と「規約」を守り抜くことは不可能であること。
（五）この異教徒たちが、わが栄えある伝統の「サンティアゴ騎士団の徽章」を欲しがる事の裏には、恐ろしく危険な陰謀が潜んでいる事をも予見する必要があろうかということ。
以上の事由により支倉常長に、サンティアゴ騎士の称号を与えることは全く相応しくないと認める。』（A.G.L., Filipnas 1, NO.158）
尤もな裁断なのであろう。敢えて比喩するなら、勝手に日本にやって来た外国人が、いきなり徳川の「旗本」の資格を呉れと、願い出る様なものなのだから。
斯くして、ソテロが無責任な、いわば遊び心で提案した稚気に溢れた〃伊達の騎士物語〃は、迷夢となって雲散した次第。

マドリードでの八ヶ月に亘る滞在の間、使節一行はただ黙然として、宿舎の聖フランシスコ僧院に佇んでいたわけではない。僧院でのミサに参加したり、ソテロのキリスト説教に耳を貸す他は自由に外出をして、「キリスト降誕祭」を、地元の民衆に交じって楽しむことも出来た。市の中心にある王宮近くのマヨール広場の周囲は、名うての歓楽街が満ちており、夜毎華やかな歌舞音曲の賑わいを見せたという。
特に日本使節の目を引いたのは、洞窟型の酒場である。

「メソン」と呼ばれる洞窟酒場は、文字通り岩場に掘った横穴の中に、どぎつい色彩の塗料を施した壁を照らすランプの光。青や赤や黒など色とりどりの衣裳の女たちをして、それらの空気をまるでごちゃ混ぜにするギターの甲高い調子。女たちの発する香水の、安っぽい淫欲的な香り。そして洞窟の壁に染まり込んだ様な饐えた臭い。そして一切の空間に籠め尽くす、煙草のけむりの中を突然切り裂くボヘミアンの歌声、そしてフラメンコの踊り。どの様子を取っても、異国からの若い旅人の旅情を灑らずには置かない、いわば魔窟なのだ。

シェリー酒の酔いも手伝って、若い使節員の中には、大いに旅の恥を掻き捨てた者も居たにちがいない。こうした使節員の言動を、王朝側は常に凝視していたことは、無論容易に想像出来る。

此度の遣欧使節の目的は、放った側と放たれた側の趣には、出発当初は兎に角、時と共に微妙な乖離が生じ始めている。端的に言うと、ソテロ神父との長旅の中で、大使常長の心の深奥に、何かが萌芽し始めて来ていたのだ。その〝何か〟とは、〈神〉〈キリスト教義〉に対する「崇信」であり「畏れ」なのであろう。日毎に強まって行く、この〝何か〟――目に見えないだけに、それは常長の心身を揺さ振り続けている。

「吾ば、お屋形様ば裏切っていねべが（いないだろうか）？」

そう真剣な目差で問う常長へのソテロの答えは、何時も同じだ。

「何も考えないで、ただひたすら祈るのです」

こんな信仰上の主従、ソテロと常長の態様を、フェリペ三世は鷹視していたのである。そして下した結論が、前掲のローマ駐在の大使フランシスコ伯への書翰となったのであろう。

「当地で、うまく自己管理（自制）をしていた」

「神父（ソテロ）は大使を助け、特に熱心に世話をしていた」

　この二つの編章の中には、国王の二人の客人への尊敬と信頼の思いが、凝縮されていると見る。

十、ローマへの旅立ち（アマティ博士随伴）

　一六一五年（慶長二〇年）八月初旬のある日、使節一行に突然、国王の出立許可が下りる。ローマへの旅費として金子四千ドゥカド（約二億円）、それにローマ教皇と教皇庁駐在イスパニア大使ドン・フランシスコ・カストロ伯宛の書翰が下賜されたのだ。

　大使常長とソテロたちは、直接世話になった枢密会議、インディアス顧問会議その他多くの貴族たちを訪れ、八ヶ月間お世話になったお礼と挨拶をして回っている。

「これからイタリアのローマに行くのでしたら、有能な通詞（つうじ）が要りましょう。シピオーネ・アマティをお連れなさるが良い。彼はイタリア人で、有能な学者なので何かと役に立つでしょう」

　そう言って紹介してくれたのは、貴族であるメディナ公爵、それにモディーカ伯爵夫人のドニャ・ビクトリア・コロンナである。

　これに教皇庁特使であるイタリア人、ガエターノの強い推薦も加わって、シピオーネ・アマティが使節一行の通訳兼秘書としてマドリードから同行したのだ。シピオーネ・アマティ博士は、専らソテロとの行動を密にして、後に『伊達政宗遣欧使節記』を著した人物である。

　こうして、準備万端が整った一六一五年八月二十二日の早朝、一行はローマに向かって勇躍。その第一歩を踏み出したのであった。

　先ず目指したのは、マドリードの北およそ三〇キロの都市アルカラ・デ・エナーレスである。八月のイベリア半島の内陸部は、正に炎暑と乾燥の過酷な世界だ。その中を多くの荷駄を伴って一行は黙黙と歩を進める。早朝六時に出発して、目的地アルカラに着いたのは、同日の夕刻というからおよそ午後四時頃であろう。

　人馬共汗まみれの、正に焙烙骨（ほうらく）を砕く辛苦の旅であった。この情況は、十月三日に地中海の港町バルセロナに着くまで変わらない。


　アルカラ・デ・エナーレスは大学の町である。名門アルカラ大学には、あのイエズス会を創設したイグナティウス・デ・ロヨラが、一五二六年から約二年間籍を置いており、その後ロヨラはパリ大学に転校している。

　アルカラ大学の正面、大通りを隔てた辺りは商店街だ。この中にあのドン・キホーテの作者セルバンテスの生家が現存する。中庭（パティオ）の在る、中々の風格を備えた邸と称される。

　常長らが滞在した頃、文豪セルバンテスは、同じマドリードで閑居していたが、使節一行がローマに向けて出立した翌年の一六一六年四月二十三日、あたかも遠い東の果てからの珍客を見送るかのように、静かにこの世を去っている。

「是非共、サンティアゴ騎士団に入りたい」と、正に唐突な申し出をした常長の話は、当時でも王宮のみならずマドリード中に流伝(るでん)した筈だ。噂を聞いたセルバンテスは、若き日の己が身を顧みて、思わず失笑・苦笑を禁じ得なかったのでは……。

アルカラ市に在るセルバンテスの生家の隣には、聖フランシスコ修道院附属の慈善病院が建っていたという。使節一行がこの病院を見学したのは、翌二十三日のことだ。

ここで一行は、ある不思議な体験をする。

慈善病院とあって、修道士たちは患者の世話で多忙を余儀なくされていた。そんな中、ふとしたきっかけが縁で、修道士トマス・デ・サン・ディエゴと、日本での受洗組であるドン・トマスこと滝野嘉兵衛、ドン・ペドロこと伊丹宗味、それにドン・フランシスコこと野間半兵衛等が歓談に及んだ。

この三人のうち滝野と野間は、あの豊臣秀吉による長崎での殉教始末の犠牲者、「二十六聖人」の中にそれぞれ縁者を持つ身なのだ。

不思議な体験というのは、この二人の日本人の話を聞いていたトマス修道士が突然夢遊状態、つまり〝恍惚として浮き揚がった態様〟となり、意識さえもが半ば失われていたという。『ソテーロ伝』の著者の表現を借りると、次の様になる。

『この修道士がうっとりと聴き入り、あたかもちょっとした風に枯葉が舞うように、その肉体が感銘して動くという場面があった。』

外人宣教師六人を含む二十六人の切支丹たちは、一五九六年（慶長元年）十二月の極寒の中、大坂から下関、名護屋（佐賀）を経て長崎の浦上に到り、翌一五九七年二月五日、遂に長崎西坂の丘の刑場で磔刑となったのだ。実に二ヶ月に及ぶ〝見せしめ〟の旅路である。両耳を削がれ、裸足のままの二十六人は、わざわざ街道筋を遠回りしての、刑場入りをさせられた。

話を終えた滝野と野間は、自分たちの話に異常な反応を示したトマス修道士を見て、今度は己れたちが異変を来たす。

――日本人は「死」そのものへの拘泥を重視するが、南蛮の切支丹は死に到るまでの「苦難」にこそ、「価値が有る」との見方をする。

これこそ真のキリスト教徒なのだ。そうだ我らの目的地はここで良い。この慈善病院こそが、主が導き給うた我らの終着点なのだ――

滝野たちはいきなり、脇差で己の髻を切り落とそうとした。要するに三人の日本人切支丹たちは感動のあまり、直ちに髷を切ってフランシスコ会に正式に入会しようとしたのだ。

驚いたのはソテロとアマティ博士であった。

二人の必死の説得と抑止で、何とか事なきを得たという。それでもドン・トマスこと滝野嘉兵衛のこの地セビリアへの思いは、その後も彼自身に纏わり付いて離れず、ひいては此の地で果てるまでの命運に導かれてしまうのだ。こんな事もあって、一行はアルカラ・デ・エナーレスには二泊している。

八月二十四日早朝アルカラを出立した一行は、次の宿場町ダローカに着く。ここに一泊した後、相変わらずの猛暑の荒野を淋漓の汗を物ともせず、ひたすら歩む。途中、名もない数多の宿場を経て、一行が古の王国アラゴンの首都サラゴーサに着いたのは、九月の末である。

アラゴン王国は、イベリア半島北東部に十一世紀頃栄えた国で、一時はイタリアのシチリア島やナポリにまで勢力を伸ばしたという。十五世紀になってイベリア北部のカスティリア王国と手を結んで、遂にはスペイン王国を樹立したのだった。

その古都に一行は到着したのだ。聖フランシスコ修道院に草鞋を脱いだ使節を、副王ヘルベス侯ことドン・ディエゴ・ピメンテールは、使者を以て丁重な歓迎の辞を述べさせた上、翌日の朝食時に、一行を自邸に招いて心尽くしのもてなしをしたという。食後副王は、馬車で領内の要所を案内して回り、使節たちを感動させた。

副王ヘルベス侯への満腔（まんこう）の謝意を表した一行は、次の宿場町レーリダに向けサラゴーサを後にした。実は、この辺りからカスティリアム山系に掛かる行程とあって、前途の安全には特に意を注ぐ様、ヘルベス侯からの喚起もあって荷駄隊に緊張が漲る。

こんな時大いに役立ったのが、マドリードから一行に加わったアマティ博士であった。アマティは一行を山賊から守るためには充分な武力が必要と判断すると、その宿場フラーガの守護部隊の一部を率いて途中まで使節一行を迎えた上、更に次の町レーリダの近郊まで護衛する様命じたのである。

アマティは、モディーカ伯爵夫人らが、自信を以て推した人物だけあって、各地に知己も多く有能であった。

この時期のスペインは、経済的にメキシコなど新天地から入る大量の金銀に依存し過ぎた結果、酷いインフレに悩んでいた。又内政的にも、それまで農業、水産業など一次産業を支えて来たイスラム系の労働者「モリスコ」の排斥などに依る、農漁業の衰退が不況に拍車を掛けたのだ。一時は、十万人とも三十万人ともと称された、モリスコの大部分はスペイン国外に出て行ったが、イベリア半島各地に潜んで、山賊など犯罪で糊口を凌ごうとする輩も少なくなかった。

アマティの八面六臂の活躍は、その留まる所を知らない。

『レーリダでは、ベルピニャンの兵士を率いて、到着していたバルセロナの国政会議の聴問官レリャーノに会い、アマティはその騎兵十二名を借り受け、これに護衛されて使節はイグアラーダの町を通り、モンセラットに到った。』

以上の様に『ソテーロ伝』に記述された文言の中にも、彼アマティの働き振りを見ることが出来る。

使節一行が、酷暑と掠奪を必死に凌いで到着したモンセラット（モンセラとも）は、岩山の町だ。本来、地中海に面したバルセロナを首都とするカタルーニア地区は、フランスとの国境沿いに連なる、ピレネー山脈の流れを受けた山岳に、囲繞された地域である。

我が国の仏教同様、キリストの世界でも〝山岳信仰〟の趣はある。特にモンセラットは、正に異形ともいえる標高一二〇〇メートルの巨大な岩山に依拠する町である。

一行がこの日宿泊したベネディクト会派の修道院の位置でも、海抜にして七二〇メートルといわれる。そもそもこの「モンセラット」又は「モンセラ」というスペイン語の意味は〝鋸の様にギザギザの山〟なのである。千葉県の内房、つまり東京湾に面した町、富津市と鋸南町の丁度境界の辺りにある「鋸山」も、規模こそ小さいが立派な鋸型のギサギザを擁した、正に「日本版モンセラ」なのだ。無論、仏教の寺もおわす霊山でもある。

一行が、モンセラットの鋸山で旅泊した修道院は、今までのソテロが属するフランシスコ会派とは全く別の会派、ベネディクトに属するものだった。ベネディクトとはいささか聞き慣れない会派であるが、フランシスコ会やドミニコ会などと共に、イタリアのアッシジの聖人フランチェスコを宗祖とする会派だ。

ベネディクト会派は四八〇年頃、ヌルシア（ローマの北東の町）出身のベネディクトゥスによって創設されたとされる。その第一の宗旨は「定住生活」であり、遍歴や乞食(こつじき)を嫌った。つまり「共住修道院」で共同生活しながら、ひたすら「祈りかつ働くこと」を旨としている。そんな特異な会派の修道院で、使節一行の目を見張らせたのが「黒い聖母」の存在だ。聖母とは言うまでもなく、イエスの母マリアのことである。

この南蛮屈指の霊場といわれた、モンセラットの守護神が「黒い聖母」。その理由ははっきりしない。思い返すと、一行はヌエバ・イスパニア（メキシコ）でも、「メスティーソ」つまり混血の少年が「黒い聖母」と出会ったとされる話は聞いている。無論其処でも、黒い聖母は尊崇の対象となっていた。

スペインのエルナン・コルテスがメキシコに侵入し、これを征服したのは一五一九年から二一年にかけてである。その後、現地人との混血が進んで行ってメスティーソが出現するまでの年月を考慮すると、メスティーソの少年には、その時すでに「黒い聖母」という成句の認識があった筈だ。何故なら、モンセラットの巨岩が霊場とされたのは、十三世紀に遡(さかのぼ)るのだから。

イエズス会の創始者イグナチオ・ロヨラも、この「黒い聖母」の神来(しんらい)に撃たれた一人なのだ。この霊場を法筵(ほうえん)、つまり聖なるものを拝する処と決めて修行に励み、遂には当時勃興しつつあった〝宗教改革〟を翳(かざ)す、プロテスタントに立ち向かって、〝反動宗教改革（Gegenreformation）運動〟の旗頭となって行ったのだ。

使節一行も、この横幅一〇キロにも及ぶ超巨岩を、時には既設の綱を手繰りながら、時には岩肌を這いながら、修道院を目指したのであろう。それほど嶮峻を極めた修験の道程であった。

第六章　地中海そしてローマ

一、地中海への入口、バルセロナ

モンセラットの山を下りて、一行が地中海への玄関口バルセロナに入ったのは、十月三日である。

この時すでにアマティは、フェリペ三世から托された書翰を、バルセロナの副王アルマサン侯爵に届けていた。

一六一五年八月五日付のこの書翰は、国王の使節一行への篤い思いが、読み取れるものだ。『ソテーロ伝』から牽（ひ）く。

『フランシスコ会跣足派のルイス・ソテロ神父は、日本奥州王の使節を伴って当宮廷に参り、諸交渉に於いて使節を補佐し、現在上記使節と共に、ローマへの途上にあります。

そこで、殿下に書を認めて、私の代りとして、使節とその随員に満足のいくよう相当の歓待をなされ、出来るだけ多くの援助を与えられんことを願うものであります。』（文中傍点筆者）

〔筆者註＝「殿下」となっているのは、国王の甥に当るフィリベルトにも同時に宛てた書翰であるため〕

『これは神のため、また私のために名誉なことになるのみならず、使節の人格が、これに価するからです。』（文中傍点筆者）

〔筆者註＝イスパニア国王フェリペ三世は、使節が八ヶ月にも及んだマドリード滞在中の大使支倉常長の実直で高潔な人格に強く惹かれ、「使節の人格」を高く評価していることがわかる」

こうしたイスパニア国王の親書を携えての、バルセロナ入りであったが、その対応は極めて冷淡なものであった。一行がモンセラットの霊場に居る時、アマティ博士はすでに先行して準備を整えるためにバルセロナ入りしており、国王の親書は、副王アルマサン侯爵と、イスパニアの王子フィリベルトに手渡されていたにもかかわらずだ。

一行がバルセロナ入りをした時の状況を『ソテーロ伝』で見てみよう。

『使節一行が、バルセローナに到着すると、アマティは馬車二両を伴って迎えた。使節はこの馬車に乗せられ、聖フランシスコ修道院のすぐ近くにある、宿舎に指定された邸に導かれた。（中略）フィリベルト王子を訪問する予定であったが、留守中であったので――（後略）』

この記述から分かるように、イスパニア国王の甥に当たるフィリベルト王子は、「留守」と称して一行に会うことはなかったのである。また副王アルマサン侯爵も、「病気のため、自ら歓迎出来ないのは残念……」と、一行を出迎えることすらしなかった。

さらに今までの通念として一行の宿舎は、聖フランシスコ修道院と決まっていた筈なのに、当修道院は、これを拒み、近所の空き邸を提供したのだ。

もっと注目すべき事実がある。

フェリペ三世が別のフィリベルト王子宛の書翰で、「イタリアに赴くガレー船第一便に使節及び随員を乗せよ」と指示してくれたにもかかわらず、王子はスペインのガレー船隊の帰港が遅れているなどの理由をつけて、たまたまバルセロナに居た、イタリアの艦隊のフラガータ船二隻に、一行の一部の便乗を依頼している。随員を含めて、およそ二十数名の使節のうちの数名は、バルセロナ所属のベルガンティン船に、分乗することに決まった。

因みにこの時使節一行が世話になった、イタリアのフラガータ船というのは、主として地中海を遊弋（ゆうよく）又は商船隊護衛の任務を負った軍船のことである。つまりアメリカ海軍用語のフリゲートのことだ。

中世のフラガータは、スペインのガレー船同様、両舷に五十人程の漕ぎ手を配置し、時にはラテン帆と称する、巨大な三角帆を用いて航行していた。

一般的に軍船というものは、その大きさに比して乗組員の数が多い。極端に表現すると、軍船の乗員の居住区は、非人間的と難じられてもおかしくない程、陋狭（ろうきょう）なのである。そこに言葉も定かでない外国人を乗せるのだから、その苦労たるや察するに余り有る。

ここで思い出されるのが、一行がイスパニアの玄関口サン・ルーカル・デ・バラメダに到着した時の事であろう。

この辺り一帯を知行していたあのメディナ・シドニア公爵は、一行をコリア・デル・リオに送り届けるのに、二隻のガレー艦の一部の仕様を改造までして、その居住性の向上を謀ってくれたのである。このメディナ公は、一五八八年にスペイン無敵艦隊の司令長官として、イギリス艦隊と大海戦の末、一敗地に塗（まみ）れたあの悲劇の提督の、退隠後の存在であったことはすでに書いた。

つまりバルセロナの副王と王子フィリベルトは、メディナ公のような配慮をすることなく、一行を他国イタリアの小型軍船に、分乗することを押し付けたと見る。

「カタルニアはイスパニアに非ず」とは、ソテロがサラマンカ大学時代に、良く耳にした言葉だ。その当時は一体何を言っているのだろうと、気にも留めていなかったソテロだったが、今こうして遠い東アジアからの使節団を率いる立場から観ると、まさに正鵠を射ていると、納得させられるのだ。

先の、イスパニア（スペイン）では〝ガレー船〟と呼び慣わされていても、カタルニアの山を越えると、〝ベルガンティン船〟なのである。そう、カタルニア地方では、そもそもイスパニア語とは語源を異にする、カタルニア語（catalan）を日常語としている。ということは、カタルニア人は本来イスパニア系とは異なる人種なのである。スペインは、フランスとはその北部の国境をピレネー山脈で界している。そのピレネー山系の東方への流れがカタルニア山系であり、首都バルセロナを含む、カタルニア地区の文化と人種は、多分にフランスのピレネー地方の影響を受けていると見る。カタルニア語つまり〝カタラン〟で話す人たちは、ピレネー地方や地中海の島サルデーニャ島にも現存していると言われる。

同じイスパニアの国王の支配下にあるカタルニアである。その首都バルセロナに入った時、まるで見知らぬ異国の土地に立った様な疎外感を、ソテロは突き付けられた。何しろ一行を、馬車を設えて出迎えたのは通詞兼秘書役として随行しているアマティ博士だけというのだから……。

一行はバルセロナに何日滞在して、何時出港したのかは定かではない。又その事に触れている資料は少なく、僅かに二氏の作品に記述があった。

太田尚樹著『支倉常長遺欧使節もうひとつの遺産』から、該当部分を引く。

『だが支倉たちはこの町に長く逗留することもなく、出航準備の整った三隻に分乗すると、ローマに近い港町チヴィタベッキアをめざして、地中海を東に向かった。』

片や『ローマへの遠い旅』の著者高橋由貴彦氏の記述も、次のようにいたって素気ない。

『支倉一行は土曜日の夕方バルセロナに着いている（十月三日か）。そして三日間もしくは四日間この町に滞在し……』

太田、高橋の両氏の著作そのものから、筆者は、詳細にして的確を旨とする操觚とお見受けして、これまでにも少なからず指針を頂戴した。その両氏の描くバルセロナからさえ、何か寒々しいものを覚えるのは、筆者だけではあるまい。

二、ローマ入りする使節員と随行者

三隻の船、即ちジェノヴァ共和国（イタリア）籍の、フラガータ船二隻とバルセロナ籍のフラッカ船（小型フェリーボートの類）に分乗して、いよいよ使節一行は渇仰の地、ローマへと向かう。

ところで、この支倉使節団の構成員に関して、筆者は敢えて触れてこなかった。と言うのは、そもそも使節船サン・ファン・バウチスタ号が月の浦を解纜する際、伊達政宗は乗員の名前を極めて曖昧なものとして、乗船者名簿すら作成していない。しかも大凡の乗員・乗客の名前を発表した『政宗君記録引証記』や『貞山公治家記録』が世に出たのは、伊達二十代藩主伊達綱村の代になってからである（因みに政宗は十七代）。

この両記録すら極めて大雑把なもので、正確な人数が掴めないのだ。それは政宗が、どうしても幕府に知られたくない異心めいた野望も一緒に、この奥南蛮向けのガレオン船に積み込んだからだ。

〝奥南蛮に向かったのは三十人程〟とか、〝二十一人の使節がやって来た〟とか、まちまちの情報が流れたのは、偏に、この政宗の秘密主義に基因していると言える。しかし、何時までも有耶無耶のままでは済まされまい。一行の地中海への船出に当たって、その陣容を明らかにしたい。

今それが可能となったのは、『ヴァチカン秘密文書館所蔵の記録』が開示されたからだ（大泉光一著『支倉常長慶長遣欧使節の真相』より）。受け入れ側、ローマ当局は実に正確に、使節団の構成員の名を把握していたのである。

以下にその一覧を洗礼名、本名の順に記す。

〈一〉ドン・フェリペ・フランシスコ・ファシェクラ（支倉常長）
〈二〉シモン・サトウ・クラノジョウ（佐藤内蔵丞）
〈三〉トメ・タンノ・キウジ（丹野久次）
〈四〉トマス・ヤジアミ・カミオ・ヤジエモン（神尾弥治右衛門）
〈五〉ルカス・ヤマグチ・カンジュウロウ（山口勘十郎）
〈六〉ジョアン・サトウ・タロザエモン（佐藤太郎左衛門）
〈七〉ジョアン・ハラダ・カンエモン（原田勘右衛門）
〈八〉ガブリエル・ヤマザキ・カンスケ（山崎勘助）※以上仙台藩士
〈九〉トマス・タキノ・カヒョウエ（滝野嘉兵衛）
〈一〇〉ペドゥロ・イタミ・ソウミ（伊丹宗味）

〈一一〉フランシスコ・ノマノ・ハンベエ（野間半兵衛）※以上巡礼

〈一二〉パウルス・カミルロ・コデラ・ゲキ（小寺外記）

〈一三〉グレゴリオ・トウクロウ（藤九郎）

〈一四〉ディエゴ・モヒョウエ（茂兵衛）馬丁

〈一五〉ニコラス・ジョアン・キュウゾウ（九蔵）

〈一六〉トマス・スケイチロウ（助一郎）馬丁

〈一七〉イグナシオ・デ・ヘスス

〈一八〉ファン・ソテロ

〈一九〉シピオーネ・アマティ

〈二〇〉グレゴリオ・マティアス

〈二一〉フランシスコ・マルティネス・モンターニョ（ハポン）

〈二二〉フライ・ファン・ソテロ（ルイス・ソテロの弟・神父・通詞）

〈二三〉勘右衛門

〈二四〉金蔵

〈二五〉九次※以上大使の小姓・下僕

〈二六〉今泉令史（さかん）

〈二七〉西九助

〈二八〉田中太郎右衛門

〈二九〉内藤半十郎

以上二十九名がローマ入りした。このうち日本人は二十三名である。これら二十九人は、ほぼ三つのグループに分けられて三隻の便船に乗り、地中海へと開帆して行ったのである。各船には、ある程度日本語を解する者を、ソテロが配分したのは言うまでもない。それは、イグナシオ・デ・ヘスス神父、グレゴリオ・マティアス、それにフランシスコ・マルティネス・モンターニョ（ハポン）等三人である。このうち、イグナシオ神父とグレゴリオ・マティアスは日本由来の人たちである。

ハポン（日本人の意）ことフランシスコ・マルティネス・モンターニョは、何故かメキシコ市から副王グァダルカサールの命で一行に加わった、日本通を自称する一種不可能な人物である。ソテロはこのハポンを、副王の何らかの意を体した、つまり密命を帯びた者として警戒を緩めていない。

それでも、流暢な日本語を駆使するハポンを、利用しない手はない。斯くしてハポンは、アマティ博士らと共に、フェラッカ船に配置される。ソテロはアマティに、自分の弟フライ・ファン・ソテロを付けている。ジェノヴァ籍のフラガータの一番艦には、大使常長とソテロ、それに今泉ら、主に仙台藩の侍と従僕・小姓らを乗せたのは当然のことであろう。従って、イグナシオ神父と、グレゴリオ・マティアスは、主に日本人巡礼者たちと共に、フラガータ二番艦に収まったのだ。

既述の通り、使節一行がバルセロナを出た期日は、はっきりしない。着いている筈のバルセロナのガレー艦隊が、何らかの理由で帰港しておらず、止むなく代船として、急遽より小型のフェラッカ船を用意するなどの不手際もあり、出発したのは十月六日と見る。バルセロナ入りが十月三日であるから僅か三日間の滞在だ。

ローマ近郊の港町、チヴィタヴェッキアに一行が到着したのが、十月十八日であるから、地中海航行は十二日間を要したことになる。

いわゆる地中海は、西はジブラルタル海峡で大西洋と、東はスエズ運河から紅海を通じてインド洋と、僅かに外海と連なっているだけの世界一巨大な池・内海なのである。内海とはいえ水深は充分にあって、平均約一五〇〇メートルもあるという。しかも透明度も高く、四〇～四五メートルもある。使節一行はこれまで、太平洋・大西洋の大海を漕ぎ渡って来たのだが、藍色の美しい地中海の穏やかな波と相俟(まま)って、一行は初めて安逸な船旅を、味わったにちがいない。

「地中海というのは、本当に優しくて女性的な海なんですね」

小寺外記が、甲板でソテロに問い掛ける。

「本当に気持がいいですね、見て下さいこの風……」

ソテロは快走するフラガータ艦への纏い風に、髪を逆立たせながら頰笑む。

「でも油断はなりませんぞ。出航前にたまたまイスパニア語の出来る乗員と話をしたのですが、地中海には、反時計回りの強い海流があると言うのです。今我々が走っているヨーロッパ沿岸では、東から西に向かう潮流なので、この船は流れに逆らっていることになります。ただ助かるのは、晩秋から冬にかけては風が西から東、つまり追い風が主体となるので、帆船には有難い気候とのことです。これも、独特の地中海性気候のお蔭なのでしょう。

でも外記様、油断は禁物ですよ。自然は生き物ですから。先程の船員も言っていましたが、地中海で怖いのは〝突風(とっぷう)〟なのです」

「突風ですと?!」

「そうです、天候の急変に伴い、ある時突如として起る旋風なのです。これに嵌るとガレー船、そう今乗っている程度の船でも、あっという間に転覆、そして沈没ということです。そうなったら、私たちはどうする事も出来ません。神に祈りましょう」

そう言ってソテロは、十字を切った。

この一見静穏な地中海世界に、イタリア、イスパニア等の各国が、フラガータやガレーなどの軍船の配備を怠らないのには訳がある。端的に言うと〝海賊対策〟なのだ。

歴史的には、つい先の十六世紀の末頃まで、地中海を支配していたのは、オスマン帝国の海軍だったのである。オスマン・トルコというのは、王オスマン一世が、一四五三年にコンスタンチノープル（イスタンブールの旧称）を攻略して、当時の覇者ビザンチン帝国を滅亡に追い込み、アナトリア西部に築いた、イスラム国家のことである。

アナトリアとは、小アジア（Asia Minor）のこと。地中海とエーゲ海、黒海に挟まれた西アジアの半島地域で、トルコの大部分に当たる。このオスマン・トルコによって、十六世紀の地中海は完全に制覇され、イスパニア（スペイン）、ポルトガルなどヨーロッパ諸国の東方貿易は、その道を閉ざされてしまう。

その打開策として開発されたのが、アフリカ南端の喜望峰を回る「東インド航路」である。

一時は地中海を我が物顔で翻弄したオスマン・トルコ海軍であったが、この新航路の出現による地中海貿易の衰微には抗う術もなく、次第に零落の道へと歩を進めて行く。

この機会を鶴首して待っていたのが、スペイン・ポルトガル・ローマ教皇国による連合艦隊であった。一五七一年、遂にギリシャ中部の沖レパント海で、連合艦隊はオスマン帝国の大艦隊に挑み掛かった。戦いの趨勢は直ぐに決し、連合艦隊の大勝に終った。この「レパント沖の海戦」で一敗地に塗れたオスマン・トルコは、地中海上の全ての権勢を、幻のものとしてしまう。

因みに、このレパント沖海戦で思い起こすのは、先述したように、我らがドン・キホーテの作者セルバンテスが、その左手を吹き飛ばされて、名誉の負傷をしたことだ。

地中海の派遣を握っていた時代の、オスマン帝国の軍船は、その勢力を笠に時には掠奪・暴力・無体な課税に依り、多くのヨーロッパ諸国の商船に、どれほどの毀傷を与えて来たことか。大きな勢力が瓦解すると、飛散したその一部や破片が個々に生き残る。それが海賊なのである。一見穏やかに見える地中海には、十七世紀になった当時でも、この海賊が跋扈していたのである。ヨーロッパに限らず十六〜七世紀は〝海賊の時代〟と言っても過言には当たるまい。

狭い軍船内での生活は、予想以上の窮屈を強いられた。日本人の旅人たちは、急拵えの寝床で我慢するしかない。ある者はほんの狭い空間に張られた〝ハンモック〟で、眠れぬ夜を過ごした。中には甲板の片隅に敷かれたマットで、地中海の夜風と、時折襲って来る海水の飛沫で夢を醒まされる者も居た。

軍船はその役目上、その規模の割に乗員の数が多い。このフラガータ船一番艦でも、倉卒の客人を収容するため、ほぼ同数の乗員をバルセロナで降ろさざるを得なかったのだ。大使常長とソテロには、流石にハンモックというわけにもいかず、副長の居室が提供された。

それは船がバルセロナ港を出て三日が経った午後に、突然襲って来た。船の揺れが突如激しくなったのだ。しかも、船体に当たる風の音が尋常ではない。

「ハセクラ様！　時化がやって来ました。このままでは危険なので、船団は緊急に避難をするそうですよ！」

打合せで艦長室に行っていたソテロが、慌てた様子で戻って来た。

「避難するっても（と言っても）、何処さするんだべや？」

居室で日記を付けていた常長は、訝し気に顔を上げる。

「艦長の話では、現在の船の位置は、フランス領の沖合いだそうで、この先にサン・トロペという漁港が在るので、取り敢えず其処へ向かうそうです」

無線も何もないこの時代、船同士の意思の疎通は、帆柱や帆索に掲げた各種の小旗に委ねられる。或いは見通しの良い状況では、船首や見張台に立った船員の、手旗信号に頼るしかない。更に緊急を要する場合には、船同士を接舷させて、直接伝言文を投げ込むのだ。但し波が荒れている場合は可成り危険な方法ではある。

この時は手旗信号で接近させた、アマティ博士の乗ったフェラッカ船に信号文を投じて、二番艦のフラガータにも、フランス領サン・トロペに向かう段取りを付けさせている。小回りの効くバルセロナのフェラッカ船は、この後も何かと役に立って来る。

三、フランス領サン・トロペの村人たち

船団がほうほうの体で逃げ込んだサン・トロペ港は、フランス南部のプロヴァンス地方の、小さな漁港である。現代の世界地図にすら記されていないほど、港というよりも浦に近い存在なのか。

何故か、このサン・トロペに緊急に入港した事実は、アマティ著の『伊達政宗遺欧使節記』にも、ロレンソ・ペレス著の『ベアト・ルイス・ソテーロ伝』にも一切触れられていない。ところが、一行のサン・トロペでの行動を詳（つまび）らかにした、唯一の資料を提示している著作があった。太田尚樹氏の『支倉常長遺欧使節もうひとつの遺産』である。

氏はその著作の中で、サン・トロペの位置を次の様に特定する。

『次に私が向かったのは、南フランスのサン・トロペだった。アヴィニヨンからマルセーユを経てたどり着くこの地は、整然と繋留された真っ白なヨットが、夕日のなかに輝く港町だった。』

この事実を頼りに地図上で追蹤してみると、おぼろげながらその位置が浮かび上がってくる。マルセーユとトゥーロンの間に、サン・トロペは存在すると見た。

このサン・トロペは、フランスの地中海沿岸の一大保養地域コート・ダジュール海域の西の玄関口に当たる。ここから更に東進すると、カンヌ、ニース、モナコと世界的に名高いいわゆる〈紺碧海岸〉へと連なっているのだ。

その辺鄙な漁村で、使節一行がさらけ出した、文字通りの素裸の行状が面白い。ふらりと立ち寄ったフランスの田舎町、その気楽さがそうさせたのだ。

この記録が発見されたのは、第二次世界大戦に日本が参戦する前年の、一九四〇年（昭和十五年）のことである。

アヴィニョン近郊の「カンパトラ古文書館」から出てきた四点の日記帖がそれであった。幾人かのフランス人たちの記録であるが、中でも目立ったのが、ファーブルなる人物の描写であったという。

サン・トロペで使節一行が宿泊したのは、通例の聖フランシスコ会派修道院ではなく、一個人の館であった。サン・トロペにも教会は在ったが、十五世紀以来の小規模のもので、とても三十人近くの客人を泊めることは適わなかったのだろう。

通称〈コスト未亡人の館〉に草鞋を脱いだ一行についての描写を、太田氏の著作から拝借する。『』は日記の記述。〈〉内は太田氏の解説である。

『（日本人の）髪は髷を結っていたが、みんな後ろに束ねて紐で結び、通常の髷よりも低く押さえてあった。』

〈ヨーロッパに来てから、スペイン風のつばの大きい帽子を被っていたためのようである。〉

『彼らは常に日本の刀を差している。それは、ヨーロッパの剣のように直線状に下げるのではなく、腰のところで前後に横吊りするので、刀身が反っている。

刃はすこぶる鋭敏で、一枚の紙を刃の上にのせて息を吹きかければ、たちまち切れるほどである。』

〈これは明らかに彼らのうちの何人かが、周りのフランス人の求めに応じて、刀を抜いてみせたことがわかる。〉

描写される支倉一行の、食事風景もおもしろい。

『支倉大使と一緒に食事を囲むのは、いつも聖職者たちだけであった。大使は食事をするときは刀を刀掛けに置いた。大使の背後には、太刀持ちの小姓が、刀を捧げもって控えていた。給仕係の小姓は一品ずつ、食べ終るごとに別の皿を運んできた。』

〈この時の料理は肉料理。パンのほかに米も食したことが記録されている。（中略）フランス人たちのこの記録からは、彼らの日常の行動や作法でも、きちんと日本の身分制度を、そのまま厳格に守っていたことが読み取れる。〉

『食事が終ると一同はひざまずいて祈りを捧げた。しかもその祈りはラテン語で唱えていた。そして祈りを捧げるために教会に入るときは、いつも長い十字架を身につけ、祈りの後は深く頭を下げ、とくに聖体に拝礼するときには、大地に接吻をしていた。支倉はミサに参列するとき以外は、全く外出しなかった。』

〈サン・トロペ侯爵夫人から見た一行の印象を綴った記録では、女性の目による観察なので、髪形や服装はさらに詳細に記述されていた。中でも興味深いのは〉

『日本人はみんな胸にたくさんチリ紙を入れていて、鼻をかんだ後、その紙を通りに捨てていた。』

〈それが当時の日本の習慣だったのだろう。〉

『彼ら（日本人）が鼻をかんで捨てたチリ紙を、見物に集まっていた人たちが我先にと争って拾う光景を、一行はおもしろがって見ていた。随員の中には見物人を喜ばそうと茶目っ気をだし、わざと鼻をかんで、捨てていた者もいた。』

〈なんとも微笑ましい。当時ヨーロッパでは、鼻をかむのにハンカチしか使っていないので、よほどめずらしかったのである。さらに、一行の日本人が裸で寝るのにも驚いているが、これは日本の東北地方の雪国に伝わる習慣で、日本でもめずらしいので、フランス人が奇異に感じても不思議ではない。〉

そうこうする内に、どうやら時化も治まった様で、船団は出航の準備にとりかかった。

時化と言っても、通常の外洋船なら何の痛痒も感じないものだが、如何せん急拵えの極めて脆弱なこの三隻の船団には、決して無視出来ない波と風であった。

使節一行はサン・トロペに二泊した後、再び地中海に出た。

次の寄港地は、いよいよイタリアのジェノヴァである。

先夜来の時化の名残か、可成りの西風が吹く。これは有難い順風であった。

四、仏典の「空」と聖書の「空」

各船共その三角帆に満帆の風を受けて、快走している。そのフラガータ一番艦の上甲板に、三人の人影が佇んでいた。ソテロと今泉それに小寺外記こと小平元成である。

狭くて窮屈なフラガータ艦のこと、今泉も小寺も居場所がないのだ。又ソテロとて副長の個室を融通して貰ったとはいえ、常長と二人、身を寄せ合っての居住(きょじゅう)だ。流石に息も詰まろうというもの。

「これはソテロ様、六右衛門殿は如何がなされていますか？」

今泉が問い掛けた。

「ハシクラドノ？　相変わらずコレ」

ソテロは手で物を書く仕種をして見せた。常長はこの旅の中、一日も欠かさず日誌を付けている。それこそ白石和紙を綴じた帳面には、小筆で書かれた洋暦と和暦の日付が、几帳面に並べられ、その行間に何かのメモも記されている。

小寺も何かの折に瞥見(べっけん)に及んだこともあったが、癖の強い崩し字なので判読出来なかったことがある。その日誌帳も、すでに十冊以上になると小寺は見る。

「おう、あれを見られよ！」

今泉が海面を指差した。

「あ、あれは海豚(イルカ)という動物です」

「え!?　ドウブツ？　魚じゃないのでござるか？」

今泉は舷側から、更に身を乗り出して見入る。

「そう、今泉ドノは鯨をご存知でしょう。そう、そのクジラの仲間のイルカです。イルカは何処の海にも居ます。無論私たちが渡って来た太平洋や大西洋にも沢山います。でも、こんなに沢山のイルカが船を追いかけて来るのは、とても珍しいことですね。やはり、此処地中海が内海で、波も潮流も穏やか、そして彼らの餌となる魚も豊富だということでしょうね」

「それにしても、先刻から見ていますが、此奴らの活力の凄さにはあきれるばかりですな。まるで疲れというものが見られない」

帆船とはいえ、強い追風を受けると時速五キロにはなる。まして快速を売り物とする、フラガータやガレー等は更に一〜二キロは上回ると見て良い。

船団は今、フランス南東部の地中海沿岸、つまりコート・ダジュール沿いに走行しているのだ。その名の通り、この辺りの海水は極めて透明度が高く、紺青色（ベレンス）を呈している。いやそれ以上に青味の強い群青色（ウルトラマリン）と言うべきか。

そのウルトラマリンの波の中を、無数のイルカが音も立てずに泳いでいる。その今や、群青に染まった滑らかな体を寄せ合い、擦り合いしながら、粘液と化した波のうねりの中を、ただただ滑り続けている。

「イルカたちは一体何処へ行こうとしているのかな。我々の旅と同じ様に、ただ漫然と動いているだけではないのか……」

誰に言うともなく呟く今泉の色白の顔に、微かな陰影が走る。

「今泉ドノは、いささかお疲れなのでは……」

すかさずソテロが受け止める。

「希望を捨ててはいけません。新約聖書の使徒パウロの言葉にもこうあります。『わたしたちの一時の軽い艱難は、比べものにならないほど、重みのある永遠の栄光をもたらすことになる』。

これはギリシャ半島のローマ領アカイア県の首都、コリントに住むキリスト信者たちを、パウロが励ました手紙に認(したた)められています」

ソテロはこれまでにも、何かと今泉という存在に、興趣に似た感情を抱いている己に気付いている。教義への希求(けく)の心の熱さにも……。

そして、主君である政宗の意向に従わずに、メキシコから帰国せず、今日この時まで旅を続けていることも知っているのだ。

――この事は、大使支倉も承知しているのだろうか？――

何故かこの事には、常長も触れようとしない。

宗教には、良きにせよ悪しきにせよ、或る種の麻酔作用がある。これに掛かると人は惑溺の状態となり、一時的に己を失う。ソテロは思い出していた。

一行がマドリードを出立して、最初の町アルカラ・デ・エナーレスの病院での出来事を。病院の修道士が、秀吉の二十六聖人虐殺事件の話を聞いた時、何故か夢遊状態に陥った事。そして側で目撃したドン・トマスこと滝野嘉兵衛と、ドン・フランシスコこと野間半兵衛の二人が、あたかも誘い込まれる様に陶然となり、脇差しを抜いて、危うく己が髷を切り落とそうとしたことを。あの時ソテロとアマティ博士が止めなければ、二人はあのままあの病院に修道士見習いとして留まっていたかも知れないのだ。

それと同じ事が、この今泉の身の上に起こったとソテロは感じていた。

――今泉ドノはこの、ソテロの教説に惑溺している。否、キリストの教えに身を投じてしまっている――

ソテロは一種戦慄にも似たものを感じていた。

「そうで御座居ますよ、今泉様。遠い遠いと思えば、物事は更に遠くに感じるし、逆に近い直ぐそこだと考えれば気も楽になります。若年の拙者が、こんなことを言うのも何ですが……」

外記が遠慮がちに口を開いた。言うまでもなく今泉は、藩士としての格は外記こと小平元成をはるかに凌ぐ。政宗がサン・ファン・バウチスタ号の乗船者の名を秘匿しようとしたのは、本来乗る必要のない松木忠作や今泉等、藩上位の者たちを特命で乗船させたからだ。

後に、仙台藩三代藩主の伊達綱村が記した『貞山公治家記録』の「慶長一八年九月十五日」条の遣欧使節の乗船者名でも、大使支倉の次席に「今泉令史(れいし)」を措(お)いているものの〝名〟の方は明らかにしていない。〝令史〟は名前ではなく四等官を示す「主典(さかん)」のことだからだ。

伊達家は、元々常陸(ひたち)の国(茨城)の伊佐の荘は中村に、その濫觴(らんしょう)つまり起源を見る。そして中村朝宗(ともむね)のとき、時の源氏の大将頼朝による「奥州藤原攻め」に共感し、その戦列に入り込んだのだ。

この時の戦(いくさ)で、頼朝は奥州平泉の衣川で、弟義経に引導を渡すと共に四代泰衡を倒し、奥州藤原氏を滅亡へと追いやる。中村朝宗は、この時の戦功により磐城(いわき)の国(福島県浜通り)の伊達(だての)郡(こおり)を拝領することになる。この後朝宗は奥羽山脈の板谷峠を越えて、当時政治的に空白となっていた羽前の国(山形)の米沢の地に根を下ろす。そして政宗までに十六代を累(かさ)ねる伊達家の礎(いしずえ)となったのである。

この古い家系の中で、伊達藩の仕組みの中には、自然に、或いは意識的に、奈良・平安期に用いられた律令制の用語を組み入れた。端的に言えば、あらかた形骸化した律令時代の制度を用いることで、伊達藩の伝統の重さを主張して、その余贏(よえい)に与(あずか)ろうとする策謀も見えてくる。

「〝法力に遠近(おんごん)なし、千里即ち咫尺(しせき)なり〟——これは弘法大師様の言葉ですが、考え方ひとつで、遠いも近いも、如何ようにも超越出来るということでしょうか。あっ、〝咫尺〟とは中国の周時代に用いられた尺度のことで、咫は長さの単位として、我が国の〝八寸〟のことです。従って咫尺とは〝極めて近い距離〟と解釈出来ましょうか」

いっ時とはいえ、高野山に僧として寓居した小平太郎左衛門の言葉には、それなりの重みがある。

「考えようによっては、千里の道も僅かに八寸か……」

今泉は両手を開げて、幅を取ってみせた。

「うーむ、難儀なことじゃのお。つまり何も考えるなということか？　あのイルカやあの鳥たちのように……」

今泉の見上げる先には、終始船に付き纏って、囂(かまびす)しく啼きながら飛んだり、帆柱や帆桁に羽を休めている無数の海鳥たちが居る。

「昔、我が家の菩提寺(ぼだいじ)の和尚(おっさん)から聞いた話だが……」

今泉は改まった様な目差で、小平に向き直った。

「和尚の言うには、この世界は何れ破滅に陥るというのだ。仏教の教えの中には〝四劫(しこう)〟という犯し難い法・道理があると聞いたのだが、太郎左衛門殿ひとつ御教示願いたい」

「はは卒爾(そつじ)ながら、拙者の知り申す囲(かこ)いの中から……。この四つの劫の、劫(こう)とは梵語(ぼんご)、即ち古代インドでの言葉、サンスクリット語のうちの〝極めて長い時間〟を意味します。そう、我々も日常的に使っている〝未来永劫〟の〝劫〟がそれで、世界的・宇宙的な規模の生滅に関わる尺度と考えて宜しいかと。

従って四劫とは、世界が成立しては破壊していく過程を、仏教では四つに区分して考えるのです。

成劫・住劫・壊劫そして空劫の四つです。

先ず成劫ですが、これはこの世界、我々の住む世の中が成立する時期を意味します。つまり生物が発生、植物が芽を吹く、山河・大地が形成される、人類が生まれる、そんな世界創世の適った時を言います。

次の住劫とは、この出来上がった生命力が、そして山河が、そのままの形で存在し続ける時期のこと。つまり〝現在〟のことですね。

三つ目の〝壊劫〟、これは見るからに何かしら悍しさを覚える言葉ですね。その通りです。何故なら、あらゆる生き物、無論人間も含めてです、のみならずこの世界を構成するあらゆる物質、これを仏教では〝器世間〟といいますが、それらの物全てが破壊消滅する時期、これが壊劫なのです。こんな悲惨な事柄もやがて起こり得ると、仏教では唱えているのです。

そして最後にやって来るのが〝空劫〟。これは読んで字の如く、この世の全てが破壊し尽くされて〝空〟、何ひとつ残っていない虚無の状態を意味します。

一寸長くなりましたが、今泉様これが〝四劫〟なのでございます」

「うーむ、壊から空へとな……。わが仏教には〝空〟の観念が強くへばり着いているからのう……」

今泉は腕組みをしたまま、呻くように呟いた。

「その点キリスト教では、〝復活〟の理念で救われますね、ソテロ様」

それまで無言でいたソテロは、外記こと小平太郎左衛門の問いかけに、

「復活ですか……」

暫しの間を置くと、その重い口を開いた。

「キリスト教にも〝空〟を称えた人はいます。旧約に出てくる〝コヘレト〟がそれです。

そもそもコヘレトとは人の名前ではありません。ヘブライ語、いわゆるユダヤ語で〝集会で会衆に語り掛ける人〟、平たく言えば講演会での講師のことをコヘレトと言うのです。但し旧約聖書の中のコヘレトは特定の人物、ソロモン王を暗黙裏に掲げているのです。御存知の通りソロモン王とは、ユダヤの祖ダビデの子ですから、イスラエル直系の王様ですね。

そのソロモンが、己の生きた過去の道筋を、コヘレトつまり『会衆に語る者』という蓑笠(みのかさ)を着て語った言葉が、これです。

〈空の空、空の空、一切は空なり――〉

更に続けます。

〈太陽の下(もと)で起こることは、どれも皆空しく、まるで風を追うようなことだ――〉

コヘレト、つまりソロモン王は、一体何が〝空しい〟と考えたのでしょう？　今泉様」

「………」

「無論、これだけでは分かりませんよね。

旧約の中でコヘレトは、その心情を次の様に吐き出しているのです。

〈私は事業を広げ、自分のために邸宅を建て、ぶどう園を造った。

庭園や果樹園をしつらえ、あらゆる果樹を植えた。

池を掘り、そこから水を引いて、木々の茂る林を潤した。

私は男女奴隷を買い入れた。家で生まれた奴隷もいた。

かつてエルサレムにいた誰よりも、多くの牛や羊の群れを所有した。

自分のために銀や金、王たちと諸州の財宝を集めた。

自分のために、男女の歌い手をそろえ、人の子らが喜びとする多くの側女を置いた。

かつてエルサレムにいた誰よりも、私は偉大な者となり、栄華を手に入れ、知恵もまた私にとどまった。

目が求めるあらゆるものを、私は手中に収めた。

私はすべての喜びを享受し、心はすべての労苦を喜んだ。

これが、すべての労苦から得た私の受ける「分」であった。

だが私は顧みた。すべての手の業と労苦を。

見よ、すべては「空」であり、風を追うようなことであった。

太陽の下に益となるものはない。〉

コヘレトことソロモン王は、この長い述懐で縷々とその成功を誇った後、まるで芝居のどんでん返しの様に〝全ては、まるで風を追いかけるように、空だった〟と言ってのけたのです」

「ここで、ひとつ疑問が湧くのです。これほど恵まれた境遇の人が、何故突然〝全ては空である〟との結論に到ったのでしょう？」

「これは私ソテロの推論に過ぎませんが、成功の頂に居たソロモン王は、何か大きな災難に会ったか、若しくは自らの愆尤、つまり〝しくじり〟を招いたことで全てを失ったのか？　その辺りを、コヘレトの本当の言葉から拾ってみましょう。

〈私は見出した、女は死よりも苦いと。女は罠、その心は網、その手は枷。御心に適う人は彼女から逃げ出すことができるが、罪人はこれに捕えられる。〝見よ、これこそ私が見出した〟とコヘレトは言う。〉

　また、こうも言っているのです。

〈地上に起こる空なることがある。悪しき者にふさわしい報いを正しき者が受け、正しき者にふさわしい報いを悪しき者が受ける。私はこれも空であると言おう。〉

　今泉様、これなら如何様に見られますか？

　このコヘレトの言う〝空〟については？……」

「ソテロ様、これは私の直感でございますが、このコヘレトの言葉は、〝恨み節〟としか聞こえて来ないのです」

「恨み節!?」

「拙者も、コヘレトの言う〝空〟は、仏教の〝空〟とは似て非なるものかと……」

　外記は続けた。

「コヘレトは物質即ち〝器世間〟への執着が強過ぎる気が致しますが。如何で御座居ましょう、ソテロ様」

「ふむ、ふむ少し考えて見ましょう……。

コヘレトは、こうも言っています。

〈太陽の下、私はある災いを見た。

それは人間に重くのしかかる。神が富と宝と栄誉を与えて、望むものは何一つ欠けることのない人がいた。

だが、神はそれを享受する力をその人に与えず、他の人がそれを享受することになった。これも空であり、悪しき病である。

人が百人の子供を得て、長い年月を生きたとする。

人生の歳月は豊かであったのに、その幸せに心は満たされず、また埋葬すらされなかった。ならば、死産の子の方が幸いだ、と私は言おう。

確かにその子は空しく生まれ、闇を歩みその名は闇に覆われる。太陽を見ることも、知ることもないが、この子の方が彼よりも安らかである。

たとえ千年を二度生きても、人は幸せを見ない。

すべての者は、一つの場所に行くのだから。〉

この件を読むと、確かにコヘレトの考えは〝虚無的〟ですね。ソテロもそう感じます。〝諦念〟の思いすら滲んでいます。

コヘレトは続けます。

〈空である日々に、私はすべてを見た。

義のゆえに滅びる正しき者がおり、悪のゆえに生き長らえる悪しき者がいる。

あなたは、義に過ぎてはならない。

賢くあり過ぎてはならない。どうして自ら滅びてよかろう。

あなたは悪に過ぎてはならない。愚であってはならない。

あなたの時ではないのに、どうして死んでよかろう。

地上には、罪を犯さずに善のみを行う正しき者は居ない。〉

これでは人間世界、人が生きることは、ただ難儀(なんぎ)なことで余り希望とか、喜びが感じられませんね。むしろ絶望的です。

しかしキリスト教の世界には、〝万能の神デウス〟や救世主(イエス)がおられます。苦しみもがく者たちに、救いの手を差しのべて下さる有難い存在です。

そしてコヘレトは、こう締め括(くく)るのです。

〈そこで、私は喜びを讃える。

太陽の下(もと)では食べ、飲み、楽しむことよりほかに人に幸せはない。

これは、太陽の下で神が与える人生の日々の労苦に伴うものである。〉

要するに、人間の幸せはこの件(くだり)に集約されるとソテロは考えます。

人生の日々の労苦に対する、あなたの〝取り分〟は、燦燦(さんさん)と輝く太陽のもとで、飲み、食べて、楽しんで、そこで幸せの感懐に浸り切ること。

こうして人生の終焉(えん)を迎えた後は、〝至幸(しこう)の場所〟神の御胸に身を委ねる。これがキリスト教徒の〝取り分〟でもあるのです。如何でしたか、今泉様、小寺様」

「そうですね、南蛮にも〝空(くう)〟の概念があることを拙者初めて知り申した。少し驚いているところですが、でも、手前至って浅学非才の身ゆえ、良く判り申さぬが……。何か我らの考える

〝空〟とはいささか異なる気が……のお、外記殿」

今泉は仏教のことは、小寺外記こと小平太郎左衛門と、単純に割り切っている。

「そうでございますな。確かにソロモン王様の〝空〟には、どうしても〝空しさ〟が付き纏ってござる。何か、心満たされない、未だ何かに執着する心というか、〝自己への愛着〟みたいなものを感じます。

そうそう、ひと言でいえば〝心煩い〟が在るということでしょうか。

本来仏教の中での〈空〉には、この心の煩いが全く無いのでござる。

端的に言うと〝無我アナートマンの境地〟でなければ〈空〉ではない。

〝アナートマン（anatman）〟とは〝我（アートマン）〟が無いこと。

〝アートマン（atman）〟は、人間の存在やその他諸々の物質、つまり実体的な存在のこと。

これが完全に取り払われた状況まで追い込まなければ、〝無我〟即ち〈空〉とは言わないのです。したがって其処には〝心残り〟、つまり心を煩わす何物も残っていないのです。

〝心煩い〟のことを仏教では、〈煩悩〉と申しまして、これを卑下します。例えば四つの煩悩として挙げられるのが無知・我執・慢心・我愛などですが、他にも貪・瞋・痴の三毒としての煩悩など算え切れない程で、宗派によっては八万四千を挙げています。

ソテロ様も日本に居られた時、年の暮れの深夜、百と八つの鐘の音を聞かれましたね？

あれは人間の持つ〝忌むべき無数の毒〟を吹き払うための祈り、願いの鐘の音なのです。ですから仏教の言う〈空〉は、有機的にも無機的にも完全な〈無〉でなければなりません。

そういった真理を極限的に表現した言葉があります。〈五蘊皆空〉です。これは、仏教最大の教典『大般若経（だいはんにゃきょう）』に説かれる〝空（くう）の思想〟の精髄ともいえる言葉なのです。

　つまり色（しき）・受（じゅ）・想（そう）・行（ぎょう）・識（しき）の五つの集まりを〈五蘊（うん）〉と称し、これが全て〈空〉であるとの考えを〈五蘊皆空（ごうんかいくう）〉と喝破（かっぱ）されたのです」


「外記殿は、呆れるほど仏教に精通しておられるのお。拙者、心底より感服つかまつった。確か以前に、仏門におられたとか……」

「これは今泉様、過分なお言葉を……太郎左、痛み入ります。はい、高野山で一応、愚禿（ぐとく）として存生（ぞんじょう）していたこともございました」

　若い外記の頬に、赭（あか）みが走る。


「お二人とも、話を元に戻しましょう。ソテロはもう少し話したいことがあります。実は、旧約聖書の〈コヘレトの言葉〉篇には、もう少し興味ある部分があるのです。

　これは、コヘレトの語りの終りに近い、いわゆる〝結び〟と考えて良い言葉です。

〈太陽の下（もと）、私は振り返って見た。

足の速い者のために競走があるのでもなく、勇士のために戦（たたか）いがあるのでもない。

智恵ある者のために、パンがあるのでもなく、聡明な者のために富があるのでもなく、知者のために恵みがあるのでもない。

時と偶然は、彼らすべてに臨（のぞ）む。〉

　つまり、この世の出来事は全て、特定の何かしら恵まれた者のためだけに在るのではない。それはあらゆる人たちの〝物〟であり、平等の下にあるもの。全ての人は偶然、言い換えれば〝神の御業（みわざ）〟の内にある。と語られているのです。続けましょう。

〈人は自分の時さえ知らない。

不幸にも魚が網にかかり、鳥が罠(わな)にかかるように、突然襲いかかる災いの時に、人の子らもまた捕えられる。〉

〈若者よ、あなたの若さを喜べ。

若き日に、あなたの心を楽しませよ。

心に適う道を、あなたの目に映るとおりに歩め。

だが、これらすべてについて神があなたを裁(さば)かれると知れ。〉

〈若き日に、あなたの造り主を、心に刻め。

災いの日々がやって来て〝私には喜びがない〟と言う齢(よわい)に近づかないうちに。〉

こうして見ると、何か若者への強い声援(アニモ)の様にも、聞こえて来ます。そしてコヘレトは、次の様に警告をも発しています。

〈その日には、家を守る男たちは震え、力ある男たちは身をかがめる。

粉挽(ひ)く女たちは、数が減って作業をやめ、窓辺で眺める女たちは暗くなる。

粉を挽く音が小さくなり、通りの門は閉ざされる。

鳥のさえずりで人は起き上がり、娘たちの歌声は小さくなる。

人々は高い場所を恐れ、道でおののく。

アーモンドは花を咲かせ、ばったは脚を引きずり、ケッパーの実はしぼむ。

人は永遠の家に行き、哀悼者(あいとうしゃ)たちは通りを巡る。

やがて銀の糸は断たれ、金の鉢は砕かれる。

泉で水がめは割られ、井戸で滑車は砕け散る。
塵（ちり）は元の大地に帰り、息はこれを与えた神に帰る。
空の空、とコヘレトは言う。一切は空であると。〉

この辺りの言葉を、外記ドノはどう感じますか？」

「うーむ、そうでございますな。何やら只ならぬ事が起こりそうな……例えばこの世の終わりの様な……」

「そうですね。このソテロもそう考えます。

例えば旧約聖書の外典、これは初期キリスト教の正典から〝異端の書〟として除外された文書のことですが――〝エズラ記〟や〝バルク書〟がそれに当たります。これらの文書には〝人類の終末〟と、それに伴うもろもろの天変地異や、その予兆が記されているのです。

新約聖書の掉尾（とうび）を飾る〈ヨハネの黙示録〉にも、世界にはやがて終末の時が到来すると謳（うた）われているのですよ」

「それともう一つ。どうも拙者には、このコヘレトの言葉を書かれた人は、ソロモン王様一人だけじゃないようにも思えてなりませぬが……」

「これは鋭い！　今泉様、そこに気が付かれましたか。実は宗教学者の間でも、その事は論争の火種となっているのでございますよ。

ある人は、ソロモン王の著述を偶然手にしたイスラエルの智者が、それを基に補遺・補足をして仕上げたものとし、又ある学者が言うには、エジプトはアレキサンドリアの町に住んだ優れた哲学者が、〈コヘレトの言葉〉を完成させたと断言します。

何れにしても、良く読んでみると書の前部と後部の論旨には、ある種の乖離があるのは否めませんね」

五、今泉に纏わり付く不吉な予感

「それよりも拙者、いささか気になり申した〝文言〟が御座った」

「ほう、今泉ドノ、それは？」

「ほら、先刻師が話された〝魚が網に、鳥が罠に〟の件で御座居ます」

「〝人は自分の時さえ知らない〟のところでございますね？　人間を含めて、この世で〝息〟をしている全ての存在の命運は〝偶然〟という目に見えない何者かの手に委ねられているのでしょうね。日本の諺にもありましたね。〈一寸先は闇〉とか〈板子一枚下は地獄〉とか。この〝目に見えない何者かの手になる偶然〟をキリスト教では、〈神の御業〉として尊ぶのです。

コヘレトの言葉の最後は、次の文言で締め括られます。

〈神を畏れ、その戒を守れ。これこそ人間のすべてである。神は善であれ悪であれ、あらゆる隠されたことについて、すべての業を裁かれる。〉……」

その時突然、背後から常長の声。

「これは各々方、随分ど話がこん絡がってんでねの？」

「おう、これはハシクラ様、日記付けの方は今終わりましたか？」

「ほんねぇ（そうじゃない）、とっくぬ終わっていだんだげんどもっしゃ（疾っくに終っていたけれどもね）、みんなすて（皆で）余りぬも真剣に話す込んでいだもんで、なじょすても（どうしても）入り切んねがったんでがす（話の仲間に入れなくてね）。そんぬすても（それにしても）、そろそろ夕餉時でござっと」

「おう、もうそんな刻限でござったか」

今泉が辺りを見回す。気が付かないうちに夕凪となって、あれ程翩翻とひるがえっていた、主檣先端の旗も、大きな三角帆も力なく委え、垂れている。その周囲を、大声を上げながら乗組員たちが動き回っている。

海中の海豚たちも、上空の海鳥たちの姿も、何時の間にか消え去っていた。彼らは動かぬものには、興味が無いのだ。

目を遥かに水平線に転ずると、靄で海と空の境は、ただ暈滃として定かならずといった風情を呈している。帆船というものは、海上での凪に対しては全くの無力の存在なのだ。

但し、悪いことばかりではない。乗客は勿論乗員にとっても、誰気兼ね無くゆっくりと夕餉に向き合える時でもあるからである。

フラガータ艦の大三角帆に再び風が絡み始めたのは、戌の刻（夜の九時頃）も過ぎようとする頃である。逆風ではあるが、巧みな操帆によって船は順調に前進することが出来る。

船団がイタリアのサヴォナの港に入ったのは、十月十三日の早朝であった。この港町サヴォナは、イタリアのジェノヴァ共和国に属する一州に過ぎない。一行は先ず此の地に錨を下ろして、共和国への入国許可を取る準備をするのだ。

此処でも、目覚ましい活躍を見せたのは、ローマ法博士アマティであった。彼はソテロの弟のファン・ソテロ神父と共にフェラッカ船でジェノヴァに先遣し、ジェノヴァ共和国総督イル・デュースと、在ジェノヴァのイスパニア大使ドン・ファン・ビベスに、フェリペ三世からの二通の書翰を手渡している。こうして後発の、大使一行を乗せたフラガータ艦の到着を待ったのである。

ジェノヴァでの応待には心温まるものがあった。港にはさっそく、総督差し回しの幌付きの馬車が用意されて、使節一行を宿泊所であるフランシスコ会派のアヌンチャータ僧院へと案内している。

このジェノヴァは、彼の海の冒険家として名高いコロンブスの生まれ故郷である。一四九二年八月三日、コロンブスはスペインの女王イサベルの援助を得て、スペインのパロス港から八十八人の乗組員を伴って出帆した。当初の目的地はアジアであったが、何をどう間違えたか、着いたのは西印度のサンサルバドル島であった。

しかしコロンブスの身上は、変わり身の早さである。この地域に何等かの可能性を見出して、遂には南米北部と中央アメリカの発見に到る。このためコロンブスは三度もの探検によって、「新大陸の発見」の偉業を確かなものとしたのだ。サヴォナからジェノヴァへの船中で、一行はソテロからコロンブスに関する知識を興味深く聞いた筈だ。

ジェノヴァ総督は、支倉大使とソテロからのローマ教皇への使節受け入れの依頼、つまり執り成しを快く引き受けた上、ローマからの帰途での再会を約している。

ところが、現実にローマからの帰りに、ジェノヴァに立ち寄った時、ここで病魔に取り付かれて四十日もの長逗留になろうとは、この時常長は知る由もない。

二隻のフラガータ艦がジェノヴァの港に入る時、上甲板に立ち並んだ使節員たちは思わず嘆声を洩らした。風景の余りの美しさにだ。港の背後は、標高三〇〇メートル程の山並み、リグリア・アペニー山脈に囲まれた天然の要塞で、しかもその上には街を守るため、一五キロにも及ぶ城壁が設らえられている。

ジェノヴァの歴史は、常に侵略を虎視する外敵との戦いであった。その地理的な好条件と相俟って、古来経済手段として重要視された貿易業にとっての、あらゆる利点を具備するジェノヴァは、他の内陸国にとっては、正に垂涎の的だったのである。

紀元前三世紀のカルタゴ（アフリカ北部、チュニスの北東部に在ったとされる古代植民都市。後にローマ軍に滅ぼされる）による侵略・掠奪そして破壊を筆頭に、中世初期には東ゴート（スウェーデン南部のゲルマン部族）、ビザンチン（東ローマ帝国）などなど、ジェノヴァに欲望の触手を伸ばした国々は、枚挙に遑がない程である。

そんなジェノヴァが、力と安定を確固のものとして、スペインやアフリカの諸沿岸との交易で、繁栄を手にするのは、十二〜十三世紀に到ってからだ。

そんな凄惨な過去を秘めた古都ジェノヴァは、紺碧の海面に、十二世紀由来の聖堂サン・ロレンツォを中心に建ち並ぶ白亜の家々を映して、静かに使節一行を迎えたのである。

そう、使節一行が後に〈リヴィエラ海岸〉として世界の保養地として名を馳せることになるジェノヴァに入津したのは、一六一五年（慶長二〇年）十月十三日の午後であった。

翌十月十四日、使節の船団はいよいよローマへの入り口、チヴィタヴェッキアへ向けて出帆する。

ジェノヴァからチヴィタヴェッキア港までの船脚は鈍い。

この辺りの地形は、長靴型のイタリア半島の膝から脛に到る部分で、東部海上に横たわるフランス領コルシカ島との間には、かのエルバ島をはじめ多くの小島が散在する所。因みにエルバ島は、後年ナポレオンが流謫となった島だ。

こうした陸地に囲まれた狭隘な海路は、帆船にとって最も風が読み難い、言わば難所である。急に強く吹いたと思うと、次の瞬間ぴたりと止んだり回って見せたりする。したがって船脚が鈍く、乗組員たちの苦労も絶えない。ジェノヴァからチヴィタヴェッキアまで四日もかかったのは、そんな事情も絡んでいる。

一行がローマの海の玄関口、チヴィタヴェッキアに無事到着したのは、同年の十月二十五日とされる。

「やれやれ、まんずは此処まで来っずど（来れば）、ひと安心だべや」

常長は誰に言うともなく呟いた。

「いやいや、まだ安心は出来ません。ハシクラ様」

傍らに居たソテロが、真剣な面持ちで常長を制した。

ソテロは、一行がチヴィタヴェッキアに着いた時、ローマからの使者、少なくとも歓迎の早使が届いていると踏んでいたのだ。そのためにジェノヴァの総督に、ローマへの執り成しの早飛脚を依頼しておいた。それなのに、すでに五日も経っているのに、チヴィタヴェッキアの港は閑散として人影も無く、見えるのは港の右手から一行のフラガータ艦を見据える古びた要塞の銃眼だけであった。

　チヴィタヴェッキアからローマまでは、距離にして七〇キロ程。昼夜兼行の早駈けなら一日で到達出来る。余程の理由がなければ、使節一行を待ち受けられた筈である。

　後刻、次第に内情が判明して来る。端的に言うと、一行のマドリード滞在が長過ぎたのである。

　伊達遣欧使節が、スペインの首都マドリードに着いた時、すでに一行の最終目的地がローマであることは、首都駐在のローマ大使を通じて、ヴァチカンのローマ教皇庁は周知していた。教皇庁側としては、敢えて〝来る者は拒まず〟の心境であったことは確かなことだ。

　ヴァチカンの首相格であるボルゲーゼ枢機卿は、マドリード駐在大使に半ば嫌味とも言える内容の書翰を発している。

『使節一行が当地マドリードに来ていて、ローマ訪問を希望していることは承知している。しかし余りにも遅いではないか。若し一行にその気がないのなら、それはそれで良い。当地マドリードから帰って頂いても、当方にはいささかの痛痒も是無く云々。』

　一見、非情に突っ撥ねている様に感じられるが、その文面の裏には、その逆に「来るなら早くおいでよ」の趣にも取れる。

　ボルゲーゼ枢機卿は、当時の教皇パウロ五世の甥にも当たる人物だ。つまり教皇の側近中の側近。したがってこの時の教皇の極めて複雑な心情、いやむしろ苦衷を知悉していたことも事実である。

もともと教皇パウロ五世は、その性情極めて温容な人物であることは世上周知の事実であった。教皇は地の果ての国ジパングから、宗教的な任務を帯びた伊達遣欧使節が、膝下のヴァチカンまで訪れてくれることを鶴首して待っていたという。ところが丁度この頃、教皇の周辺には退っ引きならぬ時変が錯綜していたのも事実なのだ。

教皇パウロ五世の憂懼の種とは、具体的には以下の事柄であった。

(一)一五一七年のマルチン・ルターによるプロテスタント教会は、ローマ教皇によって発行される〝免罪符〟を否定し、これに対する攻撃の手を、今日を以て未だ緩めようとしていない。

(二)反教皇政策態度を執り続けるヴェネツィア共和国との確執。

(三)或るカトリック教徒による、イギリス王暗殺未遂事件の善後策。

(四)当時イタリアの物理学者で天文学者でもあったガリレオ・ガリレイが、ギリシャの数学者・哲学者のピタゴラスが紀元前六世紀頃に提唱した「地動説」を確固たる信念のもとこれを引き継いでいた。ガリレオの提唱する「地動説」に対し、ヴァチカン側は「天動説」の立場にあった。その根底にあるのが「この世界は父なる神デウスが創造されたもの」という理念である。ヴァチカンは紀元前四世紀、ギリシャの哲学者アリストテレスが唱えた「神は運動の極限にあらせられる。もはや他によっては、一切動かし得ない存在である。従って神は、最初の〝他を動かすもの〟でなければならない」という考えを恬として枉げていなかった。故に当然ヴァチカンの長たるローマ教皇には、ガリレオを説得するという重い重い責務が課されていたのである。

こんな並々ならぬ難苦の裡にあった教皇の状況を考えると、甥のボルゲーゼ卿としても、唯々諾々とこの不可思議な遠来の使節を、受け入れ難かったのも頷ける。

一方、チヴィタヴェッキアで、思わぬ足留めを食った使節一行を救ったのは、やはりイタリア人アマティ博士である。ソテロの弟ファン・ソテロ神父を伴った博士は、途中サンタ・セヴェーラの町で一泊し、翌日ローマに着いた。訪ねる相手は、ローマ駐在のイスパニア大使とローマ教皇である。

ところが、この時大使は行楽のためティヴォリに出かけており留守。教皇もボルゲーゼ枢機卿の領地、モンテフォルティーノに出御（しゅつぎょ）中であった。

博士は取り敢えず、大使の居るティヴォリに急行することに決めた。

ティヴォリはイタリア中部の町で、ローマの東北東二七キロの位置に在る風光明媚（めいび）な保養地である。アニエネ河畔の丘の上に在って、周りはオリーブの豊かな樹林に囲まれている落ち着いた土地柄。しかも製紙や金物などの工業も盛んで、街は殷賑（いんしん）を極めていたという。ローマから手頃な距離とあって、ヴァチカンの住人たちにとっては、願ってもない心の洗濯場だったのだ。

ティヴォリで何とかスペインの大使を捕えたアマティ博士とファン・ソテロ神父は、フェリペ三世の書翰を手渡すことが出来た。後に、アマティの『伊達政宗遣欧使節記』によると、この時のスペイン国王の書翰には次の記述があったという。

『彼らが使節であること、また自分が便宜を与えたことを証言すると共に、教皇聖下には大いなる慈愛と寛容とをもって彼らを受け入れ、名誉を与えていただきたい旨が述べられた。』

驚いたスペイン大使は、この時同時に手渡されたボルゲーゼ枢機卿とローマ教皇宛の書翰を、ただただ蒼惶の裡に届け出たのだ。

この時のボルゲーゼ枢機卿の動きが面白い。

口では、「来る気がないのなら、どうぞ御勝手に……」などと表明していながらいざ書翰を手にすると、まるで待っていましたと言わんばかりの迅速な行動に出たのだ。

その辺りを、再度アマティの随伴記から拾ってみる。

『枢機卿は、先遣隊長で教皇聖下の侍従官であるコスタグート殿とパオロ・アラレオーネ殿に、使節を接待する準備をし、しかるべき交誼を尽くすよう命じた。

そこで両人はアラチェリ修道院に足を運んで、信任状を持って派遣されたフライ・ファン・ソテロ神父とシピオーネ・アマティと協議し、使節と随員一行についての情報を収集した。

その結果、教皇の侍従官ら両人は、大使一行を迎えに行くため、令名高きボルゲーゼ枢機卿の馬車と他に三台の馬車、そして十頭の騾馬を直ちに手配させたのである。』

こうしてアマティ博士らは、意気揚々とチヴィタヴェッキアに戻って来たのである。

同行したボルゲーゼ枢機卿の特命書記官フランチェスコ・バンディーノが読み上げた歓迎の信任状を、アマティとソテロによるイタリア語からスペイン語、そして日本語へといったリレー式通訳で聞いた常長は以下の様に反応する。

『大使閣下はその書翰を頭上高く掲げ、枢機卿閣下に対して大いなる感謝の念を表し、こう言明した。五三〇〇レグア（およそ三万キロ）もの旅で味わったあの数々の不便も災難も危険も、まさにこの良き知らせによって、そして教皇聖下と枢機卿閣下が我々に振り向けて下さった恩恵によって、すべて帳消しとなったと。』

一時は、絶望の縁に立たされた常長の歓喜の様が、怡怡として伝わって来る光景ではないか。

使節は迎えの馬車に分乗すると、足取りも軽くローマへと駒を進めた。途中の宿場町サンタ・セヴェーラに着くと、城内の砲台から歓迎の砲声が殷々と轟き、一行の感動は更に極まる。その夜はボルゲーゼ卿心尽くしの夕食にあずかり、卿の家臣で、エスピリトゥ・サントの騎士団長直き直きのもてなしを受ける。

翌朝サンタ・セヴェーラを出立した使節団は、途中の町パリドロで、イスパニア大使カストゥーロの秘書官の出迎えを受けた。そうこうする内に、ボルゲーゼ枢機卿の侍従長フェデリーコ・ランティからの親書が届く。その内容は使節たちに、更なる希望と確信をもたらすものであった。

『大使一行は、そのまま教皇のもとに直行して、その御足に接吻をしても良い——云々』

伊達政宗遣欧使節団が、ローマの地を踏んだのは、秋も深まった一六一五年（慶長二〇年）十月二十五日のことである。

顧みれば、一行が伊達領の牡鹿半島の「月の浦港」を出帆したのが一六一三年（慶長一八年）十月二十八日であった。細かく算えると、〝二年と一日〟になるという。

チヴィタヴェッキアでボルゲーゼ枢機卿からもたらされた歓迎の書翰を見た常長が思わず吐いた本音、「五三〇〇レグアもの旅で味わったあの数々の不便も災難も危険も……」には、大使常長の万感が籠められている言葉と見る。しかしローマに着いたことで、全てが安泰となったわけではない。神仏は何故か、常長への艱苦・懊悩への試練の手を緩めようとはなさらないのだ。

それはそれとして、ローマに着いた一行は、その日のうちに教皇との非公式の謁見が許される。通常では考えられない僥倖に恵まれたのである。教皇が東アジアの果てからの珍客を、如何に待ち侘びていたかの証左にもなろう。この時期の教皇には、国内外の煩瑣な問題が、苦悩と共に纏わり付いていたのだ。

そんな最中の伊達遣欧使団の参着は、教皇自身にとっても、また、ローマ・カトリック全体の名聞からしても、正に天祐の思いに近いものがあったのだ。

一方、到着と同時に教皇との謁見を許された使節側、特にソテロやアマティ博士にとっては、全くの意想外のことで、その余りの幸運に欣喜したの言うまでもない。

教皇聖下との拝謁の様子を、アマティ博士は次の様に描いている。

因みに、この時ローマ教皇はクィナーレ宮殿の「王の間」に、畏くも辱臨賜っていたのだ。

『部屋に入るとコスタグート殿とパオロ・アラレオーネ殿がやって来て、大使殿おふた方（常長とソテロ）のみ入室して御足に接吻し恭順の意を示すようにと教皇聖下の名代として告げた。

そこでさらに中に入って行くと、部屋部屋に名誉侍従と他の騎士たちがおり、すべての人が使節に礼儀正しく振る舞った。その時、教皇聖下の侍従長パオーネ閣下が現れ、使節に丁重に挨拶し謁見の場に案内した。

そこで式部官とともに中に入ると、二人は通例の跪拝を三度行い、それからいとも聖なる御足のもとにひれ伏して、これほどの名誉に値する者として自分たちを遇してくれたことに対して教皇聖下に深謝し、また奥州国王の名代として教皇聖下に恭順の意と忠誠の誓いを表明できるよう、ここまで無事に導いてくれた神に深く感謝を捧げた。

教皇聖下は父親のような愛情をもって、その島の名前がほとんど知られていないほど遠方の国から使節が到来したことに大きな喜びと満足を示されながら、彼らに身を起こすよう指示し、こう述べられた。

「奥州王国（領民）の改宗は大変喜ばしく、聖なる福音がそれらの地方の中に広まっていると聞いて非常に嬉しく思う。そして自ら神父として、また教会全体の牧者として、それらの羊の群れが増えるように、また使節の正当な要望に応えられるように格段の配慮をするであろう」と。

これに対し、教皇聖下の大いなる慈愛と厚情に限りない感謝の意を述べると、二人の大使は満足して精神的な喜びを満面にたたえて退出した。』

教皇聖下との拝謁を終えた一行は、ローマでの宿泊所となるアラチェリ修道院に入った。日はすでにとっぷりと暮れ、カトリックの習わしでいうと〝アヴェ・マリアの時刻〟となっていた。

アマティは記す。

『その晩、例の修道士たちとアマティ博士は、大使閣下とソテロ神父殿と共に夕食を取ったが、そこには二年間に及ぶ旅の目的が既に達成され、教皇聖下の偉大な慈愛の果実を味わうところまで到達したという安堵感が漂っていた。

教皇聖下は既にできる限りの豪華さをもって彼らを遇するように、そして銀器と格式ある食器を使って教皇庁の関係者が彼らをもてなすようにお命じになり、また彼らが訪問のために外出する度に二輪馬車と四輪馬車および四人の馬丁を差し向けるよう便宜を図られたのである。』

このアマティの使節随伴記から、パウロ五世教皇の温かい感激ぶりと、長い苦難の後の支倉大使一行や、ソテロをはじめ随行した者たちの喜びと安堵の姿が、如実に見えてくるのである。

この時パウロ五世は、ローマ教皇庁二三三代目の教皇で、齢(よわい)はすでに六十三歳。当時としては高齢の域に在ったと言える。

しかし数多(あまた)の法敵との論戦を、制して来たという自信と誇りは、その炯(けい)々と輝く眼光に秘められて、謁する者を粛然たらしめるのだ。

六、届いていた政宗怒りの書状

宿舎のアラチェーリ修道院に落ち着き、交々(ごも)今日の出来事を語り合っている時であった。ソテロがやって来て、常長に小さな包み物を手渡した。

「ハシクラ様。今、宮殿から使いの者が来て、これを……。先日ヴァチカンに届いていた日本からの急便とのことです。諸事煩瑣(はんさ)の中、お手渡しが遅くなったことをお許し下さいとのことです」

「うん？　何だべこら（これは一体何だ）？」

常長が受け取った包は厳重に油紙で捲かれ、表書きには〝奥州仙台〟の墨書の掠(かす)れ字が辛うじて読める。

当時日本からの急便は、多くはフィリピンのマニラ経由で、主にイエズス会派の宣教師の手で運ばれた。ローマまでは早くて一ヶ月半、天候次第では二ヶ月かかったのである。

常長は何故か不吉な予感の中、傍らの小寺こと小平太郎左衛門に包みを開けさせた。

出て来たのは、支倉宛の政宗からの書状である。

表書きの朱墨で書かれた〝極秘〟の二文字が更に常長の不安を煽った。

ソテロと共に別室に移った常長が目にしたのは、紛れもなくお屋形様、政宗の筆跡であった。


『急ぎ筆を執り参らせ候……』


ただならぬ文面に、蒼惶(そうこう)として居住いを正す常長。

傍らのソテロにも緊張感が伝わる。


『……不届義候条……腹を切らせる可申付候……奉行に小平太郎左衛門申付候……政宗（花押）』


読みながら、小刻みに震える常長の手許を見て、思わずソテロも声を潜めた。

「ハシクラ様、何か大変な事でも？」

「大変(てえへん)なんつもんでねんだ、ソテロ様……。ああ、これはすたり、なじょすんべ、なじょすんべ
（どうしよう、どうしよう）」

常長から手渡された書翰を読んだソテロの顔も急に青ざめる。

「何と、今泉様に切腹を……」

「ほだほだ（そうなんだよ）。ああ、こいずは（これは）儂の責任でも……」

常長はそう言いながら、己が頭を掻き毟った。

文書の内容は、こうであった。

政宗は予め今泉と松木にはヌエバ・イスパニア（メキシコ）から帰国することを命じており、その事はメキシコの副王にも、書翰で約していたのである。

『此のフライ・ルイス・ソテロを使僧に相頼み、同じく侍三人相添え差し越し候、此内二人を尊国より帰朝致す様に申し付けてございます。今一人は奥国迄指遣候間——（後略）』

この文中〝二人〟とは、言うまでもなく松木忠作と今泉令史のことであり、〝今一人〟とは支倉常長のことである。つまり政宗は、他国の統領との盟約を自ら破ったという計り知れない慙愧の念、そして信頼し切っていた家臣のあからさまな裏切りに、正に赫怒したのだ。

ここで当然湧き起こって来る疑念がある。

それは政宗はどの様にして今泉の背信を知ったのかということである。

メキシコからの帰国組がマニラ経由を経由し、サン・ファン・バウチスタ号で江戸湾口の浦賀に着いたのは、一六一五年（慶長二〇年）八月十六日である。松木忠作が報告のために政宗の居る江戸上屋敷に着いたのは、急いでも翌々日の十八日であろう。

一方使節一行がローマに達したのは、同じ年の十月二十五日。その時間的な差異は、およそ三ヶ月と旬日程ある。便が可成り遅滞したとしても、充分に間に合う物理的な可能性は有ると見る。

「ソテロ様、この事ば（このことは）、なじょすても（何としても）内密にすておがねば……。

ますてや（特に）ローマ側さは、絶対ぬ知られぬ様ぬなや（様にしないとね）」

「………」

ソテロは無言で頷くだけであった。

翌日、今泉と外記こと小平太郎左衛門は密室に呼ばれ、事の次第を聞かされる。

「手前がご御介錯を?!」

「これ、おっちな声出すで無ぇ、馬鹿者が！」

何時にない厳しい叱声が、常長から飛んだ。

「んだど（そうだぞ）、これはお屋形様からの、なんだもねぇ（とてつもない）、ほだなあ（そうだなあ）、峻命ど心得ねばなんねど」

「今泉様！　このソテロ何と申して良いのやら……」

あとは言葉にならず、ソテロは両手で己が顔を蔽った。

「殿の命に叛いた拙者が悪いのでござる。ソテロ様どうか……」

顔は青ざめてはいるが、今泉は冷静であった。

伊達政宗という武将は、忠実な部下には杞憂とも言える程の気遣いをする人物である。それだけに、命令に背く者や、裏切り行為に対しては、厳酷な仕置を躊躇しないのである。

「このローマで逃がしてやりなさい」

ソテロが言うと常長は、

「それは絶対に出来ません。今泉殿とて、武士としての矜持があんべがらなや（有るのだからなあ）」

「でも、これだけは、はっきり申し上げて置きます」

ソテロが何時にない厳しい表情を見せた。

「切腹、つまりハラキリは、自殺行為です。カトリックでは自殺は御法度、絶対にダメですね。まして、ここローマはカトリックの総本山でございます」

「うーむ」

頭を抱え込む常長。部屋に沈鬱な、空気が漂う。

「それなら、こうしたら如何でござるか」

沈黙を破ったのは意外にも今泉、当人からであった。

「某を病人と見立てて下され。例えば労咳を病んで死んだことにすれば……。さすれば、仮令小平殿が〝介錯〟つまり止めを刺しても、拙者は〝刑死〟で済まされましょう。

ソテロ様、たとえカトリック教徒でも、上司に叛けば処刑は有り得るのでございましょう？

某、たしかソテロ様の説諭の中で、聞き申した覚えがござる」

「それは……その通りでございますが……。例えば航海中の船の中で船長の命に叛けば、処刑すなわち帆桁に吊り下げられることは度々ありました。その通り、絞首刑でございます。無論カトリック教徒同士の間でも、同じことです。

でも、このソテロの考えでは、今泉様には生きて欲しいのです。たとえ言葉が通じなくとも、あるいは物乞いになってでも、このローマあるいは、イタリアの地で命を繋いで欲しい……」

力説するソテロの大きな眼に、見る間に涙が漲溢してくるのを見て、皆も目頭を抑えた。

「ほだげんどもなあ（そうは言うけれどね）」

常長も、その武骨な拳で眼後を拭いながら口を開く。

「お屋形様の言い付げさ、背ぐわげぬは行がねべさ。のう、各々方」

「あいや、元はといえば、拙者の身勝手な行動に由来するものでござる。どうか平に御容赦下され。斯くなる上は如何なる御処分も覚悟してござる。

ソテロ様は、如何にしても生きよと仰せられるが、某も武士の端くれ、それなりの面目もござる。然れど拙者には、露ほどの悔恨の気持はござらぬぞ。

出立以来、この旅の中でソテロ殿の説かれた切支丹の心、つまりカトリックの何たるかを聴くうちに、某の荒び果てた心が何時か消えさり、後はあたかも烟霞の中を漂蕩する心地のまま、此処まで来てしまった……。そう、悔いはござらぬ。然れども……」

今泉は、己れを納得させる様に語って口を閉じた。

暫しの沈黙の後、常長は言った。

「考えでみっずど（考えて見れば）、我々は今すがだ（一寸前に）ローマさ着いだばんだ（ばかりだ）、これがら、山ほど為ごどがあんべや（為ることがあるだろう）。然すれば、こんごどば（この事は）そのあど、あどでじがんべ（その後、後で良いでしょう）」

常長の言う通り、ヴァチカン側の示す使節一行への、歓迎行事の日程は中々多端なものであった。

その最たるものが「ローマ入市式」の挙行である。ヴァチカン教皇庁は、外国からの使節を迎える時、慣例として「入市式」を行う。彼の天正の四少年使節も、一五八五年（天正一三年）三月二十三日に、ここローマでの入市式を華やかに飾ってもらっている。

七、ローマ入市式パレード

さて、伊達政宗遣欧使節のローマ入市式パレードは、十月二十九日午後三時に、華々しく幕が切って落された。

その様子を『ソテーロ伝』は次の様に伝えている。

『服装を整えると一同乗馬し、次の順序に従って行進を開始した。隊長マリオ・チェンナ並びにクルチオ・カッファレリに率いられた軽騎兵五十名が先導隊となり、その中に挟まれて騎馬で枢機卿側近者、多くの随員を従えた各国大使、並びにローマ、フランス、イスパニアの貴族が行進し、次いでローマ市の各区長の鼓手十四名、その後に喇叭(らっぱ)手五名が進み、次いで美装の有爵者、騎士多数。

更にローマの貴族二名に挟まれて、愈々(いよいよ)日本人の登場となった。彼等は七人の脇侍と小姓たちで、何れも刀と脇差と呼ばれる武器を携えていた。その者たちの名前は次の通りである。カッコ内霊名。

佐藤内蔵丞(くらのじょう)(シモン)
丹野久次(トメ)
菅野弥次衛門(かんのやじえもん)(トマーソ)
山口勘十郎(ルーカス)

佐藤太郎左衛門（ファアン）
原田勘左衛門（ファアン）
山崎勘助（ガブリエル）　以上七名。
続いて登場したのは、四人の高位の騎士である。この四人の中三名は黒装束で足まで垂れる長袍をまとい、膝まで達する絹の上衣を着、日本の僧侶が常用する二角の黒頭布を被っていた。しかし一人だけは普通の侍の服装をしている。』
〔筆者註＝「四人の高位の騎士」としているが、三人だけを黒ずくめの服装にして、他の一人（小寺外記）は通常の侍姿とした裏には、やはり天正少年使節同様〝東方から来た三博士〟への拘りがヴァチカン側には有ったと見る〕
『これら四人の名前は次の通りである。
滝野嘉兵衛（かひょうえ）（ドン・トマス）
伊丹宗味（そうみ）（ドン・ペドロ）
野間半兵衛（ドン・フランシスコ）
小寺外記（ドン・パオロ・カミッロ）――』
〔筆者註＝小寺外記こと小平太郎左衛門元成は一度メキシコで受洗しており、霊名ドン・アロンソを有していた。小寺は一六一〇年（慶長一五年）八月一日、日本の上総の国（千葉）に難破漂着したマニラの臨時総督ドン・ロドリゴをメキシコまで送還のため、家康が仕立てた「田中勝介使節団」の一員として随伴。当地メキシコ市で受洗した様子が地元の著述家チマルパインの日記にとらえられている〕

『全員日本で着ている着物で着飾っている。一人だけ腰の真中で縛ったチョッキのようなものを着ている。彼は、腰に銅の鎖をまいてそこに刀剣を吊している。』

チマルパインは、この武士と思われる人物に何故か強い好奇心を持ち始める。それは彼が他の日本人たちより上背もあり、気品が感じられたのだ。そして注目し続ける。

『日本からの皇太子（王族）一行は、通訳として随伴して来たフランシスコ会宣教師と一緒に、副王の馬車で――（後略）』

チマルパインは、この武士が一行の代表だと見做している。

『本日、一六一一年（慶長一六年）一月二十三日、日曜午後二時、日本人使節の一行のうち二人がサン・フランシスコ教会において、盛大な儀式のもとに受洗した。（中略）受洗した二人のうち一人は日本の貴族であり、洗礼名を「ドン・アロンソ」といった。』

これらの資料は、大泉光一氏の著書『支倉六右衛門常長』から拝借したものであるが、大泉氏もこの〝貴族〟とされる武士が、あの小寺（池）外記であることを示唆されており、筆者もこの説に賛同するに吝かではない。

因みに外記が小寺又は特に小寺池と名乗ったのは何故なのか。彼の故郷、宮城県亘理郡山元町の小平地区の彼の実家（今は寺院鳳仙寺となっている）の屋敷前には、可成りの大きさの「池」がある。地元では昔から「小平池」と訛って呼ばれている。無論「小寺」は世を忍ぶ仮の名であり、小寺外記の本名は、「小平太郎左衛門元成」なのである。

『この後に、使節の執事として、日本から随行して来たグレゴリオ・マティアスが続いた。マティアスは、イタリアの都市ヴェネツィアの出身である。

更に日本人四人の従僕が、やって来た。彼らは全員そろいの服装をしており、その衣服に合わせて黄色と緑を細かな碁盤目状にした絹のゆったりした上衣を着ていた。一方は薙刀（なぎなた）を、他方は傘を携えていた。
彼らの名前を並べる。
藤九郎（グレゴリオ）
助一郎（トマス）
茂兵衛（ジャコベ）
久蔵（ニコラス）
続いて日本の使節大使が、教皇の甥マルコ・アントニオ・ピットリオの右に並んでやって来た。支倉六右衛門常長（ドン・フェリペ・フランシスコ）は、その両側をスイス人衛兵に護られて、現われたのである。
その服装は、インド製の豪華極まりない衣服をまとっていたが、その服は多くの部分に区画され、動物や鳥や花が、絹や金銀で縫い取られていて、それが白地に良く映えていた。
大使殿はカラーをつけ、ローマ風の帽子をかぶっていたが、尊敬を示すしぐさで、彼に敬意を表する群衆に非常ににこやかな顔で帽子を取って挨拶した。
その後からイタリア風に、上品に身なりを整えた二人の通訳が、馬に乗ってやって来た。一人はスペイン語およびローマ語の通訳のシピオーネ・アマティ博士、もう一人はスペイン語と日本語の通訳、アルフィエロ・フランシスコ・マルティネス・モンターニョである。
最後にボルゲーゼ枢機卿閣下の馬車でやって来たのは、奥州国王の主任大使であるフライ・ルイス・ソテロ神父殿が、小さき兄弟会（フランシスコ会）の修道士たちと共にやって来て、その後ろには、多くの四輪馬車と幌馬車が従っていた。』

〔筆者註＝チマルパインは、この名もない東方の島から来た使節を極めて奇異の眼で見ており、「野蛮人」つまり低文化の人間と見た節がある。従って常長の着た精緻を極めた織物など作れる筈もないと勘違いし、当時のアジアの大国として南蛮にも有名であった〝インド〟の作としたのだ。この時の支倉の着物は、出発に際して主君政宗公から頂戴したものである。それは「白地の絹に、金糸銀糸で草花や鳥獣を配った極めて豪華な羽織と袴」であったという。無論インドでも中国製でもない。純粋・無垢の日本製である〕

入市式の行進パレードは、近衛騎兵隊の鼓笛隊を先頭に、ヴァチカン宮のアンジェリコ門から出発して、カンピトリーノの丘で終わっている。つまり古都ローマの北西端から南東端まで、ほぼテベレ川沿いに斜めに突っ切った豪勢なものであった。

天正の四少年使節がローマ入りしたのは、一五八五年（天正一三年）三月二十二日のことで、それから三十年以上を経て、伊達の遺欧使節の一行は、同じローマの地で大歓迎を受けたのだ。

八、教皇庁は偵知していた──小寺外記の前の洗礼

些か気になる事実がある。

この行列への参加資格は〝既に洗礼名を有する者のみ〟なのである。無論メキシコから奥南蛮入りした使節は、ほぼ全員が霊名保持者である。しかし、ローマ入市式を記録したどの資料でも、小寺外記の霊名は式の後に受けた洗礼名「ドン・パウロ・カミッロ」となっている。

　これでは一人外記のみ、霊名無しで入市行進パレードに参加したことになる。厳格な掟を守るヴァチカンが、これを許す筈がない。

　迂生（うせい）なりに調べた結果、有力な資料を入手した。『大日本史料』（12／12欧128号）に在る、当時のローマにおける「洗礼記録簿」の抜粋項に、以下の文言が記されている。

『一六一五年十一月十五日

　日本人パオロ・カミッロ、以前の名はドン・アロンソ・ゲギは、至聖なる当教会において洗礼を授けられた。立会人は、いとも優れた敬愛すべき枢機卿シピオーネ・ボルゲーゼである。

　同日、同人が至聖なる当教会において賢信を受けた。立会人は、いとも優れた敬愛すべき枢機卿ジョバンニ・バッティスタ・レーニである。』（文中傍点筆者）

　やはりヴァチカンは、小寺外記が、およそ五年前の一六一一年一月にメキシコで受洗し、霊名〈ドン・アロンソ・ゲギ〉を有していた事実を知っていたのである。

「洗礼（バプテスマ）」は、生涯一度のものと説いたのは、イエスの最も優れた伝道者であった〝パウロ〟である。

「洗礼とは、キリストの死と復活に与（あずか）ること、即ち〝キリストとの一致〟を意味する。従って〝洗礼は生涯一度〟のものでなければならない」

　そうパウロは力説している。法式には、極めて峻厳な立場を取り続けて来たヴァチカンである。一体何故この様な異例の措置に傾いたのであろうか。

その疑問に対する回答は、以後の使節の動静の中に、見出すことが出来よう。極めて盛大で華麗に行われた使節のローマ入市式は無事に幕を閉じることが出来、一行は宿舎アラチェリ修道院に入った。しかし使節に関わる公式行事は、これで一段落したわけではない。三日目の十一月一日の諸聖人の祝日には、恒例のミサに招待されている。

このミサには教皇聖下の臨席もあり、使節一行はボルゲーゼ枢機卿差し回しの馬車で、途中聖・ピエトロ寺院を詣でた後、ミサの会場聖・マルタ教会に入り、森厳なミサ聖祭に与(あずか)っている。

記録によるとミサの終了後ローマ博士アマティが残り、教皇庁側と「使節と教皇との公式謁見」の日程が検討された結果、翌々日の「十一月三日」が、その日と決定したのである。

九、ローマ教皇に拝謁

ローマ教皇との公式謁見の模様を、『ソテーロ伝』は次の様に伝えている。

『教皇謁見の時間は午後三時と定められ、使節は随員を従えボルゲーゼ枢機卿の馬車に乗り、アラチェリ修道院を出発し、ヴァチカンに向かった。ここで日常着用していた黒衣装を日本特有の衣服に着替え、クレメンティナ広間に隣合った謁見室に案内された。

そこには教皇の命により、枢機卿、大司教、司教、教皇庁書記官、その他聖職者並びにローマの貴族ことごとくが並び、教皇が右にソルモナ公爵が左に侍従らを従えて教皇座に着席されると、使節はローマの貴族の資格で入室し、習慣に従い三度跪き、数量の足に接吻してから絹袋から日本語文及びラテン語訳文でしたためられた政宗の書翰を取り出し、教皇の手にこの書翰を渡すと、枢機卿たちの着席している椅子の足許に退き、直ちに次の言葉で認められた書状が声高らかに読み上げられた。』

親書は、金襴に包まれた蒔絵施しの美麗な箱に収められていたという。ラテン語の訳文を読み上げたのは、教皇の秘書官であった。

ローマ教皇に披瀝（ひれき）した書翰は、内容的には、マドリードでスペイン国王に献呈したものとは大差がない。

『広大なる世界の貴き御親（みおや）で、五代目の教皇パウロ様のおみ足を、日本の奥州の首領伊達政宗つつしんで、お吸い申し上げます。』

という極り文句で始まる文書。その内容を要約すると大旨以下の様になる。

（一）宣教師フライ・ルイス・ソテロより、キリスト教についての教義をば、しっかりと聞きました。しかし手前政宗よんどころ無い差障（さしさわ）りがあって、未だ切支丹の信徒となっておりません。（つまり洗礼を受けていない、ということ）

（二）しかし某（それがし）の領国の民たちは、非常にキリスト教に興味を示しており、これを弘めるため、「おぜれはんしや」オブセルバンシア派即ちフランシスコ会の厳修派に属する宣教師を是非共一人派遣して下さい。（暗にソテロを薦（すす）めている）

（三）旅の途中ソテロ神父に若しものことがあった場合は、予めソテロが指名した別の宣教師を、同じ資格で待遇下さる様願い申し上げます。（ソテロの代理が出来る宣教師といえば、イグナシオ・デ・ヘスス神父以外に見当たらない）

（四）「某国トのびすはん之間、近国ニテ候間」我が奥州（仙台藩）と濃毘数般（メキシコ）とは、距離も近く言わば隣国、出来れば今後、通商貿易の対象国と考えたいので、何れドン・フェリペ国王との相談することになろうかと。どうか教皇様におかれましても、此の事を御検討下さいます様。

（五）最後に「是式ニ御座候得共、日本の道具五色致進上候」と案文には記録されているが、実際の文書では「是式ニ御座候共、日本之道具乍恐進上仕候」となっている。（「是式」とは、日本独特の謙譲の言い回しで、「こんなつまらぬもの」「ほんのささやかな品物」の意味）

この伊達政宗の書翰（請願）に対して、ローマ教皇の回答は次の様なものであった。

『伊達政宗宛ローマ教皇パウルス五世書翰（案文）』

一六一六年十二月二十七日付　サン・ピエトロ寺院（ローマ）発信

日本の奥州のいとも輝かしい王伊達政宗に宛てて、我らの至聖なる主である教皇のもとに、政宗によって派遣された使節に関して、教皇パウルス五世曰く。

輝かしい王よ、貴下が健康であり、真実で永遠なる幸福を確認して獲得されることを祈念します。

愛すべき子らである聖フランシスコ修道会のオブセルヴァンシア（厳修）派の修道士であるル

ソテロ（右）と支倉常長。ローマ教皇庁内での様子を描いたもの。

イス・ソテロおよび高貴な武士であるフィリッポ・フランシスコ・ファシェクラ（常長）という貴下の大使によって、（我々に）もたらされた貴下の書翰を、受けるにふさわしいほどの大きな霊的喜悦を我々にもたらしました。

それはとりわけ、我々が預言者と共に「神よ、幸いなる御名と同様、あなたへの賛美は地の果てまで」と言い得るほどの、このような遠い地にまで、神の御子の福音が宣布されたという感謝すべき知らせによることでした。

そのために、我々は主においてできる限りの名誉を表して貴下の使節たちを歓迎し、彼らがローマ市に威儀を正して入ったのち、我々の尊敬すべき兄弟たちである聖なるローマ教会の枢機卿たちの集会において、ローマ教皇庁の多数の高位聖職者および、その他の貴族たちの出席の下に、大使と随員を丁重に迎えました。（中略）

我々はまた、貴下が書記たちを我々のもとに遣わして、彼らを通じて我々に知らせたいと思った事柄を、少なからず霊的喜びをもって理解しました。

我々を満足させ、この幸いなるペトロの座の喜びを満たすのに唯一欠けていたのは、貴下が聖なる洗礼によって、キリスト教会の懐の中に、その外には救いがないところの懐の中に受け入れられて、異教世界の誤謬から、這い出たことを我々が知るということです。』
〔筆者註＝「ペトロの座」の〝ペトロ〟とは、イエス・キリストの十二使徒の首座で、初代ローマ教皇となったペトロのことである。つまり「ペトロの座」とは、殉教したペトロの遺骸の眠るサン・ピエトロ大寺院の御座す処の意〕
『次のように貴下に主において、鼓舞し勧告せざるを得ません。即ち、我々が既に聞いたと信じていること、貴下が、イエス・キリストを我らの主であり救い主であると述べたことです。
まず、神の国を求めなさい。そうすると、こうしたすべてのものが、あなた方に授けられるでしょう。（中略）
貴下はまず、次のことを決して疑わないで下さい。それは、我々が貴下の要望に、主においてなし得る限り答えることを望んでいるということです。』
このローマ教皇からの政宗への返状を読むと、教皇の誠意と温情が胸に迫るのである。厳しさの中にも相手（政宗）への敬意と忖度の念が強く感じられ、あたかも日本人からの書翰を読んでいる様な錯覚に陥るのである。
その要点を箇条書にする。
（一）奥州の地に〝司教〟を置くことは、問題が大き過ぎて直答は難しいが、成る可く早く結論を出す様努める。
（二）ヌエバエスパニア（メキシコ）との交易に関しては、スペイン国王の差配に属することであるが、教皇大使を通じて善処の旨を伝えて置いた。

（三）貴下と貴下の国を我々の使徒的権威下に入れること、即ち支倉大使のサンチャゴ騎士団入会つまり、〝帽子と剣〟を与えることに関しては、貴下（政宗）が洗礼を受けた時に、その希望は達せられることであり、現状下では如何とも成し難い。

（四）政宗からの心尽しの贈物に対して教皇は、深甚の謝意を表明しており、「我々には、それらの贈物を眺める度に、いつも貴下の永遠の救いと貴国全体の繁栄を祈る気持が湧き起こって来るのです」と記している。

このローマ教皇パウロ五世の書翰で、特に強調されている事は、兎に角、政宗が先ずは「受洗」をすること、なのである。しかし、政宗の回答は、「難去指合申子細御座候而、未無其儀候」なのである。要約すると、〈拙者、よんどころない不都合がありまして、残念ながら未だ受洗には至っておりませぬ〉で終始しているのだ。

使節一行がローマに到着したのは、一六一五年（慶長二〇年）十月二十五日である。その後直ちに教皇パウロ五世と私的な謁見を賜ると、四日後の二十九日には入市式のパレードをこなし、更に五日後の十一月三日に正式に教皇との謁見に臨んだ。可成りの強行軍である。

しかし、使節一行のローマ滞在は、全七十五日、約二ヶ月半にも及ぶ長期間のものであり、其の間日本人使節は、ただ無聊（ぶりょう）の日々を送っていたわけではない。

十、ローマ観光

ヴァチカン側の温かい接伴に、徒然の暇も無い毎日であった。その最たるものを挙げるとすれば、それは〝ローマ七大寺巡り〟であろう。このローマの聖地・霊場巡拝は、当時のヨーロッパのカトリック教徒にとっては、生涯の願望なのである。それは我国の西国巡礼や四国巡礼と相通ずるものなのだ。

(一) サン・ピエトロ大聖堂
(二) サン・パオロ大聖堂
(三) サン・セバスチアーノ大聖堂
(四) サン・ジョヴァンニ・イン・ラテラノ大聖堂
(五) サンタ・クローチェ・イン・ジェルサレメ大聖堂
(六) サン・ロレンツォ・フォーリ・レ・ムーラ大聖堂
(七) サンタ・マリア・マッジョーレ大聖堂

このうちで、日本の使節一行は、七番目のサンタ・マリア・マッジョーレの大聖堂には、複数回参詣しているとされる。

ローマ入市式のパレードに参加した日本人は十六人だけである。

メキシコから奥南蛮入りした伊達使節は、日本人だけでも二十三人、これにソテロ神父や、へスス神父、それにメキシコ人やイタリア人の通詞らを加えて、総勢二十九人と見る。よって入市式に参加しなかった日本人は七人である。今泉令史・西九助・田中太郎右衛門・内藤半十郎これらは何れも仙台藩士であるが、彼らに共通する事実は、今泉を筆頭としたいわゆるメキシコからの帰国組なのである。要するに、政宗の命に背いたため謹慎したのだ。

この四人の他、常長の個人的な小姓・下僕組の三人がいた。即ち勘右衛門・金蔵・九次たちである。この三人は、或いはメキシコ市での集団洗礼にも加わっておらず、従って霊名すら有せず、入市式への参加資格を欠格していたと見る。

一方四人の謹慎組の中で、政宗から名指しで、自裁を命じられたのは、今泉だけである。今泉はサン・ファン・バウチスタ号に乗った仙台藩士の中では、大使の常長よりも上位の家臣であったのだ。

他の三人も言うなれば同罪、今泉に寄り添って謹慎そして、逼塞の生活に甘んじている。今泉の最期の時、つまり刑死の時まで、その閉ざされた挙措進退した深い憐情を寄せ続けたのは、他ならぬソテロであり、今泉を兄と慕う小寺外記であった。

「逃げて下さい今泉様。そして、このローマで生き続けるのです」

「これはソテロ神父様。拙者いささか考え事があり申して、気が付きませんでした。何時お見えになったのですか？」

未だ陽は高い時刻だというのに、宿舎のアラチェリ修道院の居室は暗鬱であった。

「逃げて、生きて下さい」

ソテロは繰り返した。

「今泉様、あなたが今こうして聖地ローマに居るということは、神の導きによるもの。つまり今泉様はすでに神の使徒となられたのです。死んではいけません」

「…………」

「この事は、大使のハシクラ様とも何度も何度も話し合いました。しかし、ハシクラ様はただ〝責任は自分にある〟の一点張りで、それ以上は何も……。

このソテロに良い考えがあります。あのアマティに相談してみたら如何でしょう。彼は、このローマ出身の人間ですから……。アマティなら、この地ローマには親戚や友人が、それこそ山ほど居りますから、今泉様の生きる道は……」

「あいや、ソテロ様……誠に、誠に忝うござりまする。それ程までにこの拙者のために……この今泉、生涯神父パーデレ様の御厚情忘れ申さぬ所存……」

そう言いつつ今泉は、袖で目頭を押さえた。

その時、突然頭上から鐘の音が降って来た。アラチェリ僧院の鐘楼が、宵の刻を告げているのだ。

「このソテロは、未だ未だ諦めませんからね」

そう言いながら片手をそっと今泉の肩に当てて、ソテロは去った。

遺欧使節と教皇との公式謁見は、十一月三日に無事終わった。その後一行は、随時ローマの観光や聖地の巡礼に招待されて至福の時を刻み、法悦に浸った。更に『ソテーロ伝』はこう記している。

『常長とソテロは、諸枢機卿を歴訪謝意を表し、好意をもって迎えられ、各人の立場から援助の約束を得た。』

この辺りの頃合(ころあい)で、興味深い事実がある。

ある日侍従長パオーネを通して、常長とソテロに対して教皇からの私的な謁見の申し出があったのだ。

「遥かな遠い国ジパングからの客人である。種々と珍しくも面白い話も聞けるせっかくの機会である。もう一度二人に会って見たいものだ」

このような教皇の意向もあったのであろう。

このパウロ五世という御人、中々の数奇(すき)の人、つまり茶目な気質の方と、お見受けするのである。無論ローマ語での会話であるから、通詞としてシピオーネ・アマティが介在したことは確かだ。常長とソテロが日本に関してどんな珍談奇聞を言上したのかは、残念ながら記録には残されていない。

「ゲキ様、相変わらずローマの空は明るうございますね」

僧院居室の露台(バルコン)に立って外を眺めている小寺外記こと小平元成に声を掛けたのは、ソテロである。

「これは神父様、いや余りにローマの街並が見事なもので、拙者思わず見惚(と)れて居り申した」

「そうでございますね。このソテロもローマは初めて参りましたが、それまでは我がマドリードが世界有数の大都市と思い込んでいた我が身が恥ずかしい限りです」

「ところでゲキ殿は、如何お考えでございますか？　勿論、今泉様のことについてでございますよ」

暫時二人の間に在った沈黙を破ったのは、ソテロであった。

「あ、その事でございます。今泉様の処から戻ったばかりですが、〝武士(もののふ)の道〟つまりお屋形様の命に従うのが当然と決意しておられる様子が、ありありと窺えました」

「そうでしたか……」

思わず項(うなじ)を垂れる外記。

「あ、でも今泉様には、神父様の申された〝ローマの街に出て、神の使徒として生き抜くのです〟という言葉が、重く伸(の)しかかってもいる様子も、手前の心には感じ取れたことも、確かなことでございますよ」

「サムライでもあり、キリシタン信徒でもある人間は、一体どの様に生きたら良いのでしょう。ああ……。そうだゲキ様、サムライにとって死とは一体どんな意味を持つのでしょう」

「そうですな……」

「ソテロ、一度しっかり聞きたいと思っていました。今までのソテロは、余りにも容易に、ハラキリで身を捨てていた、日本のサムライのことを、野蛮で無知な者たちとして見下していたのです。

でも今のソテロの考えは、少し違って来ました。お国のダテ様をはじめとして、これまで実に多くのサムライたちとソテロは接して来て、〝何かが違う〟、そう良く分からないけれども、我々西欧人の精神(こころ)と、何処かで通じ合っている。そんな気がしてならないのです」

「ハラキリ、即ち〝切腹〟というものは、日本では古来より〝神や社会〟に対する〝忠誠〟の儀式として生まれたものでした。

しかし戦国時代つまり、日常的に戦が行われる時代になると、サムライたちは主君、トノサマとの結び付きを強めるために、常に〝死に様〟を誇示する様になったのです。その背景に常に付き纏ったのが〝恥〟の意識であり、仏教の〝無常〟の観念なのです」

「そうそう、ソテロ、何時も不思議に思っていたのです。日本人たちの話を聞いていると、〝日本人として、それは恥ずかしいこと〟とか〝恥をシノグ〟?……」

「いや、〝恥を雪ぐ〟でございましょう」

「そうでした。要するに日本人は、常に自分たちの行為を、客観的に見ている。つまり他人の目を意識しているのです。〝人に笑われないように〟と、皆さんは何時も言っている」

「はあ、神父様の仰しゃる事は、正に肯綮に中ってございます。我らの有り様を〝恥の文化〟と決めつける御仁もおる位ですから……」

「それからですね、ゲキ様は長い間高野山で僧籍にあった方と、以前に大西洋の船上で話されました。そこでこのソテロ、大切な知識としてまとめておきたいので、改めてお聞きします」

「ほう、何でございましょう」

外記の表情が、一瞬引き締まる。

「仏教の本質、根本的概念を一言でいうとどのように?」

「そう、ひと言でいうならば……〝行〟と〝慈悲〟でしょうか」

「慈悲のことは、このソテロにも分かりますが、行と申しますと?」

「行とは、我々仏教の世界では〝波羅蜜多〟と申しまして、未だ〝悟り〟を開いていない者、例えば〝菩薩〟や俗人たちが、理想の世界要するに〝煩悩〟のない、絶対的な寂静の世界である〝涅槃〟に行くためにする、六つあるいは十の修行のことでございます」

「仏教では、そんなに〝行〟に力を入れるのですか」

「そうです、この世の生き死にを繰り返すことを「輪廻」と申しまして、人は生前の〝生き様〟によって、動物や虫螻の類にまで生まれ変わる、要するに限り無い〝迷いの世界〟に入り込むのです。

その迷いの世界から、悟りの世界に行くためには恐ろしい程の〝行〟を全うする必要があるからです。でもソテロ様、切支丹の信仰でも、宗派によっては可成り厳しい修行を求められるのでございましょう？」

「ええ、特にこのソテロの居るフランシスコ会派である〝厳修派〟は、その修行の厳しさでは、他に類を見ません。〝清貧・従順・貞潔〟の三つの誓願を立てて、修行します。修行中は常に跣で、教会建設や貧者救済のための、寄附集めの行脚の時も、無論跣で行います。

それに〝不眠の祈り〟〝断食〟などは、当然の如く行われます。この三つの誓願の中でも、最も厳しいのは〝貞潔〟に対するものです。修行中、若し邪念即ち淫らな情念が湧いただけでも、修行僧は自ら申し出て、罰を受けるのです。

素裸になった身に受ける、仮借無い鞭打ちの罰です。それも一度に五百回も打擲されるという烈しいものです」

「はあ……。〝行〟を修めるということは、何処の世界でも一律なものでございますな。それではソテロ様にお伺い申します。〝切支丹の神髄〟とは？」

「うーん。神髄つまり本質のことでございますね。

そうですね、一言でいえば〝神への信仰と博愛〟でございましょう」

「あれ！　それじゃ、我が仏教も切支丹即ちカトリック教も、基本部分では相似していることですね」

外記の声には、得心のいった明るさが滲む。

「そうでございますね。神への信仰というものは、その心が厚ければ厚いほど、厳しい修行を伴うものですから……。そうですか、仏教の神髄は〝行〟と〝慈悲〟、同じですね」

思わず手を握り合う、ソテロと外記であった。

十一、密旨・今泉の死

然う斯うするうちに、遂に運命の刻が今泉に到来した。

この日、他の使節員たちは、殆んどローマ市内の観光に招かれて留守であった。

宿舎のアラチェリ修道院に残留していたのは、常長、ソテロ、小寺外記、それに当事者の今泉である。その他はローマ人の通詞シピオーネ・アマティと、メキシコから副王の指示で随伴した「ハポン」ことマルティネス・モンターニョの二人であった。

数日前から常長は今泉に、自室で〝臥せっている様〟に指示をしていた。そしてソテロに依頼して、今泉の体調が芳しくないことを内外に、それとなく喧伝させておいたのだ。

今泉の居室に入った常長ら三人の目に映じたのは、憔悴し切って床に臥す、青白い顔の今泉の姿であった。

正に重篤を匂わす病人の風情そのものである。元々白皙の顔を、心奥から滲み出た倒懸の苦しみが、煩悶が、その顔を歪めてさえいるのだ。

目に見えない不思議な力で導かれ、辛苦の果てに漸くたどり着いた夢のローマの地である。しかし其処に待ち受けていたのは、政宗の〝憤怒の書翰〟ただ一通であった。

それから今日まで、未だ旬日そこそこの日数を経たのみである。その間の使節の動きには、目まぐるしいものがあった。晴れやかな入市式の行列パレード、そしてその合間を縫っての、数度に亘る教皇との拝謁。同僚たちの、晴れやかな姿を横目に今泉は、僧院の居室でひたすら謹慎を続けて来たのだ。

支倉たちが入って来た時、今泉は臥せっていた床の上で居住まいを正した。

「今泉殿どんぞ、そのまんま……」

常長の平素と変わらない、駘蕩然の態度に、今泉の表情も和らいで見えた。

「今もハシクラ様と話して来たところですが、このソテロの気持は変わっていません。どうかこのローマで、イタリアで生き延びて頂きたいのです。これはイエスの使徒、マタイによる福音書にある有名な言葉です。

〈求めなさい。そうすれば、与えられる。

探しなさい。そうすれば、見つかる。

たたきなさい。そうすれば、門は開かれる。〉（7／7）〉

諦めてはいけないのです。生きて祈るために、ローマの街に出なさい。今泉様！」

「ほだ、ほだ（そうだ、そうだ）。今泉殿、死ぬ急ぐごどは無えんでござっと。責任は、この六右衛奴が取っがらっしゃ。何、ホイドでも何でもすて生じでいげるんでねの。

今泉殿！　あんだ（貴方）は、もはや立派な切支丹信徒でござっぺや（ございましょう）

切支丹は全で神様さまさ、身ば委しぇるもんですぺや。（身を委せるものでしょうが）」

〔筆者註＝「ホイド」とは東北弁で、乞食、物乞いのこと。語源は「陪堂」で、禅宗の僧が寺の外に出て陪食を受けること、つまり乞食をすることを意味する。因みに陪を「ホイ」と発音するのは、唐の読み方を引きずっているから〕

「そうです、命を大切になさい」

ソテロは諭すように言った。

「使徒パウロは〈テモテへの手紙〉の中でこの様に申しております。

『神がお造りになったものは、全て良いものであり、感謝して受けるならば、何ひとつ捨てるものはないからです。神の言葉と祈りとによって、聖なるものとされるのです。（4／45）』

またヨハネが、その黙示録の中で語っている、次の言葉も聞く可きです。

『あなたは受けようとしている苦難を決して恐れてはならない。あなたは旬日の間苦しみを受けるであろう。死に到るまで忠実であれ。そうすれば、あなたに命の冠を授けよう。（2／10）』

如何ですか今泉様、これらイエス・キリストの使徒たちの最後の贈り物と考えて下さい」

「ほでがすと（そうでございますよ）。生るも死ぬるも、此処さ到ってば、たんだ今泉様の気持一つで良いんでがすと」

常長はそう言いながら、その武骨な手で流れる涕洟を擦り上げている。

その背後には、外記が黙然と佇んでいた。

「拙者、彝を秉り申す！」

部屋に漂う沈鬱な空気を、撥ね除ける様な今泉の声であった。

「今泉様、いま何と仰しゃいましたか？　このソテロには判りませんでしたが……」

「〝彝を秉る〟とは、詩経の言葉でございます」

外記が口を挟んだ。

「今泉様は天与の不変の道、つまり人として、固く守るべき道に従うと仰しゃったのです」

今泉は黙って大きく頷いた。

「ほんでは（それでは）今泉殿は、お屋形様の御裁断さ従うつうごどでござるのすか？」

「無論でござる。元はと言えば、拙者の不徳義な行いが招いた問題でござれば……」

そう言いながら、今泉は徐に寝間着を脱いだ。その下にはすでに白装束が着けられている。

「ああ！　それは!?」

思わず驚倒の叫び声を上げるソテロ。

「左様、これは武士の嗜みでござれば……」

「万事判り申すた。ならば改めで、不肖常長、お屋形様さ代って裁きば申さねば……。ほんでは（それでは）読み申す。

『不届の儀之有候条。仍て主典今泉に、腹を切らせる可く申付候。奉行に小平太郎左衛申付候。政宗』――」

「ははあ……」

今泉はその場に平伏した。

「ああ、何ということでしょう。恐ろし過ぎて、とてもこのソテロには耐えられませんので、この座を外すことをお許し下さい。最後に、今泉様に聞いて貰いたい聖書の言葉があります。イエスの使徒マタイは、その福音書にこう記しています。

『疲れた者、重荷を負う者は、誰でも私のもとに来なさい。休ませてあげよう』

では……でも、ハラキリはいけませんよ。貴方はもう立派な、キリシタンそうイエス・キリストの信徒なのですから……。では、これで本当にサヨナラです」

そう言い残すと、ソテロは両手で顔を覆ったまま部屋を出て行った。

「ほんでは（それでは）、太郎左、奉行としての役目ば果だしぇよ」

切腹命令とはいえ、此処は世界のカトリックの中枢ヴァチカンのお膝元である。ソテロの諫言通り、処刑はあっても切腹つまり自殺は厳に慎まねばならない。

「今泉様お許しを……」

外記こと小平太郎左衛門元成の脇差が、不気味な光を発すると同時に、今泉の心の臓を貫いていた。

瞬時に奔出する血汐が、今泉の白地の着衣を染めた。

「何つうごっだべなあ（何としたことだろうな）！」

急ぎ血止めの晒しの布を、今泉の胸に捲きながら、何度も呟き続ける常長であった。

「俺（オン）・ノウマクサンマンダー・バーザラダンセンダー……」

外記こと太郎左衛門元成が、真言（しんごん）を唱えながら、今泉の髻（たぶさ）を切り取り、懐紙に包んで懐に収めた。

頬を伝い落ちる涙が、更に白さを増した今泉の額を濡らす。

「今泉様……。どうかお赦しを」

元成は掌で今泉の額の己が涙を拭い取り、そしてその余りの冷たさに驚く。彼は夢中であった。――どうか、元の温もりを――と心に念じながら、今や金氷（かなごおり）の冷たさとなった今泉の額に、そして頬に、自分のたなごころを当て続けるのであった。

しばらくして、ソテロが医師を連れて戻って来た。

「彼は旅の間、労咳（ろうがい）を病んでおりまして……。やっと念願のローマに辿り着いたというのに、入市式にも出られず、教皇様との拝謁も適わず、遂に先刻、息を引き取った次第で……」

こんな内容のソテロのイスパニア語を、通詞のアマティがローマ語で医師に伝えた。

「結核ですと？」

そう言うと、ローマ人の医師は、今泉の頤（あご）に手を当て、脈（みゃく）の有無を確認すると、首を竦（すく）めて見せた。そして頭を小さく左右に振りながら、そそくさと部屋を出て行った。

今泉の死は、アマティによって教皇庁に報告され、その遺骸の埋葬場所の指定と、埋葬の許可も得られた。アマティ博士の迅速かつ適格な処理に、常長は大使として深甚の謝意を表したのは言うまでもない。
翌日、今泉の葬礼はソテロの司式の元、簡素ながらも森厳な雰囲気の中執り行われた。二年もの間、文字通りの生死を共にして来た仲間の死である。生前の今泉の温厚にして端麗な物腰を想い起こしては、皆が泣いた。
『主は貧しい人の苦しみを
決して侮らず、さげすみません。
御顔を隠すことなく
助けを求める叫びを聞いてくださいます。（詩篇22／2節）』
ソテロは今泉と語り合う内に、その素朴さの中にも、毅然とした精神の持ち主であることに気付いていた。
ソテロの詩篇の読誦（どくじゅ）は続く。
『あなたは、わたしの嘆きを数えられたはずです。
あなたの記録に、それが載っているではありませんか。
あなたの革袋にわたしの涙を蓄えて下さい（詩篇56・9節）』
〔筆者註＝詩篇22は「嘆きの詩篇」である〕
今泉の遺体は、ローマの名刹（めいさつ）サン・ジョバンニ僧院に埋葬されたと、物の本には記されている。
今泉の死後、小寺外記こと小平太郎左衛門元成の言動に、異変が生じた。

「支倉様、この腕を切り落として下され！　この不浄の右手を」

　そう言って執拗に迫るのだ。

兄と慕った今泉を、殿じきじきの命令とはいえ、己が腕で拭(しい)した苦しみが、彼自身を苛(さいな)んでいる。いやそれだけではない。すでにドン・アロンソの霊名を持つ歴としたカトリック信者である己が、「汝殺すなかれ」の戒を破ってしまった。

　碌に食事も摂らず、ひたすら神への許しを乞うているのだ。祈りを捧げ続けている太郎左衛門の身が、日に日に痩せ衰えていくのを間近にしている、常長自身の心痛の大きさには、計り知れないものがあったろう。

「えっ⁉　腕を切り落とす、ですって⁉　ハシクラ様とんでもないことでございます。うーん困りましたね、おお、神よ……。実は心配なことが、もう一つあるのです。ハシクラ様、油断はなりませんよ」

「ほう、何でがすか？」

　ソテロは、辺りを窺いながら更に声を潜めた。

「あの時、私が部屋を出た時、あの男、そうハポンことマルティネス・モンターニュが、今泉様の部屋の近くから逃げて行くのを見たのでございますよ。まさかとは思いますが、私たちの話、今泉様のハラキリの話を聞かれたかも知れません。ハポンはメキシコ副王のエスピーア、つまり間諜(かんちょう)と私は睨んでいますから」

「あの男(おどご)のごどば、愛敬(あいぎょう)の良い奴(じ)どばり考え(かんげ)でいだんだが……。ところで、そのハボンの日本語ば、どんくれえのもんだべや？（どの程度のものですか？）」

「メキシコの副王の話では、兵士として日本に駐留していた時、習い覚えたものとのことです」

「えっ⁉　日本さ駐留？　すかも兵士どすでっすか（しかも、兵士としてですか）？　そいずはあんめした（そんな事は有り得ません）」

「ハシクラ様、その通りでございます。ハポンが日本に行ったと吹聴しているのは、実はマニラの日本人街のことでございますよ。実はこのソテロも、日本に渡る前にマニラの日本人たちに大層お世話になった事がございます。前に、ハポンことモンターニョと話したことがありますが、ほんの日常的な会話が出来る位で、余り立ち入った話は理解出来ない様で……。でも油断は出来ませんよ、ハシクラ様」

自称ハポンことモンターニョに関しての話題は、これで立ち消えとなるが、後に一行がスペインに戻ってから、彼の身の上に起こる変事を知る者は、今は誰も居ない。

十二、小寺外記、異数の洗礼

一六一五年十一月二十一日付の「ローマ通信」が次の記事を報じた。

『日曜日（十一月十五日）には、日本の大使の秘書官（小寺外記）が、サン・ジョバンニ・ラテラーノ教会において代官の枢機卿から洗礼を受け、のちさらに堅信の秘跡も授かった。大使（常長）の臨席の下に、この秘書官は教皇の代理であるボルケーゼ枢機卿によって洗礼盤へと導かれた。
教皇聖下はこの秘書官に対して、自分の名と姓と家の紋章、即ちパオロ・カミッロ・シピオーネ・ボルゲーゼを与えた。さらに枢機卿は、自らの手で彼の首に金の十字架の付いた金の首飾りを掛けてやった――（下略）』（大日本史料12／12）

前にも書いたが、ローマの「洗礼記録簿（一五八二～一七〇三年）」にも、小寺外記受洗の記録は残されている。しかも「以前の名は、ドン・アロンソ・ゲギ」とある。外記が田中勝介らとドン・ロドリコ前マニラ臨時総督をメキシコに送還した折、一六一〇年（慶長一五年）十一月にメキシコで受洗した時の霊名である。

つまりヴァチカン当局は、〝洗礼者ヨハネ〟の「洗礼は生涯一度のもの」という信念を、敢えて犯しての外記への「再洗」であったのだ。その裏には、小寺外記こと小平太郎左衛門の苦患（くげん）の姿を見兼ねての、大使常長、ソテロ、そして通詞シピオーネ・アマティらの並々ならぬ努力、つまり痛切な請願あってのこと。これはパウロ五世教皇聖下の、使節大使支倉への強い仁慈（じんじ）の心が起こした、本来なら有り得ないこと、即ち〝奇蹟〟であったのだ。

小寺外記受洗の九日後の十一月二十四日、常長はアラチェリ修道院で〝堅信（けんしん）〟の秘跡を受けている。代父はモンセニョール・パブロ・アラレオネ枢機卿であった。マドリードで洗礼を受けた常長であったが、堅信の儀、つまり聖霊の介在によって信仰心を一層強めるための儀式は、何故か施されなかったのだ。

常長の堅信の儀の四日前、一六一五年十一月二十日にローマの元老院は、日本の使節の内以下の七名に「ローマ市民権」を与え、同証書を与えると発表している。

（一）野間半兵衛（ドン・フランシスコ）
（二）小寺外記（ドン・パウルス・カミルロ・シピオーネ）
（三）滝野嘉兵衛（ドン・トマス）
（四）伊丹宗味（ドン・ペドゥロ）
（五）ドン・シピオーネ・アマティ（イタリア語・スペイン語通訳）
（六）ドン・フランシスコ・マルティネス・モンターニョ（日本語・スペイン語通訳）
（七）ドン・グレゴリオ・マティアス（ヴェネツィア出身、日本在住執事）

又、一六一五年十二月一日には、使節大使支倉常長に対し、ローマ市は慣例に従って「ローマ市民権」と「貴族の称号」を与えている。ローマ市民権証書は、その左角に支倉家の紋章である「逆さ卍（まんじ）に違い矢」が印刷された立派なものである。

一行がローマを出立したのは一六一六年（元和二年）一月七日である。実に二ヶ月半、七十五日間の長い滞在であった。

この日、教皇に拝謁した使節に対し、教皇は懇ろ（ねんご）に労をねぎらった上、政宗への返書に加えて、帰途の通過地の君主宛ての紹介状を添えてくれた。あまつさえ、教皇は旅費として六千スクードもの金子を用意したのである。この六千スクードは、上手に扱えばマドリードはおろか、メキシコまでの旅をも可能にする金額であったろう。

第七章　さらばローマよ

一、花の都フィレンツェ

盛大な見送りを受けて、使節一行は一月七日にローマを発ち、港町チヴィタヴェッキアへ向かった。チヴィタヴェッキアで船に乗った一行は、又あのエルバ島を今度は左手に見ながら進むと、ピオンビーノの岬を躱(かわ)して、やがてリヴォルノの港に入った。往路では寄らなかった港である。訝(いぶか)る同行者たちにソテロが説明した。

「実は我々がローマ滞在中に、フィレンツェのトスカーナ大公であるコジモ二世から、帰途必ずフィレンツェへとの御招待を受けたのです。ソテロとしては皆様全員を連れて行きたいのですが、相手への御負担も考えて、大使初め我々数人のみ参ることにしました。往復の旅程も含めて一週間程の留守となるでしょう」

リヴォルノの港から馬車で早朝発てば、フィレンツェまでは途中一泊の行程だ。一行がフィレンツェに着いたのは、一六一六年（元和二年）一月十八日の午前中のこと。このことは、フィレンツェ駐在のモデナ公国の大使アンニバーレ・マラスピーナのモデナ公チェーザレ・デステ宛の書翰（一月十九日付）で明白である。

『いとも賢明にして高貴なるわが君。（中略）昨日の朝、日本の大使が当地に到着しました。彼は大公殿下の名において、ローマで招待されました。大公は彼のために、聖フランシスコ会の修道院における経費を支弁いたしました。

一行は後日リヴォルノへ向けて発つ予定です。同地には随行員の一部が彼らを待っており、そこからジェノヴァへ向けて出帆することになっております。（下略）

一六一六年一月十九日　フィレンツェ　いとも賢明なる殿下のもっとも卑しき僕。アンニバーレ・マラスピーナ（自署）』（大日本史料12／12）

〔筆者註＝「モデナ公」とは、フィレンツェの在る、トスカーナ地方の小共和国モデナの領主で、公爵（デューク）の位を有する「コジモ二世」のこと〕

この辺りを整理すると、平素はローマに常駐しているモデナ公が、日本からの使節に是非我がフィレンツェにも、と招待したのであろう。

フィレンツェ（英名でフローレンス）は、その名の通り「花の都」を意味し、イタリア人はおろか全欧の人々が憧れた、雅趣豊かな都である。このフィレンツェ行きに、ソテロが選んだのは僅かに五名程とのみ記されており、はっきりした人物名は不明である。

あくまでも当て推量であるが、次の者たちの名が浮かぶ。

（一）大使支倉

（二）小寺外記（小平太郎左衛門元成、書記として）

（三）シピオーネ・アマティ（イタリア語通詞）

（四）滝野嘉兵衛（警護員として）

（五）イグナシオ・デ・ヘスス神父

一行は、リヴォルノの港を馬車で朝早く発ち、途中宿場町エンポリで一泊すると、翌朝一月十八日にはフィレンツェに着いた。

フィレンツェの町は、噂通りの殷富豊かで、正に陽気に満ちていた。それは宗教都市としての荘重さを極めるローマとは、対照的な雰囲気を醸し出している。フィレンツェの第一産業は、観光事業である。それは、あの有名なダンテの住む町、イタリア・ルネッサンスの揺籃の地の名に相応しい、当時世界一を誇った美術都市でもある。

ダンテとは、あの壮大な詩編『神曲』を著した、イタリアが世界に誇る詩人・文学者のこと。その主著である『神曲』は、当時、つまり中世のキリスト教の世界観を、地獄・煉獄・天国など、衆人が惹き付けられる語句を用いて展開して見せたことで、多くの読者を呼び込んだ。それは当時の堕落した世相への痛烈な批判であり、一旦罪を犯した人間が反省悔悟の後、更に浄められて天国に到るための善導の書でもあった。

その意味で、ソテロやヘスス神父ら宗教家たちにとっては、その人生の中で一度は自らの足を踏み込ませて見たいと、考える憧憬の地でもあるのだ。

一行は、町を二分するように流れるアルノ川の橋に佇んで、しばしの安逸を貪り楽しんでいる。この橋はダンテが、その最愛の人ベアトリーチェと出会った、とされる因縁の場所でもあった。

フィレンツェの町には、その歴史的な古さもあって、有名な教会堂や、パラッツォと呼ばれる宮殿、あるいはピアッツァ即ち広場が数多く在り、それに附属する美術館等々観光する旅人を飽きさせない。

フィレンツェの魅力は観光だけではない。

十五世紀の半ば頃に勃興して来た財閥メディチ家は、羊毛の取り引きや、銀行業で巨万の富を得た勢いで、食品、衣料、家具製造など、商工業全般に亘ってその勢力を拡げており、フィレンツェの町を、イタリア随一の繁栄の大都市へと押し上げたのである。

ソテロの名所旧跡好きは、自他共に認めるところだ。日頃の峻厳な布教生活の中、唯一心の慰めとなるのが、物の本や人の噂で知ったいわゆる名勝の地に身を措くことなのだろう。

そんなソテロを惹き付けて離さないもうひとつの蠱惑的な材料が、実はこのフィレンツェには在った。それはパンの一種〝フォカッチャ〟である。

フォカッチャは、今日の日本では何処のパン専門店でも売っているし、スーパーでも手に入る極く一般的なものであるが、中世のヨーロッパでは、此処フィレンツェだけの目玉商品だったのだ。たかが〝パン〟如きに、蠱惑的とは何と大袈裟なと、思われる向きもお有りかと……。

中世の日本人が、その主食である〝米〟にこだわったのと同じ様に、ヨーロッパ人の食糧の要はパンであった。あのドン・キホーテの著者セルバンテスは、セルビア市近くの村〈ガンドゥール〉のパンの虜となった一人である。ガンドゥールのパンの特徴は、白くて極めて美味であったという。十六、七世紀当時の一般的なパンは、小麦の穀粒からその殻を取り除くいわゆる脱穀の技術に乏しく、パンが茶褐色を呈していた。「ガンドゥールのパンは白い」の噂が、人口に膾炙して行ったのだ。セルバンテスは、その著書『リンコネーテとコルタディーリョ』（山田聡子訳）の中でも、その芳味ぶりを讃歎している。

一方のフォカッチャの最大の特徴は、その形にあるといえる。当時のパンの形の常識、つまり丸や楕円ではなく、ピザ型の平板な形を呈し、充分精麦された白い中身に、オリーブや香草を混ぜ込んだ手の込んだものだ。

「まるで、綿みたいにふわふわですね！」

メキシコ以来、食事として出るのはパンばかりで、その味気なさにも充分馴らされて来た使節たちである。しかし、このパンは違う。実に美味しくて食べやすい。そんな思いで、思わず叫んだ外記であった。

「フォカッチャって、本当に美味しいですね。聞いていた噂の通りです。ねぇ、ヘスス神父」

ソテロも、大きな目をくりくりさせて頬張っている。人間、思いがけない佳肴に遭遇した時は、冠も鎧いもかなぐり捨てるもの。つまり幼児の姿に戻るのである。幼児にとっての美味しいものは、本能的な悦楽を呼び覚ます。要するに〝蠱惑〟の表現が成り立つのだ。

二、後々天啓をもたらすヴェネツィアへの手紙

話を現実に戻す。

一行が〝寄り道〟を勧められたのは、フィレンツェだけではない。

やはりローマ滞在中、ヴェネツィアの大使から、是非我がヴェネツィアへもと誘われたのだ。

ヴェネツィアは英語でヴェニスである。言うまでもなく、あのシェークスピアの喜劇『ヴェニスの商人』の舞台となった処。

そして、その悪徳主人公となったのは、ユダヤ人金貸しのシャイロックである。この作品が発

表されたのは一五九六年であるから、一行がローマに滞在した一六一六年から二十年程前のことであり、当時のイタリアのみならず全ヨーロッパに喧伝されていた筈である。常長やヘスス神父は兎も角として、ユダヤ系のソテロにとっては、決して潔しとしない目的地ではあった。

ベニスことヴェネツィアは、イタリアの北東部はヴェネツィア湾に臨む、文字通りの水上都市である。百二十余りの小島から成っているため当然ながら橋が多く、実に四百以上もある。通称「水の都」であり、その網の目の様に巡らされた運河を、ゆったりと手漕ぎの舟ゴンドラで行く観光客の様子も、ひとつの風物詩なのだ。

この町につき纏って離れようとしない、もうひとつの要素がある。それは〝頽廃〟という臭いだ。

もっとも一家言ある人に言わせれば、「いや頽廃ではない、デカダン（décadent）と言う可きである。頽廃・堕落とちがって、デカダンには歴とした〝主張〟があるからだ」となるが……。

何れにしても聖フランシスコ会厳修派に身を措くソテロやヘスス神父にとっては、どうしても〝二の足〟となる、方角なのであった。無論、距離や時間など物理的な面からも、無理があったことは否めない。

ソテロは常長らと謀った上、一つの策を講じる。日本出立時から執事として帯同して来た、ヴェネツィア出身のグレゴリオ・マティアスを使いとして出すことだ。それは祖国ヴェネツィアでは、永らく行方知れずとなっていた筈のマティアスを、お咎め無しで無事帰国させる方策にも繋がることになる。

一六一六年（元和二年）一月六日、翌七日の使節一行のローマを出立に先立って、ソテロらはマティアスをヴェネツィアに旅立たせた。その時彼に持たせたヴェネツィア共和国総督ジョヴァンニ・ベンボ宛の書翰（一六一六年一月六日付）が残されている。

『いとも恵み深い総督閣下。我々は奥州（voxij）の王の名代として、甚だ遠い日本からこの至聖なるローマ教会の（教皇）座に従順を表わすためにやって来て以来、建造物の評判や栄光ある繁栄のみならず、貴政府（元老院）の卓抜さと著名なる人物たちを輩出していることを聞いて、貴共和国を訪ねることを願望していました。しかし、我々は旅程が切迫していることと、冬の寒気が厳しいことのために、今ここでスペイン王国へと戻ることにし、それほど期待していた旅路をリグリアに向けて変更しました。』

〔筆者註＝「リグリア」とは、イタリア北西部のジェノヴァ湾とフランス領の巨大島コルシカ以北の海域の総称〕

『しかし、貴共和国に対する我々の意向および奥州の王伊達政宗（Idatis Masamunis）の善意との証(あかし)が秘められたままにならないように、貴政府の臣民であるグレゴリオ・マティアスを、我らの使節団の随伴者であり日本国を出発した者として、我々はこの任務を知らせるために派遣すべきであると決定しました。彼に丁重に耳を傾け、彼のことを我々と思って親切に受け入れ、彼を厚遇してくださいますように。（中略）日本から持ってきた贈物を、貧弱なものですが、恵み深い総督閣下に呈することに決めました。』

この文面から伝わって来るのは、あくまでもマティアスの安堵(あんど)を願う、大使常長とソテロの厚い友情なのである。

一方マティアスも二人の人情を汲み取るのに、決して吝(やぶさ)かではなかった。彼は常長やソテロの手紙を帰国後無事に総督に届けた後、今度はヴェネツィア元老院の返書を携えて、一行が到着しているジェノヴァ共和国に戻って来るのだ。このヴェネツィア元老院からの返書に対して、更にソテロ等の返信の書翰（一六一六年二月二十四日付）。これも後刻、極めて重要な結末をもたらす資料となるので、記しておかねばなるまい。

『いとも恵み深い元老院の皆様。全世界に知れわたっているヴェネツィア人の寛大さと高潔さは、我々の使者グレゴリオ・マティアスが戻ってきて喜びと最大の慈愛を我々に報告したとき、我々のもとで極限まで輝きを発しました。このため、彼はいとも恵み深い貴元老院によって栄誉をもって迎えられた上に、話を聞き届けられ、承諾され、贈物を返報され、さらに、聖なる十字架と燭台という非常にすぐれた美しい贈物を与えられました。（中略）』

〔著者註＝ゴレゴリオ・マティアスが、ヴェネツィアの元老院から「栄誉をもって迎えられた」とあるのは、実際彼が常長らの書翰を持って故郷ヴェネツィアに戻った時、仕置どころか、彼を英雄として迎えたのだった。その折の元老院が発した称賛の声明が残されている〕

『その使者たちは、そちらに行くことを妨げられていて、元老院の皆様にお会いできなかったことを、少なからず悲しんでおります。皆さんにお会いすることは、遠い日本国から望んでいたことですが、時間的に眼前にできなかったものを、我々は慈愛と友情に満ちたすばらしい贈物において、〔精神の〕直観で見通しており、この上ない心からの愛情で祝賀しております。（中略）

我々は貴元老院の友情をきわめてありがたいものとして、王に報告するでしょうし、日本の教会は自分が恩義を被っているごとく、この幸いなる始まりが軽視できない結果をあげるまでの間は、輝かしい貴元老院に、保護と幸福と発展がもたらされるように、神に祈るでしょう。

上述のグレゴリオは、長途の旅と異国での生活に疲れ、それほど偉大な祖国に臣下として戻ります。特に、彼は功労のある者で我々から大いに愛されている者ですから、彼が貴元老院によって寛大に、習慣に従って称揚され、抱擁されますと、大いにありがたいことです。

一六一六年二月二四日　ジェノヴァにて。

輝かしいいとも卓越した貴元老院の（自著）フライ・ルイス・ソテロ（花押）

ふひりつへどん支倉六右衛門長経（花押）』

ここで、一六一六年一月二十三日付のヴェネツィア元老院（プレガーディ）の議決を紹介しておく。

『日本の奥州の王伊達政宗の大使は、日本に帰国するに当たり、ローマを出発する際に執筆ドン・グレゴリオ・マティアスに書翰数通を持たせて当市に派遣した。それは当議会と私たちのコレジオに対する表敬のためである。彼は印度製の小机を贈物として持参してきたので、我々は感謝の意を表し、栄誉の念を示す印としてドン・グレゴリオ・マティアスに「聖マルコ（ヴェネツィアの守護神）」の紋章のついたメダルの入った金の鎖を贈ることにした。この鎖は一スクードセリラの換算にして、一〇〇スクードの価値があった。』

〔筆者註＝「インド製の小机」とあるが、当時の奥南蛮つまりヨーロッパでは、日本の存在そのものを知らず、技術的に優れたアジアの製品は全てチーナ（中国）かインドの物との認識しかなかった〕

このソテロと常長らによる、ヴェネツィア元老院への二通の手紙は、〝二百五十九年後〟の一八七三年（明治六）年になって、奇蹟的に日の目を見ることになる。

最初に発見したのは、浄土宗の僧の島地黙雷である。黙雷は一八三八年（天保九年）周防（山口）に生まれ、錦園塾や萩城学校で学んだ後、一八六八年（明治元）に京都の本願寺の本山改革に参画し、やがて参政となった。一八七二年（明治五年）、外国の宗教事情視察のため渡欧し、後に信教の自由を唱えて政教混交の形にあった我が国の宗教制度の是正に努め、一八七六年（明治九年）西本願寺執行となって、宗勢復興の契機を作った人。いわゆる明治仏教界の重鎮ともいえる存在であった。

その黙雷が視察でヴェネツィアに立寄った折、偶然市内の書庫で発見したのが、先の二通の書翰だったのだ。

黙雷の旅日記『航西日策』の一八七三年（明治六）三月四日、五日の条を見てみる。

『四日晴火曜（中略）五時ベニスに着。レュナホテルに泊る。（中略）五日晴（中略）並に大書庫に至り、曾て日本諸侯の羅馬（ローマ）に来りし歴史を見る。即ち一五八五年なりと云う。又長谷倉六右衛門長経の羅馬に来る書翰の真筆あり。文は伊太利文なり。姓名は邦字を并べ用ゆ。実に一六一六年の筆なり。「どん・ひりっふ」とあるは教法に入りし名なるべし。』（本願寺出版部編『島地黙雷全集　第五巻』）

この日記の中では省略してしまったが、黙雷は市内観光で寺院、製造工場、古物店、学校など見学した時、たまたま立寄った古文書などを蔵する「書庫」の中で、件の二通の書翰を発見したのだ。この事は忽ち特報となって、渡欧中の日本人の間で話題となったのである。

この時、日本政府の特命全権大使として、一八七一年（明治四年）から二年間の奥州視察中だったのが、右大臣岩倉具視であった。視察団がヴェネツィアを訪れたのは、一八七三（明治六年）年五月の末頃であるから、帰朝直前の事であった。

三、常長、熱病で斃（たお）れる

常長たちがフィレンツェに別れを告げたのは、一六一六年（元和二年）一月二十三日である。正味五日間の滞在は夢の様に過ぎた。留守組の待つリヴォルノから再び船に乗り、次の目的地ジェノヴァに着いたのは一月二十九日である。

ジェノヴァは長靴型のイタリア半島のほぼ北西端に位置し、北東端のヴェネツィアと対を成す大都会だ。フランスから続く一大保養・観光帯コートダジュールの東端部を成す名勝地「リヴィエラ」の港でもあるジェノヴァに無事に上陸した。使節一行が訪れた時ジェノヴァは、ミラノやトリノと成す「工業大三角形地帯」の一角を担う工業・観光都市として、殷賑（いんしん）を極めていた。此処ジェノヴァまで来れば、あとは地中海を真っ直ぐ渡って行けばスペインのバルセロナに着く。そんな安堵感に一同が浸っている最中、突如として常長の身に異変が生じたのである。

ジェノヴァに着いて五日後の二月三日、常長は四十度近くの高熱を発して倒れた。直ぐに元老院付の医師が一行の宿舎となっているアヌンツィアータ修道院に駆け付けてくれた。診断の結果、病名は「三日熱」、即ちマラリアであった。

〔筆者註＝「マラリア」は感染症である。ハマダラカと呼ばれる種類の蚊が媒介する原虫に感染することによって発病する。この僅か数ミクロンの原虫が、人間の赤血球の中に入って、分裂・増殖して赤血球を破壊する。この時人体は高熱を発し、その持続時間によって「三日熱」「四日熱」などの種類に分類される。その他患者の病態や悪性度などにより「卵形マラリア」「熱帯熱マラリア」など、四種に分かれる。常長が罹患したのは、四十八時間毎に高熱が襲う「三日熱」と呼ばれる種類。蚊にさされて発症するまでのいわゆる「潜伏期間」は十日から十六日である。症状は高熱に伴う悪寒である。これはやがて時間と共に激しい発汗と共に治まる。症状が長引くと、赤血球破壊に伴う貧血、リンパ節の腫脹、更には「脾臓（ひぞう）」や肝臓の腫れや時には腎不全にも及ぶのである」

　高熱のため、意識を失って、譫言（うわごと）を発している常長を見て、ソテロが心配そうに医師に尋ねた。

「先生！　大丈夫でしょうか？　このお方は日本からの大切な大使なのです。若しものことがあったら……」

「御安心なされ。マラリアで命を落とすことは、そう多くはありません。稀に熱帯性のもので、悪性マラリアで亡くなる事はありますが……」

「先生、治療法はどの様に……」

　イタリア語の通詞として立会った、アマティが直接尋ねた。

「通常は自然に治癒するのを待つ。つまり患者との体力勝負ということになりますか……。その他我々として出来ることは、瀉血（しゃけつ）すること位でしょうか。そう患者の血の中に居る悪いバイキンを取り除くのです」

「先生、それって患者を一層弱らせることになりませんか？　大使は御覧の状態で、食事すら受け付けないのですから」

アマティは、まるでソテロの想いが憑依（ひょうい）したかの様に、真剣であった。

「はい。ですから今申し上げた様に、これは〝体力勝負〟なのです。では近々瀉血に参ります」

そう言って、医師は帰って行った。

常長は、一体何処でマラリアに感染したのだろう。無論此処ジェノヴァではない。その発病までの潜伏期間を考慮すると、フィレンツェということになる。「花の都」でマラリアに？　しかも季節は真冬の一月である。日本であったら絶対に有り得ない状況だ。

世界地図で見ると、容易に理解出来ることだが、イタリア半島の南には、地中海を隔てて直ぐにアフリカ大陸が悠然と横たわっている。長靴型のイタリア半島の、靴底に位置する巨大なシチリア島と北アフリカの国チュニジアとは、シチリア海峡を挟んで僅かに一五〇キロの距離しかない。チュニジアに限らず、イタリアに出入りするエジプトやリビア等、アフリカの船舶は夥しい数に上る。

そういった船の荷物や人と共に、ハマダラカがやって来る。これは当然考えられることだ。フィレンツェは比較的気候温暖でしかも町の真ん中を流れるアルノ川が適度の湿気を伴っており、真冬での毒蚊の生存を可能としているのだ。

思えば、アルノ川に架かる橋の上で、ダンテの想い人ベアトリーチェを偲んで、常長たちは暫し時を過ごしたのであった。この時常長がハマダラカに刺されたとすると、一月二十日頃である。発病したのが二月三日であるから潜伏期間は十四日間、辻褄は合っている。

四、底を突いた帰路の旅費

常長の病状が寛解して、医師から旅行の許可が下りたのは、二月も末になってからだ。そして一行がジェノヴァ港から出帆したのは、三月二日である。およそ一ヶ月超に亘るジェノヴァ滞在となってしまった。この間、計算外の出費を強いられたソテロの心情が察せられる。そもそも、イスパニアつまりスペインとイタリアとでの物価の有り方には可成りの差異がある。単的に言うとイタリアは何でも高いのだ。スペインでの生活感覚でいると、思わぬ陥穽にはまってしまう。そして、使節一行もその轍を踏んでしまった。

ジェノヴァでの長期滞在、これは致し方ないとしても、フィレンツェに立ち寄った事は、思い返せば悔まれる行動であった。確かに市内の滞在費は招待者持ちではあったが、観光や土産物の購入などの雑費は、全て自己負担であったろう。そして忘れてならないのは、リヴォルノの港に残して来た二十人を超える随行者たちの生活費等々、イタリアでは全て自己払いである。

先のローマ教皇からの下賜金六千スクードは決して少ない額ではない。上手く使えば、楽々一行がマドリードに辿り着ける金額ではあった。

進退極まったソテロが取った手段、それはフェリペ三世イスパニア国王に泣きつくことであった。その書翰（一六一六年二月八日付）がこれである。

『陛下、御慈悲と御好意とをもって、国王陛下は私たちに経費と王の書翰の援助をなし給い、私たちはこの新しい〔信仰の〕苗木という十分な慰めと満足、そして教皇聖下と教皇庁の全員の霊的喜びをもって大層幸せに満ちたローマへの旅を行うよう、私たちの主に奉仕なさいました。（中略）私たちの出発が差し迫っておりますので（中略）私たちはローマを出立いたしました。それは御公現の祝日（一月六日）の翌日でした。時間と経費を節約するために海路をとったのでありますが、逆風に遭い、ジェノヴァに到着するのに二十二日を要しました。』

〔筆者註＝やはりソテロは、自分たち数人がローマからの帰途、フィレンツェに立ち寄った事実、そして心ならずも浪費をしてしまったことを、敢えて国王には知られたくなかったのである。フィレンツェの事には、一切触れていない〕

『ほどなく大使は消耗を伴う三日熱にかかり、本日は五日目となります。従って、彼は私がいなければひどく悲嘆にくれるために、また費用を割くだけの資金もないため、国王陛下に〔直接〕事の詳細をご報告申し上げ、次の艦隊で日本へ旅立ち帰還するための許可を請願することが前もって出来ません。』

〔筆者註＝「次の艦隊で……」云々。これは、如何にも一行が帰国を急いでいるかの意思表示をしたのであり、この文言にまんまと引っ掛かったのが、あのインディアス顧問会議なのである〕

『もしも病気が長引くならば資金を使い果たしてしまい、先へ進むことも出来ないと危惧しながら当地に留まっておりますので、私はこの件についてあえて陛下に御報告申し上げて、治療とスペイン渡航に必要なものをもって私たちを救済してくれるように、陛下の使節ないし、しかるべき人物にお命じになるよう陛下に嘆願する次第です。なぜなら、この御慈悲と庇護がなければ、私たちは神の次に国王陛下の庇護と御慈悲と偉大さを心から信じております。

陛下にはすべてにおいて良きお取り計らいを賜り、神が三日熱を直ちに取り除かれるならば、すぐにも私たちは出立いたしたいのですが、スペインに達することは容易(たやす)いことではありません。というのは、当地の出費は莫大であり、出立するまでの日々の支えも必要ですので、陛下の変らぬ御慈悲と御好意とを私たちに施してくださることを願う次第です。私たちの主が陛下を加護し、その大いなる栄光をいや増さんことを、そして教会が栄えんことを。

一六一六年二月八日ジェノヴァ

陛下の最も卑しい僕にして価値なき侍僧、フライ・ルイス・ソテロ（花押）』

（『大日本史料』12／12）

進退極まった一行の窮状を切々と訴えたソテロの書翰に、イスパニア政府は狼狽の色を隠すことが出来なかった。この時意外にも、冷静な対応を取って、事の進展を計ってくれたのが、あのインディアス顧問会議であった。

一六一六年三月十日付のインディアス顧問会議奏議はこうだ。

『陛下。陛下のローマ駐在大使カストロ伯の一月九日付書翰によれば、奥州（Boju）王の書翰を携えてきて、教皇聖下に恭順の意を表するために赴いた日本人は、その随員と共に霊的恩寵に満たされ、その地で人々に多くの教訓を残してかの市を出発しました。ただし、彼に同伴したフランシスコ会跣足修道士フライ・ルイス・ソテロの言うところでは、その他の点では全面的な満足を得られなかったとのことであります。と言いますのは、教皇聖下に呈した請願のすべてが、当首府に駐在する教皇大使に付託されたこと、しかも同大使に対しては陛下の御意向に沿って処理するよう命じられたからです。

顧問会議としましては、彼らが当首府（マドリード）到着の前に、当地に入らずにセビリアに直行することを命じることがよろしいと考えます。聖ファン〔の祝〕日（六月二十四日）頃に出航するヌエバ・エスパーニャ艦隊で行くべきであるために、あらかじめ〔現地で〕事務処理するのがよろしいでしょう。そうすることによって当地で煩（わずら）わされることもありませんし、さらなる出費もありません。

　幾つか請願がある場合はフライ・ルイス・ソテロが申し立てることができましょう。陛下の御命令をお待ちします。

　一六一六年三月十日　マドリードにて。』

　同書翰の裏書にはこうある。

『教皇に恭順の意を表すためにローマに赴いた日本人に関し、ローマを出発し当地に向かうとのこと。良きにはからえ。（国王の花押）

　フライ・ルイス・ソテロ神父宛ての私の書翰で陛下の御命令を書きしたため、これを持参した使いを送り出す。（ファン・ルイス・デ・コントレラスの花押）

　一六一六年三月二十二日落手。

（自署）ファン・ルイス・デ・コントレラス』（インディアス文書館所蔵『大日本史料』12／12）

「死（す）んでなんねど、こだどごで死（す）ねっかや（こんな所で死んでたまるか）。おう、こればお屋形（やがた）さま（これは、これはお屋形様）、くう〜」

　等と譫言（うわごと）を繰り返していた常長も、日毎に病態が改まっていった。

——若し此処で、支倉様に若しものことがあったら——

考えれば考えるほど絶望の暗闇へと、ソテロの心情は傾いて行く。

しかし政宗との長い兵馬倥偬(へいばこうそう)の日々は、巧まずして常長の身体の根幹を、刃金の様に鍛えていたのだ。この時常長は齢(よわい)すでに四十五歳。人生五十年の時代である、通常なら絶対に有り得ない、奇跡的な肥立ち振りであった。

五、嘲りながら人に災いを与える神（ヨブ記）

一行を乗せたガレー船が、地中海を一路バルセロナへ向けて帆走している。

「疾く走れば走るほど、余計付いてくるんですな」

船の甲板に立ったまま、小寺外記が呟いた。

船の周囲には、何時の間にかイルカが群れ泳いでいる。

「今泉様もローマに向かう時、同じ事を申しておりましたね。ほら、帆柱にはあんなに沢山の海鳥たちが……」

ソテロが上空を指差した。

「自然は何時も変わらぬ表情を見せてくれるのに、我が人間界の有為無常、その余りの大きさには……この太郎左……」

後は言葉にならない外記であった。彼の懐(ふところ)の中には、今は亡き今泉の遺髪の髻(もとどり)がしっかりと納められている。

「何時もそうやって遺髪を、懐に？」

「ソテロ様、某は今泉様の介錯を仰せ付かった者で御座れば、如何様にしてでも、この御髪は、お屋形のお手許に……」

無言で頷くソテロの頬を、涙が一条滴り落ちた。

海鳥たちの啼き声が一層囂しさを増す。順風が加わり船脚が伸びたのだ。

「小寺様、ソテロ奴に今泉様を偲ばせて下さい」

太郎左衛門は、無言のまま深々と頭を下げた。そしてソテロは「ヨブ記」を引用しながらこう語った。

〔筆者註＝旧約聖書の中に、「ヨブ記」としてその名を残すヨブという人物は、イエスの十二人の弟子や使徒として各地に命懸けの宣教をした、いわゆる聖人たちとは一線を画した存在である。ヨブは、パレスチナの南東ニドム地方はウツに住んだ富裕な義人（信仰に篤い正しい人）で、しかも文学者でもあった。神はヨブの信仰心を信じたが、悪魔が言うには、奴は利己主義者で、単なる偽善者である。これから、そのことを確かめて見るが良いかと言い、神はこれを許す。

サタンはヨブの子を全て殺し、ヨブの財産や家畜の果てまでこれを奪い取って見せた。しかしヨブは神を呪わず、神のやり方が人間の〝理解を超えた所〟にあると考えて、苛酷な試練に耐え抜いたのである。

神はヨブを讃美し、更なる名誉と富を与えられたという。この様に、旧約聖書の「ヨブ記」の中の神は、〝人を試す〟あるいは、むしろ〝人に苦難〟を与えて後、これに手を差し伸べる存在として描かれる。因みに、新約聖書でのヨブは〝忍耐の人〟として、位置付けられている」

「ヨブ記には、こう説かれています。

『人は苦しむために生まれて来る。それは火の粉が沖天高く舞い上がる様に自然のこと』（ヨブ記5／7）

『突然襲う鞭が人を殺し、罪なき者の試練を神は嘲る』（ヨブ記9／23）

何と、このヨブ記の中での神は、人の苦しみや罪もない人々への災の試練をただ傍観するどころか〝嘲って〟さえおられる。しかし、これには訳があるのです。神は人々にある種の試練を与えることによって、その人の本当の信仰心を試しておられるのです。ヨブ記（5／17〜18）にはこう記されています。

『神から懲らしめを受ける人は幸いである。

全能者の諭しを退けてはならない。』

『神は傷つけても、また包み打っても、その手で癒してくださる。』

今泉様が蒙った災いは、いわば神の下された究極の試練だったのです。ソテロは信じます。神は今泉様の信仰の真実を見極められて、その御魂をその御胸に招かれたことを……。では外記様、一緒に祈りましょうか。

〈全能の神よ。あなたがあなたの栄光のため、わたしたちの試練を用いて、世において偉大な業を成し遂げることを、わたしは知っています。主よ、あなたに感謝します。アーメン〉――」

「ところで外記様に、このソテロ一つ質問があります」

「はあ、何でございましょう？」

「ローマの宿舎で、今泉様が最後に仰しゃった言葉〝いをとる〟とは、一体どんな漢字でございましょう。あれからソテロいろいろ調べて見ましたが、さっぱり分からないのです」

「ああ、あの言葉ですか、一寸お待ち下さい」

外記こと太郎左衛門は、腰から矢立を抜き出すと、懐紙に筆を走らせ〈彝を秉る〉と書いた。

「この字は、元々支那チーナの古い教え、五経の中の言葉ですから、日本人にも余り馴染が無い文字です。しかし我々武士は、学問所や私塾で皆習うものです」

「本当に珍しい、ソテロ初めて出会いました」

「因みにこの〝彝〟という字は、鶏に〝米〟つまり餌を沢山与えて立派に肥えさせたものを台に載せて神仏に捧げた形を表しています。これを象形文字と我々は言っています。この頭の部分は、どこか鶏の頭に似ていませんか？　ソテロ様」

「似てます、似ています。この枡の中に〝点〟を入れれば、正に鶏の顔になりますね。しかし〝秉る〟という字も難しいですね。普通は〝取る〟てしょう？」

「この〝彝を秉る〟という言葉は、元々神仏に誓う、向き合うものですから難解なのでしょう。〝秉〟とは本来〝ひと握りの粟束〟を意味します。秉の音読みは「へい」です。〝粟五秉〟とは、粟束、五握り即ち穀物の計量に使われる文字でもあるのですね。今泉様は覚悟の上で、この神聖な言葉を使われたのでしょう。〝拙者は逃げ隠れもせず、天から与えられた道を往く〟と」

「日本人の精神の奥深さには、このソテロ到底付いて行けません。とても怖いです。〝切腹〟のこともそうですが、どうしてそれまでしてお屋形様、つまり上司の為に易々と命を捧げることが出来るのか、理解出来ないのです」

「それは簡単なことです」

太郎左衛門は、矢立を腰帯に納めながら言った。

「〝士は己を知る者の為にのみ死す〟という言葉があります。つまり信頼の糸で結ばれた主と従とは、たとえ一時的に考え方に齟齬が生じても、自ら責任を執ることで許し合えるのです。それはイエス・キリストと、仕える宣教師や信者の関係にも言えることではありませんか？　ソテロ様。あなた方も信じた存在、つまり神のためなら平気で命を捧げるではありませんか？」

「仰しゃる通り、武士と宣教師、〝道〟の為には死を怖れない点では、似た者同志なのでしょうか」

そう言いながら、ソテロは視線を波濤の彼方へ投じた。その視線の先には、うっすらと紫色の陸地が映る。もう此の辺りは、フランス領の海岸なのだろう。あるいは、マルセイユの港の沖合いを航行しているのか？　目的地スペインのバルセロナまで、この順風で行けば、あと二、三日で達することになる。

「手前、支倉様を見て来ます」

そう言って太郎左衛門は、船室の方へ去った。

常長は乗船以来、船室に籠もりきりで、日誌を付けるため机に向かう以外は、殆ど床に臥すことが多くなった。病原菌が血中深く入り込むマラリアという病気は、痼疾、つまり病状が長引く病である。現代なら、クロロキンやキニーネなど効験あらたかな薬があるが、四百年前のこの時代である。気力と体力で勝負するか、〝悪血を取る〟と言って静脈から血を抜く、瀉血法を医師は考えたのだ。日に日に痩せ衰えて行く常長の姿に、太郎左衛門の心は、悲しみにも似た懊悩に満たされているのだ。

六、マドリードに着いたハポンの遺骸

一行がバルセロナ港へ着いたのは、一六一六年（元和二年）三月十日頃である。初春だというのに往路の時同様、カタルーニァ地方は相変らず冷たかった。いや気温ではなく、人情味においてである。バルセロナの港には迎えの人影のひとつも無い、実に殺風景で無機質な空気が漂っている。

それは一行の前途に横たわる、苛酷な状況を予感させる、ある種不吉な光景でもあった。他の日本人たちが、何はともあれ再びイベリアの大地に戻れたことで、燥ぎ回っているのを余所に、何故かソテロの心は沈鬱に満たされて行くのだ。

何とか手配が整った馬車を連ねて、使節一行がマドリードの都に着いたのは、同年の四月十七日である。インディアス顧問会議が、国王に試問した内容は、「一行をマドリードに寄らせず、セビリアに直行させる事」であった。しかしフェリペ三世は、ローマ教皇が使節に対して異例とも思える饗応をした事実に鑑みて、顧問会議の奏上を執らず、一行に宿と食事を与えて長旅の労をねぎらっている。大使常長の余りの羸痩振りには、再会した総裁レルマ公もその言葉を失ったという。

一行がひとまず落ち着いた場所は、マドリード郊外のシエラ・ゴルダ地区に在るフランシスコ修道会派のサン・ペドロ教会である。

病身の大使常長は別格として、教会に到着した折の使節一行の憔悴ぶりには、出迎えた教会の職員たちは、一様に驚きを隠せなかったたという。それだけではない。到着した馬車列の最後部には、一人の遺体が乗せられているではないか。それは、あのメキシコ副王の指示で一行に加わった、フランシスコ・マルチネス・モンターニョ（ハポン）の遺骸であった。

そう、ローマ以来、いやメキシコ市を出立した時から、ソテロが注視し続けて来た人物である。特にローマでは、今泉への処刑場面を盗視されたという思いを、ソテロは抱き続けて来たのだ。

ハポンことマルチネス・モンターニョが死んだのは、一行がマドリードに着く二日前の、四月十五日であった。死因は〝餓死〟である。確かに、使節一行の経済状態が極めて逼迫していたことは事実である。当然道中の食事にもそれは反映して来る。普通、日本人の食事は、一行の中の小姓や下僕が用意し、他のスペイン人たちは自分たちで賄う。彼らはパンとミルク、又はバターがあればそれで事足りるからだ。

この二つの集団から必然的に外れるのが、ハポンことマルチネス・モンターニョなのだ。其処に「ハポンを絶対にメキシコに帰してはならない。副王にローマでの秘密を告げさせてはならぬ」というソテロの、強い心情から発する墻壁があったとするならば……。

サン・ペドロ教会の「死亡・埋葬台帳」には、次の様に記録されているという。

『貧困の裡に亡くなったフランシスコ・マルティネス・ハポン』

使節一行が追われる様にして次の滞在地セビリアへ着いたのは、同年の五月三日である。従ってマドリードのサン・ペドロ教会には、実質一週間か十日ほどの滞在であったろう。それでも、疲弊(ひへい)の極致にあった使節一行にとっては、この上ない回生の期間でもあったに違いない。これは偏(ひとえ)にフェリペ三世の、恩情あふれる施しでもあったのだ。

しかし一方では、インディアス顧問会議の奏議した、三月十日付の峻酷とも言える言質がある。

『顧問会議としましては、彼らが当首府（マドリード）到着の前に、当地に入らずにセビリアに直行することを命じることがよろしいと考えます。聖ファンの祝日、六月二十四日頃に出航するヌエバ・エスパーニャ（メキシコ）への艦隊で行くべきであるために。（中略）そうすることによって当地で煩わされることがありませんし、さらなる出費もありません。』

先に〝追われる様に〟と表現したのは、このインディアス顧問会議と、その背後にうごめくイエズス会の卑劣な策動が一行を追い詰めたからだ。

七、政宗への返状を懇願し続ける常長

五月三日、やっとの思いで一行はセビリアに到着する。

此処で使節団は、二つに分かれた。大使常長、ソテロら六人は、セビリアの郊外に在るロレー

ト修道院に、他はコリア・デル・リオの町に入ったのである。

ロレートは、ソテロの兄ドン・ディエゴ・カブレラの直接の領地であるため、ソテロにとって何かと至便が見込まれたのだ。因みにロレート修道院は、聖フランシスコ会派のものである。

又、他の随行者たちが赴いたコリア・デル・リオは、神父イグナシオ・デ・ヘススの故郷であると共に、ソテロの兄ドン・ディエゴ・カブレラの支配地でもあった。

イエズス会派は、ソテロの日本への再入国を怖れた。東北日本の〝宣教地図〟は、今のところ白紙に近い。その白紙を、ソテロによって聖フランシスコ会派の色に塗り潰されることを、畏怖したのである。イエズス会は、インディアス顧問会議を通じて、ソテロのイスパニア出国を封じる手に出た。

しかし、ここに思わぬ難敵が現れる。それは支倉常長の存在である。常長は、六月二十四日に出航予定のメキシコ等新世界行きの、それも年に一度の大西洋艦隊に乗ることも出来た。しかし彼が、そうしなかった理由が二つあったのである。

先ず第一に、フェリペ三世からの主君伊達政宗への正式な、あるいは実りある回答書翰を、未だ下賜されていないこと。

第二に、日本から生死を共にして来た盟友であるソテロをこの時点で失うことは、常長自身の喪亡(そうぼう)をも意味する。どうしても、彼だけを残して行く訳には参らぬ。そんな決意が常長にはあった。

結局、六月のメキシコ行艦隊に乗ったのは、コリア・デル・リオ組の日本人たちであった。但し、この時の日本人の正確な数は極めて曖昧であった。メキシコ側の記録では、「十人程の日本使節が入国した」としか報じられていない。

常長を含めてローマ入りした使節は二十三人である。このうちローマで今泉を失って二十二人となり、更にマドリードに到着直前のアルカラ・デ・エナーレスで、一行の護衛隊長役の滝野嘉兵衛が離脱を申し出て来たのである。

これには、流石の常長も驚いたに違いない。さっそくソテロと共に話を聞くと、「拙者、この地でこの髷を切る所存にて……やがて一切支丹として、この地の病院で神へ奉仕しながら生きて参ります。ここには友達も居りますので……」

思い返せば、ローマへの往路この病院で、滝野は野間半兵衛と共に、不思議な幻惑に捉えられ、危うく己れの髷を切り落とす所をソテロとアマティ博士に止められた経緯があったのである。こうして滝野は一人で去って行った。その先に待ち構える、大きな運命の陥穽が在るのも知らずに……。

これで残るは、二十一人の日本人たちである。更に常長と小寺外記、それに三人の小姓下僕ら計五人のロレート組を除けば、残るは十六人がコリア・デル・リオから六月二十四日出帆の艦隊でメキシコに戻った計算になる。しかし、メキシコには十人しか上陸していない。他の六人は一体何処へ？　この命題の解答として、二つの可能性が挙げられる。
（一）当時〝魔の海〟と恐れられていた大西洋の苛酷な気象条件に加えて、神出鬼没のイギリス海賊船への恐怖は、往路で嫌という程味った日本人たちである。「あの海だけは二度と渡りたくない」というのが本音であろう。現代に到って、コリア・デル・リオの町には、〝日本〟を意味する〝ハポン〟姓の住人が数多く存在しており、当人たちは「自分たちの先祖は日本人」と言って憚らないという。こういった事実から、伊達遣欧使節の内、何人かがこのリオの町に居残ったと考えても、不自然ではない。
（二）失われた六人は、大西洋航行中お定まりのハリケーンの襲来に遭遇。風速四、五〇メートルの強風狂涛の熱帯低気圧の、餌食となったとする説。
筆者個人の感懐としては、（一）を執りたい。奥南蛮とはいえ同じ地球上、何処かで生きていることが人間としては幸せなこと、望ましいことなのだから。


イエズス会を背景とする、インディアス顧問会議による、ソテロや大使常長への誹謗は熾烈を極めた。一六一六年（元和二年）六月四日付の顧問会議が、国王に奏上した議案を見てみる。

『陛下、レルマ公が先月（五月）三十日付通牒で、私こと〔インディアス顧問会議〕議長サリナス侯に伝えるところによりますと、陛下は、同封の聖フランシスコ会跣足派修道士フライ・ルイス・ソテロの覚書を御覧になって、奥州の王が陛下に献上した贈物の返礼として、彼らが二千ないし三千ドゥカード相当の品をスペインで出費して日本に与えられたいとの要求、および陛下にもたらしたかの王の書翰に対する答書に関する二点について、顧問会議において審議し、その意見を上奏せよとのことであります。

上記覚書と共にフライ・ルイス・ソテロが同じ理由から提出した別の覚書と併せて、顧問会議で審議の結果、覚書にはこの贈物に関する記載はなく、贈物を持参したとしても、これに返礼することを免じることが出来ることです。

そもそもこの日本人に対しては、遠方より到来した外国人という以外にはこれに対応する義務はなく、その来訪自体が根拠に乏しく重要性がないにもかかわらず、過分に厚遇して陛下の偉大さをもって名誉を与え恩恵を与えています。（中略）陛下にもたらした奥州の王の書翰に、答書を与えることに関しては、既にこの日本人の要求するすべての点に書面で答えておりますので、答書を省いたとしましても、不都合は生じません。

従いまして、陛下が他に書くことを直ちにお命じにならなければ、奥州の王に宛てて、陛下に対する恭順の意を表したこと、および陛下の臣下とその国に赴いた福音の宣教師に対して申し出た厚遇を謝し、彼が申し出ていることが実現した時には彼との親交を結ぶであろうとの書翰に、陛下の署名を願ってこの王に送られることになるでしょう。

しかしながらこの日本人が日本を出発した後に〔日本の〕キリスト教界には大迫害のあったことが知られているために、陛下の親書はひとまずフィリピン総督のもとに発送し、この日本人がフィリピン諸島に到着した時点で日本の状況に応じて、これを交付することになりましょう。

陛下の御命令をお待ちします。

一六一六年六月四日、マドリードにて』

この文書から読み取れることは、ソテロが提案した、日本の伊達家からの贈物と同等の二千〜三千ドゥカード程度の返礼品を大使常長に持たすことに対して、インディアス顧問会議の次のような本音が丸見えである。

「勝手に遠くからやって来た得体の知れない集団に、何も気を使うことはない。さっさと帰って貰う可きでしょう。

彼らには往路マドリードに滞在した時には、一日当たり二百レアルを使われた挙げ句、ローマに行くからと言って四千ドゥカードを旅費として出したではありませんか。あまつさえ今度は帰国のために、三千ドゥカードも出すのですよ。もう、いい加減になさいます様……。」

そこには国際儀礼はおろか、キリスト信仰への畏敬の念の、欠片(かけら)すらも存在しないのである。大使の常長を「この日本人」と表現している。此処に、この会議の思念の全てが凝結していると見る。

ロレートの修道院に滞在する常長の症状も思わしいものではなかった。下血や、地元の医師によるマラリア療法による瀉血は、患者の体力を著しく消耗させた。加えて、ソテロの足の骨折があった。マドリードからロレトに向う途中傷めたものである。物は考え様であるが、この状態で六月二十四日出帆のメキシコ艦隊に乗船していたら、二人共無事に魔の海大西洋を渡れては居なかったろう。粗衣粗食とはいえ、敬虔な霊的生活を送った常長とソテロの傷病は、神の御加護のもと薄紙を剥がす様に、少しずつ寛解(かんかい)していったのである。

八、奴隷の焼印を押されていた滝野嘉兵衛

一方、使節団を離れた滝野嘉兵衛の消息は、それを気にしながらも、支倉大使の元には届いて来ない。しかし一年数ヶ月にも及ぶセビリア滞在の中で、ある情報が入って来た。それは、ド

ン・トマスの洗礼名で一度は聖フランシスコ会の修道士となった滝野だったが、間もなくその修道衣を脱ぎ還俗してしまう。其の後は、スペイン人貴族ディエゴ・ハラミーリョの荘園で警護士として雇われているという。

「ハシクラ様、滝野殿の消息が判りました！」

「おう！　何処さ居だんだべ、ほら？（〝ほら〟は強意の接尾語）」

「はい、何でもエストレマドゥーラ地方の町サフラという処だそうです。いや、この町は通称〈小セビリア〉と呼ばれる、美しい町として有名な所でございますよ。滝野殿はこの町の、豪族の護衛をしているそうで……」

「しがった、しがった（良かった、良かった）。やっぱす、モズヤはモズヤ、なんだな」

「何でございましょう？　その〝モズヤ〟何とかというのは……」

「日本の諺でございますよ」

傍らで二人の遣り取りを聞いていた外記が、苦笑しながら口を挟んだ。

「〝餅屋は餅屋〟と書きます。つまり人間には、それぞれ持って生まれた特性があるということです。要するに〝向き不向き〟と同じ事です」

「外記様良く判りました。要するに根っからの侍である滝野殿は、やはり剣で生きるしかないということですね」

「ほだほだ、そういーごってす（そうそう、そう言う事です）」

ドン・トマスこと滝野嘉兵衛は、仙台藩士ではない。元々山城の国出身というから、京都南部の山間部の武家の出である。その身内の誰かがあの秀吉に虐殺された、〈二十六聖人〉の中に列せられているというから、滝野の切支丹入信の動機はその辺りに在ったと見て取れる。

滝野が、使節一行の警護隊長として大使の常長から依嘱された理由の一つは、無論彼の勝れた太刀捌きを見込んでのことだ。あのメキシコのアカプルコ港での〈断臂事件〉で見せた滝野の並々ならぬ太刀筋に、同じ武士として常長は、驚きと同時に敬意の念が生まれても不自然ではない。

「滝野殿は二度と、メキシコの土を踏む積りはなかったかも知れませんね」

暫らく、何か考え込んでいた様子のソテロが、ぽつりと呟いた。

「メキシコのアカプルコには、彼に臂を切り取られた男がいるからです。滝野殿は、その報復を恐れているのですよ。いや恐れていると言うより、二度と他国では争い事を起こしたくないのでしょう」

「ホーフグ？」

「そう、日本人の仇討のことです。我々ユダヤ系にも、〃やられたら、やり返せ〃〃目には目を、歯には歯を〃と言って、必ず報復することを美徳とする風習があります。だから滝野殿の心情は、理解出来るのです」

「うーむ、ほだがや（そうなのかなあ）。奴は、より一層信仰ば深めるためさ、往ったんでねのがや？」

「いや支倉様、手前には滝野様の気持は、理解出来る気が致します」

外記が口を挟む。

「おう、太郎左お前も、敵持の身だったなや。うーむ、ほだなあ」

「そうですとも、若し本当に信仰を求める積りなら、ソテロ様から離れる筈がないし、絶対に損ですから……」

「若す、ほだだどすっずど（若し、そうだとすると）、心配だなや」

以後、ドン・トマスこと滝野嘉兵衛について一行の間では話題に登ることもなく、その行方は杳として途絶えることになる。しかし、常長の危惧したことが現実となる。つまり滝野の身の上に容易ならぬ事態が生じていたことが、五年後の一六二二年（元和八年）九月二十六日付のインディアス顧問会議の記録で明らかとなる。この記録は、当時すでにスペインの貴族の奴隷にまで身を窶していた滝野を救うために、インディアス顧問会議が時の国王に奏上したものだ。

『陛下。ドン・トマスフェリペは、日本の大使と共に当宮廷を訪問し、キリスト教に改宗した日本の武士であります。』

〔著者註＝滝野嘉兵衛の霊名は「ドン・トマス」で、フェリペは常長のもの。奴隷の身から逃れたい一心で、より高尚な霊名を詐称したと見る。しかも、「ドン・トマス」は日本で授けられたもの〕

『神の恵みにより、陛下の父君にあたる当時の国王陛下（フェリペ三世）は、手ずから聖水盤から（聖水を）彼（滝野）に授けられ、陛下の姉君であるフランス王妃様（アンヌ・ドートリッシュ）は、聖油を授けられました。』

〔筆者註＝先君、フェリペ三世が在世しないのをいいことに、滝野は支倉常長の受洗の光景を、そのまま自分に当てはめている。無論、フランス王妃アンヌ・ドートリッシュが滝野に聖油を与えた等、正に荒唐無稽の極みである。フランス国王ルイ十三世の王妃であったアンヌ・ドートリッシュは当時十五歳で、ただ極東からの客である日本人が珍しく、興味本位で洗礼の儀に臨んだのである」

『サフラに住むディエゴ・ハラミーリョなる者が、彼は俸給を受け取っており、奴隷ではないにもかかわらず彼（ディエゴ）に仕えていることから、彼（滝野）に焼き印を押しました。かくして、この不正行為に対し、厳正なる裁きを下していただくよう、陛下に［お願いするに］至りました。どうか彼に自由を与え、日本への帰国許可をお与えください。なんとなれば、彼は自由民でキリスト教徒でありますから、どうか彼が大きな恩恵と慈悲を受けるべく、彼に帰国の許可を下さい。

一六二二年九月二六日　インディアス枢機会議』

（『大航海時代の日本人奴隷』ルシオ・デ・ソウザ　岡美穂子／中公叢書）

正に這這（ほう）の体（てい）で、滝野が再び自由の身となったのは、一六二三年（元和九年）頃であるが、この時常長はすでにこの世には居ない。前年の一六二二年（元和八年）八月七日に、彼は故郷宮城の地で没している。

滝野の消息はここまでで、日本に帰国どころか、スペインからメキシコに渡った記録すら見当たらない。滝野に限らず切支丹信徒となった者たちにとって、祖国日本への帰国の希望は、完全に断ち切られていた。切支丹弾圧の嵐が、日本全土に及んでいたからである。

無論滝野同様、日本で受洗して、ソテロの紹介のもと使節一行に加わった他の二人、「ドン・ペドロ」こと伊丹宗味（いたみそうみ）、「ドン・フランシスコ」こと野間半兵衛らも、日本に帰国することはなかった。

一方、常長の病と、足の骨折で身動きが取れないソテロらロレート修道院の一行に対するインディアス顧問会議の対応は熾烈を極めた。一六一七年六月十六日付の国王への奏議文にはこうある。

『この日本人（常長）は、奥州の王からの国王陛下宛ての書翰を携えて一六一四年の艦隊でやって来ました。彼がこの王都に到着した時、彼には国王陛下の勘定で、経費として必要なものすべてが同地において与えられ、かの国王の命によって教皇聖下に帰服するために、ローマに赴いた旅行のために、四千ドゥカードが与えられました。

そして彼が帰還した時、国王陛下は彼がセビリアに赴き、またそこからメキシコに航海できるように一千四百ドゥカードを支給する恩恵を施されました。（中略）ヌエバ・エスパニア（メキシコ）の副王には、メキシコからマニラに到着するまでに必要な経費のために一千五百ドゥカードを彼に与えるように――（中略）

彼はソテロ神父と共にセビリアに留まり、現在同地におります。顧問会議は（中略）この機会にいかなる弁解も反論も認めることなく、身分相応に、またできるだけ節度をもって渡航するように、彼に必要なものを用立てて、彼を乗船させるようにし、この為に必要となる費用が六百ドゥカードを超えないようにすること、そしてソテロ神父が彼と一緒に行くのを望むならばそうするように――（中略）

国王陛下が、先に述べた様々な恩恵をこの日本人に施され、また彼が呈した文書に含まれるすべての点に対して彼にお答えになったからには、彼にこれ以上の費用を支給する必要も、また彼がスペインに留まる場所も与えるべきではない、と顧問会議は考えます。

一六一七年六月一六日　マドリードにて（複数の花押）
（裏書）奏議を可とする。（国王の花押）』
この上申書から見えて来るインディアス顧問会議の心情は、端的に言えばこうなるのであろう。
「勝手にひとの国に大勢でやって来て、やれ、ローマに往くから旅費を頼む、大使が病気になったからイタリアから帰る金を送れ等、さんざ金をせびった揚句、今度は国王からの色良い返事を貰うまでは絶対船には乗らないと言う。もう、我慢の限界だ。陛下この輩を一時も早く、有無を言わせずにマニラに追いやることをお勧めします。まったく、金ばかり掛かって仕様がない……」
しかし、スペイン政府の中には、インディアス顧問会議の様な、粗野で非礼極まりない態度に与(くみ)しない、良識派も存在したのである。当時イスパニアの総理の立場に在ったレルマ公が、その人である。彼はソテロや使節の立場を擁護して、インディアス顧問会議々長サリナス侯宛の次の書翰を認めている。
『フライ・ルイス・ソテロ神父と同伴の日本人たちの〔事務〕処理に関し〔国王〕陛下を満足させるために熟知すべき要点。
第一に、かくも遠くの道のりを資金も装備もなしに多人数の人員を伴った旅行を企てた無思慮については、詐欺にも劣る〔という声が本件関係者の中に少なくない〕との報告がある。しかし他方では、日本に渡った最も使徒的な修道士の名で、ソテロが最も禁欲的な生活と苦労をもって十二年間、その国の改宗事業において私たちの主に対し奉仕したことは、最も偉大な事実であ

り、日本から戻ってきた同会と他の修道会の宣教師たちが証言するところである。（中略）
無思慮という過ちを犯したとしても、理由が理由であり、私利私欲よるものでなしに神に仕える目的であったのであるから、当人をとがめ立てることは正しいことではない。
また奥州〔Voxu〕の国に新しい司教が置かれるようローマで教皇聖下に請願したために、そして教皇聖下が彼をこの職務に選んだために、彼を野心家と非難することに関しては、その請願自体は宗教上の良き配置のためには非常に好都合と思われたものであり、その修道会および他の托鉢修道会が永年にわたって望んでいたことである。（中略）
その上、司教職に就くことは利欲からではない。なぜなら知行も名誉もなく、苦労と疲労のみに過ぎないからである。彼と親しく接したならば誰でも、かの人に偉大な使徒たるものを認めるであろうし、さらに今回の旅行の最後に経験した蔑視と迫害と苦難がこのことを証明している。彼はこのために脚を骨折し、体力を消耗し尽くしたのである。この点が非常に長くなった理由は、陛下に当人の善意を知っていただくことが、適切な処置のための重要な土台となるからである。（中略）
第三点として、近年日本で迫害が生じ全修道会の宣教師たちを追放し、教会を破壊せしめたことに関しては、迫害は皇帝によるものであって、奥州の王は、むしろ彼の下に収容されていたキリスト教徒たちに保護を与えている。（中略）
第四点は、フライ・ルイス・ソテロ神父の善良さと聖性、および改宗しようとしている偉大な国に関してこれは熟慮の賜物であるので、無思慮にかこつけて責めるべきではないし、悪い扱いをして彼らを送って、これまでこの一行に対してなされた支出を無駄にすることをあえてすべき

ではない。（中略）
最後の第五点と言えることは、インディアス宗務総長の神父に対し、フライ・ルイス・ソテロ神父に迅速に名誉をもって出発するよう命じる可きであるということ。
インディアス顧問会議には彼を軽視し、保護を与えなかった傾向が見られたが、この聖なる人物〔ソテロ〕は、その善意と能力のために見劣りすることなく、彼ほどにその宗教のために奉仕した者は多くはいないのである。』（『大日本史料』12／12）
こうした善意に満ちた、政府有力者の指示もあって、使節一行が事も無くメキシコに向けて出発したのは、一六一七年七月四日であった。去年の新世界往きの便船に乗ったのは、伊丹宗味ら十人。今、支倉大使と行動を共にするのは僅かに五人の日本人たちである。大使含めて六人のみとなる。
小寺外記こと小平太郎右衛門元成（執事として）
山口勘十郎（使節の会計係として、仙台藩士）
勘右衛門（常長の前妻との間の次男勘二郎。常長は自分の身の回りの世話役つまり小姓として、無断で乗船させたとみる）
金蔵（下僕として）
九次（下僕として）
一行がローマに入った時の日本人は、総勢二十三人であった。この内、今泉と滝野が消えて、残りは二十一人である。第一便でメキシコに去った十人を除くと、十一人が居なければならない筈。他の五人は一体何処へ消えたのだろう。

支倉大使ら六人の日本人以外は、前述の様に日本からソテロの片腕として随行した、イグナシオ・デ・ヘスス神父の故郷であるコリア・デル・リオの修道院に、一ヶ月半程滞在後、昨年の六月二十二日にメキシコに出発している。このコリア・デル・リオには、不思議な伝説が残っている。

人口三万人ほどの、この町にハポン（日本）姓を名乗る住人が、現在六百三十人もいるといわれる。

ハポン姓が最初に確認されたのは、第二次大戦の翌年一六四六年のことで、「バルトロメ・ハポン」氏が、徴兵の折に名乗り出ている。

このことから、地元の郷土史家で、やはりハポン姓の人が調査して行くうちに、辿り着いたのが、一六一六年頃この地に滞在した〝伊達遣欧使節〟に行き着いたという。

「私は十四代前の、日本のサムライの末裔（まつえい）です」と誇らし気に語る御仁ビルヒニオ・カルバハル・ハポン氏は、「当時このコリアに残留したサムライは、〝六人〟」と公言して憚らなかったという。

筆者の〝五人〟説とほぼ一致しているのが、面白い。

九、温もりの地メキシコへ

　さて、常長ら日本人六人とソテロが、セビリアから追われる様にして出立したのが、一六一七年（元和三年）七月四日のことであった。

　常長の病気と、ソテロの脚の骨折など実質的な障碍はあったものの、「お屋形様へのスペイン国王からの返書」を取り付けるための〝ひたすら待ち〟の一年二ヶ月にも及ぶ滞在であった。
（一）ヌエバ・イスパニア又はスペインと、伊達藩との直接交易。
（二）キリスト教宣教の白地図とも言える、東日本への聖フランシスコ会跣足派の宣教師数人の派遣要請。
（三）宣教指導者として司教、大司教の東日本への派遣要請。
　この三点の要望に対するスペイン国王フェリペ三世の回答は、遂に得られなかった。

「お屋形様さ、申す訳げが立だねず（立たないんだよ）。なじょすたら、じがんべや（どうしたら、良いものか）なあ、太郎左？」

　帰路の船室（キャビン）に、ほぼ籠り切りで過ごす常長は、まるで譫言（うわごと）の様にこう繰り返しては、小平太郎左衛門（こだいら）を悩ませるのだった。

　往路と異なり、大西洋の航海はほぼ順調であった。

　一説によると、スペインの地に残留した日本人の中には、往路に味わった、あの狂濤烈風への恐怖を二度と……。そんな感懐が乗船を躊躇させたという。

「あの血を吐くような苦しみは、二度と味わいたくねえ」

それが、本音であったろう。


支倉一行がメキシコ市に着いたのは、一六一七年十月頃である。そこには思いがけない朗報が一行を待ち受けていた。
(一)一行を迎えるために、サン・ファン・バウチスタ号がアカプルコ港にその雄姿を横たえていたこと。
(二)常長の子息、勘三郎常頼の書翰が着いていたこと。
(三)少年奴隷だったコネオとの再会。
これらの吉報が、枯槁し切っていた常長の心に、新たな生気を与えたのは言うまでもない。

セビリアのロレート修道院で孤立無援の交渉を強いられていた常長は、いよいよその無益さを悟り始めた時、政宗宛に帰国の意志を伝えておいたのだ。

まさかと思っていたことが現実となっていた驚きと喜び――と共にお屋形様である政宗の家臣への仁慈の深さに、ただただ感泣頻りの常長であった。

もっと思い掛けなかったのが、勘三郎からの手紙である。その悦びを縷々綴ったのが常長がマニラに着くと同時に発信した手紙である。常長の直筆の書翰として、今なお東大の史料編纂所に残されている。

そんな中、メキシコ市の一行の宿舎を訪ねて来た二人の人物がいた。一人は立派な身なりの日本人と思しき紳士である。もう一人は、すらりとした長身の黒人であった。

「あっ、ハセクラ様⁉」

そう言いながら、若者は抱き付かんばかりの勢いで常長の許へ駆け寄って来た。

「ワタシはコネオです！」

「ほんどが（本当か）⁉　ぶっ魂消(たまげ)だなや（これは驚いた）！」

常長が驚いたのも無理はない。太平洋上で、泣いてばかりいた（それも声も出さずに）――あの奴隷の少年コネオが、今自分よりも大きくなって目の前に居る。赤い蝶ネクタイに、黒いスーツを見事に着こなしているのだ。しかし、良く見るとコネオは、未だあどけなさを残した少年なのだ。

太平洋の嵐で、主人マヌエル・ゴンサレスを事故で亡くし、以来日本人たちに可愛がられてメキシコに到着した時は未だ十歳にも満たない少年奴隷だったのだ。あれから四年、コネオは十三、四歳の凛々しさを備えた、長身の少年に成長している。同行して来た日本人の紳士は、福地蔵人(くらうど)と名乗った上で、コネオとの経緯(いきさつ)を事細かに説明してくれた。

福地自身も、元は伊達藩の若侍であった。出身地が三陸海岸に近い桃生(ものう)であったため、政宗の依頼もあって、あのビスカイノ司令官から、三陸リアス海岸附近の良港探索をした折の、土地案内を命じられたのである。

福地蔵人の先祖は伊達藩由来の者ではない。元々この三陸界隈は、葛西清重という豪族の支配地。石巻の日和山にはその本拠となる葛西城が聳え建っていたというが、十七代目の葛西三郎晴信の時、一五九〇年（天正年）の太閤秀吉の小田原城攻めがあり、葛西氏にも出陣の命が下ったが、晴信はこれに応ずることが出来ず、役後葛西氏は、秀吉の厳命を受けた伊達政宗に滅ぼされた。

　三陸を中心に七郡（牡鹿・桃生・登米・本吉・磐井・胆沢・江刺）を領し、昔は奥州総奉行まで務めたこの豪族は、こうして四百年に及ぶ歴史を閉じることになるのだが、福地蔵人の先祖はこの葛西家に仕えた者である。

　葛西氏の本領は元々は下総（千葉）であり、現在でも千葉浦安のディズニーランドの北西部に〝葛西〟地区が在り、その近くの〝葛西臨海公園〟辺りにその名を留めている。伊達家と葛西家は、養子を交換するなど、元々誼を通じ合っていた仲なのだが、それを知っての上での、秀吉の下命だったのであろう。攻める政宗の心情には、忸怩たるものがあった筈だ。

　セバスチャン・ビスカイノが、使節船サン・ファン・バウチスタ号の総司令官を渇望したにもかかわらず、ソテロはこれを制して自分が司令官の任を負うのだが、二人の間の角逐は激しく、その影響は奥南蛮（ヨーロッパ）まで付いて回る。ビスカイノと昵懇の間柄であった、インディアス顧問会議議長のサリナス侯を通じて受けた数々の邪魔立ては、記憶に新しい処であろう。

　このビスカイノを、三陸海岸に案内して回った時、蔵人はその才気煥発ぶりを、ビスカイノに気に入られたのだ。本人の意志を確認した上で政宗は、ビスカイノの望みを快く叶えてやっている。こうして福地蔵人は、ビスカイノに随伴してメキシコに渡って来たため、使節大使である常長やソテロすら、福地の存在に気付くことはなかったのである。

　その福地蔵人が、紳士然とした立派な身形で、前に立っている。聞けば福地は、現在メキシコの中西部の大都市、グアダラハラで商人として活躍しているという。

〔筆者註＝福地蔵人のグアダラハラでの商人としての活躍ぶりは、大泉光一著『支倉常長　慶長遣欧使節の真相』に詳しい〕

グアダラハラといえば、メキシコ市に次ぐ第二の商工業都市で、例えれば東京に対する大阪的な存在である。この大都会で、僅か数年足らずの間に、生活の拠点を築くことを可能としたのは、やはりあのセバスチャン・ビスカイノの有力な肝煎(きもいり)あってのことであろう。前ヌエバ・エスパニアの副王で、当時本国スペインのインディアス顧問会議議長サリナス侯との間に太いパイプを持つビスカイノは、新天地メキシコでは、超が付く有力者なのだ。

福地蔵人を扶(たす)けたのは、ビスカイノだけではない。未だ現地語が全く話せない福地に、寄り添う様にして商いを成立させたのは、あの泣き虫のコネオだったのだ。コネオは、日本人たちの輪の中で可愛いがられながら、この数年を過して来ている。元々伶俐(れいり)な彼は、日常会話的な日本語を自分のものとして、永いメキシコ市滞在を余儀なくされた日本人たちの一寸した通詞として役に立っていたのである。

たまたま所用でメキシコ市に来ていた福地蔵人が、こんなコネオを見掛けて、その将来性を見込んだのだ。相談を受けた日本人たちにも、無論否やはない。いずれ自分たちは、大使の常長と共にこの地メキシコを去ることになる。後に残ることになるコネオの未来は、何れにしても彼らの胸の内の、後顧(こうこ)のひとつでもあったのだから……。

日本人たちとの思い掛けない再会に、ただただはしゃいでいるコネオの姿に、ソテロも常長も神の恩寵(おんちょう)の奥深さを、今更のように噛みしめるのであった。

十、辛酸を舐めた迎えの船サン・ファン・バウチスタ号

一行の、メキシコ市での半年にも及ぶ生活が、周囲の鷹揚な国民性とも相俟って、スペインから続いた辛苦の旅の記憶を消し去るのに、十分な期間となったのは否めない。使節一行がアカプルコ港から、サン・ファン・バウチスタ号で出帆したのは、一六一八年（元和四年）四月二日である。

一行は、高原の都市メキシコ市から荷物を馬車に積み、人々は徒歩で海岸へ向けて山道を下りて行った。途中の山中で出会った日本からの帰りという船員の一団との間に交した会話の中の船長の発言が、一寸した挿話として残されている。

「え!? これから日本に向かうだって？ そりゃ神父さん止めた方がいいですぜ。日本のキリシタンは今、片っ端から殺されているんでがすよ。それも残酷なやり方でね」

支倉使節団が月の浦を出帆したのは、一六一三年十月二十八日（慶長一八年九月十五日）のこと。ところが徳川幕府は、それを待っていたかの様に、その年の十二月二十三日を以て、政僧・金地院崇伝に起草させた「切支丹禁止令」を発布。キリスト教の宣教師や信徒の弾圧を始めている。

その最たるものが、翌一六一四年（慶長一九年）九月二十四日に実施された、切支丹大名高山右近を、総勢百四十八人の信者らと共に、フィリッピンのマニラに追放した事件だ。

支倉使節団が、メキシコを去る前年の一六一七年（元和三年）四月には、肥前の大村藩（長崎県）主大村純頼による多数のキリシタンの処刑が明らかとなっている。

この事件が話題となったのは、この大村純頼があのキリシタン大名大村忠純の後嗣であったからだ。忠純は他の切支丹大名、肥前有馬の城主有馬晴信や豊後（大分）府内城主の大友宗麟らと諮って、一五八二年（天正一〇年）のあの使節、「天正少年使節団」を奥南蛮に送り出した人物である。その子息が今度は切支丹弾圧の先頭に立っている。

伊達遣欧使節一行が、メキシコから更に奥の南蛮を彷徨している間、日本の国内でのキリスト教徒への対応は正に錯雑を極めており、この事が世評に敷衍して行って、先の船長の言葉となったのだ。

この時、この船長に対応したディエゴ・デ・サン・フランシスコはこう答えたと、その報告書翰に記されている。

「でも、私たちは毫も迫害を、そして死をも怖れてはいませんよ。私たちは商いのために日本に行くのではありません。ただ神の使いとして、その福音を無明の眠りの中に居る人々に、伝えに参るのですから」

使節一行の中に、ディエゴ神父が居ることを、不審に思う向きもあらうかと……。

実はソテロは、一行がメキシコ市に滞在している間、やがて行くマニラ、そして日本での布教活動に備えて、チームの強化を図っていたのだ。

ソテロは聖フランシスコ会のメキシコ司教に依頼して、十二人の宣教師を選定している。ディエゴ神父も、その中の一人なのだ。その中には、ソテロがその資質を見込んでサン・ファン・バウチスタ号で、メキシコまで連れて来たルイス笹田が居た。ソテロは奥南蛮イスパニアに渡る前に、笹田をモレリアの町の同会派の修道院に預けて、更なる修行に励ませていたのだ。この修道士ルイス笹田は、後に師ソテロと長崎の大村放虎原(ほうこばる)で、運命を共にすることになるのだが……。

第八章　帰帆

一、サン・ファン・バウチスタ号に纏わる怪訝な書状

遣欧使節一行を出迎えるため、サン・ファン・バウチスタ号が浦賀を出帆したのは、一六一六年九月三十日（元和二年八月二十日）のことである。司令を仰せ付かったのは、仙台藩の船手奉行となっていた横沢将監である。乗客の中には、一六一五年八月から日本に滞在していたスペイン国王の使節サンタ・カタリーナ神父の名があった。

乗組員として、スペイン人十人が実質的な操船に当たり、その助手、補助員として横沢の配下の水手が配置された。その他日本人の乗客、つまり商人たちが百五十人ないし二百人程が乗っていたとされる。

この航海は悲惨を極めた。いや悲惨などという言葉では言い表せない、正に酸鼻を極めるものであったという。

通常、浦賀からカリフォルニアのメンドシナ岬附近までは、二ヶ月半程の航程である。しかしこの時のバウチスタ号は四ヶ月近くもかかっている。

一六一六年十月に浦賀を出帆して、北アメリカ西海岸のメンドシノ岬に着いたのが、翌一六一七年二月二十三日である。この間、日本初の黒船は次々と襲って来る暴風に、ただただ翻弄され続けていたのだ。その結果、二本のマストが根元から圧し折られ、船体の各所が破損して、容赦なく流入してくる海水に、乗員はおろか乗客までが排水作業に狂奔する仕末。船の転覆や沈没が

免れたのが、不思議な位だった。

この長期にわたる未曾有の悪天候は、多くの人的な被害をもたらした。

スペイン人の船員三人が波に流され行方不明となっている。日本人の乗員乗客の死者は、およそ百人余り。つまりその半数を失ったのである。原因の大半は病死である。半年もの間際限なく続く暴風のため、多くは摂食困難による、殆んど餓死に近い状態での余病発症であったろう。

ほぼ幽霊船そのままの体で、バウチスタ号は米西海岸のメンドシノ岬に流れ付いたのだ。この近くの小さな漁港で簡単な船の修繕を行い、水や食糧の補給を行ったのだが、最も時間と労力を費したのが、百体にも及んだ乗客たちの屍体の処理。それに伴う慰霊の儀だったという。

メンドシノ岬での休養、補給、船の応急修理等で、およそ一ヶ月を費やした後、バウチスタ号は深傷を負った無慚な身を引きずる様にして、針路をアカプルコへ向け動き出した。カリフォルニア海流の穏やかな流れに乗って、今や瀕死の黒鳥と化したサン・ファン・バウチスタ号は、音もなく流されて行く。こうして通常の倍近くの日数を掛けて、目的地アカプルコに辿り着いたのは、同年の五月二十四日である。

この時の状況をメキシコの副王は、本国のスペイン国王に対して、次の様に報告している。

『日本船がアカプルコ港に到着しました。そして（その船の）処遇のための命令を待ちますが、アカプルコ港に入港した日本船は、非常に破損しております。』（大泉光一著『キリシタン将軍伊達政宗』より引用）

この時バウチスタ号の実質的な操船に携わったのは、十人のスペイン人たちで、うち三人は航海中に死亡している。生き残った船乗りたちが、口を揃えて讃嘆したのは、和製黒船の常識を超えた堅牢さであったろう。

「神に誓って言えることだが、あの日本製の船は我らが怪力サムソンよりも、よっぽど強いでねえか。」

〔筆者註＝「サムソン」は、旧約聖書に登場する伝説的なイスラエルの英雄。とてつもない怪力を持つ士師〔カリスマ的指導者〕として、イスパニアの民をペリシテ人（紀元前十三世紀頃エーゲ海方面から現れてパレスチナに定着し、イスラエルの民と敵対した民族）からイスラエルを救ったが、最後は力尽きて、多数のペリシテ人を道連に死ぬ〕

「まったくだ！　流石のサムソンも仕舞には死んでしまうが、あの日本のガレオン船は全く不死身だもんな」

「いやあ、あの気狂いじみた嵐の中では、オラ達イスパニアの船だったら、先ずは胴体が真っ二つだっぺ！」

メキシコの船員組合の上司からの審問に、生き残った船員たちは口々に訴えたのだ。やがて、これらの船員たちの生き証言は、次第に上層部へと広がり、やがて副王そして国王へと伝播して行く。

――その日本のガレオンとやらを見たいものだ――

そんな興趣が、やがて次第に醸成肥大して行って、

――是非欲しい。何とかして我が物としたいものだ――

という観念に結実しても不自然ではない。

――何せ、この度の〝招かれざる客〟、伊達遣欧使節団には、考えられない程の〝金と労力〟

を遣わされたのだから――
こんな思惑は、インディアス顧問会議や、ソテロを敵視するイエズス会の中には、疾うの昔から渦巻いていたのである。

古来西欧には、貧者等特別な場合を除いて、〝施しから得る悦び〟の観念は無い。〝費やしたものは取り戻す〟つまり等価賠償の精神が強いのだ。つまり納得の行かない出費はしないという、合理的な思考に長けているとも解釈出来る。

この様な知識を〝下敷〟として、我がサン・ファン・バウチスタが辿る、暗澹たる〝航路〟を見つめて行く。

次の二つの書翰は、メキシコ副王グアダルカサル侯とスペイン国王フェリペ三世との間で遣り取りされたものである。

まずは一六一七年三月十三日付のヌエバ・エスパーニャ副王グアダルカサル侯からフェリペ三世宛の書翰。

『三月一日付のグアダラハラ（メキシコ市の西方大西洋に面した、メキシコ第二の都市）の議長からの書翰で、サン・ファン・バウチスタ号がティントケ湾に到着したとの報知を受けました。』

〔筆者註＝「ティントケ湾」は、世界地図（成美堂刊）には載っていないが、グアダラハラ市近辺の小港と思われる。国王使節フライ・ディエゴ・デ・サンタ・カリーナ神父は、バウチスタ号がメキシコ領に入るやいなや、怱怱に下船したと記録されている〕

『同船で聖フランシスコ会跣足派のフライ・ディエゴ・サンタ・カリーナ神父が来ました。彼は国王陛下の任務を帯びて（日本へ）赴いた者であり――（中略）

同様にして同神父は、彼とその同行者に日本で起こったことに関する報告書を私に送ってよこしました。この報告書を陛下にお送り申し上げますが、それによってこの問題に関して提示されている事態が明らかになるでしょう。（中略）

しかるにこのことにふさわしい用心が必要なので、私は件の議長にその船が短期間で修繕されるために、船をアカプルコ港に回すようにと書き送りました。

アカプルコ港に着いた時には、荷揚げがされ国王陛下がすべてを把握されたうえで、いかにすべきかを指示されるまで、艤装（修繕）させないよう命じました。

国王陛下が日本人に与えた命令に違反してこの地に戻ってきたこと、そして修道士たちをひどく冷遇したこと、（中略）国王陛下が御判断を下すのに役立つでしょう――（後略）』（文中傍点筆者）

〔筆者註＝サン・ファン・バウチスタ号が、〝北太平洋航路〟を辿って来航したことは、先の国王の布告に違反することを指している。この航路は日本からの往来に利便性が高いため、スペイン政府はその国益上、これを厳禁したのである。これを犯したスペイン船員には、死刑が科されることになっていた〕

この副王の報告書翰に対しての、スペイン国王フェリペ三世の返書（一六一七年六月二〇日付）は、極めて興味深いものである。

『グアダルカサル侯爵、親族、ヌエバ・エスパーニャにおける余の副王、総督および総司令官へ。（中略）

貴殿が書き送ったように、日本国王がかの国にいた修道士たちにかくもひどい仕打を加え、しかも余が送付を命じた贈物を受領せず、フライ・ディエゴ・サンタ・カタリーナがそれを持ち帰ったために、貴殿はそれを売却し、売却代金を余のインディアス顧問会議の収入官ディエゴ・デ・ベルガラ・ガビリアのもとに、別個で送付するように命じられよ。（中略）

日本人たち（使節一行）に対しては、彼らを厚遇するように。ともかくも、かの国で修道士やキリスト教徒に対してなされた虐待や彼らに対して行われた残酷さを、彼らに分からせてやることは良いことであろう。（中略）

ファン・デ・サラス司令官指揮の艦隊で行く者たち（常長とソテロら）がそちらに到着した時には、フライ・ディエゴ・デ・サンタ・カタリーナが乗船して来た船（サン・ファン・バウチスタ号）に、それが彼らの所有船である時には、全員が乗船して立ち去るように貴殿が処置すべし。

しかし、余の所有なら、これを彼らに売却し、彼らの商品から得られる売上金で支払わせるのが良いかどうか勘案されよ。

いずれにしても、航海するかの国の航海士と船員を持たなければならない。しかし［かの国では］スペイン人はキリスト教徒ゆえに殺害され危険があるので、誰も行かせるべきでもないし渡航を許可するべきでもないからだ。このことは貴殿の賢察にゆだねる。

最適と思われる思われることを指示して、彼らがかの国に直航するのが適切か、あるいはフィリピン経由の航海をするのがふさわしいかを検討されよ。

一六一七年六月二十日　マドリードより。余、国王』

（大日本史料12／12欧236号／文中傍点筆者）

まるで暗号文のような、謎めいた文面のやり取りである。

副王の書翰の傍点部分は、難破船さながらの無残な姿でアカプルコに入港して来たサン・ファン・バウチスタ号の修理をどうするかで、国王の回答を待つ意味合いの文面だが、相当な修理代をどうするか、一体誰がどう工面するのか、途方に暮れる副王の心情が滲み出ている。

この副王の問いに対してのフェリペ三世の回答がそのまま〝怪答〟であり、意味不明、あるいは作為的に言葉を濁らせているとしか解釈出来ないものだ。もう一度読んでみる。

『それが彼らの所有船である時には、全員が乗船して立ち去るように貴殿が処置すべし。しかし、余の所有なら、これを彼らに売却し、かれらの商品から得られる売上金で支払わさせるのが良いかどうか勘案されよ。』

この文章から伝わって来るのは、〝憤怒〟の感情だ。フェリペ三世が国使として日本に遣わしたサンタ・カタリーナに対して、会う事もせず、贈り物をも突っ返すという、正に国辱的な仕打ちをした時の将軍秀忠への憎悪の念なのである。

こうした裏事情を理解した上で、件の文章を改めて読み直すとこうなる。

「それが〝彼らの所有船〟である時には、そこそこに修理をして日本人だけで帰してしまえ！但し、自力で帰れるならばである……。しかし〝余の所有なら〟積荷の商品を彼らに命じて売却せしめ、彼らのその商品から得られる売上金で、その修理代を支払わせるのが良いかどうかを勘案されよ」

本来スペイン王室関係者や宣教師たちは名筆揃いで、しかも筆忠実な人が多い。〈文は人なり〉と言うように、書かれた文章からは、書き手の思想意識あるいは人柄そのものが読み取れるものである。〃余の所有〃とは一体何事ぞ。サン・ファン・バウチスタ号は、例え帆桁一本にしても歴とした〃伊達藩の所有物〃なのである。この時すでに国王や副王の心奥には、バウチスタ号略取の計策が芽生えていたと見る。

この事が、ほぼ現実のものとして現われるのは、使節一行がいよいよアカプルコを出港する段取りとなった時だ。初め常長もソテロも、バウチスタ号は北太平洋航路、つまり最短コースを辿って仙台港を目指す積りでいたのである。

「マニラに兵員を輸送するのだが、当方の船腹量が不足している。就いては貴船に我が兵、数十人を便乗させて貰いたい」

こう申し入れて来たのは、フィリッピンの新任総督となったドン・アロンソ・ファハルドであった。彼の言葉の調子は〃依頼〃という生優しいものではない。殆んど命令に近い厳しいものであった。無論その言葉の背後には、「余の所有なら」という国王の厳しい隠喩法が塗り込まれていると見て良い。

二、南国マニラに到着した使節一行

一六一八年（元和四年）四月二日、一行はアカプルコから出帆した。

前後をイスパニア海軍の戦艦や、輸送船で囲まれた我がサン・ファン・バウチスタ号は、まるで鹵獲(ろかく)されて護送されて行く、敵の戦利品の体(てい)である。この時の航海は、嵐の襲来もなく、極めて平穏なものであったと記されている。

こうして船団が、無事にマニラ湾に辿り着いたのが、およそ三ヶ月後の六月二十日のことだ。平穏とはいえ、病み上りの常長にとっては、長い苦しみの船旅であった。

「早ぐ、お屋形様さ、報告しぇねばなんねんだ。ほだっつのぬ（それなのに）、何で遠回りすてマヌラさ行がねばなんねんだ？」

こう繰り返す常長に、小寺外記こと小平太郎左衛門は、ただただ困惑頻(しき)りであったにちがいない。

常長にとって、南国フィリッピンのマニラは初めての土地である。奥州仙台の冷涼な空気の中で生まれ育った常長にとって、常に饐(す)えた臭いとひどい湿気が纏り付いて回る、マニラの街の雰囲気は、初めは辟易(へきえき)しきりであったが、不思議なことに今や痼疾(こしつ)となりつつあった常長の体調は、日毎に快方に向かって行く。又マニラには、日本人街が成り立つ程、邦人が多い。その多くは何かしらの曰く付きの人間たちだが、邦人同士の温もりは忘れてはいない。

市場には、生きの良い魚類や果物、野菜が満ち溢れている。そして、驚く程廉価(れんか)なのだ。聖フランシスコ会派の修道院の中庭(パティオ)には、南国の花々、ブーゲンビリアやハイビスカスが咲き乱れており、時折思い出した様に吹く風が、花々の香気を常長らの部屋の中まで運び届けて来れる。

三、常長唯一の肉筆による手紙

そんな中、ふと常長は、国で待つ家族に思いが至る。

メキシコで受け取った、子息勘三郎からの手紙への返書は、未だ出していない。

「ほだ、ほだ（そうだ、そうだ）、返事ば書がねば、なんねんだつぅの（ならないんだったよ）！」

こうして常長が書いた、子息勘三郎への書翰は、彼の唯一の真筆として、残されている。常長独自、つまり我流の崩し字の上に、文章の中にもずうずう弁（東北弁）が、容赦なく入って来る。常長の直筆の文書は、後々これの解読に当たった大槻玄沢など、仙台藩付の学匠たちをも、大いに悩ませたという。この〝貴重〟な手紙を、多くの賢能の力を借りて読み解いて見る。

常長より子息勘三郎常頼宛の返書（一六一八年八月十二日（元和四年六月二十二日付）

『返々、小の長門殿はしめよしみしゅ、ふみこし可申候へ共、いさぎたより御さ候而、こし不申候、此よし、よく〳〵御申候へく候、又御ねんころしゆへ、此よし御申候へく候』

〔筆者註＝「小の長門殿」とは、小野長門のことである。小野は常長の妻於松の兄である。石巻を含む桃生郡に住み、支倉家とは一門つまり親戚筋に当たる伊達藩士〕

『たよりよろこび、一ふて申入、仍とうねん三月のひすはん迄まかり出候て、かい中之上、何事なくふちニるすんへ、六月廿日ニ相つき申候、則我らなとも、ねん参度存候へ共』

〔筆者註＝「ねん参度」は「（とう）年参り度く」の意。「とう＝当」が脱落しており、「年三度」と読みちがえる向きが多い〕

『ここもとにて、殿様御かいものともいたし』

〔筆者註＝「御かいものともいたし」は「御買物（な）ども致し」の意〕

『又ふねなとこしらへ申候へハ、日まへ、御さなく候而不参候、来年之六月ハ、かならす〳〵きちよ可申候、御きき御まんそく候へく候、まつ〳〵ここもと何事なく、ミな〳〵御あしかるの三人にしゆはしめ、内之ものとも、いつれもそくさいニて参候』

〔筆者註＝「日まへ御さなく候」は「暇さえ御座無く候」の意〕

『清八・一助・大助三人にけ申候、のひすはんよりはしり申候、又そこもとよりむかいニ御こし候へふね之内ニてしき申し候間、此かいものもミな〳〵うせ申候てとゝき不申候、又おうはさま、はゝへよく〳〵ねんころ候へく候、御ほうこう申候て、よろつ〳〵ゆたん候ましく、忠右衛門尉つけ申候、さい〳〵みまい申へく候、事くわしく可申候へ共、いそきのたよりニて、やう〳〵かき申候間、又々申候、かしく

　六月廿二日　支倉かん三郎殿　長経〔花押〕』

〔筆者註＝「ふね之内ニてしき申し候」は「船の中にて死に申し候」の意。〈死に〉を東北弁では〈死ぎ〉〈死ぐ〉と表現する〕

　さて、ここまで精読してみても、未(あ)だすっきりしない文面である。

　後に日本最初の辞書『大言海』を編んだ大槻文彦氏を以てしても「曰く言い難し」の論評しか出し得なかった常長の我流崩し字である。因みに大槻文彦氏は、支倉の将来(しょうらい)品や諸記録につい

て、藩命で調査して「金城秘韞（きんじょうひうん）」を著わした大槻玄沢の孫に当たる。御高批は承知尽（ずく）の上で、現代風に訳してみる。

『拝復、小野長門殿はじめ、近しい間柄の皆さんから、手紙をいただいたのだが、多忙のため返事を出せなかった。この事を、皆様にも呉々もよろしく、お伝え下さい。

お前からの手紙、ありがたく拝見しました。簡単ながら一筆認（したた）めます。

知っての通り、今年三月メキシコに戻り着き、そこからは航海上何事もなく、無事に六月二十日呂宋（ルソン）に着くことが出来ました。出来れば、我々も今年日本に参りたいのだが、此処ルソンでお屋形様への買物などもし、又船の修繕もしなければならないので、忙しくてその時間さえ取れない始末です。

従って来年の六月には、必ず帰朝出来ると思うので、御安心下さい。何とか当方一同無事でおります。また、三人衆はじめ、身内の者皆々達者でおります。

ただし、清八・一助・大助の三人は、メキシコで行方を晦ましてしまいました。また日本から迎えに寄こした人たちは、船旅の途中で亡くなったそうで、その人たちが持参した土産物も全部失われてしまって、こちらには届きませんでした。

それから、お祖母様や母さんたちを、呉々も大切にする様よろしく頼みますよ。用人の忠右衛門に命じて、充分に気配りをして貰い、何度も見舞に行かせなさい。

もっと色々話したい事はありますが、何せ多事多端の折柄、慌てて書いているので、こんなところで筆を擱（お）かせて貰います。

いずれ又書きます。怱々（そうそう）

六月二十二日　支倉勘三郎殿　長経（常長）〔花押〕』
〔筆者註＝「身内の者」とあるのは、次男勘二郎のことか。常長は先腹（さきばら）の次男勘二郎を、「勘右衛門」の偽名で内密に乗船させたふしがある。（後に同乗者が取り調べで証言している）〕
覚悟の旅とはいえ、やはり本当の血筋の者を身近に置きたかったのであろう。
こうして見ると、常長の文章は極めて明解で無駄がない。青少年期に、「お手明衆（てあきしゅう）」として、本陣を先導し、適格で詳細な敵状報告書を呈上する、その時身に付けた手法なのだ。この書翰は、マニラから日本への便船に乗る、宣教師に託されて仙台に届けられた。

四、日本での宣教準備に奔走するソテロ

『ソテーロ伝』には次の様に記されている。
『この時マドリード並びにローマより持参の政宗宛て進物の一部と書翰数通、及びマニラ到着と使節の業績に関する報告書と共に、師（ソテロ）自らも使節一行と速やかに日本に戻ることを上記大名（政宗）に知らせた書状一通をディエゴ・デ・サン・フランシスコ神父に持たせた。
神父は、長崎到着後直ちに、ソテーロ師に委託された政宗宛て伝言を持たせて、フランシスコ・ガルベス師を陸奥に遣わした。政宗は師を迎え歓待した。（中略）
ソテーロ師が日本関係の仕事の調整に手間取っているうちに時が経ち、乗船しようとした時に

はもう渡航が不可能になっていた。先ずオランダ人海賊どもが港を封鎖し、次いで次々起こった厄わしい事件のために妨害されたのである。』

このロレンソ・ペレス著『ソテーロ伝』から判断出来ることは、ソテロ自身、マニラに着いた安心感からか、次は確実に日本に行けるという感触、あるいは実感に近いものを得ていた筈。文中にある「日本関係の仕事」とは、メキシコから連れて来た、十二人の宣教関連の配下の者たちを中心とした、東日本司教区の設立準備という、大仕事だったのである。この企画に対するマニラ在住のイエズス会派やフランシスコ会派内のインディアス顧問会からの阻止妨碍の激しさは、想像を絶するものがあったという。

その辺りの経緯を、スペイン国王に訴えた匿名の書翰がある。一六一九年七月十二日にマニラから発信されたもので、「一六一八年から一六一九年現在に至るフィリッピン諸島と、その他の領土及び周辺諸国における出来事の報告」というタイトルが付けられている。

『日本の事柄を論じるに当たって、フライ・ルイス・ソテロの到着について述べておきたい。（中略）彼はセブ司教および当大司教区総督に対して、日本の半国の司教となるための教皇聖下の教書を獲得したが、インディアス顧問会議に留め置かれたので、これは実効に至らなかったと言った。また当地で司教の叙階をもくろんだが失敗したとも言われている。

次いで日本人セミナリオ（神学校）の設立を計画した。これについてはいかなる資格と権限をもってのことか知らないが、彼は多くの日本人を叙階させた。この点については非常に物議を醸した。このセミナリオのために教会を造らせて、そこかしこの場所を取り込んでいた。特にマニラ市郊外に、ある一軒の家を手に入れて鐘をつきミサを挙げた。

しかし間もなく総督閣下および司教様がやって来て、事の次第を問いただすと、ソテロは「可能な場所があれば、鍛冶屋が働くための炉を置くのと同じことをしたのである」と答えた。彼はその場から追われ、現在、同会の修道院のひとつに居る。』（『大日本史料』12／12欧247号）

以上がソテロの言う〝日本関係の仕事の調整に手間取った〟内容なのである。ローマで教皇から頂戴したのは、北東日本への司教区設立の許可と、ソテロ自身の責任者としての司教叙階の約束である。

その準備に向けたソテロの八面六臂の活躍振りが、皮肉なことにこれを猜む側の情報から見えて来るのである。ソテロへの邪魔立ては、単なる同業者としての妬みだけではあるまい。スペイン人の心の奥底に潜む、ユダヤ人への根本的な憎しみオーディオの為すところと見るのだが。

この匿名の書翰にも記されている様に、ソテロは奥州仙台での宣教区設立のためには、日本人の宣教師が必須と見て、セミナリオまで設立して、その養成に努めている。

しかし、「そうはさせじと」いうマニラのキリスト教関係者の猛反対に会い、遂に計画は頓挫の浮き目を見る。それどころか、ソテロ神父の存在そのものに対する嫌悪感から、ソテロ追い出しの算段に出たのである。その証左ともいう可き、スペイン国王フェリペ三世宛のマニラミゲル・ガルシア・セラーノの（一六二一年七月三十日付）がある。

『日本国は大層動揺しており、キリスト教徒に対する迫害も非常に残虐ですので、宣教師たちの渡航は危険と思われます。（中略）

聖フランシスコ会のフライ・ルイス・ソテロは、日本司教、教皇使節、同会派の宗務総長、などと称して渡航しようしたのでありますが、これは国王陛下も禁じられたことですし、かつインディアス顧問会議によりまして、上記の（肩書を）を名乗ることを許した教書も差し止められております。

これは個人的な判断ではありますが、もし自由に（日本に）入国する門戸が開かれる時には、フライ・ルイス・ソテロは、その渡航を阻止させる数々の理由をも無視して、渡航する覚悟のように思われます。従って、国王陛下は断固御命令あって前記ソテロを捕え、日本渡航圏外から退けるために、本諸島（フィリピン）より排除することが適切であると思われます。

（書面裏書）

一六二二年九月三十日、顧問会議において読まれ決裁された。』

（『大日本史料』12／12欧251号）

このマニラ大司教ミゲル・ガルシア・セラーノのソテロ追放の請願は、インディアス顧問会議で取り上げられた事がこの〝裏書〟から見て取れる。

事実、ソテロは捕えられ、マニラからの便船でメキシコへと追放されている。しかし幸か不幸か、途中船は猛烈な台風に遭遇し、帆柱を折られて航行不能となってしまう。まだ、フィリッピン諸島圏内での遭難だったこともあり、船は他船の助けを借りながら、見るも無残な姿でマニラ湾に戻ったのであった。

辛くも、メキシコへの追放を免れたソテロではあったが、戻ったマニラでの一切の活動は禁止され、厳しい監視の下に置かれていた。

五、さらば「伊達の黒船」

一方、使節大使常長は、サン・ファン・バウチスタ号の修理を済ませ、政宗への土産の品定めも終えて、落ち着いた気分に浸っている。

マニラの日本人街では、今や常長は英雄扱いであった。当時の日本人にとって唐・天竺(てんじく)(インドの古称)辺りまでが距離的認識の限界であった。ところがこの人支倉様は、奥南蛮(ヨーロッパ)という、途方もない虚空の果て迄を旅して無事に帰られた。

「とても信じられない。しかも聞けば、乗って来た船はわが祖国日本で、建造されたものと言うではないか――」

現代風に例えれば、宇宙から無事帰還した飛行士に対する畏敬の念と、同質の称賛の声々であったのだろう。そんな中、使節員は疎(おろ)か、マニラ在住の日本人たちの気分をも暗澹とさせる事柄が出来(しゅったい)する。

「或るマニラ在住の日本人からの情報であるが、間もなくオランダの艦隊がこのマニラ湾を襲って来るという。ところが我がイスパニア艦隊には、それに対応するための船数(ふなかず)が不足している。そこで御相談だが、このサン・ファン・バウチスタ号を我らに貸しては貰えまいか?」

北太平洋航海で、想像を絶する魔風や狂瀾怒濤にも耐え抜いた名船であった。それが今、使節大使の手で遂にイスパニア側の手に渡ったのである。この折のイスパニア側の〝我が意を得たり〟とするスペイン国王フェリペ三世宛の、フィリピン諸島高等法院財務官ドン・ファン・デ・アルバラド・ブラカモンテからの書翰（一六一九年七月二八日付）がこれだ。

『昨一六一六年、日本にある信頼すべき人々の情報では、敵のオランダ人が当諸島も襲撃するために十四隻からなる艦隊を率いてくる準備をしているとのことであります。（中略）（フィリッピン諸島総督）ドン・アロンソ・ファハルドは、この事態に備えて、集めることのできた船舶の装備と操作のために自ら勇敢に慎重に熱心に対処しました。（中略）

そして、昨一六一八年ヌエバ・イスパニア（メキシコ）より到着した日本大使やその他の日本人要人の船を艦隊に加えることが重要であると認め、聖フランシスコ会の若干の修道士を仲介して、私はそれを提供してくれるように彼らに懇願し、これによって生じるあらゆる損害と損失を弁償すると申し出ました。総督は彼らと大変良い関係にありましたので――（中略）

また船舶が不足していましたので、国王陛下のためにこれを大変手ごろな価格で購入いたしました。

（書翰欄外記事）

一六二〇年六月二八日、マドリードで読んだ。必要な処理がなされるように、本書翰は厳密に検討されること。』（『大日本史料』12／12欧２４３号）

この欄外の記事は、無論手紙を受け取った側のコメントであるが、〝この手紙の取扱いには、厳重に注意せよ〟と、その機密保持についての強い気配りが見て取れるのである。

このサン・ファン・バウチスタ号に関連する国王への報告書（一六一九年八月十日付）がもう一つある。この時新任となっていたマニラ総督ドン・アロンソ・ファハルド・デ・テンサのものだが、短文ではあるがその持つ意味合いには更に深いものが認められる。

『ヌエバ・イスパニアより自分が乗船してまいりましたガレオン船と、私に同航した日本のナオ船も同様に修繕をいたしました。日本のナオ船は少なからず修繕箇所がありました。同船の貸与につきまして、船主とはかなりの困難がありましたが、最終的にこれを借り受けました。現在はこれを甚だ廉価で購入いたしました。』（『大日本史料』12／12欧242号）

この二つの書翰から感じ取れることは、この和製ガレオン（ナオとも）船を手に入れることは、やはりスペイン国王やメキシコ副王の〝暗黙の意志〟が背景に在ったという事実だ。

〝本書翰は厳密に検討されること〟という裏書。はじめは〝船を貸してくれるだけで良い〟と言いながら、次には〝甚だ安く手に入れました〟と誇らし気に報告している。これで、あのスペイン国王の秘密文書に在った不可解な文言「余の所有なら――」の真意が明らかになったと見る。

「近く、オランダ軍がマニラを攻撃してくる」

という、常長らにもたらされた情報は正しかった。一六一九年（元和五年）五月、マニラ湾はオランダ海軍によって包囲され、スペイン海軍はその制海権を奪われてしまうのである。

この時の海戦に徴用されたと見る、わがサン・ファン・バウチスタ号の消息は、同年八月十日以後杳として知られていない。バウチスタ号入手を画策しての、メキシコ副王とスペイン国王の密書の遣り取りが、極めて周到・綿密であったのに対して、一方の大使常長の反応は極めて恬淡としたものであった。

「じがす（宜しいでしょう）。ただす、この事ばお屋形様（政宗）ぬ、先ずは報告しぇねばなんねがら（報告しなければならないので）、いま暫す、お待じ下され度ぐ」

この返答には、イスパニア側は大いに拍子抜けした筈だ。

常長自身の心情は、メキシコを離れる時から決まっていたのだ。

「〝いすぱぬあ〟ぬは（イスパニアには）、えれえ（大変）迷惑ば掛げ申すたがらな」

それに、これ以上自分たちの都合で、スペインの船乗り達を都合しろとは口が裂けても言えなかった。常長には、イスパニア側への、そんな忖度（そんたく）もあったのである。

第一、武人（もののふ）というものの本分は、「上意（じょうい）」への貫徹（かんてつ）にあるのであって、その事に要した武器や手段には、余り関心あるいは心を残すことすら、無いのが当たり前だったのである。

こうして、使節一行のマニラ滞在は二年の長きに至った。

常長の、子息勘三郎への手紙に約束した「来年六月には、かならず〳〵帰朝申す可く候」は、敢えなくも反故（ほご）となったのである。

六、故国へ帰り着いた常長

常長たちが帰国のためマニラを出帆したのは、一六二〇年（元和六年）八月に入って直ぐのこと。

フィリッピンの東部を流れる「赤道海流」は、やがて大きく北上して日本海流つまり黒潮となって日本列島の東側を北上して行く。しかも、その支流である対馬海流は、九州の西側を北上して、やがて日本海を日本列島に沿いながら北上している。この事は、マニラから長崎や大坂、そして仙台へと航行する便にとっては、極めて好都合な、いわば自然の恵みなのである。

同年八月には、一行は長崎に着いた。幕府公認の便船の航路はマニラと長崎の間の往復であったから、一行は長崎で別の大坂方面への船便に乗り換え大坂の堺港に着いた。八月十六日のことであった。

常長をはじめとする使節一行は、堺から川舟で淀川を遡航し、京都の伊達屋敷において旅装を解いている。無論この事は、すでに早馬で仙台城の政宗に届け済みである。一方で、使節大使としての常長が最も危惧していたのは、幕府の対応であった。この時日本国内では、切支丹信徒への圧政の嵐が吹き荒れている最中だったからだ。

使節一行の検分に当たったのは、土井大炊頭利勝である。土井利勝はこの時分、上総の国（千葉）は佐倉に三万二千石の知行を有する幕府の老中となっており、将軍秀忠の恩寵の許権勢の限りを尽くしていた。厳しい詮議や最悪捕縛投獄もと覚悟を決めていた常長であった。

しかし土井大炊頭の処分の通告は、極めて軽易なものであった。

（一）帰国後、キリスト教宣教については一切罷り成らぬ事。

（二）以後、仙台藩から除籍する可き事。

（三）以後、如何なる表立った動きも許されない。然る可き地にて逼塞を専らとする可し。委細は藩の裁量にて――。

「お屋形様の裏技あってのこだどど。心がらかんぺえ（感佩）せねばなんねど、なや太郎左（心から感謝しなければ、なあ太郎左衛門）」

「御意（ぎょい）にございまする。手前、今日まで生き永らえ得たのは、ただただお屋形様の御懇情（こんじょう）あってのこと……」

「ほだ、ほだ（そうだ、そうだ）、貴様（くさん）が刃傷沙汰（ぬんじょうざだ）で、何だ、ほれ、素破（すっぱ）の者どす（し）て、庭師（ぬわす）ば斬ったのも確か、このお伊達（だで）の屋敷だったんで無（ね）が？」

「はあ、全て若気（わかげ）の至りにて……。この小平太郎左衛門、ただただ恥じ入るのみでございます」

常長が「お屋形様の裏技」と言ったのは、政宗の周囲への配慮、つまり〝根回し〟が徹底していたという事実のことである。

確かに政宗は、将軍への心遣いは当然のこと、幕閣の主立った向きをはじめ、その他要所要所への〝祝儀（しゅうぎ）〟としての心付けには日頃から腐心（ふしん）しており、手抜かりは無かった。

「〝心付け〟は〝賄（まいない）〟には非ず。事を澱みなく運ぶための、膏（あぶら）なり。万事は藩の護持のため、民・百姓のため」

伊達政宗はこの信念の許、実質百万石の大藩を守り通したのだ。

使節一行が堺港（さかい）から、伊達藩の便船に乗って仙台に着いたのは、一六二〇年九月二十二日（元和六年八月二十六日）のことである。実に七年に亘る長旅であった。

『貞山公治家記録』の「巻二八」元和六年八月二十六日（一六二〇年九月二十二日）の条には、次の様に記されている。

『廿六日辛未（中略）今日、支倉六右衛門常長等南蛮国ヨリ帰朝ス。是去ル慶長十八年ニ、向井将監殿忠勝ト御談合有テ渡海セシメラル。南蛮ノ都へ到リ、国王波阿波ニ謁シテ、数年逗留ス』

〔著者註＝「国王波阿波」は、国王と波阿波パーパと読む。「国王」はイスパニアのフェリペ三世、「波阿波」はローマ教皇パウロ五世のことである〕

『今度呂宋（ルソン）ヨリノ便船ニテ帰朝ス。南蛮国王ノ画像并ニ、其身ノ画像等持参ス。是南蛮人図画シテ授ケル所ナリ。南蛮国ノ事物、六右衛門物語ノ趣（おもむき）、奇怪最多シ』

（仙台市博物館所蔵「伊達家文書」より）

〔筆者註＝「奇怪　最（もっとも）多（おお）シ」の件を巡っての解釈は様々である。一般的には「珍妙（ちんみょう）」の意として捉えられており、むしろ「何が何だか、さっぱり判らぬ」感が強い。此処は二つに分けて、「南蛮ノ事物」については「ただ初めて見る物ばかりで、診品揃いだ」の意であり、「六右衛門物語ノ趣」は、「何を言っているのか見当もつかない」。仙台弁では〝わげわがんね〟となる〕

ある記録によると、政宗は常長との再会を、帰国後十日も経てから漸く行ったとしている。しかもその理由として、政宗は「常長が切支丹を棄教するなら謁見（えっけん）する」との条件を付けたからだと述べている。

その論拠となるところは、イエズス会派の神父ジェロニモ・ロドリゲスが、総会長に送った「一六二二年度日本年報」の次の文面に在るとされる。

『彼（政宗）が最初に苦しめた者は彼の大使であって、彼が城下町に到着してのち十日間は、彼に会おうとしなかった。そして、彼が自分に会いたいと思うならば、先ずキリスト教徒であることを罷（や）めなければならないと人を遣わして彼に命じた。』

全く噴飯（ふんぱん）ものの、揣摩（しま）に過ぎないという可きであろう。伊達政宗の謦咳（けいがい）に一度でも接したことがある人物なら、曖気（おくび）にも出したり、浮かんでさえ来ない所感なのだ。

使節一行が日本に着いた時先ず政宗が案じたのは、大使常長を始めとして、随行員の安否であったろう。特に大使の健康状態が、その風貌（ふうぼう）や言動から見て、ただならぬ様子であるとの情報を得ていたのである。

「無事の帰朝、まことに大儀であった。困憊（こんぱい）のこと察するに余り有る。暫く城下にて薬餌（やくじ）に親しんで、養生につとめるが良い」

これが十日間の謁見猶予（ゆうよ）の真相なのだ。

しかし、前述のジェロニモ・ロドリゲス神父の報告書を始めとする、同様の推測による蜚語（ひご）を、むしろ政宗は〝我が意を得たり〟と捉えた節もある。それはやはり、此度の使節派遣に関しての徳川幕府の意向を窺測（きそく）してのことだ。

――伊達領には、数千いや数万もの切支丹が匿（かくま）われているらしい――

この時期、政宗の執って来たキリスト教との宥和（ゆうわ）策に対して、幕府を始めとする周囲の目には看過し難いものがあった。

政宗から幕府老中土井利勝へ送った次の書翰からも、その事は窺い知れよう。

『幕府の船手奉行向井将監殿と話し合って、先年南蛮へと船を出しました折、ソテロという人物も同行させました。ソテロは数年間も江戸に滞在しておった者でございます。その時公方様（将軍秀忠）からも、南蛮との御縁の手蔓（てづる）として、御具足や御屏風などをお届けになりました。その折には、この政宗の身内の支倉常長をも従わせております。

彼等は奥南蛮に参り、七、八年程滞在いたしまして、漸くこの秋フィリピンのルソンからの船便で帰国致しました。しかしソテロだけは、日本国内の切支丹への厳しい御詮議の事を踏まえ、また先々の事に遠慮して、ルソンにて控え留まることになりました。

南蛮から持参した教皇様やイスパニア国王からの親書も御座居ますそうで、若し御前様の方で差し支えがなければ、来年には来日したいと申しております。いかが取り計らいましょうか。

御前様の御返事に従って、準備に取りかからうと存じ、斯くはお知らせした次第でございます。恐惶謹言』(『政宗君記録引証記』巻二八　元和六年土井大炊助（ママ）利勝宛　伊達政宗書状案)

この文面から、先ず目を引かされるのは、この「伊達の黒船」の南蛮派遣が、決して政宗独断の行為ではなく、幕府や将軍秀忠自身も深く関わっている事実を暗に〝強調〟している点だ。

それとも一つ。国内の切支丹弾圧の嵐の中ながらも、何とかソテロをルソンから日本に呼び戻したいという、政宗の切なる願望が感じ取れるのは筆者だけではあるまい。

この様に政宗は、自身が「親キリシタン的大名」としての烙印を幕府から押されることを、極端なまでに警戒していたのだ。イエズス会派の神父ジェロニモの誤った報告に在る「支倉常長がキリスト教を棄教するなら」を帰国、謁見の条件としたという政宗の〝姿勢〟は、荒唐無稽ながらも、自身には思い掛けない〝得分〟となったことは事実だ。

こうして、仙台城下で十日程静養した常長は、外記こと小平太郎左衛門に支えられるようにして、仙台城に登城した。およそ七年振りの再会であった。

政宗は常長の姿を見た途端、その言葉を失った。常長の容姿の余りの変容・委靡ぶりに驚愕したのだ。常長はこの時、政宗より四歳年下の五十歳であった。白髪が勝った後、白いというより黄色味がかった顔色、痩せてむしろ以前より小さくなった身体付き、全てが老爺の特徴である。

「苦労ば掛げだなや、六右衛！」

思わず涙ぐむ政宗であった。

「支倉六右衛門、ただいま帰参仕ります。殿ぬは益々の御清栄の段、六右衛、六右衛……」

「もう良い、もう良んだがらな六右衛……。又、貴様が落じづいだ時ぬでも、すっかど（しっかりと）聞ぐがらな」

相変わらずの愚直振りを通そうとする常長に、むしろ耐え難かったのは政宗の方であった。

政宗は身内の者や、近しい者との会話に他所行きの言葉は使わなかった。常長は、そんな政宗の親しみを込めた話し振りに、「ああ、俺は今、確かに仙台に居るんだ」という安堵感に浸るのであった。

七、「青山」その骨を埋めし処

常長が余生を送った地には、諸説がある。

しかし、決め手の条件となるのは、政宗にとっての行き易さ、通い易さであったろう。又一国一城の主が、安心してしかも可成りの長い時を過せる場所といえば、秋保温泉の西部の「砂金地区」以外には考えられない。そう、幕府老中土井大炊頭の言い付け、「然る可き地にて、逼塞を専らとする可し」に合致する場所が、この砂金地区なのだ。

宮城県の地図で見ると、仙台市の西北西の方向、直線距離にしておよそ二〇キロメートルの辺りに、「本砂金（もといさご）」という地区がある。この本砂金から南東約一〇キロメートル、釜房（かまふさ）ダムを挟んで存在するのが支倉（はせくら）だ。

本砂金と支倉のほぼ中間には名湯・秋保温泉が二口（ふたくち）山道（秋保街道）沿いに在って、街道を更に西に行くと大滝不動堂を擁する名勝秋保大滝を経て山形へと到る二口峠に達する。秋保温泉は仙台からの距離的な至便さもあって、昔から伊達家御用達の湯宿さえも設（しつら）えてあった。

前述の支倉地区は代々支倉家の知行地であり、常長の父常成が屡々（しばしば）砂金家と土地争いを起こした曰く付きの場所である。常長帰朝の折にはその妻子が居住しており、政宗は当初、常長を支倉の妻子の許に帰している。

支倉村には当時、「お迎え屋敷」と呼ばれる急拵（こしら）えの家屋があったというから、常長は取り敢えずは此処に下僕二人と古草鞋（わらじ）を脱いだのであろう。別屋敷とはいえ、常長の本宅のほぼ隣りの位置である。時には自宅でひと風呂浴びての、夕餉（げ）の団欒（だんらん）に浸ったことは想像するに難くないのだ。

しかしこの家族水入らずの幸せに満ちた生活は、長くは許されなかった。常長には遣欧使節大使としての重責が課せられている。お屋形様への報告は未（いま）だしなのだ。

先に、常長の隠棲の地は「砂金（いさご）」であると述べた。そして、その理由としての最重要用件は、幕府の厳命のひとつである「世を捨てて暮らせ」を満たすことにある。更に求められるのは、政宗への旅の報告。これは七年に及ぶ広大無辺の長旅に纏（まつ）わる、正に厖大（ぼうだい）な資料なのだ。しかし常長の衰弊（すいへい）ぶりは、誰の目にもその余命が幾許（いくばく）も無いことは明白で、一刻の猶予もならぬ事態であった。

　そんな観点から此処「砂金」の地は、政宗にとって誂え向きの場所だった。というのは、この砂金の知行主砂金家とは父輝宗の代からの昵懇の間柄で、輝宗も足繁く通ったと見る。

　この時の砂金家の主は、亀之助改め砂金土佐隆常である。隆常の父砂金右兵衛実常は、幼名を「鍋丸」と称しており、年齢的には政宗よりやや若い。当時幼名に「丸」を用いるのは、藩主の子弟以外には考えられないことから、鍋丸は時の藩主輝宗の御落胤との見方が生まれる。この鍋丸君と砂金の地は、常長にとっても因縁浅からぬ対象なのだから、益々話は重みを増して来るのである。

　常長が誕生したのは、磐城国（福島）の信夫郡山口村の、当時父常成が詰めていた山口館であった。元亀二年（一五七一年）五月十六日のことである。常長二歳の時、当時未だ子に恵まれなかった本家の、支倉紀伊時正の許に養子として入っている。

　しかし天正七年（一五七九年）常長八歳の時、養父と側女との間に実子が生まれると、離縁された養母縫は常長を連れて実家の砂金村に帰っている。以来常長は、成人するまでこの砂金村で、養母の庇護のもと砂金家の跡取り〝鍋丸〟と生い立ちを共にすることとなる。つまり砂金村は、常長にとって実質的な故郷の地なのだ。この砂金村には常長の隠棲地として、また死後の埋葬地を証拠立てるいくつかの痕跡を見ることが出来る。

　先ず常長は、帰国後その死を迎えるまでの一年と十ヶ月の間、何処に住んだのであろう。

　支倉地区の妻子の許にいたのは、ほんの二、三ヶ月に過ぎない。実は政宗は、この数ヶ月の間に砂金の地に「東館」と名付けた立派な御殿造りの屋敷を設えている。

砂金の村落はその北と南を小高い山で狭まれ、東西に一〇キロメートルほど細長く広げた地形をしている。その南寄りの山の裾野に沿って流れるのが〝本砂金川〟である。

地元の人たちが〝東城〟と呼び慣わして来た東館跡地が、本砂金川の近くにある。常長はこの東館の八畳間の奥座敷でおよそ一年程を過ごし、秋保温泉の常宿から訪れる政宗に七年に及んだ奥南蛮への長旅の報告をしたのだ。

政宗は、時には東館に泊まり込んでまで、常長の話に耳を傾けたのであろう。常長の死後、政宗の砂金での宿は、時には砂金家の亀之助こと隆常の許であったり、この東館であり、秋保温泉を用立てることは極端に減っている。この東館は、家屋の周囲には堀が巡らされ土塁も築かれてあり、更に屋敷の周りには、警護のため足軽十人組の屋敷跡まで認められている。

当時の砂金村に在ったと噂されるもう一つの建物「客殿」について考えて見たい。筆者がこの「客殿」に注目するのは、常長が江戸上屋敷詰めの折、浅草に在ったソテロの神学校で同窓となった本多正純が、常長の死の直後にこの砂金村を訪れて、旧学友の追善供養をしているからだ。しかもこの時、正純が宿泊したのがこの「客殿」であったとされる。

この客殿の正体を探ってみる。この事は、やがて常長の秘密の埋葬地とも連関して行くのだ。

当時、砂金には「龍虎山常正寺」という、立派な寺が在ったという。砂金に関して実に綿密な調査の結果、『支倉常長の総て』を著わされた郷土史家の樫山巖氏は、常正寺について次の様に解説しておられる。

この寺は、元々同じ柴田郡内の「前河村」に在ったものを、政宗が砂金の小字である「寺澤」の地に移築させた曹洞宗の寺である。その開山に携わったのは、政宗の恩師曉堂門了和尚というから、中々の格式の寺と見てよい。

御本尊は「十一面観音」で、寺の存在が明らかになったのは、江戸中期の安永七年（一七七八年）七月に実施された、幕府の調査に関わる「安永書上（かきあげ）」によるとされる。

この常正寺の構成の中で注目される点が二つ在る。

（一）境内景勝地の事。（安永書上）

（二）客殿（南向き）竪八間・横七間半の事。（村の書出）

（一）にある「境内景勝地」とはいたって謎めいた書出であるが、これは常長の真の埋葬地に関わる事なので後程考証することとして、（二）の客殿について先ず考察することとする。

村人が記録している「客殿」は、メートル法で表わすと縦一四・四メートル横一三・五メートルであるから、面積は約一九四平方メートルである。坪数で見ると、およそ六十坪相当の建物と見て良い。

政宗はこの立派な客殿を、移築した寺とは別に建てさせている。常正寺の境内とはいえ、本堂から離れた一角に建てられたので、「安永書上」には除外されたと考えて良い。

八、学友・本多正純による追悼

筆者がこの客殿に拘泥するのには訳がある。家康に重用された本多正信・正純父子、そして後に下野（栃木）宇都宮十五万五千石の領主になった本多正純が、山形に向かう途次わざわざこの砂金の地に脚を延ばして旧友常長の霊を弔った際、宿泊をして政宗の馳走に与ったのがこの客殿であったからだ。常長がこの世を去った、元和八年七月一日を過ぎること六十六日目の九月五日のことであったという。

正純は中々進取の気象に富んだ人物で、その目は常に海外にも向けられていた。家康の南蛮（特にメキシコ）との交易計画の一環として、メキシコからの答礼大使ビスカイノと共に浦賀港からメキシコに向けて出帆を図った国産第一号の外洋船サン・セバスチャン号（四百トン）は、港を出て直ぐ坐礁の憂き目に遭うのだが、この時ソテロや常長らと一緒に一人の幕府の若手要人も乗組んでいたとされる。名前は最後まで明かされなかったが、この謎の人物こそが、常長とソテロの神学校で机を並べた本多正純であったのだ。

因みにサン・セバスチャン号に関しては、既述の通り家康から譲り受けた政宗が辛苦の末仙台の雄勝湾に回航して増大修復させたのが、この物語の中核を占めるサン・ファン・バウチスタ号である。サン・ファン・バウチスタ号の前身サン・セバスチャン号が浦賀港外で難破した折、幕閣は一人の幕府の侍の乗船を認めており、しかもその侍はこの事故で死亡したと発表している。幕府が最後までこの侍の名を明かさなかったのは、当時幕閣で執政家老として既にその名を馳せていた本多正信の子息正純であったからだ。

元和二年（一六一六年）家康が没した後、正純は宇都宮十五万五千石の大大名として、将軍秀忠から封ぜられる。

一見順風満帆に見えた正純の出世への道は、皮肉にもこの大封を境に、急激に暗転に向かうのだ。

同じ下野の国でありながら、宇都宮は小山の三倍の領地である。しかも宇都宮城の前城主は、当時まだ七歳の奥平忠昌であったが、この忠昌の祖母加納殿は、時の将軍秀忠の実の姉と来ているから、只事では済まないのは目に見えている。家康の死後間もない時期に、しかも戦などで大手柄を立てたわけでもないのに、この未曾有の大出世である。

「何かある」と悟らなければならなかったのだ。

事実この構図は、稀代の策士土井大炊頭利勝が、老中井上正成と仕組んだ、正に壮大な〝罠〟であった。

幕府は、羽前山形の藩主最上義俊の改易を発令したのである。元和八年（一六二二年）八月二十一日のことであった。

更に驚きなのは、その最上城受取りの奉行として、幕府は本多正純を名指して来たことだ。

「事ここに至れり」

流石に正純も、尋常ならざる事態を身を以て感じ取ることになる。出発準備の最中、ふと正純の頭をひとつの想いが過った。

「そうだ、支倉六右衛門に香を手向けて参ろう」

当時、江戸から羽前山形城に到るには、奥州街道を辿り白河の関を経て磐城の国（福島）に入る。途中郡山・福島を通り白石から陸前（宮城）の国に入ると、大河原・村田を経由、柴田郡川崎から〝笹谷街道〟を経て笹谷峠を越えると、間もなく山形に達する。これが通常摂られた経路なのだ。

砂金の邑は、常長にとっての実質的な故郷である。

その地に到るためには、もう一つ北寄りの街道、秋保街道を西に辿る必要がある。この秋保街道は、当時〝二口山道〟と地元の人は呼んだ。山道と呼ばれるだけあって、馬や駕籠でどうにか通れるほどの隘路であり、地元の者が山形方面への閑道として用いていたに過ぎない。

本多正純一行は、白石で政宗配下の者たちの出迎えを受けて、秋保温泉で旅の鞋を脱いだ。秋保温泉には、伊達家御用達の湯宿もある、いわば政宗愛顧の湯場なのである。少なからぬ憂苦を抱えながらもこの時の正純は、相変らぬ闊達振りで、客人を持て成す政宗に会って、正に〝地獄で仏〟の心境であったろう。

本多正純が秋保温泉で、長旅の汗を洗い流して潔斎の後、二口山道沿いに奥羽山脈の裾野を西に登って、六右衛門常長の眠る砂金の邑に着いたのは、元和八年（一六二二年）九月五日の事である。常長亡きあと、既に六十六日を経ていた。

切支丹には、墓も祭壇すら許されない時代であった。それでも政宗は、東館の奥座敷八畳の間に、急拵えの祭壇を用意して本多正純を迎えた。この部屋は、政宗が常長を支倉の家族の許から呼び、晩年を過させて、七年に及んだ奥南蛮への旅路の模様を、傾聴した場所なのである。

「して、六右衛門殿の最後のご様子は？」

懇ろに、祭壇に香を手向けた後、正純は政宗に問うた。

「其処で御座るよ！　彼奴のカダッパリには、いや失礼これは地元の弁で、頑迷固陋のことでござるが、ほとほと手を焼き申した」

「それは？　何か……」

「若しも転ぶんであれば、つまり切支丹を辞めて御政道に従うのなら、それなりの処遇の仕方もあるんだぞ！　と拙者、口酸っぱく言って聞かせ申した。切支丹は鉄鍋被せられて、逆さ埋めにされた上、墓標すら建たねんだぞ！　とも申しました。これに対して六右衛奴、何と申したと思います？　本多殿」

「はて？」

「『この六右衛、地下深くに在って、化石となり申す。然為れば、長い年と月日を経て、埋れ木となって地上に姿を現し、少しは人様のお役に立つこともございましょう』――彼奴こんな言葉を残して逝ったのでござる。まったく六と言う奴は……」

〔筆者註＝「埋れ木」とは、仙台の西南端に位置する青葉山・八木山一帯の第三紀層〔五百万年前〕に属する地下の亜炭層のことで、そこに産する亜炭は昔から燃料や香炉灰として珍重された。この事は古く『古今和歌集』にも詠まれている。埋れ木には軟らかい「赤埋木」と堅い「黒埋木」とがある。軟らかいものは専ら燃料や香炉灰として用いられるが、黒い埋木は「埋木細工」として仙台特産の工芸品となっている。その発端を成したのが、仙台藩の下級武士山下周吉が、文政五年（一八二二年）、神前に供える米・獣肉などの食物を載せる「掻敷」という皿を作って売り物とした時とされる〕

政宗はそう言いながら、袖口で涙を拭った。

「陸奥殿は良き臣を持たれた。またその逆、常長殿は此の上ない殿に仕えられましたな。この正純、むしろ妬ましくさえ感じ申す。〝士は己を知る者のために死す〟と申します。大御所（家康）様亡き後拙者を〝知る者〟は皆無でござる……」

それ以上は言葉にならず、頬を伝い落ちる涙を拭おうともせず、正純は天を仰いだ。家康の恩寵を一人占めにして来た本多正純であった。今や孤立無援の中、目に見えぬ大きな力に押されながら、やがて大難の待つ、異界へと落ちて行く我が身を、踏み留める術さえ持たぬ身であった。

本多正純は砂金の邑に、二泊したと記録されている。この時の宿泊所となったのが、同地「寺澤」に在った「常正寺の客殿」であった。本来切支丹には墓標となるものは無い。従って此の時の正純は、常長の墓参は叶わなかったのだ。

やがて本多正純の一行は、山形との国境二口峠まで、伊達藩士の案内と警護の下、細い山道を登って行った。目指すは、羽前山形の最上城である。

『徳川実紀』によると、この時の山形城主は最上義俊であり、五十万石の大大名であった。この大藩が何故取り潰しになるのかは、ただ「藩内に内訌起こりし為」としか記されていない。要するに藩内に〝揉め事〟があったから改易されたのである。山形藩は、本来豊臣秀吉との誼が深かったという背景があるのは事実である。

そんな事が、家康の胸奥深くに澱んでいたのであろう。家康亡き後、次世代によって「改易」が実施されたのだ。最上義俊の祖父、義光は政宗の実母義姫（保春院）の実兄である。政宗との間で、過去幾度かの鍔迫り合いはあったとは言え、母の実家最上家改易に向かう、本多正純を遇する政宗の心境にも、複雑なものがあったろう。

改易によって、近江にて一万石の小藩となった最上家は、更に五千石までに減じられ、単なる〝高家〟へと落魄れて行ったという。

以来、本多自身の予感通り、正純の身の上にも大難が次々と振りかかって来る。
正純が、山形城の受取りを終えて、宿で一息ついている時、それは始まった。
突然将軍からの上使が宿に現れ、幕閣からの〝糾問状〟を渡されたのだ。

一、幕府の許可無しに宇都宮城の石垣を修復したこと。
一、幕府の許可無しに、鉄砲多数を通関せしめしこと。
一、理由有って幕府から宇都宮に遣わした根来の鉄砲衆数人を、詮議無しに成敗せしこと。

この糾問状を一目見た正純は、幕府いや土井利勝や加納殿の悪意や意趣返しを即座に感じ取っていた。何の申し開きもしない正純に、幕府は矢継ぎ早に難題をぶつけて来た。既述の通り、加納殿とは、家康の娘つまり秀忠の姉亀姫のことである。

宇都宮十五万五千石を召し上げたうえ、羽後（秋田県）の由利郡五万五千石に配流とした。正純がこれを断わると、幕命に抗した罰として、今度は同じ羽後の国の大沢村に蟄居を命じ、次いで羽後（秋田）の横手城主佐竹義宣預けとされ、厳しい監視、幽閉の許、七十四歳の生涯を終えている。

正純は容赦なく我が身に降り注ぐ、〝屈辱〟という災厄に耐え抜いたのである。〝恥辱〟は武士にとっては、死にも勝る辛楚なのだ。その苦しみに耐えて人生を全うし抜いた、正純の心の深奥に在ったものは、それは先刻来実現して来た政宗と常長主従の間に流れていた、血の温もりにも似た憐察の情の形であったろう。

政宗が藩僧、暁堂門了に命じて砂金邑に建立した常正寺には、「境内景勝地之事」と称される書き付けがある。これだけでは何のことか理解に苦しむ。

地元の郷土史家樫山巖氏の説によると、これこそが支倉常長の埋葬地を示唆する文言である由。そしてその場所は、「上内野」と呼ばれる小字の西方に位置する、通称〝太田山〟と呼ばれる小高い峰の麓にある、およそ百メートル四方の広場。どうやら、この地が「常正寺の別院」が在った場所とされ、この広場から太田山に向かって、坂地が展開していて、更にその上には、獣道にも類する、旧い山道が砂金の村落から通じている。その一部には仮屋跡が在って、その昔、政宗が自ら建てたこの仮屋からの眺望を愛でて、屡々訪れたと言われる。

　常正寺の書き付けにある「境内景勝之地」とは、この場所だったのである。

　この〝境内〟というのは、無論常正寺本堂の境内ではない。この景勝地の斜面下の広場に「常正寺別院」が存在した事に由来するのだ。こんな辺鄙な山中に、何故龍虎山常正寺という由緒ある寺院の「別院」が存在したのか？　しかも、その上手には領主政宗自身が、一再ならず訪れているという。そう言った村人の口碑から、樫山氏は次の様な結論に及ぶ。

「常長の埋葬地は、この別院跡近くの斜面の何処かに在り」と。

　主君と寄り添いながら、稀代の純臣常長の魂は、故郷砂金の〝景勝の地〟から、茫漠たる太平洋に、飽くなき執着の目を注ぎ続けているのであろうか。

　七年もの間常長は、奥南蛮の夢幻泡影の虚空を流離い続けた上、主君政宗の〝意〟とする、何らの寸功をも上げ得なかったのである。しかし、常長は仙台城に帰って来たのだ。身はまるで襤褸切れのように疲弊しながらも、眼だけは獣の如く光らせて……。

「六や！　なぬもかぬも、苦手掛げだなや（六右衛門よ、お前は本当に良くやった、苦労を掛けたなあ）！」

　この主従には、これだけで深く通じ合う〝モノ〟があるのだ。常長の最期の様子を『ソテーロ伝』は次の様に記している。

『常長に臨終の秘跡を授け、埋葬に立ち合った宣教師たちが、ソテーロ師に書き送った報告により、支倉は日本に帰国後、妻子・家来・下僕の多くを入信させ、立派な仕事を果たし、子供たちに信仰の弘布（こうふ）と宣教師の保護を頼み、すべての秘跡を受け、偉大な教訓と模範を垂れて死んだことが明白であるので、支倉が背教して死んだという話は全くの作りごとであることは明らかであろう。』

　これは、一六二四年（元和一〇年）一月二日付の書翰として、ソテロから時の教皇グレゴリウス一五世宛に送られたものである。支倉常長に関わる「棄教（ききょう）説」「信仰維持説」の論争に終止符をうつ記述と見て良い。

　常長の嫡男常頼が、家僕（かぼく）である「太郎左衛門」と「せつ」夫婦がキリシタンであることが露見し、その罪を問われて寛永一七年（一六四〇年）三月一日に斬罪となった事実からも、このソテロの書翰の信憑（しんぴょう）性は担保されよう。

九、ソテロの日本への執心、そして密航

さて、支倉と七年にも及ぶ旅を共にした、ソテロのその後の動向に関しても明らかにせねばなるまい。ソテロは、この遣欧使節の実質的な立案者であり、推進者でもあるからだ。

使節一行がヌエバ・イスパニア（メキシコ）から、サン・ファン・バウチスタ号でフィリッピンのマニラに到着したのは、一六一八年（元和四年）六月二十日のこと。ソテロはマニラに到着するや、直ちに日本布教に向けての準備に、忙殺される。日本でのキリスト教を弘めるためには、日本人の宣教師・修道士が重要で、かつ効果的なことは自明の理だったのだ。

その間常長は、盟友ソテロとの帰国を共にする可く、マニラに居続けたのだが、政宗の強い意向もあって、小平太郎左衛門元成ら数人と共に、一六二〇年（元和六年）の便船で帰国の途に着いたのだった。次第に遠ざかる船影を見送るソテロは、強い孤独感に苛まれながら、悄然と立ち竦み続けたにちがいない。

――日本に行きたい。たとえ其処で何が起きようとも――

今のソテロにとって、生まれ故郷セビリアとて住む場所ではない。己がユダヤの血は、たとえコンベルソとして仮装しようとも、中和することも消し去ることも出来ないのだ。

無論、メキシコや此処マニラで果てようとは思わぬ。

――神が誘い、示された私の終焉の地、其処は日本である――

ソテロの脳裡には、そんな哲理にも似た義認、聖化が萌芽していたのだ。

ソテロの、強烈な日本への〝想い〟が記されたと思える、二つの文面が『ソテーロ伝』には在る。

『ソテーロ師自らの言によれば、この年政宗は、「自領へ私を喚び寄せようと、家臣二名を派遣しました。両名は命令通り実行に着手、船と旅行に必要な食糧の準備をととのえました。然し、正に乗船しようとした時、私は捕えられ渡航を妨げられました。家臣両名は、天候上の事情から止むを得ず、悲しい心を懐いて、私を連れることなく日本に戻りました」。この妨害は、フランシスコ会ではなく、フィリッピン総督によりなされたもので、総督は師を牢に入れることさえした。』

この中で、ソテロが述懐している様な、政宗がソテロを出迎えるための船と二人の武士を送り出した事実はない。

もうひとつある。それはソテロが日本に行くため、快速船を建造したというのだ。

『神のしもべ（ソテーロ師）は、マニラに居ては希望を実現することは不可能であると考え、教区ヌエバ・セゴビア（パンガシナン）に帰任する司教ドン・ファン・デ・レンテリーア師に同道した。

そして司教の庇護の下に、日本に渡航できる小型の快速船の建造をパンガシナンに於いて注文した。』

〔筆者註＝「パンガシナン」については、位置としては「カガヤン県」とあるが、七千余の島々から成るフィリッピンの中で、特定するのは困難である。地図上ではカガヤン諸島に属するフィリッピン諸島最南端に位置する巨大島「ミンダナオ島」の北端で、ボホール海に面する港町「カガヤン・デ・オロ」に注目したい。成る程この辺境の地なら密造船の建造も可能だし、日本への密航船を見つけるのも、容易であると見る」

『既に船は建造され、ルイス笹田、サン・フランシスコ師、従者ルイス馬場、ファン宮崎師、アンドゥレス・ロペス師らを伴って乗船に必要な用意万端ととのった時、（中略）

そこで総督は、直ちに県知事に対し、この快速船と水夫らを抑留し、ソテーロ師がこの船に乗ることを許さず、従って、マニラに戻らざるを得ない様仕向けることを重罪をもって命じた。この命令が実行に移され、快速船は差し抑えられ、水夫たちはその港及び県より追放された。（中略）

ソテーロ師は、ルイス笹田及びルイス馬場を伴い、俗人に変装して、その時、日本へ航海すべく新セゴビアで、補給中の、シナ人未信徒の船に乗るよう手配などしながら調子を合わせていた。以上、ソテーロ師が簡潔に述べていることに従って経過を述べた。（中略）

然し、これが事実だとすれば、福者ルイス笹田のみならず、ソテーロ師自身も、管区長に知られずにマニラを離れたと考えなければならないので、以上のことは全て了解しかねることである。（中略）管区長の認可と権能の付与を得ずして日本に渡航しない旨、ソテーロ師は、一六二〇年八月五日に約束している。』（文中傍点筆者）

この『ソテーロ伝』は、ソテロの残した記録を元に構成されたもので、内容的には必ずしも正確ではない。記述中、傍点の部分からも推量出来るが、この伝記の著者ロレンソ・ペレス氏自身も、肯じていない内容なのだ。

常識的に考えても、ほぼ身動きが取れない状態にあったソテロが、どうやって快速外洋船の建造を手配したのだろう。設計図は一体誰が？　その莫大な建造費の工面は？　外洋の操船に熟達した船員の調達ルートは？　しかも造船のための船渠などの設備や、船大工たち作業員の事も考慮しなければならない。

百歩譲って、若しこれらの要件をマニラで満たしたとしても、ぎりぎりで可能となるか、それすら不安の範囲内だ。何せ時は、今からおよそ四百年も昔のことなのだから。前掲の「伊達からの迎えの船」の記述も含めて、これら二つの事案は、完全に否定されても止むを得まい。ただ、これらの資料から聞こえて来るのは、「如何なる手段・策を弄してでも、日本へ行きたい……」というソテロの悲痛な叫びだけである。

この『ソテーロ伝』の記述の中にある「日本へ航海すべく新セゴビアで、補給中のシナ人（中世での中国人への呼称）未信徒の船に乗るよう手配云々」は事実であろう。マニラの新総督ドン・アロンソ・ファハルドと、マニラ大司教の厳しい監視の中、ソテロは見えない縄で雁字搦めとなっている中、唯一出来たことは「密航」という最後の手段なのであった。

執拗に日本への渡航を試みるソテロ、これを阻止しようとするイエズス会派、マニラ総督、そしてマニラ大司教ら。ほとほと困惑の態の、体制側が取った手段が、次のマニラ大司教ミゲル・ガルシア・セラーノからの、スペイン国王フェリペ三世宛の書翰（一六二一年七月三〇日付）である。

『日本国は大変動揺しており、キリスト教徒に対する迫害も非常に残虐ですので、宣教師たちの渡航は危険と思われます。（中略）

名の知れた宣教師の渡航などもってのほかです。聖フランシスコ会のフライ・ルイス・ソテロは、日本司教、教皇使節、同会派の宗務総長などと称して、渡航しようとしたのでありますが、これは、国王陛下も禁じられたことですし、かつインディアス顧問会議によりまして、上記に乗ることを許した教書も、差し止められております。（中略）

国王陛下は断固御命令あって、前記ソテロを捕らえ、日本渡航圏内から退けるために、本諸島（フィリピン）より排除することが、適切であると思われます。』

（『大日本史料』12／12欧251号）

こうした喧々囂々の論争と峻厳な監視の目の中、ソテロは密航を実行する。後に捕えられて拘束された長崎大村の牢からローマ教皇グレゴリウス十五世へ発信されたソテロの書翰（一六二四年一月二〇日付）の中から、自身の密航時の様子を見てみる。

〔筆者註＝支倉常長ら遣欧使節及びソテロらの一行が、ローマで謁見した時の第二百三十三代教皇パウロ五世は、一六二一年に死去。その後をグレゴリウス十五世が継いでいる〕

『教皇聖下、まずは聖なる御足に（ここにおいても又平伏して）恭順の接吻をお送り申し上げます。実際、しもべの中で最も卑しく、まことに子らの中で最も小さき者である、小さき兄弟会（フランシスコ会）の僕フライ・ルイス・ソテロは、私がこれまでの長い間に知ったと自負しております事柄について、聖下に御報告申し上げたいと存じます。（中略）

しかしながらマニラ総督がこの事を不快に思っているのではないかと恐れた私は、次のように手はずを整えました。即ち私は私の同伴者である、日本人宣教師と共に、俗人の服を身につけ、その時その港即ちヌエバ（新）・セゴビア市から、日本に向かう出航準備をしていたシナ人商人たちの船に、いずれも異教徒たちの、或る船ですが、彼らの従僕と称して、乗り込むことにしました。』
〔筆者註＝「シナ人商人たちの船」にある「シナ」は、中世以来の奥南蛮をはじめアジアの諸国の間での中国人への呼称。時には「チーナ人」とも称する。「商人たちの船」とは、外洋への漁業・貿易用船である戎克（ジャンク）である。ジャンクに対し沿岸や河川用の船を舢板（サンパン）と呼んだ。ソテロたちの乗った日本へのジャンクは、百〜二百トン程度のものと思われる。外洋ジャンクの構造的な特徴は、竜骨キールが無い事である。その代り隔壁を縦横に巡らせて、多数の区画を設けて沈没を防ぐ工夫が成され、風波に耐える堅牢な造りとなっている。このクラスのジャンクは三枚の帆を備えている。帆は主に麻布を用い、豚の血脂（ちあぶら）を塗って濡れを防ぐ対策を取る〕
『しかし航海の途中、前述の商人たちは、私たちが宣教師であることに気付き、宣教師を船で運んできた者たちに対して、日本で科される罰を恐れて、彼らのうちのある者たちは、私たちを海に投げ込むこと、あるいは殺すことを考えていました。ところが神慮による逆風と嵐に妨げられ、彼らはまるで、威嚇（いかく）されたかのようになり、かくも大それた悪に荷担することを恐れました。（中略）
　私たちは、日本の西の果てにある、長崎という市のそば近くにある島に上陸しました。長崎には迫害前に司教がおり、ほとんど全ての住民はキリスト教徒でしたし、貿易のために日本にやってくる全ての船には、一般に良く知られた港です。
　しかし最近そこには、特別にキリスト教徒対策、とりわけ司祭対策として皇帝（将軍家光）から派遣された判事（長崎奉行）がおり、前述のシナ商人たちは、判事の前に我々を差し出し、自分たちは出港地であるパパガム地方の、ヌエバ・セゴビア市から、私たちを船で運ぶよう強制されたのだと申し述べました。（中略）

こうして私たちは、直ちに長崎の牢に投獄され、そこから大村のより狭い石牢に移されました。（中略）

教皇陛下、聖下は直ぐに、何が為されることになるかを、お知りになることでございましょう。私は謹んで聖下の祝福を願い、主が長年、主の教会のために聖下を恙無きよう置き給うよう、願い上げる次第でございます。

一六二四年十月二〇日、日本の大村のこの牢より。』（『大日本史料』12／12欧254号）

このソテロの、ローマ教皇への書翰の内容を、裏付けあるいは補完するものとして、次の二つの文書を掲げる。

『ソテロ神父は、日本へ渡ろうとする願望に抗うことができず、ササンダ（笹田）神父と、十四歳の従僕ルイス・ババ（馬場）らを伴って日本へ向かった。

彼らは親切な中国人たちのジャンクに乗船し、その年の十月末頃、薩摩に到着した。

その時彼らは、フロレスとズニガという二人の神父、それに船長ホアキンと船員の乗った船が、捉えられて処刑されたという噂を聞くと怖じ気づき、ソテロら三人の乗客を、役人に引き渡すことを決断。彼らを長崎に連れて行った。（中略）

三人は長崎奉行（長谷川藤正）の尋問を受けた。この時ソテロは、奉行に対して次の様に言った。

「私はフライ・ルイス・ソテロです。私はマサムネ（政宗）の大使としてスペインに参りました。そして返書を携えて戻りました。船員はただ一人として、修道士として私たちを受け入れてくれなかったので、私たちは俗人の身なりをしているのでございます。願わくば、奉行殿から皇帝の閣老に、私が（日本に）戻ってきたことを知らせて下さい。そして若し私に、死刑の決定が下されるならば、私はイエス・キリストの信仰をこの帝国に伝え広めることを、常に願ってきましたので、その信仰のために、死を受ける覚悟はできております」

ゴンロク（権六／時の長崎奉行長谷川権六郎藤正の通称）は注意深く、かつ敬意を似てソテロの言葉に耳を傾け、皇帝（家光）に報告する旨を約束した。』

（レオン・パジェス著『日本切支丹宗門史』第二巻第七章（一六二二年））

『しかし彼（長崎奉行）は、自分自身の野心のため目がくらみ、神父らを大村の過酷な牢獄に閉じ込めさせた。かくしてソテロらは、それからおよそ二年間、そこに在牢しなければならなかったのである。』（『大日本史料』12／12欧253号）

ソテロが長崎で捕縛されたのは、一六二二年（元和八年）の九月頃と見られる。

そして、大村に新たに設置された牢に移されたのが、同年十月二十二日である。

この時日本人の従者、ルイス笹田神父とルイス馬場修道士の両名は、長崎の牢に留め置かれている。

十、長崎・獄舎での日々

大村の新牢は、正にソテロのために建てられていたもので、そこには幕閣や伊達陸奥守（政宗）の、せめてもの意向があったと見る。将軍家光が誕生したのは、翌一六二三年（元和九年）七月のこと。

家光は将軍としての威光を高めるため、キリシタンへの締め付けを強化する。その年の十月には、原主水ら、四十七名のキリシタンを捕らえ、江戸の芝で火炙りの刑としている。丁度そんな時宜と相俟って、ソテロの主張している名分も、全くその効を成さなかったのだ。

〔筆者註＝「原主水」は、霊名を「ジョアン」と称する江戸時代初期のキリシタン。出自は、下総の国（千葉）白井城主の嫡子で、後に家康の小姓もつとめた人物。慶長五年（一六〇〇年）に受洗しキリシタン信者となる。元和元年（一六一五年）の切支丹狩りで捕われ改宗を迫られたが応じず、手足の指全てを切断され、更に大腿筋を切った上、額に「十字の烙印」を押されて追放された。原主水はそれでも屈せず、江戸で切支丹運動を続けた。しかし元和九年（一六二三年）再び捕えられ、江戸の高輪にて、四十七人の信徒らと共に火刑で殉教した。享年三十六〕

新牢は、間口が二パーラ（約二・四メートル）のほぼ正方形の建物というから、坪数でみるとおよそ四畳半程度のものとみる。ソテロはこの大村の新牢で、初めは一人で居住していたが、元和九年（一六二三年）の四月初めにルイス笹田神父とルイス馬場修道士が同居。続いて七月にはドミニコペドゥロ・デ・バスケス神父、続いて七月二十日にイエズス会ミゲル・カルバーリョ神父が入って来たという。

捕えられたソテロは、ただ漫然と手をこまねいていた訳ではない。伊達政宗には、当然急便で自身の窮状を伝えている。又時のローマ教皇、グレゴリウス十五世宛に書翰を認めたのも、無理とは承知の上での、例えは悪いが正に〝藁にもすがる〟思いからなのだ。

窮地に陥った時、人間あるいはキリスト教徒のとる可き道として、イエスは〝蛇のように賢く、鳩のように素直に〟と教えている。

『イエスは弟子たちを、伝道の旅に送り出す時「あなたたちを送るのは、羊を狼の群の中に放つようなものだ」といわれた言葉に続いて言われたのが、冒頭の言葉、〝蛇のように賢く……〟である。

〝羊を狼の群の中に放つ〟ということは、当初から〝死〟が在るということ。しかしそんな絶体絶命の状態に在っても、なお生き抜く道を模索し続けなさい。そう蛇の様に……。

若しそれでも万策が尽きた時は、それこそ〝鳩の様に静かに、そして成すがままにするが良い。決して踠いてはならない〟』（マタイによる福音書一〇章一六節）

ソテロは大村の牢で、このイエスの言葉を、反芻し続けていた。

次の文章は、ソテロがサン・グレゴリオ管区長や、修道士たちに書いた書翰の一部である。

『フィリピンでの歳月がたちました。

遂に天主の無限の御恵みにより、豊富に魚がおり、若しくは「人を漁る者」のいる日本の牢に、天主が仕掛け給うた打網を、さわやかな浜辺、栄光の保証された港へ引き揚げようと、決め給うた至福の年が訪れました。それは、一六二二年九月のことでした。同年同月、私が日本に渡る願いが叶えられたのでした。（中略）
専横者から逃れるために、可能な限りの手を打ちましたが、逃れるには充分ではありませんでした。（中略）
神の教会の祭壇に於ける、聖なる教えの証明であり、光である火を絶やさないようにと、我らの伴侶、笹田神父と料理人ルイス馬場少年が、誠実で優しい［キリストが捕えられたエルサレム近くの林の］二本のオリーブの樹として、長崎の牢に入れられることをお望みになりました。そして、刺（とげ）ばかりで役に立たない茨（いばら）の如き私は、大村のこの牢につながれるようお命じになりました。（中略）
サン・グレゴリオ管区の修道士各々方、常日頃の行動や言動に於いて、私がとりましたつまらぬ態度については、すべてお赦し下さるようお願いいたします。特に司祭としてのみならず、部下の一修道士として、また司教として、天主が私に与え給うた任務を充分果たせなかったことに、お赦しを請（こ）います。（中略）
大村にて、一六二三年三月、ルイス・ソテーロ修道士より。』
この書翰は、種々の事情により発送出来ず、十一月に改めて次の追伸と共に発信されている。
『当牢獄の監視が厳しいため、当書翰及び別の書翰数通を、去る三月の、船便に間に合うよう運び出せませんでした。（中略）
我々五名はこの牢に入っています。八フィート四方の広さしかありませんが、世界中で最も壮麗な宮殿にいたと仮定しても、この牢にいる程には、我々は満足し心愉しまないでしょう。（中

略）
現在のところ我々は、〔永遠の港〕に入る喜びに満ち、この命令が執行される幸せを待っております。そして、我々の命を棄てることにより、我々がその弘布のために来日しております、聖なる教えの証（あかし）として、天主自らかけがえのない生命を、人類のために捧げ給うたことにより、新しい生命を得られますことを、熱望しております。（中略）
神父様方さようなら。天主の限りなく大きい慈悲により、天国に於いて相見（あいまみ）えましょう。尊師方に天主の御加護を祈ります。
大村の牢にて、一六一八（ママ）年十一月十三日。』
〔筆者註＝「一六一八年」とあるのは、明らかに一六二三年の誤りであるが、訳者野間一正氏が敢えて〈ママ＝言文通りの意〉として残したのは、「流石のソテロも死を前にして、その心にほんの僅かな乱れが生じた」証（あかし）と見たからであろう〕
今や進退共に極まった有様のソテロを、政宗が黙って見過している筈はなかった。ソテロ救出のために果した、政宗の必死の努力は、やがて、新将軍家光の耳目にも届くことになる。
幕府に招請された政宗は、並み居る幕老たちの前で、その、対切支丹政策の生温（なまぬる）さを、譴責（けんせき）されたのである。
まるで孫のような家光からの叱声を、奥州の王政宗は、一体どんな気持で聞いていたのか。

十一、ソテロの最期、漸く神の御許へ

ソテロの最期の様子を克明に綴った文書がある。

ディエゴ・デ・サン・フランシスコ神父の「一六二五年の報告書」（第二十二章）である。

『聖なる囚人五名は牢にあり。苦難は多かったが、心は大層満たされており、日々神への称賛で明け暮れた。一同は準備に怠りはなかったが、思いがけない時に至福の日が来た。』

そう前置きをして、元和一〇年（一六二四年）八月二十五日（日曜日／聖ルイス王の祝日）の朝、奉行所の役人たちが牢にやって来て、ソテロ以下五名全員に「焚(ふん)刑に処す」旨の家光の判決文を突き付けて来たという。

ディエゴ神父の報告書に戻る。

『再び聖殉教者に話を戻し、五名はみな判決文を聴き、心和み、先ず神に感謝を捧げ「テ・デウム・ラウダムス（神よ、我らは御身をほめる）」を、声を合わせて唱い、次いでよい知らせをもたらした役人たちに謝意を表した。（中略）

死刑執行人どもは、聖者たちに手をかけ、日本の習慣に従い、喉から腕・脚を縛ったが、手は縛られず上下に動かすことができたので、ソテーロ師は、金属製の十字架をうやうやしく手に持ち、他の者も各白木製の十字架を持った。一同は、私が予め準備しておいた修道服を身に纏っていた。

このようにして十時に牢より引き出され、近くの海岸から乗船した。船は二隻用意され、一隻にイスパニア人司教三名、他の一隻に日本人二名を乗船させた。これは途中で日本人二名に信仰を棄てるよう説得を試みるための策略で、海路半レグア（およそ八〇〇メートル）の間、日本人聖者二名の懐いている信仰の、堅固さを崩す努力を続けたが、年齢は若くとも両名は信仰に於いては古く、信心深かったので、何の効き目もなかった。

一同美しい野原の拡がる海岸に降ろされ、四分の一レグア（およそ四〇〇メートル）程歩くと、銃を携えた監視の立つ焚刑場があった。（中略）

殉教者ソテーロ神父は、道々役人と死刑執行人たちに教えを説いた。以上述べたことはすべて、日本人フランシスコ会下僕マティアスが、馬丁に変装して目撃し証言したものである。（中略）

周りに沢山積み上げられた薪に、役人どもが火を点けると炎が高く燃え上り、聖殉教者の体を包み、祝福されたその霊魂は、信仰を確固として護り、生命を棄てる神の兵士に与え給う褒美を享受すべく天に昇り、神の御恵みと隣人の愛に懐かれた。

焚刑場の薪に点火されるや、声を合わせて「テ・デウム・ラウダムス」を唱い、神から授けられた恩寵に対し心からなる感謝を捧げた。（中略）

縄は藁で作られていたので、直ぐ燃え尽きた。縄から解き放たれたのを見て、勇敢な二名の日本人は、炎の中にあって手を携え、師父ルイス・ソテーロのもとに赴き、全幅の信頼を寄せて跪き、祝福を与えられんことを願い、自分らのために神へのとりなしを請うた。（中略）

「私の心の子供たちよ。あなた方は神に選ばれたのですから、どうして私から祝福を受ける必要がありましょうか。あなた方の祈りによって、永遠に慈悲深い父の祝福を受けることができるのは、寧ろ私の方なのです。私は大層罪深い人間ですが、私の愛する子供たちは、神を立腹させることのない人柄で、今日まで何が神を怒らせるかすら、知ることのない人たちなのですから」と神父は述べた。（中略）

両名は柱に戻り、跪いて信仰を確固と守り、遂に幸に満ちた霊魂を神に捧げた。火に近い者から死んで行った。五本の柱は弓状になって地面に突きささり、火はやや弱まった。

異教徒たちは、ルイス・ソテーロ神父を中心に、その両側に他の二神父を並べ、そのうしろの両側に日本人聖者を置いた。

日本人両名は火に最も近かったので最初に昇天し、聖ペドゥロ・バスケス神父、次いで聖ミゲル・カルバーリョ神父が後を追った。聖者ソテーロは中央にあって、火から最も離れていたので長引き、最も苦しい殉教であった。』

このソテロら五人の火炙りの刑の詳細を記録報告したディエゴ・デ・サン・フランシスコ神父は、ソテロの親友でもあり、尚ソテロ死亡時の、宣教代理執行人でもあった。その責任感からディエゴ神父は、政宗との連絡を密にしながら、ソテロの最期を、真剣な目差で見つめ通したのであろう。

〝われら、御身を神と讃えて唱う〟から始まる「テ・デウム・ラウダムス」を唱和しながら、雲の重く垂れた大村の荒野を行く五人。

その旋律をスペインの首都マドリードの修道院で自身の洗礼の儀の最中、常長は「まるで〝賽の河原の地蔵和讃〟や〝善光寺の御詠歌〟の様だなや」と思わず呟いたものだった。

〽すべてのものの主、神よ
御身を称えてうたう
永遠の父よ、世界は御身を
あがめ尊ぶ

〽ともに声をあわせ、御身をほめ歌う
救いを告げた預言者の群れ
気高い使徒と殉教者

「テ・デウム・ラウダムス」は、神への感謝と僕への慰め、励ましのための聖歌なのだ。まず中の一人が唱い、他の大勢がこれに合わせて唱う。つまり唱和・再誦の形を取っている。この形式は、図らずも常長が指摘した様に、正に日本の「御詠歌」の旋律そのものなのである。

生身の人間を焼く強烈な臭い、絶え間なく纏り付く色濃い煙、そして仮借ない苦痛を与え続ける火炎。そんな最中ソテロの脳裡に浮かんだのは、ローマで落命したあの今泉の顔であった。
ソテロは何故か、今泉とは馬が合うと言うか、何かにつけて意気投合する間柄であった。その今泉が、ある時笑いながらソテロに言った言葉がある。あれは、メキシコを発った船が、大西洋を渡っている時だった。

「ソテロ様は頭が良過ぎます。日本にはこんな言葉があります。〔薫は香を以て、自ら焼く〕――」

「ほう、それはどの様な意味なのですか？　ソテロ初めて聞きました」

「はい、〔薫〕とは香草、つまり火に炙ると何とも言えない良い香りを発するものです。つまり良い香りを持つが故に、常に焼かれる運命にあるのです。これを人間に置き換えると、〔有り過ぎる才能は、時にその身を滅ぼす〕という一種の誡めの言葉でしょうか。元々は『論語』に由来する話です」

今ソテロは文字通り、〔自らを焼き〕尽くされようとしている。

「全く今泉ドノに掛かっては……」

ソテロは思わず苦笑した。いや苦笑ではない、むしろ今泉との懐かしい会話に浸っての、虎渓三笑、つまり懐かしさ余りの思い出し笑いなのだ。

「おい！　あの神父笑っているぞ」

床几に腰を下ろして状況をみていた奉行が、傍らの蘭医に囁く。

「何と、この有様で笑うとは！　そういえば恐ろしく妙な臭いがしませんか？」

「拙者、今までに嗅いだ事がない臭いでござるな。何か寒気をもよおす気がいたすのお」

「これぞ正しく〔君蒿悽愴〕と称されるもの……」

そう言いながら検死役の蘭医は話を続けた。

「昔から中国に伝わる話でござる。何かとてつもない高貴な人間や神に近い存在、つまり鬼などを焼くと発するという、一種鬼気迫る様な、恐ろしさを催す臭いと言われます。何故か本当に、手前の身体のふるえが止まりませぬ」

奉行や刑吏たちの不穏な動きに、見守る群衆の間にもざわめきが広がった。

ソテロから慰撫（いぶ）の言葉を貰った二人の日本人たちは、喜悦に満ちた面持ちでそれぞれの位置に戻って行った。そう、燃え盛る紅焔（こうえん）の中に、自ら身を投じたのだ。

「薫は香を以て……か」

ソテロはそう呟きながら、自らを省みていた。

『司教として、天主が私に与え給うた任務を、充分果たせなかったことに、お赦しを請います。また、私の心の緩み、虚栄、不注意のために、尊師方に迷惑、心配、憤慨の種を蒔きました。』

ソテロは大村の牢中から出した、サン・グレゴリオ管区の長や同僚たちに宛てた手紙の中で、こう自省している。「覬覦（きゆ）（身分不相応なことを窺い狙うこと）」――これがソテロ自身に押された、もはや消すことの出来ない烙印であることも覚知している。

そして祈り続けた。

――全能の神よ。私は今日、あなたの聖なる目的のために自分を捧げます。私は静かな心であなたに近づきます。そして全能の神よ。私の魂をあなたの炎で燃え立たせて下さい。世界全体に向けて、私が輝きを放つことが出来ます様に。アーメン――

ソテロの霊的後継者であり、心腹の友でもあるディエゴ・デ・サン・フランシスコ神父は、その報告書の中でソテロの最期を次の様に認（したた）めている。

『ソテーロ神父が中々死なないのを見た異教徒たちは、早く燃えるようにと聖者の近くに藁（わら）を投げ入れたので、火と煙にあてられて、未だ息を保ちながら地に倒れた。

ソテーロ神父が、地に倒れるのを見た異教徒たちは、神父が牢獄の中で手許に置き、度々ミサ聖祭を捧げるのに使ったミサ用器具を取り、神父の衣裳やその他のものと一緒に、神父の上に投げつけ、就中薪を再び積み上げ、呪をかけるが如く神父の体の上をすっぽり包んでしまった。

この時神は、この聖者が神にとって、甚だ満足のゆくものであることを表わし給うた。神はこの聖者を犠牲（いけにえ）と同時に祭壇となし給うたのだ。（中略）

こののち役人どもは、火の傍に大きな穴を掘り、聖遺骸全部を、そこに残っていた遺品や燃えさしを投げ入れ、再び火を点し、時間をかけて何も残らないよう灰にしてしまった。そしてキリスト教徒たちが、遺品を何も入手出来ないように、僅かの灰すら残すことなくすっかり海に投げ棄てた。（中略）

以上をもって栄ある殉教談を終えることとする。殉教者はみな天に舞い上り、我々の手本となるべき模範を残し、至福の死、換言すれば、永遠の生命は我々に羨望をよび起こすのである。』

もはや、僅かな痕跡すら残すことなく焼き尽くされた聖者、殉教者たちを、デイエゴ神父は「我々に羨望（せんぼう）をよび起こす」と述べている。

それは、聖者や殉教者たちには、神によって新たに創られ、選ばれた者たちのみが、神と共に住める新しい幕屋、即ち輝かしいエルサレムが用意されているからだ。

「ヨハネの黙示録」にはそのことを、神からの啓示として次の様に伝えられている。

『私はまた新しい天と地を見た。

最初の天と、最初の地は去って行き、もはや海もない。』

こうして一旦滅亡した人類に対して、神は最後の審判によって新しい世界を設（しつら）え、不信者に対しては苦難と災禍を、そして敬虔な信徒たちには、祝福と天上のエルサレムが与えられるのだ。
黙示録は続く。
『また聖なる都、新しいエルサレムが、まるで夫のために着飾った花嫁のように用意を整えて、神の許を出て天から降りて来るのを見た。』

　新しい世界で、神と共に住む選ばれた民たちは、目から涙を流すこともなくなり、もはや死も無く、悲しみも嘆きも痛みすら生じないという。

　一六四五年八月二十六日、ローマ・ヴァチカンの礼部聖省は、この大村で殉じた五名を真の殉教者であると公表した。一八六七年五月七日、第二百五十五代ローマ教皇ピウス九世は小勅書により、これら五名の殉教者たちを、盛儀を以て〝列福(れっぷく)〟した。死後実に、二百四十三年後の列福〟であった。

〔筆者註＝「列福」とは、カトリック教会で、「聖者」に準ずるものと認められ、福者(ふくしゃ)の位に列すること。因みに聖者は聖人（英語＝saint、スペイン語＝santo(a)）のことである。殉教者や特に信仰と徳に於て、すぐれた信徒として弘く崇敬された者に対して、教皇により聖人の位に列せられることを「列聖(れっせい)」と称する。ピウス九世自身「福者」であった〕

終章

一、政宗の死、守られた伊達男の「所作」

ファン・ルイス・ソテロの享年は五十である。政宗はこの時五十五歳。〝人生五十年〟と言われた時代である。すでに最晩年には到っていたが、流石に奥州の梟雄と恐れられた人物、心身の強健振りは群を抜いていた。

その政宗が永逝したのは、寛永十三年（一六三六年）五月二十四日の未明であった。享年七十である。

政宗の最期に纏る史実を、流麗な筆致でかつ克明に描かれた著作がある。『伊達政宗、最期の日々』（講談社現代新書）である。筆者は小林千草氏。平成二十二年（二〇一〇年）出版のこの竹帛に出逢えたことは、正に僥倖と言える。思いがけない友人から、頂いたものだからだ。

政宗が最後の参勤交代を果たす可く仙台を出立したのは、寛永十三年、即ち政宗が亡くなる年の四月二十日のことである。覚悟の旅路であった。

この時政宗の身体は、胃癌という重痾に取り付かれており、すでに病は腹膜にも及んで膨満、つまり異常な膨らみを呈していたという。その皮膚には皮癬蜱が寄生しており、腋下や下腹部・内股などに疥癬によるひどい湿瘡が生じ、気が狂うほどの痒みに悩まされていたのだ。

政宗のことだ、桑楡且に迫らんとしている己の状況を、認識していない筈はなかった。

「まんずは（先ずは）上様さ、何とすても今生の御挨拶ば果ださねばナ」

この気持、気力が、政宗の鉛、いや大岩の様に重い躯体を、百里にも及ぶ江戸桜田の上屋敷まで、歩み通させたのだ。

旅の途中こんな逸話が残されている。

奥州街道を南下して行き、磐城（福島）は郡山を過ぎると、白河の関とのほぼ中程に「矢吹」という宿場がある。当時この辺りは民家も少なく、一歩街道を外れると其処は見渡す限りの草莽の地であった。この矢吹の村に着いた時だ。それまで供の者が「若しや殿には……」と深憂させるほど、悄然とした風情の政宗が、突然目を開いて叫んだのだ。

「此処ぬは何かが居る！　これ、鷹ば持で！」

驚いて駆けつけたお鷹係の者は、この辺りには鹿や鶴などの、大きな獲物は居ないことを言上した。

「いや、鶉や小綬鶏が居る筈だ。それを、鷂で狙わせよ！」

川での魚獲りや、鷹狩りを何よりも好んだ政宗である。

自然の中から、己が手で何らかの獲物を掴む悦び、いわゆる狩猟本能が満たされた時の誇らしさは、男の特権なのだ。

今、正に〝死に身〟に瀕した政宗を呼び起こしたものは、この、男だけが持つどうしようもない〝天性〟の、成せる業だったのだろう。

やがて、鷹匠の手から放たれた鷂は、恰好の鶉を草叢から追い上げる。けたたましい鳴き声を立てて、宙に飛んだ獲物に躍り掛かる鷂。その玄妙な躍動の瞬間、刹那が亢奮となって政宗の躯幹を揺さぶるのだ。

もはや鶉の命運もこれまで、と誰もが考えたその時である。信じられない事態が到来する。

突然、何れからともなく現れた一羽の烏（からす）が、鶻に体当たりをして来たのだ。驚いた鶻は、掴み掛けたウズラを放すと、自分よりも一回りも大きな鳥と共に羽を散らし合いながら、重く垂れ込めた雲間に、その姿を消してしまったという。

「鶻は、やがて戻って参りましょう」

鷹匠の期待は見事に外れて、政宗の愛鶻（あいよう）は、再びその雄姿を現すことはなかった。

――この政宗が期待を籠めて放った「物共」は、どれも真面（まとも）に帰って来てはくれなんだ……。あの儂（わし）の黒船だって、果てしない南溟（なんめい）の彼方に消えてしまったではないか――

無論、黒船とはサン・ファン・バウチスタ号のことである。誰に言うともなく呟く政宗。その悄然（しょうぜん）とした姿を嘲笑（あざわら）うかのように、雨が沛然（はいぜん）と叩き付けて来た。

この情景を、側小姓木村宇右衛門はその覚書（おぼえがき）の中で、次の様に描写している。

『東西南北俄（にわか）に黒雲たな引き、鳴神しきりになって、稲妻天地をかかやかし、草木も見えず、原のおもてはふすまをはりたるごとくにして大雨おびたた敷ふり――』

その後政宗一行は、白河、大田原と奥羽街道を辿り、やがて下野（しもつけ）（栃木）の宇都宮を経て日光東照宮に到着した。四月二十五日のことである。

重篤の我が身を奮い立たせての、日光参詣（さんけい）であった。

――神君家康様に、最後の御挨拶を――

あくまで実直で、律儀全（また）いを通した政宗であった。

四月二十八日江戸に安着。直ちに土井大炊頭利勝（どいおおいのかみとしかつ）を通して、五月一日登城の意向を伝えた。これに対して家光は、「早々の参勤道中つつがなく昨日参着。ゆるゆる休息を……」と慰撫（いぶ）の言葉に添えて、鷹狩りで得た鶉七羽、雲雀（ひばり）十五羽を賜ったという。

鶉や雲雀の肉で、旅の疲れを癒されよとの思し召しなのだ。登城して来た政宗の様態の余りの変容振りに、家光はただただ呆然自失の態であったという。再会の歓談もそこそこに政宗は、一碗の茶を頂戴しただけで早々に下城している。

江戸上家敷での政宗は、日毎に悪化して行く身躯を他所（よそ）に、心は穏やかであった。嫡男忠宗が、父政宗に初めて触れたのもこの頃の事である。忠宗は父の痩せ細った足に驚き、思わず撫で摩（さす）ったのだ。

限りなく続く微睡（まどろみ）の中で、政宗は急に目を開けて言った。

「先程脛（すね）を触ったのは、そなたの手か？」

子息忠宗の顔を見上げる政宗の眼には、悦びと慈愛に満ちた光があったという。

この時の光景を、側小姓木村宇右衛門は五月十八日の覚書に以下のように残している。

『御ももより下は、御ほねを濡れ紙にて包みたるが如し。』

要するに骨と皮だけになった父政宗の脛に、驚きと哀しみの余り、思わず触れた忠宗の手の温（ぬく）もりに、政宗はかつて味わったことのない、いや疾（と）うに忘れかけていた親と子の間の情愛を、噛みしめていたのだ。

子息や側衆（そばしゅう）たちには、何の障（さわ）りもなく心身を露呈していた政宗であったが、何故か正室愛姫（めご）と会うことを頑（かたく）なに拒んだという。

その理由を政宗は次の様に語っている。

「病気でやつれた見苦しい様子で、お目にかかるのはどうかと思うので、何れ良くなったら、改めて……」

やはり政宗は、名うてのいや本家本筋の〝伊達男〟だったのだ。〝男として恰好の悪い姿は、仮令相手が女房であっても、女には見せられぬ〟これが政宗の身上なのだ。

〝惣而武士は、おんな子どももまきあつめ死ぬは本意に非ず〟

(そもそも武士たる者は、その死の床に女や子供たちが集まって、愁嘆場を装われるのは、まことに以て迷惑千万、御免を蒙りたいもの……)

政宗はこう喝している。

この頃から江戸の上屋敷には、殉死を希望する嘆願書が、続々と届けられていた。

寛永十三年(一六三六年)五月二十四日未明、遂にその時は来た。

「しごに人とりこまするな(儂の死んだ後に、滅多に人を部屋に入れるでないぞ。即ち死に顔を人前に曝すでないぞ)」

こう最後に言い残すと、政宗は側の脇差を床の間に納めさせ、側衆たちに命じて、己が身を床の上で坐居の形に正させたという。このまま政宗は息を引き取った。徳川将軍家への至誠を示すため、居住まいを正した政宗渾身の演技であった。

政宗の最期は、美しかった。

「上様、息の忠宗を宜敷く。仙台藩の民草たちの安寧に格別の御配慮を……」

そう叫びたい気持を抑えての「形」での訴えとでも言おうか。

これは正に〝能〟を極めた者にしか成し得ない、伊達政宗一世一期の「所作事」であったのだ。

二、小平元成の殉死

政宗卒去の時、小平太郎左衛門元成は即座に君に従うことを決意した。

思えば、京の伊達屋敷で庭師の一人を、秀吉差配の密偵と断じて斬り殺して以来、小平元成はひたすら〝逃げの人生〟を送って来たのだ。

「太郎左よ、地の果てまでも逃げて、そして生き抜くんだ！」

そう励ましてくれたのは、主君政宗であった。そして遣欧大使支倉常長と共に、無事仙台に帰着したのは、元和六年（一六二〇年）の初冬になってからだ。

「良く無事で帰って来たな太郎左。これからは仙台でゆっくり休むが良い」

そう小平を慰労した政宗は、仙台城近くに屋敷を与えた上、相応の知行と郎従をも整えてやったという。

小寺外記こと小平元成は、メキシコで「アロンソ」、ローマで「パオロ・カミルロ・シピオーネ」と、二つもの霊名を頂いた歴としたキリスト教徒なのだ。ならば「自殺」は法度である。

「許されよ！　ソテロ様。それがしは、やはり士でござった。ここは、どうしても大恩あるお屋形様を、お一人黄泉への旅路を踏ませる訳には参らないのでございます。急ぎ殿に追い付き申して、いま一つお尋ねすることがあります。〝この太郎左の生き方は果たして俯仰天地に愧じざるものであったか？〟と」

こうして小平元成は、仙台屋敷で追腹を切って果てたという。享年六十一。墓地は瑞鳳寺の殉死者たちの墓石の並ぶ中、第十二番目の場所にある。主君政宗に従った殉死者は、家臣が十五名、従者が五名の、合わせて二十名にも及んでいる。

小平元成の辞世の歌がある。

かぞふれば 六十路あまりの 夢さめて
まよわでぞいく もとのすみかに

〝もとのすみか〟とは何か?……。小平は、秀吉の厳しい追及を遁れて登った高野山で、偽装の葬儀をやってのけている。つまり偽りの死とはいえ一度は行った〝あの世〟、それを〝もとのすみか〟と表現しているのだ。

無論自身の生家、宮城県亘理郡山元町の名刹竜頭山鳳仙寺にもその墓所は在る。刻銘の、歴代の小平家の祖霊が、何れも夫人の名と共に刻まれている中、小平元成だけが単記されている事に、何故か一抹の惻隠を感じさせられるのは筆者だけなのか。

政宗の奥小姓をつとめた小平元成は、一言で言って美男である。

「常長の立ち姿」と称される肖像画は、ローマで画かれたもので、その容貌からして到底大使常長とは断じ得ない。ローマに着いた時、常長はすでに五十歳の大台に乗る頃である。他にもこの立ち像については、大泉光一氏、田中英道氏らは、「モデルは常長」には無理があると、その著書で主張されている。

仙台藩の命により、支倉常長が持ち帰った将来品（持ち帰った物）を検証して、「金城秘韞上・下」を著した大槻玄沢の孫、大槻文彦氏（大槻家の詳細については後述する）も、この絵を見た感想を次の様に述べている。

『同氏（常長のこと）ハ當時五十歳ニ近カリムコトモ前ノ考證ニ委シ此像ノ容貌正ニ其年齢ニ符合スルニ、辰野氏（建築家辰野金吾）ノ齎シ歸レル像ハ是ヨリハ、遙ニ年若キガ如キヲ覚ユ。或ハ羅馬ローマニテ當時九州ノ大友家有馬家ナドノ使臣ノ像ヲ誤リ傳ヘタルニハアラジカ』

要するにこの「日本武士像」は、その顔貌や年齢からみて、絶対に支倉常長ではあり得ない、若しかすると、あの「天正少年使節」の誰かをモデルにしたのではないかと大槻氏は疑っているのである。

諸氏の疑問の通り、この「日本武士像」を、筆者は支倉常長ではなく、小寺外記こと小平太郎左衛門元成の肖像画と見る。

ローマで行われた歓迎の入市式を終えた後、小平元成は二度目の洗礼を受けている。小平の達ての希望もあったが、ソテロや常長も強くこれを支持して、その実現に協力を惜しまなかったという。それは僚友今泉の死に、深く関わることだったからだ。

この時の様子を「ローマ通信」は一六一五年十一月十八日付の報として次のように発信している。

「常長の立ち姿」とされてきた、小平元成と推測される人物の肖像画。窓の外に描かれているのはサン・ファン・バウチスタ号と思われる帆船。

『日曜日（十一月十五日）の朝、サン・ジョヴァンニ・イン・ラテラーノ教会で、日本の気品ある若者である大使の若い書記官が、ローマ司教代理の枢機卿の代官、フェデーリの手によって洗礼を受けた。洗礼式は教皇の名のもとに、ボルゲーゼ枢機卿閣下によって洗礼盤に導かれ、彼にパオロ・カミッロという名前が与えられた。（中略）その後で、彼は白い着物にスペイン風の靴下を身につけて現れた。――（下略）』

この通信文の末尾〝彼は白い着物〟を着て現われたとは、洗礼時のローマ風の修道服を、白い和服に着替えて記者と向き合ったことを意味する。この旅で白い正装用の和服を持っていたのは、大使常長だけだ。それは仙台を出立時に、主君政宗から直々に拝領した着物である。白地にすすきと鹿を配した羽織と、黄と青に染め分けた袴も同じ模様のものだ。ローマでの入市式で、常長がこの着物に洋風の帽子で馬上の英姿を見せたシーンは、記憶に新しいところである。

小寺こと小平元成は、この常長の和服を借りて記者会見に臨んだのだ。

現今なら会見場は、目眩（くるめ）くフラッシュの渦に見舞われたのであろうが、「この珍妙な日本の侍の姿を、是非画き残して置きたい」と考えるのが自然であろう。後日、ボルゲーゼ枢機卿の指示で、使節側に日本人武士像の製作の申し入れがあり、常長は書記官の小平を推したと見る。仙台市博物館発行の『伊達政宗の夢―慶長遣欧使節と南蛮文化―』はこう締め括っている。

『この肖像画に関しては、一六一八年にウルビーノ出身のアルキータ・リッチという画家が、ボルゲーゼ家に代金を請求した記録があり、遣欧使節一行の接待役だった、シピオーネ・ボルゲーゼ枢機卿が、注文して描かせたことが分かる。（中略）この肖像画はサムライの姿を伝える西洋画家による本格的絵画作品であり、その価値は大きい。』

主君政宗の峻命とはいえ、兄と慕った今泉をローマで介錯した直後の、小平太郎左衛門元成の立像である。その憂いに満ちた表情と、借り物の着物の不具合、それに絶対に見逃せないのは、これも常長から借りたと思われる指輪の有り様だ。

左手の薬指には、サイズが合っていない豪華な指輪が、第二関節で止まったままで描かれている。羸痩の余り細く成った常長用の指輪は、若い男盛りの小平の指には小さ過ぎたのだ。

流石に刀は武士の魂である。他人に貸すことも借りることも以ての外のこと。

この「日本武士像」には丹念に「九曜の紋」がその刀の鍔に描かれている。そう、小平家の家紋は「九曜紋根笹霰」なのである。

三、「復活」を遂げた埋もれし者たち

「死して化石となり、やがて〝埋れ木〟となって地上に現れて、人々に火の温もりを……」と言い残して逝った支倉常長の名が、その将来の品々と共に、この世に再び出来したのは、明治になってからだ。

明治六年（一八七三年）五月二十九日、欧米回覧の旅に出ていた岩倉具視を全権大使とする一行が、イタリアの水の都ヴェネツィアに立ち寄った折、市内のアルチーノ書庫で常長の書翰を示され、二百数十年も前に、既に支倉常長なる日本人が、奥南蛮の地に足を踏み入れていたことに

驚愕する。

　実は、このアルチーノ書庫の書翰を初めに発見したのは、岩倉ではない。その約三ヶ月前に、同書庫を訪れた日本人がいたのである。島地黙雷（しまじもくらい）という僧侶が、明治六年（一八七三年）三月五日に、常長がヴェネツィア市からの招待を、丁重に断った書状を発見して大いに驚いている。その様子に、逆にその書状の重みを知った書庫の職員が、次に訪れた岩倉一行には、真っ先にこの書翰を、提示したというのが真相なのであろう。

　初め島地黙雷、次いで欧米視察団長の岩倉具視らに発見された、常長の書翰を端緒として、時の明治新政府は、宮城県に蔵した支倉常長の将来品に、次々と日の目を当てて行く。こうして、地に没した支倉常長が「復活」したのである。常長没して以来、実に〝二百五十年後〟のことである。

　常長を大使とする遣欧使節が持ち帰った、多くの土産の品々の他に、常長が旅の中で刻明に綴った日誌十九冊があったという。天明二年（一七八二年）に佐藤信直が著した『仙台武鑑』（巻十二）の中に、その事に関した件（くだり）がある。

『支倉、西等所持ノ具。今庁所ニアリ。怪異霊物恰（あたかも）小児之戯書（ざれがき）、記等有トイヘトモ暁（あか）シ難ク不可読。』

（支倉らが持ち帰った品々は今藩の許にあるが、まるで怪しい化け物話の類で、まるで子供の戯書（いたずらがき）を見るようで、とても読めたものではない。）

　酷評と言う可きであろう。

　後に仙台藩は、藩医大槻玄沢（おおつきげんたく）に命じて、藩切支丹所に保管してあった常長の将来品について調査を命じている。大槻はこの時の資料を『金城秘韞上下』にまとめて後世に残した。

〔筆者註＝「大槻玄沢」は本名を茂質といい、初め江戸に在って当時の蘭学の泰斗である杉田玄白、前野良沢に師事した。号「玄沢」は、この両師の名を片方ずつ頂戴したものである。

大槻氏の先祖は、葛西氏の支族寺崎氏である。葛西氏は、秀吉の小田原城攻め際に、出兵の命を無視したため滅ぼされている。その後、伊達家に従った寺崎氏から大槻家が分派して専ら医学、蘭学へと歩を進めた。玄沢には、長男「玄幹」（蘭学者）、次男「磐渓」（儒学者）、孫「文彦」（日本最初の辞書『言海』の編者・教育者）等が輩出している〕

その中の「帰朝常長道具考略」を見てみる。

『元和六年（一六二〇年）庚申、支倉六右衛門、南蛮将来の諸道具、吉利支丹所という御役所に納といふ。文化九年（一八一二年）壬申秋是を一覧せん事を請ふ。

其十月四日、これを許され、同姓清準（大槻平泉）と共に是を歴覧す。但、其日午後より薄暮に及び僅に半日、怱々の間にして、熟視細覧する事を得ず。遺憾というべし。』

更に玄沢は、常長の日誌十九冊にも言及している。

この十九冊の記録は、後に所在が不明（藩が焼却処分したとみる向きもある）となっているもので、研究者の間からは、現在具に検証すれば、常長が得た南蛮諸国のあるいは裏事情が明らかになった筈と惜しむ声もある。

確かに東北弁しか知らない常長の文章は、その我流の崩しと相俟って何が何やらさっぱりで、本人にしか読めないものであったらしい。しかしそれでもなお、この十九冊が現存していれば、相当の部分が解読されたと考えたいのである。

大槻玄沢は、この支倉の記録について『金城秘韞』の中で次の様に言及している。

『一、書物　大小十九冊。日本紙に認めたるものなり。これハ六右衛門等覚書聞書と見ゆる。仮名本なり。法教の事にや草卒の際取りあげ読みても見ず。尤もみても解すべきものにもあるまし。併熟読しなは廻歴せし国々の事等の荒増ハ知るべきか。奇怪の事書あつめしものとも見へず。』

要約すると、（六右衛門常長が日本紙に筆書きした、主に仮名文字で書かれた雑記文である。しかし、時間をかけて読んだところで、その意味を解することは不可能のようだ。しかし、それでも頑張って読めば、彼ら使節一行が回った南蛮の国々の〝荒増〟つまり大凡の事は判ったかも知れない。他で言われている様な、ただ怪しく出鱈目な事ばかりが集められたものとは弾じ難い）

〝草卒〟つまり半日と区切られた短い時間の中では、じっくり読むことは出来なかった。

「ただ奇怪なり！」と斬り捨てた藩の書記、それに対して「更に更に、じっくり読めば何かが読み取れた筈」と、学者大槻は一抹の望みを捨てていない。

事程左様に、仙台藩に「不可解なる物」として持て余された支倉の将来物も、遂に日の目を見る時が来た。明治九年（一八七六年）六月、明治天皇が東北巡幸の際、仙台市で開催中の「宮城博覧会」の会場で、その将来品に目を止められたという。「切支丹教法物品」としての陳列物を、天皇は珍しそうに手に取って、高い関心を示された由。天皇が帰京の後、明治政府は宮城県に命じて、直ちに支倉常長将来品の全てを、東京に送らせたという。このことを『仙台市史』は次の様に解釈している。

『近代国家への歩みを開始して間もない政府の、それに資する海外交流に関する遺物と事跡調査の意向が強く働いた結果の指示であったようだ。』

その辺りの事情を整理して大槻玄沢の孫文彦は、その著作『金城秘韞・補遺』で次の様に記している。

『右の器具は明治に至りて藩より県に引継ぎ、明治九年、東北巡幸の時天覧に供し、尋で東京博物館に陳列してありしに是は、藩政県治に関する品にもなければ、下げ渡しありたしと明治二十二年春、伊達家より出願したれば、再び戻されて今は伊達伯の所蔵たり。』

四、ヨハネの黙示録

他者への誠と感謝のために、己が命を惜しみなく捧げることが出来たのは、中世以前の「士と宣教師」だけだ。

常長にしてもソテロにしても、何らの報酬を得ることもなく、死地へと赴いているのだ。縹渺と広がる暗黒の滄瀛の波頭を渡る時、彼等の心には死への恐怖は無い。在るのはただ、お屋形様の使命のため、神への奉謝のための真情だけなのだ。

神の啓示を預言したヨハネは記している。

『「この白い衣を着た者たちは、だれか。また、どこから来たのか」……

長老はまたわたしに言った。

「彼らは大きな苦難を通って来た者で、その衣を小羊の血で洗って白くしたのである。……神が彼らの目から涙をことごとく拭われるからである」――』(「ヨハネの黙示録」7／13－14)

〝白い衣を着た者たち〟とは、敬虔な者として死んだ殉教者たちのことである。彼らには、その証として〝白い衣〟が渡されるという。新約聖書の掉尾を飾った「ヨハネの黙示録」の著者ヨハネは、イエスの十二人の使徒の中の、「ゼベダイの子ヨハネ」とされる。

ヨハネの黙示録が、多くのキリスト教徒からの評価が得られる所以は、その表現の仕方にあるという。厳しいユダヤ教の〝律法主義〟からの脱却を謀りながらも、外観的には素朴で、原初的な表現を用いている。つまり抽象を極力排した、判り易い〝救済論〟を展開しているからだ。

世界の終末を描く場面を、繙いて見る。

『第六の封印が解かれると、大地震が起こり、太陽は黒くなり、月は血のように赤くなり、星は地面に落ち、山や島が動く。この出来事は終末の兆候として黙示文学において語られる。

地震で建物が積み木崩しのようになり、山や島は木の葉のように空中に舞う。万物の秩序が解体する様子が描かれる。人々は洞穴に隠れ難を逃れようとするが、災害は容赦なく彼らを襲う。』

(「ヨハネの黙示録」6／12－17)

この黙示録を書いて多くのキリスト信者たちを励まし続けたヨハネ自身にも、やがて最期の時が訪れる。

初め南エーゲ海(地中海東部の多島海の海域)のパトモス島に追放されるが、やがてローマ皇帝ドミティアヌスに召し出されて「油釜の刑」に処された。

ヨハネは釜の中に裸で座り、静かに両手を握り締めた。煮えたぎる油の大釜の中でである。そのヨハネの頭に、刑吏は柄杓で絶え間なく灼熱の油を注ぎ続けたという。

五、筆者　箚記から

（一）『始めあれば終りあり。生ある者は死あり。合会は離るることあり。良に以あるかな。』（空海『性霊集』巻の八より）

〔筆者註＝「合会は離るることあり」とは、「今出会っている身内や仲間たちとも、必ず別れる時が来る」という意味〕

（二）『二つのことが、神の心を痛めてやまない。勇士がみじめな晩年を送らなければならないこと。思慮分別のある人が、理解されずに軽蔑されていること。しかし、次のことも神を怒らせる。人がいつしか正義から罪の悪に移り染まっていくこと。』（『シラの書』第26章）

〔筆者註＝『シラ書』とは、「集会の書」とも称されるイスラエル知恵文学の一つ。諸種の格言つまり箴言が雑然と並べられたもの。作者はシラの子で名はイエス。紀元前二世紀頃、エルサレムで教師をしていた人物とされる。旧約聖書の外典として、「新共同訳聖書」の編に加えられた。従って新旧の聖書には記載がない〕

（三）『政宗、晩年の述懐。有時の御咄には、我一とせ黒舟を作らせなんはんへわたす、国のちやうほうもとめにあらす。いこくへのきこへのため也』

（「木村宇右衛門覚書」より）

〔筆者註＝木村宇右衛門可親は、政宗晩年の小姓。その文意は――

ある時、殿がぽつりと呟かれたのです。

「昔ある年わしは、黒舟を造らせて南蛮へ派遣したことがあったよ。

その目的はだな、別に我が藩のための権益を求めたわけでも何でもないのじゃ。ただ極東日本に〝伊達政宗有り〟と異国の者共に知らしめる為。ただそれだけの事なのじゃよ」――〕

〈完〉

あとがき

窓の外、いや世界中を、コロナという悪疫が猖獗（しょうけつ）を極めている。そのためか、ここ数年来客もなければ、私自身、完全な逼塞（ひっそく）を余儀なくされている。しかし、この在り様は物を書くには、むしろ好ましいものかも知れない。

つまり筆が進むということである。

三年もの歳月を要したが、今私は、やっと筆を擱（お）くことが出来た。

果して〝椽大（てんだい）の筆〟たり得たのか？　と問われると、書き手としては返答の仕様がない。何れ、読者諸賢の、合否双方の御判定の、洗礼を浴びることになるのだから……。

小説には構文が求められる。

本書では「事実」を、その構成の枢要部に据えた。そのために、史実として残されている書翰、加えて積学の研究論文や識者の勝れた見解を「縦糸」とした。

「横糸」となったのは、登場人物に纏わるエピソードや、その背景となる資料である。

つまり、これが小説には欠かせない脚色となる。

お釈迦様の説かれる有難い言葉を、時に「大説」と言う。

〝しがない〟人間が、少しばかりの知識と経験を基に書かれた文が、「小説」なのである。

この毫も有難くない文章を、縁もゆかりもない人達に読んで頂くためには、面白味、つまり脚色が必須なのだ。

この「弁疏（べんそ）」を楯とした時、私に刺さったまゝの、あの栃窪氏の「呪縛の矢」は抜け落ちたのである。

中世の時代、他者（神や主君）に対して、純粋に「死」をも厭わない、究極の奉仕の精神性を持ち得たのは、「士（さむらい）」と「宣教師」だけであろう。

この作品は、そんな高潔な人々を主に描いている。

長い年月を、俗世の汚辱と塵埃（じんあい）に塗（まみ）れて生きてきた（――と恐察する）著者である。

何か確かな「潔斎」をせねば……。或る日そう気付いた私は、好物のビールとワインを断つ悲壮な決意をする。そう、世にいう「酒断ち」である。

しかし、現実的に考えて見ると、三年間のスパンは余りにも長過ぎる。人間、疲労が重なると、時には弱気になって、遂には冷蔵庫の扉へと手が伸びる。と、瞬時に飛んで来る音声（じょう）――

「え!?　え!?」は、家人悠子のものである。

顧みれば、家人を歯科医院の事務長に据えたのは、他ならぬこの私なのだ。

爾来、家人は私へのマネージメントを確かなものとして、その気焔（きえん）は閉院後の今日にも及んでいるのだ。実に有難いことなのだが……。

こうした苦行の果てに、遂に私は三年にも及ぶ「断酒の誓言（せいごん）」を守り通したのである。

世は正に、デジタル志向の花盛りである。

私の様な、昭和のひと桁の者には、文字通りの「置き捨て」の感一入である。

この大部の原稿を書き上げてはみたものの、デジタルの恩恵抜きでは、二進も三進も行かないのだ。要するに、製本とはならないのである。

しかし、それが叶いそうなのである。

私の〝人徳〟のせいとは、口が裂けても言えないが、この度は何故か多くの〝若い力〟の御助勢を頂いたのだ。

これこそ、「神助・仏縁」の賜と、私は家内共々、深く首を垂れるのみである。

森泰昌、晶子夫妻（共に築地の病院勤務）、森陽太郎氏・森景二郎氏（両氏共、私設秘書）、小倉真美氏、千賀七生氏夫妻、中野靖久氏、以上の諸氏である。

歯科開業医の小倉真美氏からは、幾つかの関連資料を頂戴した。この度の出版元「文芸社」の情報を寄せられたのも同氏である。

仙台の河北新報社由縁の資料を頂いたのは、元新聞記者の千賀七生氏である。私の宮城県取材の折には、夫人の巧みな運転で、各所を効果的に回って頂いた記憶は、いまだに鮮明である。

阪大出身の中野靖久氏は、正にデジタル機器のスペシャリストともいえる御仁だ。

本作品にとって絶対に必要な資料や著作物を、まるで魔法でも使った様に、苦もなく集めて下さった。その数は数十冊に及ぶ。

特筆すべき方が居られる。千葉公慈師である。氏は仙台の東北福祉大の学長であると共に、千葉、市原市寶林寺の御住職でもある。師には、釈迦の教え「七不衰法（ななふすいほう）」について御教示頂いた。「仏教的世界観では〝四劫（しこう）〟、つまり人間は何れ〝空（くう）〟の世界へと滅び去るもの」――これが私の固定した観念なのだ。

それが千葉師は、「滅びへの道を遮断する、七つの手段がある」と説いた釈迦の言葉があると、当茂原市の講演会で述べられたのである。地元の新聞でこの記事を読んだ私は、早速寶林寺に電話をしたのである。教えを乞うためである。

こんな私の、不躾な行為にもかかわらず、後刻、師は、丁寧な手紙と共に、件の「七不衰法」の典拠となった資料を、態々コピーを取って送って下さったのである。

無論、釈迦の「七不衰法」に関しては、本文中で触れさせて頂いた。

事程左様に、本書は実に多くの方々の御助力の下で、仕上げられた作品である。

唯々、感謝あるのみである。

最後になって了（しま）ったが、文芸社の出版企画部の藤田渓太氏と、編集部の原田浩二氏には、格別の謝意を表したい。

文芸小説の出版不況の折柄、私は本書の原稿売り込みには、本当に苦労を強いられた。

原稿の「ＵＳＢ」を送った出版社は、優に十指に余る。返って来るのは、全く覇気が感じられない声ばかり。その中で唯一明るい、むしろ爽やかな応対を見せてくれたのが、文芸社の藤田氏であり、原田氏なのである。

この二人と話をしていると、何か「愛社精神」みたいなものが感じられて、私は一種、悦楽の境地へと導かれる思いがするのである。表紙カバーに関しては、森雄大氏の重厚にして夢のある、素晴しい作品を頂戴した。更に、この大部の〝難物〟を倦厭もせずに、立派に仕上げて下さった同社の、全ての関係者の方々に、深甚の謝意を表する次第である。

令和四年五月

東京の僑居にて

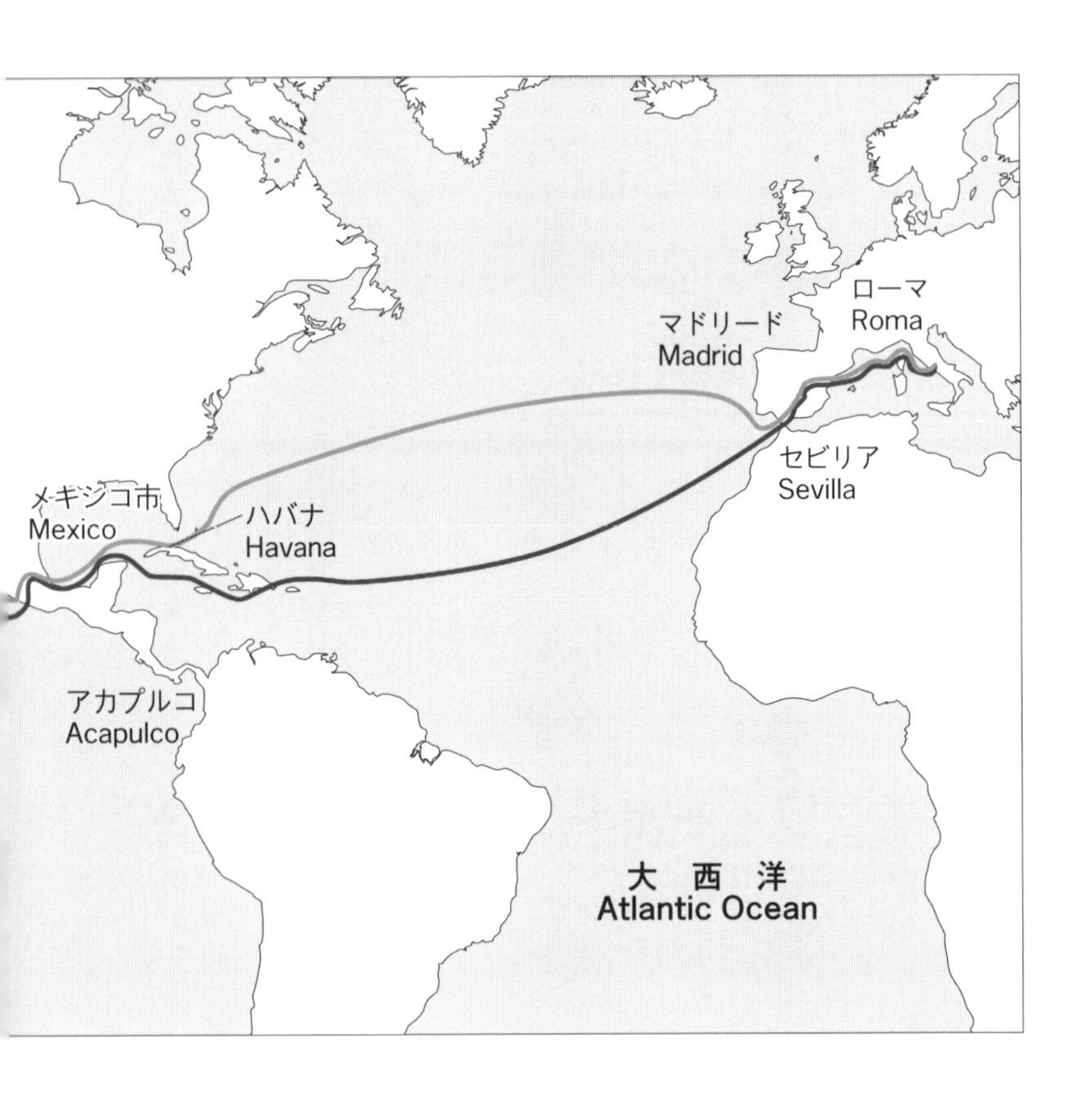
ローマ
Roma
マドリード
Madrid
セビリア
Sevilla
メキシコ市
Mexico
ハバナ
Havana
アカプルコ
Acapulco
大　西　洋
Atlantic Ocean

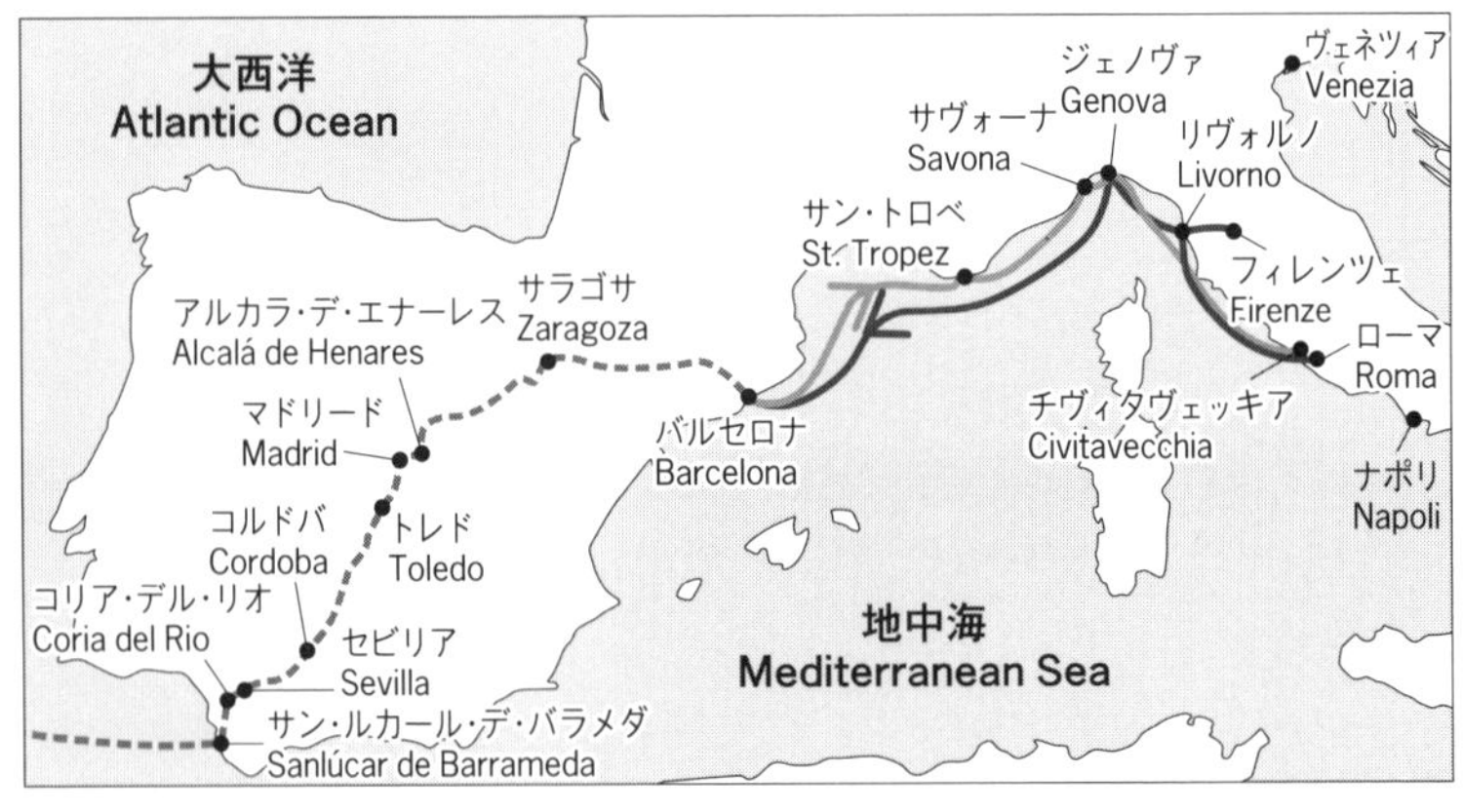
大西洋
Atlantic Ocean
ジェノヴァ
Genova
ヴェネツィア
Venezia
サヴォーナ
Savona
リヴォルノ
Livorno
サン・トロペ
St. Tropez
フィレンツェ
Firenze
サラゴサ
Zaragoza
アルカラ・デ・エナーレス
Alcalá de Henares
ローマ
Roma
チヴィタヴェッキア
Civitavecchia
マドリード
Madrid
バルセロナ
Barcelona
ナポリ
Napoli
コルドバ
Cordoba
トレド
Toledo
コリア・デル・リオ
Coria del Rio
セビリア
Sevilla
地中海
Mediterranean Sea
サン・ルカール・デ・バラメダ
Sanlúcar de Barrameda

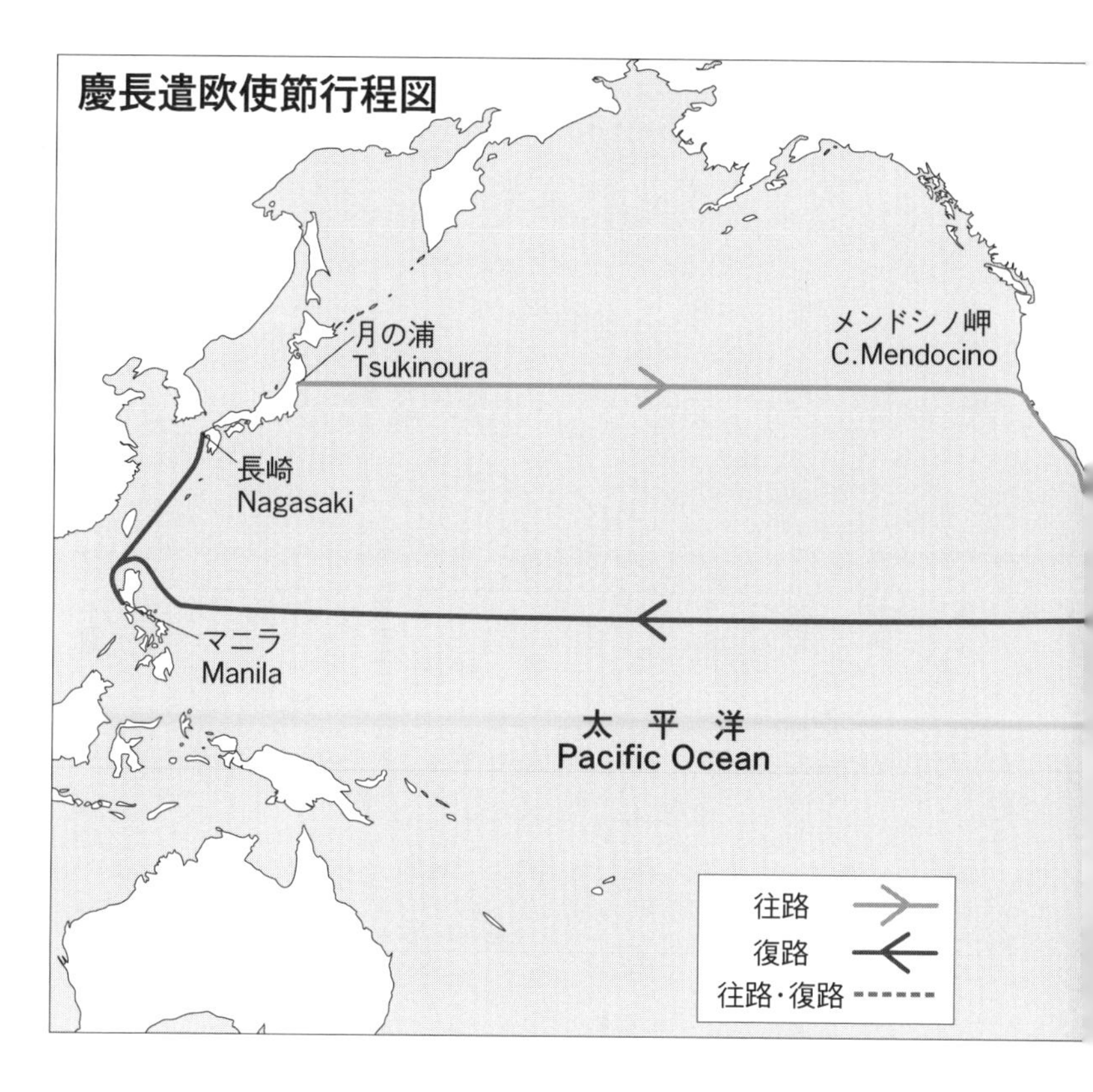
慶長遣欧使節行程図
月の浦
Tsukinoura
メンドシノ岬
C.Mendocino
長崎
Nagasaki
マニラ
Manila
太 平 洋
Pacific Ocean
往路
復路
往路・復路

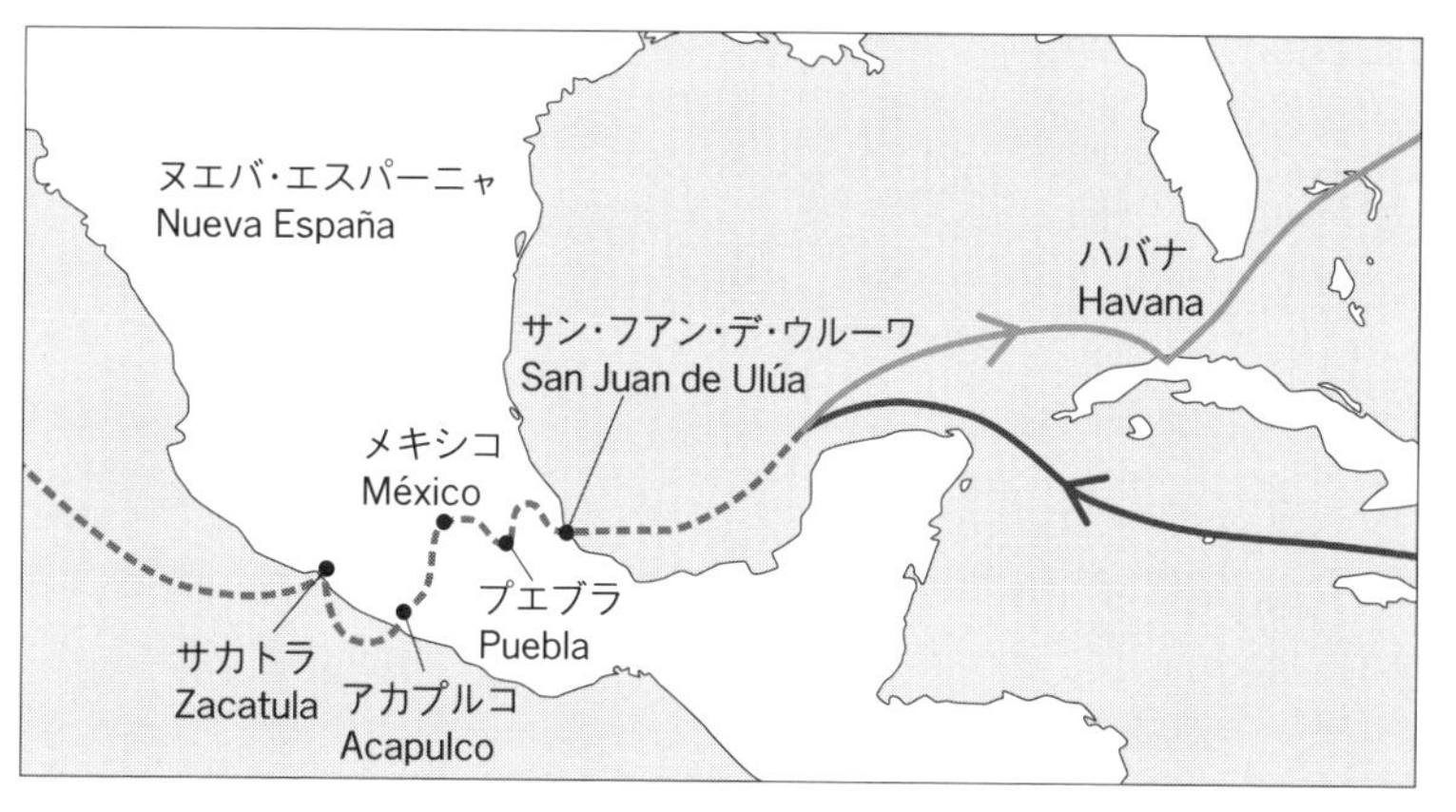
ヌエバ・エスパーニャ
Nueva España
ハバナ
Havana
サン・フアン・デ・ウルーワ
San Juan de Ulúa
メキシコ
México
プエブラ
Puebla
サカトラ
Zacatula
アカプルコ
Acapulco

【付録】慶長遣欧使節関連年表

洋暦	和暦	出来事
1571年	元亀二年（五月十六日）	磐城国（福島県）信夫郡山口村にて常長誕生（支倉常成の第二子）幼名「与市」のち「五郎左衛門」のち「六右衛門」
1574年（9月6日）	元亀五年	スペインのセビリアにてソテロ誕生
1592年	文禄元年（二月五日）	常長、主君伊達政宗に従い、お手明衆として朝鮮出兵に従軍
1598年（9月18日）	慶長三年（八月十六日）	豊臣秀吉死去（享年六十一）
1600年	慶長五年（八月十二日）	常長の父常成切腹（享年六十一） 常長浪人となり、以後十二年間居所不明となる
1603年（3月24日）	慶長八年（二月十二日）	徳川家康が征夷大将軍に就任（江戸幕府開府）
1605年（3月24日）	慶長一〇年（四月十六日）	徳川秀忠が江戸幕府第二代将軍に就任
1609年（9月30日）	慶長一四年	フィリピン前総督ドン・ロドリゴの船が上総（千葉県）岩和田海岸にて座礁
1611年（6月10日）	慶長一六年	返礼大使セバスチャン・ビスカイノ等浦賀に入港
1611年（11月10日）	慶長一六年	ビスカイノとソテロ、仙台にて政宗に面会

1611年（11月16日）	慶長一六年	ビスカイノ、塩釜に出帆し三陸海岸の測量及び良港探索開始（雄勝浜発見）
1611年（12月2日）	慶長一六年（十月二十八日）	ビスカイノ、測量中に三陸海岸で慶長の大地震による津波に遭遇
1612年（9月16日）	慶長一七年	ビスカイノ、帰国（メキシコ）のためと、金銀島探索を目指して浦賀から出航 ソテロ乗船の幕府の黒船セバスチャン号随伴するも同港外にて座礁
1613年（8月）	慶長一八年	ソテロ、江戸で布教中に捕縛され、火刑寸前に政宗に助けられる
1613年（10月17日）	慶長一八年	政宗、ローマ法王、スペイン国王、セビリア市長等宛書翰を認める
1613年（10月19日）	慶長一八年	幕府船手奉行向井将監より航海の安全祈祷札届く
1613年（10月28日）	慶長一八年（九月十五日）	伊達の黒船（サン・ファン・バウチスタ号号）、常長ら総勢百八十人を乗せ陸前国（宮城県）「月の浦」より一路南蛮を目指して出帆
1613年（12月26日）	慶長一八年（十一月十五日）	カリフォルニア・メンドシノ岬に到着
1614年（1月25日）	慶長一八年（十二月十六日）	ヌエバ・イスパニア（メキシコ）アカプルコ港到着
1614年（2月1日）	慶長一八年（十二月二十三日）	江戸幕府「禁教令」を全国に発布
1614年（3月24日）	慶長一九年	常長一行、メキシコ市に入る

洋暦	和暦	出来事
1614年（5月29日）	慶長一九年	常長ら奥南蛮（ヨーロッパ）行き一行、メキシコ市出発
1614年（7月10日）	慶長一九年	メキシコの表玄関、ベラクルス出港
1614年（7月23日）	慶長一九年	キューバのハバナに到着
1614年（8月7日）	慶長一九年	イスパニア（スペイン）の船隊護衛のもと船団のサン・ヨセフ号に乗船しハバナから出港
1614年（10月5日）	慶長一九年	奥南蛮の入口、サン・ルーカル・デ・バラメダ（スペイン）入港
1614年（10月24日）	慶長一九年	ソテロの故郷セビリアに到着し段歓迎を受ける
1614年（11月25日）	慶長一九年	セビリア出発
1614年（12月20日）	慶長一九年	イスパニア（スペイン）の首都マドリードに到着
1615年（1月30日）	慶長二〇年	常長、スペイン国王フェリペ三世に謁見
1615年（2月17日）	慶長二〇年	常長、マドリードの王位跣足派母子修道院付属教会にて国王臨席のもと洗礼を受ける
1615年（8月22日）	慶長二〇年	使節一行、ローマに向けてマドリードを出発（ローマ人アマティ随伴開始）

西暦	和暦	事項
1615年（9月5日）	元和元年（七月十三日）	元号が「慶長」から「元和」に（「大坂の陣」終結などにより）
1615年（10月13日）	元和元年	イタリア、ジェノバ市に到着
1615年（10月18日）	元和元年	イタリア、チヴィタベッキアに到着
1615年（10月25日）	元和元年	使節一行、ローマに到着（月の浦出帆からちょうど二年と一日）
1615年（10月29日）	元和元年	ローマ入市パレードに参加
1615年（11月3日）	元和元年	常長とソテロ、ローマ教皇パウロ五世に謁見
1615年（11月20日）	元和元年	常長ら、ローマ市より市民権証書を授与される
1616年（1月7日）	元和二年	使節一行、ローマを離れる
1616年（1月18日）	元和二年	リヴォルノに到着 常長、ソテロら数名でフィレンツェを訪問（五日間滞在）
1616年（2月3日）	元和二年	常長、ジェノヴァで発病（療養のため約一ヶ月滞在）
1616年（3月2日）	元和二年	使節一行、ジェノヴァを出発し再びイスパニアへ

洋暦	和暦	出来事
1616年（4月17日）	元和二年	マドリード到着
1616年（5月3日）	元和二年	セビリア到着 常長、ソテロら数名を残し、コリア・デル・リオ（ソテロの兄ドン・カブレラの支配地）へ
1616年（6月1日）	元和二年（四月十七日）	徳川家康死去（享年七十三）
1616年（6月24日）	元和二年	リオ組の十五名がスペイン艦隊でヌエバ・イスパニア（メキシコ）へ出発 常長とソテロはセビリアで、政宗へのスペイン国王の返書を待つことに
1617年（3月15日）	元和三年	セビリア市議会が国王返書を待つ常長の「請願認可」の決議を国王に伝える この間、ソテロが足を骨折、常長も熱病再発
1617年（7月4日）	元和三年	常長とソテロ、国王の返書を諦めセビリアを立ちヌエバ・イスパニアへ
1617年（10月）	元和三年	常長とソテロ、メキシコ市に入り、残留組と合流
1618年（4月2日）	元和四年	使節一行、サン・ファン・バウチスタ号でアカプルコを出帆 マニラ新総督ドン・ファン・ファハルド率いるスペイン艦隊も随伴
1618年（6月20日）	元和四年	マニラ到着
1618年（6月22日）	元和四年	常長、子息勘三郎宛の手紙（唯一現存する常長直筆の手紙）を書く

西暦	和暦	事項
1620年（7月1日）	元和六年	常長、マニラ新総督ドン・ファハルドの要請により、サン・ファン・バウチスタ号を格安でイスパニアに売却（政宗許可済）
1620年（8月）	元和六年	常長ら使節一行、ソテロを残してマニラを出帆
1620年（8月16日）	元和六年	常長ら使節一行、大坂に着き、京の伊達屋敷へ向かう
1620年（9月22日）	元和六年（八月二十六日）	常長ら使節一行、仙台帰着（月の浦南隣の萩ノ浜に入港）
1621年（1月28日）	元和七年	ローマ教皇パウロ五世死去（享年六十八）
1621年（3月31日）	元和七年	イスパニア国王フェリペ三世死去（享年四十二）
1622年（8月7日）	元和八年（七月一日）	支倉六右衛門常長死去（享年五十二）
1622年（10月22日）	元和八年	ソテロ、日本への密航を企て、ヌエバ・イスパニアからの同伴者ルイス笹田、ルイス馬場らと共に捕縛される
1622年（12月27日）	元和八年	ソテロ、長崎大村の牢より政宗に書翰を出す
1623年	元和九年（七月二十九日）	徳川家光が江戸幕府第三代将軍に就任
1624年（8月25日）	寛永元年	ソテロ、ルイス笹田らと共に、大村放虎原刑場で磔刑火焔刑にしょされる（享年五十）

洋暦	和暦	出来事
1633年	寛永一〇年	江戸幕府が鎖国令を発布（第一次）
1636年（6月27日）	寛永一三年（五月二十四日）	伊達政宗、江戸上屋敷にて死去（享年七十） 小平元成、殉死
1873年（3月5日）	明治六年	島地黙雷、ヴェネツィアの書庫で常長、ソテロらの書翰を発見
1873年（5月29日）	明治六年	岩倉具視ら欧米回覧の途次、ヴェネツィアの書庫で常長、ソテロらの書翰を発見
1876年	明治九年（六月二十五日）	明治天皇、東北巡幸の途次、常長将来品を高覧
2001年	平成十三年（六月二十二日）	常長関係資料が国宝に指定される

【参考文献】（順不同）

『伊達政宗遣欧使節記』（シピオーネ・アマティ／ローマ版）
『東インド巡察記』（ヴァリニャーノ／高橋裕史訳／東洋文庫）
『検証・伊達の黒船』（須藤 光興／宝文堂）
『伊達政宗の夢～支倉常長慶長遣欧使節出帆から400年～』（佐藤 憲一／仙台市博物館）
『潮路はるかに 慶長遣欧使節船出帆400年』（河北新報社／竹書房）
『ローマへの遠い旅─慶長使節 支倉常長の足跡』（高橋由貴彦／講談社）
『支倉常長遣欧使節 もうひとつの遺産』（太田尚樹／山川出版社）
『支倉常長─慶長遣欧使節の悲劇』（大泉光一／中公新書）
『支倉常長 慶長遣欧使節の真相』（大泉光一／雄山閣）
『伊達政宗と慶長遣欧使節』（高木一雄／聖母の騎士社）
『キリシタン将軍伊達政宗』（大泉光一／柏書房）
『伊達政宗の遣欧使節』（松田毅一／新人物往来社）
『伊達政宗─物語と史蹟をたずねて』（竹内勇太郎／成美堂出版）
『伊達政宗、最期の日々』（小林千草／講談社現代新書）
『政宗の夢常長の現─慶長使節四百年』（濱田直嗣／河北新報社）
『支倉常長の総て』（樫山 巌／金港堂出版部）
『人物叢書 支倉常長』（五野井隆史／吉川弘文館）
『遥かなるロマン 支倉常長の闘い』（河北新報社）
『支倉常長 武士、ローマを行進す』（田中英道／ミネルヴァ書房）
『復元船サン・ファン・バウティスタ号大図鑑』（慶長遣欧使節船協会／河北新報社）
『ベアト・ルイス・ソテーロ伝』（ロレンソ・ペレス／野間一正訳／東海大学出版会）
『ユダヤ人はなぜ国を創ったか』（ダビッド・ベングリオン／中谷和男訳／サイマル出版会）
『ユダヤ人』（J・P・サルトル／安堂信也訳／岩波新書）
『ヨハネの黙示録』（小河 陽／講談社学術文庫）
『パウロ 十字架の使徒』（青野太潮／岩波新書）

『アッシジのフランチェスコ』（川下 勝／清水書院）
『キリスト教 99の謎』（「歴史の真相」研究会／宝島社）
『武士道とキリスト教』（笹森建美／新潮新書）
『武士道の精神史』（笠谷和比古／ちくま新書）
『切腹 日本人の責任の取り方』（山本博文／光文社）
『今こそ知りたい！ 空海と高野山の謎』（『歴史読本』編集部／新人物文庫）
『ドン・ロドリゴ物語』（金井英一郎／新人物往来社）
『ドン・ロドリゴ日本見聞録 ビスカイノ金銀島探検報告』（ドン・ロドリゴ／村上直次郎訳註／駿南社）
『ドン・キホーテの哲学―ウナムーノの思想と生涯』（佐々木孝／講談社現代新書）
『図説スペイン無敵艦隊』（アンガス・コンスタム／大森洋子訳／原書房）
『祈りの力』（日本聖書協会）
『ローマ法王』（竹下節子／角川ソフィア文庫）
『よくわかるカトリック』（小高毅／教文館）
『詩編で祈る』（来住英俊／女子パウロ会）
『メキシコの大地に消えた侍たち』（大泉光一／新人物往来社）
『千葉常胤とその子どもたち』（千葉氏顕彰会／啓文社書房）
『はやぶさ、そうまでして君は』（川口淳一郎／宝島社）
『仙台市史 特別編8 慶長遣欧使節』（仙台市史編纂委員会／仙台市）
『牡鹿郡案内誌』（高橋鉄牛／ヤマト屋書店）
『ブッダ最後の旅』（中村元訳／岩波文庫）
『ドンキホーテ』（ミゲール・デ・セルバンテス／草鹿宏訳／集英社）
『山元町ふるさと地名考』（山元町教育委員会）
『大航海時代の日本人奴隷』（ルシオ・デ・ソウザ／岡美穂子訳／中公叢書）
『星座・星空』（藤井旭／山と渓谷社）
『早わかり聖書』（生田哲／日本実業出版社）
ほか

著者プロフィール

山田 道幸（やまだ みちゆき）

一九三四年（昭和九年）台湾生まれ
防衛大学を経て、日本歯科大学卒業
日本文芸家協会会員
日本ペンクラブ名誉会員

【主な著書】

『戦争を考える旅』（永田書房）：ベトナム戦争さ中での単独紀行文

『ギゴリオの島』（筆名：成田洋二郎　新人物往来社）：サイパン島を舞台とするダイビング小説

『海底の黄金』（講談社）：第一次世界大戦で地中海に沈んだ大量の英金貨を、悉く引き揚げた、日本潜水事業の父・片岡弓八の偉業を纏めたノンフィクション

『ホスピタル、徂（い）ったり徠（き）たり～荻生徂徠が夢みた理想郷～』（千葉日報社）：病床随筆

士（さむらい）・黙示録　政宗が南蛮の天際へ放った、中世の〈はやぶさ〉

2022年５月15日　初版第１刷発行

著　者　山田 道幸
発行者　瓜谷 綱延
発行所　株式会社文芸社
〒160-0022　東京都新宿区新宿1－10－1
電話　03-5369-3060（代表）
03-5369-2299（販売）

印刷所　株式会社フクイン

ISBN978-4-286-23690-2